원전으로 읽는 우리 고전 5

명주와 보월의 인연

명주보월빙

4

원전으로 읽는 우리 고전 5

명주보월빙 4

명주와 보월의 인연

장시광 옮김

이담북스

역자 서문

이제 <쌍천기봉>(전 9권, 2017-2020, 이담북스), <이씨세대록>(전 13권, 2021-2024, 이담북스)에 이어 세 번째로 대하소설 역주본을 낸다. <명주보월빙> 장서각본은 총 100권 분량이다. 이를 세 권씩 묶어 전체 33권으로 펴낸다. 앞의 작업과 마찬가지로, 각 권당 2부로 나누어 2부에서는 원문 탈초, 한자 병기, 주석 작업의 결과물을 싣고, 1부에서는 2부의 작업을 바탕으로 현대어역본을 싣는다. 현대어역본이 1부에 나오지만, 2부의 작업이 오히려 작업의 강도가 훨씬 세고 시간도 오래 걸린다.

이러한 작업을 하는 이유는 앞의 두 작품을 할 때도 밝혔듯이 아직까지도 대하소설의 기초 작업이 충분히 되어 있지 않기 때문이다. 1969년에 정병욱 선생님에 의해 낙선재에 소장된 대하소설의 존재가 밝혀진 이후, 많은 연구가 진행되었지만 아직도 한자 병기나 주석 등의 작업이 이루어지지 않은 작품이 적지 않다. 다행히도 삼대록계 소설의 역주물이 일찍이 완간되었고, <완월회맹연>의 역주본과 현대어역본이 간행되고 있으며 다른 대하소설의 역주 작업물도 속속 나오고 있지만 아직도 갈 길이 멀다.

누군가는 해야 하지만 학계의 현실이 녹록지 않아 선뜻 그러한 작업을 맡을 연구자가 별로 없다. 강사 시절에는 전임교원이 되기 위해 논문을 쓰는 데에 집중해야 한다. 많은 대학에서 번역서는 업적으로 인정하지 않고 있기 때문이다. 운 좋게 전임교원이 되어도 조교수와 부교수 시절에는 역시 논문에 집중할 수밖에 없다. 필자가 재직 중인 대학은 다행히 번역서를 업적으로 인정하고 있지만, 아직도 몇몇 학교에서는 그렇지 않기 때문이다. 정교수가 된 이후에는 번역서를 논문과 대등하게 인정하지 않는 학계의 풍토 때문에 번역 작업에 소홀할 수밖에 없다.

사실 번역 작업은 지루하기 짝이 없다. 특히 주석과 번역을 탈고하여 출판사에 보낸 이후의 작업이 그러하다. 두 번, 세 번 반복되는 교정 작업을 하다 보면 연구자로서의 존재 의의에 회의감이 들 때가 적지 않다. 오로지 기계적인 작업에 몰두하게 되기 때문이다.

그러나 대하소설의 기초 작업은 반드시 이루어져야 한다. 분량이 방대하다 하여 손을 놓을 수 없다. 분량이 방대할수록 기초 작업이 선행되어야 한다. 연구자는 어차피 원문 해독 능력이 있으니 기초 작업이 필요 없다고 할 수 있다. 그러나 해 놓은 기초 작업은 연구자뿐 아니라 중고등학생부터 대학원생, 우리의 이야기에 관심을 가진 각종 분야의 종사자들까지 두루 이용할 수 있다. 작업을 하다 보면 오류는 반드시 생기고 자신의 밑천도 드러날 수밖에 없다. 그래도 그러한 점을 감수하고 일단 진행시켜야 한다.

필자가 타고난 자질이 비루하고 학식이 천박함에도 불구하고 기초 작업을 진행하는 것은 이러한 이유 때문이다. 필자가 해 놓은 작업에 오류가 있다면 후속 작업자가 수정을 하면 될 일이다. 그렇게 해서 탄탄하게 마련된 한 편의 고전소설은 현대의 연구자와 일반 독자에게 훌륭한 독서물이 될 수 있을 것으로 기대한다.

필자가 작업한 이 <명주보월빙>은 최길용 선생님에 의해 역주 작업이 한 차례 이루어진 바 있다. 특히 장서각본과 박순호본의 원문을 비교해 실어 놓은 것은 이본 연구의 초석을 다졌다는 점에서 큰 의미가 있다. 선생님에 의해 작업이 이처럼 꼼꼼하게 진행되었음에도 불구하고 필자가 굳이 다시 한 이유는, 필자에 의해 작품의 구체적인 면모가 좀 더 밝혀지지 않을까 하는 기대 때문이다. 기존 작업에 더해서 필자는 모든 한자어에 한자 병기를 하였고 주석 역시 더 보완을 하였다. 교감 작업을 기존 연구에 비해 더욱 정밀하게 수행하였다. 현대어역의 경우, 중고등학생들도 쉽게 읽을 수 있을 정도로 하였다. 현대어역은 필자가 1차 작업을 한 이후, 필요한 부분은 AI의 윤문을 거쳤다.

이 작업을 수행하며 감사를 드려야 할 분들이 많다. 작고하신 일평(一平) 조남권(趙南權) 선생님으로부터는 대학원에 다니면서 온지서당(溫知書堂)에서 한문을 배웠고, 권우(卷宇) 홍찬유(洪贊裕) 선생님에게서는 유도회(儒道會) 한문연수원에서 사서삼경 등을 배웠다. 뒤늦게 배운 터라 실력이 어쭙잖지만 그나마 한자를 더듬더듬 읽기라도 하고, <명주보월빙>의 한자 병기를 하게 된 것은 선생님들 덕분이다. 선생님들이 그립다. 학부 때부터 지금까지 학문적으로, 인간적으로 가르침을 주고 계신 정원표 선생님과 박일용 선생님께는 감사하다는 말씀 외에는 드릴 말씀이 없다. 대학원에서 고전소설 원문을 읽고 연구하는 데 길을 터 주신 이상택 선생님께 감사드린다. 필자의 지도교수이신 선생님께서 박사논문의 대상으로 삼으셨고 그 이후에도 꾸준히 애정과 관심을 갖고 계시는 이 작품을 필자가 번역하고 주석을 가하게 되어 기쁘다. 원문 탈초본 및 주석 파일을 아무 조건 없이 내주신 최길용 선생님께 이 자리를 빌려 감사의 말씀을 드린다. 선생님 덕분에 원문 탈초의 고통을 한결 덜 수 있었다. 끝으로 동지인 아내 서경희에게 감사의 마음을 전한다.

차례

제1부

현대어역

• 일러두기 •

1. 번역의 저본은 제2부에서 행한 주석 및 교감의 결과 산출된 텍스트이다.
2. 원문에는 소제목이 없으나 내용을 고려하여 권별로 적절한 소제목을 붙였다.
3. 주석은 인명 등 고유명사나 난해한 어구, 전고가 있는 어구에 달았다.
4. 주석은 제2부의 것과 중복되는 것은 가급적 삭제하거나 간명하게 처리하였다.

••

명주보월빙 제10권

윤명아는 사경에서 정천흥에 의해 살아나고
정천흥은 가짜 윤명아를 적발해 망신 주다

차설. 유 씨가 몽숙의 말을 듣고 추밀을 더욱 원망하며 슬픔을 이기지 못했다. 몽숙이 말을 하면서 눈을 소저에게서 옮기지 않은 채 소저를 바라보았다. 소저가 얼굴에 부끄러운 빛이 은은해 팔사 눈썹을 낮추고 가을 물결 같은 맑은 눈을 가늘게 뜨고 흰 연꽃처럼 화려한 얼굴에는 붉은색을 띠었다. 절세한 태도와 선명한 기질은 난초가 깊은 골짜기에 쓸리며 금빛 화분에 화왕(花王)[1]이 향기를 토하는 듯했다. 어여쁜 거동과 사람을 녹이는 태도는 돌과 나무를 요동치게 하고 금부처도 돌아서게 할 정도였다. 몽숙이 열여섯 살에 이런 미색은 꿈속에서도 구경하지 못한 터였다.

'이 사람을 도모해 내 것으로 삼는다면 장부의 통쾌한 일이 아니겠는가. 숙모께서 정천흥의 아내를 칭찬하시고 나에게 부부의 금슬을 방해하라 하셨다. 그러나 정생이 요동하지 않아 그 아내를 내쫓는 일이 없으니 금슬을 방해하는 것은 나의 정력이나 허비할 뿐이다. 윤 씨를 얻을 길이 없는데 이 사람을 시원하게 보았으니 차라리

1) 화왕(花王): '꽃의 왕'이라는 뜻으로, '모란꽃'을 달리 이르는 말.

내 마음에 흡족한 이 사람을 취해야겠다.'

이처럼 정욕이 크게 일어나 이에 웃고는 숙모에게 고했다.

"숙부께서 사촌누이를 데리고 내일 길을 떠나시는군요. 소질(小姪)의 선조 묘가 서촉(西蜀)에 있는데 말과 노자를 차릴 길이 없어 한 번 묘소에 나아가 알현하지 못했습니다. 소질이 이번에 숙부께서 가시는 길에 따라가고 싶으나 숙부님의 뜻을 알지 못하겠습니다."

유 씨가 말했다.

"이는 참으로 쉬운 일이다. 조카가 상공께 고한다면 틀림없이 함께 가자고 하실 것이다. 길 가는 사람과 말이 넉넉하고 노자가 풍족하니 네 한 몸 가는 것이야 무엇이 어렵겠느냐?"

몽숙이 기뻐하며 사례하고 눈길은 소저 몸에 쏘았다. 소저가 몽숙의 기색을 살피고 매우 놀라 즉시 일어나 침소로 돌아갔다.

몽숙은 마치 잃어버린 것이 있는 듯했다. 그러나 유 씨가 매우 총명했으므로 혹 자기의 행동을 알아볼까 해 마음에 없는 담소를 이슥히 하다가 밖으로 나가 추밀에게 고했다.

"소질이 아까 듣자오니 숙부께서 촉으로 가신다 합니다. 소질이 선조의 묘소가 촉 땅에 있으나 소질의 몸이 의지할 데 없이 외롭고 처지가 매우 어려워 먼 길 험한 땅에 내려갈 길이 없었습니다. 그래서 지금까지 묘소를 알현하지 못했으니 이번에 숙부께서 가시는 길에 따라가고 싶습니다. 숙부님의 허락을 얻을 수 있겠습니까?"

추밀은 도량이 큰 장부로서 사람의 불쌍한 사정을 슬퍼해 천금을 아끼지 않는 사람이었다. 구몽숙의 흉악한 마음을 알지 못하고 선뜻 허락하며 말했다.

"말과 노자가 부족하지 않으니 조카가 간다면 가는 길이 참으로 든든할 것이다. 내일 아침에 길을 떠날 것이니 함께 갈 수 있도록 하라."

몽숙이 절해 사례하고 이날 밤을 윤부에서 지내고 다음 날 함께 길을 갔다. 알지 못하겠구나. 구몽숙의 참으로 흉악한 생각이 어느 지경까지 미칠 것이며 윤 소저가 촉 땅에 내려가 신혼 초야에 방해받는 일이 없는지 다음 회를 마저 보시라.

화설. 윤 추밀이 다음 날 촉 땅으로 향할 때 금평후에게 조카딸의 귀근(歸覲)[2]을 청했다.

금후가 추밀의 딸이 촉 땅으로 가게 되어 돌아올 기약이 없으므로 며느리가 그 종형제와 이별을 하게 하려 며칠 귀녕(歸寧)[3]을 허락했다.

이에 윤부에서 가마를 보내 윤 소저를 데려가려 했다. 이때 태우는 조정에서 돌아오지 않았으므로, 소저가 시부모에게는 허락을 받았으나 태우에게 고하지 않고 그저 가는 것을 주저했다.

태우가 집에 돌아오니 문 앞에 문채 나는 가마가 놓여 있었다. 의아해 살피니 윤부의 종들이 가득히 모여 있는 것이었다. 소저가 귀녕하는 줄을 알고 자기에게 알리지 않은 것이 불쾌했으나 내색하지 않고 바로 존당에 들어갔다. 이에 태부인이 말했다.

"윤 추밀 부녀가 오늘 촉으로 간다 하고 우리 며느리의 귀녕을 청하기에 마지못해 허락했다. 며느리가 지금 돌아가려 하나 너의 명령을 듣지 못해 가지 못하는가 싶으니 너는 허락하거라."

태우가 대답했다.

"대인께서 허락하셨다면 소자에게 사사로운 소견이 있겠습니까? 다만 이 사람의 할머니가 이 사람을 못 보아 병이 되었다 하고 눈물을 흘리며 그리워했으니 가면 반가워 새로이 사랑할 것입니다. 그러

2) 귀근(歸覲): 부모를 뵙기 위하여 객지에서 고향으로 돌아가거나 돌아옴.
3) 귀녕(歸寧): 시집간 딸이 친정에 가서 부모를 뵘.

나 잘못하면 그 모진 수단에 참으로 고생할 수 있으니 삼가 조심하라고 하소서."

금후가 소저에게 일찍 가서 쉬 다녀오라 했다.

소저가 태우의 말을 듣자 불안해서 친정에 가고 싶지 않았으나 시아버지가 재촉하시므로 부득이하게 순 태부인과 시부모에게 절해 사례했다. 양 씨와 시누이와도 작별하고 침소로 물러와 가마에 오르려 했는데 태우가 밖으로 나가면서 말했다.

"윤 씨가 가는 데 따라가 무엇하겠느냐? 너는 마땅히 윤 씨에게 이르라. '그 어질고 온순한 할머니가 귀중히 여기는 것을 믿어 몸을 재앙에 빠뜨리지 말고 오래 있을 생각을 말라.'고 하라. 내 말대로 안 했다가 무사하지 못하면 낯을 들고 오지 못할 것이다."

혜주와 소저가 불과 서너 걸음 떨어져 가고 있었으므로 소저가 그 말을 다 들었다. 이에 불안해 차라리 귀녕을 안 하는 것만 못했다.

그러나 부득이하게 옥루항에 이르러 할머니, 숙부모와 어머니를 뵈었다. 혼인한 후에 처음으로 귀녕한 것이다. 그사이에 타고난 특이한 얼굴이 세상에 비교할 자가 없었고 봉관화리(鳳冠花履)[4]가 빛나는 것이 한 몸의 위엄을 도왔다. 하물며 이팔(二八)의 나이가 되자, 가을 못의 향기 나는 연꽃이 푸른 잎에서 솟아나고 푸른 하늘에 초승달이 뚜렷한 듯하니 온갖 자태가 찬란했다. 새로이 놀라워 오래 보지 못했던 눈을 황홀하게 만들었다.

조 부인이 반가워하고 슬퍼하며 귀중하게 여기는 마음을 형용하지 못할 정도였으나 사람됨이 만사에 태연했으므로 오직 손을 잡아 기뻐할 뿐이었다. 태부인의 지나친 사랑과 반김은 헤아릴 수 없어 그

4) 봉관화리(鳳冠花履): 봉황 문양을 장식한 예관(禮冠)과 아름다운 신발.

모습을 표현하기 어려웠다. 유 씨가 겉으로 꾸며 보이는 정을 또한 어찌 형용하겠는가. 추밀이 다만 웃는 입을 다물지 못하고 말했다.

"작년 봄에 혼인했는데 올해 신정이 되어서야 귀녕을 하게 되었으니 네 시집에서 며느리 사정을 모르는 것이 심한 것이 아니냐?"

소저가 나직이 입을 열어 할머니와 어머니의 안부를 묻고 오래 답답해 하던 정을 잠깐 폈다. 태부인이 급급히 소저의 팔을 잡아 붉은 소매를 걷고 붉은 점[5]이 있는지 자세히 살폈다. 이미 흔적도 없으므로 분한 마음이 더했으나 추밀이 자리에 있으므로 내색하지 못하고 흐흐 웃으며 말했다.

"금슬이 얕지 않은 것을 이것으로써 알겠구나."

소저가 할머니의 행동을 새로이 한심하게 여겼으나 내색하지 않고 조용히 소매를 끌어 팔을 덮었다. 공은 어머니의 행동을 단정하지 않게 여겼으나 말을 하지 않고 천천히 나아갔다. 소저가 경아와 현아, 두 공자와 반기는 정이 가득했으나 경아는 속으로 소저를 미워하는 것이 원수와 같았고 현아는 먼 이별이 아득해 매우 슬퍼했다.

이날 밤을 경희전에서 어머니와 딸, 할머니와 손녀, 형제남매가 등불을 이어 떠났던 회포를 말하고 현아 소저를 보내는 정을 이르며 밤이 깊은 줄을 깨닫지 못했다.

처마의 닭이 새벽을 알리자, 추밀이 일어나 길 떠날 기구를 차리느라 집 안팎이 소란하고 어수선했다. 동쪽 하늘이 밝으니 아침밥을 다 먹고서 가마를 들여 마당에 놓고 소저가 가마에 들기를 재촉했다. 공이 어머니에게 절하고 이별하니 온 자리에 슬픈 바람이 일어

5) 붉은 점: 앵혈(鶯血)을 이름. 순결의 표식. 근세 이전에 나이 어린 처녀의 팔뚝에 찍던 처녀성의 표시를 말하는 것으로 도마뱀에게 주사(朱沙)를 먹여 죽이고 말린 다음 그것을 찧어 어린 처녀의 팔뚝에 찍으면 첫날밤에 남자와 잠자리를 할 때에 없어진다고 함.

나고 보슬비가 뿌렸다. 태부인과 유 씨는 분노와 원망을 겸해 딸을 죽이러 보내는 것과 다르지 않다고 생각했다. 두 공자와 정·석 두 소저는 이별의 한이 무궁했다. 오직 추밀의 재촉이 성화같아 사사로운 정을 이르지 못하게 했으므로 유 씨가 딸을 안고 목이 쉬도록 울며 말했다.

"먼 길 험한 땅에 무슨 즐거운 일이라고 어미를 버리고 몇 천 리 궁벽한 시골을 찾아가는 것이냐? 여자가 혼인을 하면 부모형제에게서 멀어진다[6]고는 하나 혼인할 때 너처럼 구차한 이가 어디에 있겠느냐? 하씨 집안이 아니면 신랑이 없을 것이라고 딸이 공연히 십삼 청춘에 서촉에 귀양 간 죄수가 되려 가는 것이냐?"

공이 바야흐로 딸을 재촉하다가 이 말을 듣고 어이없어 도리어 냉소하고 말했다.

"천하에 신랑이 없을 것은 아니나 실로 하원광 같은 이는 없을 것이오. 현아의 일생으로 일러도 그 어질지 않은 어미를 떠나 대군자를 맞으러 가는 것이라, 서촉이 아니라 만 리 밖이라도 참으로 즐거운 일이니 언참(言讖)[7]을 너무 복 없게 하지 마시오. 하씨 집안이 비록 귀양 가 있으나 여자조차 귀양 가는 것은 아니오. 성도(成都)[8] 촉 땅이 험준하고, 혼인 때 이름난 벼슬아치들이 위요(圍繞)[9]하는 화려한 영광은 없으나 양가 부모가 서로 약속해 혼인을 이룬 것이오. 법에 의거하고 신의가 있어 구차함이 없으니 그대는 참으로 괴이하게 굴지 마시오."

---

6) 여자가~멀어진다: 『시경』, "패풍(邶風)"의 <천수(泉水)>에 나오는 표현. 원문은 "女子有行, 遠父母兄弟"임.
7) 언참(言讖): 미래의 사실을 꼭 맞추어 예언하는 말.
8) 성도(成都): 중국 사천성(四川省)의 성도(省都).
9) 위요(圍繞): 혼인 때에 가족 중에서 신랑이나 신부를 데리고 가는 사람.

말을 마치고는 좌우 사람들에게 소저를 붙들어 교자에 넣으라 하니 소저가 할머니와 큰어머니에게 인사하고 어머니와 이별했다. 석·정 두 소저는 소저의 손을 잡고 차마 떠나보내지 못해 연연해 했다.

공이 과도함을 이르고 소저가 교자에 들 적에, 유 씨가 시녀 10여 명과 살림살이를 무수히 내어 말에 실으라 했다. 공이 이를 다 물리치고 오직 이불, 베개와 한 벌 패물을 간단히 넣으며 시녀 중에서는 벽란, 소앵 등 네 명에게 수레를 좇으라고 했다. 추밀은 보물과 사치하는 것을 원수같이 여겼으니 재물과 보배가 첩첩이 쌓여 있으나 무엇에 쓸 것인가. 이에 화장품과 패물, 온갖 비단옷이 현아에게는 그림 속의 떡과 같았다. 이에 유 씨가 매사에 애가 미어지고 한스러움이 뼈에 사무쳐 가슴이 막힐 듯했다. 추밀은 기쁜 빛으로 경사에서 혼인을 치르는 것처럼 했으니 이는 일부러 유 씨를 꺾으려 해서였다.

일행이 문을 나서자 누 공자가 강 밖에서 송별했다. 공은 혼례를 마친 후 돌아올 것이지만 소저는 그렇지 않았으므로 남매가 이별하는 마음이 매우 서운해 눈물이 어지럽게 흘렀다. 공이 공자 등에게 경계해 자기가 없는 사이에 잘 있으라 하고, 딸의 가마를 보호해 따라가며 구몽숙을 데리고 서쪽으로 향했다.

두 공자가 일행과 이별해 집으로 돌아오니, 유 씨는 매우 슬퍼하며 딸을 죽인 것과 다르지 않게 여기고 있었으므로 공자 등이 유 씨를 위로했다. 태부인과 경아는 소저와 멀리 헤어진 슬픔은 잊어버리고, 명아 소저의 비홍(臂紅)[10]이 티도 없고 명부(命婦)[11]의 위엄이 가득해 영광에 흠이 없는 것을 보고 애달프고 분해 각별한 계교를 써서 명아를 없애려 했다. 그러나 유 씨가 머리를 싸고 누워 있으므

---

10) 비홍(臂紅): 팔뚝 위의 붉은 점. 앵혈(鶯血)을 이름.
11) 명부(命婦): 봉작을 받은 부인의 통칭.

로 태부인이 친히 해춘루에 가 유 씨의 손을 잡고 위로하며 말했다.

"이를 설마 어찌하겠느냐? 하씨 집안이 매양 서촉의 수졸(戍卒)이 되어 있지는 않을 것이니 현아가 영화롭게 돌아오는 날은 마음이 즐거울 것이다. 그러니 며느리는 마음을 널리 먹고 지나치게 슬퍼하지 말거라."

이에 유 씨가 눈물을 흘리며 대답했다.

"첩이 운명이 기박해 두 명의 딸을 두었는데, 경아는 어린 나이에 명부의 헛된 이름을 가졌으나 석랑과 남이고, 현아는 재앙을 당하고 난 집을 바라고 열세 살 어린아이가 서촉 험한 길로 갔습니다. 이를 생각하면 첩의 마음이 쇠나 돌이 아니라 슬픈 마음을 참을 수 있겠습니까? 그 아이를 위해 옥과 보배, 온갖 비단을 각별히 가려 장만한 것이 가득한데 그것들을 다 버린 것이 애달프고 분한 데다가 시녀조차 서너 명만 데려갔습니다. 이 아이의 옷치레와 시녀가 부족한 것이 심하니 매사에 어느 곳에 마음을 펼 수 있겠습니까? 하씨 집안이 촉 땅에나 있으면 도리어 기쁠 것입니다. 조정 의논이 매양 하진을 죽이자 한다고 하니 집안이 위태로울 것이라, 염려를 이기지 못하겠습니다."

태부인이 재삼 위로하고 유 씨의 귀에 대고 은밀하게 가는 소리로 말했다.

"명아가 온 사이에 해치는 것이 마땅하나 그대가 이렇게 하고 있으며 만사에 생각이 없으니 노모가 좋은 묘책을 얻지 못하겠구나."

유 씨가 이에 벌떡 일어나 앉아 이리이리 하자고 하니 태부인이 손뼉을 치며 응낙해 말했다.

"이 계책이 묘하구나."

유 씨가 소리를 낮추어 말했다.

"어머님은 일을 비밀히 하시고 명아에게 한결같이 사랑하는 모습을 보이세요."

태부인이 고개를 끄덕이며 기쁨을 이기지 못했다.

유 씨가 세월과 비영에게 천금을 주어 괴이한 약을 많이 사들이니 일이 비밀해 아는 이가 없었다.

정부의 태부인이 윤 소저 사랑이 과도해 친정에서 며칠만 머물고 돌아오라 했으니, 그사이에 무슨 연고가 있을 줄 생각이나 했겠는가. 그런데 윤 소저가 옥루항에 오면서부터 가슴이 자주 놀라고 기운이 평안하지 않아 자연히 눈썹 사이가 펴지지 못했다. 조 부인이 가만히 연고를 물으니 소저가 기운이 절로 놀라서 그런 것이라 고했다. 주영은 태부인 보는 것을 싫어해 오직 유모 설란과 현앵만 데려온 터였다. 소저가 며칠 머무는 동안이지만 현앵에게 침소 휘장 뒤에서 매양 지키게 하며 자신을 떠나지 못하게 했다.

어느 날 밤에, 태부인이 온갖 맛있는 반찬을 벌여 놓고는 조 부인 모녀를 불러 음식을 먹으라 하고 자신과 유 씨도 상을 받는 것이었다. 조 부인 모녀가 의심이 동해 소저는 복통이 급해 먹지 못하겠다 일컫고 조 부인은 주저하는 사이에 태부인이 좌우의 시녀에게 음식을 다 먹였다.

이때 밤이 장차 깊어졌다. 두 공자는 외헌에서 잠이 깊이 들었고 종들은 다 물러갔으나 오직 세월, 비영 등만 있었고, 설란이 자지 않고 조 부인을 모셔 왔던 터였다. 시녀들이 태부인이 주는 술과 음식을 무심히 받아먹으니 태부인이 세월, 비영 등이 먹는 것에는 약을 섞지 않았고, 설란이 먹는 음식에는 말 못 하는 약을 넣어 먹였다. 음식이 겨우 목구멍을 넘으면서부터 설란이 벙어리가 되어 입만 벙긋벙긋하고 말을 하지 못하는 것이었다. 조 부인 모녀는 이 광경을 보지 못했으나 다만 음식을 먹지 않으며 의심을 이기지 못했다.

흉악한 노파가 정색하고 조 부인을 크게 꾸짖었다. 부인이 매우 고심했으나 마지못해 두어 번 젓가락을 드니 어찌 벙어리 되는 것을 면하겠는가. 소저에게 무슨 말을 하려 했으나 끝내 못 하고 행동은 허둥지둥하고 낯빛이 괴이했다. 소저는 할머니가 꾸짖어도 먹지 않다가 어머니의 행동을 보고 크게 놀라 황급히 일어나 부인을 붙들려고 했다. 그런데 흉악한 노파가 조 부인을 몰아 협실에 넣어 버렸다.

소저가 따라 들어가려 하자 경아가 나는 듯이 문을 잠그고, 위·유 두 사람이 세월과 비영 등을 시켜 소저에게 달려들어 젖혀 눕히게 했다. 경아가 유리 종지에 약을 풀어 소저의 입에 넣으려 하자, 소저가 목전에 흉하고 참혹한 모습을 보았으니 비록 할머니와 아주머니, 사촌언니의 일이었으나 슬프고 분노하며 놀라 격앙된 소리로 북받쳐 말했다.

"할머니와 아주머니, 언니가 천지간에 없는 패륜적인 일을 해 어머니를 순식간에 병인(病人)을 만들고 나를 마저 죽이려 합니다. 아무도 없는 심야에 아는 사람이 없다 해 이런 악한 일을 저지르고 있으나 밤하늘이 내려다보고 있고 신명(神明)이 곁에 있으니 스스로 두렵지 않습니까?"

세 흉인이 크게 노해 힘으로 약을 퍼부으려 했다. 소저는 약한 것이 새로 난 버들 같았으나 격렬하고 엄숙하며 힘이 또한 없지 않았으니 끝까지 입을 벌리지 않아 약을 먹지 않았다. 흉악한 노파가 유씨 모녀와 비영, 세월과 함께 소저의 수족과 몸을 내리누르며 사이사이에 주먹으로 매우 쳤다. 이때 경아가 옷고름에 채워진 세 치 단검을 빼 할머니에게 주었다. 소저가 이 광경을 보고는 힘을 다해 일어나 광천 등을 깨우려 했다. 그러자 흉악한 노파가 그 다리를 급히 찌르니 소저가 한 소리를 지르고 정신을 잃었다. 그러니 누가 있어 소저를 구하겠는가.

경아가 이 틈을 타 소저의 입을 억지로 벌리고 독약을 퍼 넣었다. 소저가 기운이 막혀 약물이 목구멍을 넘어가지 않았으나, 위·유 등은 소저를 급히 없애 버리려 했으므로 약이 안 들어가는 줄도 깨닫지 못하고 약을 한없이 퍼 넣으니 약물이 옷을 적셨다. 간간이 옥 같은 얼굴과 꽃 같은 뺨, 엉긴 기름 같은 순백의 피부를 모진 손으로 쥐어뜯으니 소저의 몸 곳곳에서 붉은 피가 방울지어 흘렀다. 소저가 정신을 잃어 숨을 내쉬지 못하고 한 몸의 손발이 얼음과 같자, 그들은 소저가 분명히 죽은 줄로 알았다. 이에 큰 가죽 농을 들여 소저를 넣었다. 세월이 그 촉나라 비단으로 만든 치마를 벗기고 비영은 그 머리를 꾸민 보화를 다 뜯었다. 유 씨가 그 옷을 마저 벗기려 했다.

이때 현앵이 소저가 오래 나오지 않는 것을 괴이하게 여겨, 가만히 경희전에 와 발자취를 조심스럽게 해 휘장 뒤에서 엿보니 이러한 참혹한 모습이었다. 매우 놀라 통곡하려 하다가 자기가 마저 잡힌다면 소저 시신도 찾을 길이 없어 급히 두 공자에게 이 사실을 고하려 해 달려갔다. 친지가 어두운 가운데 중문(中門)을 닫아 단단하게 잠갔으니 현앵이 마음이 급해 앞문을 버리고 뒤로 가 동산 문으로 나왔다.

걸음이 급하고 앞이 어두워 서헌(書軒)으로 나온다고 한 것이 큰 길로 나와 버렸다. 현앵이 가슴을 치고 도로 더듬어 가려 했는데, 홀연 멀리 바라보니 횃불이 낮 같고 허다한 추종이 한 명관(名官)을 호위해 바로 옥루항으로 향하는 것이었다. 앵이 어둑한 눈으로 바라보니 이 사람은 곧 자기의 주군인 정 태우였다. 다행한 마음을 이기지 못해 급한 소식을 고하려 했다. 그러나 태우가 늘 위엄이 있어 종이 먼저 말을 하지 못했으므로 태우가 알아듣도록 일부러 길거리에서서 목이 쉬도록 크게 울었다.

태우가 소저를 친정에 보내고 염려를 놓지 못했으나 위·유 씨 보는 것을 괴롭게 여겨 윤부에 가지 않았다. 그런데 이날 친구인 태학사 경춘기가 친상을 당해 발인(發靷)[12]하여 절강으로 가게 되었기에, 어제 경부에 와 범사를 살피는 지극한 정이 친척보다 더했다. 경학사가 은혜에 감동하고 피차 헤어지는 것 때문에 울적했다. 그런데 갑자기 태우가 기운이 평안하지 않아 먹은 것을 토하고 기운을 진정하지 못하는 것이었다. 금평후와 순 참정이 다 경부에 모여 초상 치르는 것을 보려 하다가 태우의 기운이 평안하지 않은 데 놀랐다. 이에 평후가 말했다.

"내가 하·진 두 형과 함께 상여가 떠나는 것을 볼 것이니 너는 윤부에 가 조리하거라."

태우가 대단한 병이 아니라고 고했으나 평후가 매우 염려해 재삼 일렀다. 태우가 부득이해 돌아갈 때 경 학사에게 당부해 영구(靈柩)를 모시고 무사히 길을 가라 하고 가까운 옥루항으로 가고 있었던 것이다.

그런데 길가에서 현앵이 아득하게 슬피 우는 것이었다. 한밤중에 대로변에 와서 저렇듯 하는 데 매우 놀라 좌우의 사람들을 시켜 앵을 부르라 했다. 윤부의 바깥문에 이르러 말에서 내려 문을 열라는 말을 하지 않은 채 먼저 앵에게 물었다.

"윤부에 무슨 연고가 있으며 너는 어찌 우는 것이냐?"

앵이 근심스러운 얼굴로 아전이 많은 가운데에서 차마 곧바로 고

---

12) 발인(發靷): 장사를 지내러 가기 위하여 상여 따위가 빈소에서 떠남. 또는 그런 절차.

하지 못해 주저했다. 태우가 짐작하고 아전들에게 명령해 말을 가지고 아무 데나 가서 밤을 지내고 오라 하고 심복 종 연충만 머무르라 하고 앵에게 물었다. 앵이 급히 전후의 일을 고하니 태우가 온몸이 서늘해져 앵에게 말했다.

"너는 어서 들어가 엿보아 네 주인의 시신을 어찌하는지 보라."

앵이 명령을 듣고는 오던 길로 돌아갔다.

이때 위·유 두 사람이 소저의 시신을 가죽 농에 넣어 닭이 울자 심복 종에게 멀리 가져다가 묻으라고 했다. 앞문으로 가는 것은 어려워 원문(園門)[13]으로 가라 했다. 형봉은 세월의 남편으로서 위·유의 악한 일을 돕는 종이었다. 이에 가죽 농을 단단히 봉해 달라고 했다.

이때 조 부인은 협실에서 벙어리가 되어 있고, 설란은 휘장 밖에 있는 것을 비영이 몰아다가 그윽한 방에 넣고 문을 잠가 버렸다. 그러고서 소저의 재앙을 하늘과 귀신 밖에는 알 사람이 없는 것을 매우 기뻐했다.

형봉이 가죽 농을 추어올리며 나오니, 앵은 형봉을 알아보고 가죽 농에 분명히 소저의 시신을 담은 줄을 알았다.

이에 급히 뒤돌아서 돌아와 태우에게 고했다. 태우가 연충을 데리고 나는 듯이 걸어가 원문에 가서 보니 형봉이 큰 가죽 농을 추어올리며 혼잣말로 이르고 있었다.

"어디에서 닭소리가 나는 듯한데 어찌 분명하지 않고, 날이 추우니 진저리가 쳐지는구나."

이처럼 중얼거리고 있으니 태우가 이 말을 듣고는 노기가 관(冠)을 뚫을 듯하며 성난 눈을 매섭게 하고 생각했다.

---

13) 원문(園門): 언덕에 있는 문.

'윤 씨가 만일 죽었다면 이 도적놈을 죽여 흉악한 것들을 놀라게 해야겠다.'

그러고서 급히 긴 팔을 올려 왼손으로는 형봉의 상투를 잡고 오른손으로는 농을 옆에 끼고 소리를 엄히 해 말했다.

"네가 한 소리라도 했다가는 즉시 머리를 베어 젓갈을 만들 것이니 입을 닥치고 있으라."

그리고 용과 호랑이의 걸음처럼 재빨리 원문 쪽으로 달려갔다.

형봉이 천만뜻밖에 정 태우를 만나 태우가 자기 머리를 끌고 농을 옆에 끼고 가자, 놀랍고 끔찍한 것이 마른하늘에 날벼락을 맞은 듯했다. 험악하고 흉한 놈이었으나 매우 떨면서 다만 가만히 에구 소리만 낼 뿐이었다.

태우가 대로변에 나와 마땅히 갈 만한 곳이 없어 생각해 보았다. 유모 설 유랑의 아줌마가 십자가에 살고 있는데, 유모가 며칠 전에 취운산에 다니러 왔기에 그 사실을 알았으므로 이에 나는 듯이 십자가 쪽으로 갔다.

연충이 농을 지겠다고 했으나 들은 체하지 않고 다만 형봉을 끌고 급히 십자가 마 관인 집에 이르러 손으로 잠근 문을 열고 급히 안으로 들어갔다. 원래 마 관인은 금평후의 군관(軍官)으로서 그 아내 설 씨는 유랑의 숙모로, 정부의 여종이었다. 관인은 평후를 곁에서 모셨으므로 집에 돌아오는 적이 드물었다. 설 씨가 두어 명의 딸을 데리고 있으니 집이 부유했으나 번잡하지 않았다. 태우가 비로소 형봉을 연충에게 잡고 있으라 하고 유모를 불렀다.

유모가 잠이 깊이 들었다가 태우의 소리를 듣고 깜짝 놀라 숙모와 조카가 등불을 밝히고 좋은 자리를 들고 나왔다. 태우가 어서 방을 청소하라 하자 유모가 곡절을 몰라 급히 방을 치우고 새 자리를 편

후에 들어올 것을 청했다.

태우가 농을 들고 들어가서 열고 보니 소저가 비단 치마와 몸에 꾸민 것이 다 없고 단삼(單衫)과 속옷만 입고 있었다. 푸른 구름 같은 머리카락은 헝클어지고 옥 같은 얼굴은 뜨겨 붉은 피가 가득했으며 고운 다리는 칼에 찔려 있었다. 태우가 이 광경을 보고 참담함과 놀라움을 비할 데가 없어 소저를 농에서 내어 편히 눕혔다.

소저가 기운이 막혔다가 사이가 오래 지났는데, 약물로 구호하지 않았으나 요행히 독약이 목구멍을 넘지 않아 자연히 정신이 들었다. 소저가 눈을 떠 보며 숨을 내쉬었다. 태우가 그 죽지는 않았음을 마음 가득히 다행으로 여겨 주머니에서 약을 꺼내 풀어서 소저의 입에 넣었다. 유랑과 그 숙모가 이 광경을 보고 낯빛이 재와 같이 되어 가만히 현앵에게 물었다. 현앵은 다만 참혹한 재앙을 만나 그랬다 하고 자세히 이르지는 않았다. 유모가 이에 몸이 떨리고 눈물이 비처럼 떨어지니 태우가 요란히 굴지 말라 하고 소저의 손을 잡아 말했다.

"그대는 정신을 차려 사람을 알아볼 수 있겠소? 그대는 이렇게 된 곡절을 알고 있소?"

소저는 온몸이 다 아프고 칼에 찔린 다리가 더욱 아프고 저려 정신이 없는 중에 태우가 자신을 간호하는 소리를 듣고 더욱 경황이 없어 대답을 하지 못했다. 태우는 소저가 죽지는 않을 줄 알고 유모와 현앵에게 당부해 소저를 극진히 구호하고 잡인(雜人)을 들이지 말라고 했다.

그리고 벽에 걸린 관인의 장검을 빼어 들고 급히 나와 형봉에게 죄를 하나하나 따지며 말했다.

"네가 망령된 주모(主母)와 악한 일을 같이 했으니 그 죄는 마땅히 사형에 처할 만하다. 그런데 가죽 농의 시신을 어떻게 하려 한 것이냐?"

형봉이 엎드려 말했다.

"태부인과 유 부인이 소저의 시신을 멀리 가져다 묻으라 하셔서 소복(小僕)은 명령을 받들었을 따름이고 스스로 지은 죄는 없나이다."

태우가 한가한 말이 무익해 한 칼로 형봉의 머리를 베어 들고 연충에게 시신을 없애라 한 후 나는 듯이 옥루항으로 가니 아직 닭이 울지 않은 상태였다.

태우가 바로 담을 넘어 내헌으로 곧장 들어가니 발자취도 없었다.

이때 위·유 등은 조 부인을 마저 죽이고 비영의 딸 춘월에게 소저를 대신해 정씨 집안에 보내자고 했으니 이것은 다 유 씨에게서 나온 꾀였다. 그래서 큰흉인이 이를 칭찬하고 있던 참이었다.

정 태우는 귀신을 부리는 방법과 바람과 구름을 일으켜 해로운 것을 제거하는 재주가 있었다. 새벽달이 희미한데 태우가 검은 구름과 뜨거운 바람을 몰아 경희전으로 향하게 하고, 누런 얼굴과 검은 얼굴의 일곱 귀신을 문 앞에 세우고 자기는 평안히 걸어갔다. 그러나 검은 기운이 가득해 사람들이 몰라보았다. 지게를 열어젖히고 형봉의 머리를 그것들이 앉은 곳에 내던지며 말했다.

"너희가 아무도 없는 심야에 악한 일을 낭자히 저지르고 아는 사람이 없다 해 즐기고 있으나 천신이 진노해 황건역사(黃巾力士)[14]에게 너희 죄를 물으라 해서 이렇게 왔다. 너희가 만일 개과천선을 하지 않는다면 바로 다 죽여 버릴 것이다."

흉악한 노파가 며느리, 손녀와 세월, 비영과 함께 모진 바람과 안개 속에 병장기를 두른 가운데 아니꼬운 기운이 들어오자 괴이하게

14) 황건역사(黃巾力士): 신장(神將)의 하나.

여기던 차에, 일곱 귀신이 좌우에 서고 누군가가 사람의 머리를 내던지며 소리를 지르고 죄를 묻자, 위 씨처럼 담이 크고 흉악한 사람도 순식간에 거꾸러져 정신을 잃었다. 그러나 만고에 드문 악한 종자, 요망한 여자인 유 씨는 오히려 정신을 잃지 않은 채 말했다.

"제발 살려 주십시오. 앞으로는 악한 일을 하지 않겠습니다."

태우가 즉시 지게를 닫고 바람, 구름과 귀신을 흩뜨려 자취를 없앴다. 그리고 도로 담을 뛰어넘어 십자가로 갔다. 비로소 새벽 북이 울리고 닭소리가 자주 들렸다.

태우가 옷을 찾아 입고 안에 들어가 소저를 보았다. 태우가 전날 저녁에는 기운이 평안하지 않았으나, 용맹을 떨쳐 달리기를 많이 하고 옥루항에 가 노파와 그 며느리를 놀라게 하면서 자기 아픈 것은 잊어버리고 어지럽게 다니며 괴이한 일을 많이 했으니 생각해 보면 또한 매우 우스웠다. 그러나 소저의 상처를 염려해 곁에 나아가 물었다.

"그사이에 정신을 차리고 이리 온 일을 알고 계시오?"

소저가 이때 정신이 또렷해 설 유랑과 그 숙모, 그리고 시비 들에게 부끄러워 눈을 뜨지 않고 있었다. 태우가 묻자 부끄러워 죽으려 해도 죽을 땅이 없을 지경이었다. 그러나 그 성정이 가볍지 않아 대답하지 않는 것이 괴이해 미미히 대답했다.

"넋이 아득하니 이곳에 온 곡절을 알지 못하겠습니다."

태우가 본디 자잘한 말을 안 했으므로 다만 일렀다.

"그대의 액운이 놀라워 남에게 없는 변고를 당하니 참혹함을 어찌 다 이를 수 있겠소? 이는 오로지 귀녕한 데서 온 해로움이오. 오히려 한 목숨을 이었으니 설마 어찌하겠소?"

소저가 그 어머니가 병인(病人)이 된 것을 생각하고는 눈물이 줄

줄 흘렸다. 그사이에 독한 수단으로 목숨을 마쳤는지 알 수 없어 슬픔을 참지 못했다. 태우가 현앵을 윤부 근처에 보내 날이 밝으면 기미를 탐지하라고 했다. 그리고 소저를 위로하며 아전 등에게 순부에서 대령하라 했다. 조회가 늦은 것 같아 유모에게 술을 가져오라 해 술잔을 기울이고 한 그릇 미음을 구해 소저에게 권해 다 먹도록 했다. 그리고 총총히 순부로 향해 갔으니 처사에 능란한 것이 이와 같았다.

유랑 등은 태우가 순식간에 형봉의 머리를 베는 것을 보고 모발이 쭈뼛해 태우를 바로 보는 것을 두려워했다.

이때 위 씨와 그 며느리, 경아가 두 시비와 함께 정신을 잃었다가 깨어나 보니 유 씨는 한구석에서 떨며 엎드려 있었다. 마음을 단단히 잡고 모두 일어나 방에 떨어져 있는 대가리를 보니 형봉의 것이었다. 붉은 피가 방 안에 뿌려져 있으니 위 씨 흉인과 유 씨 모녀가 경악한 것은 이를 것도 없고 시녀 세월이 망극해 목 놓아 통곡하려 했다. 이에 비영이 붙들어 말렸다. 위 씨와 그 며느리는 반드시 귀신의 조화로 알아 무서움과 두려움을 이기지 못했다. 위 씨가 유 씨 모녀를 붙들고 말했다.

"노모가 육십 년을 살면서 이런 변을 못 보았다. 알지 못하겠구나. 이것이 귀신의 작용이냐, 사람의 일이냐?"

유 씨가 말했다.

"첩이 잠깐 보니 검은 구름과 사나운 바람 가운데 누런 얼굴을 한 일곱 귀신이 문 앞에 벌여 있었으니 이는 사람의 일이 아닙니다."

위 씨 흉인이 말했다.

"장차 어찌할꼬?"

유 씨가 말했다.

"첩이 아까 귀신이 꾸짖는 소리에 응해 개과천선하겠다고 애걸해 귀신이 물러났습니다. 그런데 형봉의 머리가 따로 있으니 그 가죽 농을 귀신이 어찌했단 말입니까? 조 씨와 그 종들을 마저 죽이자니 귀신이 두려워, 도로 말하는 약을 먹이면 살인한 죄를 받지 않을 것입니다. 명아는 이미 죽었으니 처음 의논한 대로 춘월이에게 개용단(改容丹)[15]을 먹여 정씨 집안에 보내는 것이 옳습니다. 이후에 세세히 보아가며 계교를 도모해도 늦지 않을 것입니다."

위 씨가 붉은 눈을 눈썹에 닿도록 뜨고 경황없는 채로 유 씨 여자의 입만 바라보며 머리끝은 쭈뼛쭈뼛해졌다. 유 씨는 참으로 간사한 사람이었으므로 자신이 저지른 악한 일을 감추려고 시녀 세월을 매우 위로하고 황금 삼십 냥을 주어 형봉의 머리를 장사지내라 했다. 그리고 비영을 시켜 춘월을 불렀다. 춘월이 이르자 모든 일을 다 알려 주고 개용단을 먹였다. 이윽고 용렬하며 간사한 천한 시비가 변해 찬란하고 시원스러운 윤 소저가 되니 조금도 다름이 없었다. 현아의 한 벌 의상을 입히고 머리를 꾸미며 외면회단(外面回丹)을 비단 주머니에 넣어 속고름에 채워 주고 일렀다.

"정부에 가 며칠만 있다가 푸른 색 옷[16]으로 갈아입고 외면회단을 먹으면 대낮에 이리 와도 알 사람이 없을 것이다. 그러니 며칠 사이에 졸렬한 행동을 하지 말거라."

그러고서 조 부인에게 하직할 때 이리이리 하라 했다. 월이 이에 순순히 응대했다.

위 씨가 협실 문을 열고 경아가 등불을 가지고서 조 부인을 보았다. 한갓 말을 못 하게 하는 약뿐 아니라 정신이 흐려지고 인사불성

15) 개용단(改容丹): 먹으면 얼굴이 바뀌는 알약.
16) 푸른 색 옷: 예전에 천한 사람이 입었던 옷.

하는 약을 먹였으므로 낯빛이 찬 재갈이 되어 있었다. 회생단과 개청환(開晴丸)[17]을 갈아 입에 들이붓고 비영에게 명령해 설란을 또 깨워 구호하라 했다. 방 안을 치워 형봉 머리에서 마구 뿌려진 피를 없애게 하니 비영이 매우 어지럽게 서두르며 수습을 극진히 했다. 세월이 형봉의 머리를 차마 손으로 들지 못해 궤에 담아 가지고 행랑으로 나왔으나 한 소리 통곡을 못 하고 날이 밝으면 시신을 찾으려 했다.

유 씨가 조 부인을 극진히 간호하자, 조 부인이 닭 소리가 잦은 후 정신을 차려 가슴이 답답하다고 하는 것이었다. 도리어 다행으로 여겨 조 부인을 붙들어 방에 눕히고 간호했다. 비영은 설란을 구호하니 설란이 완연히 예전처럼 되었다. 난이 공연히 말을 못 하고 정신이 아득하던 것을 이상하게 여겼다. 그러자 비영이 다만 이르기를,

"실성했던 것이다."

라고 전했다.

두 공자가 들어와 아침문안을 하니, 간사한 사람들이 밤새 끔찍이 놀라고 조 부인은 경희전에 누워 있었다. 두 공자가 크게 놀라 연고를 물으니 위 씨 흉인이 대답했다.

"어젯밤에 노모가 마음이 우울해 네 어머니가 침소에 못 가고 여기에서 밤을 지냈다."

두 공자가 속으로 큰 일이 있었던 줄로 헤아려 놀라움을 이기지 못하고 어머니를 붙들어 해월루로 돌아갔다. 그런데 누이의 거동이 전과 달라 행동이 예법에 맞지 않아 매우 괴이했다. 둘째공자가 누이를 더욱 자주 쳐다보자, 유 씨 여자는 간특하고 흉악한 것이라 일

---

17) 개청환(開晴丸): 마음이 다시 개운해지는 환약.

이 드러날까 두려워 월의 비단 치마를 끌어 곁에 앉히고 말했다.

"조카가 밤이 새도록 몸이 피곤했으니 누이 구호하는 것은 광아 등이 할 것이나 우선 이곳에서 잠깐 쉬라."

월이 사양하지 않고 한구석에 누우니 공자가 더욱 의심했으나 어머니가 평안하지 않으신 것을 염려해 어머니를 모시고 해월루로 갔다.

경아가 조 부인이 술과 음식을 먹고 정신을 차리지 못한 일을 두 공자에게 말할까 하여 정이 있는 척하고 따라갔다.

부인이 침소로 가 편히 누우니 어제의 참혹한 광경을 이루 헤아릴 수 없었다. 자기는 말 못 하는 병인(病人)을 만들고 딸은 위·유와 경아가 모두 허리를 안고 손을 잡아 협실에 못 들어가게 하던 일이 흉악하고 기괴해 설란을 불러서 물어 보았다. 난이 어젯밤에 소저가 정신을 잃었던 일을 고하니 부인과 공자가 매우 놀랐으나 경아가 있으므로 말을 못 했다.

날이 밝으려 하는데, 밖에 금평후 정 공이 왕림했음을 전하니 두 공자가 바삐 나가 공을 맞이해 당으로 오르게 했다. 이에 평후가 말했다.

"어젯밤에 내 아들이 여기에 왔더냐?"

공자 등이 보지 못했다고 대답하니 후가 말했다.

"경부 발인(發靷)에 모두 갔다가 아들의 몸이 매우 불편해 이리로 보냈더니 안 왔으면 반드시 순부로 갔겠구나. 내가 바빠 우리 며느리를 보지 못하고 간다. 순부에 가 가마를 얻어 보낼 것이니 취운산으로 오라고 전하라."

말을 마치고는 총총히 순부로 갔다.

태우가 원래 병이 없고 태어난 이래로 음식을 먹고 거스르는 일이 없었는데 어제 그런 것은 하늘이 소저를 구하도록 해서였다. 그러나 정 공은 태우의 병을 염려해 경씨 집안 상여가 강까지 가는 것을 보고 바로 윤부에 와 아들이 없자 순부로 간 것이었다.

태우는 십자가에서 순부에 왔는데 순 학사 등이 아직 깨지 않았으므로 자기도 눈을 붙이려고 옷을 벗고 순생 등의 이불을 들치고 누웠다. 순 학사가 놀라서 깨어 태우를 보고 웃으며 꾸짖어 말했다.

"어디에 가 바쁘게 돌아다니다가 언 살을 사람 몸에 닿게 하는 것이냐?"

태우가 웃으며 말했다.

"경부에 발인을 보러 갔다가 기운이 평안하지 않아 왔습니다."

순생 등이 초상 치른 일을 물으니 아직 못했다 이르고 베개를 취해 즉시 잠들어 날이 밝은 줄을 알지 못했다.

순생 등이 먼저 일어나 태우를 구태여 깨우지 않았다. 금후가 왔다는 말을 듣고는 태우를 흔들어 깨우며 금후를 맞았다. 태우가 황급히 일어나 옷을 입으며 머리에 관(冠)을 쓰고 마루에서 내려와 아버지를 맞이했다. 순 참정이 함께 들어오며 태우에게 물었다.

"조카가 어제 평안하지 않은 것이 가볍지 않더니 오늘 아침엔 어떠하냐?"

태우가 나았다 대답하고 마루에 올라 자리를 잡았다. 평후가 천천히 맥을 보니 기운이 충천하고 맥이 굳세었으므로 좀병은 염려할 것이 없었다. 눈을 들어 아들의 얼굴을 보니 윤기 나는 귀밑머리와 네모난 이마에 머리털이 흩뜨려져 있고 관(冠)을 똑바로 못 하고 있어 깃을 거스른 봉황이요 날개를 벌린 학의 모습이었다. 연꽃 같은 두 뺨에 별 같은 눈이 나직하고 행동거지가 평안하고 조용했다. 아버지 앞에서 공손하고 삼가는 예를 갖추었으니 산악을 넘어 뛸 듯한 기운을 감춰 온화한 낯빛과 부드러운 움직임을 사랑하는 마음을 참지 못하도록 했다. 그러니 어찌 한밤중에 사람의 머리를 베며 바람과 구름을 모으고 귀신을 불러 온갖 일을 능란하게 한 줄을 알겠는가. 순 공이 크게 사랑해 태우의 손을 잡고 웃으며 말했다.

"조정의 모든 관료들이 다 너를 엄정하고 어렵다 해 두려워하나 이처럼 온유한 행동을 보면 돌과 나무 같은 심장이라도 흐물흐물하게 만들 것이다. 네 부친이 무슨 복으로 이런 기이한 아들을 둔 것이냐?"

금평후가 웃으며 말했다.

"형님이 우리 아이를 처음 보는 것이 아닌데 어찌 새로이 과찬하는 것입니까?"

"부자가 한데 모여 있는 것을 보니 마치 주인과 종 같구나. 윤보[18]는 용렬한 것을 잠깐 면했으나 천아에게 비기면 절대 미치지 못하네. 아들 잘 낳은 이는 윤보 같은 사람이 없을까 한다."

금후가 잠시 웃고 말했다.

"그 자식을 아비보다 낫다고 하면 그 아비가 기쁘다고 하지만, 천아가 무엇이 저보다 낫겠습니까?"

순 공이 웃으며 말했다.

"자식이 비록 말은 못 하나 조카를 윤보보다 낫다고 하지 않으면 조카가 어찌 원통하고 억울하지 않겠는가?"

평후가 잠깐 웃고 가마를 빌려 달라 해 며느리를 데려가겠다고 했다. 태우가 윤부의 변고를 고하러 하다가, 가마를 윤부에 보내면 무엇을 신부라 해 담아 보내는지 보려 했다. 그래서 조용히 있다가 세수를 마치고 조회에 들어갔다.

평후는 가마를 윤부에 보내고 취운산으로 갔다.

---

18) 윤보: 금평후 정연의 자(字).

차설. 윤 공자가 정 공을 보내고 들어와 모친에게 정 공이 누이를 이제 보내라 했다는 말을 고했으나 부인이 심회가 깊어 말을 하지 않고 있었다. 이윽고 가마가 오니 위 씨와 그 며느리가 춘월에게 신신당부해 삼사일만 있다가 오라 하고 즉시 보냈다. 월이 엄연히 자신이 소저인 척하고, 해월루에 가 조 부인에게 하직하고 눈물을 뿌리며 말했다.

"집안의 형세를 보면 어머님이 편안히 계시기가 어려울 것입니다. 원컨대 몸을 건강하게 유지하시기를 바랍니다."

소리가 낭랑해 소저 목소리와 다름이 없었으나 행동이 차이가 커서 여중군자 같은 풍모가 없었다. 부인이 놀라고 의아해 말을 하려 하는데, 태부인이 와서 정부 종들이 바빠 한다 이르며 떠날 것을 재촉했다. 월이 바삐 절하고 이별하니 조 부인이 섭섭한 마음은 없고 놀라운 듯, 괴이한 듯했다. 두 공자가 누이의 모습이 경박한 것을 이상하게 여겼으나 말을 못 하고 급히 이별하니 마음이 우울했다.

월이 화려한 가마에 단장을 눈이 부시게 하고 설란과 뭇 시녀를 거느리고 운산으로 갔다.

존당(尊堂) 순 태부인과 시부모가 매우 반기니 사람들이 채색 가마를 바로 뜰에 놓았다. 혜주와 양 씨가 난간 밖에서 맞으니 설란이 주렴을 걷고 소저를 모셔 마루에 올렸다. 월이 스스로 놀라움과 당황함을 이기지 못했으나 또한 별종이라서 전날 정부에 왕래해 차례를 알았으므로 예법에 맞도록 해 대단한 실례는 하지 않았다. 태부인이 손을 잡고 매우 반가워하고 혜주는 웃으며 말했다.

"언니는 친정에 가셔서 이별의 정을 펴시며 저희를 잊으셨겠지만 저와 양 언니는 그사이에도 언니를 계속 그리워했답니다."

월이 웃으며 말했다.

"첩인들 어찌 소저와 양 부인을 잊었겠습니까? 소저 등의 첩을 향한 정이 그와 같으시니 첩이 또한 친동기와 다름이 없이 여겼습니다."

윤 소저는 본디 어른 앞에서 말이 많지 않아 혜주가 묻는 일이 있으면 대답을 나지막하게 했다. 그런데 오늘은 의기양양하게 말하고 소리를 태부인과 시부모가 다 알아듣게 하는 것이었다. 얼굴과 모습은 조금도 다름이 없었으나 행동거지는 완전히 비루하고 천박했다. 이에 시부모가 웃는 얼굴을 거두고 괴이하게 여겼다.

태우가 조회하고 돌아와 바로 내당으로 들어갔다. 월이 일단의 음란한 마음을 내어 태우와 운우(雲雨)의 정[19]을 맺고, 소저의 자리를 차지해 태우의 안살림을 살피고 양 씨를 없애려는 마음이 생겼다. 태우가 들어오는 것을 보고 비단 적삼을 떨치고 치미를 움직여 먼지 일어섰다. 혜주와 양 씨가 이 모양을 보고 우습게 여겨 윤 씨가 어찌 이렇게 변했는지 한심함을 이기지 못했다.

태우가 마루에 올라 눈을 드니 윤 씨 같은 여자가 붉은 소매를 단정히 꽂고 자기를 바라보는 것이있다. 놀라고 망측했으나 안색을 움직이지 않고 할머니와 어머니에게 밤사이의 안부를 묻고 아버지에게 고했다.

"윤부에 가마를 보내셨더니 무엇을 담아 보냈습니까?"

금후가 그 말을 수상히 여겨 태우를 한참 바라보다가 말했다.

"우리 며느리를 데려왔거늘, 무엇을 담아 왔다는 말은 무슨 말이냐?"

태우가 자리에서 일어났다 앉으며 대답했다.

"제가 어젯밤에 기이한 변고를 보았습니다만 대인께서 윤부에 가

---

19) 운우(雲雨)의 정(情): 구름과 비를 만나는 즐거움이라는 뜻으로, 남녀의 정교(情交)를 이르는 말. 중국 초나라의 회왕(懷王)이 꿈속에서 자신을 무산(巫山)의 여자라 소개한 여인과 잠자리를 같이했는데, 그 여인이 떠나면서 아침에는 구름이 되고 저녁에는 비가 되어 양대(陽臺) 아래에 있겠다고 했다는 고사에서 유래함.

마를 보내셨는데 저 집이 어찌하는지 보려고 아침에 고하지 않았습니다. 사람의 얼굴이란 것은 천성을 타고난 후에는 변하게 하고 고치지 못하오니 소자가 진짜 윤 씨는 마삼의 집에 두었습니다. 그러니 이 자리에 거만하게 앉아 있는 자는 누구란 말입니까?"

태부인으로부터 자리에 있던 모든 사람들이 크게 놀라 말을 못 하고 서로 얼굴만 보고 있었다. 태우가 또 아뢰었다.

"제가 아버님 앞에서 사람의 죄를 다스리는 것이 황공하니 물러가 간악한 정황을 자세히 조사하겠습니다."

말을 마치고 좌우 사람들에게 윤 씨란 자를 결박해 잡아 오라 했다.

설란이 이 말을 듣고는 제 주인을 이렇게 하는 데 경황이 매우 없었으나 어디라고 태우 면전에 아른대기나 하겠는가. 월이 태우의 말을 듣고 오장이 뛰놀고 온몸이 떨려 낯빛이 흙과 같이 되어 문득 죄가 없음을 밝히려 해 울며 말했다.

"상공께서 첩을 미워한다면 길이 내쫓는 것이 옳거늘 구박하여 묶으라 하는 것이 이 무슨 도리란 말입니까?"

태우가 들은 체하지 않고 좌우의 사람들에게 호령해 그 여자를 잡아 선월정으로 오라 했다.

평후가 아들을 불러 일렀다.

"늙은 아비가 40년을 사는 동안 이런 변고는 보지 못했다. 간사한 정황을 자세히 밝히기 전에 우리 며느리의 재앙을 먼저 이르거라."

태우가 윤 씨를 시녀에게 단단히 지키라 했다. 그리고 아버지에게, 윤 씨의 시신을 가죽 농에 넣어 원문(園門)에 두었다 하기에 자기가 연충을 시켜 농을 옮겨 십자가에 와서 보니 그 상처가 대단하다고 고했다. 그러나 형봉을 죽이고 위·유를 놀라게 한 것은 내색하지 않았다. 정 공이 태우가 한 일은 모르고 매우 슬퍼하고 놀라 말했다.

"농에 시신을 담아 놓고 지키는 이가 없더냐? 누가 너에게 그 사실을 이르더냐?"

태우가 대답했다.

"현앵이 제 주인이 당한 재앙을 이르기에 친히 가 보오니, 가죽 농을 원문 안에 놓고 지키고 있었으니 날이 새기를 기다려 처치하려 한 것 같습니다."

공이 한심함을 이기지 못하고 자리의 사람들이 눈물을 금치 못했다. 태우가 지나치시다 말씀드리고 선월정으로 나왔다.

뭇 시녀들이 윤 씨를 묶어 뜰에 꿇렸다. 태우가 묵묵히 노기를 드러내니 눈바람이 차가운 듯했다. 태우가 봉안(鳳眼)[20]을 높이 뜨고 누에눈썹을 치켜뜨니 위엄 있는 풍채가 씩씩했다. 이에 소리를 엄정히 해 엄히 물었다.

"네가 오형(五刑)을 면하고 싶다면 간사한 정황을 바로 고해 한 목숨을 도모하라. 너를 이렇게 해 보낸 자가 있을 것이니 결단코 네가 스스로 지은 죄는 아닐 것이나. 근본이 천한 사람일 터인데 무슨 까닭에 윤 부인 얼굴이 된 것이냐?"

월이 떨면서 자신은 죄가 없음을 밝히며 윤 씨인 척했다. 태우가 이에 크게 노해 엄히 형벌을 주고 신문하려 하자 월이 울며 말했다.

"바로 고할 것이니 한 목숨을 빌리소서."

태우가 말했다.

"너의 죄악이 대단하지 않다면 구태여 죽이지 않을 것이다."

월이 죄가 없다고 밝혀도 면할 길이 없고 목숨이나 살리려 해 고했다.

---

20) 봉안(鳳眼): 봉황의 눈같이 가늘고 길며 눈초리가 위로 째지고 붉은 기운이 있는 눈.

"소비(小婢)는 천한 종 춘월입니다. 우리 태부인과 유 부인이 조 부인과 그 자녀를 도모하려 해 매양 이를 갈았습니다. 어르신께서 촉 땅으로 가시고 소저가 귀근(歸覲)[21]하시자 부디 깨끗이 없애려 해 말 못 하는 약과 정신이 흐려지게 하는 약을 얻어 어젯밤에 음식에 넣고 조 부인과 소저에게 권하셨습니다. 그러나 부인과 소저가 의심해 젓가락을 들지 않으셨습니다. 태부인이 조 부인을 크게 꾸짖으셔서 조 부인이 서너 번 젓가락을 들자 순식간에 벙어리가 되어 정신을 차리지 못하셨습니다. 설란이 또 함께 먹고 인사를 모르므로 두 사람을 깊이 감췄습니다. 소저는 입에 가까이 하지 않으시니 위·유 두 부인과 석 학사 부인이 한꺼번에 소저를 짓이기고 독약을 퍼부어 농에 넣고 종 형봉에게 맡겼습니다. 다시 조 부인과 유랑을 죽이려 했는데, 귀신이 형봉의 머리를 베어 방 안에 내던져 두고 갔다 해 위·유 두 부인이 귀신을 두려워해 조 부인과 설란을 해치지 않고 정신 차리는 약을 먹여 도로 깨어나게 했습니다. 소비(小婢)는 여의 개용단을 먹여 소저의 얼굴이 되게 했으므로 명부(命婦)의 복색으로 여기에 온 것입니다."

태우가 더욱 분노해 말했다.

"조 부인과 소저를 다 죽이고 어찌하려 한 것이냐?"

대답했다.

"소비의 어미가 지아비가 없고 혼자 있으니 개용단을 먹여 조 부인을 대신하고 소비는 이리 보내기로 정했습니다. 형봉이 죽지 않았다면 조 부인이 살지 못했을 것입니다."

태우가 또 물었다.

---

21) 귀근(歸覲): 부모를 뵙기 위하여 객지에서 고향으로 돌아가거나 돌아옴.

"너를 여기에 오래 있으라 했으며, 네 어미도 조 부인 대신으로 길게 있으려 했느냐?"

월이 대답했다.

"소비(小婢)는 유 부인이 삼사일만 있다가 외면회단을 먹고 푸른 옷을 입고 돌아오라 하셨습니다. 조 부인은 제 어미가 대신했다가 두 공자를 죽이고 면회단을 먹은 후, 조 부인이 두 공자를 죽이고서 음란한 짓을 하고 도주했다는 말을 퍼뜨려 어르신도 어찌할 수 없게 하시려 했습니다. 그런데 귀신이 죄를 물은 까닭에 조 부인을 해칠 마음을 그친 것입니다."

태우가 들을수록 흉악하고 참혹해 분노하며 말했다.

"네 면회단을 내라."

월이 비단 주머니에 넣었던 환약을 내어 차에 갈아 먹자 순식간에 찬란하고 시원스럽던 윤 소저가 변해 간사하고 악독한 춘월이 되었다.

태우가 종에게 명령해 월을 결박하고 곤장으로 맹타하게 한 후 옥에 가두었다. 옥리(獄吏)에게 분부해 월을 착실히 시켰다가 훗날 찾는 날을 기다리라 했다. 그리고 주영에게 소저의 이불과 옷을 가져다 십자가로 가라 하고 자신은 정당으로 들어갔다.

정당에서는 벌써 월의 직초(直招)[22]를 일일이 고했으므로 순 태부인 이하 온 집안의 사람들이 윤부의 변고를 흉하게 여기고 위·유 시어머니와 며느리의 일에 몹시 놀랐다. 귀신이 죄를 물었다는 것을 괴이하게 여겨 태우에게 물으니, 태우가 자기 일을 고하지 않았던 것은 아버지의 훈계를 두려워해서였으므로 그 일을 입 밖에 내지 않았다.

---

22) 직초(直招): 지은 죄를 사실대로 바로 말함.

금후가 말했다.

"윤씨 집안의 변고가 망측하니 춘월을 가두었다가 명강[23]이 돌아오면 신문하도록 하는 것이 옳은가 한다."

태우가 말했다.

"아버님의 가르치심이 마땅하십니다. 다만 간사한 사람의 악한 일이 고삐가 길면 자연히 밝힐 것이니 다른 일로 발각된 후 월을 돌려보내는 것이 옳습니다. 윤 공이 돌아온 후라도 우리는 잠자코 모르는 듯이 있는 것이 옳습니다. 흉악한 사람이 이 일을 헤아리지 못하게 하면, 잠깐 조심하는 도리가 있을 뿐 아니라 누이는 끝내 혼인을 폐하지 못할 것이라 광천과 혼인할 수 있을 것입니다. 양가의 온화한 기운을 먼저 상하게 해 흉악한 사람의 소원을 이루게 하는 것은 좋지 않으니 윤 공을 보셔도 이 일을 내색하지 마소서."

공이 다 듣고는 아들이 멀리까지 염려하는 식견이 자기와 차이가 큰 데 기뻐하며 말했다.

"네 말이 옳으나 딸아이는 빈 규방에서 늙히려 한다."

진 부인이 며느리의 일을 슬퍼하며 말했다.

"딸아이의 혼사는 훗날 의논하면 되지만 지금 우리 며느리의 상처가 대단하다 하니 급히 데려와 구호하라."

태우가 대답했다.

"이미 사지를 벗어났으니 마삼의 집이 가장 조용하므로 우환을 피할 겸 잠깐 조리하게 한 후 데려오려 합니다."

후가 말했다.

"내가 우리 며느리를 보고 싶으나 다른 병과 달라 자기 집 때문에

23) 명강: 윤수의 자(字).

몸이 상했으므로 날 보는 것을 불안하게 여길 것이다. 너는 모름지기 의약을 착실히 다스려 며느리가 속히 낫게 하라."

태우가 절해 명령을 들었다. 태부인과 진 부인이 몹시 염려해 기운을 보충할 음식과 미음을 갖춰 설란에게 주어 보내며 태우에게 갈 것을 재촉하자 태우가 웃음을 머금고 고했다.

"간사한 사람들이 월을 보내고 일의 기미를 알려고 여종을 보내 묻는 체할 것이니 어머님은 윤 씨가 친척 집에 한 달이나 머문다 하시고 우리가 전혀 의심하지 않는 것처럼 하십시오."

태부인이 웃으며 말했다.

"우리 아이가 사돈집을 두려워하는 것이 마치 여자가 시집을 두려워하는 것처럼 하니 도리어 가소롭구나."

태우가 웃으며 아뢰었다.

"간사한 흉인을 두려워하는 것이 아니라, 흉악한 계교로 사람을 해치기에 소자가 수고로운 것이 시도 때도 없어 어젯밤에 윤 씨를 겨우 구한 것입니다."

이에 좌우의 사람들이 다 웃고 금후는 아들의 행동에 기뻐하며 태우가 살인한 것은 꿈에도 몰랐다.

태우가 설란과 주영을 먼저 보내고 천천히 나아갔다.

설란과 주영이 소저를 뵙고 월의 초사(招辭)를 고했다. 소저가 자기 몸은 죽음을 벗어났으나 친정의 악한 일이 뚜렷이 드러나 부끄럽고 한스러웠으며, 곳곳에 아버지가 계시지 않아 집안의 변란이 점점 놀라운 지경에 이른 것에 슬퍼해 눈물이 연이어 떨어졌다. 태우가 들어와 손을 잡아 맥을 보고 시녀에게 그 다리에 금창약(金瘡藥)[24]

24) 금창약(金瘡藥): 칼, 창, 화살 따위로 생긴 상처에 바르는 약.

을 싸매게 하고 오랫동안 말이 없었다. 좌우의 사람들이 물러난 후에 웃으며 말했다.

"그대의 집 노자(奴子) 형봉이 그대의 시신을 농에 넣어서 지고 이리이리 중얼거리며 닭이 울기를 고대하고 있었는데 내가 그자의 목을 베었소. 형봉은 위·유가 가장 믿는 심복이라 하기에 그 얼굴이나 보도록 경희전 방 안에 내던지고 왔더니 어찌 된 일인지 소문이 없으니 참으로 궁금하구려. 현앵이 오지 않았소?"

소저가 입이 있으나 말이 나오지 않아 오직 탄식하고 말을 하지 않았다. 태우가 조용히 소저에게, 전에 윤부에 가 위·유의 머리를 깨던 말을 이르고 박장대소하며 말했다.

"그때 돌로 쳐서 아주 죽였더라면 이런 변고가 없을 것을, 머리만 깨서 악한 마음이 없어지지 않았으니 이런 애달픈 일이 어디 있겠소? 이후에는 장인의 제사를 맞아도 그대 조모와 숙모가 죽기 전에는 귀근(歸覲)할 생각을 마시오."

소저가 듣는 말마다 한심해 슬피 눈물을 흘리며 말했다.

"첩의 집 변고는 다른 사람에게 들리게 함 직하지 않습니다. 그러니 무슨 면목으로 사람을 대하겠습니까? 다만 조모와 숙모가 어질지 못하시나 천한 사람이 아니라 재상의 어머니요, 고위 관원의 명부의 지위에 있거늘 군자께서 상스럽게 돌로 상하게 해 남녀 사이에 예의가 있음을 생각지 않으신 것입니까? 또 형봉을 벤 것은 위엄은 장하시나 천하에 땅이 너른데 어느 곳에 버리지 못해 구태여 첩의 집에 가서 조모의 방에 머리를 던지고 오신 것입니까?"

태우가 웃으며 말했다.

"배은망덕한 말을 하는구려. 내가 아니었으면 그대가 살지 못했을 것이요, 형봉의 머리를 태부인 방에 내던지지 않았으면 장모님이 살지 못하셨을 것이오. 지금 이후로는 나를, 다시 살게 한 은인으로 알아 은혜를 뼈에 새겨 평생 잊지 마시오."

말을 마치고, 호방한 기운을 드러내 조금도 위 씨와 그 며느리를 꺼려 하지 않았다. 소저가 이에 한가한 말이 부질없고, 춘월의 초사를 들으면 조모와 숙모가 형봉의 머리가 던져진 것을 보고 귀신의 조화인 줄로 알아 모친을 구했다 하니, 태우의 말이 비록 희롱이었으나 실로 은혜가 없다고 못 할 것이었다. 이에 집안의 변고를 부끄러워하고 시부모와 어르신을 뵐 낯이 없어 탄식하고 가만히 있었다.

현앵이 옥루항에 가서 종일 기색을 살피고, 틈을 타 조 부인에게 소저가 죽을 뻔했다가 태우가 구해 죽을 지경을 면했음을 고하고 십자가로 돌아왔다. 태우가 장모의 기운을 묻고 집안의 분위기를 물으며 웃음을 띠고 말했다.

"형봉이 죽은 것을 보고 참으로 슬프고 놀라서 일어나 악쓸 경황도 없구나."

소저는 어머니가 죽을 지경을 면한 것을 나행으로 여겼다. 슬픈 중에도 태우가 극진히 간호했을 뿐 아니라 태우는 의술이 고명했으므로 상처에 약제를 기특하게 알아서 쓰며, 운산에서 문병하는 시녀가 끊임없어 진 부인이 음식을 친히 보내며 속히 낫기를 당부하니 소저가 황공하고 감사해 속히 일어나려 했다. 그러나 칼에 찔린 곳이 밤낮으로 아팠으므로 옥 같은 골격이 초췌해지고 꽃 같은 얼굴이 수척해져 곧 죽을 것 같았다. 태우는 소저가 정신을 차린 후에는 상처를 친히 보지 않고 시녀에게 싸매도록 시켰다.

하루는 태우가 본부에서 어두운 후에 이르니 소저가 유랑과 시녀 등에게 붙들려 앉아 신음하는 소리가 끊기락 이어지락 했다. 유모가 아픈 곳을 물으니 다리가 매우 아프다고 하는 것이었다. 태우가 창

밖에서 잠시 듣고 천천히 들어가며 등불을 밝히라 하고 앉았다. 유랑 등이 소저를 눕히고 등불을 밝힌 후 물러나니 태우가 소저에게 나아가 물었다.

"그대가 얼굴 부위는 나았는데 지금까지 일어나지 못하는 것은 어째서요?"

소저가 칼에 찔린 데가 아프다고 하기엔 너무 부끄러워 다만 말했다.

"한 몸이 거의 죽을 듯해 일어나지 못하는 것입니다."

태우가 잠자코 있다가 등불을 가까이 놓고 그 상처를 보려 했다. 소저가 죽으려 해도 죽을 땅이 없어 진심으로 태우에게 보지 말 것을 청했다. 이에 태우가 말했다.

"상처에 좋은 약을 붙였으나 시녀 등이 잘못 붙여 칼독이 크게 도진 것이라 잠깐 보는 것이 무엇이 해롭겠소?"

말을 마치고 우격다짐으로 상처를 보니 다리가 푸르고 검어 피가 뭉쳐서 부어 있었다. 즉시 주머니에서 침을 내어 칼독이 든 곳을 째고 나쁜 피를 다 빼낸 후 약을 붙이고서 물러앉았다. 소저가 만면이 붉어진 채 베개에 머리를 박고서 부끄러움이 비길 데가 없었다. 태우가 흔쾌한 빛으로 소저를 사랑해 베개 곁에 누워 소저의 손과 팔다리를 어루만지며 은정이 무궁했다. 그러나 위·유의 심술은 절절히 괘씸해 했다.

이러구러 한 달이 지났으나 소저는 쾌차하지 못했다. 태우가 어버이 곁을 떠나는 것이 송구했으나 마지못해 낮에는 본부에 있고 밤이면 십자가에 와 지냈다. 입번(入番)[25]할 때면 인흥 공자가 하루에 한 번씩 밖에 와 약을 준비하는 것이 갈수록 극진했다.

---

25) 입번(入番): 관아에 들어가 차례로 숙직함.

이미 사십 일이나 된 후에야 소저가 적이 나아졌다. 이에 어른과 시부모가 운산으로 나오라고 재촉했다. 소저가 어머니에게 수서(手書)를 써 현앵을 보내 답신을 받아 오라 했다. 두 아우는 조모와 숙모를 두려워해 십자가에 와서 소저를 보지 못하니, 소저가 길이 탄식하고 동기의 정을 펼 길이 없는 것을 슬퍼했다.

태우가 행렬을 차려 소저를 가마에 들게 해 먼저 본부로 나아갔다. 소저가 유랑과 시녀 등을 거느리고 운산으로 향할 적에 옥루항이 지근거리에 있었으나 모친과 공자 등을 보지 못하는 것을 슬퍼했다. 시부모와 어르신을 뵐 낯이 없어 매사에 조모의 악함을 탄식했다.

소저의 가마가 집안에 이르자 남녀 종들이 이제야 진짜 윤 부인이 오신다 했으니 설 유랑과 설란의 기쁨은 형용하지 못할 정도였다. 가마를 태원전 앞에 놓고 주렴을 걷자 소저가 세 치의 금련(金蓮)[26]을 자약히 옮겨 나아왔다.

온몸의 광채는 초승달이 산 위에 오르는 듯하고 기이한 향이 자욱했다. 난간 앞에 이르러서는 주저하며 오르지 않고 심려를 끼친 것을 사죄했다. 이에 태부인과 공이 오르라 명하고, 공처럼 묵묵한 사람도 눈썹 사이에 봄바람처럼 온화한 기운이 감돌았다. 좌우의 사람들에게 명령해 소저를 붙들어 올리도록 하니 소저가 명령을 거역하지 못해 마루에 올라서 절하고 뵈었다. 태부인이 소저에게 너무 염려하던 바를 이르고 손을 잡아 가련해 하며 사랑하는 마음을 이기지 못했다. 진 부인이 마치 딸을 시가에 보내 재앙을 만났다가 돌아온 것처럼 기쁨을 이기지 못했다. 혜주와 양 씨의 반기는 정은 그 말에

26) 금련(金蓮): 금으로 만든 연꽃이라는 뜻으로, 미인의 예쁜 걸음걸이를 비유적으로 이르는 말. 중국 남조(南朝) 때 동혼후(東昏侯)가 금으로 만든 연꽃을 땅에 깔아 놓고 반비(潘妃)에게 그 위를 걷게 하였다는 고사에서 유래함.

드러났다. 평후가 소저를 나오라 해 탄식하고 말했다.

“우리 며느리의 액운이 놀랍더니 이만치 나았으니 마음을 진정할 수 있겠구나. 며느리 대신에 온 여종을 가두었다가 명강이 오거든 보내려 했다. 그런데 아들이 이리이리 이르기에 그 말이 일리가 있으므로 내 집에서는 윤부의 변고를 들춰내지 않을 것이다. 이후에는 며느리의 사정이 절박하나 귀녕을 아주 끊어 몸을 조심하고 참혹한 재앙을 만나지 말거라.”

소저가 엎드려 가르침을 듣고는 두 번 절해 사죄하며 말했다.

“소첩이 능력 없고 바탕이 비루한 사람으로서 귀한 가문에 들어와 한 가지 일도 사람들에게 들릴 만하지 않았습니다. 1년이 안 되어 한 번 귀녕했다가 괴이한 재앙을 겪은 나머지 병이 깊어 어르신과 시부모님께 심려를 끼쳤습니다. 아침저녁으로 그 죄를 헤아리면 황공하니 오직 아버님께서 다스려 주시기를 바랍니다.”

목소리가 낭랑하고 화평한데 어른 앞에서 여러 말을 하는 것이 처음이었다. 평후가 기뻐하는 낯빛으로 사랑하고 아름다워 하는 마음을 이기지 못해 도리어 명천공을 생각하고는 그 집 변고를 한탄하며 말했다.

“문강 형은 어진 군자요, 명강은 소탈한 장부다. 명강이 마침내 인자하고 자상해 매사를 온전히 하고 있으나 죽은 형에게 미치지 못하기에 변란이 이와 같은 것이다. 옛일을 생각하면 더욱 슬프지 않겠느냐? 며느리는 나를 시아버지라고 서먹하게 알지 말거라.”

소저가 사례해 다시 말을 못 하고 은혜에 감동해 슬픔을 이기지 못했다. 태부인이 황홀한 표정으로 소저를 사랑했다. 이후에는 더욱 한때도 떠나보내는 것을 어려워하니 소저가 또한 밤 이외에는 태부인을 떠나오는 일이 없었다.

이에 앞서 조 부인이 딸의 행동거지가 괴이한 것을 헤아리지 못한 채 시가로 돌려보냈으나 매우 근심했다. 그러다가 현앵이 비밀히 하는 말을 들으니 딸이 농 안의 시신이 되어 태우가 구해 냈다는 말을 들었다. 그런데 소저가 정부로 간 것은 어찌 된 일인지 몰라 괴이함과 놀라움을 이기지 못하고 있었다. 이후에 현앵과 설란 등이 가만히 왕래해 춘월이 발각되어 갇혀 있음을 고하며 소저는 십자가에서 병을 조리한다 하는 것이었다. 두 공자도 소저에게 나아가 볼 생각을 못 해, 세 모자가 밤낮으로 두려워하는 것이 마치 얇은 얼음을 디디고 바늘방석에 앉은 듯했다. 부인이 두 아들에게 당부해 조심하라 하고 공자 등은 자기 몸은 둘째요, 모친을 염려해 형제가 돌아가며 해월루로 갔다.

구파가 모친상을 마쳤으나 병이 생겨 즉시 오지 못하다가 쾌차한 후에 돌아왔다. 위 씨와 그 며느리는 매우 불쾌했으나 조 부인은 의지할 사람을 얻은 듯 반김을 이기지 못했다. 구파가 부인 삼모자가 몸을 보전한 것을 기뻐하고 지난 일을 궁금해 했으나 조 부인은 말하지 않았다.

세월은 형봉의 시신을 두루 찾다가 못 해 머리만 묻고는 동료에게도 그 일이 부끄러워, 형봉이 까닭 없이 나갔다가 화를 만났다고 소문을 냈다. 위 씨와 그 며느리는 날이 저물면 누런 두건을 한 일곱 귀신이 보이는 듯하고 형봉의 머리가 아른거리는 듯해 무섭고 놀라 밤이면 경계증(驚悸症)[27]을 얻었다. 간악한 유 씨 여자는 잘 진정하는 사람이라 무서운 것을 잘 참았다. 그래도 조 부인 모자를 보채는 것을 어려워했는데 천신이 또 무슨 벌을 내릴까 두려워서였다. 그래

27) 경계증(驚悸症): 걸핏하면 잘 놀라고 가슴이 두근거리는 증상.

서 삼모자를 칼로 썰 것처럼 미워했으나 참고, 시어머니를 부추기지 못해 춘월에게 삼사일 후에 돌아오라 한 것이다.

약속한 날이 넘자, 유 씨가 괴이하게 여겨 비영에게 가서 보고 돌아오게 하라 했다. 정부에서 위아래 사람 할 것 없이 한입에서 나온 것처럼 소저가 친척 집에 가서 한 달 후에 올 것이라고 하는 것이었다. 비영이 놀라고 괴이하게 여겨 이대로 알리니 유 씨가 괴이함을 이기지 못했으나 악한 일이 드러난 것은 몰랐다.

한 달 후에 또 소저의 안부를 묻는 체하고 비영을 보내니 소저가 아직도 오지 않았다고 하는 것이었다.

그 후 십여 일 만에 또 비영을 보냈다. 주영 등이 소저가 존당에 들어갔다고 하는 것이었다. 비영은 얕은 생각에 자기 딸이 소저의 자리를 차지해 명부의 부귀를 누리는가 해 다행으로 여겼다. 종일토록 소저가 나오기를 기다려 밤이 된 후에 소저가 저녁문안을 마치고 사침(私寢)으로 돌아오니 비영은 소저가 춘월인 줄로 알아 가만히 말하려고 했다. 그러나 절로 두렵고 어려워해 반기는 정이 나지 않고 무서운 마음이 들었으니 괴이하게 여겨 생각했다.

'딸을 사십 일을 넘게 못 보았다가 이제 보니 반가워할 만한데 두려운 생각이 나고 사랑하는 마음은 없으니 이 어찌 된 일인가. 비록 자식이기는 하나 저는 당당한 귀인이요, 나는 하류를 면치 못해 그런 것인가.'

이처럼 생각하며 어찌할 줄을 몰라 한구석에서 유 부인이 전한 말을 예사로이 했으나 소저는 들을 뿐이요 눈을 들지 않았다. 이윽고 태우가 들어오자 사람들이 물러났으므로 비영도 나갔다.

소저와 태우가 취침하니 한 말도 못 하고, 첫닭이 울자 소저는 일어나 존당에 들어가고 태우는 아직 누워 있으니 누구에게 무슨 말을 하겠는가.

설란이 비영에게 일렀다.

"그대가 이곳에 있으려고 온 것인가?"

영이 말했다.

"어찌 있으려 왔겠는가? 소저께 고할 말이 있어 왔더니 틈을 얻지 못해 그저 가네."

주영이 내달아 말했다.

"소저가 말을 전해 그대에게 여기에 오고가지 말라고 했으니 그 연고는 이르지 않으셨네."

영이 이에 속으로 헤아리기를, 월이 자기를 자주 보아 말을 하면 일이 드러날까 해 오지 말라고 한 줄 알고 즉시 돌아갔으나 슬픔이 심해 눈물을 흘리고 혼잣말로 일렀다.

"자식은 거짓 것이로구나. 어버이 마음과 같지 않아 자기는 소저의 자리를 앗아 명부의 부귀를 누리며 나를 푸대접해 반기는 빛이 없으니 그토록 무정한고?"

그러고서 돌아와 위·유에게 본 대로 고하고 월이 무정함을 한스러워했다. 태부인이 이에 웃으며 말했다.

"월이는 천한 사람 중에서 영리하니 너를 보고 데면데면한 것은 무정해서가 아니라 일이 드러날까 두려워해서다."

유 씨가 머리를 숙이고 한참을 생각하다가 속으로 기뻐하지 않으며 말했다.

"월이 시녀 중에서 총명하나 정랑의 안살림을 소임해 명부의 지위를 마음대로 못할 것인데, 그처럼 즐겁게 지내는 것은 아무리 생각해도 맞지 않는 것 같다. 참으로 놀라우니 나는 정부에 있는 사람이 춘월이라는 말을 못 하겠다."

비영이 또한 주영이 정부에 있음을 고하니 위·유가 더욱 놀라 말했다.

"우리는 영의 거처를 몰라 위방에게서 달아났는가 생각했더니 명아가 정부에 감춘 것이로구나."

이처럼 여러 가지 의심이 들어 우울해 하며 즐기지 않았다.

화설. 윤 추밀이 딸을 데리고 구몽숙과 함께 서촉으로 향하니 험준한 길이 여자가 가기에는 매우 힘들었다.

명주보월빙 제11권

하원광은 속아서 아내인 윤현아를 의심하고
하영주는 물에 빠졌다 정천흥에게 구조되다

화설. 이에 앞서 윤 추밀이 딸을 데리고 몽숙과 함께 서촉으로 향해 가니 험준한 길 때문에 여자의 가는 길이 매우 힘들었다.

한 달 남짓해 혼인날을 삼사일 남겨둔 채 촉 땅에 이르렀다. 본읍의 태수 한흡이 십리정(十里亭)[1]에서 영접해 관아로 가기를 청했다. 그러나 추밀이 사양하고 하부 곁에 숙소를 잡아 달라 하고 하 공이 있는 곳을 물었다. 한 태수가 성 남문 밖에 있다 고하고 그 곁에 광활한 숙소를 잡아 일행이 편히 둔치도록 했다.

공이 시녀에게 명령해 소저를 떠나지 말고 모시고 있으라 했다.

즉시 하부를 찾아가니 이때는 중춘(仲春) 그믐 즈음이었다. 얼음 눈이 점차 녹고 아름다운 풀이 비로소 푸르려 하니 만물이 생기가 있었다. 하 공 처소는 사립문이 닳아 있었고 사람이 비집고 들어가야 겨우 출입할 수 있었다. 초가집이 쓸쓸해 땅에 붙어 있어 칠 척의 장신이 들 곳이 없었으니 공이 쇠와 돌 같은 장부였으나 길이 한탄

1) 십리정(十里亭): 십 리 장정(長亭). 장정은 먼 길을 떠나는 사람을 전송하던 곳. 과거에 5리와 10리에 정자를 두어 행인들이 쉴 수 있게 했는데, 5리에 있는 것을 '단정(短亭)'이라 하고 10리에 있는 것을 '장정'이라 함.

하고 눈물이 떨어지는 것을 깨닫지 못했다. 넓은 소매로 눈물을 씻고 곁의 종을 시켜 사람을 불러 자신이 왔음을 알리게 했다.

하 공 부자가 외실에 있다가 반겨 공자가 맞이해 들어갔다. 하 공이 귀양 온 지 어느덧 삼 년이 되어 공자는 열셋의 나이가 되어 있었다. 거친 베에 칡 두건을 하고서 관례를 갓 이루었는데 완연한 시골 사람이었다. 그러나 빼어난 신장이 팔 척이요, 위엄 있는 두 어깨는 봉황이 나는 듯했다. 이리 허리에는 빛이 없는 띠를 둘렀고, 짚신을 끈 채 윤 공을 영접했다. 추밀이 반가운 마음이 무궁해 급히 공자의 손을 잡고 방으로 들어가 하 공을 보았다. 두 사람이 반가움과 슬픔이 섞여 손을 잡고 팔을 붙인 채 한바탕 슬피 울었다. 원광이 윤 공에게 절하고 아버지를 위로해 말했다.

"부질없는 슬픔을 과도하게 해 아버님의 몸을 상하게 하지 마소서."

윤 공이 눈물을 거두고, 하 공이 눈물 흘리는 것을 그치자 서로 회포가 가득했으니 무슨 말을 먼저 하겠는가. 윤 공은 공자를 보는 눈이 새로이 황홀하고, 그 옷이 무색할수록 풍광은 더욱 빛났다. 가을 달처럼 밝은 얼굴과 흐르는 별 같은 봉안(鳳眼)[2]에 해와 달 같은 이마가 매섭고 엄숙해 대장부의 모습이 푸른 하늘에 뜬 흰 해와 같음을 알 수 있었다. 윤 공이 길이 탄식하고 말했다.

"형이 촉 땅에 유배된 지 삼 년이네. 아침 구름과 저녁 비에 그리워하는 정으로 슬퍼하고 형의 옛 자취를 임할 때는 회포가 더욱 슬퍼 한때를 잊지 못했네. 그러나 어버이를 모시고 있는 처지에 관청 일이 많아 몇 천 리를 떠날 길이 없어 한갓 마음속에 못 잊는 정이 그윽한 근심이 되었다네. 영랑의 나이가 이륙이 지났으니 내 딸과

---

2) 봉안(鳳眼): 봉의 눈같이 가늘고 길며 눈초리가 위로 째지고 붉은 기운이 있는 눈.

동갑이라, 망아지가 지나가는 것을 문틈으로 보듯이 세월이 빨리 지나갔네. 올해 혼인을 시키려고 택일해 먼저 형에게 알리고 딸을 데리고서 이곳에 왔다네. 형의 얼굴이 쇠하지 않았고 영윤이 장성해 기이한 것이 경성 화려한 집에서 부귀를 갖춘 이보다 더 나으니 기쁨을 이기지 못하겠네. 겸하여 두 명의 기린을 얻었다고 하니, 이는 하늘이 자건[3] 등이 원통하게 죽은 것을 측은하게 여기셔서 형에게 다시 보내 부귀를 얻게 한 것이라 어찌 기특하지 않은가?"

하 공이 슬픈 빛으로 사례해 말했다.

"내가 목숨이 질겨 죽지 않고, 남에게 없는 참혹한 일을 견디고 원통하고 억울하게 죽은 아이들의 자취가 깊고 멀어 아이들은 이미 옛사람이 되었네. 내가 아비가 되어 빈렴(殯殮)[4]하는 것을 보지 못하고, 죽었을 때 영결하지 못해 믿고 바란 사람은 형과 정 형이었네. 하늘처럼 큰 은혜를 베풀어 저희 백골이 황천에 갔으니 내가 저희를 묻은 것이나 다르지 않네. 그 외에는 더할 일이 없으니 은혜를 뼈에 새겨도 갚을 수 없어 지하에 가 은혜를 갚을 뿐이네. 혼사는 이미 약정하고 빙물을 주었으니, 외람되나 형의 남다른 의로운 기개와 어진 마음을 내가 알고 있으므로 영애(令愛)를 바삐 슬하에 두려는 마음이 급해 사사로운 뜻을 고했었네. 형이 즉시 길을 떠나 먼 길에 무사히 왔으니 다행한 것은 이를 것도 없고 형의 전후의 큰 덕을 생각하면 언어로 다할 수 있겠는가?"

윤 공이 슬픈 빛으로 탄식하고 말했다.

"형이 어찌 이런 말을 해 나의 마음을 불안하게 하는 겐가? 우리 두 집안의 정분으로 대대 벌열로서 자녀를 바꾸는 일은 양가의 좋은

---

3) 자건: 하진의 맏아들 하원경의 자(字).
4) 빈렴(殯殮): 시체를 염습하여 관에 넣어 안치함.

일인데 어찌 '외람' 두 글자를 일컬어 나의 마음을 모르는 것인가?"

하 공이 말했다.

"관례는 정월 대보름에 했고 자(字)는 자의라 했으니 시골 어리석은 백성의 자호를 또한 무엇에 쓰겠는가?"

추밀이 공자의 손을 잡고 말했다.

"너의 문장과 재주를 모르는 것이 아니나 이곳에 온 후에 고요함을 타 공부를 착실히 했을 것이니 한번 시구(詩句)를 보고 싶구나."

공자가 몸을 굽혀 대답했다.

"참혹한 재앙을 겪고 살아난 인생이 촉 땅 수졸(戍卒)이 되었으나 만사가 꿈과 같고 경사에서 공부하던 일이 봄꿈 같습니다. 오직 밭과 들에서 호미를 잡고 소를 먹이며 쟁기 드는 것만 익혔으니 시를 짓는 일은 없었습니다."

원래 공자가 밤낮으로 학문을 부지런히 했으나 한 수의 시를 짓지 않고, 책을 읽을 때는 소리 없이 해 몸가짐을 농부와 다름이 없게 했으니 하 공이 역시 말리지 않고 부자(父子)가 베 두건을 벗으면 짧은 옷만 입고 있었다.

윤 공이 하 공의 쌍둥이 보기를 청하자 공이 즉시 시녀를 시켜 두 아이를 내오라 했다. 원래 조 부인이 작년 가을 기망(旣望)[5]에 해산할 적에 꿈속에 문관과 무관이 손에 백옥으로 만든 주미(麈尾)[6]를 들고 나아와 일렀다.

"문창성(文昌星)[7]과 무곡성(武曲星)[8]이 제명대로 살지 못하고 원

---

5) 기망(旣望): 음력으로 매달 열엿샛날.
6) 주미(麈尾): 총채.
7) 문창성(文昌星): 북두칠성의 여섯째 별인 '개양(開陽)'을 달리 이르는 말. 학문을 맡아 다스린다고 함.
8) 무곡성(武曲星): 구성(九星) 가운데 여섯째 별.

통하게 죽었으므로 상천(上天)[9]께 소원을 빌고 세존(世尊)[10]께 복을 빌며 북두(北斗)[11]에 목숨을 빌어 인간세상에 환생하니 부인은 세 아들이 참혹하게 죽은 것을 슬퍼 마시오. 내년에 남창성이 마저 환생해 부인의 슬하가 될 것이니 네 아들의 무궁한 효도를 받을 것이오."

말을 마치자, 두 학이 부인 품으로 날아드는 것이었다. 꿈에서 깨어 두 아들을 낳으니 산실(産室)에 향기로운 구름이 어려 있고 부인이 기운이 씩씩한데, 먼저 난 아이는 원경 같고 후에 난 아이는 원보 같았다. 크고 작은 것이 달랐으나 모습이 매우 비슷했으니 공의 부부가 이후에는 마음을 적이 위로해 앞선 아이는 원상이라 하고 뒤의 아이는 원창이라 하며 자(字)를 재환, 재순이라 하니 그 뛰어난 것이 날로 더해 갔다.

윤 공이 두 아이를 보니 옥 같은 얼굴과 밝은 눈에 버들 같은 눈썹과 붉은 입술이 빼어나 보통 아이와 매우 달랐을 뿐만 아니라 원경, 원보와 다름이 없어 그들이 환하게 살아 돌아온 것 같았다. 이에 윤 공이 칭찬해 말했다.

"두 아이의 비상함이 이 같으니 자건 형제가 그대로 돌아온 듯하네. 반드시 환생해 다시 형의 슬하가 되고, 느껍게 마친 것이 슬퍼 부귀를 타고났을 것이네. 자의 한 사람도 다른 이의 열 아들을 부러워하지 않을 것인데 두 아이가 이처럼 기이하게 준수하구려. 형이 서른을 갓 넘었으니 장래의 행복과 경사가 만 리 같네. 그러니 지난 슬픔은 족히 이를 것이 아니네."

---

9) 상천(上天): 천제(天帝). 하늘을 주재하는 신.
10) 세존(世尊): '석가모니'의 다른 이름. 세상에서 가장 존귀한 존재라는 뜻.
11) 북두(北斗): 북두칠성(北斗七星). 큰곰자리에서 국자 모양을 이루며 가장 뚜렷하게 보이는 일곱 개의 별. 이름은 각각 천추(天樞), 천선(天璇), 천기(天璣), 천권(天權), 옥형(玉衡), 개양(開陽), 요광(搖光)이라 하며 앞의 네 별을 괴(魁), 뒤의 세 별을 표(杓)라 하고 합하여 두(斗)라 함.

하 공이 슬피 눈물을 흘리고서 꿈속 일을 이르고 탄식하며 말했다.

“장부가 허탄한 꿈을 믿을 것은 아니나 이 아이 등이 죽은 아이들과 다름이 없으니 볼 때마다 반갑고 슬픔이 더하네.”

윤 공이 기이하게 여겨 축하하며 말했다.

“형의 복이 훗날 두터울 것임은 이로부터 알겠네. 현명하신 임금께서 한번 뜬구름을 헤치고 광채를 토하면 형의 원통함과 억울함이 거울처럼 벗겨질 것이네.”

하 공이 탄식하며 삼 년 동안 헤어진 정을 폈다. 금평후와 임 시랑의 서간을 반기는 것이 무궁한 가운데, 임 공은 딸을 낳아 얼굴이 죽은 딸과 같음을 베풀어 길이 슬퍼하는 것이었다. 하 공이 일마다 꿈이 맞는 것이 기이하고 슬퍼 탄식하는 소리를 그치지 않았다.

어두워지자 윤 공이 말했다.

“우리 딸이 어미를 떠나 몇 천 리에 외로이 이르렀으니 마음이 즐겁지 못할 것이네. 내가 돌아가 내일 다시 올 것이네.”

공이 떠나보낼 마음이 없었으나 소저를 위해 숙소로 가게 했다. 내실에 들어와 윤 공의 신의를 새로이 일컬으며 간략히 신부 보는 예를 차리라 하고 눈길 닿는 데마다 슬픔을 이기지 못했다.

추밀이 숙소에 돌아와 딸을 어루만져 저녁밥을 권했다. 소탈하고 잔걱정 없는 성품이었으나 딸이 부귀하고 호화로운 데에서 나고 자라 고초를 모르다가 견디지 못할까 두려워해 말했다.

“초나라 공주가 백정에게 시집간 일이 있으니[12] 여자의 절의(節義)는 온갖 행실 중에 으뜸이다. 시가가 한갓 가난하고 굶주릴 것은 아니나 스스로 재앙에서 살아남은 삶이라 해 처신을 촌사람처럼 하

12) 초나라~있으니: 중국의 고사로 보이나 미상임.

고 있다. 그 거처를 이르면 옛날 하부의 소와 말 매는 곳도 그렇지 않고, 음식은 틀림없이 채소 뿌리나 보리를 삶은 것이다. 딸이 맛있는 음식을 물리도록 먹다가 견디기 어려울 것이나 시골에 가면 그곳 풍속을 따르는 법이다. 습관이 오래되면 천성이 되는 것이다. 마음에 참으려 하면 못 견딜 일이 없고 호화로운 마음을 고쳐 힘들고 괴로운 데 머무르다가도 고진감래(苦盡甘來)[13]라 좋은 시절이 오게 될 것이다. 내 아이는 본디 여중군자니, 네 아비의 경계를 저버리지 말아 시부모를 효도로 봉양하고 군자의 뜻을 잘 받들며 숙녀의 사덕(四德)[14]에 힘쓰고 조금도 교만하게 우쭐거리지 말거라."

소저가 몇 천 리 끝에 즈음해 아득히 시골집에 와서 앉아 있으니 경사가 아득했으나, 꿈에서 넋이 본부를 볼지언정 날아갈 길이 없었다. 시골 사람의 쑥대머리와 귀신 같은 얼굴에 기괴한 옷을 보면 사람의 모양 같지 않고 어리석은 백성 같았다. 벽란 등이 하부를 밖에서 보아 머리를 흔들며 측간이라도 그토록 괴이한 것을 보지 못했다는 말을 하는 것을 들었으니 앞날에 빛이 없을 줄 어찌 모르겠는가. 다만 사람됨이 천균(千鈞)[15] 같고 견고함이 금옥(金玉) 같았으므로 얼굴빛을 바꾸지 않았다. 그러던 차에 아버지의 경계를 듣고는 오직 절하고 명령을 들을 뿐이고 하씨 집안의 빈부(貧富)를 말 끝에 올리지 않았다. 심려를 끼치지 않으려 해 저녁밥을 예사로이 다 먹으니 공이 그 효성스럽고 온순함을 사랑하는 것이 만금(萬金)보다 더했다.

구생은 윤 공과 함께 동행했으나 소저를 조금도 보지 못했으니 이

---

13) 고진감래(苦盡甘來): 괴로움이 다하면 즐거움이 옴.

14) 사덕(四德): 여자로서 갖추어야 할 네 가지 덕. 마음씨[婦德], 말씨[婦言], 맵시[婦容], 솜씨[婦功]를 이름.

15) 천균(千鈞): 매우 무거운 무게 또는 그런 물건을 비유적으로 이르는 말. '균'은 예전에 쓰던 무게의 단위로, 1균은 30근임.

는 공이 구태여 보라 하지 않았고 길을 가는 데 일찍 나서고 어둡게 들어 소저를 볼 까닭이 없었기 때문이다. 소저가 또 극진히 몸을 감춰 구생을 한 번 본 일도 뉘우쳤다.

이미 이르니 몽숙의 선조 묘소가 하 공 집과 멀지 않고 묘소를 지키는 종이 있으므로 윤 공에게 묘막으로 가겠다고 청했다. 공이 흔쾌한 빛으로 허락하고, 갈 때는 노자를 더욱 넉넉히 해 함께 가자고 했다.

몽숙이 사례하고 묘소에 나아가 선영(先塋)에 절할 뿐만 아니라 윤 씨를 자기의 것으로 삼으려 했다. 윤 공이 신의를 굳게 지켜 딸을 데리고 촉 땅까지 온 것은 하씨 집안에 큰 은혜가 되는 것이거늘, 하씨 집안이 며칠 남은 혼인을 스스로 물리는 지경에 이르면 공의 성품이 과격하므로 반드시 크게 성을 내어 다른 곳에 구혼할 것이었다. 그때를 타 자기가 구혼하면 윤 씨를 얻을 수 있을 것이라 생각했다. 그래서 먼저 하씨 집안을 격동시켜 혼인을 못 하게 방해하리라 생각했다.

이날 밤에 몸을 흔들어 흉악하고 굳센 역사(力士)로 변해 비수를 끼고 하부 초가집에 들어가니 하 공자는 등불을 물리고 바야흐로 누우려 하던 참이었다. 몽숙이 칼을 들고 문을 열어젖히며 사나운 소리로 말했다.

"하진 반역자의 부자가 천하 영웅 직공암을 아느냐? 나의 천금 같은 미인 윤 씨 현아는 나와 굳은 언약을 두었다. 아직 혼인을 하지는 못했으나 부부의 정이 오륜의 큰 의리를 밝혔다. 원광 도적놈이 미인을 빼앗는 지경에 이르면 한 칼로 젓갈을 만들 것이다."

말을 마치고 바로 하 공자를 향해 찌르려 했다. 공자가 바야흐로 누우려 하다가 분노해 벌떡 일어나 긴 팔을 들어 칼을 막았다. 몽숙이 공자의 힘을 모르고 하 공에게 먼저 손을 쓰려 했다. 공자가 고운 손을 들어 긴 칼을 앗으니 날랜 것이 신기해 몽숙이 칼을 헛되이 놓쳐 버렸다. 공자가 칼을 빼앗아 바로 찌르려 하자 몽숙이 놀라 몸을 솟구쳐 공중으로 올라갔다. 공자가 그 손을 찔러 피가 흘렀으나 몽숙의 요술이 기이하므로 자취를 감췄다. 공자가 분노해 아버지가 매우 놀라셨는지 해서 급히 들어갔다. 공이 본디 기운이 송백(松柏) 같았으므로 흉악한 도적의 더러운 말에 대단히 놀라지는 않아 태연히 누워 있었다. 공자가 들어와 기운을 묻자 공이 대답했다.

"그사이에 기운을 상할 일이 없으니 어찌 묻는 것이냐? 다만 흉악한 도적의 더러운 말이 한심하니 반드시 윤씨 집안을 미워하는 자가 혼인을 방해하려 하는 것이다."

공자가 몹시 놀라고 분노해 한 칼에 도적을 죽이지 못한 것을 한스러워했다. 부친이 윤씨 집안을 미워하는 이가 있어 혼인을 방해한다 하시는 말에 답답해 차라리 자기가 몸을 피해 윤 씨를 얻지 말고 싶었다. 원광처럼 신명한 사람이 홀로 흉악한 노석의 더러운 말을 깨닫지 못하니, 이 또한 금슬이 방해받을 액운 때문이라 천명을 사람의 힘으로 할 바가 아니었다.

공자가 아버지 앞에서 고했다.

"윤 씨 아저씨의 큰 은혜는 소자가 몸을 부숴 갚을 것이나 도적의 흉악한 말을 들으면 그 딸이 참으로 음란한 여자인 줄을 알 수 있습니다. 소자가 일생을 홀아비로 지내더라도 음란한 여자는 얻지 않을 것입니다. 그러니 대인께서는 윤 공에게 사유를 말씀하시고 이 혼인을 물리소서."

하 공이 공자의 말을 다 듣고서 안색이 변해 놀라서 비단 이불을 팽개치고 갑자기 일어나 앉아 탄식하며 말했다.

"내 너를 평소에 참으로 총명한 줄로 알았더니 어찌 이처럼 지식이 얕고 과격한 것이냐? 흉악한 도적의 더러운 말을 믿어 명강의 천금 같은 딸을 이와 같이 의심할 줄을 알았겠느냐? 네 아비의 운명이 기구해 네 형 세 명을 참혹히 보내고 비록 젖먹이 아이 둘이 있으나 오직 너를 믿고 바란 것이 태산처럼 무거웠다. 나이가 차지 않았어도 큰일에 사리가 아주 밝을 줄 알았더니 이 말로 보면 소견이 개돼지나 다르지 않으니 어찌 한심하지 않으냐? 우리 아이가 저에게 은혜를 받은 것이 얼마나 많으냐? 명강이 몇 천 리 험한 땅에 그 딸을 데리고 재앙을 겪고 남은 인생을 찾아 이른 것은 신의를 금석처럼 여겨서 그런 것이다. 옛날에 진평(陳平)[16]의 아내는 다섯 번 개가(改嫁)했다. 마음에는 비록 언짢아도 소중히 대해 그 부형의 은혜를 저버리지 않는 것이 옳다. 윤 씨가 또한 그럴 리가 없으니 네 마음에는 음란한 여자로 아나 내 마음에는 열녀로 알아 윤 씨를 얻을 것이다. 흉악한 도적의 더러운 말은 놀랍지 않으나 네가 현명하지 못하고 용렬한 데에 경악할 따름이다."

말을 마치자 기운이 늠름하니 보는 자들이 감히 눈을 들어 바라보지 못했다. 공자가 꿇어 아버지의 가르침을 들으니 비록 자기의 소견과 다르나 사람의 자식으로서 태만하지 못할 것이었다. 하물며 화란을 겪은 후에 부모의 뜻을 조금이라도 어길까 밤낮으로 조심하고 있으므로, 두 번 절하고 온화한 기운과 부드러운 목소리로 사죄해 말했다.

"소자가 지식이 얕아 흉악한 도적의 더러운 말을 분하게 여겼습니다. 아버님의 가르침이 지당하시니 아득했던 막힌 가슴이 상쾌해

---

16) 진평(陳平): 중국 한(漢)나라 유방(劉邦)을 도와 그가 천하를 통일할 수 있도록 도운 인물(?~B.C.168).

졌습니다. 삼가 아버님의 가르침을 받들어 다시 현명하지 못하고 과격한 일을 고쳐 행동하겠습니다."

하 공이 재삼 경계해 괴이한 뜻을 두지 말라고 했다. 공자가 순순히 명령을 들어 평안하지 않은 낯빛을 두지는 않았으나, 속으로는 분한 마음을 이기지 못했다.

다음 날 윤부에 이르러 조용히 담화할 때 하 공이 지난 밤의 변고를 이르지 않고 공자는 온화한 기운이 한결같았다. 그래서 추밀이 그 일을 알지 못하고 오직 원광을 사랑하는 것이 친자식이나 다르지 않았다. 희천이 조숙하므로 몇 년 후에 혼사를 이루자고 하니 하 공이 말했다.

"혼인은 이미 약정해 빙물을 전했으니 조만간 지낼 것이네. 내가 영녀를 신부로 삼고 영랑을 사위로 삼았으니 비루한 사람이 외람된 것이 많아 두려운 염려가 없지 않네."

이에 윤 공이 하 공의 말이 너무 겸양해 친한 사람끼리의 의리를 상하게 함을 일컫고 세월이 지나가 희천이 장가들기를 바랐다.

며칠이 지나 혼례를 지낼 적에 촉군 태수가 고을의 관리, 선비 들과 함께 나와 행렬을 도우니 하 공이 감사해 말했다.

"수졸(戍卒)[17]이 장가가는 것이 무슨 큰일이라고 수령께서 친히 나오셔서 비루한 집의 광채를 도우시니 불안하고 감사합니다."

태수가 읍(揖)[18]을 하고 사례해 말했다.

"소관이 스스로 나와 존공(尊公)께 알현할 것이었으나, 삼가는 것이 과도하셔서 체면이 손상되시는 것이 불안해 감히 소관의 정성을

17) 수졸(戍卒): 수자리 서는 병졸.
18) 읍(揖): 두 손을 맞잡아 얼굴 앞으로 들어 올리고 허리를 앞으로 공손히 구부렸다가 몸을 펴면서 손을 내리는 예.

펴지 못했습니다. 오늘은 영윤공자(令胤公子)의 혼인날이니 한번 참여하는 것을 폐할 수 있겠습니까?"

하 공이 재삼 그 말을 감당하지 못하겠다 말했다.

날이 늦어 원광 공자가 길복을 입을 적에 당당한 예복을 폐할 수 없을 것이나 간략하고 검소하게 했으니 어찌 경사 재상의 자식처럼 장가드는 영광이 있겠는가. 태수와 이웃들이 그 뜻을 알아 슬피 여겼다.

태수가 길복 입히는 것을 마치자 원광 공자가 안에 들어가 어머니를 뵈었다. 조 부인이 자식의 혼인날을 맞이해 옛일을 생각하고 느껴 슬픈 마음을 이기지 못했다.

하 공자가 행렬을 거느려 윤 공의 숙소로 나아갔다. 상(床)에 기러기를 올리고 이웃이 요객(繞客)[19]이 되어 신부가 가마에 오르자, 하생이 가마를 닫고 집으로 돌아갔다. 윤 공이 뒤에 좇아가니 행렬이 가지런했다.

본가에 이르러 내실에 들어가 맞절을 하니 남녀의 풍채가 빼어나 해와 달이 함께 다투고 구슬과 옥이 빛을 자랑하며 난새와 봉황이 여수(麗水)[20]에서 노는 듯하니, 하늘이 정해 준 한 쌍이며 평생의 배필이었다. 예를 마치고 하생은 밖으로 나가고 벽란 등이 소저를 붙들어 시부모에게 뵙는 예식을 거행했다. 소저의 온갖 자태가 빛나 중추절 보름달이 온 방에 밝고 봄볕이 옥난간에 따스한 듯했다. 푸른 물결의 향기로운 연꽃이 가을 물을 무릅쓴 듯하고, 아리따운 태도와 윤택한 피부는 아름다운 옥을 채색하고 명주(明珠)를 다듬은 듯했다. 여덟 빛깔의 아름다운 눈썹[21]에는 타고난 빼어난 기운이 모

19) 요객(繞客): 혼인 때에 가족 중에서 신랑이나 신부를 데리고 가는 사람.
20) 여수(麗水): 금이 많이 난다고 하는 중국의 지명.

여 복록(福祿)을 감췄으며, 별 같고 가을 물결 같은 두 눈에는 착한 덕이 밖으로 드러났다. 달 같은 이마과 꽃 같은 뺨에 탐스러운 쪽 진 머리와 짙은 귀밑머리가 매우 빼어났다. 육 척의 향기로운 몸이 신중한 몸가짐과 단엄한 위의를 지녔으니 소소한 아녀자의 기품이 아니었다. 착함과 아름다움을 고루 갖춘 행동이 모자라거나 넘치는 것이 없이 알맞았다.

하 공 부부는 자신들이 바란 것 이상이어서 매우 기뻐했다. 폐백(幣帛)[22]을 받고 예를 마친 후 신부를 나오게 해 옥 같은 손을 잡고 구름 같은 머리카락을 어루만지며 사랑하는 마음을 이기지 못했다. 그런 중에 옛날에 학사를 장가보낼 때 임 소저를 보던 일을 생각하고는 사람 일이 바뀌고 예식에 차린 기구가 차이가 큰 것을 슬퍼했다. 이에 공이 슬피 탄식하고 말했다.

"예전에 우리 며느리가 세 살 젖먹이 아이일 때 백화헌 가운데서 내가 친히 보고 혼인을 굳게 약정했으니, 신부의 팔 위에 글자를 쓰고 내 아들과 신부가 자라기를 기다렸단다. 그런데 우리 가문이 천만뜻밖에 참혹한 재앙을 만나 촉 땅에 유배되었으나, 영존(令尊)이 의로운 기개와 어진 마음을 지녀 재앙을 겪고 난 인생을 버리지 않고 동상(東床)[23]을 삼아 며느리가 우리 슬하에 오게 되었구나. 외모와 타고난 자질을 장성해서 보니 더욱 아름답구나. 어찌 바란 것 이상이 아니겠느냐? 그러나 신부가 부귀한 집에서 나고 자라 촉 땅 수졸의

---

21) 여덟 빛깔의 아름다운 눈썹: 여덟 빛깔의 눈썹은 제왕의 얼굴을 찬미하는 말임. 중국 고대 요(堯) 임금의 눈썹에 여덟 가지 색채가 있었다는 데서 유래함. 여기에서는 윤현아 눈썹의 아름다움을 형용한 말로 쓰임.

22) 폐백(幣帛): 신부가 처음으로 시부모를 뵐 때 큰절을 하고 올리는 물건. 또는 그런 일. 주로 대추나 포 따위를 올림.

23) 동상(東床): 동쪽 평상이라는 뜻으로 사위를 이름. 중국 진(晉)나라의 태위 극감이 사윗감을 고르는데 왕도(王導)의 집 동쪽 평상 위에 엎드려 음식을 먹고 있는 왕희지(王羲之)를 골랐다는 고사에서 온 말.

며느리와 아내가 되었으니 일생에 빛이 없는 것이 안타깝구나.”

부인이 소저를 매우 사랑하는 가운데 눈물을 비처럼 쏟으니, 신부가 마음에 감동하여 낯빛을 고쳤다. 하 공 부부가 소저에게 푹 빠져 소저를 지나치게 사랑하는 것이 영주 소저와 같았다. 사람됨이 매우 빼어나고 범상하지 않아 견주어 비길 자가 없었다. 시골 어리석은 백성의 무리가 윤 소저 같은 미색을 꿈에나 구경했겠는가. 바라보는 눈이 황홀해 정신을 잃을 정도였다. 조 부인이 참화를 겪은 이후로 초가집에 사람들이 모이면 시녀 등이 좌우로 물리쳤다. 조 부인은 사람이 모이면 어수선했으므로 사람 보기를 원하지 않았고, 혼례를 지냈으나 경황이 없어 이웃 사람을 모으지 않았다. 그래서 내객(內客)은 없고, 태수가 거느리고 온 뭇 관리 등 외객만 있었다.

영주 소저가 신부와 서로 보니, 이때 소저는 나이가 열한 살이었다. 온갖 자태가 맑고 아리따워 바다 위의 보름달이 아름다운 빛을 토하고 가을 못의 연꽃이 봉우리를 살짝 벌린 듯해 황홀한 자태가 오히려 신부보다 한 배 더 나았고, 온화하고 너그러우며 너르고 부드러운 것은 신부가 두어 층 더했다. 하 공 부부가 딸과 며느리를 슬하에 두니 아름다운 광경에 기뻐하는 마음을 이기지 못했다. 그러나 세 아들과 임 씨의 옥 같은 골격과 신선 같은 풍채를 생각하면 가슴에 일만 개의 칼날이 저미는 듯했다. 봄바람에 나부끼는 소장(素帳)[24]과 네 개의 목주(木主)를 볼 때마다 하늘에 사무치는 원통함만 더할 뿐이었다. 부인은 오열하며 슬피 울고 하 공은 소매를 들어 두 줄기 눈물을 닦고 밖으로 나갔다. 태수 이하의 사람들은 혼례를 무사히 지낸 것을 하례했다. 이에 윤 공이 하 공에게 말했다.

---

24) 소장(素帳): 궤연(几筵) 앞에 치는 하얀 포장.

"불초한 딸이 용렬하고 바탕이 미미해 영윤(令胤)의 풍채에 욕될까 두렵네."

하 공이 사례해 말했다.

"며느리의 용모를 처음 본 것이 아닌데 자라면서 기특하게 생긴 것은 어렸을 때마다 더하네. 내 아들이 무슨 복으로 이 같은 어진 아내를 얻었는고? 내가 바란 것 이상이거늘 형의 말은 의외네."

추밀이 감당하지 못하겠다며 감사해 하고, 자리에 있던 사람들이 하 공이 어진 며느리를 얻고 윤 공이 훌륭한 사위를 얻은 것을 어지럽게 축하했으나 하 공은 슬픈 회포가 만 갈래였다.

해가 지고 길이 멀어 태수와 손님들은 돌아가고 하·윤 두 공은 함께 잠을 잤다. 하 공이 아들을 신방으로 보내니 생이 만사에 아버지의 뜻을 잘 따랐으므로 명령을 들었다. 두 공이 취침하시는 것을 보고, 안에 들어가 어머니를 뵙고 등불 아래에서 두 아우와 놀아 주며 누이와 담소하면서 내실을 나갈 뜻이 없었다. 이에 부인이 말했다.

"신부가 재상 집안에서 예쁨받고 자란 딸로서, 초가집에 처음 이르러 사방에 친한 사람이 없고 약질이 평안하지 않을 것이다. 너는 가서 신부를 편히 쉬게 하고 예로 대접해 그 부형의 큰 은혜를 저버리지 마라."

생이 묵묵히 명령을 듣고 신방으로 향했다.

이때, 몽숙은 하 공 부자를 놀라게 해 심하게 상하게 하려 하다가 하생에게 손을 찔리고 패주해 묘막으로 돌아갔다. 손을 보니 손바닥 가운데가 찔려 거의 뚫어질 지경이었다. 그러나 참으로 간사하고 악한 사람이 아픈 것을 참고 약을 붙여 조리하며 병이 났다 핑계하고 밖으로 나가지 않았다. 하부에서 혼례를 지낸 것을 듣고 한탄하고 분노해 하씨 집안에 다시 변란을 일으키려 했다.

밤이 깊은 후 하부에 이르러 기미를 탐지하니 윤 공이 숙소에 돌아가지 않고 하 공과 함께 머무르고 있었다. 요란히 굴다가 발각되면 추밀이 자신을 죽일까 겁냈다. 하 공자의 용력이 비상함을 알았으므로 금슬이나 방해해 윤 씨를 내치도록 하려는 생각이 일어났다.

윤 소저의 신방을 찾아 나는 새로 변해 방에 들어가 벽에 붙어 있었다. 밤이 깊은 후에 하생이 들어오는 모습을 보고 몸을 흔들어 흉악하고 사나운 남자가 되어 문을 열어젖히고 달아났다. 공자는, 며칠 전 서당에서 변란을 지었던 놈 같았으므로 분노가 치솟아 급히 잡으려고 했다. 그런데 문득 공중으로 달아나 순식간에 간 곳이 보이지 않는 것이었다. 참으로 놀랍고 어이가 없어 도로 나가려 했으나 아버지에게서 훈계를 엄히 받았으므로 감히 나가지 못했다. 언짢은 마음을 서리담고 분한 것을 이겨 신방에 들어가 소저를 대했다.

윤 씨와 시녀들이 무망중에 흉악한 도적이 뛰어나가는 것을 보자 놀라움은 이를 것도 없이 하생이 들어오는 때에 이러한 것이 자기의 앞길을 마치려는 것임을 헤아려 놀라움을 이기지 못했다. 그러나 소저는 사람됨이 하수와 바다 같은 도량을 지녔고 봄바람처럼 온화한 기운을 지닌 인물이었다. 자기 마음이 얼음과 옥처럼 깨끗했으므로 말소리와 얼굴빛을 드러내지 않고 일어나 하생을 맞이해 동서로 나누어 앉았다.

생이 목전에서 흉악한 변란을 보았으니 어찌 눈이나 거들떠보겠는가. 늠름히 바로 앉아 눈썹 사이에 눈바람이 은은하고 엄숙하니 보는 자가 땀이 나 등에 젖을 정도였다. 한참을 묵묵히 있다가 천천히 웃옷과 띠를 풀며 소저를 향해 편히 쉬라 하며 그 얼굴을 살피는 일이 없이 다른 가문의 부녀를 보는 것처럼 했다. 벽란 등이 우러러 기색을 살피고, 원통하고 애달픈 마음이 비길 데가 없었다.

생이 분을 참고 밤을 겨우 새워 새벽을 기다려 나가고 소저는 밤새도록 앉아 새웠다가 시부모에게 문안했다. 공의 부부가 기쁨을 형용하지 못하고, 하생은 윤 공을 아버지처럼 섬겼으니, 그것은 그 은덕에 감격해서이고 장인으로 알아서 한 것은 아니었다.

하 공이 윤 공을 머무르라 청해 윤 공이 열흘을 머무르며 날마다 딸을 불러서 보았다.

하루는 하 공이 윤 공과 함께 며느리 침소에서 조용히 한담하고 있었다. 추밀이 하 공의 며느리 사랑이 지극한 데 감사해 오래도록 말하고 하생은 외당에 있었다. 그런데 문득 한 명의 계집종이 초가집에 들어와 안을 기웃거려 보는데 손에는 한 통의 편지를 지니고 있었다. 공자가 이에 물었다.

"네가 어떤 아이기에 무슨 서간을 누구에게 전하러 온 것이냐?"

그 여자가 대답하지 않고 머리를 긁적이며 당황해서 나갔다가 도로 들어오는 것을 서너 번이나 했다. 생이 괴이하게 여겨 또 물었다.

"네가 서간을 누구에게 주려 하느냐? 나에게 이르라."

그 아이가 말했다.

"직 상공이 부디 윤부 시녀에게 주고 오라 하셨으니 윤부 시녀를 불러 주소서."

행동이 철이 없어 인사를 모르는 모습이므로 생이 말했다.

"네가 그 서간을 두고 가면 내가 전해 주겠다."

그 아이가 한참을 머뭇거리다가 서간을 드리고 갔다. 생이 그 서간을 보니, '직공암은 윤 소저 경대 아래에 올립니다.'라 했다. 이에 서간을 빼어서 보니 말이 음란하고 흉악했다. 대개 하진 부자를 죽이고 윤 추밀 모르게 산골짜기로 도망해 살 것을 도모한 사연이고, 신혼 밤에 하 씨를 찔러 죽이려 하다가 외실에 윤 추밀이 있어 놀라서 물러난 사연이었다. 하생이 다 보고는 불을 가져다 태워 버리고 자기가 본 것을 뉘우쳐 자책하며 말했다.

"예가 아닌 것은 보지 말고, 예가 아닌 것은 듣지 말라[25] 한 것이 성인의 경계였다. 음란한 글을 눈으로 살핀 것은 몸가짐이 거꾸로 된 것이다. 이후에는 윤 씨를 음란한 여자로 알아 한구석에 밀어 두어 아는 체하지 않는 것이 아버님의 가르침을 잘 따르고, 윤 공의 은혜를 저버리지 않는 것이다. 음란한 여자와 간음한 남자가 아무리 나를 죽이려 한들 내 목숨은 하늘에 달려 있으니 제 손에 있겠는가. 차라리 간음한 남자 놈이 윤 씨를 데리고 달아나면 언짢은 마음이 없을 것이다."

그러고서 윤 소저에 대한 은정은 꿈에도 없고 더럽고 언짢게 여기는 마음뿐이었다.

문득 하·윤 양 공이 나오니 생이 마루에서 내려가 맞이해 모시고 말했다. 말과 기운이 한결같아 윤 씨를 싫어하는 내색을 하지 않았으니 추밀이 어찌 알겠는가. 다만 몇 천 리 시골에 두고 가는 마음이 슬펐으나 중요한 의리를 아는 장부였으므로 생각이 낡은 선비의 자질구레함이 없었다.

구몽숙이 변신해 스스로 인가의 여종이 되어 음란하고 참혹한 서간을 가져가 하생을 속이고, 다시 윤 소저의 훌륭하고 빛나는 자태를 구경하려 해 푸른 새가 되어 청사에 어른거렸다. 문득 윤 씨 곁에 한 규수가 나란히 앉아 있으니 동풍에 웃는 모란과 부상(扶桑)에 돋는 달 같아 윤택하고 수려했다. 윤 씨의 한없는 아리따움은 이를 것도 없고 어린 소저는 몹시 희고 빛나 선원(仙苑)[26]의 금빛 꽃봉오리

25) 예가~말라: 『논어(論語)』, 「안연(顏淵)」에 나오는 표현. 원문은 "비례물시, 비례물청. 非禮勿視, 非禮勿聽."임.

같았다. 자세히 살피니 이마는 반달 같고 눈썹은 봄산 같으며 눈은 낭성(狼星)[27] 같으며 빰은 복숭아꽃 같고 입술은 단사(丹砂)[28] 같았다. 어여쁜 거동은 눈 옮기기 아까웠고 오히려 윤 씨보다 나은 듯했다. 몽숙이 윤 소저를 독보적인 미색으로 알았다가 하 소저를 보니 크게 놀라고 황홀해 즉시 묘막으로 돌아가 생각했다.

'부디 윤 씨를 취하려 했더니 벌써 하원광에 빼앗겼고, 금슬을 방해하려 했으나 하씨 집안은 윤 씨를 버릴 뜻이 없다. 설사 윤 씨를 앗아도 윤 씨가 두 성을 섬기는 노릇이니 망측한 일이다. 윤 씨 곁에 앉은 여자는 모양이 규수요, 반드시 하진의 딸일 것이다. 전에 들으니 하씨 집안에서 희천과 정혼했다 하더니 분명히 그 여자일 것이다. 각별한 묘계로 하 씨를 납치해 내 것으로 삼고 하원광이 윤 씨를 버리는 일이 있으면 다시 취하는 것이 옳다.'

이렇게 간악한 계교가 마구 쏟아졌다.

그런데 구몽숙이 때맞춰 괴이한 요정을 만났다. 이자는 서촉 청성산 아래 한 암자에 있는 한 명의 여도사였으니 삼천 년 묵은 여우였다. 전후에 사람 잡아먹은 것이 백 명이 넘고 변화를 헤아릴 수 없었다. 사람의 소원이 있으면 그 소원을 좇았다. 사람의 길흉화복과 한참 후의 미래를 거의 다 알아 크게 신통했다. 그래서 촉 땅 사람들이 부처처럼 받들어 법호를 금선법사라 하고 별호를 신묘랑이라 했다. 상놈과 천한 사람들 가운데 허랑하고 경박한 무리와 호방한 시골 여자 가운데 우환을 당하거나 자녀를 못 보는 무리가 다 신묘랑에게 청해 효험을 보았다.

---

26) 선원(仙苑): 신선의 화원.
27) 낭성(狼星): 큰개자리에서 가장 밝은 청백색의 별로, 하늘에서 볼 수 있는 가장 밝은 별임.
28) 단사(丹砂): 수은으로 이루어진 황화 광물. 붉은색 안료(顔料).

몽숙의 선조 묘소를 지키는 종이 자기 딸이 병들어 오래 아프므로 교자를 가지고 묘랑을 청해 자기 집으로 데려왔다. 몽숙이 곁방에 있다가 교자에 누구를 데려오는지 물으니 종이 묘랑의 기특함을 일일이 전했다. 몽숙이 제 팔자를 물으려고 보기를 구하니 묘랑이 처음에는 사양하다가 몽숙이 자신이 차고 있던 금장도를 풀어 예단(禮單)[29]을 삼자, 묘랑이 장도에 욕심을 내어 구생을 보았다. 구생이 자신의 사주(四柱)[30]를 이르고 미래의 일을 물었다. 묘랑이 손가락을 굽혀 점을 치더니 눈썹을 찡그리고 말했다.

"상공은 젖먹이 때 양친을 다 잃고 한 몸이 의탁할 곳이 없어 남의 문하에서 자랐습니다. 의식(衣食)은 있으나 혈혈무의(孑孑無依)하고 오래지 않아 청운(靑雲)에 올라 어향(御香)[31]을 쏘일 것입니다. 그러나 팔자에 실패를 많이 타고났고 풍채와 재주는 하등이 아니나 한 몸에 더러운 이름이 무궁해 매에게 쫓기는 꿩 같고 고양이를 본 쥐와 같으니, 남의 덕을 많이 입을 것입니다."

몽숙이 섬뜩해 일렀다.

"어이 된 팔자가 그리 호화롭지 못한가? 내 평생 선(善)을 힘쓰고 악(惡)을 피해 왔거늘 더러운 이름을 면치 못할 것이라 하는 것인가?"

묘랑이 웃으며 말했다.

"천지, 귀신은 속여도 저는 속이지 못할 것입니다. 상공께서 밖으로는 어진 척하시나 마음속에는 칼을 서리담고, 말은 빛나나 내용은 부정하고 음란하십니다. 선비의 의관을 차리고 계시나 벌써 못할 일을 많이 했습니다."

29) 예단(禮單): 예물을 적은 단자.
30) 사주(四柱): 사람이 태어난 연월일시의 네 간지(干支).
31) 어향(御香): 궁중에서 쓰는 향. 천향(天香)과 같은 말.

몽숙이 참으로 신기하게 여겨 문을 닫고 곁에 나아가 가만히 일렀다.

"내 마음속에 먹은 일을 이루면 머리를 베어 주더라도 그대의 은혜를 갚고, 그대가 경사에 올라가 재상 가문, 귀한 집안으로 다니게 해 높은 재주를 펴게 하겠네."

묘랑이 사례하고 나직이 말했다.

"상공께서 색을 탐해 남의 금슬을 방해한 듯합니다. 상공은 원래부터 어진 사람을 시기하고 능력 있는 사람을 질투하며 배은망덕한 마음을 지니고 있습니다. 지금도 부정한 일을 많이 생각하고 있는 얼굴입니다. 빈도가 관상 보는 법을 알고 점을 쳐서 미래의 길흉을 거울에 비추듯 아니 감출 길이 없습니다."

몽숙이 말했다.

"과연 옳으니 원래 나에게 별다른 재주가 없는 것인가?"

묘랑이 웃으며 말했다.

"어찌 별 재주가 없겠습니까? 틀림없이 도법의 변화(變化)하는 일이 있을 것이니 그러하므로 더러운 이름을 얻는다는 말을 한 것입니다."

몽숙이 다 듣고는 말했다.

"내가 변화하는 재주를 가졌으나 다만 남을 이끌어 공중에 오르는 기술이 없네. 사람을 끼고 공중에 오르는 기술을 마저 배우고 싶네."

묘랑이 다만 제 재주가 천하에 독보적이려 하는데 어찌 가르쳐 주겠는가. 이에 웃고 말했다.

"빈도는 한 번에 네다섯 명씩 끼고 공중에 왕래하고 하루에 천 리를 가지만 남에게는 가르치지 못할 일이 있으니 상공께서는 괴이하게 여기지 마소서."

몽숙이 일어나 절하고 말했다.

"내 마음속에 간절한 소회가 있네. 다른 일이 아니라 지금까지 숙녀를 만나지 못하고 평생 절색을 흠모해 왔네. 마침 선조의 묘소를 뵈러 왔다가 이곳에 귀양 온 하 공의 딸을 보았는데 천만고에 드문 미색이었네. 사부가 하 씨를 앗아 나에게 준다면 은덕을 마음에 드리우고 뼈에 새기겠네."

묘랑이 이 말을 듣자 매우 기뻐했다. 자기 재주로 하 씨를 납치해 몽숙에게 주고 값을 많이 받으려 했으므로 잠깐 도도하게 사양하며 말했다.

"빈도에게 좀스러운 재주가 있으나 저 하 씨에게 어찌 가볍게 손을 쓰겠습니까?"

몽숙이 꿇어 매우 빌며 죽을 때까지 은혜를 갚겠다고 하자 묘랑이 웃으며 말했다.

"하도 간청하니 못 하겠다는 말은 못 하겠습니다. 다만 하 소저를 납치해 어느 곳으로 데려가려 합니까?"

몽숙이 한참을 생각하다가 일렀다.

"선산 뒤 금사강 가에 선조께서 만드신 정자가 있네. 그곳이 고요하고 궁벽해 사람이 왕래하지 않으니 법사도 아마 들었을 것이네. 금사강 가의 정자 구성암을 찾으면 알 것이네."

묘랑이 말했다.

"서촉의 강 중에서는 금사강이 으뜸이요, 정자 중에서는 구 어르신께서 지으신 정자가 제일입니다. 빈도도 여러 번 구경했으니 어찌 모르겠습니까? 알지 못하겠습니다. 어느 날에 일을 치르겠습니까?"

몽숙이 무수히 사례하고 다음 날에 하라고 했다.

"빈도가 하씨 집안에 가서 잠깐 보고 오겠습니다."

신묘랑이 즉시 변해 공중에 솟아올라 하부에 가 내외의 형세를 자세히 보았다. 하 공과 부인이 다 정기가 보통 사람과 다르고 하 공자는 천지의 빼어난 정기와 일월(日月)의 광채를 지니고 있었다. 어린 소저는 성녀(聖女)의 덕이 가득하며 눈썹 사이에 비치는 것은 성인의 기질이었고, 윤 소저는 복이 가득하고 큰 덕이 자연스럽게 있으니 하나도 평범한 사람이 아니어서 속으로 매우 놀랐다.

차설. 하부에서 윤 소저의 특이한 효행과 두루 갖춘 덕이 빼어나, 시부모를 섬길 때 물이 가득한 그릇을 받들고 옥을 잡은 것처럼 조심스럽게 행동해 착함과 아름다움을 다 갖추었다. 하 공 부부가 이에 푹 빠져 소저를 매우 사랑하는 것이 친자식보다 덜하지 않았고, 딸과 며느리를 곁에 두어 슬픈 마음을 위로했다.

어느 날 밤에 원상 등이 보채 부인이 먼저 취침했다. 영주 소저는 윤 소저와 담소하다가 윤 소저가 사실(私室)로 물러나고, 소저는 이에 등불을 휘장 밖으로 물리고 시녀 초벽에게 이불을 깔라고 했는데 소저가 문득 말했다.

"오늘 밤에 기슴이 이찌 놀라는 깃인가?"

초벽이 대답했다.

"이 땅에 계신 지 삼 년이 거의 되어 별로 무서운 일이 없었는데 어찌 가슴이 놀라실 일이 있겠습니까? 어서 취침하소서."

소저가 대답하기도 전에 홀연 난데없는 호랑이가 앞을 막아섰으니 이는 곧 묘랑이었다. 묘랑이 술법을 베풀어 큰 범이 되어 뛰어들어 소저를 업으려 한 것이다. 이에 초벽이 소저를 붙들고 소리를 높여 부인과 휘장 밖의 시녀를 깨우다가 주인과 종이 기절했다. 묘랑이 초벽을 떨치지 못해 함께 들쳐 업고 내달렸다.

부인이 잠이 들었다가 초벽의 소리에 놀라 눈을 들어서 보니 큰 호랑이가 딸 앞에 막아서 있는 것이었다. 부인은 참화를 겪은 이후,

하늘에 사무치는 고통 속에 그 원통함이 밤낮 칼을 삼켜 오장을 헐게 하는 듯했다. 그래서 급한 소리를 들으면 넋이 놀랐는데 이 광경을 보고는 겨우 한 소리를 냈다.

"어찌 된 일인가?"

그러고서 정신을 잃었다. 휘장 밖에 있던 몇 명의 숙직 시녀가 이 광경을 보고 크게 소리 질러 소저와 초벽을 범이 물어간다고 소란스럽게 말했다. 시골집이 안팎이 붙어 있었으므로 공의 부자와 윤 공이 이 말을 듣고 놀라고 두려워 공이 옷을 더듬지 못한 채 심신이 떨렸다. 공자가 윤 공에게 부친을 진정시키도록 요청했다.

그리고 자신은 황급히 내당으로 갔다. 벌써 소저의 거처는 아득하고 부인은 정신을 잃고 기절해 있어 윤 소저가 붙들고 구호하고 있었다. 공자가 참으로 경황이 없어 종들을 흩뜨려 소저를 찾아보라 하고 부인을 구호했다. 윤 소저는 원상 등을 안아 달래고 있더니 하 공이 내실에 들어와 이 광경을 보고 더욱 억장이 무너지고 찢어지는 듯해,

"범을 보았느냐?"

하고 물으니 소저가 보지 못했다고 고했다. 부인이 이에 정신을 차려 범이 딸 앞에 앉아 있던 모습을 전하고 크게 통곡했다. 하 공이 화란을 겪은 후에 속이 타고 말랐더니, 자연히 세월이 오래 되자 두 아이를 구경하며 희롱했다. 그런데 천만뜻밖에도 만금 같은 딸을 호랑이에게 물려 보내고 시신도 찾지 못하게 되어 새로운 근심과 옛날의 한스러움이 격발해 가슴이 뛰놀고 마음이 베어지는 듯했으니, 이를 무엇에 비하겠는가. 심신이 놀라 손을 치며 말했다.

"하늘이시여, 하늘이시여! 이 사람은 어떤 사람입니까!"

말을 마치고서 목 놓아 크게 통곡을 했다. 공자가 품은 온갖 근심

과 한이 어찌 부모와 다르겠는가. 다만 스스로 심신을 진정하고 재삼 참아 부모를 붙들고 온갖 방법으로 마음을 위로해 말했다.

"고금 이래로 나는 범이 있다는 말을 듣지 못했습니다. 누이를 물고 공중으로 오르더라 하니 이는 결코 호랑이의 무리가 아니고 요사스러운 별종일 것입니다. 누이의 한때 액운이 비상해 요망한 것이 해쳤으나 누이의 얼굴 생김새가 범상치 않으니 물과 불에 들어가도 필연 일찍 죽지 않을 것입니다. 그러니 엎드려 바라건대 아버님께서는 슬픈 마음을 너그럽게 하셔서 훗날 모두 모이는 경사를 보소서."

공의 부부가 몹시 슬퍼하는 소리를 그치지 않자, 공자가 넋이 나가 만사가 뜬구름 같았다. 그러나 부드러운 소리와 즐거운 낯빛으로 재삼 간절히 애걸했다. 이때 윤 공이 청해 공이 밖으로 나갔다.

부인이 통곡하며 반드시 스스로 죽으려 마음먹으니 공자가 근심하고 두려워 모친의 손을 받들고 애걸해 말했다.

"누이는 복록이 완전한 상(相)이라 천신(天神)이 함께 보호할 것입니다. 그러니 엎드려 바라건대 어머님께서는 심신을 너그럽게 하시고 훗날을 보시면 소자의 말이 헛되지 않음을 아실 것입니다."

부인이 통곡하며 말했다.

"재앙에서 살아남은 인생이 목숨이 모질어 구차하게 살고 있는 것을 신명(神明)께서 밉게 여기신 것이다. 차라리 죽어 서러움을 잊을 것이니 너는 다시 이르지 마라."

생이 이에 이르러는 마음이 몹시 아파 피눈물을 흘리며 고했다.

"세 형님과 임 씨 형수님이 참혹히 죽었을 때에도 오히려 큰 의리를 잡으셔서 소자 남매를 돌아보아 마음을 너그럽게 하셨습니다. 지금에 이르러 누이를 잃어버린 재앙이 비록 몹시 슬프나 소자와 두 아이를 버리시며, 대인의 온갖 슬픔과 한이 어머님과 다르심이 없는데 이렇게 근심을 더욱 끼치십니다. 어머님처럼 큰 덕을 지니신 분이 어찌 이렇듯 하시는 것입니까? 소자가 먼저 세상을 잊고자 합니다."

부인이 묵묵히 베개를 취해 누워 슬픈 곡성이 처절하니 공자가 무수히 애걸했다.

봄밤이 짧으므로 닭 소리가 들리니 모든 종들이 소저의 자취를 얻지 못하고 헛되이 돌아왔다. 부인은 소저를 부르짖어 아득히 따를 듯하고, 공은 탄식하며 슬퍼해 아들을 불러 딸을 허장(虛葬)[32]하라고 했다. 이에 생이 모시던 자리에서 일어났다가 꿇어앉아 고했다.

"아버님의 가르치심이 마땅하시나 허장은 예가 아닙니다. 허탄하지만 누이의 상격(相格)[33]을 의논한다면 누이는 당당히 귀하고 높은 인물이 될 관상이고, 수명이 또한 70이 넘을 듯합니다. 비록 진짜 범이 물어가 요망한 것이 해쳤어도 자연히 응하는 것이 있을 것입니다. 액운이 있어 한때 홀려서 갔으나 누이의 태양 정기가 온전하오니 어찌 누이를 범하겠습니까? 그러니 자연히 사는 도리가 있을 것이니 일 년 내에 돌아오리라 생각합니다."

윤 공이 이어 말했다.

"자의의 말이 옳네. 내가 영녀를 어려서부터 자주 보았으니 나의 지감(知鑑)[34]이 비록 사광(師曠)[35] 같지는 못하나 푸른 하늘에 뜬 흰 해는 또한 그것이 밝다는 것을 아니 어찌 영녀가 복이 있고 오래 살 관상임을 모르겠는가? 집안의 종들을 사방으로 흩뜨려 영녀를 찾

32) 허장(虛葬): 오랫동안 생사를 모르거나, 시체를 찾지 못하는 경우에 시체 없이 그 사람의 옷가지나 유품으로써 장례를 치름. 또는 그 장례.
33) 상격(相格): 관상에서, 얼굴의 생김새를 이르는 말.
34) 지감(知鑑): 사람을 잘 알아보는 능력.
35) 사광(師曠): 중국 춘추시대 진(晉)나라 사람으로 자는 자야(子野)로 저명한 악사(樂師)임. 눈이 보이지 않아 스스로 맹신(盲臣), 명신(瞑臣)으로 부름. 진(晉)나라에서 대부(大夫) 벼슬을 했으므로 진야(晋野)로 불리기도 함. 음악에 정통하고 거문고를 잘 탔으며 음률을 잘 분변했다 함.

아보는 것이 옳네."

하 공이 이들의 말을 따라 허장하라는 말을 그쳤으나 스스로 신세를 한탄해 하늘을 우러러 크게 울부짖었다. 눈물이 하수(河水) 같아 긴 수염에 맺힐 사이가 없었다. 이에 스스로 탄식하며 말했다.

"원경 등 세 아이를 참혹히 잃고 한 딸을 잃어버렸네. 나는 천하의 곤궁한 백성이라 원광 등 세 아이를 잃을까 또한 두렵지 않은가?"

윤 공이 슬픈 빛으로 위로해 말했다.

"형처럼 어질고 큰 덕을 가진 사람은 긴 복이 흠이 없을 것이네. 그런데 자건 등의 참혹한 죽음은 천지간에 없던 일이고, 영녀를 잃어버린 일이 있으나 형에게는 타고난 덕이 있으니 신명이 보호할 것이네. 그러니 형은 모름지기 마음을 너그럽게 해 친도가 순환하는 것을 보게."

하 공이 묵묵히 눈물을 흘리며 답하는 말이 없었다. 생이 부모의 마음을 너그럽게 하기 위해 부드러운 목소리와 즐거운 낯빛으로 위로했다. 그러나 부인은 마음을 돌리지 않아 죽기를 원하니 공이 나이르고 대의(大義)로 깊이 꾸짖었다.

"예전에 경아 등을 참혹히 잃었으나 내가 거두어 세상에 장례 지내지 못하고 서촉의 수졸이 되어 내려올 때도 우리가 살았소. 그런데 오늘 딸아이의 참혹한 변란은 예전 일에 비길 것이 아니오. 다시 쌍둥이를 얻었고 윤 씨 며느리의 특이함이 도리어 딸아이를 대신해 마음을 위로해 줄 것이니 어찌 이토록 과도하게 하는 것이오? 하물며 딸아이의 타고난 기질이 일찍 죽어 호랑이의 배를 채우지 않을 것이오. 아득한 천수(天數)를 미리 헤아리기 어려우니 일이 되어 가는 것을 볼 뿐 어찌 한 딸을 위해 몸을 마치겠소? 그대가 원광이 부부의 사정을 돌아보지 않고, 두 아이의 외로움을 염려하지 않아 세상을 저버리려 하니 이는 대의(大義)를 살피지 않는 일이오. 모름지기 마음을 너그럽게 해 원광이의 애타는 마음을 위로하고 딸아이가 생환하기를 기다려 복(僕)이 근심을 더하지 않게 하시오."

부인이 근심하며 눈물을 흘려 말했다.

"딸아이를 잃어버린 것은 첩의 팔자가 흉해서니 어찌 원경 등이 원통히 죽은 것에 비길 수 있겠습니까? 다만 차후에 또 무슨 변고를 볼 줄 모르나 이는 다 첩의 운명이 기박해서이니 첩은 구구하게 목숨 부지하기를 원하지 않습니다."

공이 탄식하고 말했다.

"이른바 하늘의 뜻이라 사람의 힘으로 미칠 바가 아니오. 변란이 오면 당하고 없으면 마음을 널리 해 살 것이니 어찌 구태여 오지 않은 변란을 이르겠소? 슬픔은 학생과 하나였으니, 학생이 죽음을 당해도 부인은 생사를 같이 못할 것이오."

부인이 공의 말이 이에 미쳐서는 죽기도 또한 마음대로 하지 못할 것이라 오직 눈물을 흘리며 말이 없었다. 생이 곁에 모시고 앉아 온화한 목소리와 부드러운 말로 감히 슬픈 낯빛을 못 하나, 예전 참혹한 재앙에 간장을 녹이는 원통함이 칼을 삼킨 듯해 차라리 벽을 쳐 통곡함만 같지 못했다. 그래서 모습이 완전히 변해 며칠 사이에 골격이 날아갈 듯했다. 윤 소저가 한 가에서 모셔 초조해 하는 모습이 사람 마음을 감동시킬 정도였다. 공이 아들과 며느리의 이와 같은 모습을 불쌍히 여겨 억지로 온화한 빛을 하고, 부인이 또한 이들을 돌아보아 음식을 내오게 했으나 눕고 잘 때 경황이 없어 자연히 세상 생각이 끊겼다.

이때 신묘랑이 하 소저와 그 시녀를 업고 공중으로 솟아오르니 처음에는 가벼워 높이 올랐다. 그런데 하 소저의 당당한 정기가 신묘랑이 요정임을 드러냈다. 소저가 두려움이 극한 가운데 처음에는 호랑이로 알았다가 자기를 업고 공중으로 오르는 것을 보니 괴이한 요정(妖精)인 줄 깨달아 조금도 두려움이 없어 묘랑의 등을 쥐어뜯었다. 흐르는 피가 흘러 홍건하고 무거운 것이 태산이 누른 듯하므로 묘랑이 스스로 생각했다.

'하 씨가 불과 십여 세 어린아이로서 무엇이 이토록 무겁겠는가마는 대개 별의 정기로 사람이 되어 그 주성(主星)이 하늘에 있어 그 몸을 보호하므로 내가 법술을 행하기가 어렵구나.'

이처럼 생각하며 거의 놓쳐 버릴 듯하다가 마음을 단단히 먹고 담을 크게 해 한참을 참다가 금사강 정자에 이르렀다. 몽숙이 등불을 밝혀 바야흐로 기다리다가 매우 다행으로 여겨 방 안에 맞이들였다. 묘랑이 소저와 시녀를 방 안에 놓고 몸을 바꿔 여승이 되어 소저의 곁에 앉았다. 소저와 그 시녀가 이러한 광경을 보고는 요괴롭고 놀라더니 몽숙이 묘랑을 대해 두 번 절해 은혜를 일컫고 소저의 곁에 앉는 것이었다. 소저가 매우 놀라 초벽을 시켜 앞을 가리게 하니 몽숙이 이에 입을 열어 말했다.

"소생은 경사 사람입니다. 전 재상 구경암의 손자요, 전 시랑 구공의 아들입니다. 소저의 빛나는 명성을 듣고 일이 비록 정도는 아니나 신법사(神法師)를 보내 소저를 모셔 왔습니다. 하늘이 인연을 가르쳤으며 우리는 피치 벌열 집안입니다. 소저가 집안의 운수가 불리해 누명을 벗지 못했으나 소생은 애매함을 알아 의심하지 않고 다만 소저를 흠모해 왔습니다. 원컨대 놀란 마음을 진정하시고 생의 말을 들으소서."

이렇게 이르며 한편으로 눈을 들어 소저를 보았다. 온갖 아리따움이 시원스럽고 화려해 달나라의 흰 달이 구름 사이에서 광채를 흘리는 듯, 하늘 꽃 한 가지가 옥병에 꽂혀 있는 듯했다. 몸이 빛나고 상서로운 빛이 자욱해 온 방에 빛이 났다. 이에 몽숙이 정신이 어질어질해 점점 가까이 나오니 묘랑이 웃고 말했다.

"소저가 많이 놀라셨을 것입니다. 그러나 빈도는 도승이라 부처의 정과(正果)[36]를 얻어 사람의 길흉을 알고 있습니다. 소저는 구 상공과 인연이 깊으니 이를 벗어나지 못할 것입니다."

소저가 이 말을 듣자 놀라고 괘씸한 마음을 이기지 못했다. 신묘랑은 각별한 요정이라 하 소저를 구생의 청으로 데려왔으나 인연을 맺지 못할 것임을 잘 알았다. 그래도 일부러 소저를 두렵게 한 것이다. 몽숙은 소저와 관계를 맺을 마음이 급해 묘랑에게 눈짓을 하니 묘랑이 즉시 나가고 몽숙이 또한 초벽에게 나가라 했다.

하 소저가 이러한 일을 당해 죽는 것이 영화롭고, 살려고 하면 목전의 참혹한 욕이 급했으므로 이때 애타던 심장은 순식간에 사라졌다. 그런데 돌이켜 생각하면 세 형은 원통함을 품은 채 참혹히 죽고, 자기 남매가 서촉의 한 가에서 부모를 모시며 적적하신 것을 위로하고 있었다. 자기가 불의에 요정(妖精)에게 붙잡혀 이곳에 와서 부모가 주신 몸을 더러운 집에서 던지는 것은 진실로 사람의 지극한 고통이었다. 꾀를 양평(良平)[37]의게 빌리고 지혜를 제갈량(諸葛亮)[38]에게 빌려도 살아 돌아갈 길이 없었다. 어찌할 바를 알지 못해 다만

---

36) 정과(正果): 불교 용어. 도를 닦아 깨달은 증거를 '증과(證果)'라 하고, 수행에 성공해 불교를 배우고 얻은 결과는 불교가 아닌 외도(外道)를 수련하여 얻은 것과는 구분되므로 이를 정과(正果)라 이름.

37) 양평(良平): 중국 한(漢)나라 유방(劉邦)을 도와 그가 천하를 통일할 수 있도록 도운 장량(張良, ?~B.C.168)과 진평(陳平, ?~B.C.178)을 이름. '양평지지(良平之智)'라는 말이 생길 정도로 둘 다 뛰어난 지혜를 지닌 인물로 여겨짐.

38) 제갈량(諸葛亮): 중국 삼국시대 촉한 유비의 책사(181~234). 별호는 와룡이고 자(字)는 공명(孔明). 유비를 도와 오(吳)나라와 연합하여 조조(曹操)의 위(魏)나라 군사를 대파하고 파촉(巴蜀)을 얻어 촉한을 세웠음. 유비가 죽은 후에 무향후(武鄕侯)로서 남방의 만족(蠻族)을 정벌하고, 위나라 사마의와 대전 중에 오장원(五丈原)에서 병사함.

초벽을 굳이 붙들고 눈을 들어서 보니 후창이 있는데 고리를 걸지 않았다.

소저가 급히 일어나 후창을 열고 놀란 기러기처럼 내달리자 초벽이 울며 또 급히 따랐다. 소저가 앞뒤를 살피지 못하고 황급히 뛰어나갔다. 이때는 달빛이 밝아 대낮 같았다. 소저와 종이 죽기를 헤아리지 않고 엎어지고 자빠지고 하면서 사오 리를 달렸다. 원래 이 정자는 금사강 변에 있으므로 은은히 푸른 물결이 잔잔해 흐르는 소리가 조용했다. 소저가 더욱 급히 달아나 이미 강변에 이르렀다.

이때 몽숙과 요망한 사람이 소저가 달아나는 모습을 보고 속으로 생각했다.

'큰 강이 가려 있으니 어린 여자가 어디로 가겠는가.'

그러고서 천천히 웃으며 바짝 따라가며 일렀다.

"소저는 수고롭게 달아나지 마시오. 하늘로 오르고 땅으로 들어가지 못하는 한 이 구생의 수단을 면치 못할 것이오."

소저가 듣는 말마다 괘씸함을 이기지 못해 한 걸음 한 걸음 앞으로 나가 물가에 다다라 한 소리 슬피 부르짖고 물 가운데로 뛰어들었다. 초벽이 크게 울며 소저가 익수한 데 따라 빠졌다. 문득 슬픈 바람이 쓸쓸하며 물결이 매우 세차 순식간에 간 곳이 없었다.

몽숙이 이르러 이러한 광경을 보고 어이없어 강을 향해 발을 구르고 한참을 통곡했다. 묘랑이 역시 하릴없어 도리어 몽숙을 간절히 위로해 정자로 돌아가니, 몽숙은 속절없이 가슴을 두드리며 밤새도록 애를 태울 뿐이었다.

이때 하 공이 외당에 나오니 추밀이 역시 안타까워하고 놀라는 것이 얻은 며느리와 다름이 있겠는가. 두 공이 손을 잡고 한숨을 쉬며 눈물을 흘려 마치 주검을 놓은 듯했다. 잠깐 사이에 날이 가고 밤이 올수록 위아래 가득한 근심 어린 구름이 햇빛을 가렸다.

부인은 자리에 몸을 던져 눈물을 오월의 장마처럼 흘렸다. 밤을 새워 낮에 이르자, 하생과 윤 소저가 감히 자리를 떠나지 못하고 마음에 없는 한담을 하며 두 아우와 놀면서 누이의 복록은 완전한 상이라 일찍 죽지 않을 것이라 하며 어머니를 위로했다.

윤 공이 돌아갈 날이 이르게 되자 장차 행장을 준비해 갈 길을 재촉했다. 하 공이 딸을 잃어버리고 만사에 생각이 없었으나 윤 공과 담화하며 온갖 슬픔을 위로하고 있었는데 오늘 이별하게 되니 슬픈 마음이 절로 일어나 억제하지 못했다.

윤 공이 떠나게 되어 소저를 사실(私室)로 불러 슬하에서 어루만지고 사랑해 이별의 정을 일렀다. 소저가 연약한 간장이 깎이는 듯했으나 시아버지와 하생이 자리에 있었으므로 억지로 참아 나직이 모시고 슬픈 빛을 감췄다. 추밀이 비록 호쾌한 장부였으나 만금처럼 사랑하는 딸을 몇 천 리 타향에 두고 가는 마음이 어찌 애달프지 않겠는가. 이에 딸의 손을 잡고 생을 돌아보아 말했다.

"민첩하지 못한 딸을 몇 천 리에 두고 돌아가는 마음이 참으로 슬프네. 그러나 여자의 일생은 장부에게 있으니 자의[39]는 모름지기 어질고 두터운 덕을 지녀 가장의 눈 어두움과 귀먹음으로써[40] 어리석은 내 딸의 용렬함을 용서하게. 화락(和樂)하게 지내 내 딸이 어버이를 떠나는 마음을 헤아려 주고, 오늘 나의 구구한 자애를 생각해 저버리지 말게."

---

39) 자의: 하원광의 자(字).

40) 가장의 눈 어두움과 귀 먹음으로써: 한 집안의 가장 노릇을 하려면 이와 같이 해야 한다는 말임. 중국 당나라 곽자의(郭子儀)의 아들 곽애(郭曖)가 대종(代宗)의 딸 승평공주(升平公主, 753~810)와 혼인했는데 이들이 부부싸움을 자주 하다가, 한번은 곽애가 승평공주를 때리고 황실을 모욕하자, 승평공주가 그 아버지 대종에게 이를 이르고, 대종이 사죄하는 곽자의를 위로하며 이와 같이 말함. 정확히는 '바보와 귀머거리 짓'임. 희곡 <타금지(打金枝)>에 나오는 내용.

하생이 '화락' 두 자를 듣자 속으로 우습게 여겼으나 공의 슬픈 낯빛을 보고 마음속으로, 그 딸의 음란한 행실을 알지 못하고 이렇듯 연연해 하는 것을 비웃었다. 그러나 겉으로는 사례해 말했다.

"소생이 대인의 천지 같은 은혜를 마음에 깊이 새길 것이니 영녀(令女)에게 설사 칠거지악(七去之惡)[41]이 있다 한들 불쾌하겠습니까? 대인께서는 근심하지 마시고 혹 영녀를 곁에서 떨어지는 것이 어려우시다면 내년에 데려가셔도 무방합니다."

공은 원래 자상하지 못한 성격이었으므로 하생의 말을 무심히 듣고 의심하지 않으며 말했다.

"여자가 시집을 가면 부모 형제와는 멀어지는 법이네. 내가 어찌 구구하게 사사로운 정으로써 대의(大義)를 없애겠는가? 천도는 순환하는 법이라, 복분(覆盆)의 원통함[42]을 풀 것이네. 하씨 집안이 상경할 날이 있을 것이고, 설령 귀환이 더딘들 어찌 여자로서 부녀자의 도리를 없앨 수 있겠는가? 스스로 가 볼 것이니, 자의는 군자의 큰 도리를 힘쓰고 딸아이는 부녀자의 도리를 힘써 삼가 만 리 밖에 기쁜 소식을 전하도록 하게."

하 공이 서운한 마음이 도리어 사라져 묵묵히 말이 없다가 홀연히 탄식하고 말했다.

"오늘 명강과 오래 헤어지면 어느 날 어느 때에 서로 볼 수 있겠는가? 내가 쌓은 재앙이 미진해 힌 딸에게 돌아갔네. 영랑(令郞)과 언약을 정해 형의 명주와 혼서가 협사(篋笥)[43]에 있으니 이번 행차

41) 칠거지악(七去之惡): 예전에, 아내를 내쫓을 수 있는 이유가 되었던 일곱 가지 허물. 시부모에게 불손함, 자식이 없음, 행실이 음탕함, 투기함, 몹쓸 병을 지님, 말이 지나치게 많음, 도둑질을 함 따위.

42) 복분(覆盆)의 원통함: 동이가 뒤집혀 속을 볼 수 없는 원통함.

43) 협사(篋笥): 버들가지, 대나무 따위를 결어 상자처럼 만든 직사각형의 작은 손그릇.

에 찾아가고 싶으면 가져가게. 며느리는 몇 천 리 떨어진 곳에서 이별하는 마음이 아쉽겠지만 내가 사랑하는 것이 어찌 친딸과 다를 것이며 몸에 불편함이 있게 하겠는가?"

윤 공이 대답했다.

"불행히 영녀를 잃어버렸으나 반드시 길한 신령이 보호해 살아 돌아올 기약이 있을 것이네. 내 아들이 어려서 아내를 얻는 기일이 바쁘지 않고 몇 년을 기다려 길흉간에 정확한 사실을 들은 후에 다시 상의할 것이네. 다만 형은 호쾌한 장부의 위엄을 잃지 말고 길이 몸을 보중하게."

하 공이 슬픔을 머금고 사례했다.

작별하게 되어 마루에서 내려가니 생이 절해 배웅하고 소저가 함께 좇아갔다. 생이 소저의 얼굴을 본 일이 없다가 소저를 한번 자세히 보니 착한 덕과 어진 행실이 현저했다. 공의 가득한 자애가 얼굴에 드러나자 속으로 생각했다.

'윤 공은 호쾌한 장부인데 그 딸의 음란함을 모르고 이렇는 하는 것인가.'

생각이 이에 미치자, 백안(白眼)[44]을 길게 하고 하염없이 바라보았다. 소저는 기상이 온화해 따뜻한 봄바람처럼 조화로운 도량을 지녔고, 팔자 눈썹이 분명해 큰 덕을 이루었으니 그윽하고 빼어나 참으로 선함과 아름다움을 다했다. 일천 가지 고운 빛이 빼어났으나 사치스럽지 않아 탁월하고 그윽한 것이 치마 입은 사군자였다.

'사람에게 음란함이 있다면 외모에 드러날 것인데 이 사람은 어찌해 이처럼 외모가 차이가 큰 것인가. 내 평생에 사람을 알아보는 눈

---

44) 백안(白眼): 흰자위라는 뜻으로 업신여기거나 냉대하여 흘겨보는 눈을 이름.

이 있고 관상 보는 법이 밝은 줄을 자부했더니, 이 사람은 덕스러운 기운이 완전하고 오복(五福)이 다 갖춰진 것처럼 보이니 이 어찌 된 까닭인가. 신혼(新婚) 첫날도 참지 못해 음란함을 지어 내 눈에 보이고, 지금은 말과 기운이 뚜렷이 다르니 참으로 간사하고 독한 여자구나. 내 흉악해 그 나라를 잃게 하고 그 집을 망하게 하는 무리를 의심하더니 이 사람이 그러한데 내가 어찌 알아보지 못하는 것인가.'

그러고서 다시 보고 고쳐 생각해 속으로 우환이 되어 본성을 잃고 미칠 듯했다. 그러나 타고난 효성이 있으므로 부모를 위해 사사로운 의견을 내지 않았다. 다만,

'부모께서 음란한 여자를 사랑하셔서 슬픈 회포를 위로하시니 어찌 괴이하지 않은가.'

라 생각하고는 도리어 태연히 아무 생각이 없었다.

윤 공이 재삼 연연해 하다가 서로 이별해 떠나고 머무르는 두 마음이 서운해, 몇 대의 수레에 실린 책으로도 이루 기록하기 어려울 정도였다.

차설. 하 소저와 그 여종이 한번 깊은 강에 떨어지니 약한 바탕이 어찌 살길을 바라겠는가. 죽는 것이 마땅하고 사는 것이 아득했으나 하늘이 비록 높고 멀어 아는 것이 없다 하나 반드시 착한 사람을 돕는 것이 마땅했다. 하 씨와 그 여종이 문득 물에 들어가지 않고 한 조각 널 위에 올라앉으니 서늘한 바람이 쓸쓸하고 물결이 고요했으나 화살처럼 흘러갔다. 소저가 이에 하늘을 우러러 탄식하고 말했다.

"죽으려 했으나 죽지 못하고 널에 의지해 이처럼 가니 나중이 어찌 될꼬? 이 또한 하늘과 땅의 신령이 벌을 주신 것이다."

이렇게 말하고, 초벽은 하늘을 우러러 살길에 나아가게 해 달라고

빌었다.

봄밤이 매우 짧아 날이 밝아도 흘러가니 하루에 얼마를 가는지 몰랐다. 지나가는 배도 만나지 못하고 이처럼 밤낮으로 흘러가니 기갈이 심하고 정신이 어지러워 어질어질해 취한 듯하고 어린 듯했다.

삼 일째에 홀연히 무늬 있는 배 한 척이 비단 돛을 달고서 빠르게 소저가 앉은 널조각을 향해 오는 것이었다. 주인과 종이 놀라 정신을 진정하고 보니 배 안에 한 소년이 검은 비단으로 만든 당건을 쓰고 푸른 비단 도포를 입고 있었다. 유생의 모습이었으나 추종(騶從)[45]이 많았다. 소년의 나이가 이팔은 되어 보였으나 귀한 골격이 당당했으니 이 사람은 누구인가. 아래 부분을 마저 보시라.

이때 간의태우 문연각 태학사 표기장군 정천흥이 선산인 태주의 묘소를 뵙고 돌아오는 길에 금사강을 지니고 있었다. 배를 타고 며칠을 가 강 깊은 곳에 이르렀는데 문득 보니 상류로부터 한 잎 널조각이 살 쏘듯 내려와 서로 마주치는 것이었다. 정 태우가 괴이하게 여겨 눈을 들어 살피니 널 위에 두 명의 소녀가 앉아 있었는데 얼굴에 생기가 없었다. 한 여자는 붉은 치마와 무늬옷을 입고 나이가 십여 세는 되어 보였고 용모가 아름다워 신선의 정원에 핀 금봉우리가 채 피지 못한 듯했으니 한 명의 아리따운 선녀였다. 한 여자는 인가(人家)의 여종 복색이었으나 용모가 시원스러웠다. 태우가 괴이하게 여겨 바삐 연고를 묻자 초벽이 울며 고했다.

"천첩은 서촉에 귀양 가 계신 하 상서 댁의 여종 초벽입니다. 소저를 모시고 요망한 정령에게 납치되어 강물에 떨어져 죽게 되었으니, 상공께서는 자비를 베푸셔서 죽어가는 사람을 구해 주시기를 바

45) 추종(騶從): 윗사람을 따라다니는 종.

라나이다."

태우가 다 듣고는 매우 놀라 급히 구하려 했다. 뱃사람에게 분부해 배를 빨리 저어 널조각을 따라갔다. 그러나 널 잎이 한없이 흘러갔으니 뱃사람이 배를 그 속도로 저을 길이 없었다. 태우가 마음이 몹시 급해 세차게 옷웃을 벗어 팽개치고 친히 배를 저어 갔다. 두 팔 가운데 만 명이 당하지 못할 힘이 있고 재주가 만사에 신이했으므로 뱃사람이 등에 땀을 흘리고 소리를 요란히 해 온 힘을 다해 배를 젓는 데 비기겠는가. 순식간에 살 가듯 널 잎을 따라가 서로 닿자 정태우가 하 소저를 향해 절하고 말했다.

"소저의 복색을 보면 유학자 집안의 규수이니 외간남자가 감히 한 배에 오르기를 청하는 것이 예에 맞지 않습니다. 그러나 옛날에 형수가 물에 빠지면 시동생이라도 손으로 건지라 한 것[46]은 성인께서 이르신 말씀입니다. 소생이 결단코 소저께 해로운 사람이 아니요, 화란을 겪는 때에 구하는 것은 꺼릴 것이 없으니 바라건대 소저는 이 배에 오르소서."

소저가 정생의 비상한 풍채와 어진 말을 듣자 의심이 적어졌다. 그러나 오히려 구몽숙에게 속은 몸이라 남자를 무섭게 여겨 이 사람의 성씨와 근본을 모르고 한 배에 올랐다가 또 무슨 변고를 볼 줄 알겠는가 생각해 주저하고 대답하지 않았다. 그러자 태우가 그 위태로움에 마음이 매우 급해 말했다.

"소생은 태우 정천흥입니다. 생의 집이 의리 아닌 것을 원수처럼 여기니, 하늘의 해가 위에 있고 신명께서 곁에 있습니다. 생은 조금이라도 소저께 해로운 짓을 할 생각이 없습니다."

---

46) 옛날에~것: 맹자(孟子)가 한 말로, 『맹자(孟子)』, 「이루(離婁) 상(上)」에 나오는 구절임.

이렇게 말하고 배를 저어 널에 대고 자기가 배에 나아가 긴 팔을 들어 널째 붙들어 배 안으로 가볍게 들여놓고 아전과 추종은 다 선창 밖으로 내보냈다. 하 소저 노주(奴主)가 널 위에 올랐는데 정 태우가 위력으로 붙들어 배 안으로 들여놓자, 물에 빠지지 않으면 피할 길이 없을 뿐만 아니라 정천흥 세 글자를 들으니 이 사람이 분명히 금평후의 아들인 줄 깨달아 오히려 아버지의 동기 같은 벗의 자제니 다른 사람보다는 나았다. 또 이 사람이 의남매를 맺자고 이르니[47] 꺼릴 것이 없어 부끄러움과 슬픔을 참아 배 안에 앉았다. 며칠을 굶은 정신이 아득했는데, 두 날을 널 위에 올라 한때도 그칠 사이 없이 물결에 출몰했다가 천만뜻밖에 의기 있는 군자에게 구함을 입어 선창 안에 오른 것이다. 처음에 강에 투신했을 때와는 달라졌다. 어느 때 익사해 물고기와 자라의 밥이 되어 부모께 불효를 어느 곳에 쌓을까 해 슬픔이 천만 가지로 일어나 마음이 갈기갈기 찢어졌었다. 그런데 이제 편한 선창에 오르니 죽을까 하는 염려는 사라지고 온몸이 아프고 어지러운 마음을 형용하기 어려웠다. 정 태우가 의남매 맺을 것을 이르며 소저의 성씨와 거주지를 초벽에게 묻자 초벽이 대답했다.

"우리 주인은 서촉에 귀양 가신 하 상서의 딸입니다. 하룻밤 사이에 이러이러한 변을 만나 구몽숙이라 하는 원수 놈을 만나 금사강에 뛰어들었다가 가라앉지 않고 널 위에 올라 두 날과 밤을 지냈으나 사람을 만나지 못하고 있었습니다. 그러다가 상공의 큰 은혜를 입어 노주(奴主)가 살길을 얻은 것입니다."

정 태우가 다 듣고는 놀라 낯빛을 고치고 소저를 향해 말했다.

---

47) 의남매를~이르니: 앞부분에는 이러한 내용이 나와 있지 않으나 원문의 내용을 존중해 수정하지 않음.

"영존당 연숙대인(緣叔大人)[48]께서는 가친(家親)과 문경지교(刎頸之交)[49]시라 생 등이 우러러보는 정성이 숙부와 조카 같으니 일가친척과 다름이 있겠습니까? 소저는 생에게 어질지 않은 마음이 있는가 염려하지 마십시오. 소생이 소저를 구한 것은 사람들이 꺼리는 일에 가까우나 남매를 맺으면 친동기와 다름이 있겠습니까?"

소저가 나이는 어렸으나 정 태우의 기이한 사람됨에 항복해 자기를 구한 것에 잡생각이 없음을 깨달았다. 그리고 눈물을 드리워 은혜를 사례하고 즉시 의남매가 되기를 언약했다. 함께 하늘과 땅에 절해 남내가 된 것을 신명께 고하고 소저는 정 태우에게 두 번 절해 누이가 되고 태우는 형이 되었다. 태우가 길이 탄식하며 말했다.

"하늘이 누이를 인도해 나를 만나게 한 것은 우연한 일이 아니다. 구몽숙이라는 자는 표숙(表叔)[50]께서 그 의지할 데 없는 신세를 불쌍히 여겨 거두어서 가르치시고, 가친께서 구 시랑과 친하셨으므로 의식을 우리처럼 돌보셨다. 그런데도 행실이 끝내 아름답지 않고 정직하지 않은 것을 애달파 하셨는데 누이를 이토록 해칠 줄을 알았겠는가? 누이가 이제 촉 땅으로 내려가려 하나 약한 몸이 험한 길에 무사히 도달하기 어렵고 인심은 헤아릴 수 없어 중도에서 변을 만날지 어찌 알겠느냐? 누이는 나와 취운산에 가 부모님을 뵙고 종들을 촉 땅에 보내 영당(令堂)[51]께 생존한 기쁜 소식을 고하는 것이 마땅하다."

소저가 근심 어린 얼굴로 사례해 말했다.

---

48) 연숙대인(緣叔大人): 아저씨라고 부를 만한 어른.
49) 문경지교(刎頸之交): 친구를 위해 자기 목을 내어 줄 정도의 사귐. 중국 전국(戰國)시대 조(趙)나라 염파(廉頗)와 인상여(藺相如)의 고사.
50) 표숙(表叔): 어머니의 남자 형제를 이르는 말. 외숙(外叔). 여기에서는 진 상서를 가리킴.
51) 영당(令堂): 남의 어머니를 높여 이르는 말.

"오라버니의 큰 은혜 덕분에 죽을 자가 다시 살아났으니 가르침을 받들지 않을 수 있겠습니까? 다만 부모께서 자식이 먼저 죽는 일을 남에 없이 보셨습니다. 저를 잃으시고 너무 슬퍼하고 계실 것이니 제가 생존해 있음을 급히 알리고 싶습니다."

태우가 말했다.

"이곳이 경사와 사오일 거리가 떨어져 있으니 급히 가서 우리 부모를 뵙고 촉 땅에 사람을 보내 나와 의남매 맺은 일을 하 연숙(緣叔)께 고할 것이다."

소저가 사례했다. 태우가 즉시 임산의 이 학사에게 문채 있는 가마를 빌려 소저를 가마에 올리고 자기가 보호하며 따라가 경사로 급히 올라갔다.

이 학사가 정 태우에게 와서 자고 가라 하며 청한 것이 네다섯 번에 미쳤다. 태우가 길 가는 것이 하루가 바빴으나 부형(父兄)의 친구가 여러 번 청하므로 인사에 마지못해 벽화촌으로 나아갔다. 하 소저 행차와 좇아온 아전 등은 다 집 잡아 머무르게 하고 자기는 노마(駑馬)[52]만 거느려 이부로 나아갔다.

원래 이 학사는 금평후의 어렸을 때 친구이다. 이름은 춘이고 자는 덕보니 대대로 이름난 가문 출신이다.

---

52) 노마(駑馬): 느리고 둔한 말.

··

명주보월빙 제12권

정천홍 형제가 쌍둥이 자매와 혼인하고
정천홍은 출정하여 안남국을 제압하다

익설. 원래 이 학사는 금평후의 어렸을 때 친구다. 이름은 추이고 자는 덕보로 대대로 이름난 가문 출신이다. 학사가 사람됨이 맑고 고결해 어린 나이에 과거에 급제했으나 벼슬과 녹봉을 구하지 않고 벼슬길에 뜻이 없었다. 일찍이 태학사를 지내고 부모상을 만났는데 선산이 남산이므로 시묘(侍墓) 삼년(三年)을 지내고서 조정이 벼슬을 더해 주었으나 죽기로써 사양해 벼슬길에 나가지 않고 자연 속의 한가한 몸으로 살았다.

부인 단 씨는 얌전한 숙녀였으니 함께 산 지 20년에 일자삼녀를 두었는데 여자들이 다 위였다. 장녀 수빙과 차녀 연빙은 쌍둥이였다. 나이 열세 살에 훌륭한 행실이 가득해 그윽하고 고요했다. 다만 수빙은 용모를 의논할 바가 아니었다. 키가 거의 칠 척에 이르렀고 검은 살은 기왓돌 같았다. 달처럼 둥근 이마 양쪽에는 각이 서고, 높은 코와 당겨진 턱이요, 좌우에 드리운 혹이 귀밑에 있어 바로 보기 어려웠다. 다만 한 쌍 봉황의 눈에 신령한 기운이 당당해 가을 물결의 정기를 머금었고, 긴 눈썹은 이마 한복판에 떨쳤으나 시원하고 산뜻한 격조는 대장부의 틀이 있었다. 학사가 그 사람됨을 인정했으나 그 생긴 모양을 걱정했다. 그런데 금년 봄에 두역(痘疫)[1]을 험하게 앓아 부모가 더욱 고민했다. 둘째소저 연빙은 좋은 향기와 기이한 바탕에 온갖 자태가 아름다워 눈 옮기기 아까운 모습을 지녔다. 행실이 온유하고 곧아 만사에 선함과 아름다움을 갖추었으니 부모가 만금에 비기지 못할 정도였다. 그러나 장녀의 험악한 얼굴은 농부에게 시집보내는 것도 오히려 가당치 않으니 사위를 고르려는 마음이 잠시도 한가하지 못했다.

정 태우가 과거에 급제해 소분(掃墳)[2]하는 행차가 자기를 지나가므로 그 위인의 너그러움과 비범함을 흠모하더니, 다시 지경을 지난다 하므로 일찍이 반기는 마음이 있어 오도록 청한 것이다. 이윽고 태우가 이르러 인사를 마치자, 이 공이 웃으며 말했다.

"창백이 이 땅을 지나면서 나를 찾지 않으니 인정이 없는 것을 거의 알겠네. 그러나 참으로 절실한 소회가 있어 창백을 청했으니 그대가 내 뜻을 들어주겠는가?"

정 태우가 공수(拱手)[3]하고 대답했다.

"소생이 비록 어리석으나 어찌 어른의 명령을 받아들이지 않겠습니까? 원컨대 한번 이르시는 것을 아끼지 마소서."

이 공이 또 웃고 말했다.

"그렇다면 창백은 나를 위해 싫은 것과 무서운 것을 참는다면 말할 것이고, 그렇지 못하다면 애초에 말을 꺼내지도 않겠네."

태우가 그 말이 수상한 것을 의심해 대답했다.

---

1) 두역(痘疫): '천연두'를 한방에서 이르는 말. 열이 몹시 나고 온몸에 발진(發疹)이 생겨 딱지가 저절로 떨어지기 전에 긁으면 얽음.
2) 소분(掃墳): 조상의 산소를 찾아가 돌보고 제사를 지냄.
3) 공수(拱手): 절을 하거나 웃어른을 모실 때, 두 손을 앞으로 모아 포개어 잡음. 또는 그런 자세.

"소생이 무서운 것은 참을 수 있어도 싫은 것은 억지로 하지 못할 것입니다."

공이 웃고 말했다.

"그대의 말이 옳다."

그러고서 손을 이끌어 내당을 통한 협문을 열고 가리켜 일렀다.

"창백은 저기를 보라."

태우가 눈을 드니 작은 집에 한 명의 규수가 사창(紗窓)[4]에 기대어 손에 책을 들고 있었는데 그 추악한 용모는 본 바 처음이었다. 몸이 정숙하고 복록이 있을 것으로 보이니 태우처럼 뛰어난 눈을 가진 사람이 어찌 기미를 모르겠는가. 즉시 눈을 낮추고 몸을 돌려 물러앉으며 말했다.

"대인께서 무슨 까닭에 소생을 핍박해 내실을 보이셨으니 마음속이 그윽이 불안합니다."

공이 웃으며 말했다.

"그대가 추악한 얼굴과 비루한 바탕을 보았는가?"

태우가 정색하고 말했다.

"소생이 몸가짐이 독실하지 못해 규수를 엿보았으니 죽을 때까지 더러운 행실로 남을 것입니다."

공이 좌우의 사람들을 물리치고 태우의 손을 잡고 탄식하며 말했다.

"내가 참으로 절박한 소회가 있어 오늘 창백에게 고하네. 행여 허물로 여기지 말고 내 말을 받아 주게. 좀 전에 본 여자는 곧 나의 장녀라네. 추악한 용모가 이와 같으므로 시골 남자의 짝으로도 어울리지 않네. 다만 천성이 온화하고 덕행이 옛사람을 흠모하니 부모 된

---

4) 사창(紗窓): 사붙이나 깁으로 바른 창.

사람이 그 성품과 행실을 저버려 용렬하고 속된 자에게 시집보내 규방에 버려지는 것을 가련하게 여기네. 대개 온화하고 큰 도량을 지닌 대군자가 아니면 마땅치 않네. 또 창백을 생각해 보면, 위로 두 명의 숙녀를 짝으로 삼아 집 안에 빛을 갖추었고, 그대의 성품이 관대하니 거의 와룡(臥龍)[5]이 황발부인(黃髮夫人)[6]을 잘 대우한 덕량이 있을 것이네. 그러므로 오늘 이와 같은 일을 한 것이니 우리 딸의 더러움을 보지 말고 셋째아내로 취한다면 내 또한 옛사람의 결초보은(結草報恩)[7]을 기약하겠네."

태우가 이에 사례해 말했다.

"소생처럼 재주 없고 덕이 부족한 사람을 거리끼지 않고 사위로 허락하려 하시니 소생을 알아주시는 데에 감사합니다. 다만 소생이 나이가 아직 어린데 범사에 외람되어 아내를 두 번 얻은 것도 불안한 일입니다. 그런데 대인이 어여삐 여기시는 사람을 셋째자리에 굽혀 오게 할 수 있겠습니까? 하물며 부모께서 집에 계시니 소생이 마음대로 할 일이 아닙니다."

공이 흔쾌히 웃으며 말했다.

"내가 구태여 창백과 가만히 혼인을 맹세하려 하는 것이 아니네. 영엄(令嚴)이 허락한다면 창백이 사양하지 않겠는가?"

---

5) 와룡(臥龍): 누어 있는 용이라는 뜻으로, 중국 삼국시대 촉한 유비의 책사인 제갈량(諸葛亮, 181~234)의 별호. 서서(徐庶)가 유비(劉備)에게 제갈량을 소개하며 한 말임. 그의 자(字)는 공명(孔明)이고, 또 다른 별호는 복룡(伏龍). 유비를 도와 오(吳)나라와 연합하여 조조(曹操)의 위(魏)나라 군사를 대파하고 파촉(巴蜀)을 얻어 촉한을 세움. 유비가 죽은 후에 무향후(武鄕侯)로서 남방의 만족(蠻族)을 정벌하고, 위나라 사마의와 대전 중에 오장원(五丈原)에서 병사함.

6) 황발부인(黃髮夫人): 머리가 누런 부인. 제갈량의 아내 황부인(黃夫人)을 이름. 후한 말과 삼국시대 촉한의 여성으로 황승언의 딸이자 제갈량의 아내임. 어머니는 채모의 누이. 민간에서 이름을 월영(月英)이라 함. 추녀로 유명함.

7) 결초보은(結草報恩): 풀을 묶어 은혜를 갚음. 춘추시대 진(晉)나라 때 위과(魏顆)가 아버지 위무자의 죽기 전 유언 대신 평소에 한 말씀을 따라, 위무자가 죽은 후에 자신의 서모(庶母)를 순장시키지 않고 개가시켰는데 후에 위과가 진(秦)나라와 전투를 벌일 적에 서모의 망부(亡父)가 나타나 풀을 맺어 위과를 도왔다는 이야기에서 유래함.

태우가 대답했다.

“혼인은 인륜지대사요, 예의와 염치는 교화(教化)의 원칙이니 어찌 먼저 의논하겠습니까? 양가 어르신께서 상의하고 부모님이 명령하시면 따를 따름이니 소생에게 가부를 물으시는 것은 가당치 않습니다.”

이 공이 급히 사례하고 조용히 담소했다. 풍성한 담론은 장강(長江)과 대해(大海)를 거슬러 오르는 듯했고, 기운이 진중하고 엄해 세상을 구제하고 백성을 편안히 할 것이며 공(功)이 천하를 덮어 그 지위가 천승(千乘)[8]을 기약할 것이었다. 이 공이 그 낯을 우러러 흠모하며 기뻐했다.

날이 늦자 이 공에게 하직하고 숙소로 돌아와 하 소저를 배행(陪行)해 사오일 만에 취운산에 이르자, 소저의 가마를 떨어져 오도록 했다.

말을 채쳐 먼저 집으로 가 당에 올라 어른들을 뵈었다. 존당 순 태부인과 부모에게 안부를 물은 후 다시 자리를 옮겨 꿇어앉아 하 소저를 만난 일과 의남매를 맺어 데려온 까닭을 고했다. 금평후가 이에 탄식하고 말했다.

“하 형이 무궁한 원통함을 지니고서 다시 한 딸을 잃었으니 어찌 놀라지 않겠느냐? 10여 살 어린아이가 만 리 길을 왔으니 참으로 불쌍하구나. 내 어찌 네 딸과 다름이 있겠느냐?”

그러고서 진정으로 소저를 기다렸다.

이윽고 하 소저의 가마가 문에 도착하니 양랑(養娘)에게 청해 가마를 뜰에 놓고 주렴을 거두도록 했다. 하 소저가 몸을 움직여 나오

8) 천승(千乘): 천 대의 수레를 징발할 수 있는 제후의 지위.

니 한 덩이 흰 달이 부상(扶桑)[9]에 올라 그 빛이 다른 빛을 다 빼앗았다. 상서로운 빛이 자욱하고 범상치 않은 기운이 해를 둘러싸 다섯 구름을 멍에해 하늘 가운데 오르려는 듯했다. 팔자 눈썹과, 가을 물결과 같고 모래를 비추는 듯한 해와 같은 눈에는 큰 덕과 아름다운 광채가 서려 있었다. 금평후 부부의 태산처럼 높은 눈으로도 놀라서 몸이 움직이는 것을 깨닫지 못했다. 이미 마루에 오르니 태부인이 기쁜 빛으로 말했다.

"하·정 두 집안이 대대로 맺은 교분으로써 다시 하 소저와 의리를 맺었으면 어찌 친딸보다 덜한 것이 있겠느냐? 모름지기 아이들과 두 며느리를 불러 서로 보게 하라."

공이 이에 공자들과 두 소저에게 명령해 함께 보도록 했다. 자리를 바로 하고 하 소저가 순 태부인과 정 공 부부를 향해 여덟 번 절해 부모와 조손(祖孫)의 예를 마쳤다. 물러나 정씨 집안의 여러 사람들과 자매, 형제의 예를 이루었다. 인홍 공자의 나이가 열셋이라 형이 되고, 세홍·유홍·필홍 세 공자는 두 번 절해 아우가 되고, 혜주 소저는 동갑이었으나 하 소저가 한 달 아래라 혜주가 언니가 되어 예를 이루었다. 태우가 이에 미소 짓고 말했다.

"누이와 하 누이는 하늘이 유의해 내신 자매로구나. 내가 의남매가 되어서 누이가 또한 형이 되었고 시가에서 동서[10]가 될 것이니 어찌 각별하지 않으냐?"

두 소저가 별 같은 눈을 내려깔고 부끄러운 빛이 은은했다. 금후가 하 소저를 나오라 해 어루만지며 말했다.

---

9) 부상(扶桑): 해가 뜨는 동쪽 바다.

10) 동서: 형제의 아내들. 정혜주는 윤광천의 아내가 되고, 하영주는 윤희천의 아내가 될 것이라서 이렇게 말한 것임.

"오늘 아비와 딸의 의리를 맺었으니 또한 천륜의 큰 의리가 있게 되었구나. 너는 모름지기 나를 서먹하게 여기지 말거라."

소저가 절하고 명령을 들었다. 온순하고 온화함이 해와 달처럼 밝은 눈동자에 가득했으나 말로는 이르는 것이 없었다. 진 부인처럼 매섭고 엄격한 사람도 하 소저를 대하자 가득한 사랑으로 어루만지기를 자기 소생처럼 했다.

이에 맏노비에게 명령해 촉 땅으로 보낼 때, 금평후가 하 공에게 서간을 보내 전후의 일을 고하고 소저가 촉 땅에 내려가는 일 없이 이곳에서 혼인을 시킨 후에 복분(覆盆)의 원통함[11]을 씻고 돌아오는 날에 부녀가 서로 만날 것을 일렀다. 진 부인이 조 부인에게 글을 부쳐 딸을 빌린 것을 사례하고 하 소저가 머물 수 있도록 간청했다. 하 소저가 부모와 오라버니에게 전후의 일을 베풀어 서간을 부쳤다. 태우가 다시 분부해 길에서 사람을 만나거든 일절 이런 일을 누설하지 말라고 엄히 당부했다. 그러고서 아버지 앞에 꿇어앉아 고했다.

"구몽숙이 성품이 교활하고 행실이 한갓 음란해 한심합니다. 말을 해서 고칠 자가 아니니 하 누이의 생존을 전하지 마소서."

공이 이에 고개를 끄덕였다. 태우가 또 아뢰었다.

"윤 추밀이 하 누이가 이곳에 있다는 말을 듣는다면 매우 기뻐할 것이고, 그 말을 전한다면 몽숙이 또한 들을 것입니다. 아직 계속 속었나가 혼인날을 밎아 싱의하고 혼례를 이루는 것이 옳을까 합니다."

금후가 마땅하게 여겨 하 소저를 숙소에 머무르게 했으나 다른 사람은 알지 못했다.

하루는 하 소저가 선월정에 이르니 윤 소저가 두 아우의 배필이

---

11) 복분(覆盆)의 원통함: 동이가 뒤집혀 속을 볼 수 없는 원통함.

다 비상함을 기뻐해 일어나 맞이했다. 옥 같은 얼굴와 별 같은 눈동자에 온화한 기운이 가득한 채 고금의 예악(禮樂)을 말할 적에 피차 마음을 알아 사랑으로 대하는 것이 마음속으로부터 우러났다. 하 소저가 윤·정 두 소저의 문장을 칭찬해 말했다.

"첩이 비록 용렬하나 원컨대 두 언니는 한번 노래 읊는 것을 아끼지 마소서."

윤 소저가 탄식하고 말했다.

"첩은 만사가 어리석으니 어찌 시를 짓는 재주가 있겠습니까?"

혜주가 웃으며 말했다.

"여자가 빼어난 글을 짓는 것은 아름답지 않은 일이므로 다시 청하지 않을 것이나 윤 언니가 너무 푸대접하시는 것을 애달파 합니다."

윤 소저가 미소 짓고 말했다.

"첩이 어찌 소저를 푸대접하겠습니까? 어려서부터 굳은 뜻이 남달라 학문의 높은 재주를 널리지 못했으니 어찌 시를 갑자기 짓겠습니까?"

말이 잠시 멈춘 사이에 태우가 들어오다가 그 연고를 물으니 혜주가 윤 씨의 겸양함을 전했다. 태우가 이에 웃으며 말했다.

"정신이 엄하고 매서우니 시를 지을 문장도 없을 것이지만, 원래 어려서부터 어진 조모에게 넋을 많이 잃어 사람이 되지 못했으니 누이 등과 글을 논할 만하지 않다. 내가 누이 등을 위해 여장부를 얻어 혼인해 규방의 벗으로 삼게 하겠다."

혜주는 총명함이 귀신 같았다. 태우가 한갓 희롱하는 말을 하는 것이 아니라 어디에 가 얼굴의 모양을 다 갖춘 여자를 보았음을 알아 낭랑히 웃으며 말했다.

"오라버니는 사람 모으는 일로 좋은 일을 삼아 번거로운 일을 취하지만 저희는 윤·양 두 사람밖에 모릅니다."

태우가 웃으며 말했다.

"내가 아내가 많다 해서 너희에게 무슨 해로움이 있겠느냐? 내가 사람 모으는 것을 구경하라. 어디 윤·양만 못한 자가 있겠느냐?"

말을 마치자, 금평후의 명령으로 태우를 불렀다. 태우가 정당(正堂)에 이르자, 공이 한 장 서간을 들고 태우에게 말했다.

"임산 이 학사의 편지가 왔는데 말이 이와 같구나. 이 혼인을 허락하지 않으려 했으나 옛 친구의 안면을 보지 않을 수 없어 마지못해 허락하려 한다. 너처럼 경박한 아이가 미색을 취하고 덕을 경시한다면 차라리 아예 허락하지 않는 것만 못하므로 네 뜻을 알고 싶구나. 너는 이 서간을 보라."

태우가 이미 아는 일이었으므로 공경해 받들어 보고 물리니 아뢰었다.

"지난번에 이 공이 은미한 뜻을 소자에게 보인 적이 있었습니다. 소자가 번거로운 일을 꺼리는 데다 마음대로 결정하지 못해 물리쳤습니다. 만일 대인께서 옛 교분의 의리를 돌아보셔서 허락하려 하신다면, 소자가 어찌 감히 미색을 취하고 덕을 경시해 대인께서 이 공과 지닌 교분의 의리를 상하게 하겠습니까?"

금후가 말이 없으니 태부인이 말했다.

"천흥이가 호방해 번거로운 일을 취할 듯하나, 윤·양 등이 이미 참하고 얌전하니 또 새로 아내를 얻어 무엇하겠느냐?"

공이 대답해 아뢰었다.

"어머님의 말씀이 마땅하시나 이 씨 아이가 무염(無鹽)[12]의 박색

12) 무염(無鹽): 중국 전국시대(戰國時代) 제(齊)나라의 무염(無鹽)이라는 지방에 살았던 종리춘(鐘離春)을 이름. 종리춘은 선왕(宣王)에게 제나라의 문제점들에 대한 해결책을 제시함으로써 그 재능을 인정받아 황후가 되었음. 고대 중국의 대표적 추녀(醜女)로 불림.

(薄色)으로서 덕을 자랑해 구혼하는 것이 간절한데, 바로 물리친다면 이는 미색을 취하고 덕을 경시하는 것입니다. 혼사를 받아들이는 것은 이 공의 안면을 보아서이고 번거로운 일을 취해서가 아닙니다."

태부인이 웃으며 말했다.

"이 씨가 진실로 착하다면 참으로 다행이겠지만 천흥이 어린 나이에 번거로운 일이 많은 것은 좋은 일이 아니구나."

후가 머리를 숙이고 말했다.

"소자가 번거로운 일을 피하고 싶으나 일이 이미 이에 이르러는 마지못해 하는 것이니 이후 네 번째 아내를 얻는 것은 허락하지 않을 것입니다."

태우가 눈길을 낮춰 간여함이 없었으나 자기의 호방한 마음이 착한 여자와 아름다운 계집을 모아 평생 호방함을 빛내려 했는데 아버지의 뜻이 이처럼 차이가 컸으므로 그윽이 우울해 했다.

금평후가 답서를 지어 시원하게 허락했다. 이 학사가 매우 기뻐해 급히 상경해 옛집에 편안히 둔치고 길일을 알리니 겨우 한 달 정도 남아 있었다.

이때 금평후의 둘째아들 인흥 공자의 자는 후백이니 나이가 열셋이었다. 신장이 팔 척이요, 두 팔은 무릎을 지났다. 남전(藍田)[13]의 백옥을 다듬은 듯, 가을 물결 같은 눈에 아름다운 달 같은 이마, 흰 코와 붉은 입술을 지녔다. 높은 문장은 팔두(八斗)[14]를 기울이고 필법(筆法)은 종왕(鍾王)[15]의 죽은 넋을 놀라게 했다. 효성이 뛰어나

---

13) 남전(藍田): 중국 섬서성의 옥이 많이 나는 지역.

14) 팔두(八斗): 여덟 말이라는 뜻으로 문장이 뛰어남을 이름. 중국 남조(南朝)의 사령운(謝靈運)이 삼국시대 위(魏)의 조식(曹植)을 두고 한 말.

15) 종왕(鍾王): 종요(鍾繇)와 왕희지(王羲之)를 아울러 부르는 말. 종요는 중국 삼국시대 위(魏)나라의 대신·서예가(151~230). 자는 원상(元常). 조조를 도운 공으로 위나라 건국 후 태위(太尉)가 됨. 해서(楷書)에 뛰어나 후세에 종법(鍾法)으로 일컬어짐. 왕희지는 중국 동진(東晉)의 서

증상(曾祥)[16]의 뒤를 이었으니 존당 순 태부인과 부모가 매우 사랑했다.

공자는 타고난 성품이 온화하고 진중하며 침묵해 말수가 적었다. 가슴에는 세상을 구제하고 백성을 편안히 할 계책과 나라를 평안히 할 방법을 품었다. 가을 달이 아련하고 온화한 바람 속의 해가 빛나는 듯, 높은 기상은 가을 하늘이 끝없는 것 같아 공자와 맹자의 도(道)를 이을 군자였다. 공이 그 위인을 깊이 사랑해 널리 어진 며느리를 구했다. 이름난 관리와 뭇 제후 중에 딸을 둔 자들이 다투어 구혼했으나 금평후가 가볍게 허락하지 않았다.

이 학사가 장녀의 혼인을 위해 정부에 이르러 담소할 적에 우연히 웃으며 말했다.

"형이 여러 아들을 두었으나 내외하는 것이 심하니 어찌 애달프지 않은가?"

금평후가 미소하고 인흥 등 아들들을 불렀다. 곧바로 명령에 응해 오니 공이 이 공을 가리키며 예를 차리라 했다. 세 공자가 명령을 듣고 이 공을 향해 두 번 절하고 곁에서 모시고 섰다. 막내공자는 다섯 살이라 매우 어렸으나 오히려 예를 잃지 않았다. 인흥의 건장한 체형과 빛나는 도덕이 교수(郊藪)의 기린(騏驎)[17]이요, 기산(岐山)에서

예가(307~365)로 자는 일소(逸少)이고 우군 장군(右軍將軍)을 지냈으며 해서·행서·초서의 3체를 예술적 완성의 영역까지 끌어올려 서성(書聖)이라고 불림.

16) 증상(曾祥): 증삼(曾參)과 왕상(往相)을 아울러 이르는 말로, 모두 효성이 깊은 인물들임. 증삼(曾參. B.C.505~B.C.436?)은 중국 춘추시대 노(魯)나라의 유학자로 자는 자여(子輿). 공자의 덕행과 사상을 조술(祖述)하여 공자의 손자인 자사(子思)에게 전함. 효성이 깊은 인물로 유명함. 왕상은 중국 동한(東漢), 위(魏), 서진(西晉)의 삼대에 걸쳐 살았던 인물(184~268)로 자는 휴징(休徵). 위나라에서의 벼슬은 사공(司空), 태위(太尉)까지 올랐고, 진나라에서는 태보(太保) 벼슬까지 이름. 계모에 대한 효성이 깊은 인물로 유명함. 계모 주 씨를 섬긴 여러 일화 가운데, 주씨가 겨울에 생선을 먹고 싶다고 하자 옷을 벗고 얼음 위에 누웠는데 이는 체온으로 얼음을 녹이려 한 것임. 이에 갑자기 얼음이 갈라지며 잉어 두 마리가 나와 주 씨에게 바친 일이 민간에 전해짐.

17) 교수(郊藪)의 기린(騏驎): 교야의 덤불에 있는 기린. 교수는 교야(郊野)에 못이 있는 땅을 이름.

우는 봉황[18] 같았다. 뭇 공자 가운데 빼어난 골격이 비상하니 이 공이 차례로 나이를 묻고 후(侯)를 향해 치하해 말했다.

"영윤(令胤) 등의 빼어난 자질을 보니 맹 씨의 좋은 이웃[19]과 사씨 집안의 뛰어난 자식과 조카들[20]을 족히 기특하다고 못하겠네. 알지 못하겠네만, 둘째아들의 나이가 얼마나 하는고?"

금후가 미소하고 말했다.

"형이 어찌 아둔한 자식들을 과찬하시는 겐가? 내가 자식들을 두어 우리 집안을 욕먹일까 밤낮으로 조심하고 있다네. 형은 어리석은 내 아들들을 과찬하여 우리가 옛날 사귀던 정을 생각하지 않는 것인가?"

이 공이 잠시 웃고 또 물었다.

"영윤이 이렇듯 조숙하니 작소(鵲巢)[21]의 혼인날을 점쳐 정한 것이 있는가?"

후가 말했다.

"내 자식이 쓸모없는 신장이 자랐으나 옛사람이 말한 장가들 나이가 아니므로 정혼한 데는 없네."

이 공이 한참을 주저하다가 말했다.

"내가 추악한 용모를 지닌 딸로써 형의 슬하를 욕되게 하고 다시 청하는 것이 당돌하네만 영윤의 아름다움을 탐해 감히 말을 꺼내니

---

18) 기산(岐山)에서 우는 봉황: 중국 주(周)나라 문왕(文王) 시절 덕이 성대할 때 기산에 봉황이 출현해 울었다고 전해짐.

19) 맹 씨의 좋은 이웃: 맹자 어머니가 맹자의 교육을 위해 세 번 사는 곳을 고른 것을 이름. 맹자가 어렸을 때 묘지 옆에 살았는데 장사지내고 곡을 하는 흉내를 내자, 맹자 어머니가 시장으로 이사를 가고, 맹자가 이에 물건을 팔고 사는 것을 배우자, 최후에 서당 부근으로 이사를 하니 맹자가 비로소 예를 익히고 책을 읽게 되었다는 고사.

20) 사씨 집안의-조카들: 중국 동진(東晉)의 사안(謝安), 사현(謝玄), 남제(南齊)의 사조(謝朓), 남송(南宋)의 사령운(謝靈運), 사혜련(謝惠連) 등 매우 뛰어난 인물이 배출된 사씨(謝氏) 일가(一家)를 말함.

21) 작소(鵲巢): 까치 집이라는 뜻으로 여자가 시집가는 것을 이름. '작소'는 『시경(詩經)』, 「소남(召南)」 중의 편명임. <작소>에 "새아씨가 시집옴에 백량으로 맞이하도다. 之子于歸, 百兩御之.)" 라는 구절이 있는바, 제후의 딸이 다른 제후에게 시집가는 것을 묘사하였음.

형은 살피게. 장녀와 차녀는 쌍둥이 아이일세. 박색의 용모를 지닌 장녀는 곧 창백에게 속했고, 차녀는 아름답다 이르지는 못하겠으나 거의 군자의 건즐(巾櫛)[22]을 욕되게 하지는 않을 것이네. 그래서 구구하게 사사로운 말을 베푸니 형은 어떻게 생각하는가?"

후가 웃으며 대답했다.

"내 자식의 어리석음을 꺼리지 않고 사위로 허락하려 하니 어찌 감사하지 않은가? 이 아이가 아주 어리니 홀어머니께 고하고 혼사를 이루어도 늦지 않을 것이네."

이 공이 말했다.

"세월은 망아지가 달리는 것을 문틈으로 보는 것과 같네. 영존자당(令尊慈堂)께 고해 허락하신다면 두 아이가 같은 해에 났으니 함께 시집을 보낼 것이네."

금후가 응낙하고 내당에 들어가 이 공이 구혼한다는 말을 고하고 허락해 주시기를 청했다. 이에 태부인이 혼인을 허락했다.

공이 기뻐해 외당에 나와 혼인을 허락받았음을 전했다. 이 공이 매우 기뻐해 자리 위에서 택일하니 공교롭게 태우의 길일과 한날이었다. 이에 주인과 손님이 기뻐했다.

이 공이 돌아간 후에 금후가 둘째아들의 혼인날이 가까움을 기뻐하고 태부인과 진 부인은 신부가 어진지 그렇지 않은지 마음을 조였다. 금후가 또한 두 며느리가 아름답기를 고대했다.

이러구러 길일이 다다르니 금후가 큰 잔치를 열고 내외의 손님을 모아 신랑을 보내며 신부를 맞았다. 손님들이 태우를 대해 셋째아내를 얻는 경사를 축하하니 태우가 미소하고 대답했다.

---

22) 건즐(巾櫛): 수건과 빗이라는 뜻으로 여자가 남편을 섬기는 것을 이름.

"셋째아내 얻는 것은 진실로 원하는 바가 아니니 축하하시는 말씀을 어찌 감당할 수 있겠습니까?"

후가 두 아들에게 명령해 길복을 입도록 했다. 태부인이 순 참정 부인이 복이 있다 하며 인흥에게 길복을 입히라 하니 순 부인이 공자에게 먼저 옷차림을 꾸며 주고 예식 익히는 것을 마쳤다. 양 씨가 또한 태우의 길복을 섬기니 안색이 온화하고 행동거지에 법도가 있었다.

태우가 공자와 함께 행렬을 지휘해 가 이부에 이르러 상 위에 기러기[23]를 올리고 신부가 가마에 오르기를 기다렸다. 이 학사가 만면에 온화한 기운을 띠고 자리에 있는 사람들에게 자랑하며 말했다.

"내 두 사위의 아름다움이 어떠합니까?"

빈객이 일제히 소리를 내어 훌륭한 사위 얻은 것을 축하하고 태우의 벗들과 이름난 선비들은 다 웃고 말했다.

"둘째사위는 당대의 군자로되 큰사위는 고르시기를 잘못한 것 같습니다."

이 공이 웃으며 말했다.

"우리 딸이 창백의 배필이 되는 것도 외람되니 여러분들이 알지 못해 이런 말을 하는 것이오."

사람들이 이 공의 말을 괴이하게 여겼으나 묻지 않았다.

날이 늦자 두 사람이 가마를 봉해 본가로 돌아가니 사람들이 행렬의 화려함과 두 신랑의 특이함을 칭찬했다.

집으로 돌아가 합환주를 마시고 맞절을 할 적에 자하상(紫霞觴)[24]

---

23) 기러기: 혼례 때, 신랑이 신붓집에 가지고 가서 상 위에 놓고 절할 때 쓰는 기러기. 산 기러기를 쓰기도 하나, 대개 나무로 만든 것을 씀.

24) 자하상(紫霞觴): 전설에서, 신선들이 술을 마실 때 쓰는 잔. '자하'는 신선이 사는 곳에 서리는 노을이라는 뜻으로, 신선이 사는 궁전을 이르는 말.

을 나누고 공작선(孔雀扇)[25]을 기울이니 신부의 못난 얼굴이 사람들을 놀라게 할 만했다. 좌우의 사람들이 크게 놀랐으나 태우는 조금도 싫어하는 빛이 없고 흔쾌히 외당으로 나갔다. 이에 위아래 사람들이 도리어 그것을 괴이하게 여겼다.

둘째공자가 또한 맞절을 마치니 자리에 있던 사람들이 모두 바삐 눈을 들어서 보았다. 신부의 꽃과 달 같은 자태가 찬란하고 시원스러워 갑자기 형용해 이를 수가 없을 정도였다.

예를 마치고 두 신부가 함께 대추와 밤을 받들어 존당 순 태부인과 시부모에게 바쳤다. 큰소저의 박색이 놀라웠으나 행동에 법도가 있고 행실이 자연스러워웠다. 둘째소저는 기이한 향과 전아한 자태에 흰 눈 같은 피부를 지니고 팔자 눈썹에는 상서로운 기운과 덕스러운 기운이 완전했다. 이에 순 태부인과 시부모가 크게 기뻐했다. 예를 마치자 태부인이 두 신부의 손을 잡고 사랑하며 금후 부부를 돌아보아 말했다.

"이처럼 어진 며느리를 얻은 것은 조상께서 도와주셨기 때문이다."

후가 절하고 사례해 말했다.

"소자처럼 덕이 부족한 사람에게 슬하의 경사가 있는 것은 다 어머님의 깊은 인자함과 두터운 덕, 선조께서 덕을 쌓은 데 힘입은 것이니 어머님의 말씀이 마땅하십니다."

신 부인이 사례하고 태부인의 큰 덕을 일컬었다.

금후가 이 소저에게 명령해 윤·양 두 사람을 예로써 보라 했다. 이씨가 명령을 듣고 윤 소저를 향해 두 번 절했다. 두 소저가 답하는 절을 하고 차례로 어깨를 나란히 해 자리를 잡았다. 윤 소저의 보름

---

25) 공작선(孔雀扇): 의식에 쓰던 부채. 붉은빛으로 공작을 화려하게 그림.

달 같은 광채와 어여쁜 자태는 자리에 가득한 분 바른 여자들의 빛을 앗았다. 이 씨의 박색과 항렬을 이루니 신선의 요지(瑤池)[26]에 푸른색 야차(夜叉)[27]가 함께한 듯해 더욱 놀라웠다. 순 태부인과 시부모가 천지의 조화가 고르지 못한 것을 한탄했으나 행동거지에 법도가 있는 것을 기뻐해 사랑이 한결같았다.

종일 즐거움을 다하고 해가 져서 손님들이 흩어져 각자 집으로 돌아갔다. 신부 숙소를 정해 보내고 등불을 이어 저녁문안을 마치니 태우와 공자에게 명령해 물러가라 했다. 두 사람이 명령을 듣고 각각 신방으로 갔다.

태우가 이 소저를 대해 추한 용모를 의논할 것이 없었으나 그 덕스러운 기상을 속으로 기뻐해 두어 조목 말을 했다. 이 씨가 부끄러움도 없고 기뻐하는 빛도 없이 엄숙하게 바로 앉아 묵묵히 대답하지 않았다. 태우가 그 생김새와 몸을 웃기게 여겼으나 사람됨이 속되지 않은 것을 공경해 함께 잠자리에 나아가니 은정이 태산과 같았다.

둘째공자가 신방에 이르러 소저를 대하니 이 씨는 난초 같은 자태와 어여쁘고 전아한 모습을 지녀 장부가 푹 빠질 만했다. 그러나 공자는 천성이 정대하고 학문을 좋아했으니 피차 나이가 어린 것을 꺼려 해 관계 맺는 것을 늦추었다. 그래도 예로 권하여 잠자리에 나아가니 은정이 하수와 바다 같았다.

두 사람이 시가에 머무르며 시부모를 효도로 받들고 남편의 뜻에 순순히 좇으며 시누이들과 우애가 있고 화목하게 지내니 순 태부인과 부모가 기뻐했다. 태우의 금슬이 화평한 데 기뻐하고 둘째공자의 매몰찬 모습을 보면 혹 부부 사이가 먼 것인지 의심하고 염려했다.

---

26) 요지(瑤池): 중국 곤륜산(崑崙山)에 있다는 연못으로 서왕모(西王母)가 사는 곳으로 전해짐.
27) 야차(夜叉): 사람을 괴롭히거나 해친다는 사나운 마귀.

이때 윤 추밀이 길을 떠나 무사히 도달해 집으로 돌아갔다. 광천 형제가 문밖에서 맞아 절하고 알현하니 공이 손을 잡고 어루만지며 태부인의 안부를 묻고 바삐 내당으로 갔다. 태부인에게 절하고 구파를 조문한 후 형수와 시동생, 부부의 예를 마쳤다. 어머니를 곁에서 모시며 말할 때 드디어 하 공의 딸이 호랑이에게 물려간 일을 고하고 참으로 안타까워했다. 태부인이 거짓으로 놀라는 체하고, 유 씨가 딸의 서간을 보았으나 다만 어버이를 떠난 말뿐이고 각별한 말이 없으므로 오히려 딸이 고초를 겪는지 알지 못했으나 하 공이 딸을 잃은 것은 속으로 기뻐했다.

이때 구몽숙이 경사에 이르러 윤부에 나아가 조용히 유 부인을 뵙고 신묘랑의 기이함을 전하며 신묘랑을 경사로 오라 했다고 고했다. 이에 부인이 매우 기뻐해 조 부인 삼 모자와 구파를 없애는 것이 묘하다 하며 묘랑이 오기를 괴로이 기다렸다.

몽숙이 돌아온 지 십여 일 만에 묘랑이 이르자 몽숙이 데리고 윤부에 가 계교를 행하니 나중이 어찌 될까.

차설. 유 씨가 묘랑을 해춘루에서 맞아 선생의 예로 대접하며 말했다. 자기 부부와 위 태부인의 생년월일시를 일러 팔자(八字)를 물으니 묘랑이 한참을 생각하다가 말했다.

"부인과 위 태부인이 칠 년 후면 더러운 이름을 얻을 것입니다."

유 씨가 이 말을 듣고 매우 놀라서 말했다.

"사람이 한번 더러운 이름을 듣는다면 살기가 어려울 것이니 팔자가 어찌해 그러한고?"

묘랑이 말했다.

"부인과 태부인이 악한 일을 숭상하시고 어진 일과 의로운 일을 피하시므로 육칠 년 후면 악한 일이 발각될 것입니다."

유 씨가 말했다.

"내가 원래 악한 일을 저지른 것도 없지는 않으나 액운이 그러하다면 금은(金銀)을 들여 액운을 없앨 방법이 있느냐?"

묘랑이 분명히 액운을 없앨 도리가 없으나 금은에 욕심이 생겨 웃고 말했다.

"액운을 미리 막는 방법이 어찌 없겠습니까?"

부인이 이에 두 딸의 사주(四柱)를 일러 점을 쳐 달라고 하니 묘랑이 말했다.

"큰소저는 혼인한 지 13년을 창자가 끊어지는 내용의 시를 읊어 맑은 눈물이 비단 이불을 적실 것이나 자연히 화락해 자녀를 낳고 부귀를 누릴 것입니다. 둘째소저는 5년을 창자가 끊어질 듯한 박명함이 있어 고초가 심상치 않다가, 혼인한 지 5년 만에 명부(命婦)의 존귀함을 지녀 부부 사이의 금슬이 화락하고 자녀가 많을 것이라 크게 귀한 팔자입니다."

유 씨가 명아의 시신을 어느 곳에 버린 줄을 몰라 밤낮으로 염려했으므로 명아의 생년월일시를 일러 주고 생사와 길흉을 물었다. 묘랑이 오랫동안 점치다가 일렀다.

"초년 운수가 험난해 네다섯 살에 엄친을 먼저 여의고 혼인에 마가 끼어 반드시 집을 석 달을 떠나 있을 것입니다. 혼인한 후 올해 봄에 반드시 큰 액운이 있어 재앙을 지낼 것이고, 초년 재앙을 다 지내면 몸이 한 나라의 제일가는 위치에 올라 후비(后妃)의 존귀함을 누릴 것입니다. 남편의 대우는 태산처럼 무겁고 어진 이름은 온 성에 자자할 것이며 자손이 많아 만복을 다 갖출 것입니다."

유 씨가 이 말을 듣고 놀란 가슴이 벌떡여 또 물었다.

"올해 봄에 무슨 액운을 만나 누가 구해 주며 지금은 어느 곳에 있는고?"

묘랑이 말했다.

"올해 봄에 재앙을 겪어 살기 어려운 것은 백년해로할 군자가 구해 내고 지금은 화려한 집에 반석(磐石)처럼 평안히 있습니다. 시부모의 사랑과 남편의 후대를 받으나 액운이 미진하므로 또다시 화란을 겪을 것입니다. 그러나 그런 존귀한 팔자는 물이나 불 속에 들어가도 염려할 것이 없습니다."

유 씨가 경악해 간장이 뛰놀아 다시 말했다.

"그런 팔자를 천만 개의 금은보화로 박명하게 할 방법이 있느냐?"

묘랑이 말했다.

"평범한 팔자는 금은을 들여 마음대로 할 수 있으나 이런 팔자는 곧바로 기름이 끓는 가마솥과 칼날 앞에 나아가도 자연히 벗어나 복을 누릴 것입니다."

유 씨가 낙담하고 불행히 여겨 차라리 묻지 않은 것만 못했다. 다시 광천 형제의 팔자를 물으니 묘랑이 칭찬을 연신 하며 말했다.

"팔자의 흠이 아버지의 얼굴을 모르는 것입니다. 초년 운수가 험악하나 첫째는 귀한 복이 당당해 제후의 지위에 오를 것이고, 둘째는 지위가 만인의 위에 있고 위엄이 나라 안에 진동하고, 덕망이 태산과 북두보다 융성하며 자식이 집에 가득하고 오복(五福)을 다 갖출 것입니다."

유 씨가 이 말에 몹시 놀라 가만히 자기의 심사를 일러 조 부인 삼모자와 명아를 없앨 계교를 물었다. 아울러 석 학사의 재실 오 씨를 없애고, 자기 딸이 석 학사에게 후대를 받게 하면 금은보화를 아끼지 않고 은혜를 백골에 새길 것이라 하니 묘랑이 한참을 생각하다가 말했다.

"이런 큰일을 황급히 도모할 것이 아닙니다. 세월을 보내다가 소원을 이루게 하겠습니다."

유 씨가 말했다.

"내 팔자가 험악해 마침내 한 명의 남자아이를 얻지 못했으나 아직도 생산의 길을 바라고 있거늘 가군(家君)이 계후(繼後)를 정했으니 이는 내가 원하지 않는 일이네. 이제는 남자를 얻지 못하니 어찌 한스럽지 않은가?"

묘랑이 말했다.

"부인의 팔자가 계후(繼後)하실 운수니 천명을 어찌 도망하겠습니까?"

말이 잠시 멈춘 사이에 비영이 춘월의 생년월일시를 일러 점을 쳐 달라 하니 묘랑이 한참을 생각하다가 말했다.

"몸 위에 중형(重刑)을 받고 감옥에서 고초를 받아 밤낮으로 어미를 부르며 부르짖어 하늘의 해를 볼 날이 멀었으니 참으로 곤궁한 팔자네."

유 씨가 크게 놀라고 비영이 눈물을 비처럼 흘리며 말했다.

"월이 만일 곤란한 일을 당했다면 소비(小婢)가 차마 어찌 견디겠습니까? 이런 일이 있어서 지금까지 기척이 없었나 봅니다."

유 씨가 탄식하며 말했다.

"계교를 비밀스럽게 진행했으나 하늘이 돕지 않아 일마다 그릇되었구나. 이제 기특하게 신법사를 만났으니 설마 나중이 없겠느냐? 그러니 너는 슬퍼 마라."

비영이 눈물을 흘리니 세월이 미소하고 탄식하며 말했다.

"그대가 어찌 소소한 일에 이토록 하는 것인가? 나도 오히려 참고 있으니 그대는 애태우지 말고 일이 되어 가는 것을 보게."

비영이 슬픔을 억지로 참고 악한 일에 더욱 참여하기를 꾀했다.

유 씨가 신묘랑을 얻은 후로 좋아하며 공경하는 마음을 묘랑에게 표현하고, 조 부인 모자 없애는 것을 손바닥 뒤집듯 쉬운 일로 알아 묘랑이 구하는 것은 천만금이라도 아끼지 않았다.

묘랑이 그윽한 곳에 초가 암자를 짓고 제자를 모으며 부처를 공양했다. 법호를 고쳐 경사의 이름난 관리와 고위 관원의 부인네를 다 사귀어 금은을 모으려 했다. 이에 유 씨를 대해 말했다.

"부인의 팔자를 보니 내세에 불공을 크게 하마 하고 소원을 빌고 계시나 소소한 것으로는 손을 쓰지 못할 것입니다. 황금 오백 냥과 촉나라 비단 수백 필을 얻어야 의지나 해 볼 것입니다."

유 씨가 욕심이 무궁해 이익이 되는 것은 터럭만 한 것이라도 아까워했으나 묘랑의 말이라면 말마다 다 들었으므로 협사를 비워 다 내줬다. 묘랑이 다시 경아에게 은자 삼백 냥과 비단 사오 백 필을 내라 하고 태부인에게 은자를 보태라 하니, 경아 조손(祖孫)이 아끼지 않아 일일이 모아 내주니 묘랑이 사례하며 말했다.

"빈도가 일찍이 암자를 짓고 부처를 모아 앉히면 자연히 몇 년이 걸릴 것입니다. 암자를 다 지은 후에 귀부(貴府)에 모여 부인의 소원을 이루어 드리겠습니다."

유 씨가 암자 짓는 곳을 물으니 서화문 밖 청계산 아래 보수암(報酬庵)을 짓는다고 했다. 이에 유 씨가 말했다.

"보수암의 뜻은 무엇인고?"

묘랑이 대답했다.

"부인이 금과 비단을 많이 내셨으므로 보수암(報酬庵)[28]이라 한

---

28) 보수암(報酬庵): 보수는 '고맙게 해 준 데 대하여 보답을 함'의 의미임.

것입니다."

유 씨가 매우 기뻐해 부부와 두 딸을 축원하며 조 부인 삼모자를 어서 죽여 달라고 했다. 이에 묘랑이 말했다.

"빈도가 정성을 다할 것이니 염려하지 마소서."

유 씨가 재삼 당부하니 묘랑이 순순히 응낙했다. 묘랑은 조 부인 삼모자를 해치지 못할 줄 알았으나 금은을 탐해 허락한 것이다. 세월과 비영 등에게 암자 짓는 곳을 알려 주고 이후에 자주 간악한 계책을 모의했으나 묘랑이 암자 짓는 데 골몰해 악행을 미처 행하지 못했다.

재설. 서촉 하부에서 딸을 잃고 세월이 갈수록 그림자도 찾지 못하자 공의 부부의 슬픔이 칼을 삼킨 듯했다. 오히려 마음은 딸의 관(棺)에 기대 우는 것만 같지 못했으나 아직도 딸이 살아 있기를 바라는 마음이 있었다. 원광 부부와 쌍둥이 아이를 놀리며 위로받는 것이 많았으나 부인은 간장이 변해 재가 되는 것을 면치 못해 자리에서 위독하게 있으면서 밤낮으로 통곡하며 지냈다. 자규(子規)[29]의 슬픈 소리가 애를 태우고 초가지붕의 처마에 제비 새끼 한 마리가 장차 땅에 떨어지는 꼴을 당했으니 눈물이 피로 변할 지경이었다. 생이 실없는 말로 익살을 부리고 우스운 말을 하며 누이를 잊은 듯했으나, 몸의 한쪽을 베어 내는 고통과 홀로 있는 그림자의 슬픈 한이 오랫동안 있으니 피눈물이 맺혔다. 고요한 밤과 그윽한 침실에 들면 눈에 가을 물결이 어려 하늘을 향해 부르짖고 원통함을 하소연했으니, '우리 부

29) 자규(子規): 두견. 고향을 그리워하거나 애통함을 상징하는 새. 춘추시대 촉왕(蜀王) 두우(杜宇: 望帝)가 치수공신(治水功臣) 별령(鱉灵)에게 왕위를 물려준 후에 별령이 나라를 어지럽게 다스리자 비분강개한 채 세상을 떠나 그 혼백이 변해 자규, 즉 두견새가 되어 밤낮으로 슬피 울었다는 전설이 있음.

모처럼 큰 덕을 지니신 분에게 집안의 재앙이 어찌 이 지경에 미쳤으며 누이의 생사는 어찌 되었는고. 내가 떠나면 다른 형제가 없어 부모를 효도로 봉양하지 못하고 원근에 누이의 종적을 찾지 못하니 동기의 정이 다 끊어진 것이구나.' 하며 밤낮으로 먹지 않고 자지 않았다. 그러므로 금슬의 화락은 이룰 처지가 안 되었다.

소저가 착한 바탕과 효성스러운 행실로 시부모를 곁에서 받들었다. 온순하고 자신을 낮추는 가운데 삼가며 조심스럽게 효도를 하니 신령이 감동할 지경이었다. 어버이를 떠난 아쉬움을 모르는 듯, 온화한 기운이 봄바람을 자아내 만물을 생기 있게 하는 듯했다. 이처럼 아름답고 기이함이 조금도 흠될 것이 없으니 공의 부부가 사랑하는 마음이 정성스럽고 지극했다. 소저가 부귀 가운데 나서 자라 고초를 겪지 않았던 것을 가련하게 여겨 더욱 구구히 어루만지고 극진히 생각해 친딸보다 더한 것이 있었다.

생의 굳은 마음은 감동하는 것이 없어 그 효성스럽고 공손한 행실을 모르지 않았으나 항상 눈을 낮춰 상대하는 일이 없었다. 이처럼 생의 사람됨이 깊고 멀어 도량을 보이지 않았다.

공의 부부는 우환에 빠져 있는 중에 소년 부부가 한 방에 모이는 일이 드문 것을 우려해 공이 자주 내사(內舍)에 가서 자고 아들에게 내실(內室)에 가 자라고 했다. 그러면 생이 명령을 들어 내실에서 자나 속으로는 마음이 딴판이어서 자연히 눈썹 시이에 은은한 노기가 어려 눈 위에 달빛이 어린 가운데 겨울 하늘에 북풍이 차가운 듯했다.

소저가 비록 매우 큰 도량을 지니고 있었으나 어찌 부끄럽고 불안하지 않겠는가. 생이 내실에 들어오는 것을 원하지 않았으나 바람대로 되지 못하니 소소한 아녀자가 촉 땅의 험한 곳에 살면서 아침저녁으로 부모를 그리워할 뿐이었다. 원근을 살피면 구름 낀 산이 첩첩하고 잔도(棧道)[30]가 높고 험해 구름 낀 아침과 비 오는 저녁에 어버이를 사모하는 마음이 만 갈래나 되었다. 그러나 생계에 고초를 겪어 초가집 더러운 방에 몸이 평안하지 못하고 지게미와 쌀겨, 마름풀을 먹으며 뽕잎을 따고 길쌈을 하는 가운데 침선하느라 겨를이 없었다. 그런데 남편의 박대가 날로 더하니 금슬의 즐거움을 바란 것은 아니었으나, 반비(班妃)[31]의 장신궁(長信宮)[32]과 장강(莊姜)[33]의 백주시(柏舟詩)[34]를 그윽이 부러워하는 바는 자신은 죄명(罪名)이 밝아서였다. 속으로 한이 맺히는 것은, 자기는 얼음처럼 깨끗한 자질을 가지고 아버지의 밝은 가르침을 받아 몸을 옥처럼 닦고 뜻을 얼음과 눈처럼 잡았는데 누명이 이에 미친 것이었다. 소장(蘇張)[35]의 부리와 반마(班馬)[36]의 붓이라도 용납받지 못해 10여 년 수행이 그림의 떡이 되었으니 어찌 비분(悲憤)한 원통함이 없겠는가. 그러나 사람됨이 태산처럼 무겁고 바다처럼 깊으며 천지처럼 끝없이 넓은 도량이 있으므로, 해와 달 같은 눈동자에 봄바람처럼 온화한 기

---

30) 잔도(棧道): 험한 벼랑 같은 곳에 나무 따위를 선반처럼 달아서 낸 길.

31) 반비(班妃): 중국 한(漢)나라 성제(成帝)의 궁녀인 반첩여(班婕妤). 시가(詩歌)에 능한 미녀로 성제의 총애를 받다가 궁녀 조비연(趙飛燕)의 참소를 받고 물러나 장신궁(長信宮)에서 지내며 <원가행(怨歌行)>, <자도부(自悼賦)> 등을 지어 자신의 처지를 하소연함.

32) 장신궁(長信宮): 중국 한(漢)나라 때 장락궁 안에 있던 궁전으로, 반첩여가 머물던 곳.

33) 장강(莊姜): 중국 춘추시대 위(衛)나라 장공(莊公)의 비. 제(齊)나라 태생으로 장공에게 시집갔으나 자식을 두지 못하니 장공이 이에 진(陳)나라 여자를 맞이하여 후에 환공(桓公)이 되는 이를 낳았는데 진나라 여자가 죽자 장강이 환공을 자기 아들로 삼아 기름.

34) 백주시(柏舟詩): 『시경』, 「패풍(邶風)」에 나오는 시로, 남편에게 사랑받지 못하는 여인의 심정을 노래한 시. 유향의 『열녀전』에서는 이 시를 장강(莊姜)이 지은 것으로 추정함.

35) 소장(蘇張): 중국 전국시대의 변론가인 소진(蘇秦, ?~?)과 장의(張儀, ?~B.C.309). 소진은 합종(合從)을, 장의는 연횡(連橫)을 주장했음. 합종은 서쪽의 강국 진(秦)나라에 대항하기 위하여 남북으로 위치한 한·위·조·연·제·초의 여섯 나라가 동맹하자는 것이고, 연횡은 진나라가 이들 여섯 나라와 횡(橫)으로 각각 동맹을 맺어 화친하자는 것임.

36) 반마(班馬): 중국 전한 시대의 역사가인 사마천(司馬遷, B.C.145?~B.C.86?)과 후한 초기의 역사가 반고(班固, 32~92)를 아울러 이르는 말. 사마천의 자는 자장(子長)으로, 기원전 104년에 공손경(公孫卿)과 함께 태초력(太初曆)을 제정하여 후세 역법의 기초를 세웠으며, 역사책 『사기』를 완성하였음. 반고의 자는 맹견(孟堅)으로 아버지 표(彪)의 유지를 받아 기전체 역사서인 『한서』를 편집하였음.

운을 화평하게 해 어버이를 떠난 회포와 몸에 얽힌 경악스러운 누명을 모르는 듯이 지냈다. 생은 그럴수록 염치가 다 없는 것을 한심해했으나 하릴없었다.

하루는 경사에서 정부의 남자 종이 이르러 서간을 올리는 것이었다. 생이 바삐 열어서 보니 얼핏 누이의 필적이 보였다. 놀라고 반겨 급히 내용을 보니 전후의 일이 명명백백했다. 신기하고 다행한 마음이 견주어 비할 데가 없었다.

서간을 들고 발걸음을 재촉해 내당으로 가 누이가 생존했음을 고하고 연유를 설파했다. 하 공 부부가 꿈인지 생시인지 분간하지 못해 대답하지 못한 채 봉한 서간을 열어서 보았다. 부인이 딸의 수찰(手札)을 손에 쥐고 도리어 눈물을 줄줄 흘리며 선후의 재앙을 알고, 이제는 소저가 평안함을 다 안 후에야 비로소 심신을 진정했다. 금평후 부자의 천지 같은 큰 은혜를 언급하며 참으로 기쁘고 즐거워했다. 그래서 도리어 멀리 떠나보낸 마음을 잊었으나 구몽숙의 흉악한 일을 듣고는 모골이 송연해졌다. 생은 구몽숙이 윤 소저의 이종(姨從)이라 하므로 소저를 한심해 하는 마음이 한층 더했다.

며칠 후에 답신을 지어 정부의 종에게 들려 보낼 적에 사례하고 은혜를 칭송하는 말이 헤아릴 수 없을 정도였다.

부인이 비로소 자리에서 일어나 마음을 진정했다. 또 임신하니 비몽사몽간에 직사 원상이 품에 들며 말했다.

“두 형이 이미 모친의 뱃속을 의탁해 세상에 났으니 소자가 또한 슬하에서 모시려 합니다. 그러니 어머님은 소자 등이 원통히 죽은 것을 슬퍼 마소서.”

부인이 꿈에서 깨어나 몹시 슬퍼했으나 세 아들이 다 환생한 것을 기뻐했다. 원상 등이 날로 특출나 신선 같은 풍모와 귀한 골격이 완연히 학사 형제와 같았으나 오래 살 기질은 나은 것이 있으므로 부모가 한때도 슬하에서 내리지 않아 긴 날의 슬픈 회포를 위로했다.

윤 소저가 조심스레 효도하고 극진히 예절을 차리는 것이 날로 더하니, 공의 부부가 소저에게 푹 빠지고 소중히 여겨 소저를 눈앞의 기이한 보배로 삼았다. 생이 어버이의 얼굴색을 살피고 뜻을 받드는 효성이 출천(出天)해 황향(黃香)의 부채와 이부자리[37], 자로(子路)가 쌀을 진 것[38]을 본받아 일마다 부모의 뜻을 받들어 어기는 적이 없었다. 이에 공이 매양 며느리를 칭찬하며 생에게 경계하기를,

"너는 한갓 아내로 알지 마라. 은인으로 대접하라."

라고 하면, 생은 명령을 들어 온화한 기운이 얼굴에 가득하니 그 마음을 누가 알겠는가. 부득이하게 겉으로는 부모의 명령을 순순히 따라 행동해 행여라도 윤 씨를 박대하는 모습을 보이지 않았다. 거짓으로 꾸며 부모를 속이는 것이 본심이 아니었으나 자신이 긴 세월 동안 속이는 것을 부모가 아득히 알지 못하니, 분노가 소저에게 돌아가 '차라리 사람이 없는 심야에 간음한 남자를 좇아 자취를 없애면 어찌 다행이 아니겠는가.' 하며 마음을 죄었다. 슬프다. 소저처럼 맑은 마음과 슬기로운 덕을 지닌 사람이 밝은 군자의 짝이 되었으나 의심이 이 지경에 미쳤으니 어찌 안타깝지 않은가. 시녀 등이 주모의 신세를 느꺼워 해 서로 대해 눈물을 흘리면 소저가 정색하고 엄

---

37) 황향(黃香)의 부채와 이부자리: 효도함을 이름. 황향(18~106)은 중국 동한(東漢) 시대의 인물로 자는 문강(文强)이고 고대 24명의 효자 중의 한 명임. 황향은 어려서부터 부모를 효도로 섬겨 매양 여름에 뜨거운 때를 맞으면 부모의 휘장을 부채로 부쳐 모기 등이 오지 못하게 하고 잠자리를 시원하게 해 부모가 편안히 잠들기를 기다렸고, 겨울에 매우 추운 때에는 먼저 자기 몸으로 부모의 이부자리를 따뜻하게 데워 부모가 따뜻하게 눕기를 기다렸다 함. 황향이 아홉 살 때 이러한 도리를 알아 경사에 그 이름이 전파되었음.

38) 자로(子路)가 쌀을 진 것: 부모를 위해 고생을 마지않음을 이름. 자로(B.C.543~B.C.480)는 중국 춘추시대 공자의 제자로, 이름은 중유(仲由)이고 자로는 그의 자임. 자로가 어려서 집안이 가난하여 늘 채소로 배를 채웠으나 다만 백 리까지 가 쌀을 구해 지고 와 부모를 봉양함. 날씨와 상관없이 늘 그렇게 힘을 다해 부모의 음식을 책임짐.

히 꾸짖었다. 이에 벽란 등이 감히 다시 이르지 못했다.

봄과 여름이 다 가고 중추(仲秋)를 맞이해 학사 등의 삼년상을 마치니 인간의 슬퍼하는 모습이 이보다 더한 것이 없었다.

이해 납신(臘晨)[39]에 부인이 해산해 한 명의 백옥(白玉)을 낳으니 직사와 다름이 없었다. 공의 부부가 슬픔과 회포가 섞여 위로받는 것이 많았다. 부인이 해산 후에 병이 없어 몸이 회복되니 생의 부부가 온 마음으로 기뻐하는 것이 비할 곳이 없었다. 원광 부부가 웃어른을 뵙고 예절을 차리는 것이 조심스러우니 공의 부부가 아들과 며느리를 사랑하며 세월을 보냈다.

이때 구몽숙이 경사에 돌아온 지 한 달 남짓해 과거에 급제해 조정에서 종사했다. 유 금오와 진 상서가 널리 구혼해 구몽숙이 시중 양홍의 딸을 얻었다. 양 씨가 용모가 절세하고 사덕(四德)[40]을 갖춰 착하고 점잖았으니 몽숙이 미색을 좋아해 금슬의 은정이 태산 같았다. 음란한 마음을 적이 진정해 정 태우 부인 겁탈할 악한 마음을 두지 않았으나 참으로 요망하고 흉악해 어진 사람을 시기하고 능력 있는 사람을 미워했다. 그래서 붕당을 짓고 권세 있는 사람을 좇아 간악한 소인들을 모았으니 정·진 두 가문의 화란이 장차 어느 지경에 미칠 줄 몰랐다.

이때 진 상서가 여섯 명의 아들을 두어 세 아들이 과거에 급제해 벼슬을 하며 문장과 기이한 기이한 질개가 일세에 이름났다. 몽숙이 이를 싫어해 정·진 두 가문을 해치려 했다. 진 공이 기미를 스쳐 알고 처음에 가르치며 사랑하던 일을 후회했다. 금평후가 하 소저에게

39) 납신(臘晨): 납일(臘日) 새벽. 납일은 예전에 제사 지내던 날로, 12월 초파일을 말함.

40) 사덕(四德): 여자로서 갖추어야 할 네 가지 덕으로, 마음씨[婦德], 말씨[婦言], 맵시[婦容], 솜씨[婦功]를 이름.

사달이 난 후에는 따지는 것이 가당치 않으므로 다시 구몽숙을 경계하는 일이 없었으나 정 태우는 괘씸함을 이기지 못했다. 태우가 몽숙이 경연 자리에서 임금을 가까이 모시고서 임금에게 아첨하는 모습을 차마 바로 보지 못해 몽숙을 꾸짖으면 몽숙이 겉으로 사죄하며 벗으로서 착한 길로 나아가도록 꾸짖어 주는 것에 감사하다고 일컬었다.

다음 해 봄에 정 공의 둘째아들 인흥이 과거에 장원급제했다. 시원스러운 풍채는 가을 하늘에 맑게 갠 뒤 떠오르는 달 같았고, 용의 눈썹과 봉황의 눈[41]에 빼어난 골격과 꿋꿋한 격조는 만인 중에 솟아났다. 겸하여 팔두(八斗)[42]의 넉넉한 문장과 종왕(鍾王)[43]의 높은 필법이 당대를 기울여 대두할 자가 없었다. 임금께서 매우 기뻐하시고 금평후가 기이한 자식 둔 것을 칭찬하셨다. 장원을 섬돌에 올려 어화청삼(御花靑衫)[44]을 주시고 벼슬을 주셔서 금문직사를 시켰다. 어온(御醞)[45]을 내려주시니 장원이 임금의 은혜에 감축하며 나이 어리고 재주가 없는데 벼슬이 외람하다며 굳이 사양했으나 임금께서 윤허하지 않으셨다. 생이 마지못해 은혜에 사례하고 조정에서 물러나 집으로 돌아갔다. 온 집안의 환성이 물 끓듯 해 기뻐하는 광경을 이루 기록하지 못할 정도였다.

---

41) 용의 눈썹과 봉황의 눈: 양쪽 끝이 길게 치올라 가는 모양의 눈썹과 봉황의 눈같이 가늘고 길며 눈초리가 위로 째지고 붉은 기운이 있는 눈.

42) 팔두(八斗): 여덟 말이라는 뜻으로 문장이 뛰어남을 이름. 중국 남조(南朝)의 사령운(謝靈運)이 삼국시대 위(魏)의 조식(曹植)을 두고 한 말.

43) 종왕(鍾王): 종요(鍾繇)와 왕희지(王羲之)를 아울러 부르는 말. 종요는 중국 삼국시대 위(魏)나라의 대신·서예가(151~230). 자는 원상(元常). 조조를 도운 공으로 위나라 건국 후 태위(太尉)가 됨. 해서(楷書)에 뛰어나 후세에 종법(鍾法)으로 일컬어짐. 왕희지는 중국 동진(東晉)의 서예가(307~365)로 자는 일소(逸少)이고 우군 장군(右軍將軍)을 지냈으며 해서·행서·초서의 3체를 예술적 완성의 영역까지 끌어올려 서성(書聖)이라고 불림.

44) 어화청삼(御花靑衫): 임금이 하사하신 꽃과 조복(朝服) 안에 받쳐 입던 옷. 청삼은 남색 바탕에 검은 빛깔로 가를 꾸미고 큰 소매를 달았음.

45) 어온(御醞): 임금이 마시는 술.

삼일유가를 마친 후에 임금을 섬기고 맡은 일을 살필 적에, 말하는 것이 당당하고 임금 앞에서 그 허물을 간해 급장유(汲長孺)[46]와 이름을 나란히 했다. 더욱 조심하며 삼가니 당시 사람들이 생을 공경하고 추앙해 어린 나이의 명사(名士)로만 보지 않았다.

이때 태우가 윤·양·이 세 부인과 즐겁게 지내며 은정이 태산과 같았다. 그 가운데 윤 소저를 공경하고 후대하는 것이 두 사람의 위에 있었다. 윤 소저는 몸가짐을 묵묵히 하고 정숙히 해 행동이 비가 갠 뒤의 맑게 부는 바람과 밝은 달 같아 규방의 구구함이 없었다. 순 태인과 시부모가 소중히 여기고 사랑했으나 그 생산의 경사가 더딘 것을 궁금하게 여기니 공이 웃으며 말했다.

"천흥이가 아직 스무 살이 차지 않았으니 아들 낳는 것이 그리 바쁜 일이겠습니까?"

태부인이 이에 또한 웃었다.

이때 윤 소저가 이미 잉태한 지 여덟아홉 달이었다.

이때 정 태우의 청렴하고 어질며 훌륭한 인망이 낭대를 기울였다. 금평후가 만족할 줄 아는 형세와 사물이 성하면 쇠하는 이치를 두려워해 자신의 태학사 인수를 드려 진정으로 벼슬을 내놓았다. 그러나 임금께서 타이르고 윤허하지 않으셨다. 후가 죽기로써 사양하니 임금께서 마지못해 대사도와 태학사 인수를 거두는 것을 허락했으나 국가의 큰일에는 조회에 참여하라 하셨다. 공이 성은에 사례하고 조정에서 물러나 집으로 돌아가니 이후에는 한가히 집에 있으면서 성은을 더욱 감사해 했다.

---

46) 급장유(汲長孺): 중국 전한(前漢) 무제 때의 간신(諫臣)인 급암(汲黯, ?~B.C.112)을 이름. 장유는 그의 자. 성정이 엄격하고 직간을 잘하여 무제로부터 '사직(社稷)의 신하'라는 말을 들음.

이때 나라가 평안하고 국가가 안락해 군대를 일으키는 일이 없었다. 방패와 창을 쓰지 않았으므로 창고의 창과 칼은 갑이 오랫동안 벗겨지지 않았고 마굿간의 살진 말은 전쟁터의 수고를 알지 못했다. 그런데 운남왕 목진평이 반란을 일으켰으니 수하에 용맹한 병사와 장수가 부지기수였다. 중원을 범이 보듯 해 고을을 노략했으니 지나가는 길에 적수가 없었다.

절도사 오순이 군대를 일으켜 적을 막았으나 적의 군사의 날카로운 기운을 막지 못해 변란이 일어났다는 소식을 임금께 아뢰었다. 임금께서 크게 놀라 문무의 신하들을 모아 군대를 물리칠 계책을 의논했다. 모든 대신과 무신의 의논이 분분해 계책을 정하지 못하고 있는데 서반(西班) 문무 반열에서 한 명사(名士)가 나와 아뢰었다.

"운남 좀도둑의 무리가 감히 천명을 알지 못하고 대국을 침범했사오나 폐하께서 거리끼실 일이 아닙니다. 엎드려 바라건대 폐하께서는 염려하지 마시고 신에게 한 무리의 병사를 빌려주신다면, 신이 비록 재주가 없고 덕이 부족하오나 흉악한 도적을 쓸어 없애 버려 옥좌의 근심을 덜고 성은을 만분의 일이나 갚겠습니다."

아뢰기를 마치니 훤칠한 풍채에 학이 우는 듯한 맑은 목소리가 시원하고 격렬했다. 임금께서 바삐 용안(龍顔)을 들어서 보시니 병부상서 정천흥이었다. 임금께서 흡족해 기쁜 빛을 하시고 말씀하셨다.

"나라가 어지러우면 어진 재상을 생각한다고 했도다. 짐이 운남의 반역을 들은 뒤로 누우나 앉으나 근심을 놓지 못해 역대 명장과 어진 신하가 짐에게는 없음을 애달파 했다. 그런데 이제 경이 어린 나이에 정벌을 자원해 나라 위한 충성이 옛사람을 압도하니 어찌 기특하지 않은가? 짐이 이로부터 남녘을 돌아보는 근심이 없을 것이로다."

이에 승상 이하 관리들이 일시에 만세를 불렀다.

임금께서 정천흥 같은 국가의 인재를 운남을 대적할 대장군으로 삼으셔서 크게 기뻐하시고 별도의 은전(恩典)으로 하교하셨다.

"정천흥이 이제 열일곱 소년으로서 나라의 큰일에 자원해 만 리 밖에 나아가니 한갓 다른 신료와 같이 길을 떠나게 하지 못할 것이다. 운남을 평정해 사직(社稷)을 보호하라는 축문을 짓고 부월(斧鉞)[47]을 맡기며 대원수 인수(印綬)를 주어 천흥의 충의를 빛내 후세 사람을 경계할 것이다."

승상 이하 관료가 마땅하신 말씀이라고 아뢰었다. 임금께서 하늘에 축문을 고할 기구를 차리라 하시자, 정 병부가 두 번 절하고 머리를 두드리며 말했다.

"신이 재주 없고 덕이 부족한 사람으로 흉악한 도적을 쓸어 버리려 하는 것은 신하로서 떳떳한 도리입니다. 그런데 성상께서 이제 이렇듯 각별한 은전을 내려 주셔서 신이 몸 둘 바를 알지 못하게 하십니까?"

아뢰기를 마치고 무수히 절하며 머리를 두드리니 임금께서 더욱 아름답게 여겨 말씀하셨다.

"짐이 경의 충성을 빛내려 해서이니 경은 사양하지 말라."

승상 이하의 관료들이 마땅하시다고 아뢰었다.

즉시 임금의 뜻을 따라 구층단을 쌓으니 제1층단은 제사를 지내며 축문을 읊는 단이니 황금으로 꾸민 탁상을 벌여 놓고, 옥그릇에 향을 피워 분향하게 했다. 제2층단에는 일월황룡기(日月黃龍旗)를 꽂고 병부상서 태학사 원융대장군(元戎大將軍) 정천흥이 올라 분향하고 두 번 절하게 하고, 제3층단에는 금자청룡기(金字青龍旗)[48]를

47) 부월(斧鉞): 출정하는 대장에게 통솔권의 상징으로 임금이 손수 주던 작은 도끼와 큰 도끼.
48) 금자청룡기(金字青龍旗): 한복판에 '金' 자가 쓰인 청룡기. 청룡기는 군기인 대오방기의 하나로,

꽂았으며, 제4층단에는 금자홍신기(金字紅神旗[49])를 꽂았고, 제5층단에는 주작기(朱雀旗[50])를 꽂고 금병에 수양버들을 담아 놓고, 제6층단에는 붉은 기를 꽂고, 제7층단에는 표미기(豹尾旗[51])를 꽂고, 제8층단에는 산호병(珊瑚甁)에 수양버들을 담아 놓고, 제9층단에는 검은 기를 꽂고 호박병(琥珀甁)에 버들가지를 담아 놓았다. 제3층단에 임금께서 친히 오르셔서 대원수 정천흥에게 제2층단에 올라 제사를 지내고 축문을 읽게 하셨다. 해와 달, 별로부터 사방의 토지신까지 다 응하도록 한 것이다. 이미 단을 쌓아 장수를 임명할 기구를 차렸음을 아뢰자 임금께서 기뻐하셔서 천흥에게 단에 오르라고 하셨다. 대원수를 2층단에 오르라 하시니 병부가 감당하지 못하겠다고 하며 무수히 절해 굳이 사양했다. 그러나 임금께서 듣지 않으시고 오르도록 재촉하셨다. 정 병부가 재삼 사양하다가 마지못해 2층단에 올랐다. 태학사 진영수가 축문을 읽으니 그 글은 다음과 같았다.

"대송 진종황제 신(臣) 모(某)는 함평(咸平)[52] 14년[53] 봄 정월에 하늘에 고하고 제사를 지냅니다. 과인이 덕이 부족해 종사가 불안한 때를 만나 남쪽의 도적 목진평이 천조(天朝)에 귀순하지 않고 벌의 독을 부려 백성을 잔혹하게 대하고 군대를 일으켜 황성을 엿보고 있

푸른 바탕에 청룡과 청·적·황·백 4색채의 운기가 그려져 있고 화염각이 달린 사각기를 말함. 진영의 왼편 문에 세워서 좌군(左軍), 좌영(左營) 또는 좌위(左衛)를 지휘하는 데 사용함.

49) 금자홍신기(金字紅神旗): 한복판에 '金' 자가 쓰인 홍신기. 홍신기는 남방기로서, 바탕은 적색이며 언저리는 청색인데 관원수(關元帥)를 그렸음.

50) 주작기(朱雀旗): 군기의 일종으로 대오방기(大五方旗)의 하나. 진영의 문전에 세워 전군(前軍), 전영(前營) 또는 전위(前衛)를 지킴. 붉은 바탕에 삼두(三頭)의 주작과 청·적·황·백 4색채의 운기가 그려져 있고 화염각과 기각이 있음.

51) 표미기(豹尾旗): 표범의 꼬리가 두 구비로 꺾어진 것을 그린 의장기.

52) 함평(咸平): 중국 송(宋) 진종(眞宗)의 연호(年號, 998-1003).

53) 함평(咸平) 14년: 진종은 함평(咸平, 998-1003)을 비롯하여 경덕(景德, 1004-1007), 대중상부(大中祥符, 1008-1016), 천희(天禧, 1017-1021), 건흥(乾興, 1022) 등 재위 기간(997-1022) 동안 5개의 연호를 사용함. 따라서 함평 14년은 사실에 부합하지 않고, 만일 연호로 따진다면 14년은 대중상부에 해당함.

습니다. 그래서 대원수 정천흥을 시켜 용맹한 장수와 병사를 거느려 미친 도적을 쳐 백성을 구하고 종사를 보호하려 하옵니다. 엎드려 바라건대 천지 신령은 함께 송조(宋朝)를 도와 남방의 비린 티끌을 쓸어버리고 한 북에 개가(凱歌)[54]를 울려 돌아오게 하소서."

다 읽으니 예관이 이어서 원수에게 읍양(揖讓)[55]하게 해 상층단에 올렸다. 원수가 세 번 사양하다가 올라 북쪽을 향해 섰다. 그러자 먼저 승상 구준(寇準)[56]이 부월(斧鉞)을 받들어 꿇어 말했다.

"황상께서 부월을 장군에게 주셨으니 청컨대 힘쓰도록 하라."

원수가 무릎을 꿇고 받드니 임금께서 비로소 황금인(黃金印)을 가져 채우고 말씀하셨다.

"짐이 부탁한 것과 경의 소임은 국가의 근일이로다. 원컨대 경은 힘쓰고 힘써 한번 싸움에 국가의 안위와 만방의 삶이 매여 있음을 등한히 생각지 말라."

원수가 이날 자줏빛 도포와 오사모(烏紗帽)[57]를 융복(戎服)으로 바꾸니 몸에는 홍금쇄자갑(紅錦鎖子甲)[58]을 껴입고 머리에는 봉시(鳳翅) 투구[59]를 썼으며, 허리 아래에 금인(金印)을 비스듬히 해 옥대(玉帶)를 둘렀으니 풍채가 늠름하고 시원스러웠다. 고운 얼굴은 온갖 꽃이 웃는 듯하고, 이마가 뚜렷해 옥을 쌓은 듯했다. 흰 연꽃 같은 귀밑에는 재상의 관자(貫子)[60]를 부쳤으니 수려한 얼굴이 버들

54) 개가(凱歌): 싸움에서 이기고 돌아올 때에 부르는 노래.

55) 읍양(揖讓): 읍하는 동작과 사양하는 동작.

56) 구준(寇準): 중국 북송(北宋) 때의 정치가(961~1023). 자는 평중(平仲). 요나라 군이 쳐들어오자 진종(眞宗)의 친정(親征)을 청하고, 단주(檀州)로 가서 맹약을 맺고 돌아옴. 재상까지 했지만 모함을 받고 뇌주사호참군(雷州司戶參軍)으로 좌천되었다가 죽음. 내국공(萊國公)에 봉작됨.

57) 오사모(烏紗帽): 벼슬아치들이 관복을 입을 때에 쓰던 모자로 검은 사(紗)로 만듦.

58) 홍금쇄자갑(紅錦鎖子甲): 갑옷의 일종. 붉은 비단에 사방 두 치 정도 되는 돼지가죽으로 된 미늘을 작은 고리로 꿰어 만들었음.

59) 봉시(鳳翅) 투구: 봉의 깃 모양으로 꾸민 투구.

60) 관자(貫子): 망건에 달아 당줄을 꿰는 작은 단추 모양의 고리. 신분에 따라 금(金), 옥(玉), 호박

을 나무라며 육손(陸遜)[61]을 비웃을 정도였다. 신장이 장대하고 기운이 엄숙하며 위엄 있는 풍채가 시원스럽고 늠름해 광풍제월(光風霽月)[62] 같았다. 호령은 용과 호랑이의 기운과 한신(韓信)[63], 주아부(周亞夫)[64]를 넘었다. 소년장군의 헌걸찬 풍채와 준수한 골격은 당세에 무쌍한 영웅이었다. 단 위와 단 아래에 가득한 사람들이 다 눈을 기울여 떠들썩하게 칭찬하고 혀를 내두르며 탄복하고 갈채를 보내지 않는 이가 없었다.

임금께서 매우 기뻐하셔서 여덟 빛깔 눈썹[65]에 기쁜 빛이 가득한 채 궁으로 돌아가시니 원수도 몸을 돌려 집으로 갔다.

이때 태부인이 태우가 자원해 전쟁터에 나간다는 말을 듣고 매우 우려하고 있었다. 원수가 내당으로 가 태부인과 어머니를 뵙고 며칠 동안의 안부를 물었다. 해와 달 같은 눈동자에 봄볕처럼 온화한 기운이 무르녹았으니 태부인이 바삐 손을 잡고 말했다.

"네가 나이 어리고 재주가 미미한데 국가의 근심을 던다면 어찌 기쁘지 않겠느냐? 다만 전쟁터는 흉한 곳이라 혹 어설픔이 있다면 나의 기다리는 마음을 어찌하겠느냐?"

(琥珀), 마노, 대모(玳瑁), 뿔, 뼈 따위의 재료를 사용하였음.

61) 육손(陸遜): 중국 삼국시대 오(吳)나라 정치가(183-245). 손권(孫權)의 도독(都督)으로서 형주를 쳐 빼앗는 데 결정적 역할을 하였고, 그 후로도 유비(劉備)를 이릉(夷陵)에서 패퇴시키고, 조휴(曹休)의 군대를 무찌르는 등 많은 전공을 세웠음.

62) 광풍제월(光風霽月): 비가 갠 뒤의 맑게 부는 바람과 밝은 달.

63) 한신(韓信): 중국 전한의 무장(武將, ?-B.C.196). 회음(淮陰)의 평민 집안에서 태어나 진(秦)나라 말에, 초나라를 세운 항우(項羽) 밑에 들어갔으나 항우가 자신을 미관말직으로 두자, 유방의 휘하에 들어감. 한신은 자신의 재능을 눈여겨본 유방의 부하 소하(蕭何)에게 발탁되어 유방을 도와 조(趙)·위(魏)·연(燕)·제(齊) 나라를 차례로 멸망시키고 항우를 공격하여 큰 공을 세움. 한신은 통일이 된 후 초왕(楚王)에 봉해졌으나 한 고조는 그를 경계하여 회음후(淮陰侯)로 강등시키고, 한신은 결국 후에 여태후에게 살해됨.

64) 주아부(周亞夫): 중국 전한(前漢) 전기의 무장, 정치가(?-B.C.143). 한(漢)나라 문제(文帝) 때 흉노가 침입하자 세류영(細柳營)에서 주둔했다가 흉노를 크게 물리쳐 승상이 됨. 만년에 경제(景帝)의 의심을 받아 구속되어 피를 토하고 죽음.

65) 여덟 빛깔 눈썹: 중국 요(堯)임금의 눈썹이 여덟 가지 색이었다는 데서 유래한 말로 덕이 있음을 가리킴.

평후가 위로하며 아뢰었다.

"천흥이가 나이 어리고 재주가 없지만 국가의 큰 임무를 받들어 전장에서 임무를 행하는 것이 곧 신하된 자의 직분입니다. 그러니 사사로운 정을 돌아볼 것이 아닙니다. 천흥이가 대군자에는 미치지 못하나 군대의 일에는 거칠지 않을 것이니 원컨대 어머님께서는 걱정하지 마십시오."

원수가 이어 위로했으나 태부인이 오히려 기뻐하지 않았다.

이날 밤에 원수가 부공(父公)을 모시고 밤을 지내려 하자 금평후가 말했다.

"네가 만 리 밖으로 출정(出征)하게 되었구나. 여자가 남편 위한 정이 가볍지 않은 것은 이를 것도 없고 윤 씨 며느리는 사정이 불쌍하니 만 리 먼 이별을 맞아 한번 회포를 푸는 것이 옳다. 또한 경사를 보지 못하고 이별을 맞았으니 하룻밤 위로하는 것이 옳다."

원수가 자리를 옮겨 말했다.

"소자가 비록 미세하나 국가의 중요한 임무를 받들었으니 규방에서 연연함을 서로 이르며 이별하는 것은 옳지 않은가 합니다."

공이 정색하고 말했다.

"네가 위험한 땅에 나아가고 윤 씨 며느리는 만삭 중이니 서로 몸 보중하기를 말하며 하룻밤을 위로하는 것은 예사로운 일이다. 네가 스스로 장부의 위풍을 자랑해 인정을 끊을 일이 아니고, 내 비록 용렬하나 네 아비니 내가 이르는 대로 한다면 몸가짐에 해로움이 없을 것이다."

원수가 황공해 사죄하고 밤이 깊자, 물러나 선월정으로 향했다.

윤 소저가 임신한 지 열 달이 되었으나 해산하는 일이 없었다. 약질이 아침과 저녁 문안에 빠지지 않고 종일 태부인을 곁에서 모시고 앉아 한마디 말도 매우 삼가고 조심해 행동거지가 한결같이 편안하고 찬찬하니, 태부인과 시부모가 사랑하는 것이 친딸보다 더한 것이 있었다.

이날 밤이 깊은 후 사실(私室)에 물러와 몸이 자연히 피곤해 베개에 기대 졸음에 겨워 원수가 방에 들어오는 것도 몰랐다. 등불 아래 찬란하고 시원스러운 광채가 온 방에 빛나니 원수가 비록 엄숙했으나 지금 멀리 헤어지게 되어 생산하는 것을 보지 못하고 만 리 밖 전쟁터로 가게 되어 이별을 연연해 했다. 흔쾌히 미소를 머금고 손을 잡아 가까이 앉으니 소저가 놀라 일어나 앉으려 했다. 이에 원수가 미소를 짓고 말했다.

"여자가 남편을 만 리 밖에 보내 헤어져 생사를 알 수 없는데 근심하고 염려해 주는 것이 어떻겠소? 침상에서 평안히 쉬면서 생을 꿈에나 생각하시겠소?"

소저가 묵묵히 말이 없다가 조용히 비췻빛 소매를 수습해 고개를 숙이고 단정히 앉았다. 원수가 시녀 등에게 이불을 펴라 하고는 등불을 물리고 이불에 나아가 말했다.

"이번에 가서 승리하고 올 것이니 부인은 태사(太姒)[66]의 큰 덕을 본받으시겠소? 그사이에 옥동자를 낳아 생이 돌아오기를 기다리시오."

소저가 잠자코 있었다. 이윽고 닭소리가 잦으니 두 사람이 일어나 세수하고, 원수가 자리에 나아가 소저의 손을 잡고 말했다.

"부인은 양·이 등과 형세가 다르니 할머님을 모셔 효성에 힘쓰시오. 영존당 태부인이 살아계실 때는 귀녕치 못할 것이니 추밀공이 오라 해도 움직이지 말고 길이 무탈하게 지내시오."

---

66) 태사(太姒): 중국 주(周)나라 문왕의 후비이자 무왕의 어머니. 시어머니 태임(太任)과 함께 현모양처의 대명사로 불림.

소저가 나직이 말했다.

"군자께서 대장이 되셔서 규방에서 이별을 이르실 바가 아닙니다. 원컨대 군자께서 미친 도적을 소탕하시고 개선가를 부르며 돌아오셔서 임금님의 근심을 덜어 주신다면 첩 등이 또한 기쁨을 머금어 하례할 것입니다."

원수가 또한 연연해 하는 것이 없었다.

며칠이 훌쩍 지나 원수가 군대를 거느리고 길을 떠나는 날이 되었다. 이날 존당에 모여 하직을 고했다. 태부인이 이별하는 마음이 서운해 원수의 손을 잡고 연연해 하며 손을 놓지 못했다. 원수가 재삼 태부인을 위로하며 때가 늦었음을 고하고 두 번 절해 하직하며 건강하시기를 축원했다. 몸을 돌려 어머니에게 이별을 고하고 다시 누이와 작별할 때 하 소저에게 무사할 것을 재삼 당부했다.

직사의 손을 이끌고 나와 장졸 삼군을 거느려 교외로 나갔다. 임금의 가마가 이미 나와 원수를 전송하실 때에 만조백관의 수레와 말이 십 리에 이었고 금평후가 또한 임금의 가마를 호위했다. 상서로운 구름은 자욱한 채 임금의 장막을 둘렀고 용봉일월기(龍鳳日月旗)[67]는 남녘 바람에 살살 불었다. 경사로운 구름이 사방에 운집하고 상서로운 기운이 은은해 아악이 천지에 울려 퍼지니 영광이 만조백관 중에 으뜸이었다. 원수가 엎드려 머리를 두드리며 임금의 은혜에 감사하니 임금께서 흔쾌히 손을 잡고 말씀하셨다.

"경이 소년 영재로서 자원해 전쟁터에 나가니 이는 세상에 드문 아름다운 일이로다. 경은 남녘 도적을 어서 평정하고 돌아와 짐의 기다리는 마음을 위로하라."

---

67) 용봉일월기(龍鳳日月旗): 용과 봉황, 해와 달이 그려진 깃발.

이에 원수가 고개를 조아리고 무수히 절하며 아뢰었다.

"신이 재주가 없사오나 폐하의 큰 복에 의지해 남쪽 오랑캐 쥐무리를 근심하시지 않게 할 것입니다. 엎드려 바라건대 성상께서는 용체(龍體)를 번거롭게 하지 마소서."

임금께서 흔쾌히 말씀하셨다.

"경처럼 큰 재주와 지략을 가진 사람이 있는데 어찌 남녘 도적을 근심하겠는가?"

그러고서 어주(御酒) 석 잔을 내려 주셨다. 원수가 엎드려 어주를 받고 고개를 조아려 임금의 은혜에 감사했다.

임금에게서 물러나 부자와 형제가 작별할 적에 금후가 원수의 손을 잡고 경계해 말했다.

"너는 어린 나이에 덕이 부족하고 재주가 없는데 외람되게 무거운 소임을 맡았다. 모름지기 살육을 적게 하고 사졸을 사랑으로 어루만져 늙은 아비가 문에 기대어 널 기다리는 바람을 위로하라."

원수가 절하고 말했다.

"제가 어리석고 사리에 밝지 못하오나 삼가 아버님의 가리치심을 가슴 새겨 저버리지 않을 것이옵니다. 엎드려 바라건대 아버님께서는 너무 염려하지 마시고 몸을 평안하고 건강하게 보전하소서."

후가 평생 처음으로 아들의 손을 잡아 다시금 경계했다. 원수가 두 번 절해 머뭇거리며 아버지의 얼굴을 우러러 걸음을 돌리지 못했다. 직사가 또한 소매를 이어 서운한 마음을 이기지 못하고 친척과 벗 들이 서로 얼굴을 보며 작별해 손을 놓지 못했다. 그러나 중군(中軍)의 북이 자주 울렸으므로 마지못해 서로 이별했다. 호통(號筒)[68]

---

68) 호통(號筒): 군중(軍中)에서 불어 호령을 전달하는 데 쓰는 악기.

세 번에 원수가 무수한 장졸과 말을 거느려 남쪽으로 향했다.

깃발과 창칼이 수풀처럼 벌여 있어 햇빛을 가렸다. 원수가 몸에는 붉은 비단의 전포(戰袍)에 황금쇄자갑(黃錦鎖子甲)[69]을 껴입고, 머리에는 봉시 투구[70]를 가지런히 했으며, 허리에는 양지백옥대(羊脂白玉帶)[71]를 둘렀고, 왼손에는 상방보검(尙房寶劍)[72]을 잡았다. 하늘의 해와 같은 모습과 용, 봉황과 같은 기질이 시원스러워 여름 해보다 두려운 기상이 있었다. 무수한 병졸과 말을 지휘하니, 주아부(周亞夫)[73]의 세류영(細柳營)[74]과 회음후(淮陰侯)[75]가 진을 벌인 형세라도 이보다 더하지는 못할 정도였다. 가는 길에 위엄 있는 명령이 엄숙하고 항오(行伍)가 질서가 있었다. 세상을 뒤덮을 영웅이요, 만고에 대적할 이가 없는 사람이라 호령이 한 길에 엄숙했다.

황제께서 멀리 가도록 바라보시며 서운해 하시다가 산이 등지고 물이 굽어져 티끌이 하늘을 가리자, 임금께서 이에 평후를 불러 보시고 친히 어주(御酒)를 잡아 위로하고 치하하며 말씀하셨다.

---

69) 황금쇄자갑(黃錦鎖子甲): 갑옷의 일종. 황색 비단옷에 사방 두 치 정도 되는 돼지가죽으로 된 미늘들을 작은 고리로 꿰어 만듦.

70) 봉시 투구: 봉의 깃 모양으로 꾸민 투구.

71) 양지백옥대(羊脂白玉帶): 옥의 일종인 양지백옥으로 장식한 허리띠.

72) 상방보검(尙方寶劍): 상방서(尙方署)에서 특별히 제작한, 황제가 쓰는 보검. 중국 고대에 천자가 대신을 파견하여 중대한 안건을 처리하도록 할 때 늘 상방검을 하사함으로써 전권을 주었다는 표시를 하였고, 군법을 어긴 자가 있을 때 상방검으로 먼저 목을 베고 후에 임금에게 아뢰도록 하였음.

73) 주아부(周亞夫): 중국 전한(前漢) 전기의 무장, 정치가(?-B.C.143). 한(漢)나라 문제(文帝) 때 흉노가 침입하자 세류영(細柳營)에서 주둔했다가 흉노를 크게 물리쳐 승상이 됨. 만년에 경제(景帝)의 의심을 받아 구속되어 피를 토하고 죽음.

74) 세류영(細柳營): 주아부가 주둔했다가 흉노를 크게 물리친 곳.

75) 회음후(淮陰侯): 중국 한(漢)나라 개국공신 한신(韓信)의 작위(爵位). 한신은 중국 전한의 무장(武將, ?-B.C.196). 회음(淮陰)의 평민 집안에서 태어나 진(秦)나라 말에, 초나라를 세운 항우(項羽) 밑에 들어갔으나 항우가 자신을 미관말직으로 두자, 유방의 휘하에 들어감. 한신은 자신의 재능을 눈여겨본 유방의 부하 소하(蕭何)에게 발탁되어 유방을 도와 조(趙)·위(魏)·연(燕)·제(齊) 나라를 차례로 멸망시키고 항우를 공격하여 큰 공을 세움. 한신은 통일이 된 후 초왕(楚王)에 봉해졌으나 한 고조는 그를 경계하여 회음후(淮陰侯)로 강등시키고, 한신은 결국 후에 여태후에게 살해됨.

"임금과 신하는 아비, 자식과 한가지로다. 짐이 오늘 천흥을 멀리 전쟁터에 보내고 서운한 정을 이기지 못하니 하물며 아비 자식 사이의 그윽한 정을 이를 수 있겠는가? 다만 행군과 기율(紀律)을 보면 엄숙한 위엄이 옛날 성왕(聖王)의 장수와 재상에 비하더라도 부끄럽지 않도다. 짐이 원수가 문왕(文王)[76]의 여상(呂尙)[77]과 소열(昭烈)[78]의 와룡(臥龍)[79]과 나란히 하는 것을 보니, 원수는 정씨 집안을 일으킬 뿐만 아니라 국가의 인재라 할 것이라 짐의 마음이 어찌 기쁘지 않겠는가? 오늘 경이 아들 낳은 것이 비상한 것을 축하하노라."

금후가 황급히 엎드려 술잔을 기울이고 고개를 조아려 임금의 은혜에 감사해 하며 말했다.

"천흥이 나이 어리고 재주가 없는데 외람되게도 성은을 입어 벼슬이 재상 지위에 이르렀습니다. 그래서 신의 부자(父子)가 밤낮으로 근심하고 두려워해 갚을 바를 알고 못했습니다. 이제 남녘 도적의 변란을 당해 천흥이 대장의 중요한 임무를 자원해 출정(出征)하오니 이는 작은 사정(私情)으로 이를 바가 아닙니다. 국가 대사가 그

---

76) 문왕(文王): 중국 주(周)나라 무왕(武王)의 아버지. 이름은 창(昌). 기원전 12세기경에 활동한 사람으로 은나라 말기에 태공망 등 어진 선비들을 모아 국정을 바로잡고 융적(戎狄)을 토벌하여 아들 무왕이 주나라를 세울 수 있도록 기반을 닦아 줌. 고대의 이상적인 성인 군주의 전형으로 꼽힘.

77) 여상(呂尙): 주(周) 왕조의 제후국인 제(齊) 나라의 시조 강태공(姜太公)을 이름. 여(呂)는 그에게 봉해진 영지(領地)이며, 성은 강(姜)이고 이름은 상(尙)임. 위수(渭水)에서 낚시를 하던 중, 훗날 주(周)나라 문왕(文王)이 되는 희창의 방문을 받아 등용되었음. 무왕(武王)을 도와 은(殷)나라 주왕(紂王)을 멸망시켜 천하를 평정하였으며, 그 공으로 제(齊)나라에 봉함을 받아 그 시조가 됨.

78) 소열(昭烈): 중국 삼국시대 촉한의 초대 황제 유비(劉備, 161~223)의 시호. 자는 현덕(玄德). 후한의 영제(靈帝) 때에, 황건적을 쳐서 공을 세우고, 후에 제갈량의 도움을 받아 오나라의 손권과 함께 조조의 대군을 적벽(赤壁)에서 격파함. 후한이 망하자 스스로 제위에 오르고 성도(成都)를 도읍으로 삼음. 재위 기간은 221~223년.

79) 와룡(臥龍): 중국 삼국시대 촉한 유비의 책사 제갈량(諸葛亮, 181~234)의 별호(別號). 자(字)는 공명(孔明). 유비를 도와 오(吳)나라와 연합하여 조조(曹操)의 위(魏)나라 군사를 대파하고 파촉(巴蜀)을 얻어 촉한을 세웠음. 유비가 죽은 후에 무향후(武鄕侯)로서 남방의 만족(蠻族)을 정벌하고, 위나라 사마의와 대전 중에 오장원(五丈原)에서 병사함.

른 곳에 빠질까 두려워하고 있던 중에, 폐하께서 어주를 내려 주시고 폐하의 가르침이 이와 같으시니 더욱 두렵고 떨려 아뢸 바를 알지 못하겠습니다."

임금께서 또 웃으며 말씀하셨다.

"신하를 알기로는 임금 같은 이가 없고 자식을 알기로는 아비 같은 이가 없으니 경이 어찌 너무 겸손한가?"

그러고서 궁으로 돌아가셨다. 만조백관이 임금의 수레를 모셔 임금께서 환궁(還宮)하신 후에 각각 집으로 돌아갔다.

금후가 직사와 함께 집으로 돌아가 태부인에게 반일 동안의 안부를 물었다. 그러고서 원수가 행군하던 일을 고하며 염려를 그치실 것을 청했다. 순 태부인이 때도 없이 원수를 생각해 잃은 것이 있는 듯 슬피 눈물을 흘리니 금후가 좋은 말로 위로했다. 그러나 직사는 사람됨이 돈후하고 묵묵해 감정을 낯빛에 드러내지 않으니, 원수의 흐르는 듯한 언변과 세상의 웃기는 이야기를 전해 시름하는 자를 즐겁게 하는 성격에 미치겠는가.

평후가 역시 속으로 서운한 것이 비할 데가 없었다. 평후는 원수에게 드러나게 자애하는 빛을 보이지 않아 한결같이 엄숙함을 위주로 했다. 원수의 위인이 능수능란한 것이 남달랐으므로 엄히 다잡으려 했으나, 원수가 자기 앞에서는 범사에 잘 응대해 총민하게 스스로 잘 일아서 했으니 지신이 이르지 않고 보지 않아도 자신의 뜻을 잘 알아 몸소 맡는 것이 기특했다. 그래서 금후가 비록 마음이 철석 같았으나 기뻐하는 것이 다른 자식들보다 더했다. 그런데 만 리 변방의 전쟁터에서 고생할 것을 생각하면 무엇을 잃은 듯한 마음이 날로 간절했다. 다른 자식들이 있었으나 부자 천륜의 각별함이 이와 같았다.

이때 정 소저 혜주가 재상 집안에서 예쁨받는 여자아이로 규방에서 잘 자라 아름답게 장성했다. 나이가 열세 살에 이르니 타고난 아름다움은 옛시에 이른바, "고개 돌려 한번 미소하니 온갖 아름다움이 피어나 육궁의 분바른 여자들이 빛을 잃었네."[80]와 같았다.

단정하고 한결같으며 정성스러운 것은 위후(衛后) 장강(莊姜)[81]과 닮았고, 곧고 고결하기로는 백희(伯姬)[82]의 고집과 경강(敬姜)[83]과 같은 높은 절개가 있었다. 그러니 어찌 녹록하게 물고기가 가라앉고 기러기가 떨어질 만한 얼굴과, 달이 숨고 꽃이 부끄러워할 만한 자태에 비겨 의논하겠는가. 이미 복숭아꽃이 어여뻐 화사하게 활짝 핀 것[84] 같았으니 그 부모가 만금처럼 예뻐한 것은 이를 것도 없고, 조모 순 태부인이 비할 데 없이 소중히 여겨 손바닥 위의 구슬과 무릎 위의 어여쁜 앵무처럼 소저를 대했다. 소저가 꽃처럼 자라는 것을 보니 어서 동상(東床)[85]의 아름다운 사위를 얻어 빛내려 했으나 윤부의 변란이 범상치 않으므로 천금 같은 예쁜 아이의 평생이 어떠할지 우려했다.

세월이 물 흐르듯 해 아이가 점점 장성하는 것을 보자 순 태부인

---

80) 고개 돌려~잃었네: 중국 당나라 시인 백거이(白居易, 772~846)의 <장한가(長恨歌)>에 나오는 구절. 원문은 "회두일소백미생, 육궁분대무안색. 回頭一笑百美生, 六宮粉黛無顔色."임.

81) 위후(衛后) 장강(莊姜): 중국 춘추시대 위(衛)나라 장공(莊公)의 비. 제(齊)나라 태생으로 장공에게 시집갔으나 자식을 두지 못하니 장공이 이에 진(陳)나라 여자를 맞이하여 후에 환공(桓公)이 되는 이를 낳았는데 진나라 여자가 죽자 장강이 환공을 자기 아들로 삼아 기름.

82) 백희(伯姬): 중국 춘추시대 노(魯)나라 선공(宣公)의 딸로 송(宋)나라 공공(共公)의 부인이 되어 공희(共姬) 또는 공백희(恭伯姬)라고도 불림. 공공이 죽은 후 수절하다가 경공(景公) 때에 궁전에 불이 났을 때 좌우에서 피하라고 권하였으나 백희는, 부인은 보모와 함께가 아니면 밤에 당아래로 내려가지 않는다 하며 불에 타 죽음.

83) 경강(敬姜): 중국 춘추시대 노나라 계손씨의 아내. 일찍 남편을 사별하였으나 수절(守節)하며 아들을 잘 교육함.

84) 복숭아꽃이~핀 것: 『시경(詩經)』, 「주남(周南)」, <도요(桃夭)>의 구절. 원문은 "도지요요, 작작기화. 桃之夭夭, 灼灼其華."임.

85) 동상(東床): 사위. 중국 진(晉)나라의 태위 극감이 사윗감을 고르는데 왕도(王導)의 집 동쪽 평상 위에 엎드려 음식을 먹고 있는 왕희지(王羲之)를 골랐다는 고사에서 온 말.

과 부모가 더욱 우려했다. 정 소저 혜주는 사람의 생김새가 빛나는 용모와 아름다운 자태는 이를 것도 없고, 천성이 고요하고 묵묵하며 그윽하고 엄숙해 순 태부인과 부모를 모시고 있으면 순종하고 삼가는 덕이 가득해 봄바람 같은 온화한 기운이 가득했다. 그러나 고요히 있으면 두 눈이 가지런하고 얼굴에 미동이 없어 사람이 말 붙이기 어려웠다. 그러다가 잠깐 고개를 들어 살피면 그 사람이 어진지 그렇지 않은지 마음속을 꿰뚫어 보고 길흉을 짐작했으며 소리를 들어 헤아렸다. 뺨에 은은한 웃음을 띠어 백옥 같은 흰 이를 드러내 말하면 말 한마디 한마디가 단련한 금과 아름다운 옥 같았으며 곤산(崑山)의 박옥(璞玉)[86] 같았다. 온화한 얼굴에는 상서로운 기운이 물씬 풍기고 남녘에서 불어오는 바람처럼 신뜻했으니, 향기로운 바람과 온화한 구름 같아 손바닥 안의 보배로 만든 듯했다. 순 태부인이 소저를 손바닥 위의 보옥으로 알아 만금보다 더 귀중하게 여기고 부모가 소중하게 여기는 모습 또한 비할 데가 없었다. 하 소저 영주와 함께 길고 짧은 몸이 한 몸 같았으니 부모가 볼 때마다 기뻐하고 사랑했다. 그러나 윤부 위 씨와 그 며느리에게 보채이는 사람이 될 것이 크게 애달파 때를 기다려 혼인시키려 했다.

윤부에서 광천 등이 장성함을 일러 혼인을 재촉하니 정 공이 또한 세월을 보내는 것이 무익하므로 뜻을 결정해 윤 공을 보아 속히 혼인시키려 했다.

윤 소저가 잉태한 지 열두 달 만에 한 명의 옥동자를 낳았다. 아이를 낳은 방에는 향기로운 구름이 어리고 상서로운 빛이 찬란했는데 아이가 비상하게 생겼다. 태부인이 즐거워하고 평후가 매우 기뻐

86) 곤산(崑山)의 박옥(璞玉): 중국 곤륜산(崑崙山)에서 나는 박옥. 박옥은 쪼거나 갈지 아니한, 천연 그대로의 옥 덩어리를 이름.

해 윤 소저를 극진히 구호했다.

삼일 후에 태부인이 며느리들과 함께 선월정에 이르러 윤 씨와 새로 난 아이를 보았다. 이 불과 몇 치의 아이라 일컬을 것이 없었으나 아이의 빛나고 빼어난 모습은 천지의 조화와 산천의 기이함을 홀로 거둔 듯했다. 해와 달 같은 얼굴과 가을 물결처럼 밝은 눈이 두루 빼어나고 아름다웠으니 참으로 사씨 집안의 옥수(玉樹)[87]요 맹씨(孟氏)의 아름다운 꽃가지[88]였다. 금후가 만면에 경사스러운 빛으로 인자하게 손으로 아이를 어루만지며 어머니에게 고했다.

"자식은 열 달 태교에 힘입어 납니다. 이 아이는 윤 씨가 낳았으니 어찌 보통 아이와 같겠습니까? 이 아이가 천흥이보다 세 배 나은 것이 있으니 우리 집안의 경사가 아니겠습니까?"

부인이 기쁨을 절로 이기지 못해 말했다.

"노모가 윤 씨의 생산이 더딘 것을 염려하고 있더니 이제 기린아를 얻었구나. 하늘이 정씨 집안을 보우하셔서 대대로 영특하고 기이한 자손이 나는 것이다. 천아가 세대에 무쌍한데 새로 난 아이가 그보다 배는 더 나으니 우리 집안이 흥성할 것임을 알겠구나."

평후가 웃으며 대답했다.

"소자가 천흥이가 났을 때 귀중하게 여긴 것을 잊지 못하고 있었는데, 이 아이를 얻은 후에는 다른 생각이 없으니 이 또한 크신 은택 덕분입니다."

---

87) 사씨 집안의 옥수(玉樹): 사씨 집안의 뛰어난 자식과 조카들. 옥수는 재주가 뛰어난 자식과 조카를 가리킴. 사가(謝家)는 동진(東晉)의 사안(謝安), 사현(謝玄), 남제(南齊)의 사조(謝朓), 남송(南宋)의 사령운(謝靈運), 사혜련(謝惠連) 등 매우 뛰어난 인물이 배출된 사씨(謝氏) 일가(一家)를 말함.

88) 맹씨(孟氏)의 아름다운 꽃가지: 맹자 어머니가 맹자의 교육을 위해 세 번 사는 곳을 고른 것을 이름. 맹자가 어렸을 때 묘지 옆에 살았는데 장사지내고 곡을 하는 흉내를 내자, 맹자 어머니가 시장으로 이사를 가고, 맹자가 이에 물건을 팔고 사는 것을 배우자, 최후에 서당 부근으로 이사를 하니 맹자가 비로소 예를 익히고 책을 읽게 되었다는 고사.

태부인이 웃고 소저를 돌아보아 밥과 국을 권해 스스로 몸을 보호할 것을 당부했다. 금후가 친히 진맥해 의약을 다스리고 범사에 극진히 하니 친부형도 이보다 더하지 못할 정도였다.

소저가 일칠일 후에 쾌차하자 공이 명령해 서너 달 동안 아침저녁 문안에 참여하지 말라고 했다. 그리고 날마다 선월정에 들어가 며느리와 새로 난 손자를 사랑하며 어루만질 적에 조금도 시아버지의 위엄이 없었다. 소저가 뼈에 새길 정도로 은혜에 감동하고 일가 사람들이 공의 며느리 사랑이 병 되었다고 일컬었다. 공이 이에 웃고 스스로 사랑하는 정을 금하지 못했다.

화설. 윤 공자 광천의 자는 사원이니 이해에 바야흐로 나이가 열셋이었다.

제2부

주석 및 교감

• 일러두기 •

A. 원문
1. 저본은 한국학중앙연구원 장서각 소장본(100권 100책)으로 하였다.
2. 면을 구분해 표시하였다.
3. 한자어가 들어간 모든 어휘는 한자 병기를 원칙으로 하였다.
4. 음이 변이된 한자어 및 한자와 한글의 복합어는 원문대로 쓰고 한자를 병기하였다.
   예) 고이(怪異), 겁칙(劫-)
6. 현대 맞춤법 규정에 의거해 띄어쓰기를 하되, 소왈(笑曰)처럼 '왈(曰)'과 결합하는 1음절 어휘는 붙여 썼다.

B. 주석
1. 다음과 같은 경우에 각주를 통해 풀이를 해 주었다.
   가. 인명, 국명, 지명, 관명 등의 고유명사
   나. 전고(典故)
   다. 뜻을 풀이할 필요가 있는 어휘
2. 현대어와 다른 표기의 표제어일 경우, 먼저 현대어로 옮겼다.
   예) 츄텬(秋天): 추천.
3. 주격조사 'ㅣ'가 결합된 명사를 표제어로 할 경우, 현대어로 옮길 때 'ㅣ'는 옮기지 않았다. 예) 긔위(氣宇ㅣ): 기우.

C. 교감
1. 교감을 했을 경우 다른 주석과 구분해 주기 위해 [교]로 표기하였다.
2. 원문의 분명한 오류는 수정하고 그 사실을 주석을 통해 밝혔다.
3. 원문의 의미가 분명하지 않은 경우, 박순호본(36권 36책)과 한국학중앙연구원 장서각 소장본2(2권1책)를 참고해 수정하고 주석을 통해 그 사실을 밝혔다.
4. 알 수 없는 어휘의 경우 '미상'이라 명기하였다.

D. 참고한 문헌
1. 국립국어원 표준국어대사전(https://stdict.korean.go.kr)
2. 한국고전종합DB(https://db.itkc.or.kr/)
3. 한어대사전(전 13권), 중국 상해사서출판사, 1994.
4. 고려언어연구원, 『조선말 고어사전』, 흑룡강 조선민족출판사, 2006.
5. 박재연 편, 『고어사전』, 이회문화사, 2001.
6. 서대석 외 엮음, 『고전소설독해사전』, 태학사, 1999.
7. 삼대록계 소설 사전(미간행)

··

명듀보월빙(明珠寶月聘) 권디십(卷之十)

1면

추셜(且說). 뉴 시(氏) 몽슉의 말을 듯고 더옥 츄밀(樞密)을 원망(怨望)ᄒᆞ고 슬프믈 니긔지 못ᄒᆞ니, 몽슉이 말을 ᄒᆞ며 눈을 옴기지 아냐 바라보ᄂᆞᆫ지라. 쇼졔(小姐ㅣ) 옥면(玉面)의 슈식(羞色)이 은영(隱映)[1] ᄒᆞ여 팔ᄌᆞ츈산(八字春山)[2]을 나즉이 ᄒᆞ고 츄파명목(秋波明目)[3]이 미〃(微微)히 가ᄂᆞ라 ᄇᆡᆨ년용화(白蓮容華)[4]의 훈ᄉᆡᆨ(暈色)[5]을 ᄯᅴ여시니, 졀셰(絶世)ᄒᆞᆫ ᄐᆡ도(態度)와 션연(鮮姸)[6]ᄒᆞᆫ 긔질(器質)이 난쵸(蘭草ㅣ) 유곡(幽谷)[7]의 ᄲᅳᆯ니며 금분(金盆)의 화왕(花王)[8]이 향긔(香氣)를 토(吐)ᄒᆞᄂᆞᆫ 듯, 어엿븐 거동(擧動)과 어리로온 ᄐᆡ되(態度ㅣ) 셕목(石木)을 요동(搖動)ᄒᆞ고 금블(金佛)이 도라셜지라. 몽슉이 십뉵(十六) 년(年) ᄂᆡ(內)의 이런 ᄉᆡᆨ광(色光)[9]은 몽외(夢外)의도 귀경치 못ᄒᆞ여시니,

---

1) 은영(隱映): 겉으로 드러나지 아니하면서 은은하게 비침.
2) 팔ᄌᆞ츈산(八字春山): 팔자춘산. 화장한 눈썹을 비유적으로 나타낸 말. 팔자는 눈썹의 모양을 나타낸 말임.
3) 츄파명목(秋波明目): 추파명목. 가을 물결 같은 맑은 눈.
4) ᄇᆡᆨ년용화(白蓮容華): 백련용화. 하얀 연꽃처럼 아름다운 얼굴.
5) 훈ᄉᆡᆨ(暈色): 훈색. 선이 분명하지 아니하고 보일 듯 말 듯 희미하고 엷은 무지개 같은 빛깔.
6) 션연(鮮姸): 선연. 산뜻하고 아름다움.
7) 유곡(幽谷): 깊은 골짜기.
8) 화왕(花王): '꽃의 왕'이라는 뜻으로, '모란꽃'을 달리 이르는 말.
9) ᄉᆡᆨ광(色光): 색광. 미색.

'ᄎᆞ

2면

인(此人)을 도모(圖謀)ᄒᆞ여 긔믈(己物)[10]을 삼을진ᄃᆡ 댱부(丈夫)의 쾌ᄉᆡ(快事ㅣ) 아니리오. 슉뫼(叔母ㅣ) 뎡텬흥의 쳐(妻)를 칭찬(稱讚)ᄒᆞ시고 날노ᄲᅧ 금슬작희(琴瑟作戱)[11]ᄒᆞ라 ᄒᆞ시나 뎡ᄉᆡᆼ(鄭生)이 요동(搖動)치 아녀 츌거(黜去)[12]ᄒᆞᄂᆞᆫ ᄇᆡ 업ᄉᆞ니 나의 졍녁(精力)이나 허비(虛費)ᄒᆞᆯ ᄲᅮᆫ이오, 윤(尹) 시(氏) 취(娶)ᄒᆞᆯ 길히 업ᄉᆞ니 출하리 쾌(快)히 보고 ᄆᆞᄋᆞᆷ의 흡연(洽然)[13]ᄒᆞᆫ ᄎᆞ인(此人)을 취(娶)ᄒᆞ리라.'

욕홰(慾火ㅣ)[14] 대발(大發)ᄒᆞ여 웃고 슉모(叔母)긔 고왈(告曰),

"슉뷔(叔父ㅣ) 죵ᄆᆡ(從妹) 다려 명일(明日) 발ᄒᆡᆼ(發行)ᄒᆞ시면 쇼딜(小姪)이 션셰(先世) 능침(陵寢)[15]이 셔쵹(西蜀)의 계시ᄃᆡ 인마냥ᄌᆞ(人馬糧資)[16]를 출힐 길히 업셔 ᄒᆞᆫ 번(番) 묘소(墓所)의 나아가 ᄇᆡ알(拜謁)치 못ᄒᆞ엿더니, 슉부(叔父) ᄒᆡᆼ도(行途)[17]의 ᄯᆞᆯ오고져 ᄒᆞᄃᆡ 존의(尊意)를 아지 못ᄒᆞᆯ소이다."

뉴 시(氏) 왈(曰),

"이 ᄀᆞ장 쉬온 일이니 딜ᄋᆡ(姪兒ㅣ) 상

10) 긔믈(己物): 기물. 자기 소유의 물건.
11) 금슬작희(琴瑟作戱): 부부의 금슬을 방해함.
12) 츌거(黜去): 출거. 내쫓음.
13) 흡연(洽然): 흡족한 모양.
14) 욕홰(慾火ㅣ): 음욕의 열정을 불에 비유하여 이르는 말.
15) 능침(陵寢): 원래 임금이나 왕후의 무덤을 뜻하나 여기에서는 묘소 일반을 가리킴.
16) 인마냥ᄌᆞ(人馬糧資): 인마양자. 사람과 말, 양식과 노자.
17) ᄒᆡᆼ도(行途): 행도. 멀리 가는 길. 또는 그 길의 이수(里數).

3면

공(相公)긔 고(告)ᄒᆞᆫ즉 반ᄃᆞ시 ᄒᆞᆫ가지로 가ᄌᆞ ᄒᆞ실지라. ᄒᆡᆼ듕인ᄆᆡ(行中人馬ㅣ) 넉〃ᄒᆞ고 노ᄌᆡ(路資ㅣ) 죡(足)ᄒᆞ니 너의 ᄒᆞᆫ 몸 가기 므어시 어려오리오?"

몽슉이 ᄒᆡᆼ희샤례(幸喜謝禮)[18]ᄒᆞ고 눈이 쇼져(小姐) 신상(身上)의 ᄡᅩ앗ᄂᆞᆫ디라. 쇼졔(小姐ㅣ) 져 긔ᄉᆡᆨ(氣色)을 ᄉᆞᆯ피ᄆᆡ ᄎᆞ악(嗟愕)[19]ᄒᆞᆫ디라 즉시(卽時) 니러 팀소(寢所)로 도라가니,

몽슉이 여유소실(如有所失)[20]ᄒᆞᄃᆡ 뉴 시(氏) ᄀᆞ장 ᄎᆞᆼ명(聰明)ᄒᆞ니 혹ᄌᆞ(或者) 져의 거동(擧動)을 아라볼가 두려 ᄆᆞᄋᆞᆷ의 업ᄉᆞᆫ 담쇼(談笑)를 이윽이 ᄒᆞ다가 밧긔 나와 츄밀(樞密)긔 고왈(告曰),

"쇼딜(小姪)이 앗가 듯ᄌᆞ오니 슉뷔(叔父ㅣ) 쵹(蜀)으로 ᄒᆡᆼ(行)ᄒᆞ신다 ᄒᆞ니, 쇼딜(小姪)이 션세(先世) 묘쇠(墓所ㅣ) 쵹디(蜀地)의 이시ᄃᆡ 녕졍고〃(零丁孤孤)[21]ᄒᆞ여 간괴(艱苦ㅣ)[22] 심(甚)ᄒᆞ니 원노험디(遠路險地)[23]의 나려갈 길히 업ᄉᆞᆫ 고(故)로 지금(至今) ᄇᆡ알(拜謁)치 못ᄒᆞ엿ᄉᆞᆸ더니, 슉부(叔父) ᄒᆡᆼ도(行途)의 ᄯᆞᆯ

4면

와가기를 ᄇᆞ라ᄂᆞ이다. 허락(許諾)ᄒᆞ시믈 어드리잇가?"

츄밀(樞密)은 휴〃댱뷔(休休丈夫ㅣ)[24]오, 사ᄅᆞᆷ의 잔잉ᄒᆞᆫ 졍ᄉᆞ(情

18) ᄒᆡᆼ희샤례(幸喜謝禮): 행희사례. 기뻐하며 사례함.
19) ᄎᆞ악(嗟愕): 차악. 몹시 놀람.
20) 여유소실(如有所失): 마치 잃은 것이 있는 것 같음.
21) 녕졍고〃(零丁孤孤): 영정고고. 세력이나 살림이 보잘것없이 되어서 의지할 곳이 없이 외로움.
22) 간괴(艱苦ㅣ): 처지나 상태가 어렵고 힘듦.
23) 원노험디(遠路險地): 원로험지. 먼 길과 험한 땅.
24) 휴〃댱뷔(休休丈夫ㅣ): 휴휴장부. 사소한 일에 얽매이지 않아 도량이 크고 마음이 편한 대장부.

事)를 츄연(惆然)[25] ᄒᆞ여 쳔금(千金)을 앗기지 아니ᄒᆞᄂᆞᆫ디라, 구몽슉의 흉심(凶心)[26]을 아지 못ᄒᆞ고 가연이[27] 허락(許諾) 왈(曰),

"인ᄆᆞ(人馬)와 노비(路費) 브족(不足)지 아니〃 현딜(賢姪)이 가면 ᄒᆡᆼ듕(行中)의 십분(十分) 든〃ᄒᆞ리로다. 명됴(明朝)의 발ᄒᆡᆼ(發行)ᄒᆞ려 ᄒᆞᄂᆞ니 ᄒᆞᆫ가지로 츌ᄒᆡᆼ(出行)케 ᄒᆞ라."

몽슉이 ᄇᆡ샤(拜謝)ᄒᆞ고 ᄎᆞ야(此夜)를 윤부(尹府)의셔 지ᄂᆡ고 명일(明日) 동ᄒᆡᆼ(同行)ᄒᆞ니, 아지 못게라, 구몽슉의 궁흉극악(窮凶極惡)[28]ᄒᆞᆫ 의ᄉᆡ(意思ㅣ) 어나 디경(地境)의 밋ᄎᆞ며 윤(尹) 쇼제(小姐ㅣ) 쵹디(蜀地)의 나려가 신혼(新婚) 초일(初日)의 작희(作戲)[29]ᄒᆞ미 업ᄂᆞᆫ가 하회(下回)를 셕남(釋覽)[30]ᄒᆞ라.

화셜(話說). 윤(尹) 츄밀(樞密)이 명일(明日)의 쵹(蜀)으로 향(向)ᄒᆞᆯ ᄉᆡ 금평후(--侯)긔 딜녀(姪女)를 귀근(歸覲)[31]

5면

을 쳥(請)ᄒᆞ니,

금휘(-侯ㅣ) 츄밀(樞密)의 녀ᄋᆡ(女兒ㅣ) 쵹(蜀)으로 가ᄆᆡ 회환지쇽(回還遲速)[32]을 뎡(定)치 못ᄒᆞᆯ 고(故)로 ᄌᆞ부(子婦)의 죵형뎨(從兄弟) 니별(離別)을 펴고져 ᄒᆞ여 슈일(數日) 귀령(歸寧)[33]을 허(許)ᄒᆞ니,

윤부(尹府)의셔 거교(車轎)를 보ᄂᆡ여 다려갈ᄉᆡ, ᄎᆞ시(此時) 태우

---

25) 츄연(惆然): 추연. 슬퍼하는 모양.
26) 흉심(凶心): 흉악한 마음.
27) 가연이: 선뜻.
28) 궁흉극악(窮凶極惡): 지극히 흉악함.
29) 작희(作戲): 희지음. 방해함.
30) 셕남(釋覽): 석람. 자세히 봄.
31) 귀근(歸覲): 부모를 뵙기 위하여 객지에서 고향으로 돌아가거나 돌아옴.
32) 회환지쇽(回還遲速): 회환지속. 돌아올 기약.
33) 귀령(歸寧): 귀녕. 시집간 딸이 친정에 가서 부모를 뵘.

(大夫)ᄂᆞᆫ 됴당(朝堂)의셔 도라오지 못ᄒᆞ엿ᄂᆞᆫ디라 쇼졔(小姐ㅣ) 구고(舅姑)긔 허락(許諾)을 밧ᄌᆞ와시나 태우(大夫)긔 고(告)치 못ᄒᆞ고 그져 가기를 쥬져(躊躇)ᄒᆞᆯ ᄎᆞ(次),

태위(大夫ㅣ) 도라오ᄆᆡ 문젼(門前)의 ᄎᆡ교(彩轎)[34]를 노핫ᄂᆞᆫ디라, 의아(疑訝)ᄒᆞ여 ᄉᆞᆯ피니 윤부(尹府) 노복(奴僕)이 가득이 모혓ᄂᆞᆫ디라. 쇼져(小姐)의 귀령(歸寧)을 지긔(知機)[35]ᄒᆞ고 ᄌᆞ긔(自己)게 픔(稟)치 아니믈 미온(未穩)[36]이 넉이나 ᄉᆞᄉᆡᆨ(辭色)지 아니코 바로 존당(尊堂)의 드러가니 태부인(太夫人) 왈(曰),

"윤(尹) 츄밀(樞密) 부녜(父女ㅣ) 금일(今日) 쵹(蜀)으로 간다 ᄒᆞ고 ᄋᆞ부(阿婦)의 귀령(歸寧)을 쳥(請)ᄒᆞ니 마지못ᄒᆞ여 허락(許諾)ᄒᆞ엿ᄂᆞᆫ디라.

6면

식뷔(息婦ㅣ) 시방(時方)[37] 도라가려 ᄒᆞ나 너의 명(命)을 듯지 못ᄒᆞᆫ 고(故)로 가지 못ᄒᆞᄂᆞᆫ가 시브니 모로미 허락(許諾)ᄒᆞᆯ지어다."

태위(大夫ㅣ) ᄃᆡ왈(對曰),

"대인(大人)이 허(許)ᄒᆞ신즉 쇼ᄌᆡ(小子ㅣ) ᄉᆞ〃(私私) 소견(所見)이 〃시리잇고? 다만 져의 조뫼(祖母ㅣ) 져를 못 보아 병(病)이 되여셰라 ᄒᆞ고 눈믈을 흘니며 그리워ᄒᆞ더니 가면 반가와 ᄉᆡ로이 ᄉᆞ랑ᄒᆞ오려니와 잘못ᄒᆞ면 그 모진 슈단(手段)의 ᄀᆞ장 슈고로올 법(法) 이시니 삼가 조심(操心)ᄒᆞ라 ᄒᆞ쇼셔."

---

34) ᄎᆡ교(彩轎): 채교. 문채 나는 가마.
35) 지긔(知機): 지기. 기미를 앎.
36) 미온(未穩): 불쾌함.
37) 시방(時方): 지금.

금휘(-侯ㅣ) 쇼져(小姐)다려 일즉이 가 슈히 단녀오라 ᄒᆞ니,

쇼졔(小姐ㅣ) 태우(大夫)의 말을 드르ᄆᆡ 블안(不安)ᄒᆞ여 가지 말고져 ᄒᆞ나 존귀(尊舅ㅣ) ᄌᆡ촉ᄒᆞ시니, ᄇᆞ득이(不得已) 존당(尊堂) 구고(舅姑)긔 ᄇᆡ사(拜謝)ᄒᆞ고 양 시(氏)와 슉ᄆᆡ(叔妹)로 작별(作別)ᄒᆞᄆᆡ 침소(寢所)의 믈너와 샹교(上轎)코져 ᄒᆞ더니, 태위(大夫ㅣ) 밧그로 나가며 왈(曰),

"윤(尹) 시(氏) 가는 ᄃᆡ ᄯᆞ라가

7면

므엇ᄒᆞ리오? 네 맛당이 윤(尹) 시(氏)다려 니르라. '그 어질고 슌(順)ᄒᆞᆫ 조모(祖母)의 귀듕(貴重)ᄒᆞ믈 미더 몸을 화(禍)의 ᄲᆡ지〃 말고 오ᄅᆡ 이실 의ᄉᆞ(意思)를 말나.' ᄒᆞ라. 내 말ᄃᆡ로 아녓다가 무ᄉᆞ(無事)치 못ᄒᆞ면 낫 들고 오지 못ᄒᆞ리라."

혜쥬와 쇼졔(小姐ㅣ) 블과(不過) 셔너 거름 동안을 ᄯᅥ여 가니 그 말을 다 듯는지라 블안(不安)ᄒᆞ미 출하리 귀령(歸寧)을 아님만 ᄀᆞᆺ지 못ᄒᆞᄃᆡ,

ᄇᆞ득이(不得已) 옥누항의 니르러 조모(祖母) 슉당(叔堂)과 모친(母親)긔 ᄇᆡ알(拜謁)ᄒᆞ니, 셩혼(成婚) 후(後) 쳐음으로 귀령(歸寧)ᄒᆞ니 그ᄉᆞ이 텬ᄉᆡᆼ특용(天生特容)[38]이 만고[39]무비(萬古無比)[40]ᄒᆞᆷ과 봉관화리(鳳冠花履)[41]의 빗나미 일신(一身) 위의(威儀)를 도아시니, ᄒᆞ믈며 년긔(年紀) 이팔(二八)을 당(當)ᄒᆞᄆᆡ 츄튁향년(秋澤香蓮)[42]이 쳥

---

38) 텬ᄉᆡᆼ특용(天生特容): 천생특용. 타고난 특이한 용모.

39) 고: [교] 원문에는 '구'로 되어 있으나 문맥을 고려해 이와 같이 수정함.

40) 만고무비(萬古無比): 온 역사를 통틀어도 비할 자가 없음.

41) 봉관화리(鳳冠花履): 봉황 문양을 장식한 예관(禮冠)과 아름다운 신발.

42) 츄튁향년(秋澤香蓮): 추택향련. 가을 연못에 핀 향기로운 연꽃.

엽(靑葉)의 소ᄉᆞ시며 벽공신월(碧空新月)[43]이 두렷고져 ᄒᆞ니 ᄇᆡᆨᄐᆡ만광(百態萬光)[44]이 찬

8면

난(燦爛)ᄒᆞ미 ᄉᆡᆨ로이 긔이(奇異)ᄒᆞ여 오ᄅᆡ 보지 못ᄒᆞ엿던 눈이 황홀(恍惚)케 ᄒᆞᄂᆞᆫ지라.

조(曹) 부인(夫人)의 반기고 슬프며 귀듕(貴重)ᄒᆞᆫ 뜻이 모양(模樣)치 못ᄒᆞ나 사ᄅᆞᆷ되오미 만ᄉᆡ(萬事ㅣ) 텬연(天然)[45]ᄒᆞᆫ 고(故)로 오직 손을 잡아 두굿길 ᄲᅮᆫ이오, 태부인(太夫人) 과ᄋᆡ(過愛)와 반기믄 측냥(測量)업ᄉᆞᆫ 형상(形狀)을 니르기 어렵고 뉴 시(氏) 가작(假作)[46]ᄒᆞᄂᆞᆫ 정의(情誼)[47]를 ᄯᅩ 엇지 형상(形狀)ᄒᆞ리오. 츄밀(樞密)이 다만 웃ᄂᆞᆫ 입을 쥬리지[48] 못ᄒᆞ여 ᄀᆞᆯ오ᄃᆡ,

"거년(去年) 츈(春)의 셩혼(成婚)ᄒᆞ여 금년(今年) 신정(新正)이 되여시니 이제야 귀령(歸寧)ᄒᆞ미 네 구개(舅家ㅣ) 며나리 ᄉᆞ정(事情)을 모로미 심(甚)치 아니랴?"

쇼제(小姐ㅣ) 나죽이 말숨을 여러 조모(祖母)와 모친(母親) 존후(尊候)를 뭇ᄌᆞᆸ고 오ᄅᆡ 결울(結鬱)[49]턴 하정(下情)[50]을 잠간(暫間) 펴ᄆᆡ, 태부인(太夫人)이 급〃(急急)히 쇼져(小姐)의 팔흘 잡아

---

43) 벽공신월(碧空新月): 푸른 하늘에 뜬 초승달.
44) ᄇᆡᆨᄐᆡ만광(百態萬光): 백태만광. 온갖 아름다운 자태.
45) 텬연(天然): 천연. 자연스러운 모양.
46) 가작(假作): 거짓으로 얼굴빛을 좋게 지음.
47) 정의(情誼): 정의. 서로 긴밀하게 사랑하는 감정. 은정.
48) 쥬리지: 다물지.
49) 결울(結鬱): 가슴이 답답하게 막힘.
50) 하정(下情): 하정. 어른에게 대하여, 자기 심정이나 뜻을 겸손하게 이르는 말.

9면

홍슈(紅袖)를 거두치고 쥬졈(朱點)[51]을 상고(詳考)[52]ᄒᆞᄆᆡ 임의 흔젹(痕迹)이 업ᄂᆞᆫ지라 분심(忿心)이 더ᄒᆞ나 츄밀(樞密)이 ᄌᆡ좌(在座)ᄒᆞ므로 ᄉᆞᄉᆡᆨ(辭色)지 못ᄒᆞ고 희희(嘻嘻)히 쇼왈(笑曰),

“금슬(琴瑟)이 박(薄)지 아니믄 닐노ᄡᅧ 알디라.”

쇼졔(小姐ㅣ) 조모(祖母) 거동(擧動)을 ᄉᆡ로이 한심(寒心)ᄒᆞᄃᆡ ᄉᆞᄉᆡᆨ(辭色)지 아니코 죵용(從容)이 ᄉᆞᄆᆡ를 다ᄅᆡ여 팔흘 덥흐니, 공(公)은 모친(母親)의 ᄒᆡᆼᄉᆞ(行使)를 단졍(端正)치 아니케 넉이나 말을 아니코 날호여 나아가니, 경ᄋᆞ, 현ᄋᆞ, 냥(兩) 공ᄌᆞ(公子)로 반기ᄂᆞᆫ 졍(情)이 ᄀᆞ득ᄒᆞ나 경ᄋᆞᄂᆞᆫ 심니(心裏)의 ᄆᆡ오미 원슈(怨讐) ᄀᆞᆺ고 현ᄋᆞᄂᆞᆫ 원별(遠別)을 아득ᄒᆞ여 쳑비(慽悲)[53]ᄒᆞ믈 마지아니ᄒᆞ더라.

ᄎᆞ야(此夜)를 경희뎐의셔 모녀조손(母女祖孫)과 형뎨남ᄆᆡ(兄弟男妹) 쵹(燭)을 니어 ᄡᅧ낫던 회포(懷抱)를 니르며 보ᄂᆡᄂᆞᆫ 졍(情)을 닐너 야심(夜深)ᄒᆞ믈 ᄢᆡᄃᆞᆺ지 못ᄒᆞ다가,

옥쳠(屋簷)[54]의

10면

금계(金鷄)[55] ᄉᆡᄇᆡ를 보(報)ᄒᆞ고 츄밀(樞密)이 니러나 발ᄒᆡᆼ긔구(發行器具)[56]를 출혀 ᄂᆡ외(內外) 분요(紛擾)[57]ᄒᆞ더니, 동방(東方)이 긔ᄇᆡᆨ

---

51) 쥬졈(朱點): 주점. 붉은 점이라는 뜻으로 앵혈(鶯血)을 이름. 순결의 표식. 장화(張華)의 『박물지』에서 그 출처를 찾을 수 있음. 근세 이전에 나이 어린 처녀의 팔뚝에 찍던 처녀성의 표시를 말하는 것으로 도마뱀에게 주사(朱沙)를 먹여 죽이고 말린 다음 그것을 찧어 어린 처녀의 팔뚝에 찍으면 첫날밤에 남자와 잠자리를 할 때에 없어진다고 함.

52) 상고(詳考): 자세히 살핌.

53) 쳑비(慽悲): 척비. 슬퍼함.

54) 옥쳠(屋簷): 옥첨. 집의 처마.

55) 금계(金鷄): 꿩과에 속하는 닭의 일종.

(旣白)ᄒᆞᄆᆡ 됴반(早飯)을 파(罷)ᄒᆞ고 ᄎᆡ교(彩轎)를 드려 뎡하(庭下)의 노하 쇼져(小姐) 들기를 ᄌᆡ쵹ᄒᆞ며 공(公)이 모젼(母前)의 ᄇᆡ샤(拜辭)ᄒᆞᆯᄉᆡ, 일좌(一座)의 비풍(悲風)이 니러나고 셰우(細雨ㅣ) ᄲᆡ려 태부인(太夫人)과 뉴 시(氏) 분앙(憤怏)[58]ᄒᆞ믈 겸(兼)ᄒᆞ여 ᄯᆞᆯ을 죽이라 보ᄂᆡᆷ과 다르지 아니ᄒᆞ고, 냥(兩) 공ᄌᆞ(公子)와 뎡(鄭)·셕(石) 이(二) 쇼졔(小姐ㅣ) 별한(別恨)이 무궁(無窮)ᄒᆞᄃᆡ 오ᄃᆡᆨ 츄밀(樞密)이 ᄌᆡ쵹이 셩화(星火)ᄀᆞᆺᄐᆞ여 ᄉᆞ졍(私情)을 니르지 못ᄒᆞ게 ᄒᆞᄂᆞᆫ디라, 뉴 시(氏) 녀ᄋᆞ(女兒)를 안고 실셩비읍(失聲悲泣)[59] 왈(曰),

"원노험지(遠路險地)의 므ᄉᆞᆷ 즐거온 일이라 어미를 바리고 누쳔(累千) 니(里) 궁향(窮鄕)[60]을 ᄎᆞᄌᆞ가ᄂᆞ뇨? 녀ᄌᆞ유ᄒᆡᆼ(女子有行)이 원부모[61]형뎨(遠父母兄弟)[62]라 ᄒᆞ나 셩혼지시(成婚之時)의 너ᄀᆞᆺ치 구ᄎᆞ(苟且)ᄒᆞ니 어ᄃᆡ 이시리오? 하가(河家)

11면

곳 아니면 신낭(新郞)이 업ᄉᆞᆯ 거시라 ᄯᆞᆯ을 공연(空然)이 십삼쳥츈(十三靑春)의 셔쵹(西蜀) 뎍거죄슈(謫居罪囚)[63]를 삼으라 가ᄂᆞ뇨?"

공(公)이 바야흐로 녀ᄋᆞ(女兒)를 ᄌᆡ쵹ᄒᆞ다가 어히업셔 도로혀 ᄂᆡᆼ쇼(冷笑) 왈(曰),

---

56) 발ᄒᆡᆼ긔구(發行器具): 발행기구. 길을 떠날 때 쓰이는 기구.

57) 분요(紛擾): 어수선하고 소란스러움.

58) 분앙(憤怏): 분노하고 원망함.

59) 실셩비읍(失聲悲泣): 실성비읍. 목이 쉬도록 슬피 욺.

60) 궁향(窮鄕): 궁벽한 시골.

61) 모: [교] 원문에는 이 글자가 없으나 문맥을 고려해 삽입함.

62) 녀ᄌᆞ유ᄒᆡᆼ(女子有行)이 원부모형뎨(遠父母兄弟): 여자유행이 원부모형제. 여자가 신행을 하면 부모와 형제에게서 멀어짐. 여자가 혼인을 하면 친정 부모와 형제에게서 멀어질 수밖에 없음을 이름. 『시경』, "패풍(邶風)"의 <천수(泉水)>에 나오는 표현.

63) 뎍거죄슈(謫居罪囚): 적거죄수. 귀양 간 죄수.

"텬하(天下)의 신낭(新郎)이 업슬 거순 아니로되 실(實)노 하원광 곳투니 업슬 거시오, 현우의 일싱(一生)으로 닐너도 그 블인(不仁)훈 어미를 써나 대군주(大君子)를 마주라 가는 거시 셔쵹(西蜀) 아냐 만(萬) 니(里)라도 구장 즐거온 일이니 언참(言讖)[64]을 너모 복(福) 젹게 말나. 하개(河家ㅣ) 비록 젹거(謫居)후여시나 녀주(女子)조추 귀향[65] 갈 일 아니오, 셩도(成都)[66] 쵹디(蜀地) 험쥰(險峻)후나 셩혼(成婚)의 명공거경(名公巨卿)의 위요(圍繞)[67]후는 부려(富麗)[68]훈 영광(榮光)이 업수나 냥가(兩家) 부뫼(父母ㅣ) 셔로 뎡약(定約)후여 친수(親事)를 일우니 의법유신(依法有信)[69]후여 구추(苟且)후미 업수니 하 괴(怪)히 구지

12면

말나."

언파(言罷)의 좌우(左右)로 쇼져(小姐)를 붓드러 교주(轎子)의 너흐라 후니, 쇼제[70](小姐ㅣ) 조모(祖母)와 빅모(伯母)긔 녜(禮)후고 모친(母親)긔 빅별(拜別)후미, 셕(石)·뎡(鄭) 이(二) 쇼제(小姐ㅣ) 손을 잡고 추마 써나지 못후여 년〃(戀戀)후는지라.

공(公)이 과도(過度)후믈 닐너 쇼제(小姐ㅣ) 교주(轎子)의 들식, 뉴시(氏) 시녀(侍女) 십여(十餘) 인(人)과 긔용즙믈(器用什物)[71]을 무슈

64) 언참(言讖): 미래의 사실을 꼭 맞추어 예언하는 말.
65) 귀향: 귀양.
66) 셩도(成都): 성도. 중국 사천성(四川省)의 성도(省都).
67) 위요(圍繞): 혼인 때에 가족 중에서 신랑이나 신부를 데리고 가는 사람.
68) 부려(富麗): 부유하고 화려함.
69) 의법유신(依法有信): 법도에 의거하고 신의가 있음.
70) 졔: [교] 원문에는 이 글자가 없으나 문맥을 고려해 삽입함.
71) 긔용즙믈(器用什物): 기용집물. 일상생활에 쓰이는 온갖 기구.

(無數)히 닉여 뫁긔 시르라 ᄒᆞ니, 공(公)이 다 믈니치고 오직 금침(衾枕)과 ᄒᆞᆫ 벌 패산지뉴(貝珊之類)[72]를 초〃(草草)히 너흐며 시녀(侍女)ᄂᆞᆫ 벽난, 소잉 등(等) ᄉᆞ(四) 인(人)을 ᄒᆡᆼ거(行車)의 좃ᄎᆞ라 ᄒᆞ고 보믈(寶物)과 샤치(奢侈)를 원슈(怨讐)ᄀᆺ치 ᄒᆞ니, ᄌᆡ뵈(財寶ㅣ) 누거만(累巨萬)이나 므어ᄉᆡ 쓰며 ᄌᆞ장패산(資粧貝珊)[73]과 금슈의상(錦繡衣裳)[74]이 현ᄋᆞ의게ᄂᆞᆫ 그림 속 ᄯᅥᆨ ᄀᆺᄐᆞ니, 뉴 시(氏) ᄉᆞ〃(事事)의 애[75] ᄆᆡ여지고 통한(痛恨)[76]이 각골(刻骨)[77]ᄒᆞ여 흉격(胸膈)이 막힐 ᄃᆺᄒᆞᄃᆡ 츄밀(樞密)은 흔연(欣然)ᄒᆞ여 경ᄉᆞ(京師)의셔 셩녜(成禮)ᄒᆞᆷ

13면

ᄀᆺᄐᆞ니 짐즛 뉴 시(氏)를 ᄭᅥᆨ지르ᄂᆞᆫ ᄯᅳᆺ이라.

임의 일ᄒᆡᆼ(一行)이 문(門)을 나ᄆᆡ 이(二) 공ᄌᆡ(公子ㅣ) 강외(江外)의 송별(送別)ᄒᆞᆯᄉᆡ, 공(公)은 셩녜(成禮) 후(後) 도라오려니와 남ᄆᆡ(男妹) 분슈(分手)[78]ᄒᆞᄂᆞᆫ 졍(情)이 의〃참연(依依慘然)[79]ᄒᆞ여 누싊(淚水ㅣ) 환난(汍亂)[80]ᄒᆞ니, 공(公)이 공ᄌᆞ(公子) 등(等)을 경계(警戒)ᄒᆞ여 그ᄉᆞ이 됴히 이시라 ᄒᆞ고 녀ᄋᆞ(女兒)의 ᄎᆡ교(彩轎)를 호ᄒᆡᆼ(護行)[81]ᄒᆞ여 구몽슉을 다리고 셔(西)로 향(向)ᄒᆞ니,

이(二) 공ᄌᆡ(公子ㅣ) 분슈(分手) 환가(還家)ᄒᆞᄆᆡ 뉴 시(氏) 통졀비

---

72) 패산지뉴(貝珊之類): 패산지류. 산호, 호박 따위로 만든 값진 물건.
73) ᄌᆞ장패산(資粧貝珊): 자장패산. 여자가 화장하는 데 쓰는 물건들과 산호(珊瑚), 호박(琥珀) 따위로 만든 값진 물건.
74) 금슈의상(錦繡衣裳): 금수의상. 비단옷.
75) 애: 초조한 마음속.
76) 통한(痛恨): 깊은 한.
77) 각골(刻骨): 뼈에 사무침.
78) 분슈(分手): 분수. 손을 나눈다는 뜻으로 이별을 이름.
79) 의〃참연(依依慘然): 헤어지는 것을 서운해 하고 슬퍼함.
80) 환난(汍亂): 환란. 어지럽게 흐름.
81) 호ᄒᆡᆼ(護行): 호행. 보호하며 따라감.

도(痛切悲悼)[82]ᄒᆞ여 녀ᄋᆞ(女兒)를 죽임과 다르지 아니ᄒᆞ니, 공ᄌᆞ(公子) 등(等)이 위로(慰勞)ᄒᆞ고 태부인(太夫人)과 경ᄋᆞᄂᆞᆫ 쇼져(小姐) 원별(遠別)ᄒᆞᆫ 슬프믄 니져 바리고 명ᄋᆞ 쇼져(小姐)의 비홍(臂紅)[83]이 터[84] 업고 명부(命婦)[85] 위의(威儀) 가ᄌᆞᆨᄒᆞ여 영광(榮光)이 무흠(無欠)[86]ᄒᆞ믈 보ᄆᆡ ᄋᆡ돏고 분(憤)ᄒᆞ여 각별(恪別)ᄒᆞᆫ 계교(計巧)를 ᄒᆡᆼ(行)ᄒᆞ여 업시코져

14면

ᄒᆞᄃᆡ, 뉴 시(氏) 머리 ᄡᆞ고 누어시니 태부인(太夫人)이 친(親)히 ᄒᆡ츈누의 가 뉴 시(氏)를 집슈(執手) 위로(慰勞) 왈(曰),

"현마 엇지ᄒᆞ리오? 하개(河家ㅣ) ᄆᆡ양 셔쵹(西蜀) 슈졸(戍卒)이 되지 아니리니 현ᄋᆡ 영화(榮華)로이 도라오ᄂᆞᆫ 날은 즐거올지라, 현부(賢婦)ᄂᆞᆫ 심ᄉᆞ(心思)를 널니 ᄒᆞ여 과상(過傷)[87]치 말나."

뉴 시(氏) 쳬읍(涕泣) ᄃᆡ왈(對曰),

"쳡(妾)이 명되(命途ㅣ)[88] 긔박(奇薄)ᄒᆞ와 두 낫 녀식(女息)을 두어 경ᄋᆞᄂᆞᆫ 쇼년(少年) 명부(命婦) 허명(虛名)을 가져시나 셕낭(石郞)과 남이오, 현ᄋᆞᄂᆞᆫ 화가여ᄉᆡᆼ(禍家餘生)[89]을 ᄇᆞ라고 십삼(十三) 유ᄋᆡ(幼兒ㅣ) 셔쵹(西蜀) 험디(險地)로 가ᄂᆞᆫ 바를 ᄉᆡᆼ각ᄒᆞ오니 쳡(妾)의 심ᄉᆡ(心思ㅣ) 비여텰셕(非如鐵石)[90]이라 슬프믈 ᄎᆞᆷ으리잇가? 져를 위

---

82) 통졀비도(痛切悲悼): 통절비도. 몹시 슬퍼함.
83) 비홍(臂紅): 팔뚝 위의 붉은 점. 앵혈(鶯血)을 이름.
84) 터: 티.
85) 명부(命婦): 봉작을 받은 부인의 통칭.
86) 무흠(無欠): 흠이 없음.
87) 과상(過傷): 지나치게 슬퍼함.
88) 명되(命途ㅣ): 운명과 재수.
89) 화가여ᄉᆡᆼ(禍家餘生): 화가여생. 재앙을 겪고 살아난 인생.
90) 비여텰셕(非如鐵石): 비여철석. 쇠나 돌 같은 사람이 아님.

(爲)ᄒᆞ여 쥬옥보패(珠玉寶貝)와 금슈나릉(錦繡羅綾)[91]을 별틱(別擇)[92]ᄒᆞ여 장만ᄒᆞᆫ 거시 가득ᄒᆞ거ᄂᆞᆯ 다 바리미 이

15면

ᄃᆞᆲ고 분(憤)ᄒᆞ거ᄂᆞᆯ 시녀(侍女)조ᄎᆞ 삼ᄉᆞ(三四) 인(人)을 다려가 져의 〃복지졀(衣服之節)[93]과 시비(侍婢) 브족(不足)ᄒᆞ미 심(甚)ᄒᆞ여 ᄉᆞ〃(事事)의 어ᄂᆞ 곳의 ᄆᆞᄋᆞᆷ을 펴리잇고? 하개(河家ㅣ) 쵹(蜀)의나 이시면 도로혀 깃브렷마ᄂᆞᆫ 됴졍(朝廷) 의논(議論)이 ᄆᆡ양 하진을 죽이ᄌᆞ ᄒᆞᆫ다니 위틱(危殆)ᄒᆞ고 념녀(念慮)로오믈 니긔지 못ᄒᆞᆯ소이다.”

태부인(太夫人)이 ᄌᆡ삼(再三) 위로(慰勞)ᄒᆞ고 귀의 다혀 밀〃세어(密密細語)[94] 왈(曰),

“명ᄋᆡ 왓ᄂᆞᆫ ᄉᆞ이 ᄒᆡ(害)ᄒᆞ미 맛당ᄒᆞ나 그ᄃᆡ 져리코 이시니 만ᄉᆡ(萬事ㅣ) 무렴(無念)ᄒᆞ여 노뫼(老母ㅣ) 됴흔 모칙(謀策)[95]을 엇지 못ᄒᆞᆯ노다.”

뉴 시(氏) ᄂᆞᆲ더[96] 안ᄌᆞ 여ᄎᆞ여ᄎᆞ(如此如此) ᄒᆞᄌᆞ ᄒᆞ니 태부인(太夫人)이 박장(拍掌) 낙왈(諾曰),

“ᄎᆞ계(此計) 묘(妙)ᄒᆞ다.”

뉴 시(氏) 소ᄅᆡ를 낫초아 ᄀᆞᆯ오ᄃᆡ,

“존고(尊姑)ᄂᆞᆫ ᄉᆞ긔(事機)[97]를 비밀(秘密)히 ᄒᆞ시고 ᄒᆞᆫ갈ᄀᆞᆺ치 ᄉᆞ랑ᄒᆞ믈 뵈쇼셔.”

---

91) 금슈나릉(錦繡羅綾): 금수나릉. 온갖 비단.
92) 별틱(別擇): 별택. 각별히 고름.
93) 〃복지졀(衣服之節): 의복지절. 옷의 따위.
94) 밀〃세어(密密細語): 밀밀세어. 은밀하게 가는 소리로 말함.
95) 모칙(謀策): 모책. 꾀와 계책.
96) ᄂᆞᆲ더: 벌떡.
97) ᄉᆞ긔(事機): 사기. 일의 기미.

태부인(太夫人)이 고개를 그덕여

16면

즐기믈 마지아니터라.

뉴 시(氏) 셰월과 비영을 쳔금(千金)을 주어 괴이(怪異)흔 약뉴(藥類)를 만히 슥 드리니 일이 비밀(秘密)흐여 알 니 업더라.

태부인(太夫人)이 윤[98](尹) 쇼져(小姐) 스랑이 과도(過度)흐여 뎡부(鄭府)의셔 슈삼(數三) 일(日)만 머므러 도라오라 흐여시니 그스이 므슨 연괴(緣故ㅣ) 이시믈 뜻흐리오마는, 윤(尹) 쇼제(小姐ㅣ) 옥누항의 니르므로브터 심식(心思ㅣ) 즈로 놀납고 긔운이 블평(不平)흐여 즈연(自然) 미위(眉宇ㅣ) 펴이지 못흐는지라. 조(曹) 부인(夫人)이 ᄀ마니 연고(緣故)를 므르니 쇼제(小姐ㅣ) 심긔(心氣) 스스로 경동(驚動)[99]흐믈 고(告)흐고, 쥬영은 태부인(太夫人) 뵈기를 슬히 넉여 오직 유모(乳母) 셜난과 현잉만 다려왓는디라, 쇼제(小姐ㅣ) 수삼(數三) 일(日) 머므는 스이나 현잉으로 침소(寢所) 댱후(帳後)의 믹양 직히여 써나지 못흐게 흐더니,

일야(一夜)는 태부인(太夫人)이 화

17면

미셩찬(華味盛饌)[100]을 포셜(鋪設)[101]흐여 조(曹) 부인(夫人) 모녀(母女)를 블너 먹으라 흐고 져와 뉴 시(氏)도 상(床)을 바닷는디라.

---

98) 윤: [교] 원문에는 '명'으로 되어 있으나 문맥을 고려해 이와 같이 수정함.
99) 경동(驚動): 놀라 움직임.
100) 화미셩찬(華味盛饌): 화미성찬. 화려하고 풍성하게 차린 음식.
101) 포셜(鋪設): 포설. 펴서 베풂.

조(曹) 부인(夫人) 모녜(母女ㅣ) 의심(疑心)이 동(動)ᄒᆞ여 쇼져(小姐)는 복통(腹痛)이 급(急)ᄒᆞ여 먹지 못ᄒᆞᆷ을 일ᄏᆞᆺ고 조(曹) 부인(夫人)은 쥬져(躊躇)ᄒᆞᆯ ᄉᆞ이 태부인(太夫人)이 좌우(左右) 시녀(侍女)를 다 먹이니,

ᄎᆞ시(此時) 밤이 장ᄎᆞᆺ(將次ㅅ) 반(半)이 된지라. 냥(兩) 공ᄌᆞ(公子)는 외헌(外軒)의셔 ᄌᆞᆷ이 깁헛고 비복(婢僕)이 다 믈너가시ᄃᆡ 오직 셰월, 비영 등(等)과 셜난이 ᄌᆞ지 아니코 조(曹) 부인(夫人)을 뫼셔 왓더니, 태부인(太夫人) 주는 쥬찬(酒饌)을 무심(無心)히 바다먹으니 셰월, 비영 등(等) 먹는 거슨 약(藥)을 셕지 아녓고 셜난은 말 못 ᄒᆞ는 약(藥)을 너허 먹여시니 쥬찬(酒饌)이 계오 후셜(喉舌)[102]을 너므며 벙어리 된지라 입을 벙읏벙읏[103]ᄒᆞ고 말을 못 ᄒᆞ니, 조(曹) 부인(夫人) 모녀(母女)는 ᄎᆞ경(此景)을 보지 못ᄒᆞ나 오직 쥬찬(酒饌)

18면

을 먹지 아냐 의심(疑心)을 니긔지 못ᄒᆞ니,

태괴(太怪)[104] 뎡ᄉᆡᆨ(正色)고 조(曹) 부인(夫人)을 대ᄎᆡᆨ(大責)ᄒᆞ니 부인(夫人)이 졀민(切悶)[105]ᄒᆞ나 마디못ᄒᆞ여 두어 번(番) 하져(下箸)[106]의 엇지 벙어리 되기를 면(免)ᄒᆞ리오. 쇼져(小姐)다려 므ᄉᆞᆫ 말을 ᄒᆞ고져 ᄒᆞᄃᆡ 죵시(終是) 못 ᄒᆞ고 거동(擧動)이 창황(倉黃)[107]ᄒᆞ여 면ᄉᆡᆨ(面色)이 괴이(怪異)ᄒᆞ니, 쇼져(小姐)는 조뫼(祖母ㅣ) ᄉᆞ지져도

102) 후셜(喉舌): 후설. 목구멍과 혀.
103) 벙읏벙읏: 벙긋벙긋.
104) 태괴(太怪): 매우 흉악한 사람.
105) 졀민(切悶): 절민. 매우 근심함.
106) 하져(下箸): 하저. 젓가락을 댄다는 뜻으로, 음식(飮食)을 먹음을 이르는 말.
107) 창황(倉黃): 허둥지둥 당황하는 모양.

먹지 아녓ᄂᆞᆫ지라 모친(母親) 거동(擧動)을 보고 대경(大驚)ᄒᆞ여 년망(連忙)[108]이 니러 부인(夫人)을 븟들고져 ᄒᆞ니 흉괴(凶姑ㅣ) 조(曹) 부인(夫人)을 모라 협실(夾室)의 너흐니,

쇼제(小姐ㅣ) ᄯᆞᆯ와 들녀 ᄒᆞ니 경익 나는 ᄃᆞ시 문(門)을 잠으고, 위·뉴 냥인(兩人)이 셰월, 비영 등(等)으로 ᄒᆞ여곰 쇼져(小姐)ᄀᆡ 다라드러 져쳐[109] 누이고 경익 뉴리종(琉璃-)[110]의 약(藥)을 프러 쇼져(小姐) 입의 브으려 ᄒᆞ니 쇼제(小姐ㅣ) 목젼(目前)의 흉참(凶慘)[111]ᄒᆞᆫ 거동(擧動)을 보ᄆᆡ 비록 조모(祖母)와 슉모(叔母),

19면

죵형(從兄)의 일이나 비분통히(悲憤痛駭)[112]ᄒᆞ여 셩음(聲音)이 격녈강개(激烈慷慨)[113]ᄒᆞ여 왈(曰),

"조모(祖母)와 슉모(叔母)와 져제(姐姐ㅣ) 텬디간(天地間)의 업ᄉᆞᆫ 패덕(悖德)[114]을 ᄒᆡᆼ(行)ᄒᆞ여 모친(母親)을 경ᄀᆡᆨ(頃刻)의 병인(病人)을 ᄆᆡᆫ둘고 날을 마ᄌᆞ 죽이려 ᄒᆞ니 무인심야(無人深夜)의 알 니 업다 ᄒᆞ여 이런 악ᄉᆞ(惡事)를 ᄒᆡᆼ(行)ᄒᆞ나 야텬(夜天)[115]이 됴림(照臨)[116]ᄒᆞ고 신명(神明)이 ᄌᆡ방(在傍)[117]ᄒᆞ니 스ᄉᆞ로 두립지 아니〃 잇가?"

삼흉(三凶)이 대로(大怒)ᄒᆞ여 위력(威力)으로 약(藥)을 퍼붓고져

---

108) 년망(連忙): 연망. 매우 급함.
109) 져쳐: 젖혀.
110) 뉴리종(琉璃-): 유리종. 유리로 만든 종지.
111) 흉참(凶慘): 흉하고 참혹함.
112) 비분통히(悲憤痛駭): 비분통해. 분하고 몹시 놀람.
113) 격녈강개(激烈慷慨): 격렬강개. 행동이 세차고 의기가 북받쳐 원통해 하고 슬퍼함.
114) 패덕(悖德): 인륜에 어긋나는 일.
115) 야텬(夜天): 야천. 밤하늘.
116) 됴림(照臨): 조림. 비추어 굽어봄.
117) ᄌᆡ방(在傍): 재방. 곁에 있음.

ᄒᆞᄃᆡ, 쇼졔(小姐ㅣ) 약(弱)ᄒᆞ기 신뉴(新柳) ᄀᆞᆺᄐᆞᄂᆞ 격녈식〃(激烈--) ᄒᆞ고 강녁(剛力)[118]이 ᄯᅩᄒᆞᆫ 업지 아니〃 맛ᄎᆞᆷᄂᆡ 입을 버리지 아냐 약(藥)을 밧지 아니〃, 흉괴(凶怪) 뉴 시(氏) 모녀(母女)와 비영, 셰월노 더브러 쇼져(小姐)의 슈족(手足)과 몸을 나리누르며 ᄉᆞ이ᄉᆞ이 쥬머괴로 치기를 ᄆᆡ이 ᄒᆞ더니, 경ᄋᆡ 골흠[119]의 ᄎᆡ인[120] 삼촌단검(三寸短劍)을 ᄲᆡ혀 조모(祖母)를 준ᄃᆡ 쇼졔(小姐ㅣ) ᄎᆞ경(此景)을 보

20면

고 진녁(盡力)[121]ᄒᆞ여 니러나 광련 등(等)을 ᄡᅵ오고져 ᄒᆞ더니, 흉괴(凶怪) 그 다리를 급(急)히 지르니 쇼졔(小姐ㅣ) ᄒᆞᆫ 소ᄅᆡ를 늣기고 엄홀(奄忽)[122]ᄒᆞ니 뉘 잇셔 구(救)ᄒᆞ리오.

경ᄋᆡ 승〃(乘勝)[123]ᄒᆞ여 입을 어긔고[124] 독약(毒藥)을 퍼 너흘ᄉᆡ 긔운이 막혀 약믈(藥物)이 후셜(喉舌)을 넘지 못ᄒᆞᄃᆡ, 위·뉴 등(等)이 창황급〃(倉黃急急)[125]히 셔르져[126] 업시 ᄒᆞ려 ᄒᆞᄂᆞᆫ 고(故)로 약(藥)이 못 드러가ᄂᆞᆫ 줄도 ᄭᆡᄃᆞᆺ지 못ᄒᆞ고 한(限)업시 퍼 너허 옷슬 젹시며 간〃(間間)이 옥면화협(玉面花頰)[127]과 응지셜부(凝脂雪膚)[128]를 모진 손으로 쥬여ᄯᅳ더 곳〃이 븕은 피 돌지어[129] ᄒᆞ르고, 쇼졔(小姐

---

118) 강녁(剛力): 강력. 꺾이지 않는 굳센 힘.
119) 골흠: 옷고름. 저고리나 두루마기의 깃 끝과 그 맞은편에 하나씩 달아 양편 옷깃을 여밀 수 있도록 한 헝겊 끈.
120) ᄎᆡ인: 채워진.
121) 진녁(盡力): 진력. 힘을 다함.
122) 엄홀(奄忽): 매우 급작스럽게 정신을 잃음.
123) 승〃(乘勝): 이기는 형세를 탐.
124) 어긔고: 억지로 벌리고.
125) 창황급〃(倉黃急急): 경황이 없이 급히 서두름.
126) 셔르져: 치워.
127) 옥면화협(玉面花頰): 옥 같은 얼굴과 꽃 같은 뺨.
128) 응지셜부(凝脂雪膚): 응지설부. 기름이 엉긴 듯하고 눈처럼 하얀 살갗.
129) 돌지어: 동글동글하게 맡려.

ㅣ) 엄홀(奄忽)ᄒᆞ여 숨을 ᄂᆡ두로지[130] 못ᄒᆞ고 일신(一身) 슈족(手足)이 어름 ᄀᆞᆺᄐᆞ니 분명(分明) 죽엇ᄂᆞᆫ 줄 아라 큰 피농(皮籠)[131]을 드려 쇼져(小姐)를 녀흘ᄉᆡ, 세월이 그 쵹금상(蜀錦裳)[132]을 벗기고 비영이 그 머리의 슈식보화(修飾寶貨)[133]를 다 ᄲᅢ더 가지고, 뉴 시(氏) 그 옷슬 마ᄌᆞ 벗기려 ᄒᆞᆯ ᄶᅢ,

21면

현잉이 쇼졔(小姐ㅣ) 오ᄅᆡ 나오지 아니믈 괴이(怪異)히 넉여 ᄀᆞ마니 경희뎐의 와 죡젹(足跡)[134]을 가마니 ᄒᆞ여 합장(閤牆)[135] 뒤히셔 여어보니 이 경상(景狀)[136]이라, 대경망극(大驚罔極)[137]ᄒᆞ여 통곡(慟哭)고져 ᄒᆞ나 졔 마ᄌᆞ 잡힌죽 쇼져(小姐) 시신(屍身)도 ᄎᆞᄌᆞᆯ 길 업셔 밧비 냥(兩) 공ᄌᆞ(公子)를 보아 고(告)코져 하여 다ᄅᆞ니, 텬디(天地) 어두온 가온ᄃᆡ 듕문(中門)을 다〃 긴〃히[138] ᄌᆞᆷ가시니 착급(着急)[139] ᄒᆞ여 젼문(前門)을 바리고 뒤흐로좃ᄎᆞ 동산 문(門)을 나올ᄉᆡ,

거름이 창황(倉黃)ᄒᆞ고 압히 어두어 셔헌(書軒)으로 나오노라 ᄒᆞᆫ 거시 대로샹(大路上)으로 나온지라. 가ᄉᆞᆷ을 치고 도로 더듬어 가려 ᄒᆞ더니, 홀연(忽然) 먼니 바라보니 홰블이 낫 ᄀᆞᆺ고 허다(許多) 츄죵(騶從)[140]이 일위(一位) 명관(名官)을 옹위(擁衛)[141]ᄒᆞ여 바로 옥누

130) ᄂᆡ두로지: 내쉬지.
131) 피농(皮籠): 가죽으로 만든 농.
132) 쵹금상(蜀錦裳): 촉금상. 중국 촉 땅에서 난 비단으로 만든 치마. 촉 땅은 비단의 산지로 유명했음.
133) 슈식보화(修飾寶貨): 수식보화. 아름답게 꾸민 보배로운 물건.
134) 죡젹(足跡): 족적. 발자취.
135) 합장(閤牆): 건물 출입문과 연결되어 있는 담장.
136) 경상(景狀): 좋지 않은 광경.
137) 대경망극(大驚罔極): 크게 놀람.
138) 긴〃히: 매이거나 묶이거나 뭉친 것이 팽팽하거나 단단하게.
139) 착급(着急): 매우 급함.

항으로 향(向)ᄒᆞᄂᆞᆫ디라. 잉이 어득ᄒᆞᆫ 눈으로 바라보니 이 곳 져의 듀군(主君) 뎡(鄭) 태위(大夫ㅣ)라. 영힝(榮幸)[142]ᄒᆞ

22면

믈 니긔지 못ᄒᆞ여 급(急)ᄒᆞᆫ 소식(消息)을 고(告)코져 ᄒᆞᄃᆡ 태위(大夫ㅣ) 상시(常時) 엄위(嚴威)[143]ᄒᆞ여 비복(婢僕)이 몬져 말ᄉᆞᆷ을 발(發)치 못ᄒᆞ므로 짐즛 태위(大夫ㅣ) 아라듯게 길거리의 셔〃 실셩호읍(失聲號泣)[144]ᄒᆞ니,

태위(大夫ㅣ) 쇼져(小姐)를 친졍(親庭)의 보ᄂᆡ고 념녀(念慮)를 노치 못ᄒᆞᄃᆡ 위·뉴 보기를 괴로와 윤부(尹府)의 가지 아녓더니, ᄎᆞ일(此日) 친우(親友) 태ᄒᆞᆨᄉᆞ(太學士) 경춘긔 친상(親喪)을 만나 발인(發靷)[145]ᄒᆞ여 졀강(浙江)으로 가ᄂᆞᆫ 고(故)로 작일(昨日) 경부(-府)의 와 범ᄉᆞ(凡事)를 ᄉᆞᆯ펴 디극(至極)ᄒᆞᆫ 졍(情)이 친쳑(親戚)의 지ᄂᆞᆫ지라, 경ᄒᆞᆨᄉᆡ(學士ㅣ) 감은(感恩)ᄒᆞ고 피ᄎᆡ(彼此ㅣ) 니졍(離情)[146]이 결울(結鬱)ᄒᆞ더니, 홀연(忽然) 태위(大夫ㅣ) 신긔(神氣) 블평(不平)ᄒᆞ고 먹은 거ᄉᆞᆯ 구토(嘔吐)ᄒᆞ고 눅〃[147]ᄒᆞ믈 뎡(定)치 못ᄒᆞ니, 금평후(--侯)와 슌 참졍(叅政)이 다 경부(-府)의 모다 ᄒᆡᆼ상(行喪)[148]ᄒᆞ믈 보려 ᄒᆞ다가 태우(大夫)의 블평(不平)ᄒᆞ믈 놀나 평휘(-侯ㅣ) 왈(曰),

"내 하(河)·진 이(二) 형(兄)으로 더브러 상구(喪柩) 발(發)ᄒᆞ

---

140) 츄죵(騶從): 추종. 윗사람을 따라다니는 종.
141) 옹위(擁衛): 곁에서 부축하며 지키고 보호함.
142) 영힝(榮幸): 영행. 다행으로 여김.
143) 엄위(嚴威): 엄하고 위엄이 있음.
144) 실셩호읍(失聲號泣): 실성호읍. 목이 쉬도록 크게 욺.
145) 발인(發靷): 장사를 지내러 가기 위하여 상여 따위가 빈소에서 떠남. 또는 그런 절차.
146) 니졍(離情): 이정. 헤어지는 정.
147) 눅〃: 축축한 기운이 약간 있음.
148) ᄒᆡᆼ상(行喪): 행상. 초상을 치름.

23면

믈 보리니 너는 윤부(尹府)의 가 됴호(調護)[149] ᄒᆞ라."

태위(大夫ㅣ) 대단치 아니믈 고(告)ᄒᆞ나 가장 념녀(念慮)ᄒᆞ여 직삼(再三) 니르미 태위(大夫ㅣ) ᄇᆞ득이(不得已) 도라올ᄉᆡ, 경 혹ᄉᆞ(學士)를 당부(當付)ᄒᆞ여 녕구(靈柩)를 뫼셔 무ᄉᆞ(無事)히 ᄒᆡᆼ(行)ᄒᆞ라 ᄒᆞ고 갓가온 옥누항의 오더니,

노변(路邊)의셔 현잉이 망〃참졀(茫茫慘絶)[150]이 우ᄂᆞᆫ지라, 반야삼경(半夜三更)[151]의 대로듕(大路中)의 와 져러틋 ᄒᆞ믈 경ᄒᆡ(驚駭)[152]ᄒᆞ여 좌우(左右)로 잉을 브르라 ᄒᆞ며 윤부(尹府) 밧문(-門)의 다ᄃᆞ라는 ᄆᆞᆯ을 나려 문(門) 열나 말을 아니ᄒᆞ고 몬져 잉다려 문왈(問曰),

"윤부(尹府)의 므ᄉᆞᆫ 연괴(緣故ㅣ) 이시며 비ᄌᆡ(婢子ㅣ) 엇지 우ᄂᆞ뇨?"

잉이 읍〃(悒悒)[153]ᄒᆞ고 모든 하리(下吏) 듕(中) ᄎᆞ마 딕고(直告)[154]치 못ᄒᆞ여 쥬져(躊躇)ᄒᆞ니, 태위(大夫ㅣ) 짐작(斟酌)고 하리(下吏)를 명(命)ᄒᆞ여 ᄆᆞᆯ을 가지고 아모 ᄃᆡ 가 밤을 지ᄂᆡ고 오라 ᄒᆞ고 심복노ᄌᆞ(心腹奴子) 연듕을 머므르고 ᄃᆞ르니, 잉이 급(急)히 젼후ᄉᆞ(前後事)를 고(告)ᄒᆞᆫᄃᆡ 태위(大夫ㅣ)

24면

만신(滿身)이 셔늘ᄒᆞ여 잉다려 왈(曰),

"네 밧비 드러가 여어보아 여듀(汝主)의 시신(屍身)을 엇지ᄒᆞᄂᆞᆫ고

149) 됴호(調護): 조호. 잘 보양함.
150) 망〃참졀(茫茫慘絶): 망망참절. 더할 나위 없이 슬픔.
151) 반야삼경(半夜三更): 한밤중. 삼경은 밤 11시부터 1시 사이.
152) 경ᄒᆡ(驚駭); 경해. 매우 놀람.
153) 읍〃(悒悒): 마음이 매우 불쾌하고 답답하여 편하지 않음.
154) 딕고(直告): 직고. 바른 대로 고함.

보라."

잉이 슈명(受命)[155] 후고 오던 길노 드러가니,

추시(此時) 위·뉴 이(二) 인(人)이 쇼져(小姐)의 시신(屍身)을 피농(皮籠)의 너허 계명(鷄鳴)의 심복노주(心腹奴子)로 먼니 갓다가 무드라 훈딕, 젼문(前門)으로 가믄 어려워 원문(園門)[156]으로 가라 후니, 형봉은 셰월의 가뷔(家夫ㅣ)오, 위·뉴의 악수(惡事)를 돕는 노지(奴子ㅣ)라 피농(皮籠)을 단〃이 봉(封)후여 달나 후니,

이쩍 조(曹) 부인(夫人)은 협실(夾室)의셔 벙어리[157] 되엿고 셜난은 댱외(帳外)의 잇는 거술 비영이 모라다가 그윽훈 방(房)의 너코 문(門)을 줌으니, 쇼져(小姐)의 수화(事禍)[158]를 하날과 귀신(鬼神) 밧근 알 니 업수믈 흔〃(欣欣)[159] 후여 후더라.

형봉이 피농(皮籠)을 츄이주며[160] 나오니 잉은 형봉을 아라보고 피농(皮籠)의 분명(分明)이 쇼져(小姐)의 시신(屍身)을 담은 줄 알고,

25면

급(急)히 돌쳐[161] 도라와 태우(大夫)긔 고(告)후니, 태위(大夫ㅣ) 연듕을 다리고 나는 두시 힝(行)후여 원문(園門)의 와 본즉 형봉이 큰 피농(皮籠)을 츄이주며 혼주말노 니르딕,

"어딕셔 계셩(鷄聲)이 나는 듯후딕 엇지 분명(分明)치 아니훈고? 날이 치우니 즌져리치인다."

---

155) 슈명(受命): 수명. 명령을 들음.
156) 원문(園門): 언덕에 있는 문.
157) 리: [교] 원문에는 이 글자가 없으나 문맥을 고려해 삽입함.
158) 수화(事禍): 사화. 재앙.
159) 흔〃(欣欣): 매우 기쁘고 만족스러움.
160) 츄이주며: 추어올리며.
161) 돌쳐: 뒤돌아서.

ᄒᆞ며 듕어리니 태위(大夫ㅣ) ᄎᆞ언(此言)을 듯고 분발(憤髮)[162]이 지관(指冠)[163]ᄒᆞ며 노목(怒目)이 진녈(震裂)[164]ᄒᆞ여 ᄉᆡᆼ각ᄒᆞᄃᆡ,

‘윤(尹) 시(氏) 만일(萬一) 죽어시면 ᄎᆞ적(此賊)을 죽여 흉믈(凶物) 등(等)을 놀ᄂᆡ리라.’

ᄒᆞ고, 급(急)히 원비(猿臂)[165]를 느리혀 좌슈(左手)로 형봉의 상토를 잡고 우슈(右手)로 농(籠)을 녑히 ᄭᅵ고 소ᄅᆡ를 엄(嚴)히 ᄒᆞ여 왈(曰),

“네 ᄒᆞᆫ 소ᄅᆡ나 ᄒᆞ엿다가ᄂᆞᆫ 즉ᄀᆡᆨ(卽刻)의 머리를 버혀 육장(肉醬)[166]을 ᄆᆡᆫᄃᆞᆯ 거시니 입을 닷치고 이시라.”

ᄒᆞ고 농ᄒᆡᆼ호보(龍行虎步)[167]로 원문(園門)을 ᄂᆡᄃᆞ르니,

형봉이 쳔만념외(千萬念外)[168]의 뎡(鄭) 태우(大夫)를 만나 졔 머리를 ᄉᆞᆺ을고 농(籠)을 녑

26면

ᄒᆡ 쪄 가니 놀납고 금즉ᄒᆞ미 청텬ᄇᆡᆨ일(靑天白日)의 벽녁(霹靂)을 당(當)ᄒᆞᆫ 듯, 험포흉녕(險暴凶獰)[169]ᄒᆞᆫ 놈이나 쩔기를 마지아냐 다만 가마니 ᄋᆡᆨ고 소ᄅᆡᄲᅮᆫ이라.

태위(大夫ㅣ) 대로샹(大路上)의 나와 맛당이 감 즉ᄒᆞᆫ 곳이 업셔 ᄉᆡᆼ각ᄒᆞ니, 유모(乳母) 셜 유랑(乳娘)의 아ᄌᆞ미 십ᄌᆞ가(十字街)의셔 살므로 유뫼(乳母ㅣ) 슈일(數日) 젼(前) 취운산의 단니라 와시므로 아

162) 분발(憤髮): 분노하여 곤두선 머리털.
163) 지관(指冠): 관을 가리킴.
164) 진녈(震裂): 진열. 성내어 찢어짐.
165) 원비(猿臂): 원숭이의 팔이라는 뜻으로, 길고 힘이 있어 활쏘기에 좋은 팔을 이르는 말.
166) 육장(肉醬): 젓갈.
167) 농ᄒᆡᆼ호보(龍行虎步): 용행호보, 용과 호랑이의 걸음라는 뜻으로 매우 힘 있고 씩씩한 걸음을 이름.
168) 쳔만념외(千萬念外): 천만염외. 천만뜻밖.
169) 험포흉녕(險暴凶獰): 포악하고 사나움.

랏던지라, 이의 나는 ᄃᆞ시 십ᄌᆞ가(十字街)의 ᄒᆡᆼ(行)ᄒᆞ니,

년[170]듕이 농(籠)을 져지라[171] ᄒᆞᄃᆡ 드른 체 아니코 다만 형봉을 ᄭᅵ어 ᄲᅧᆯ니 ᄒᆡᆼ(行)ᄒᆞ여 십ᄌᆞ가(十字街) 마 관인(官人) 집의 니르러 손으로 잠은 문(門)을 여러 급(急)히 안흐로 드러가니, 원ᄂᆡ(元來) 마 관인(官人)은 금평후(--侯)의 군관(軍官)이오, 기쳐(其妻) 셜 시(氏)ᄂᆞᆫ 유랑(乳娘)의 슉뫼(叔母ㅣ)니 뎡부(鄭府) 비ᄌᆡ(婢子ㅣ)라. 관인(官人)은 평후(-侯)ᄀᆡ 신임(身任)[172]ᄒᆞ여 도라올 젹이 드믈고 셜 시(氏) 두어 녀식(女息)을 다리고 이시니 집이 부요(富饒)[173]ᄒᆞ

27면

나 번잡(煩雜)지 아닌지라, 태위(大夫ㅣ) 비로소 형봉을 년[174]듕다려 잡아시라 ᄒᆞ고 유모(乳母)를 브르니,

유뫼(乳母ㅣ) 잠을 깁히 드럿다가 태우(大夫)의 소ᄅᆡ를 듯고 대경(大驚)ᄒᆞ여 슉딜(叔姪)이 쵹(燭)을 ᄇᆞᆰ히고 됴흔 ᄌᆞ리를 들고 나오거ᄂᆞᆯ, 태위(大夫ㅣ) 어셔 방(房)을 슈쇄(收刷)[175]ᄒᆞ라 ᄒᆞ니 유뫼(乳母ㅣ) 곡졀(曲折)을 몰나 급(急)히 방(房)을 셔릇고[176] ᄉᆡ ᄌᆞ리를 편 후(後) 드러오기를 쳥(請)ᄒᆞ니,

태위(大夫ㅣ) 농(籠)을 들고 드러와 열고 보니 쇼졔(小姐ㅣ) 나상(羅裳)과 슈식(修飾)[177]을 다 업시 ᄒᆞ고 단삼(單衫)과 니의(裏衣)[178]

---

170) 년: [교] 원문에는 '녕'으로 되어 있으나 앞의 예를 따라 이와 같이 수정함.
171) 져지라: 지겠다고.
172) 신임(身任): 곁에서 모심.
173) 부요(富饒): 부유함.
174) 년: [교] 원문에는 '녕'으로 되어 있으나 앞의 예를 따라 이와 같이 수정함.
175) 슈쇄(收刷): 수쇄. 흩어진 재산이나 물건을 거두어 정돈함. 수습.
176) 셔릇고: 거두어 치우고.
177) 슈식(修飾): 수식. 겉모양을 꾸밈.
178) 니의(裏衣): 이의. 속옷.

를 닙엇는디라. 쳥운(靑雲) ᄀᆞᄐᆞᆫ 두발(頭髮)이 헛틀고[179] 옥면(玉面)이 ᄯᅳᆺ기여 젹혈(赤血)이 가득ᄒᆞ여시니 옥각(玉脚)[180]의 칼노 질니엿ᄂᆞᆫ지라. 태위(大夫ㅣ) ᄎᆞ경(此景)을 보ᄆᆡ 참연경악(慘然驚愕)[181]ᄒᆞ미 비(比)홀 ᄃᆡ 업셔 븟드러 ᄂᆡ여 편(便)히 누이니,

쇼졔(小姐ㅣ) 긔운이 막혓다가 그ᄉᆞ이 오ᄅᆞᆫ 고(故)로 약믈(藥物)노 구호(救護)ᄒᆞ미 업ᄉᆞ나 요힝(僥倖)

28면

독약(毒藥)이 후셜(喉舌)을 너므미 업ᄂᆞᆫ 고(故)로 ᄌᆞ연(自然) ᄭᆡᄃᆞ라 눈을 ᄯᅧ 보며 숨을 ᄂᆡ쉬ᄂᆞᆫ지라. 그 죽든 아냐시믈 만심힝희(滿心幸喜)[182]ᄒᆞ여 낭듕(囊中)의 약(藥)을 ᄂᆡ여 프러 입의 드리오니, 유랑(乳娘) 슉딜(叔姪)이 ᄎᆞ경(此景)을 보고 면ᄉᆡᆨ(面色)이 여회(如灰)[183]ᄒᆞ여 가마니 현ᄋᆡᆼ다려 므른ᄃᆡ, ᄋᆡᆼ이 다만 참화(慘禍)를 만나다 ᄒᆞ고 ᄌᆞ시 니르지 아닛ᄂᆞᆫ지라. ᄯᅥᆯ니고 눈믈이 비 ᄀᆞᄐᆞ니 태위(大夫ㅣ) 유모(乳母)다려 요란(搖亂)이 구지 말나 ᄒᆞ고, 쇼져(小姐)의 손을 잡아 왈(曰),

"능(能)히 인ᄉᆞ(人事)를 아라 사ᄅᆞᆷ을 분변(分辨)ᄒᆞ여 이리 된 곡졀(曲折)을 아르시ᄂᆞ냐?"

쇼졔(小姐ㅣ) 만신(滿身)이 다 알프고 칼히 질니인 다리 더옥 알프고 져려 혼고(昏苦)[184]ᄒᆞᆫ 듕(中) 태위(大夫ㅣ) 구호(救護)ᄒᆞᄂᆞᆫ 소ᄅᆡ를

179) 헛틀고: 흐트러지고.
180) 옥각(玉脚): 옥 같은 다리.
181) 참연경악(慘然驚愕): 참혹하게 여기고 매우 놀람.
182) 만심힝희(滿心幸喜): 만심행희. 마음 가득히 다행으로 여기고 기뻐함.
183) 여회(如灰): 잿빛과 같음.
184) 혼고(昏苦): 정신이 흐릿하고 고통스러움.

듯고 더옥 경황(驚惶)[185]ᄒᆞ여 능(能)히 답(答)지 못ᄒᆞ니, 태위(大夫ㅣ) 그 죽든 아닐 줄 알고 유모(乳母)와 현읭을 당부(當付)ᄒᆞ여 극진(極盡) 구호(救護)ᄒᆞ

29면

고 잡인(雜人)을 드리지 말나 ᄒᆞ고,

벽상(壁上)의 관인(官人)의 댱검(長劍)을 ᄲᅢ혀 들고 ᄭᆡ니 나와 형봉을 슈죄(數罪)[186] 왈(曰),

“네 블측(不測)[187]ᄒᆞᆫ 쥬모(主母)와 악ᄉᆞ(惡事)를 ᄀᆞᆺ치 ᄒᆞ니 죄당쥬륙(罪當誅戮)[188]이나 피농(皮籠)의 시신(屍身)을 엇지ᄒᆞ려 ᄒᆞ더뇨?”

형봉이 부복(俯伏) 왈(曰),

“태부인(太夫人)과 뉴 부인(夫人)이 쇼져(小姐)의 시신(屍身)을 먼니 갓다 무드라 ᄒᆞ시ᄆᆡ 쇼복(小僕)이 봉명(奉命)[189]ᄒᆞᆯ ᄯᆞᄅᆞᆷ이오, ᄌᆞ작지죄(自作之罪)[190]는 업ᄂᆞ이다.”

태위(大夫ㅣ) 한셜(閑說)[191]이 무익(無益)ᄒᆞ여 ᄒᆞᆫ칼노 형봉의 머리를 버혀 들고 연듕으로 시신(屍身)을 업시 ᄒᆞᆫ 후(後) 나는 ᄃᆞ시 옥누항의 오니 오히려 ᄃᆞᆰ이 우지 아녓더라.

태위(大夫ㅣ) 바로 댱원(牆垣)을 너머 ᄂᆡ헌(內軒)으로 ᄉᆞᄆᆞᆺᄎᆞ[192] 드러가니 죡젹(足跡)도 업ᄂᆞ니라.

---

185) 경황(驚惶): 놀라고 두려워 허둥지둥함.
186) 슈죄(數罪): 수죄. 죄를 하나하나 따짐.
187) 블측(不測): 불측. 생각이나 행동 따위가 괘씸하고 엉큼함.
188) 죄당쥬륙(罪當誅戮): 죄당주륙. 죄가 마땅히 사형에 처할 만함.
189) 봉명(奉命): 명령을 받듦.
190) ᄌᆞ작지죄(自作之罪): 자작지죄. 스스로 지은 죄.
191) 한셜(閑說): 한설. 한가한 말.
192) ᄉᆞᄆᆞᆺᄎᆞ: 통해.

ᄎᆞ시(此時) 위·뉴 등(等)이 조(曹) 부인(夫人)을 마ᄌᆞ 죽이고 비영지녀(--之女) 츈월노 쇼져(小姐)를 ᄃᆡ신(代身)ᄒᆞ여 뎡가(鄭家)로 보ᄂᆡᄌᆞ ᄒᆞ여 다 뉴 시(氏)의 ᄭᅬ라, 태흉(太兇)

30면

이 칭찬(稱讚)ᄒᆞ더니,

뎡(鄭) 태위(大夫ㅣ) 녁귀(役鬼)[193]ᄒᆞ난[194] 술(術)과 제힉풍운[195](除害風雲)[196]ᄒᆞᄂᆞᆫ ᄌᆡ조(才操)를 ᄂᆡ여 효월(曉月)이 희미(稀微)ᄒᆞᆫᄃᆡ 흑운(黑雲)과 녈풍(熱風)을 모라 경희뎐으로 향(向)케 ᄒᆞ고 황면흑면(黃面黑面)[197]의 칠귀(七鬼)를 뎐문(殿門) 알패 셰우고 ᄌᆞ긔(自己)ᄂᆞᆫ 안연(晏然)[198]이 거러가ᄃᆡ 흑긔(黑氣) 가득ᄒᆞ여 사ᄅᆞᆷ이 몰나보ᄂᆞᆫ디라. 지게를 열치고 형봉의 머리를 그것들 안존 ᄃᆡ 드리쳐 왈(曰),

"여등(汝等)이 무인심야(無人深夜)의 악ᄉᆞ(惡事)를 낭ᄌᆞ(狼藉)히 ᄒᆞ고 알 니 업다 ᄒᆞ여 즐기거니와 텬신(天神)이 진노(震怒)[199]ᄒᆞ여 황건녁ᄉᆞ(黃巾力士)[200]로 너희 죄(罪)를 므르려 와시니 만일(萬一) ᄀᆡ과쳔션(改過遷善)을 아닌즉 일긱(一刻)[201]의 다 죽이리라."

흉고(兇姑)[202] 고식모녀(姑媳母女ㅣ) 세월, 비영으로 더브러 모진 바ᄅᆞᆷ과 안개를 보고 병장(兵仗)을 두룬 가온ᄃᆡ 아니ᄭᅩᆫ 긔운이 드

---

193) 역귀(役鬼): 귀신(鬼神)을 부림.
194) 귀ᄒᆞ난: [교] 원문에는 'ᄃᆡ흔'로 되어 있으나 문맥을 고려해 박순호본(4:78)을 따름.
195) 제힉풍운: [교] 원문에는 '졔희'로 되어 있으나 문맥을 고려해 박순호본(4:78)을 따름.
196) 제힉풍운(除害風雲): 제해풍운. 바람과 구름을 일으켜 해로운 것들을 제거함.
197) 황면흑면(黃面黑面): 누런 얼굴과 검은 얼굴.
198) 안연(晏然): 편안한 모양.
199) 진노(震怒): 존엄한 존재가 크게 노함.
200) 황건녁ᄉᆞ(黃巾力士): 황건역사. 신장(神將)의 하나. 힘이 세다고 함.
201) 일긱(一刻): 일각. 아주 짧은 시간.
202) 흉고(兇姑): 흉악한 노파.

러오니, 괴이(怪異)히 넉일 ᄎᆞ(次)의 칠귀(七鬼) 좌우(左右)로 셔고 사ᄅᆞᆷ의 머

31면

리를 드리치며 소ᄅᆡ 질너 슈죄(數罪)ᄒᆞ니 대담대악(大膽大惡)[203]이나 일시(一時)의 것구러져 실ᄉᆡᆨ(失色)ᄒᆞᄃᆡ, 만고악종요믈(萬古惡種妖物)[204] 뉴녀(-女)ᄂᆞᆫ 오히려 엄홀(奄忽)[205]치 아냐 왈(曰),

"졔발 ᄉᆞᆯ오쇼셔. 이졔란 악ᄉᆞ(惡事)를 아니ᄒᆞ리이다."

ᄒᆞ거ᄂᆞᆯ, 태위(大夫ㅣ) 즉시(卽時) 지게를 닷치고 풍운(風雲)과 귀신(鬼神)을 헷쳐 ᄌᆞ최를 업시 ᄒᆞ고 도로 댱원(牆垣)을 ᄯᅱ여너머 십ᄌᆞ가(十字街)로 오니, 비로쇼[206] ᄉᆡ벽 븍이 동(動)ᄒᆞ고 계셩(鷄聲)이 ᄌᆞᆺ더라.

태위(大夫ㅣ) 옷ᄉᆞᆯ ᄎᆞᄌᆞ 닙고 안히 드러가 쇼져(小姐)를 볼ᄉᆡ, 작셕(昨夕)의 신긔(神氣) 블안(不安)ᄒᆞ더니 용긔(勇氣)를 분발(奮發)ᄒᆞ여 다름질을 만히 ᄒᆞ고 옥누항의 가 노고(老姑) 고식(姑媳)을 놀ᄂᆡ며 ᄌᆞ긔(自己) 알픈 거ᄉᆞᆯ 니져 바리고 분〃다ᄉᆞ(紛紛多事)[207]히 괴이(怪異)ᄒᆞᆫ 일을 만히 지ᄂᆡ니, ᄯᅩᄒᆞᆫ 우읍기를 니긔지 못ᄒᆞ나 쇼져(小姐)의 상쳐(傷處)를 념녀(念慮)ᄒᆞ여

---

203) 대담대악(大膽大惡): 크게 담대하고 악함.
204) 만고악종요믈(萬古惡種妖物): 만고악종요물. 세상에 드문 악한 요물.
205) 엄홀(奄忽): 급작스럽게 정신을 잃음.
206) 쇼: [교] 원문에는 이 글자가 없으나 문맥을 고려해 삽입함.
207) 분〃다ᄉᆞ(紛紛多事): 분분다사. 어수선하고 일이 많음.

32면

겻틔 나아가 문왈(問曰),

"그스이 정신(精神)을 거두어 이리 온 일을 아르시느냐?"

쇼제(小姐ㅣ) ᄎ시(此時) 정신(精神)이 요연(瞭然)[208]ᄒ여 셜 유랑(乳娘) 슉딜(叔姪)과 모든 시비(侍婢)로 븟그려 눈을 ᄯ지 아니코 잇더니, 태우(大夫)의 므르믈 당(當)ᄒ니 참괴(慙愧)[209]ᄒ미 욕ᄉ무디(欲死無地)[210]라. 그러나 그 셩경(性情)이 경(輕)치 아니ᄒ니 브답(不答)ᄒ미 괴이(怪異)ᄒ여 미〃(微微)히 되왈(對曰),

"심혼(心魂)이 아득ᄒ니 이곳의 온 곡졀(曲折)을 아지 못ᄒᄂ이다."

태위(大夫ㅣ) 본(本)ᄃ] 셰쇄(細瑣)[211]ᄒᆫ 말을 아닛는 고(故)로 다만 니르ᄃ],

"ᄌ(子)의 ᄋ]경(厄境)[212]이 ᄎ악(嗟愕)ᄒ여 남의 업순 변고(變故)를 당(當)ᄒ니 참혹(慘酷)ᄒ믈 어이 다 니르리오? 젼(專)혀 귀령(歸寧)의 ᄒ](害)라. 오히려 일명(一命)을 니어시니 현마 어이ᄒ리오?"

쇼제(小姐ㅣ) 모친(母親)의 병인(病人) 된 바를 ᄉᆡᆼ각고 옥뉘(玉淚ㅣ) 방〃(滂滂)[213]ᄒ여 그ᄉ이 독슈(毒手)를 바다 맛ᄎᆫ

33면

가 슬프믈 ᄎᆷ지 못ᄒ니, 태위(大夫ㅣ) 현ᄋᆡᆼ을 윤부(尹府) 근쳐(近處)의 보ᄂ]여 날이 ᄇᆰ거든 ᄉ긔(事機)를 탐디(探知)ᄒ라 ᄒ고 쇼져(小

208) 요연(瞭然): 분명하고 또렷함.
209) 참괴(慙愧): 매우 부끄러움.
210) 욕ᄉ무디(欲死無地): 욕사무지. 죽으려 해도 죽을 곳이 없음.
211) 셰쇄(細瑣): 세쇄. 자질구레함.
212) ᄋ]경(厄境): 액경. 모질고 사나운 운수에 시달리는 고비.
213) 방〃(滂滂): 줄줄 흐르는 모양.

姐)를 위로(慰勞)ᄒᆞ며 하리(下吏) 등(等)을 ᄉᆞᆫ부(-府)로 ᄃᆡ령(待令)ᄒᆞ라 ᄒᆞ여시니, 됴참(朝參)[214]이 느ᄌᆞᆫ가 ᄒᆞ여 유모(乳母)로 ᄒᆞ여곰 술을 가져오라 ᄒᆞ여 거후로고 일(一) 긔(器) 미듁(糜粥)[215]을 구(求)ᄒᆞ여 쇼져(小姐)를 권(勸)ᄒᆞ여 먹이기를 다ᄒᆞᄆᆡ 춍〃(悤悤)이 ᄉᆞᆫ부(-府)로 향(向)ᄒᆞ니, 쳐ᄉᆞ(處事)의 신능(神能)[216]ᄒᆞ미 이러ᄐᆞᆺ ᄒᆞ더라.

유랑(乳娘) 등(等)은 태위(大夫ㅣ) 경긱(頃刻)의 형봉 버히믈 보고 모발(毛髮)이 구숑(懼悚)[217]ᄒᆞ여 바로 보기를 두리더라.

어시(於時)의 위 시(氏) 고식(姑媳)과 경이 냥비(兩婢)로 더브러 실ᄉᆡᆨ(失色)[218]ᄒᆞ엿다가 ᄭᆡ니, 뉴 시(氏) ᄒᆞᆫ구셕의 ᄲᅧᆯ며 업ᄃᆡ여시니 ᄆᆞᄋᆞᆷ을 단〃이 잡아 일시(一時)의 니러나 대골[219]을 보니 형봉이라. 젹혈(赤血)이

34면

방듕(房中)의 ᄲᅳ리여시니 위흉(-凶)과 뉴 시(氏) 모녀(母女)의 경악(驚愕)ᄒᆞ믄 니르도 말고 셰월이 망극(罔極)ᄒᆞ여 방셩통곡(放聲慟哭)[220]ᄒᆞ려 ᄒᆞ거ᄂᆞᆯ 비영이 븟드러 말니고, 위 시(氏) 고식(姑息)이 반ᄃᆞ시 귀신(鬼神)의 됴화(造化)로 아라 무셥고 두리오믈 니긔지 못ᄒᆞ나 위 시(氏), 뉴 시(氏) 모녀(母女)를 븟들고 왈(曰),

"노뫼(老母ㅣ) ᄒᆡᆼ년(行年) 뉵십(六十)의 이런 변(變)을 못 보앗ᄂᆞ니 아지 못게라, 이 귀신(鬼神)의 작용(作用)이냐, 사ᄅᆞᆷ의 일이냐?"

---

214) 됴참(朝參): 조참. 조회.
215) 미듁(糜粥): 미죽. 미음이나 죽 따위를 통틀어 이르는 말.
216) 신능(神能): 신릉. 신명하고 능란함.
217) 구숑(懼悚): 구송. 두려워함.
218) 실ᄉᆡᆨ(失色): 실색. 정신을 잃음.
219) 대골: 머리.
220) 방셩통곡(放聲慟哭): 방성통곡. 목 놓아 통곡함.

뉴 시(氏) 왈(曰),

"쳡(妾)이 잠간(暫間) 보믹 흑운악풍(黑雲惡風)[221] 듕(中)의 황면칠귀(黃面七鬼) 문(門) 알패 버러시니 사름의 일이 아니〃이다."

위흉(-凶) 왈(曰),

"장ᄎᆞ(將次) 엇지ᄒᆞ리오?"

뉴 시(氏) 왈(曰),

"쳡(妾)이 앗가 귀신(鬼神)의 ᄭᅮ짓는 소릭를 응(應)ᄒᆞ여 개과[222]쳔션(改過遷善)ᄒᆞ믈 ᄋᆡ걸(哀乞)ᄒᆞ여 귀미(鬼魅) 믈너나시나 형봉의 머리 ᄯᅳ로 나시니 그 피농(皮籠)을 귀

35면

신(鬼神)이 엇지흔고? 조(曹) 시(氏) 노듀(奴主)를 마ᄌᆞ 죽이면 귀신(鬼神)이 두리오니 도로 말ᄒᆞᆫ 약(藥)을 먹여 살인지죄(殺人之罪)를 밧지 아닐 거시오, 명ᄋᆞᆫ 임의 죽어시니 쳐음 의논(議論)딕로 츈월노 개용단(改容丹)을 먹여 뎡가(鄭家)의 보닉는 거시 올흐니 이후(以後) 세〃(細細)히 보아가며 계교(計巧)를 도모(圖謀)ᄒᆞ미 늣지 아니〃이다."

위 시(氏) 븕은 눈이 산(山)[223] 밧긔 븨여져[224] 황〃(遑遑)[225]ᄒᆞ여 뉴녀(-女)의 입만 ᄇᆞ라고 머리 쑷치 줍볏〃[226]ᄒᆞ니, 뉴 시(氏)는 대간(大奸)이라 그 악ᄉᆞ(惡事)를 곰초려 셰월을 쳔만위로(千萬慰勞)ᄒᆞ

---

221) 흑운악풍(黑雲惡風): 검은 구름과 사나운 바람.
222) 과: [교] 원문에는 '걸'로 되어 있으나 문맥을 고려해 이와 같이 수정함.
223) 산(山): 팔자춘산(八字春山). 화장한 눈썹을 비유적으로 나타낸 말. 팔자는 눈썹의 모양을 나타낸 말임.
224) 븨여져: 드러나.
225) 황〃(遑遑): 갈팡질팡 어쩔 줄 모르게 급함.
226) 줍볏〃: 쭈뼛쭈뼛. 무섭거나 놀라 머리카락이 자꾸 꼿꼿하게 일어서는 듯한 느낌.

고 황금(黃金) 삼십(三十) 냥(兩)을 주어 형봉의 머리를 장(葬)ᄒᆞ라 ᄒᆞ고 비영으로 츈월을 브르니, 니르거놀 범ᄉᆞ(凡事)를 다 ᄀᆞᄅᆞ쳐 개용단(改容丹)을 먹이ᄆᆡ, 이슥고 용쇽(庸俗)[227] ᄒᆞ고 간ᄉᆞ(奸邪)ᄒᆞᆫ 당하쳔비(當下賤婢) 변(變)ᄒᆞ여 찬난쇄락(燦爛灑落)[228] ᄒᆞᆫ 윤(尹) 쇼졔(小姐ㅣ) 되니 호리(毫釐)[229]

36면

도 다르미 업ᄂᆞᆫ디라. 현ᄋᆞ의 ᄒᆞᆫ 벌 의상(衣裳)을 닙히고 운환(雲鬟)을 ᄭᅮ며 외면회단(外面回丹)을 금낭(錦囊)의 너허 쇽고름의 ᄎᆡ오고 니르ᄃᆡ,

"뎡부(鄭府)의 가 슈일(數日)만 잇다가 청의(靑衣)[230]를 가라닙고 외[231]면회단(外面回丹)을 먹어 ᄇᆡᆨ쥬(白晝)의 이리 와도 알 니 업ᄉᆞ리니 슈삼(數三) 일(日) ᄂᆡ(內)의 취졸(取拙)[232]을 ᄂᆡ지 말나."

ᄒᆞ고, 조(曹) 부인(夫人)ᄭᅴ 하직(下直)ᄒᆞᆯ 제 여ᄎᆞ여ᄎᆞ(如此如此) ᄒᆞ라 ᄒᆞ니, 월이 슌〃응ᄃᆡ(順順應對)[233] ᄒᆞ고,

위 시(氏) 협실(夾室) 문(門)을 열고 경이 쵹(燭)을 가져 조(曹) 부인(夫人)을 보니, ᄒᆞᆫ갓 말 못 ᄒᆞᄂᆞᆫ 암약(瘖藥)[234]ᄲᅮᆫ 아니라 정신(精神)이 흐리고 인ᄉᆞ블셩(人事不省)[235] ᄒᆞᄂᆞᆫ 약(藥)을 먹여시므로 낫빗

---

227) 용쇽(庸俗): 용속. 용렬하고 비속함.
228) 찬난쇄락(燦爛灑落): 찬란쇄락. 찬란하고 시원스러움.
229) 호리(毫釐): 자나 저울눈의 호(毫)와 이(釐)이라는 뜻으로, 매우 적은 분량을 비유적으로 이르는 말.
230) 청의(靑衣): 청의. 푸른 빛깔의 옷. 예전에 천한 사람이 입었던 옷.
231) 외: [교] 원문에는 '회'로 되어 있으나 문맥을 고려해 이와 같이 수정함.
232) 취졸(取拙): 취졸. 졸렬한 행동을 취함.
233) 슌〃응ᄃᆡ(順順應對): 순순응대. 순순히 응해 대답함.
234) 암약(瘖藥): 말을 못 하게 하는 약.
235) 인ᄉᆞ블셩(人事不省): 인사불성. 정신을 차리지 못함.

치 찬 지 ᄌᆞ틔여시니 회싱단(回生丹)과 개쳥환(開晴丸)[236]을 가라 입의 드리오고, 비영을 명(命)ᄒᆞ여 셜난을 ᄯᅩ ᄭᅵ와 구호(救護)ᄒᆞ고 방듕(房中)을 셔르져 형봉 머리의 져ᄲᅳ린[237] 피를 업시 ᄒᆞ고 가장

37면

분〃(紛紛)이 셔도라[238] 슈쇄(收刷)[239]를 극진(極盡)히 ᄒᆞ니, 셰월이 형봉의 머리를 ᄎᆞ마 손으로 드지 못ᄒᆞ여 궤(櫃)의 담아 가지고 힝각(行閣)[240]으로 나오ᄃᆡ ᄒᆞᆫ 소ᄅᆡ 통곡(慟哭)을 못 ᄒᆞ고 날이 ᄇᆰ거든 시신(屍身)을 어드려 ᄒᆞ더라.

뉴 시(氏), 조(曹) 부인(夫人) 구호(救護)ᄒᆞ믈 극진(極盡)히 ᄒᆞ여 계명(鷄鳴)이 ᄌᆞ즌 후(後) 인ᄉᆞ(人事)를 출혀 가슴이 답〃다 ᄒᆞᄂᆞᆫ디라, 도로혀 다ᄒᆡᆼ(多幸)ᄒᆞ여 븟드러 방(房)의 누이고 구호(救護)ᄒᆞ며 비영이 셜난을 구(救)ᄒᆞ여 완연여구(宛然如舊)[241]ᄒᆞ니, 난이 공연(空然)이 말 못 ᄒᆞ고 졍신(精神)이 어득던 바를 이상(異常)이 넉이니 비영이 다만 닐오ᄃᆡ,

"실셩(失性)ᄒᆞ엿더니라."

젼(傳)ᄒᆞ니,

냥(兩) 공ᄌᆡ(公子ㅣ) 드러와 신셩(晨省)[242]ᄒᆞᄆᆡ 간인(奸人)들이 밤을 ᄉᆡ와 놀나기를 금즉이 ᄒᆞ고 조(曹) 부인(夫人)이 경희뎐의 누엇ᄂᆞᆫ디라, 냥(兩) 공ᄌᆡ(公子ㅣ) 대경(大驚)ᄒᆞ여 연고(緣故)를 므른ᄃᆡ 위흉(-凶)

---

236) 개쳥환(開晴丸): 개청환. 마음이 다시 개운해지는 환약.
237) 져ᄲᅳ린: 마구 뿌려진.
238) 셔도라: 서둘러.
239) 슈쇄(收刷): 수쇄. 흩어진 재산이나 물건을 거두어 정돈함. 수습.
240) 힝각(行閣): 행각. 예전에, 대문 안에 죽 벌여서 지은, 주로 하인이 거처하던 방. 행랑(行廊).
241) 완연여구(宛然如舊): 뚜렷이 예전과 같음.
242) 신셩(晨省): 신성. 아침 일찍 부모의 침소에 가서 밤사이의 안부를 살피는 일.

38면

이 답왈(答曰),

"작야(昨夜)의 노뫼(老母ㅣ) 심ᄉᆡ(心思ㅣ) 울억(鬱抑)[243] ᄒᆞ여 침소(寢所)의 못 가고 이의셔 경야(經夜)[244] ᄒᆞ니라."

냥(兩) 공지(公子ㅣ) 심니(心裏)의 큰 ᄉᆞ괴(事故ㅣ) 잇던 줄 혜아려 놀나믈 니긔지 못ᄒᆞ고 모친(母親)을 븟드러 ᄒᆡ월누로 도라올ᄉᆡ, ᄆᆡ져(妹姐)의 거동(擧動)이 젼(前)과 달나 ᄒᆡᆼ동(行動)이 유법(有法)[245] 지 못ᄒᆞ여 가장 괴이(怪異)ᄒᆞ니, ᄎᆞ공지(次公子ㅣ) 더옥 보기를 ᄌᆞ로 ᄒᆞᄆᆡ 뉴녀(-女)는 간특(奸慝)[246] ᄒᆞᆫ 녕믈(獰物)[247]이라 ᄉᆞ긔(事機) 패루(敗漏)[248] ᄒᆞᆯ가 두려 월의 나상(羅裳)을 다릐여 겻ᄐᆡ 안쳐 왈(曰),

"현딜(賢姪)이 ᄉᆡ도록 몸을 ᄡᅵᆺ쳐시니[249] 져〃(姐姐) 구호(救護)ᄒᆞ기는 광ᄋᆞ(-兒) 등(等)이 ᄒᆞ리니 이곳의셔 잠간(暫間) 쉬라."

월이 ᄉᆞ양(辭讓)치 아니코 ᄒᆞᆫ 모ᄒᆡ 눕거ᄂᆞᆯ 공지(公子ㅣ) 더옥 의혹(疑惑)ᄒᆞ나 모친(母親) 블평(不平)ᄒᆞ시믈 념녀(念慮)ᄒᆞ여 뫼셔 ᄒᆡ월누로 가니[250],

경의 조(曹) 부인(夫人)이 쥬찬(酒饌)을 먹고 인ᄉᆞ(人事) 모로던 바를 냥(兩) 공ᄌᆞ(公子)다

---

243) 울억(鬱抑): 우울함.
244) 경야(經夜): 밤을 지냄.
245) 유법(有法): 법도가 있음.
246) 간특(奸慝): 간사하고 악독함.
247) 녕믈(獰物): 영물. 사나운 것.
248) 패루(敗漏): 일이 드러남.
249) ᄡᅵᆺ쳐시니: 일에 시달리어서 몸이나 마음이 몹시 느른하고 기운이 없어지니.
250) 가니: [교] 원문에는 없으나 문맥을 고려해 삽입함.

39면

려 홀가 ᄒᆞ여 졍(情) 잇ᄂᆞᆫ 쳬ᄒᆞ고 ᄯᅡ라오니,

부인(夫人)이 침소(寢所)의 와 편(便)히 누으ᄆᆡ 작일(昨日) 경상(景狀)을 측냥(測量)치 못ᄒᆞ여 ᄌᆞ긔(自己)ᄂᆞᆫ 말 못 ᄒᆞᄂᆞᆫ 병인(病人)을 ᄆᆡᆫ들고 녀ᄋᆞ(女兒)ᄂᆞᆫ 위·뉴와 경ᄋᆡ 모도 허리를 안고 손을 잡아 협실(夾室)의 못 들게 ᄒᆞ던 일이 흉참긔괴(凶慘奇怪)[251]ᄒᆞ여 셜난을 블너 므르니 난이 작야(昨夜) 실ᄉᆡᆨ(失色)ᄒᆞ엿던 바를 고(告)ᄒᆞᄆᆡ, 부인(夫人)과 공ᄌᆡ(公子ㅣ) 경히(驚駭)ᄒᆞ나 경ᄋᆡ 이시므로 말을 못 ᄒᆞ더니,

날이 ᄇᆞᆰ고져 ᄒᆞ고 밧긔 금평후(--侯) 뎡(鄭) 공(公)이 ᄂᆡ림(來臨)[252]ᄒᆞ믈 젼(傳)ᄒᆞ니, 냥(兩) 공ᄌᆡ(公子ㅣ) 밧비 나와 마ᄌᆞ 당(堂)의 오르ᄆᆡ 평휘(-侯ㅣ) 왈(曰),

"작야(昨夜)의 돈ᄋᆡ(豚兒ㅣ) 이의 왓더냐?"

공ᄌᆞ(公子) 등(等)이 보지 못ᄒᆞ믈 ᄃᆡ(對)ᄒᆞ니 휘(侯ㅣ) 왈(曰),

"경부(-府) 발인(發靷)의 모다 갓더니 돈ᄋᆡ(豚兒ㅣ) 심(甚)히 블평(不平)ᄒᆞ여 ᄒᆞ거ᄂᆞᆯ 이리 보ᄂᆡ엿더니 아니 와시면 반ᄃᆞ

40면

시 슌부(-府)로 가미라. 내 밧바 ᄋᆞ부(阿婦)를 보지 못ᄒᆞ고 가ᄂᆞ니 슌부(-府)의 가 거교(車轎)를 어더 보ᄂᆡᆯ 거시니 취운산으로 오라 젼(傳)ᄒᆞ라."

언필(言畢)의 춍〃(悤悤)이 슌부(-府)로 가니,

태위(大夫ㅣ) 원ᄂᆡ(元來) 무병(無病)ᄒᆞ고 ᄉᆡᆼᄂᆡ(生來) 음식(飮食)을

---

251) 흉참긔괴(凶慘奇怪): 흉참기괴. 흉악하고 기괴함.
252) ᄂᆡ림(來臨): 내림. 남이 자기 있는 곳으로 찾아옴을 높여 이르는 말.

거스려 보지 아녓더니 작일(昨日) 그러흐믄 하날이 쇼져(小姐)를 구(救)케 흐미어놀, 뎡(鄭) 공(公)은 그 병(病)을 념녀(念慮)흐여 경가(-家) 상귀(喪柩ㅣ) 강(江)가지 가믈 보고 바로 윤부(尹府)의 와 으직(兒子ㅣ) 업스믹 슌부(-府)의 니르니,

태위(大夫ㅣ) 십즈가(十字街)로의셔 이의 와 슌 혹스(學士) 등(等)이 씨지 아녀시므로 즈긔(自己)도 졉목(接目)고져 옷슬 벗고 슌싱(-生) 등(等)의 금침(衾枕)을 들치고 누으니, 슌 혹시(學士ㅣ) 놀나 씨여 보고 웃고 꾸지져 왈(曰),

"어딕 가 휘돌녀[253] 단니다가 언 살흘 사름의 몸의 다히느뇨?"

태위(大夫ㅣ) 쇼왈(笑曰),

"경부(-府) 발인(發靷)[254] 보려 갓다가 신긔(神氣) 블안(不安)

41면

흐여 왓느이다."

슌싱(-生) 등(等)이 힝상(行喪)흐믈 므르니 아지 못흐믈 니르고 벼개를 취(取)흐여 즉시(卽時) 잠드럿더니 붉는 줄 씨둣지 못흐니,

슌싱(-生) 등(等)이 몬져 니러나 구트여 씨오지 아녓더니, 금휘(-侯ㅣ) 닉림(來臨)흐믈 듯고 태우(大夫)를 흔드러 씨오며 마즐시, 태위(大夫ㅣ) 년망(連忙)이 니러나 옷슬 닙으며 머리의 관(冠)을 드러 언고 하당영지(下堂迎之)[255] 흐믹 슌 참정(參政)이 흔가지로 드러오며 문왈(問曰),

"딜익(姪兒ㅣ) 작일(昨日) 블평(不平)흐미 경(輕)치 아니터니 금됴

253) 휘돌녀: 급한 걸음으로 빨리 달리거나 바쁘게 돌아다녀.
254) 발인(發靷): 장례를 지내러 가기 위하여 상여 따위가 집에서 떠남. 또는 그런 절차.
255) 하당영지(下堂迎之): 마루에서 내려와 맞이함.

(今朝)는 엇더ᄒᆞ뇨?"

태위(大夫ㅣ) 나으므로벼 ᄃᆡ(對)ᄒᆞ고 승당좌뎡(昇堂坐定)[256]ᄒᆞᄆᆡ, 평휘(-侯ㅣ) 날호여 ᄆᆡᆨ(脈)을 보니 긔운이 튱텬(衝天)[257]ᄒᆞ고 ᄆᆡᆨ휘(脈候ㅣ)[258] 댱실(壯實)[259]ᄒᆞ니 좀병(-病)은 념녀(念慮)롭지 아닌지라. 눈을 드러 그 얼골을 보니 녹빈방텬(綠鬢方天)[260]의 두발(頭髮)을 허트르고 관(冠)을 바로 못 ᄒᆞ여시니 깃

42면

거ᄉᆞ린 봉(鳳)이오 날개 버린 학(鶴)이라. 년화냥협(蓮花兩頰)[261]의 뉴셩썅안(流星雙眼)[262]이 나즉ᄒᆞ고 동용(動容)[263]이 안셔(安舒)[264] ᄒᆞ고 부젼(父前)의 경근지녜(敬謹之禮)[265]를 잡으ᄆᆡ 산악(山嶽)을 넘쓀 긔운을 ᄀᆞᆷ초아 온화(溫和)ᄒᆞᆫ 낫빗과 유열(愉悅)[266]ᄒᆞᆫ 거동(擧動)이 인심(人心)의 ᄉᆞ랑호오믈 춤지 못ᄒᆞ니, 엇지 반야지간(半夜之間)의 사ᄅᆞᆷ의 머리를 버히며 풍운(風雲)을 모호고 귀신(鬼神)을 브려 허다(許多)ᄒᆞᆫ 작용(作用)이 능녀(凌厲)[267]ᄒᆞ믈 뉘 알니오. 슌 공(公)이 크게 ᄉᆞ랑ᄒᆞ여 손을 잡고 쇼왈(笑曰),

"만되(滿朝ㅣ) 다 너를 뎡엄(正嚴)[268]코 어렵다 ᄒᆞ여 두려ᄒᆞ나 이

---

256) 승당좌뎡(昇堂坐定): 승당좌정. 마루에 올라가 자리 잡아 앉음.
257) 튱텬(衝天): 충천. 분하거나 의로운 기개, 기세 따위가 북받쳐 오름.
258) ᄆᆡᆨ휘(脈候ㅣ): 맥후. 맥이 움직이는 상태.
259) 댱실(壯實): 장실. 굳세고 튼실함.
260) 녹빈방텬(綠鬢方天): 녹빈방천. 윤기 나는 고운 귀밑머리와 네모난 이마.
261) 년화냥협(蓮花兩頰): 연화양협. 연꽃 같은 두 뺨.
262) 뉴셩썅안(流星雙眼): 유성쌍안. 흐르는 별 같은 두 눈.
263) 동용(動容): 행동과 차림새를 통틀어 이르는 말.
264) 안셔(安舒): 안서. 편안하고 조용함.
265) 경근지녜(敬謹之禮): 경근지례. 공경하고 삼가는 예법.
266) 유열(柔悅): 부드럽고 온화함.
267) 능녀(凌厲): 능려. 기세가 강해 당해 내기 어려움.
268) 뎡엄(正嚴): 정엄. 바르고 엄격함.

ᄀᆞᆺ치 온유(溫柔)ᄒᆞᆫ 거동(擧動)을 보면 셕목간장(石木肝腸)이라도 농준(聾蠢)[269]ᄒᆞ리니 네 부친(父親)이 무ᄉᆞᆫ 복(福)으로 이런 긔ᄌᆞ(奇子)를 두엇ᄂᆞ뇨?"

금평휘(--侯ㅣ) 쇼왈(笑曰),

"형댱(兄丈)이 오ᄋᆞ(吾兒)를 쳐음 보미 아니어ᄂᆞᆯ 엇지 ᄉᆡ로이 과찬(過讚)ᄒᆞᄂᆞ뇨?"

슌 공(公)이 쇼왈(笑曰),

"부ᄌᆡ(父子ㅣ) ᄒᆞᆫᄃᆡ 모다시믈

43면

보니 맛치 노듀(奴主) ᄀᆞᆺᄐᆞ니, 윤보[270]ᄂᆞᆫ 용쇽(庸俗)기를 잠간(暫間) 면(免)ᄒᆞ여시나 뎐ᄋᆞ(-兒)의게 비기미 만블급(萬不及)[271]이라. ᄉᆡᆼᄌᆞ(生子) 잘ᄒᆞ니ᄂᆞᆫ 윤보 ᄀᆞᆺᄐᆞ니 업ᄉᆞᆯ가 ᄒᆞ노라."

금휘(-侯ㅣ) 잠쇼(暫笑) 왈(曰),

"기ᄌᆞ(其子)를 승어뷔(勝於父ㅣ)라 ᄒᆞ면 기뷔(其父ㅣ) 열지(悅之)라[272] ᄒᆞ나 뎐ᄋᆡ(-兒ㅣ) 므어시 쇼뎨(小弟)도곤 나으리오?"

슌 공(公)이 쇼왈(笑曰),

"ᄌᆞ식(子息)이 비록 말을 못 ᄒᆞ나 현딜(賢姪)을 윤보의셔 낫지 아니타 ᄒᆞ면 엇지 원억(冤抑)[273]지 아니랴?"

평휘(-侯ㅣ) 잠쇼(暫笑)ᄒᆞ고 거교(車轎)를 빌니라 ᄒᆞ여 ᄌᆞ부(子婦)

---

269) 농준(聾蠢): 농준. 어리석게 됨.
270) 윤보: 금평후 정연의 자(字).
271) 만블급(萬不及): 만불급. 절대로 미치지 못함.
272) 기ᄌᆞ(其子)를~열지(悅之)라: 기자를 승어부라 하면 기부 열지라. '그 아들을 아버지보다 낫다고 하면 그 아버지가 기뻐한다'는 뜻임.
273) 원억(冤抑): 원통하고 억울함.

를 다려가렷노라 ᄒᆞ니, 태위(大夫ㅣ) 윤부(尹府) 변고(變故)를 고(告)코져 ᄒᆞ다가 ᄉᆡᆼ각ᄒᆞᄃᆡ, 거교(車轎)를 윤부(尹府)의 보ᄂᆡ면 므어술 신뷔(新婦ㅣ)라 ᄒᆞ고 담아 보ᄂᆡᄂᆞᆫ고 보려 ᄒᆞ여 잠〃(潛潛)ᄒᆞ고 관소(盥梳)[274]를 맛ᄎᆞᄆᆡ 됴회(朝會)의 드러가니,

평후(-侯)ᄂᆞᆫ 거교(車轎)를 윤부(尹府)

44면

로 보ᄂᆡ고 취운산으로 오니라.

ᄎᆞ셜(且說). 윤(尹) 공ᄌᆡ(公子ㅣ) 뎡(鄭) 공(公)을 보ᄂᆡ고 드러와 모친(母親)긔 ᄆᆡ져(妹姐)를 이제 보ᄂᆡ라 ᄒᆞ던 말을 고(告)ᄒᆞᆫᄃᆡ, 부인(夫人)이 심회(心懷) 유〃(愈愈)[275]ᄒᆞ여 말을 아니코 잇더니 이윽고 거륜(車輪)이 왓거ᄂᆞᆯ, 위 시(氏) 고식(姑媳)이 츈월을 신〃당부(申申當付)ᄒᆞ여 삼ᄉᆞ일(三四日)만 잇다가 오라 ᄒᆞ고 즉시(卽時) 보ᄂᆡᆯᄉᆡ, 월이 엄연(儼然)[276]이 쇼졔(小姐ㅣ) 쳬ᄒᆞ고 히월누의 가 조(曹) 부인(夫人)긔 하직(下直)ᄒᆞ며 눈믈을 ᄲᅳ려 왈(曰),

"가듕ᄉᆞ셰(家中事勢) 모친(母親)이 안과(安過)[277]ᄒᆞ시기 어려올디라, 원(願)컨ᄃᆡ 쳔만보듕(千萬保重)[278]ᄒᆞ쇼셔."

어음(語音)이 낭〃(朗朗)ᄒᆞ여 쇼져(小姐) 셩음(聲音)과 다르미 업ᄉᆞ나 거동(擧動)이 ᄂᆡ도(乃倒)[279]ᄒᆞ여 녀듕군ᄌᆞ[280](女中君子) ᄀᆞᄐᆞᆫ 풍

---

274) 관소(盥梳): 관세(盥洗)와 소세(梳洗)를 아울러서 이르는 말. 관세는 손을 씻는 것이고 소세는 머리를 빗고 낯을 씻는 것을 이름.
275) 유〃(愈愈): 더욱 심함.
276) 엄연(儼然): 사람의 겉모양이나 언행이 의젓하고 점잖음.
277) 안과(安過): 평안히 지냄.
278) 쳔만보듕(千萬保重): 천만보중. 몸의 관리를 매우 잘하여 건강하게 유지함.
279) ᄂᆡ도(乃倒): 내도. 차이가 큼.
280) 군ᄌᆞ: [교] 원문에는 없으나 문맥을 고려해 박순호본(4:85)을 따름.

치(風采) 업ᄉᆞ니 부인(夫人)이 경아(驚訝)[281] ᄒᆞ여 말솜을 펴고져 ᄒᆞ더니, 태부인(太夫人)이 와 뎡부(鄭府) 가졍(家丁)이 밧바 ᄒᆞ믈 니르

45면

고 ᄌᆡ촉ᄒᆞ니, 월이 총〃(悤悤) ᄇᆡ별(拜別)[282] ᄒᆞᆫᄃᆡ, 조(曹) 부인(夫人)이 훌연셥〃[283] ᄒᆞ믄 업고 놀나온 ᄃᆞᆺ 괴이(怪異)ᄒᆞᆫ ᄃᆞᆺ, 냥(兩) 공ᄌᆡ(公子ㅣ) 져〃(姐姐)의 경ᄉᆡᆨ(景色)[284]이 경박(輕薄)ᄒᆞ믈 블평(不平)ᄒᆞᄃᆡ 말을 못 ᄒᆞ고 급(急)히 분슈(分手)ᄒᆞ니 심ᄉᆡ(心思ㅣ) 울울(鬱鬱)ᄒᆞ더라.

월이 화교ᄎᆡ륜(華轎彩輪)[285]의 단장(丹粧)을 어ᄅᆡ게 ᄒᆞ고 셜난과 졔(諸) 시녀(侍女)를 거ᄂᆞ려 운산의 니르니,

존당(尊堂) 구괴(舅姑ㅣ) 반기미 극(極)ᄒᆞ여 ᄎᆡ교(彩轎)를 바로 뎡하(庭下)의 노코 혜쥬와 양 시(氏)ᄂᆞᆫ 난간(欄干) 밧긔 마즐ᄉᆡ, 셜난이 쥬렴(珠簾)을 것고 쇼져(小姐)를 뫼셔 당(堂)의 올니〃 월이 스ᄉᆞ로 경황(驚惶)ᄒᆞ믈 니긔지 못ᄒᆞ나 ᄯᅩᄒᆞᆫ 별믈(別物)[286]이라, 젼일(前日) 뎡부(鄭府)의 왕ᄂᆡ(往來)ᄒᆞ여 ᄎᆞ례(次例)를 아라시므로 녜모(禮貌)를 의디(依支)ᄒᆞ여 대단ᄒᆞᆫ 실톄(失體)를 면(免)ᄒᆞ니 태부인(太夫人)이 손을 잡고 반기믈 마디아니코 혜

281) 경아(驚訝): 놀라고 의아해 함.
282) ᄇᆡ별(拜別): 배별. 절하고 이별함.
283) 훌연셥〃: 마음속이 무엇을 잃은 것이 있는 것 같아 허전하고 섭섭함.
284) 경ᄉᆡᆨ(景色): 경색. 정경이나 광경.
285) 화교ᄎᆡ륜(華轎彩輪): 화교채륜. 화려하고 문채 나는 가마.
286) 별믈(別物): 별물. 특이한 물건.

46면

쥐 쇼왈(笑曰),

"져졔(姐姐ㅣ) 친당(親堂)의 가샤 니졍(離情)을 펴시매 쇼믹(小妹) 등(等)을 니즈시려니와 쇼믹(小妹)와 양 형(兄)은 그亽이라도 져〃(姐姐) 亽모(思慕)ᄒᆞ미 무궁(無窮)ᄒᆞ여이다."

월이 쇼왈(笑曰),

"쳡(妾)인들 엇지 쇼져(小姐)와 양 부인(夫人)을 니즈리잇가? 쇼져(小姐) 등(等)이 쳡(妾)을 향(向)ᄒᆞ신 졍(情)이 그러틋 ᄒᆞ시니 쳡(妾)이 또ᄒᆞᆫ 친싱동긔(親生同氣)와 다르미 업더이다."

ᄒᆞ니, 윤(尹) 쇼져(小姐)ᄂᆞᆫ 본(本)ᄃᆡ 존젼(尊前)의 말숨이 만치 아냐 혜쥐 므르미 이시면 ᄃᆡ답(對答)이 나즉ᄒᆞ더니, ᄎᆞ일(此日) 양〃(揚揚)[287]이 즛ᄂᆡ고[288] 소ᄅᆡ를 태부인(太夫人)과 구괴(舅姑ㅣ) 다 아라듯게 ᄒᆞ고 얼골과 모양(模樣)은 일호(一毫) 다르미 업亽나 힝디(行止) 십분(十分) 비쳔(鄙賤)[289]ᄒᆞ니 구괴(舅姑ㅣ) 웃ᄂᆞᆫ 용화(容華)를 거두고 괴이(怪異)히 넉이더니,

태위(大夫ㅣ) 됴회(朝會)ᄒᆞ고 도라와 바로 ᄂᆡ당(內堂)으로 드러오니, 월이 일단(一段) 음졍(淫情)[290]을 ᄂᆡ여 태우(大夫)로 더브러

47면

운우(雲雨)의 졍(情)[291]을 밋고[292] 쇼져(小姐)의 즈리를 웅거(雄

---

287) 양〃(揚揚): 뜻한 바를 이룬 만족한 빛을 얼굴과 행동에 나타내는 면이 있음.

288) 즛ᄂᆡ고: 떠들썩하게 지껄이고.

289) 비쳔(鄙賤): 비천. 비루하고 천박함.

290) 음졍(淫情): 음정. 음란한 마음.

291) 운우(雲雨)의 졍(情): 운우의 정. 구름과 비를 만나는 즐거움이라는 뜻으로, 남녀의 정교(情交)를 이르는 말. 중국 초나라의 회왕(懷王)이 꿈속에서 자신을 무산(巫山)의 여자라 소개한 여

據)[293] ᄒᆞ여 태우(大夫)의 듕궤(中饋)[294]를 님찰(臨察)[295] ᄒᆞ고 양 시(氏)를 졀졔(節制)코져 의ᄉᆡ(意思ㅣ) 나ᄂᆞᆫ디라, 태우(大夫)의 드러오믈 보고 나삼(羅衫)을 ᄯᅥᆯ치고 금상(錦裳)을 움ᄌᆞᆨ여 몬져 니러셔니, 혜쥬와 양 시(氏) 우이 넉여 윤(尹) 시(氏) 엇지 이ᄃᆡ도록 변(變)ᄒᆞᆫ고 블승한심(不勝寒心)[296] ᄒᆞ더니,

태위(大夫ㅣ) 당(堂)의 올나 눈을 들ᄆᆡ 윤(尹) 시(氏) ᄀᆞᆺᄐᆞᆫ 녀ᄌᆡ(女子ㅣ) 홍슈(紅袖)를 뎡(正)히 ᄭᅩᆺ고 ᄌᆞ긔(自己)를 바라보니, ᄒᆡ연망측(駭然罔測)[297] ᄒᆞᄃᆡ 안ᄉᆡᆨ(顔色)을 브동(不動)ᄒᆞ고 태모(太母)와 모젼(母前)의 야ᄅᆡ(夜來) 존후(尊候)를 뭇ᄌᆞᆸ고 엄젼(嚴前)의 고왈(告曰),

"윤부(尹府)의 거교(車轎)를 보ᄂᆡ시니 므어ᄉᆞᆯ 담아 보ᄂᆡ엿더니잇가?"

금휘(-侯ㅣ) 그 말을 슈상(殊常)히 넉여 태우(大夫)를 슉시냥구(熟視良久)[298]의 왈(曰),

"ᄋᆞ부(阿婦)를 다려왓거ᄂᆞᆯ 므어ᄉᆞᆯ 담아 왓더뇨 말이 시하언애(是何言也ㅣ)[299]오?"

태위(大夫ㅣ) 피셕(避席) ᄃᆡ왈(對曰),

"ᄒᆡᄋᆡ(孩兒ㅣ) 작야(昨夜)의 긔변(奇變)[300]을

인과 잠자리를 같이했는데, 그 여인이 떠나면서 아침에는 구름이 되고 저녁에는 비가 되어 양대(陽臺) 아래에 있겠다고 했다는 고사에서 유래함. 『문선(文選)』에 실린 송옥(宋玉)의 <고당부(高唐賦)>에 나오는 이야기.

292) 고: [교] 원분에는 이 글자가 없으나 문맥을 고려해 삽입함.

293) 웅거(雄據): 일정한 지역을 차지하고 굳게 막아 지킴.

294) 듕궤(中饋): 중궤. 안살림 가운데 음식(飮食)에 관한 일을 책임 맡은 여자. 주궤(主饋).

295) 님찰(臨察): 임찰. 맡아 살핌.

296) 블승한심(不勝寒心): 불승한심. 한심한 마음을 이기지 못함.

297) ᄒᆡ연망측(駭然罔測): 해연망측. 놀라고 어이가 없어 차마 보기가 어려움.

298) 슉시냥구(熟視良久): 숙시양구. 한참을 눈여겨 자세히 봄.

299) 시하언애(是何言也ㅣ): 이것이 무슨 말이냐.

300) 긔변(奇變): 기변. 기이한 변란.

48면

보고 대인(大人)이 윤부(尹府)의 거교(車轎)를 보닉시딕 져 집이 엇지ᄒᆞᄂᆞᆫ고 보고져 앗춤의 고(告)치 못ᄒᆞ엿솝더니, 사ᄅᆞᆷ의 얼골이란 거ᄉᆞᆫ 텬셩(天性)을 타난 후(後)ᄂᆞᆫ 변(變)ᄒᆞ고 곳치지 못ᄒᆞ옵ᄂᆞ니 쇼ᄌᆡ(小子ㅣ) 진짓 윤(尹) 시(氏)ᄂᆞᆫ 마삼의 집의 두엇솝ᄂᆞ니 ᄎᆞ좌(此座)의 언연(偃然)[301]이 안즌 ᄌᆞ(者)ᄂᆞᆫ 뉘니잇고?"

태부인(太夫人)으로브터 일좨(一座ㅣ) 대경(大驚)ᄒᆞ여 말을 못 ᄒᆞ고 면〃상고(面面相顧)[302]ᄒᆞ더니, 태위(大夫ㅣ) 우쥬(又奏) 왈(曰),

"ᄒᆡᄋᆡ(孩兒ㅣ) 엄젼(嚴前)의셔 사ᄅᆞᆷ 치죄(治罪)ᄒᆞ옵기 황공(惶恐)ᄒᆞ오니 믈너가 간졍(奸情)[303]을 ᄒᆡᆨ실(覈實)[304]ᄒᆞ여지이다."

언필(言畢)의 좌우(左右)로 윤(尹) 시(氏)란 ᄌᆞ(者)를 결박(結縛)ᄒᆞ여 잡아 오라 ᄒᆞ니,

셜난이 ᄎᆞ언(此言)을 듯고 제 듀인(主人)을 이리 ᄒᆞ믈 망극황〃(罔極遑遑)[305]ᄒᆞ나 어딕 가 태우(大夫) 면젼(面前)의 어른겨나 보리오. 월이 태우(大夫)의 말을 듯고 오ᄂᆡ(五內)[306] 쒸놀고 일신(一身)이 썰녀 면ᄉᆡᆨ(面色)

49면

이 여토(如土)ᄒᆞ여 믄득 발명(發明)코져 ᄒᆞ여 우러 왈(曰),

---

301) 언연(偃然): 거드름을 피우며 거만함.
302) 면〃상고(面面相顧): 서로 얼굴만 바라봄.
303) 간졍(奸情): 간정. 간악한 정황.
304) ᄒᆡᆨ실(覈實): 핵실. 일의 실상을 조사함.
305) 망극황〃(罔極遑遑): 경황이 매우 없음.
306) 오ᄂᆡ(五內): 오내. 간장, 심장, 비장, 폐장, 신장의 다섯 가지 내장을 통틀어 이르는 말. 오장(五臟).

"상공(相公)이 쳡(妾)을 믜워홀진딕 영츌(永黜)[307]이 가(可)ᄒᆞ거놀 구박(驅迫)ᄒᆞ여 믹라 ᄒᆞ미 이 므솜 도리(道理)뇨?"

태위(大夫ㅣ) 드른 체 아니코 좌우(左右)를 호령(號令)ᄒᆞ여 잡아 션월정으로 오라 ᄒᆞ니,

평휘(-侯ㅣ) ᄋᆞᄌᆞ(兒子)를 블너 니르딕,

"노뷔(老父ㅣ) ᄒᆡᆼ년ᄉᆞ십(行年四十)[308]의 이런 변고(變故)는 보디 못ᄒᆞ여시니 간졍(奸情)을 ᄉᆞ힉(査覈) 젼(前) ᄋᆞ부(阿婦)의 ᄉᆞ화(事禍)[309]를 몬져 니르라."

태위(大夫ㅣ) 윤(尹) 시(氏)를 시녀(侍女)로 단〃이 딕히라 ᄒᆞ고, 부젼(父前)의 윤(尹) 시(氏) 시신(屍身)을 피농(皮籠)의 너허 원문(園門)의 두엇다 하거놀 ᄌᆞ긔(自己) 년툥으로 ᄒᆞ여곰 운젼(運轉)ᄒᆞ여 십ᄌᆞ교(十字橋)의 와 보니 그 샹체(傷處ㅣ) 대단ᄒᆞ믈 고(告)ᄒᆞ고 형봉을 죽이며 위·뉴를 놀닉믄 ᄉᆞ식(辭色)지 아니〃, 뎡(鄭) 공(公)이 그 작용(作用)을 모로고 참졀경악(慘絶驚愕)[310]ᄒᆞ믈 니긔지 못ᄒᆞ여 왈(曰),

"농(籠)의 시신(屍身)을

50면

농(籠)의 담아 노코 딕희니 업더냐? 뉘 너다려 니르더뇨?"

태위(大夫ㅣ) 딕왈(對曰),

"현잉이 졔 듀모(主母)의 ᄉᆞ화(事禍)를 니르거놀 친(親)히 가 보오니 피농(皮籠)을 원문(園門) 안히 노코 슈딕(守直)[311]ᄒᆞ니 ᄉᆡ기를 기

---

307) 영츌(永黜): 영출. 영영 내쫓음.
308) ᄒᆡᆼ년ᄉᆞ십(行年四十): 행년사십. 살아온 해가 사십 년.
309) ᄉᆞ화(事禍): 사화. 일어난 재앙.
310) 참졀경악(慘絶驚愕): 참절경악. 매우 슬퍼하고 놀람.
311) 슈딕(守直): 수직. 맡아서 지킴.

다려 쳐치(處置)코져 ᄒᆞ던가 시브더이다.”

공(公)이 블승통히(不勝痛駭)[312]ᄒᆞ고 일좌(一座ㅣ) 눈믈을 금(禁)치 못ᄒᆞ니, 태위(大夫ㅣ) 과도(過度)ᄒᆞ시믈 간(諫)ᄒᆞ고 션월정의 나오니,

제(諸) 시녜(侍女ㅣ) 윤(尹) 시(氏)를 ᄆᆡ여 졍하(庭下)의 ᄭᅮᆯ니ᄆᆡ 태위(大夫ㅣ) 믁〃(默默)ᄒᆞᆫ 노긔(怒氣) 셜풍(雪風)이 늠〃(凜凜)ᄒᆞ여 봉안(鳳眼)[313]을 놉히 ᄯᅳ고 잠미(蠶眉)[314]를 거ᄉᆞ리니 위풍(威風)이 규〃(赳赳)[315]ᄒᆞ여 졍셩엄문(正聲嚴問)[316] 왈(曰),

“네 오형(五刑)을 면(免)코져 ᄒᆞ거든 간졍(奸情)을 딕초(直招)ᄒᆞ여 일명(一命)을 도모(圖謀)ᄒᆞ라. 너를 져리ᄒᆞ여 보ᄂᆡᆫ 지(者ㅣ) 이시리니 결단(決斷)코 네 ᄌᆞ작지죄(自作之罪)[317] 아닐 거시니, 근본(根本)이 쳔인(賤人)이라 하고(何故)[318]로 윤(尹) 부인(夫人) 얼골이 되

51면

엿ᄂᆞ뇨?”

월이 ᄯᅥᆯ며 발명(發明)ᄒᆞ여 윤(尹) 신(氏ㄴ) 쳬ᄒᆞ니, 태위(大夫ㅣ) 대로(大怒)ᄒᆞ여 엄형국문(嚴刑鞠問)[319]ᄒᆞ려 ᄒᆞ니 월이 울며,

“딕고(直告)ᄒᆞ올 거시니 일명(一命)을 빌니쇼셔.”

태위(大夫ㅣ) 왈(曰),

---

312) 블승통히(不勝痛駭): 불승통해. 놀라움을 이기지 못함.
313) 봉안(鳳眼): 봉황의 눈같이 가늘고 길며 눈초리가 위로 째지고 붉은 기운이 있는 눈.
314) 잠미(蠶眉): 잠자는 누에 같다는 뜻으로, 길고 굽은 눈썹을 이르는 말. 와잠미(臥蠶眉).
315) 규〃(赳赳): 씩씩하고 헌걸참.
316) 졍셩엄문(正聲嚴問): 정성엄문. 소리를 엄정히 하여 엄히 물음.
317) ᄌᆞ작지죄(自作之罪): 자작지죄. 스스로 지은 죄.
318) 하고(何故): 무슨 까닭.
319) 엄형국문(嚴刑鞠問): 형벌을 엄히 해 신문함.

"너희 죄악(罪惡)이 대단치 아니면 구트여 죽이지 아니리라."

월이 발명(發明)ᄒᆞ여 면(免)ᄒᆞᆯ 길히 업고 목숨이나 ᄉᆞᆯ고져 ᄒᆞ여 고왈(告曰),

"쇼비(小婢)는 쳔비(賤婢) 츈월이라. 우리 태부인(太夫人)과 뉴 부인(夫人)이 조(曹) 부인(夫人) 모ᄌᆞ녀(母子女)를 도모(圖謀)ᄒᆞ고져 ᄆᆡ양 졀치(切齒)ᄒᆞ시더니, 노애(老爺ㅣ) 촉힝(蜀行)ᄒᆞ시고 쇼제(小姐ㅣ) 귀근(歸覲)[320]ᄒᆞ시니 브ᄃᆡ 셔르져 업시코져 ᄒᆞ여 음식(飮食)의 말 못 ᄒᆞᄂᆞᆫ 암약(瘖藥)[321]과 정신(精神) ᄒᆞ리ᄂᆞᆫ 약(藥)을 어더 작야(昨夜)의 조(曹) 부인(夫人)과 쇼져(小姐)를 권(勸)ᄒᆞ시니 의심(疑心)ᄒᆞ여 햐져(下箸)[322]치 아니시니, 태부인(太夫人)이 조(曹) 부인(夫人)을 대ᄎᆡᆨ(大責)ᄒᆞ시ᄆᆡ 조(曹) 부인(夫人)이 셰너 번(番) 햐져(下箸)의 블시(不時)의 벙어리 되어 블

52면

셩인ᄉᆞ(不省人事)[323]ᄒᆞ시고, 셜난이 ᄯᅩ ᄒᆞᆫ가지로 먹고 인ᄉᆞ(人事)를 모로니 모다 깁히 ᄀᆞᆷ초고, 쇼져(小姐)ᄂᆞᆫ 졉구(接口)[324]치 아니시니 위·뉴 이(二) 부인(夫人)과 셕(石) 혹ᄉᆞ(學士) 부인(夫人)이 일시(一時)의 즛닉이고[325] 독약(毒藥)을 퍼브어 농(籠)의 너허 노ᄌᆞ(奴子) 형봉을 맛지고 다시 조(曹) 부인(夫人)과 유랑(乳娘)을 죽이려 ᄒᆞ더니, 귀신(鬼神)이 형봉의 머리를 버혀 방(房) 안의 드리치고 가다 ᄒᆞ

---

320) 귀근(歸覲): 부모를 뵙기 위하여 객지에서 고향으로 돌아가거나 돌아옴.
321) 암약(瘖藥): 말을 못 하게 하는 약.
322) 햐져(下箸): 하저. 젓가락을 댄다는 뜻으로 음식을 먹음을 이름.
323) 블셩인ᄉᆞ(不省人事): 불성인사. 정신을 차리지 못함.
324) 졉구(接口): 접구. 입에 가까이 함.
325) 즛닉이고: 짓이기고. 함부로 두드리고 썰고 짓찧어서 마구 이기고.

여 위·뉴 냥(兩) 부인(夫人)이 두려 조(曹) 부인(夫人)과 셜난을 히(害)치 아니시고 인ᄉᆞ(人事) 출히는 약(藥)을 먹여 도로 ᄭᆡ여나고, 쇼비(小婢)는 여의개용단(如意改容丹)을 먹여 쇼져(小姐)의 얼골이 되니 명부(命婦) 복ᄉᆡᆨ(服色)으로 이리 왓ᄂᆞ이다.”

태위(大夫ㅣ) 더옥 분히(憤駭)[326]ᄒᆞ여 왈(曰),

“조(曹) 부인(夫人)과 쇼져(小姐)를 다 죽이고 엇지ᄒᆞ려 ᄒᆞ더뇨?”

ᄃᆡ왈(對曰),

“쇼비(小婢) 어미 지아비 업고 혼ᄌᆞ 이시니 개용단(改容丹)을 먹여 조(曹) 부인(夫人)을 ᄃᆡ신(代身)ᄒᆞ고 쇼비(小婢)

53면

는 이리 보ᄂᆡ기로 뎡(定)ᄒᆞ니이다. 형봉이 죽지 아녓더면 조(曹) 부인(夫人)이 ᄉᆞ지 못ᄒᆞᆯ너니이다.”

태위(大夫ㅣ) ᄯᅩ 므르ᄃᆡ,

“너를 여긔 댱구(長久)히 이시라 ᄒᆞ며 여모(汝母)도 조(曹) 부인(夫人) ᄃᆡ신(代身)을 길ᄂᆡ[327] ᄒᆞᆯ너냐?”

월이 ᄃᆡ왈(對曰),

“쇼비(小婢)는 뉴 부인(夫人)이 슈삼(數三) 일(日)만 잇다가 외[328]면회단(外面回丹)을 먹고 쳥의(靑衣)를 닙고 도라오라 ᄒᆞ시고, 조(曹) 부인(夫人)은 어미로 ᄃᆡ신(代身)ᄒᆞ엿다가 냥(兩) 공ᄌᆞ(公子)를 죽이고 면회단(面回丹)을 먹고, 조(曹) 부인(夫人)이 냥(兩) 공ᄌᆞ(公子)를 죽이고 음분도쥬(淫奔逃走)[329]ᄒᆞ다 말을 퍼지워 노야(老爺)도 ᄒᆞᆯ일

---

326) 분히(憤駭): 분해. 분하고 놀람.

327) 길ᄂᆡ: 오래도록 길게.

328) 외: [교] 원문에는 ‘회’로 되어 있으나 문맥을 고려해 이와 같이 수정함.

업셔 ᄒᆞ시게 ᄒᆞ려다가 귀신(鬼神)이 슈죄(數罪)ᄒᆞᆫ 연고(緣故)로 조(曹) 부인(夫人) ᄒᆡ(害)ᄒᆞᆯ ᄠᅳᆺ을 긋칫ᄂᆞ이다."

태위(大夫ㅣ) 드를ᄉᆞ록 흉참분연(凶慘憤然)[330]ᄒᆞ여 왈(曰),

"네 면회단(面回丹)을 ᄂᆡ라."

월이 금낭(錦囊)의 ᄎᆞᆺ던 환약(丸藥)을 ᄂᆡ여 ᄎᆞ(茶)의 ᄀᆞ라 먹으니 경긱(頃刻)의 찬난쇄락(燦爛灑落)ᄒᆞ던 윤(尹) 쇼제(小姐ㅣ) 변(變)ᄒᆞ

54면

여 간특(奸慝)[331]ᄒᆞᆫ 츈월이 되ᄂᆞᆫ지라.

태위(大夫ㅣ) 시노(侍奴)를 명(命)ᄒᆞ여 월을 결박(結縛)ᄒᆞ고 형장(刑杖)을 드려 ᄆᆡᆼ타(猛打)ᄒᆞ여 옥(獄)의 나리올ᄉᆡ, 옥니(獄吏)를 분부(分付)ᄒᆞ여 착실(着實)히 슈딕(守直)[332]ᄒᆞ라 ᄒᆞ며 타일(他日) ᄎᆞᆺ기를 기다리라 ᄒᆞ고, 쥬영으로 쇼져(小姐)의 금침(衾枕)과 의상(衣裳)을 가져 십ᄌᆞ가(十字街)로 가라 ᄒᆞ고 뎡당(正堂)의 드러가니,

발셔 월의 딕초(直招)[333]를 일〃(一一)히 고(告)ᄒᆞ엿ᄂᆞᆫ지라, 슌 태부인(太夫人) 이하(以下)로 일문(一門) 샹하(上下ㅣ) 윤부(尹府) 변고(變故)를 흉(凶)히 넉여 위·뉴[334] 고식(姑媳)을 통ᄒᆡ(痛駭)[335]ᄒᆞ고 귀신(鬼神)의 슈죄(數罪)타 ᄒᆞ믈 괴이(怪異)히 넉여 태우(大夫)다려 므르니, 태위(大夫ㅣ) ᄌᆞ긔(自己) 일을 고(告)치 아니믄 부훈(父訓)을 두리므로 블츌구외(不出口外)[336]ᄒᆞ더라.

---

329) 음분도쥬(淫奔逃走): 음분도주. 남녀가 음란한 짓을 하고 도주함.
330) 흉참분연(凶慘憤然): 흉악하게 여기고 분노함.
331) 간특(奸慝): 간사하고 악독함.
332) 슈딕(守直): 수직. 맡아서 지킴.
333) 딕초(直招): 직초. 지은 죄를 사실대로 바로 말함.
334) 뉴: [교] 원문에는 '녀'로 되어 있으나 앞의 예를 따라 이와 같이 수정함.
335) 통ᄒᆡ(痛駭): 통해. 몹시 놀람.

금휘(-侯ㅣ) 왈(曰),

"윤가(尹家) 변괴(變故ㅣ) 망측(罔測)[337]ᄒᆞ니 츈월을 가도앗다가 명강[338]이 도라오거든 져쥬게[339] ᄒᆞ미 올흔가 ᄒᆞ노라."

55면

태위(大夫ㅣ) 왈(曰),

"엄괴(嚴敎ㅣ) 맛당ᄒᆞ시나 간인(奸人)의 악ᄉᆡ(惡事ㅣ) 곳비 길ᄆᆡ ᄌᆞ연(自然) 드될지라[340] 다른 길노 발각(發覺)ᄒᆞᆫ 후(後) 월을 도라보ᄂᆡ미 올흐니, 윤(尹) 공(公)이 도라온 후(後)라도 우리는 즘〃(潛潛)ᄒᆞ고 모로ᄂᆞᆫ ᄃᆞ시 ᄒᆞ미 올흐니 흉인(凶人)으로 ᄒᆞ여곰 측냥(測量)치 못ᄒᆞ여 잠간(暫間) 조심(操心)ᄒᆞᆯ 도리(道理) 이실 ᄲᆞᆫ 아니라 쇼ᄆᆡ(小妹)ᄂᆞᆫ 죵시(終是)[341] 폐륜(廢倫)치 못ᄒᆞ리니 광텬과 셩친(成親)ᄒᆞ올지라. 냥가(兩家) 화긔(和氣)를 몬져 상(傷)히와 흉인(凶人)의 원(願)을 닐위ᄂᆞᆫ 거시 됴치 아니ᄒᆞ오니 윤(尹) 공(公)을 보셔도 ᄎᆞᄉᆞ(此事)를 ᄉᆞ식(辭色)지 마르쇼셔."

공(公)이 쳥필(聽畢)[342]의 ᄋᆞᄌᆞ(兒子)의 원녀디식(遠慮之識)[343]이 ᄌᆞ가(自家)로 ᄂᆡ도(乃倒)ᄒᆞ믈 두굿겨 왈(曰),

"여언(汝言)이 올커니와 녀ᄋᆞ(女兒)를 공규(空閨)의셔 늙히고져 ᄒᆞ노라."

---

336) 블츌구외(不出口外): 블출구외. 입 밖에 내지 않음.
337) 망측(罔測): 정상적인 상태에서 어그러져 어이가 없거나 차마 보기가 어려움.
338) 명강: 윤수의 자(字).
339) 져쥬게: 신문(訊問)하게.
340) 드될지라: 밝힐 것이니.
341) 죵시(終是): 종시. 끝내.
342) 쳥필(聽畢): 청필. 다 들음.
343) 원녀디식(遠慮之識): 원려지식. 멀리까지 내다보는 식견.

진 부인(夫人)이 식부(息婦)의 일을 창한(愴恨)[344] ᄒᆞ여 왈(曰),

"녀ᄋᆞ(女兒) 혼ᄉᆞ(婚事)ᄂᆞᆫ 타일(他日) 의논(議論)ᄒᆞ려니와 목금(目今)[345] ᄋᆞ부(阿婦)의 상체(傷處ㅣ) 대단

56면

ᄒᆞ다 ᄒᆞ니 급(急)히 다려와 구호(救護)ᄒᆞ라."

태위(大夫ㅣ) ᄃᆡ왈(對曰),

"임의 ᄉᆞ디(死地)를 버셔나시니 마삼의 집이 가장 죵용(從容)ᄒᆞ온지라, 피우(避憂) 겸(兼)ᄒᆞ여 잠간(暫間) 됴리(調理)ᄒᆞ여 다려오고져 ᄒᆞᄂᆞ이다."

휘(侯ㅣ) 왈(曰),

"내 ᄋᆞ부(阿婦)를 보고져 ᄒᆞ나 다른 병(病)과 달나 제 십 연고(緣故)로 상(傷)ᄒᆞ여 날 보기를 블안(不安)이 넉이리니 모로미 의약(醫藥)을 착실(着實)히 ᄒᆞ여 슈히 ᄎᆞ셩(差成)[346]케 ᄒᆞ라."

태위(大夫ㅣ) ᄇᆡ샤슈명(拜謝受命)ᄒᆞ고, 태부인(太夫人)과 진 부인(夫人)이 과려(過慮)ᄒᆞ여 보긔(補氣)[347]ᄒᆞᆯ 찬션(饌膳)[348]과 뉵음(粥飮)[349]을 ᄀᆞᆺ초아 셜난을 보ᄂᆡ여 태우(大夫)다려 가기를 ᄌᆡ쵹ᄒᆞ니, 태위(大夫ㅣ) 함쇼(含笑) 고왈(告曰),

"간인(奸人)이 월을 보ᄂᆡ고 ᄉᆞ긔(事機)[350]를 알녀 비ᄌᆞ(婢子)를 보ᄂᆡ여 뭇ᄂᆞᆫ 톄ᄒᆞᆯ 거시니 ᄌᆞ졍(慈庭)이 친쳑(親戚) 집의 일삭(一朔)이

---

344) 챵한(愴恨): 창한. 슬퍼하고 한스러워함.
345) 목금(目今): 지금.
346) ᄎᆞ셩(差成): 차성. 병에서 회복함.
347) 보긔(補氣): 보기. 원기를 도움.
348) 찬션(饌膳): 찬선. 음식.
349) 듁음(粥飮): 죽음. 묽은 죽.
350) ᄉᆞ긔(事機): 사기. 일의 기미.

나 머믄다 ᄒᆞ시고 우리 전(全)혀 의심(疑心) 업ᄉᆞ므로 알게 ᄒᆞ쇼셔."

태부인(太夫人)이 쇼왈(笑曰),

"오ᄋᆡ(吾兒ㅣ) 빙가(聘家) 두리

57면

믄 녀ᄌᆞ(女子)의 구가(舅家)ᄀᆞᆺ치 ᄒᆞ니 도로혀 가쇼(可笑)롭도다."

태위(大夫ㅣ) 쇼이쥬왈(笑而奏曰),

"간흉(奸凶)을 두리미 아니오라 흉계(凶計)로 사ᄅᆞᆷ을 ᄒᆡ(害)ᄒᆞ오니 쇼ᄌᆡ(小子ㅣ) 슈고롭기 비상(非常)ᄒᆞ와 작야(昨夜) 윤(尹) 시(氏)를 계오 구(救)ᄒᆞ엿ᄂᆞ이다."

좌위(左右ㅣ) 다 웃고 금휘(-侯ㅣ) 그 ᄒᆡᆼᄉᆞ(行使)를 두굿기고 살인(殺人)ᄒᆞ믄 몽니(夢裏)의도 모로더라.

태위(大夫ㅣ) 셜난·쥬영을 몬져 보ᄂᆡ고 날호여 나아가니,

셜난·쥬영이 쇼져(小姐)긔 뵈고 월의 초ᄉᆞ(招辭)를 고(告)ᄒᆞ니, 쇼제(小姐ㅣ) ᄌᆞ긔(自己) 몸이 면ᄉᆞ(免死)[351]ᄒᆞ나 본부(本府) 악ᄉᆡ(惡事ㅣ) 표〃(表表)히[352] 드러나니 참한(慙恨)[353]ᄒᆞ고 ᄎᆈᆨ쳐(觸處)의 야애(爺爺ㅣ) 아니 계시기로 가변(家變)이 졈〃(漸漸) ᄎᆞ악(嗟愕)ᄒᆞᆷ을 슬허 눈믈이 년낙(連落)ᄒᆞ더니, 태위(大夫ㅣ) 드러와 집슈간ᄆᆡᆨ(執手看脈)[354]ᄒᆞ고 시녀(侍女)로 그 다리의 금창약(金瘡藥)[355]을 ᄇᆞᆺᄆᆡ고 오ᄅᆡ 말이 업더니, 좌위(左右ㅣ) 믈너난 후(後) 우어 왈(曰),

"ᄌᆞ(子)의 집 노ᄌᆞ(奴子) 형봉이 ᄌᆞ(子)의 시신(屍身)을

---

351) 면ᄉᆞ(免死): 면사. 죽음을 면함.
352) 표〃(表表)히: 뚜렷이.
353) 참한(慙恨): 부끄럽고 한스러워함.
354) 집슈간ᄆᆡᆨ(執手看脈): 집수간맥. 손을 잡아 맥을 살핌.
355) 금창약(金瘡藥): 칼, 창, 화살 따위로 생긴 상처에 바르는 약.

58면

농(籠)의 너허 지고 여추여추(如此如此) ᄲᅮ어려 계셩(鷄聲)을 고ᄃᆡ(苦待)ᄒᆞ더니, 져를 참(斬)ᄒᆞ여 위·뉴의 가장 츼신(取信)[356]ᄒᆞᄂᆞᆫ 심복(心腹)이라 ᄒᆞᄆᆡ 그 얼골이나 보게 경희뎐 방(房) 안의 드리치고 왓더니 엇지ᄒᆞᆫ지 쇼문(所聞)이 업ᄉᆞ니 심(甚)히 굼거온지라[357], 현잉이 아니 왓더니잇가?"

쇼제(小姐ㅣ) 입이 ᄲᅧ 말이 나지 아니〃 오직 탄식무언(歎息無言)이라. 태위(大夫ㅣ) 죵용(從容)이 쇼져(小姐)를 ᄃᆡ(對)ᄒᆞ여 젼일(前日) 윤부(尹府)의 가 위·뉴의 머리 ᄲᅵ이던 말을 니르고 박쇼(拍笑) 왈(曰),

"그ᄯᅴ 돌노 쳐 아조 죽엿더면 이런 변괴(變故ㅣ) 업슬 거슬 머리만 ᄲᅵ엿기로 악심(惡心)이 업지 아니〃 그런 ᄋᆡ돌온 일이 어ᄃᆡ 이시리오? ᄎᆞ후(此後)ᄂᆞᆫ 악당(岳丈) 졔ᄉᆞ(祭祀)를 당(當)ᄒᆞ여도 그ᄃᆡ 조모(祖母)와 슉뫼(叔母ㅣ) 죽지 아닌 젼(前)은 귀근(歸覲)홀 의ᄉᆞ(意思)를 말나."

쇼제(小姐ㅣ) 듯ᄂᆞᆫ 말마다 한심(寒心)ᄒᆞ여 츄연타루(惆然墮淚)[358] 왈(曰),

59면

"쳡(妾)의 집 변고(變故)ᄂᆞᆫ 블가ᄉᆞ문어타인(不可使聞於他人)[359]이라, 하면목(何面目)으로 사ᄅᆞᆷ을 ᄃᆡ(對)ᄒᆞ리잇가? 다만 조모(祖母)와 슉뫼(叔母ㅣ) 인(仁)치 못ᄒᆞ시나 쳔인(賤人)이 아니라 ᄌᆡ상(宰相)의

---

356) 츼신(取信): 취신. 어떤 사람이나 사실 따위에 신뢰를 가짐.
357) 굼거온지라: 궁금하니.
358) 츄연타루(惆然墮淚): 추연타루. 슬픈 빛으로 눈물을 흘림.
359) 블가ᄉᆞ문어타인(不可使聞於他人): 불가사문어타인. 다른 사람에게 들리게 함 직하지 않음.

ᄌᆞ뫼(慈母ㅣ)오, 팔좌(八座)[360] 명부(命婦)의 위(位) 잇거ᄂᆞᆯ 군ᄌᆡ(君子ㅣ) 상(常)도이[361] 돌노 상(傷)히와 남녀(男女)의 녜(禮) 이시믈 ᄉᆡᆼ각지 아니시고 형봉을 버히샤 위엄(威嚴)은 댱(壯)ᄒᆞ시나 텬하(天下)의 ᄊᆞ히 너르니 그 머리를 어나 곳의 바리지 못ᄒᆞ샤 구ᄐᆞ여 쳡(妾)의 집의 가 조모(祖母) 침뎐(寢殿)의 더지고 오시리잇가?"

태위(大夫ㅣ) 쇼왈(笑曰),

"ᄇᆡ은망덕(背恩忘德)을 ᄒᆞᄂᆞᆫ도다. 내 아니면 ᄌᆡ(子ㅣ) ᄉᆞ지 못ᄒᆞᆯ 거시오, 형봉의 머리를 태부인(太夫人) 침뎐(寢殿)의 드리치지 아냐시면 악뫼(岳母ㅣ) ᄉᆞ지 못ᄒᆞ여 계시리니, ᄌᆞ금(自今) 이후(以後)ᄂᆞᆫ 날을 ᄌᆡᄉᆡᆼ은인(再生恩人)으로 감골명심(感骨銘心)[362]ᄒᆞ여 평ᄉᆡᆼ(平生) 닛지 말나."

60면

언필(言畢)의 발(發)ᄒᆞᆫ 긔운이 조곰도 위 시(氏) 고식(姑息)을 긔탄(忌憚)[363]치 아니〃, 쇼졔(小姐ㅣ) 한셜(閑說)이 무익(無益)ᄒᆞ고 츈월의 초ᄉᆞ(招辭)를 드른즉 형봉의 머리 더지믈 보고 귀신(鬼神)의 됴홰(造化ㅣ) 줄노 아라 모친(母親)을 구(救)ᄒᆞ다 ᄒᆞ니, 태우(大夫)의 말이 비록 희롱(戲弄)이나 실(實)노 은혜(恩惠) 업다 못ᄒᆞᆯ지라, 가변(家變)을 븟그리고 구고(舅姑) 존당(尊堂)을 뵈올 낫치 업셔 탄식믁연(歎息默然)이러니,

---

360) 팔좌(八座): 중국에서 예전에 행정부에 있었던 팔 종의 고위 관원. 시대마다 제도가 다르고 대상도 같지 않았음. 예를 들어 문학작품에서는 대개 상서(相書) 등의 고위 관원을 이르는 데 쓰임.

361) 상(常)도이: 상스럽게.

362) 감골명심(感骨銘心): 은혜를 뼈에 새겨 잊지 않음.

363) 긔탄(忌憚): 기탄. 어렵게 여겨 꺼림.

현잉이 옥누항의 가 죵일(終日) 긔식(氣色)을 탐관(耽觀)[364] ᄒᆞ고 틈을 타 됴(曹) 부인(夫人)긔 쇼졔(小姐ㅣ) 죽게 되엿던 바와 태위(大夫ㅣ) 구(救)ᄒᆞ여 ᄉᆞ경(死境)을 면(免)ᄒᆞ여시믈 고(告)ᄒᆞ고 십ᄌᆞ가(十字街)로 도라가니, 태위(大夫ㅣ) 악모(岳母) 긔운을 뭇고 가듕경식(家中景色)을 므르며 우음을 씌여 왈(曰),

“형봉의 죽어시믈 보고 망극통달(罔極痛怛)[365] ᄒᆞ여 니러 악ᄲᅳᆯ 경황(景況)[366]도 업도다.”

쇼

61면

져(小姐)ᄂᆞᆫ 모친(母親)이 ᄉᆞ경(死境)을 면(免)ᄒᆞ시믈 다ᄒᆡᆼ(多幸)ᄒᆞ여 슬픈 듕(中) 태위(大夫ㅣ) 구호(救護)ᄒᆞ미 극진(極盡)홀 ᄲᅮᆫ 아냐 의ᄉᆞᆯ(醫術)이 고명(高明)ᄒᆞ니, 상쳐(傷處)의 당졔(當劑)[367]를 긔특(奇特)이 아라 쓰며 운산의셔 문병(問病)ᄒᆞᄂᆞᆫ 시녜(侍女ㅣ) 낙역(絡繹)[368] ᄒᆞ여, 진 부인(夫人)이 찬션(饌膳)을 친(親)히 ᄒᆞ여 보ᄂᆡ며 슈히 ᄎᆞ셩(差成)ᄒᆞ믈 당부(當付)ᄒᆞ니, 쇼졔(小姐ㅣ) 황공감사(惶恐感謝)ᄒᆞ여 슈히 니러나고져 ᄒᆞ나 칼히 질니인 ᄃᆡ 쥬야(晝夜)로 알힌지라 옥골(玉骨)이 툐췌(憔悴)ᄒᆞ고 화용(花容)이 슈쳑(瘦瘠)ᄒᆞ여 우화등션(羽化登仙)[369]홀 듯ᄒᆞ니, 태위(大夫ㅣ) 져의 인ᄉᆞ(人事) 출힌 후(後)ᄂᆞᆫ 상쳐(傷處)를 친(親)히 보지 아냐 시녀(侍女)로 ᄡᅳᆷᆡ이더니,

---

364) 탐관(耽觀): 자세히 살펴봄.
365) 망극통달(罔極痛怛): 몹시 놀라고 슬퍼함.
366) 경황(景況): 정신적·시간적인 여유나 형편.
367) 당졔(當劑): 당제. 어떤 병에 딱 들어맞는 약.
368) 낙역(絡繹): 왕래가 끊임이 없음.
369) 우화등션(羽化登仙): 우화등선. 사람의 몸에 날개가 돋아 하늘로 올라가 신선이 됨. 『진서(晉書)』의 <허매전(許邁傳)>에 나오는 말.

일일(一日)은 태위(大夫ㅣ) 본부(本府)의셔 어두온 후(後) 니르니, 쇼졔(小姐ㅣ) 유랑(乳娘)과 시녀(侍女) 등(等)의게 붓들녀 안즈 통셩(痛聲)이 긋추락니으락 ᄒᆞ니, 유뫼(乳母ㅣ)

62면

그 통쳐(痛處) ᄆᆞ른ᄃᆡ 다리 심(甚)히 알프믈 니르ᄂᆞᆫ디라. 태위(大夫ㅣ) 창밧(窓-)긔셔 잠간(暫間) 듯고 날호여 드러가며 쵹(燭)을 ᄇᆞᆰ히라 ᄒᆞ고 좌(坐)ᄒᆞ[370]니, 유랑(乳娘) 등(等)이 쇼져(小姐)를 누이고 쵹(燭)을 ᄇᆞᆰ힌 후(後) 퇴(退)ᄒᆞ니 태위(大夫ㅣ) 나아가 ᄆᆞ르ᄃᆡ,

"ᄌᆞ(子)의 면부(面部)ᄂᆞᆫ 나아시ᄃᆡ 지금(至今) 니지 못ᄒᆞ믄 엇지뇨?"

쇼졔(小姐ㅣ) 칼히 질니인 ᄃᆡ 알패라 ᄒᆞ기ᄂᆞᆫ 참괴(慙愧)[371]ᄒᆞ여 오직 ᄀᆞᆯ오ᄃᆡ,

"일신(一身)이 싀진(澌盡)[372]ᄒᆞᆯ ᄃᆞᆺᄒᆞ니 니러나지 못ᄒᆞ미로소이다."

태위(大夫ㅣ) ᄆᆞᆨ연(默然)이러니 쵹(燭)을 나호여 노코 그 상쳐(傷處)를 보고져 ᄒᆞ니, 쇼졔(小姐ㅣ) 욕ᄉᆞ무지(欲死無地)[373]ᄒᆞ여 진졍(眞情)으로 보지 말기를 쳥(請)ᄒᆞ니 태위(大夫ㅣ) 왈(曰),

"상쳐(傷處)의 됴흔 약(藥)을 븟치나 시녀(侍女) 등(等)이 잘못 븟쳐 검독(劍毒)[374]이 크게 발(發)ᄒᆞ미라 잠간(暫間) 보기 므어시 유해(有害)ᄒᆞ리오?"

언필(言畢)의 우격으로[375] 상쳐(傷處)

370) ᄒᆞ: [교] 원문에는 이 글자가 없으나 문맥을 고려해 삽입함.
371) 참괴(慙愧): 매우 부끄러워함.
372) 싀진(澌盡): 시진. 기운이 빠져 없어짐.
373) 욕ᄉᆞ무지(欲死無地): 욕사무지. 죽으려 해도 죽을 곳이 없음.
374) 검독(劍毒): 칼 때문에 생긴 독.
375) 우격으로: 억지로 우겨.

63면

를 보니 옥각(玉脚)이 프르고 검어 뉴혈(流血)이 뭉치여 부엇는지라. 즉시(卽時) 낭듕(囊中)으로조추 침(針)을 닉여 검독(劍毒) 든 곳을 삐여 악혈(惡血)[376]을 다 색히고 약(藥)을 븟치고 믈너안주니, 쇼제(小姐ㅣ) 만면(滿面)이 취홍(聚紅)[377]호여 침상(枕上)의 머리를 박고 참괴(慙愧)호미 비길 딕 업스니, 태위(大夫ㅣ) 흔연익지(欣然愛之)호여 침변(枕邊)의 누어 그 옥슈체지(玉手體肢)[378]를 어로만져 은정(恩情)이 무궁(無窮)호나 위·뉴의 심용(心用)은 졀〃(切切)[379] 통히(痛駭)호더라.

이러구러 일삭(一朔)이 지나딕 쇼제(小姐ㅣ) 쾌소(快蘇)[380]치 못호니, 태위(大夫ㅣ) 친측(親側) 써나미 졀박(切迫)[381]호나 마지못호여 낫은 본부(本府)의 잇고 밤이면 십즈가(十字街)의 와 지닉고, 입번(入番)[382]홀 쎡면 닌홍 공직(公子ㅣ) 호로 흔 쎡식 밧긔 와 약(藥)을 딕후(待候)[383]호여 갈스록 극진(極盡)호니,

위의 스십(四十) 일(日)이나 된 후(後) 쇼제(小姐ㅣ) 져기 나은지라 존당(尊堂) 구괴(舅姑ㅣ) 운산으로

64면

나오기를 지촉호니, 모친(母親)긔 슈셔(手書)로 현잉을 보닉여 답간

376) 악혈(惡血): 나쁜 피.
377) 취홍(聚紅): 취홍. 붉은빛이 모임.
378) 옥슈체지(玉手體肢): 옥수체지. 옥처럼 부드러운 손과 팔다리.
379) 졀〃(切切): 절절. 매우 간절함.
380) 쾌소(快蘇): 병이 회복됨.
381) 졀박(切迫): 절박. 인정이 없고 냉정함.
382) 입번(入番): 관아에 들어가 차례로 숙직함.
383) 딕후(待候): 대후. 웃어른의 분부를 기다림.

(答簡)을 맛게[384] ᄒᆞ나 냥(兩) 뎨(弟)ᄂᆞᆫ 조모(祖母)와 슉모(叔母)를 두려 와 보지 못ᄒᆞ니, 기리 탄식(歎息)ᄒᆞ여 동긔지졍(同氣之情) 펼 길 업ᄉᆞ믈 슬허ᄒᆞ더라.

태위(大夫ㅣ) 위의(威儀)를 출혀 쇼져(小姐)를 거교(車轎)의 들나 ᄒᆞ고 몬져 본부(本府)로 나아가니, 쇼졔(小姐ㅣ) 유랑(乳娘), 시녀(侍女) 등(等)을 거ᄂᆞ려 운산으로 향(向)홀ᄉᆡ, 옥누항이 지근(至近)[385]ᄒᆞᄃᆡ 모친(母親)과 공ᄌᆞ(公子) 등(等)을 보지 못ᄒᆞ믈 슬허ᄒᆞ고 구고(舅姑)와 존당(尊堂)의 뵈올 낫치 업셔 ᄉᆞ〃(事事)의 조모(祖母)의 과악(過惡)을 탄(歎)ᄒᆞ더라.

쇼져(小姐)의 ᄎᆡ괴(彩轎ㅣ) 부문(府門)의 님(臨)ᄒᆞ니 비복(婢僕) 등(等)이 〃제야 진짓 윤(尹) 부인(夫人)이 오신다 ᄒᆞ고 셜 유랑(乳娘)과 셜난의 긷거ᄒᆞ믄 모양(模樣)치 못ᄒᆞ고, ᄎᆡ교(彩轎)를 태원뎐 알패 노코 쥬렴(珠簾)을 거드ᄆᆡ 쇼제(小姐ㅣ) 삼촌금년(三寸金蓮)[386]을 ᄌᆞ약(自若)히 옴겨 나아오니,

일신(一身) 광

65면

ᄎᆡ(光彩) 신월(新月)이 산두(山頭)의 오로ᄂᆞᆫ ᄃᆞᆺ, 이향(異香)이 욱〃(郁郁)[387]ᄒᆞ여 함젼(檻前)[388]의 다ᄃᆞ라ᄂᆞᆫ 쥬져(躊躇)ᄒᆞ여 오르지 아니ᄒᆞ고 셩녀(盛慮) 깃치오믈 쳥죄(請罪)ᄒᆞ니, 태부인(太夫人)과 공

384) 맛게: 받아 오게.

385) 지근(至近): 매우 가까움.

386) 삼촌금년(三寸金蓮): 삼촌금련. 세 치의 걸음걸이. 금련은 금으로 만든 연꽃이라는 뜻으로, 미인의 예쁜 걸음걸이를 비유적으로 이르는 말. 중국 남조(南朝) 때 동혼후(東昏侯)가 금으로 만든 연꽃을 땅에 깔아 놓고 반비(潘妃)에게 그 위를 걷게 하였다는 고사에서 유래함.

387) 욱〃(郁郁): 매우 향기로움.

388) 함젼(檻前): 함전. 난간(欄干) 앞.

(公)이 오로기를 명(命)ᄒᆞ고, 공(公)의 믁〃(默默)ᄒᆞ므로도 미우(眉宇)의 츈풍화긔(春風和氣)를 동(動)ᄒᆞ여 좌우(左右)를 명(命)ᄒᆞ여 븟드러 올니〃, 쇼졔(小姐ㅣ) 역명(逆命)치 못ᄒᆞ여 승당빅현(昇堂拜見)[389]ᄒᆞ니 태부인(太夫人)이 과(過)히 념녀(念慮)ᄒᆞ던 바를 니르고 집슈년익(執手憐愛)[390]ᄒᆞ믈 니긔지 못ᄒᆞ며, 진 부인(夫人)이 녀ᄋᆞ(女兒)를 구가(舅家)의 보닉엿다가 화(禍)를 만나 도라옴ᄀᆞᆺ치 깃브믈 니긔지 못ᄒᆞ고, 혜쥬와 양 시(氏)의 반기ᄂᆞᆫ 졍(情)이 말ᄉᆞᆷ 밧긔 낫타나ᄂᆞᆫ지라, 평휘(-侯ㅣ) 쇼져(小姐)를 나호여 탄왈(嘆曰),

"ᄋᆞ부(阿婦)의 화익(禍厄)이 놀납더니 그만치 ᄎᆞ셩(差成)ᄒᆞ니 ᄆᆞᄋᆞᆷ을 진뎡(鎭靜)ᄒᆞ거니와 현부(賢婦) ᄃᆡ신(代身)의 온 비ᄌᆞ(婢子)를 가도앗다가 명강

66면

이 오거든 보닉려 ᄒᆞ더니, ᄋᆞᄌᆡ(兒子ㅣ) 여ᄎᆞ여ᄎᆞ(如此如此) 니르니 그 말이 유리(有理)ᄒᆞᆫ 고(故)로 내 집으로셔 윤부(尹府) 변고(變故)를 들쳐닉지 아니리니, ᄎᆞ후(此後)ᄂᆞᆫ 귀령(歸寧)을 아조 긋쳐 ᄉᆞ졍(事情)이 비록 졀박(切迫)ᄒᆞ나 몸을 조심(操心)ᄒᆞ여 참화(慘禍)[391]를 밧지 말나."

쇼졔(小姐ㅣ) 브복쳥교(俯伏聽敎)[392]의 ᄌᆡᄇᆡ쳥죄(再拜請罪) 왈(曰),

"쇼쳡(小妾)이 브릉누질(不能陋質)[393]노 존문(尊門)의 입승(入承)[394]ᄒᆞ와 ᄒᆞᆫ 일도 사ᄅᆞᆷ의게 들념 즉지 아니타가 미급긔년(未及期

389) 승당빅현(昇堂拜見): 승당배현. 마루에 올라 웃어른에게 절하고 뵘.
390) 집슈년익(執手憐愛): 집수연애. 손을 잡고 불쌍히 여기며 사랑함.
391) 참화(慘禍): 참혹한 재앙.
392) 브복쳥교(俯伏聽敎): 부복청교. 엎드려 가르침을 들음.
393) 브릉누질(不能陋質): 부릉누질. 능력이 없고 바탕이 비루함.

年)[395]의 ᄒᆞᆫ 번(番) 귀령(歸寧)ᄒᆞ오ᄆᆡ 괴이(怪異)ᄒᆞᆫ 화ᄋᆡᆨ(禍厄)[396]으로 쳔질(賤疾)이 유〃(悠悠)[397]ᄒᆞ와 존당(尊堂) 구고(舅姑)긔 셩녀(盛慮)를 깃치오니 됴셕(朝夕)의 죄(罪)를 혜아려 황공(惶恐)ᄒᆞ오니 오딕 엄하(嚴下)의 다ᄉᆞ리시믈 바라ᄂᆞ이다."

옥셩(玉聲)이 낭〃(朗朗)ᄒᆞ고 봉음(鳳音)이 화평(和平)ᄒᆞ여 존젼(尊前)의 여러 말ᄉᆞᆷ이 쳐음이라, 평휘(-侯ㅣ) 혼연과ᄋᆡ(欣然過愛)ᄒᆞ여 아ᄅᆞᆷ다오믈 니긔지

67면

못ᄒᆞ니 도로혀 명천공(--公)을 ᄉᆡᆼ각고 그 집 변고(變故)를 탄(歎)ᄒᆞ여 왈(曰),

"문강 형(兄)은 어진 군ᄌᆡ(君子ㅣ)오, 명강은 소탈당뷔(疏脫丈夫ㅣ)라. 명강이 맛ᄎᆞᆷᄂᆡ 인명ᄌᆞ상(仁明仔詳)[398]ᄒᆞ여 ᄇᆡᆨᄉᆞ(百事)를 온젼(穩全)이 ᄒᆞ나 망형(亡兄)을 밋지[399] 못ᄒᆞ므로 변난(變亂)이 여ᄎᆞ(如此)ᄒᆞᆫ지라, 셕ᄉᆞ(昔事)를 ᄉᆡᆼ각ᄒᆞ니 더옥 감쳑(感慽)[400]지 아니랴? 현부(賢婦)ᄂᆞᆫ 날로ᄡᅧ 구부(舅父)[401]로 셔어(齟齬)[402]히 아지 말나."

쇼제(小姐ㅣ) ᄇᆡ샤(拜謝)ᄒᆞ여 다시 말ᄉᆞᆷ을 못 ᄒᆞ고 감은쳑연(感恩惕然)[403]ᄒᆞ믈 니긔지 못ᄒᆞ니, 태부인(太夫人)이 황홀ᄋᆡ듕(恍惚愛重)

394) 입승(入承): 집안에 들어가 대를 잇도록 함.
395) 미급긔년(未及期年): 미급기년. 1년도 되지 않음.
396) 화ᄋᆡᆨ(禍厄): 화액. 재앙과 곤란.
397) 유〃(悠悠): 오래되어 끝나지 않음.
398) 인명ᄌᆞ상(仁明仔詳): 인명자상. 어질고 자상함.
399) 밋지: 미치지.
400) 감쳑(感慽): 감척. 느끼어 슬퍼함.
401) 구부(舅父): 시아버지.
402) 셔어(齟齬): 뜻이 맞지 아니하여 조금 서먹함.
403) 감은쳑연(感恩惕然): 감은척연. 은혜에 감동해 슬퍼함.

ᄒᆞ여 ᄎᆞ후(此後)ᄂᆞᆫ 더옥 일시(一時) ᄯᅥ나믈 어려워ᄒᆞ니, 쇼제(小姐ㅣ) ᄯᅩᄒᆞᆫ 밤 밧근 믈너오미 업더라.

션시(先時)의 조(曹) 부인(夫人)이 녀ᄋᆞ(女兒)의 거지(擧止) 괴이(怪異)ᄒᆞ믈 측냥(測量)치 못ᄒᆞ여 구가(舅家)로 도라보ᄂᆡ나 근심ᄒᆞ믈 마지아니터니, 현잉이 밀〃(密密)[404]이 ᄒᆞᄂᆞᆫ 말을 드르미 녀ᄋᆡ(女兒ㅣ) 농듕시신(籠中屍身)[405)]

68면

이 되여 태위(大夫ㅣ) 구(救)ᄒᆞ여 ᄂᆡ믈 듯고 뎡부(鄭府)로 간 거ᄉᆞᆫ 아뮌 줄 몰나 흉괴ᄎᆞ악(凶怪嗟愕)[406] ᄒᆞ믈 니긔지 못ᄒᆞ더니, ᄎᆞ후(此後) 현잉, 셜난 등(等)이 가마니 왕ᄂᆡ(往來)ᄒᆞ여 츈월이 발각(發覺)ᄒᆞ여 가도아시믈 고(告)ᄒᆞ며 쇼제(小姐ㅣ) 십ᄌᆞ가(十字街)의셔 구병(救病)ᄒᆞᆫ다 ᄒᆞ되 냥(兩) 공ᄌᆞ(公子)도 나아가 볼 의ᄉᆞ(意思)를 못 ᄒᆞ고, 삼(三) 모ᄌᆡ(母子ㅣ) 쥬야(晝夜) 공구(恐懼)[407] ᄒᆞ미 박빙침셕(薄氷針席)[408]이라. 부인(夫人)이 냥(兩) ᄌᆞ(子)를 당부(當付)ᄒᆞ여 조심(操心)ᄒᆞ라 ᄒᆞ고, 공ᄌᆞ(公子) 등(等)은 ᄌᆞ긔(自己) 몸은 둘ᄌᆡ오 모친(母親)을 념녀(念慮)ᄒᆞ여 형뎨(兄弟) 돌녀가며 ᄒᆡ월누의 가더니,

구패(寇婆ㅣ) 모상(母喪)을 맛고 유질(有疾)ᄒᆞ여 즉시(卽時) 오지 못ᄒᆞ고 ᄎᆞ셩(差成)ᄒᆞᆫ 후(後) 도라오니, 위 시(氏) 고식(姑息)은 크게 블쾌(不快)ᄒᆞ나 조(曹) 부인(夫人)은 의지(依支)를 어든 ᄃᆞᆺ 반기믈 니긔지 못ᄒᆞ고, 구패(寇婆ㅣ) 부인(夫人) 삼(三) 모ᄌᆡ(母子ㅣ) 보젼(保

---

404) 밀〃(密密): 은밀한 모양.
405) 농듕시신(籠中屍身): 농중시신. 농 안의 시체.
406) 흉괴ᄎᆞ악(凶怪嗟愕): 흉괴차악. 흉하게 여기고 몹시 놀람.
407) 공구(恐懼): 두려워함.
408) 박빙침셕(薄氷針席): 박빙침석. 살얼음을 밟는 듯하고 바늘방석에 앉은 듯함.

全)ᄒᆞ여시믈 깃거 지난 바를

69면

몰나 ᄒᆞ나 조(曹) 부인(夫人)이 니르지 아니터라.

셰월은 형봉의 시신(屍身)을 두로 ᄎᆞᆺ다가 못 ᄒᆞ여 머리만 뭇고 동뉴(同類)의게도 븟그러워 형봉이 무고(無故)히 나갓다가 화(禍)를 만나다 챵셜(彰洩)[409] ᄒᆞ고, 위 시(氏) 고식(姑息)은 날이 져믈면 황건칠귀(黃巾七鬼) 뵈ᄂᆞᆫ 듯ᄒᆞ고 형봉의 머리 어른기ᄂᆞᆫ 듯 무셥고 놀나와 밤이면 경계증(驚悸症)[410]을 어더시나 간특(姦慝)ᄒᆞᆫ 뉴녀(-女)ᄂᆞᆫ 진뎡(鎭靜)ᄒᆞ기를 잘ᄒᆞ여 무셔온 거술 잘 ᄎᆞᆷ아도 조(曹) 부인(夫人) 모ᄌᆞ(母子) 보치기를 어려워 텬신(天神)이 ᄯᅩ 므ᄉᆞᆫ 벌(罰)을 나리올가 두리온 고(故)로 칼ᄀᆞᆺ치 믜워ᄒᆞᄃᆡ ᄎᆞᆷ고 존고(尊姑)를 도〃지 못ᄒᆞ여 츈월을 슈삼(數三) 일(日) 후(後) 도라오라 ᄒᆞ엿더니,

긔약(期約)이 너므니 괴이(怪異)ᄒᆞ여 비영으로 가 보아 도라

70면

오라 ᄒᆞ엿더니, 뎡부(鄭府) 샹히(上下ㅣ) 여츌일구(如出一口)[411]로 쇼졔(小姐ㅣ) 친쳑(親戚) 집의 가시니 일삭(一朔) 후(後) 오리라 ᄒᆞ니, 비영이 경괴(驚怪)[412]ᄒᆞ여 회보(回報)ᄒᆞ니 뉴 시(氏) 괴이(怪異)ᄒᆞ믈 결을치 못ᄒᆞᄃᆡ 악ᄉᆡ(惡事ㅣ) 패루(敗漏)[413]ᄒᆞ믄 모로고,

409) 챵셜(彰洩): 창설. 드러내어 밝힘.
410) 경계증(驚悸症): 걸핏하면 잘 놀라고 가슴이 두근거리는 증상.
411) 여츌일구(如出一口): 여출일구. 한 입에서 나오는 것처럼 여러 사람의 말이 같음을 이르는 말.
412) 경괴(驚怪): 놀라고 괴이하게 여김.
413) 패루(敗漏): 일이 드러남.

일삭(一朔) 후(後) 또 쇼져(小姐)의 안부(安否) 뭇는 쳬ᄒᆞ고 비영을 보ᄂᆡ니 쇼졔(小姐ㅣ) 오히려 오지 아녓ᄂᆞᆫ지라.

그 후(後) 십여(十餘) 일(日) 만의 또 보ᄂᆡ니 쥬영 등(等)이 쇼졔(小姐ㅣ) 존당(尊堂)의 드러갓다 ᄒᆞᄂᆞᆫ지라. 비영은 엿튼 ᄉᆡᆼ각이 졔 ᄯᆞᆯ이 쇼져(小姐)의 ᄌᆞ리의 웅거(雄據)ᄒᆞ여 명부(命婦)의 부귀(富貴)를 누리ᄂᆞᆫ가 다ᄒᆡᆼ(多幸)ᄒᆞ여 죵일(終日) 쇼져(小姐)의 나오기를 기다려 밤이 된 후(後) 쇼졔(小姐ㅣ) 혼뎡(昏定)[414]을 파(罷)ᄒᆞ고 ᄉᆞ침(私寢)의 도라오니, 비영이 츈월노 아라 ᄀᆞ마니 말ᄒᆞ고져 ᄒᆞᄃᆡ 스ᄉᆞ로 두립고 어려워 반기ᄂᆞᆫ 졍(情)이 나지 아

71면

니코 무셔온 ᄆᆞ음이 동(動)ᄒᆞ니 괴이(怪異)ᄒᆞ여 혜오ᄃᆡ,

‘ᄯᆞᆯ을 ᄉᆞ십(四十) 일(日)을 남아 못 보앗더니 이제 보ᄆᆡ 반가온 ᄃᆞᆺ ᄒᆞᄃᆡ 공구(恐懼)ᄒᆞᆫ 의ᄉᆡ(意思ㅣ) 나고 ᄉᆞ랑호온 ᄯᅳᆺ은 업ᄉᆞ니 엇진 일인고. 비록 ᄌᆞ식(子息)이나 져ᄂᆞᆫ 당〃(堂堂)ᄒᆞᆫ 귀인(貴人)이오, 나ᄂᆞᆫ 하류(下流)를 면(免)치 못ᄒᆞ여시니 그런가.’

아모란 상(像)[415]을 몰나 ᄒᆞᆫ 모히셔 뉴 부인(夫人) 젼어(傳語)를 예ᄉᆞ(例事)로이 ᄒᆞᄃᆡ 쇼졔(小姐ㅣ) 드를 ᄲᅮᆫ이오 눈을 드지 아니〃, 이윽고 태위(大夫ㅣ) 드러오ᄆᆡ 졔인(諸人)이 퇴(退)ᄒᆞ므로 비영이 믈너갓더니,

쇼져(小姐)와 태위(大夫ㅣ) 취침(就寢)ᄒᆞ니 ᄒᆞᆫ 말도 못 ᄒᆞ고 계초명(鷄初鳴)[416]의 쇼져(小姐)ᄂᆞᆫ 니러 존당(尊堂)의 드러가고 태우(大

414) 혼뎡(昏定): 혼정. 잠자리에 들 때에 부모의 침소에 가서 잠자리를 살피고 밤 동안 안녕하기를 여쭘.

415) 상(像): 각 종류의 모양과 태도.

夫)는 오히려 누어시니 눌다려 므슴 말을 ᄒᆞ리오.

셜난이 비영다려 닐오ᄃᆡ,

"그ᄃᆡ 이곳의 이시려 왓ᄂᆞ냐?"

영 왈(曰),

"엇지 이시리오? 쇼져(小姐)긔 고(告)ᄒᆞᆯ 말이 잇셔 왓

72면

더니 틈을 엇지 못ᄒᆞ니 그져 가리로다."

쥬영이 ᄂᆡ다라 왈(曰),

"쇼졔(小姐ㅣ) 말을 왕반(往返)[417]치 말나 ᄒᆞ시니 그 연고(緣故)를 니르지 아니시더라."

ᄒᆞ니, 영이 심니(心裏)의 혜오ᄃᆡ, 월이 져를 ᄌᆞ로 보아 담화(談話)ᄒᆞ면 일이 패루(敗漏)ᄒᆞᆯ가 두려 오지 말나 ᄒᆞ민 줄노 알고 즉시(卽時) 도라오나 슬프미 심(甚)ᄒᆞ여 눈믈을 흘니고 혼ᄌᆞ말노 니르ᄃᆡ,

"ᄌᆞ식(子息)이 거즛 거시로다. 어버이 ᄆᆞᄋᆞᆷ과 ᄀᆞᆺ지 못ᄒᆞ여 져는 쇼져(小姐)의 ᄌᆞ리를 아ᄉᆞ 명부(命婦)의 부귀(富貴)를 누리며 날을 외ᄃᆡ(外待)[418]ᄒᆞ여 반기는 ᄉᆞ식(辭色)이 업ᄉᆞ니 그ᄃᆡ도록 무졍(無情)ᄒᆞ뇨?"

ᄒᆞ며 도라와 위·뉴의게 본 ᄃᆡ로 고(告)ᄒᆞ고 월이 무졍(無情)ᄒᆞ믈 한(恨)ᄒᆞ니, 태부인(太夫人)이 쇼왈(笑曰),

"월이 쳥의(靑衣) 듕(中) 영오(穎悟)ᄒᆞᆫ지라, 너를 보고 ᄆᆡᆨᄆᆡᆨ(脈脈)[419]ᄒᆞ믄 무졍(無情)ᄒᆞ미 아니라 ᄉᆞ긔(事機)[420] 패루(敗漏)ᄒᆞᆯ가 두

---

416) 계초명(鷄初鳴): 닭이 처음 욺.
417) 왕반(往返): 오고 감.
418) 외ᄃᆡ(外待): 외대. 정성을 들이지 않고 대접을 아무렇게나 함.
419) ᄆᆡᆨ〃(脈脈): 묵묵히 있음.
420) ᄉᆞ긔(事機): 사기. 일의 기미.

리미

73면

라.”

뉴 시(氏) 머리를 숙이고 냥구(良久)히 상냥(商量)ᄒᆞ다가 심니(心裏)의 깃거 아냐 왈(曰),

“월이 쳥의(靑衣) 듕(中) 춍아(聰雅)[421]ᄒᆞ나 뎡낭(鄭郎)의 듕궤(中饋)[422]를 소임(所任)ᄒᆞ여 명부(命婦)의 위(位)를 쳔ᄌᆞ(擅恣)[423]치 못ᄒᆞ려든 그러틋 즐거이 지ᄂᆡ믄 아모리 ᄉᆡᆼ각ᄒᆞ여도 가(可)치 아닌지라. ᄀᆞ장 놀나오니 나는 츈월이라 말을 못 ᄒᆞ노라.”

비영이 ᄯᅩ 쥬영이 뎡부(鄭府)의 이시믈 고(告)ᄒᆞ니 위·뉴ㅣ 더옥 놀나 ᄀᆞᆯ오ᄃᆡ,

“우리는 영의 거쳐(居處)를 몰나 위방의게셔 다라난가 ᄒᆞ엿더니 명ᄋᆡ 뎡부(鄭府)의 ᄀᆞᆷ초앗다.”

여러 가지 의심(疑心)이 발(發)ᄒᆞ여 울〃블낙(鬱鬱不樂)[424]ᄒᆞ더라.

화셜(話說). 윤(尹) 츄밀(樞密)이 녀ᄋᆞ(女兒)를 다리고 구몽숡으로 더브러 셔쵹(西蜀)을 향(向)ᄒᆞᄆᆡ 험쥰(險峻)ᄒᆞᆫ 길이 녀ᄌᆞ(女子)의 ᄒᆡᆼ되(行途ㅣ) 극난(極難)ᄒᆞ더라.

---

421) 춍아(聰雅): 총아. 총명하고 전아함.
422) 듕궤(中饋): 중궤. 안살림 가운데 음식에 관한 일을 책임 맡은 여자.
423) 쳔ᄌᆞ(擅恣): 천자. 제 마음대로 하여 조금도 꺼림이 없음.
424) 울〃블낙(鬱鬱不樂): 울울불락. 우울하여 즐기지 못함.

명듀보월빙(明珠寶月聘) 권디십일(卷之十一)

1면

화셜(話說). 션시(先時)의 윤(尹) 츄밀(樞密)이 녀ᄋᆞ(女兒)를 다리고 몽숙으로 더브러 셔쵹(西蜀)을 향(向)ᄒᆞ매 험쥰(險峻)ᄒᆞᆫ 길히 녀ᄌᆞ(女子)의 ᄒᆡᆼ되(行途ㅣ) 극난(極難)ᄒᆞᆫ디라.

월여(月餘)의 길긔(吉期)[1]를 삼ᄉᆞ일(三四日)을 격(隔)ᄒᆞ고 쵹디(蜀地)의 니르니, 본읍(本邑) 태슈(太守) 한흡이 십니졍(十里亭)[2]의 영접(迎接)ᄒᆞ여 관아(官衙)로 가믈 쳥(請)ᄒᆞᆫᄃᆡ 츄밀(樞密)이 샤양(辭讓)ᄒᆞ고 하부(河府) 겻ᄐᆡ 햐쳐(下處)[3]를 잡아 달나 ᄒᆞ고 하(河) 공(公)의 잇ᄂᆞᆫ 곳을 므르니, 한 태싊(太守ㅣ) 셩(城) 남문(南門) 밧긔 이시믈 고[4](告)ᄒᆞ고 그 겻ᄐᆡ 광활(廣闊)ᄒᆞᆫ 햐쳐(下處)를 잡아 일ᄒᆡᆼ(一行)을 안둔(安屯)[5]홀ᄉᆡ,

공(公)이 시녀(侍女)를 명(命)ᄒᆞ여 쇼져(小姐)를 ᄯᅥ나지 말고 뫼셔시라 ᄒᆞ고,

즉시(卽時) 하부(河府)를 ᄎᆞᄌᆞ가니 ᄯᅢ 듕츈회간(仲春晦間)이라, 빙

1) 길긔(吉期): 길기. 혼인날.
2) 십니졍(十里亭): 십리정. 십 리 장정(長亭). 장정은 먼 길을 떠나는 사람을 전송하던 곳. 과거에 5리와 10리에 정자를 두어 행인들이 쉴 수 있게 했는데, 5리에 있는 것을 '단정(短亭)'이라 하고 10리에 있는 것을 '장정'이라 함.
3) 햐쳐(下處): 하처. 손님이 길을 가다가 묵음. 또는 묵고 있는 그 집. 사처.
4) 고: [교] 원문에는 없으나 문맥을 고려해 삽입함.
5) 안둔(安屯): 편안히 둔침.

셜(氷雪)이 스러지고

2면

방쵸(芳草)는 쳐음으로 프르고져 ᄒᆞ니 만믈(萬物)이 ᄉᆡᆼ긔(生氣)를 ᄆᆡᆼ동(萌動)[6]ᄒᆞᄂᆞᆫ디라. 하(河) 공(公) 쳐소(處所)의 싀문(柴門)[7]이 ᄌᆞ〃며[8] 사람이 브븨여[9] 계오 츌입(出入)ᄒᆞᆯ 만ᄒᆞ고 모옥(茅屋)이 소조(蕭條)[10]ᄒᆞ여 ᄯᆞᆨ히 븟텃ᄂᆞᆫ디라, 칠쳑댱신(七尺長身)이 용납(容納)지 못ᄒᆞ니 공(公)이 쳘셕댱뷔(鐵石丈夫ㅣ)[11]나 기리 한탄(恨歎)ᄒᆞ고 타루(墮淚)ᄒᆞ믈 ᄭᆡ댯지 못ᄒᆞ여 광슈(廣袖)[12]로 졔어(制御)ᄒᆞ고 시ᄌᆞ(侍者)로 사ᄅᆞᆷ을 블너 왓시믈 통(通)ᄒᆞ니,

하(河) 공(公) 부ᄌᆡ(父子ㅣ) 외실(外室)의 잇다가 반겨 공ᄌᆞ(公子)로 마ᄌᆞ 드러올ᄉᆡ, 하(河) 공(公)의 뎍거(謫居)ᄒᆞ연 지 어ᄂᆞ덧 삼(三) ᄌᆡ(載) 되여 공ᄌᆡ(公子ㅣ) 십삼(十三) 츈광(春光)을 당(當)ᄒᆞᆫ디라. 츄포갈건(麤布葛巾)[13]의 관녜(冠禮)[14]를 갓 일워 완연(宛然)[15]ᄒᆞᆫ 촌인(村人)이로ᄃᆡ ᄲᅢ혀난 신댱(身長)이 팔(八) 쳑(尺)이오, 아〃(峨峨)[16]ᄒᆞᆫ 냥익(兩翼)[17]은 봉되(鳳鳥ㅣ) 나는 듯, 일희[18] 허리의 무ᄉᆡᆨ(無色)

---

6) ᄆᆡᆼ동(萌動): 맹동. 초목의 싹이 틈.
7) 싀문(柴門): 시문. 사립문. 싸리나무 가지를 엮어 만든 문.
8) ᄌᆞ〃며: 닳으며.
9) 브븨여: 좁은 틈을 비집거나 헤집어.
10) 소조(蕭條): 고요하고 쓸쓸함.
11) 쳘셕댱뷔(鐵石丈夫ㅣ): 철석장부. 쇠와 돌처럼 단단한 장부.
12) 광슈(廣袖): 광수. 넓은 소매.
13) 츄포갈건(麤布葛巾): 추포갈건. 발이 굵고 거칠게 짠 베옷과 칡베로 만든 두건.
14) 관녜(冠禮): 관례. 예전에, 남자가 성년에 이르면 어른이 된다는 의미로 상투를 틀고 갓을 쓰게 하던 의례(儀禮).
15) 완연(宛然): 눈에 보이는 것처럼 아주 뚜렷함.
16) 아〃(峨峨): 위엄이 있고 성(盛)함.
17) 냥익(兩翼): 양익. 날개와 같은 두 팔.
18) 일희: 이리.

ᄒᆞᆫ 쯰를 두루고 초리(草履)[19]를 ᄭᅳ어 윤(尹) 공(公)을

3면

영졉(迎接)ᄒᆞ니, 츄밀(樞密)이 반가오미 무궁(無窮)ᄒᆞ여 년망(連忙)이 집슈입실(執手入室)[20]ᄒᆞ여 하(河) 공(公)을 보ᄆᆡ 냥인(兩人)의 반가옴과 슬프미 교집(交集)[21]ᄒᆞ여 집슈년비(執手連臂)[22]ᄒᆞ여 일장(一場)을 비읍(悲泣)ᄒᆞ니, 원광이 윤(尹) 공(公)긔 졀ᄒᆞ고 야〃(爺爺)를 위로(慰勞) 왈(曰),

“무익지비(無益之悲)[23]를 과(過)히 ᄒᆞ샤 셩톄(盛體)를 손상(損傷)치 마르쇼셔.”

윤(尹) 공(公)이 눈믈을 거두고 하(河) 공(公)이 체읍(涕泣)ᄒᆞ기를 긋치ᄆᆡ, 피ᄎᆞ(彼此) 졍회(情懷) 탐〃(耽耽)[24]ᄒᆞ니 므ᄉᆞᆫ 말을 몬져 ᄒᆞ리오. 윤(尹) 공(公)은 공ᄌᆞ(公子) 보ᄂᆞᆫ 눈이 ᄉᆡ로이 황홀(恍惚)ᄒᆞ고, 그 의복(衣服)이 무ᄉᆡᆨ(無色)ᄒᆞᆯᄉᆞ록 풍광(風光)은 더옥 빗나니 츄월명광(秋月明光)[25]과 뉴셩봉안(流星鳳眼)[26]의 일월텬졍(日月天庭)[27]이 쥰녈싁싁(峻烈--)[28]ᄒᆞ여 대댱부(大丈夫)의 ᄒᆡᆼᄉᆡ(行使ㅣ) 쳥텬ᄇᆡᆨ일(靑天白日) ᄀᆞᄐᆞᆷ믈 알디라. 윤(尹) 공(公)이 기리 탄왈(嘆曰),

---

19) 초리(草履): 짚신.
20) 집슈입실(執手入室): 집수입실. 손을 잡고 방으로 들어감.
21) 교집(交集): 이런저런 생각이 뒤얽히어 서림.
22) 집슈년비(執手連臂): 집수연비. 손을 잡고 팔을 붙임.
23) 무익지비(無益之悲): 도움이 안 되는 슬픔.
24) 탐〃(耽耽): 깊고 그윽한 모양.
25) 츄월명광(秋月明光): 추월명광. 가을 달처럼 밝은 얼굴.
26) 뉴셩봉안(流星鳳眼): 유성봉안. 별 같은 봉황의 눈. 봉황의 눈은 봉의 눈같이 가늘고 길며 눈초리가 위로 째지고 붉은 기운이 있는 눈임.
27) 일월텬졍(日月天庭): 일월천정. 해와 달 같은 이마. 천정은 관상에서, 두 눈썹의 사이 또는 이마의 복판을 이르는 말.
28) 쥰녈싁싁(峻烈--): 준열씩씩. 매섭고 엄숙함.

"형(兄)이 쵹디(蜀地)의 뉴찬(流竄)[29]훈 지 삼(三) 년(年)이라. 됴운모우(朝雲暮雨)[30]의

4면

ᄉ상(思想)ᄒ는 졍(情)이 챵연(悵然)[31]ᄒ여 형(兄)의 고젹(古跡)[32]을 님(臨)홀 ᄶ는 회푀(懷抱ㅣ) 더옥 감챵(感愴)[33]ᄒ미 일시(一時)를 닛지 못ᄒ딕, 봉친지하(奉親之下)[34]의 관ᄉ(官事ㅣ) 다쳡(多疊)[35]ᄒ니 누쳔(累千) 니(里)를 발셥(跋涉)[36]홀 길히 업셔 ᄒ갓 심곡(心曲)의 못 닛는 졍(情)이 은위(隱憂ㅣ)[37] 되엿더니, 녕낭(令郞)의 년긔(年紀) 이뉵(二六)이 지나고 쇼녜(小女ㅣ) 동년(同年)이라, ᄉ귀신쇽(伺駒ㅣ迅速)[38]인 고(故)로, 금년(今年)의 친ᄉ(親事)를 일우고져 튁일(擇日)ᄒ여 몬져 형(兄)의게 보(報)ᄒ고 녀ᄋ(女兒)를 다려 이의 왓ᄂ니, 형(兄)의 신관[39]이 쇠패(衰敗)[40]치 아니ᄒ고 녕윤(令胤)의 댱셩긔이(長成奇異)ᄒ믄 경셩(京城) 고루화각(高樓華閣)[41]의 부귀(富貴)를 ᄶ엿ᄂ니의셔 더으니 힝희(幸喜)ᄒ믈 니긔지 못홀디라. 겸(兼)ᄒ여 냥(兩) 개(個) 긔린(麒麟)을 엇다 ᄒ니 하날이 ᄌ건[42][43] 등(等)의 원ᄉ(寃

---

29) 뉴찬(流竄): 유찬. 오형(五刑) 가운데 죄인을 귀양 보내던 일.
30) 됴운모우(朝雲暮雨): 조운모우. 아침 구름과 저녁 비.
31) 챵연(悵然): 창연. 슬퍼하는 모양.
32) 고젹(古跡): 고적. 옛 자취.
33) 감챵(感愴): 감창. 어떤 느낌이 가슴에 사무쳐 슬픔.
34) 봉친지하(奉親之下): 어버이를 모시는 처지.
35) 다쳡(多疊): 다첩. 일이 많음.
36) 발셥(跋涉): 발섭. 산을 넘고 물을 건너 길을 감.
37) 은위(隱憂ㅣ): 남에게 알리지 못하고 속으로만 지니는 근심.
38) ᄉ귀신쇽(伺駒ㅣ迅速): 사구신속. 흰 망아지가 달리는 것을 문틈으로 보듯이 세월이 빨리 지나감.
39) 신관: 얼굴.
40) 쇠패(衰敗): 늙어서 기력이 약해짐.
41) 고루화각(高樓華閣): 높고 화려한 집.
42) ᄌ건: 하원경의 자(字).
43) 건: [교] 원문에는 '안'으로 되어 있으나 앞의 예를 따라 이와 같이 수정함.

死)[44] ᄒᆞ믈 측은(惻隱)이 넉이샤 형(兄)의게 다시 보ᄂᆡ여 부귀(富貴)를 엇게 ᄒᆞ미라 엇지

5면

긔특(奇特)지 아니리오?"

하(河) 공(公)이 쳑연(惕然)[45] 샤왈(謝曰),

"쇼뎨(小弟) 명완블ᄉᆞ(命頑不死)[46] ᄒᆞ여 남의 업ᄉᆞᆫ 참경(慘景)[47]을 견ᄃᆡ고 원억(冤抑)[48] ᄒᆞᆫ 망ᄋᆞ(亡兒) 등(等)의 ᄌᆞ최 깁고 머러 녯 사ᄅᆞᆷ이 되엿ᄂᆞᆫ디라. 쇼뎨(小弟) 아비 되여 빙념(殯殮)[49] ᄒᆞ믈 보지 못ᄒᆞ고, 님망(臨亡)[50]의 영결(永訣)치 못ᄒᆞ여 ᄆᆡᆺ고 바란 ᄇᆡ 형(兄)과 뎡(鄭) 형(兄)이라, 하날 ᄀᆞᆺᄐᆞᆫ 대은(大恩)으로 져희 ᄇᆡᆨ골(白骨) 궁진(窮塵)[51]의 댱(葬) ᄒᆞ믹 쇼뎨(小弟) 져희를 무드나 다ᄅᆞ지 이냐 그 밧 더ᄒᆞᆯ 일이 업ᄂᆞᆫ지라, 감골(感骨)[52] ᄒᆞ여 갑흘 ᄇᆡ 업셔 디하(地下)의 함환[53] 결초(銜環結草)[54] ᄒᆞᆯ ᄲᅮᆫ이니 혼ᄉᆞ(婚事)ᄂᆞᆫ 임의 뎡약ᄒᆡᆼ빙(定約行聘)[55] ᄒᆞ

---

44) 원ᄉᆞ(寃死): 원사. 원통하게 죽음.
45) 쳑연(惕然): 척연. 슬퍼하는 모양.
46) 명완블ᄉᆞ(命頑不死): 명완불사. 목숨이 모질어 죽지 않음.
47) 참경(慘景): 참혹한 광경.
48) 원억(冤抑): 원통하고 억울함.
49) 빙념(殯殮): 빈렴. 시체를 염습하여 관에 넣어 안치함.
50) 님망(臨亡): 임망. 죽음을 맞이함.
51) 궁진(窮塵): 황천.
52) 감골(感骨): 은혜를 뼈에 새김.
53) 환: [교] 원문에는 '호'로 되어 있으나 오자로 보이므로 이와 같이 수정함.
54) 함환결초(銜環結草): 옥환을 물고 풀을 엮는다는 뜻으로 은혜를 잊지 않고 갚음을 이르는 말. 함환은 황작(黃雀)이 옥환(玉環)을 물고 와서 보은(報恩)한 고사로, 진(晉)나라 간보(干寶)의 『수신기(搜神記)』에 나옴. 한(漢)나라 양보(楊寶)가 아홉 살 때에 올빼미에게 채여 나무 밑에 떨어져서 개미들에게 곤욕을 당하고 있는 황작을 보고는 집으로 데려와 100여 일 동안 잘 보살펴서 날려 보냈더니, 어느 날 삼경에 그 황작이 황의동자(黃衣童子)로 변신하여 찾아와서, 저번에 서왕모(西王母)의 사자(使者)로 봉래(蓬萊)에 심부름 가던 중이었다면서, 은혜에 보답하는 뜻으로 옥환(玉環) 4개를 주며, 자손들이 출세하여 삼공(三公)의 지위에 오를 것이라고 하였는데, 과연 그 말대로 양보의 후손들이 4대에 걸쳐 모두 대신(大臣)이 되었다는 이야기가 전함. 결초는 풀을 묶는다는 뜻으로 죽어서도 은혜를 갚음을 이름. 중국 춘추시대 진(晉)나라 때

엿ᄂᆞᆫ디라, 외람(猥濫)ᄒᆞ나 형(兄)의 남다른 의긔(義氣)와 현심(賢心)을 아ᄂᆞᆫ 고(故)로 녕ᄋᆞ쇼져(令兒小姐)로 ᄒᆞ여곰 밧비 슬ᄒᆞ(膝下)의 두고져 ᄯᅳᆺ이 급(急)ᄒᆞ여 ᄉᆞ졍(私情)을 고(告)ᄒᆞ엿더니, 형(兄)이 즉시(卽時) 발ᄒᆡᆼ(發行)ᄒᆞ여 원노(遠路)의 무ᄉᆞ득달(無事得達)[56]

6면

ᄒᆞ니 다ᄒᆡᆼ(多幸)ᄒᆞᆷ은 니르도 말고 형(兄)의 젼후대덕(前後大德)을 ᄉᆡᆼ각ᄒᆞ니 언어(言語)로 다ᄒᆞ리오?"

윤(尹) 공(公)이 츄연(惆然) 탄왈(嘆曰),

"형(兄)이 엇디 이런 말을 ᄒᆞ여 쇼뎨지심(小弟之心)을 블안(不安)케 ᄒᆞᄂᆞ뇨? 우리 냥가(兩家) 졍분(情分)이 셰ᄃᆡ벌열(世代閥閱)노 ᄌᆞ녀(子女)를 밧고ᄂᆞᆫ ᄇᆡ 피ᄎᆞ(彼此) 됴흔 일이라 엇지 '외람(猥濫)' 두 ᄌᆞ(字)를 일ᄏᆞ라 아심(我心)을 모로ᄂᆞ뇨?"

하(河) 공(公) 왈(曰),

"관녜(冠禮)ᄂᆞᆫ 샹원일(上元日)[57]의 ᄒᆞ고 ᄌᆞ(字)ᄂᆞᆫ ᄌᆞ의라 ᄒᆞ여시니 촌듕우ᄆᆡᆼ(村中愚氓)[58]의 ᄌᆞ호(字號)를 ᄯᅩᄒᆞᆫ 무엇ᄒᆞ리오?"

츄밀(樞密)이 공ᄌᆞ(公子)를 집슈(執手) 왈(曰),

"너희 문댱ᄌᆡ화(文章才華)[59]를 모로미 아니로ᄃᆡ 이곳의 온 후(後)

위과(魏顆)가 아버지 위무자의 죽기 전 유언 대신 평소에 한 말씀을 따라, 위무자가 죽은 후에 자신의 서모(庶母)를 순장시키지 않고 개가시켰는데 후에 위과가 진(秦)나라와 전투를 벌일 적에 서모의 망부(亡父)가 나타나 풀을 맺어 위과를 도왔다는 이야기에서 유래함. 결초보은(結草報恩). 『춘추좌씨전(春秋左氏傳)』에 전함.

55) 명약ᄒᆡᆼ빙(定約行聘): 정약행빙. 약속을 정해 빙채를 전함. 빙채는 빙물(聘物)과 채단(采緞). 빙물은 결혼할 때 신랑이 신부의 친정에 주던 재물이고, 채단은 신랑 집에서 신부 집으로 미리 보내는 푸른색과 붉은색의 비단임.

56) 무ᄉᆞ득달(無事得達): 무사득달. 길을 떠나 무사히 당도함.

57) 샹원일(上元日): 상원일. 정월 대보름날. 곧 음력 1월 15일.

58) 촌듕우ᄆᆡᆼ(村中愚氓): 촌중우맹. 시골의 어리석은 백성.

59) 문댱ᄌᆡ화(文章才華): 문장재화. 문장과 뛰어난 재주.

고요ᄒᆞ믈 타 공부(工夫)를 착실(着實)히 ᄒᆞ여실지라 ᄒᆞᆫ번(-番) 시구(詩句)를 보고져 ᄒᆞ노라."

공ᄌᆡ(公子ㅣ) 몸을 굽혀 ᄃᆡ왈(對曰),

"참화여ᄉᆡᆼ(慘禍餘生)[60]이 쵹디(蜀地) 슈졸(戍卒)이 되ᄆᆡ 만ᄉᆡ(萬事ㅣ) 여몽(如夢)ᄒᆞ여 경ᄉᆞ(京師)의셔 슈ᄒᆞᆨ(受學)ᄒᆞ던 일이 츈몽(春夢) 갓

7면

ᄌᆞ온지라, 오직 젼야(田野)의 호ᄆᆡ를 잡으며 소를 먹여 잠기[61] 들기를 닉여시니 작시(作詩)ᄒᆞ미 업ᄂᆞ이다."

원ᄂᆡ(元來) 공ᄌᆡ(公子ㅣ) 쥬야(晝夜) ᄒᆞᆨ문(學問)을 브ᄌᆞ러니 ᄒᆞᄃᆡ 일(一) 슈(首) 시(詩)를 짓지 아니ᄒᆞ고, 독셔(讀書)의 소ᄅᆡ를 업시 ᄒᆞ여 몸 가지기를 농부(農夫)와 다르미 업ᄉᆞ니 하(河) 공(公)이 역시(亦是) 말니지 아니ᄒᆞ고 부ᄌᆡ(父子ㅣ) 갈건(葛巾)을 버ᄉᆞ면 져른[62] 옷시라.

윤(尹) 공(公)이 하(河) 공(公)의 쌍ᄌᆞ(雙子) 보기를 쳥(請)ᄒᆞ니, 공(公)이 즉시(卽時) 〃녀(侍女)로 냥(兩) ᄋᆞ(兒)를 ᄂᆡ여오라 ᄒᆞ니, 원ᄂᆡ(元來) 됴 부인(夫人)이 거츄(去秋) 긔망(旣望)[63] 분산(分産)[64] ᄒᆞᆯ시 몽듕(夢中)의 문관(文官), 무관(武官)이 손의 ᄇᆡᆨ옥쥬미(白玉麈尾)[65]를 들고 나아와 닐오ᄃᆡ,

"문챵셩(文昌星)[66]과 무곡셩(武曲星)[67]이 비명원ᄉᆞ(非命寃死)[68]ᄒᆞ

---

60) 챰화여ᄉᆡᆼ(慘禍餘生): 참화여생. 참혹한 재앙에서 살아난 삶.
61) 잠기: 쟁기.
62) 져른: 짧은.
63) 긔망(旣望): 기망. 음력으로 매달 열엿샛날.
64) 분산(分産): 아이를 낳음.
65) ᄇᆡᆨ옥쥬미(白玉麈尾): 백옥주미. 백옥으로 손잡이를 한 총채.
66) 문챵셩(文昌星): 문창성. 북두칠성의 여섯째 별인 '개양(開陽)'을 달리 이르는 말. 학문을 맡아 다스린다고 함.
67) 무곡셩(武曲星): 무곡성. 구성(九星) 가운데 여섯째 별.

여시믹 샹텬(上天)[69]긔 발원(發願)[70]ᄒᆞ고 셰존(世尊)[71]긔 복(福)을 빌며 븍두(北斗)[72]의 슈(壽)를 비러 환도인셰(還道人世)[73]ᄒᆞᄂᆞ니 부인(夫人)은 삼(三) ᄌᆞ(子)의

8면

참ᄉᆞ(慘死)[74]를 슬허 마르시고 명년(明年)의 남챵셩(南昌星)이 마ᄌᆞ 환싱(還生)ᄒᆞ여 부인(夫人) 슬히(膝下ㅣ) 되리니 ᄉᆞ(四) ᄌᆞ(子)의 무궁(無窮)ᄒᆞᆫ 영효(榮孝)를 바드라.”

언필(言畢)의 냥(兩) 학(鶴)이 부인(夫人) 픔으로 나아드ᄂᆞᆫ지라. ᄭᆞᆷ을 ᄭᆡ미 냥(兩) ᄌᆞ(子)를 ᄉᆡᆼ(生)ᄒᆞ니 산실(産室)의 향운(香雲)이 어ᄅᆡ고 부인(夫人)이 긔운이 ᄉᆡᆨ〃ᄒᆞ여 몬져 난 ᄋᆞ히(兒孩)ᄂᆞᆫ 원경 ᄀᆞᆺ고 후(後)의 난 ᄋᆞ히(兒孩)ᄂᆞᆫ 원보 ᄀᆞᆺᄐᆞ여 대쇠(大小ㅣ) 다르나 형용(形容)이 방블(彷佛)ᄒᆞ니 공(公)의 부뷔(夫婦ㅣ) ᄎᆞ후(此後)ᄂᆞᆫ 심ᄉᆞ(心思)를 져기 위로(慰勞)ᄒᆞ여 션ᄋᆞ(先兒)ᄂᆞᆫ 원상이라 ᄒᆞ고 후ᄋᆞ(後兒)ᄂᆞᆫ 원챵이라 ᄒᆞ고 ᄌᆞ(字)를 ᄌᆞ환, ᄌᆞ슌이라 ᄒᆞ여 그 쥰ᄆᆡ(俊邁)[75]ᄒᆞ미 날노 더으니,

윤(尹) 공(公)이 냥(兩) ᄋᆞ(兒)를 보건ᄃᆡ 옥면명안(玉面明眼)[76]의 뉴

---

68) 비명원ᄉᆞ(非命寃死); 비명원사. 제명대로 살지 못하고 원통하게 죽음.
69) 샹텬(上天): 상천. 천제(天帝). 하늘을 주재하는 신.
70) 발원(發願): 신이나 부처에게 소원을 빎.
71) 셰존(世尊): 세존. ‘석가모니’의 다른 이름. 세상에서 가장 존귀한 존재라는 뜻.
72) 븍두(北斗): 북두. 북두칠성(北斗七星). 큰곰자리에서 국자 모양을 이루며 가장 뚜렷하게 보이는 일곱 개의 별. 이름은 각각 천추(天樞), 천선(天璇), 천기(天璣), 천권(天權), 옥형(玉衡), 개양(開陽), 요광(搖光)이라 하며 앞의 네 별을 괴(魁), 뒤의 세 별을 표(杓)라 하고 합하여 두(斗)라 함.
73) 환도인셰(還道人世): 환도인세. 인간 세상에 환생함.
74) 참ᄉᆞ(慘死): 참사. 참혹한 죽음.
75) 쥰ᄆᆡ(俊邁): 준매. 재주와 지혜가 매우 뛰어남.
76) 옥면명안(玉面明眼): 옥 같은 얼굴과 밝은 눈.

미단슌(柳眉丹脣)[77]이 슈려(秀麗)ᄒᆞ여 십분(十分) 범ᄋᆞ(凡兒)와 다를 쏜 아냐 원경, 원보로 다르미 업셔 황연(晃然)[78]이 ᄉᆞ라옴 ᄀᆞᆺᄐᆞ여, 윤(尹) 공(公)이 칭찬(稱讚) 왈(曰),

“양(兩) 아(兒)의 비상(非常)ᄒᆞ미 이 갓트며[79] ᄌᆞ건[80] 형뎨(兄弟) 의연(依然)이 도라

9면

온 ᄃᆞᆺᄒᆞ니, 반ᄃᆞ시 환세(還世)ᄒᆞ여 다시 형(兄)의 슬해(膝下ㅣ) 되고 늣거이 맛ᄎᆞ믈 슬허[81] 부귀(富貴)를 타실디라, ᄌᆞ의[82] ᄒᆞᆫ 사ᄅᆞᆷ도 타인(他人)의 십(十) ᄌᆞ(子)를 블워 아니려든 냥(兩) ᄋᆞ(兒)의 쥰슈(俊秀)ᄒᆞ미 이러ᄐᆞᆺ 긔이(奇異)ᄒᆞ니, 형(兄)이 삼슌(三旬)을 갓 넘은디라 댱ᄂᆡ(將來) 복경(福慶)[83]이 만(萬) 니(里) ᄀᆞᄐᆞ니 디ᄂᆞᆫ 슬프믄 족(足)히 니를 ᄇᆡ 아니로다.”

하(河) 공(公)이 츄연하루(惆然下淚)[84]ᄒᆞ고 인(因)ᄒᆞ여 몽ᄉᆞ(夢事)를 니르고 탄왈(嘆曰),

“댱뷔(丈夫ㅣ) 허탄(虛誕)ᄒᆞᆫ 몽ᄉᆞ(夢事)를 취신(取信)ᄒᆞᆯ ᄇᆡ 아니로ᄃᆡ ᄎᆞᄋᆞ(此兒) 등(等)이 망ᄋᆞ(亡兒) 등(等)과 다르미 업ᄉᆞ니 본 젹마다 반갑고 슬프미 더으도다.”

윤(尹) 공(公)이 긔이(奇異)히 넉여 칭하(稱賀) 왈(曰),

---

77) 뉴미단슌(柳眉丹脣): 유미단순. 버들 같은 눈썹과 붉은 입술.
78) 황연(晃然): 환하게 밝은 모양.
79) 윤공이-갓트며: [교] 원문에는 없으나 문맥을 고려해 박순호본(5:3)을 따름.
80) 건: [교] 원문에는 ‘안’으로 되어 있으나 앞의 예를 따라 이와 같이 수정함.
81) 슬허: [교] 원문에는 없으나 문맥을 고려해 박순호본(5:3)을 따름.
82) ᄌᆞ의: 하원광의 자(字).
83) 복경(福慶): 행복과 경사.
84) 츄연하루(惆然下淚): 추연하루. 슬피 눈물을 흘림.

"형(兄)의 복경(福慶)이 타일(他日) 늉〃(融融)[85]ᄒᆞ믈 일노ᄌᆞᄎᆞ 알니로다. 셩명(聖明)[86]이 ᄒᆞᆫ번(-番) 부운(浮雲)을 헷치고 광ᄎᆡ(光彩)를 토(吐)ᄒᆞ면 형(兄)의 원억(冤抑)이 거울ᄀᆞᆺ치 신셜(伸雪)[87]ᄒᆞ리라."

하(河) 공(公)이 탄식(歎息)

10면

ᄒᆞ며 삼(三) 년(年) ᄂᆡ졍(離情)을 펴ᄆᆡ, 금평후(--侯)와 님 시랑(侍郞)의 셔간(書簡)을 반기미 무궁(無窮)ᄒᆞᆫ 듕(中) 님 공(公)은 ᄉᆡᆼ녀(生女)ᄒᆞ여 얼골이 망녀(亡女) ᄀᆞᆺᄐᆞ믈 베펴 기리 슬허ᄒᆞ엿ᄂᆞᆫ디라, 하(河) 공(公)이 일마다 몽ᄉᆡ(夢事ㅣ) 마ᄌᆞ믈 긔이(奇異)코 슬허[88]ᄒᆞ여 탄식(歎息)ᄒᆞ믈 슛지 아니터니,

어듭기를 인(因)ᄒᆞ여 윤(尹) 공(公) 왈(曰),

"ᄋᆞ녜(阿女ㅣ) 어미를 ᄯᅥ나 누쳔(累千) 니(里)의 외로이 니르ᄆᆡ 심ᄉᆡ(心思ㅣ) 즐겁지 못ᄒᆞ리니 쇼뎨(小弟) 도라가 명일(明日) 다시 모드리라."

공(公)이 ᄯᅥ날 ᄯᅳᆺ이 업ᄉᆞ나 쇼져(小姐)를 위(爲)ᄒᆞ여 햐쳐(下處)로 가게 ᄒᆞ고, ᄂᆡ실(內室)의 드러와 윤(尹) 공(公)의 신의(信義)를 ᄉᆡ로이 일ᄏᆞᄅᆞ며 초〃(草草)[89]히 신부(新婦) 보ᄂᆞᆫ 녜(禮)를 출히라 ᄒᆞ고 쵹쳐(觸處)의 감창(感愴)ᄒᆞ믈 ᄂᆡ긔지 못ᄒᆞ더라.

츄밀(樞密)이 햐쳐(下處)의 도라와 녀ᄋᆞ(女兒)를 어로만져 셕반(夕飯)을 권(勸)ᄒᆞ며 소탈(疏脫)ᄒᆞ고 잔걱정 업ᄉᆞᆫ 셩

85) 늉〃(融融): 융융. 두터움.
86) 셩명(聖明): 성명. 임금의 현명함.
87) 신셜(伸雪): 신설. 가슴에 맺힌 원한을 풀어 버리고 창피스러운 일을 씻어 버림.
88) 허: [교] 원문에는 이 글자가 없으나 문맥을 고려해 삽입함.
89) 초〃(草草): 바쁘고 급함.

11면

졍(性情)이로ᄃᆡ 녀ᄋᆡ(女兒ㅣ) ᄉᆡᆼ댱부귀호화(生長富貴豪華)[90]ᄒᆞ여 고초(苦楚)를 모로다가 견ᄃᆡ지 못ᄒᆞᆯ가 두려ᄒᆞ여 왈(曰),

"쵸(楚) 공쥐(公主ㅣ) ᄇᆡᆨ장[91]의게 하가(下嫁)ᄒᆞ미 이시니[92] 녀ᄌᆞ(女子)의 졀의(節義)ᄂᆞᆫ ᄇᆡᆨᄒᆡᆼ지원(百行之元)[93]이라. 구개(舅家ㅣ) ᄒᆞᆫ갓 빈잔긔아(貧孱飢餓)[94]ᄒᆞᆯ 거시 아니로ᄃᆡ ᄉᆞᄉᆞ로 참화여ᄉᆡᆼ(慘禍餘生)이로라 ᄒᆞ여 쳐신(處身)을 촌인(村人)ᄀᆞᆺ치 ᄒᆞ니 그 거쳐(居處)를 니르면 셕일(昔日) 하부(河府) 우마(牛馬) ᄆᆡᄂᆞᆫ 곳도 그러치 아니ᄒᆞ고, 음식(飮食)이 반ᄃᆞ시 ᄎᆡ근(菜根)[95]을 먹으며 모ᄆᆡᆨ(牟麥)[96] 살믄 거시니, 여ᄋᆡ(女兒ㅣ) 화미진찬(華味珍饌)[97]을 염(厭)ᄒᆞ다가 견ᄃᆡ기 어려오려니와 입향슌쇽(入鄕循俗)[98]이오 습여셩셩[99](習與性成)[100]이라, ᄂᆡ ᄆᆞᄋᆞᆷ의 ᄎᆞᆷ으려 ᄒᆞ면 못 견ᄃᆡᆯ 일이 업고 호화(豪華)ᄒᆞᆫ ᄆᆞᄋᆞᆷ을 곳쳐 간초(艱楚)[101]ᄒᆞᆫ ᄃᆡ 머므르고 고진감ᄂᆡ(苦盡甘來)[102]로 됴흔 시졀(時節)이 〃

---

90) ᄉᆡᆼ댱부귀호화(生長富貴豪華): 생장부귀호화. 부귀하고 화려한 집에서 나서 자람.

91) ᄇᆡᆨ장: 백장. 백정(白丁).

92) 쵸(楚) 공쥐(公主ㅣ)~이시니: 초나라 공주 중에 백정에게 시집간 이가 있으니. 중국의 고사로 보이나 미상임.

93) ᄇᆡᆨᄒᆡᆼ지원(百行之元): 백행지원. 온갖 행실의 근원.

94) 빈잔긔아(貧孱飢餓): 빈잔기아. 가난하고 굶주림.

95) ᄎᆡ근(菜根): 채근. 먹을 수 있는 채소의 뿌리라는 뜻으로 맛없고 거칠고 보잘것없는 음식을 비유적으로 이르는 말.

96) 모ᄆᆡᆨ(牟麥): 모맥. 보리.

97) 화미진찬(華味珍饌): 맛있는 음식.

98) 입향슌쇽(入鄕循俗): 입향순속. 다른 지방에 들어가서는 그 지방의 풍속을 따름.

99) 셩: [교] 원문에는 '졍'으로 되어 있으나 문맥을 고려해 이와 같이 수정함.

100) 습여셩셩(習與性成): 습여성성. 습관이 오래되면 마침내 천성이 됨.

101) 간초(艱楚): 힘들고 괴로움.

102) 고진감ᄂᆡ(苦盡甘來): 고진감래. 괴로움이 다하면 즐거움이 옴.

12면

실 거시니, 오ᄋᆞ(吾兒)ᄂᆞᆫ 본(本)ᄃᆡ 녀듕군ᄌᆡ(女中君子ㅣ)라, 여부(汝父)의 경계(警戒)를 져바리지 말고 구고(舅姑)를 효봉(孝奉)[103]ᄒᆞ고 군ᄌᆞ(君子)를 승슌(承順)[104]ᄒᆞ여 슉녀(淑女)의 ᄉᆞ덕(四德)[105]을 힘ᄡᅳ고 일호(一毫)도 교앙ᄌᆞ득(驕昂自得)[106]ᄒᆞ기를 말디어다."

쇼제(小姐ㅣ) 누쳔(累千) 니(里) ᄋᆡ각(涯角)[107]의 ᄌᆞ음쳐 아득히 촌사(村舍)의 와 안ᄌᆞ니, 경ᄉᆡ(京師ㅣ) 망〃(茫茫)[108]ᄒᆞ여 삼이 넉슬 인(因)ᄒᆞ여 본부(本府)를 볼디언정 나라갈 길 업ᄂᆞᆫ디라. 촌인(村人)의 봉두귀면(蓬頭鬼面)[109]과 긔괴(奇怪)ᄒᆞᆫ 의복(衣服)을 보ᄆᆡ 사ᄅᆞᆷ의 모양 ᄀᆞᆺ지 아냐 우ᄆᆡᆼ(愚氓)[110] ᄀᆞᆺᄐᆞ니 벽난 등(等)이 ᄒᆞ부(河府)를 밧그로 보아 머리를 흔드러 측간(廁間)[111]이라도 그ᄃᆡ도록 괴이(怪異)ᄒᆞ믈 보디 아녓노라 말을 드르니, 젼졍(前程)이 무광(無光)ᄒᆞ믈 엇디 모로리오마ᄂᆞᆫ 사ᄅᆞᆷ 되오미 쳔균(千鈞)[112] ᄀᆞᆺ고 견고(堅固)ᄒᆞ미 금옥(金玉) ᄀᆞᆺᄐᆞᆫ디라 ᄉᆞᄉᆡᆨ(辭色)을 밧고지 아니터니,

13면

야〃(爺爺)의 경계(警戒)ᄒᆞ시믈 드르ᄆᆡ 오ᄃᆡ ᄇᆡ샤슈명(拜謝受命)ᄒᆞᆯ

---

103) 효봉(孝奉): 효도로 봉양함.
104) 승슌(承順): 승순. 명령을 순순히 좇음.
105) ᄉᆞ덕(四德): 사덕. 여자로서 갖추어야 할 네 가지 덕. 마음씨[婦德], 말씨[婦言], 맵시[婦容], 솜씨[婦功]를 이름.
106) 교앙ᄌᆞ득(驕昂自得): 교앙자득. 교만하여 뽐내며 우쭐거림.
107) ᄋᆡ각(涯角): 애각. 멀리 떨어져 있어 외지고 먼 땅.
108) 망〃(茫茫): 아득함.
109) 봉두귀면(蓬頭鬼面): 헝클어진 머리와 귀신(鬼神)의 얼굴처럼 험상궂은 모습.
110) 우ᄆᆡᆼ(愚氓): 우맹. 어리석은 백성.
111) 측간(廁間): 변소.
112) 쳔균(千鈞): 천균. 매우 무거운 무게 또는 그런 물건을 비유적으로 이르는 말. '균'은 예전에 쓰던 무게의 단위로, 1균은 30근임.

쎈이오, 하가(河家) 빈부(貧富)를 언두(言頭)의 올니지 아니코 셩녀(盛慮)를 깃치지 아니려 셕반(夕飯)을 녜ᄉᆞ(例事)로이 진식(盡食)ᄒᆞ니 공(公)이 그 효슌(孝順)ᄒᆞ믈 ᄉᆞ랑ᄒᆞ여 만금(萬金)의 지나더라.

구ᄉᆡᆼ(-生)은 윤(尹) 공(公)으로 더브러 동ᄒᆡᆼ(同行)ᄒᆞᄃᆡ 쇼져(小姐)를 얼픗도 보디 못ᄒᆞ믄 공(公)이 구ᄐᆞ여 보라 아니며 ᄒᆡᆼ(行)ᄒᆞ기를 일즉 나고 어둡게 드러 쇼져(小姐)를 볼 연괴(緣故ㅣ) 업고, 쇼졔(小姐ㅣ) 댱신(藏身)[113]ᄒᆞ믈 극진(極盡)히 ᄒᆞ여 구ᄉᆡᆼ(-生)을 ᄒᆞᆫ 번(番) 본 일도 뉘웃ᄂᆞᆫ디라.

임의 니르러ᄂᆞᆫ 몽슉의 션셰(先世) 묘쇠(墓所ㅣ) 하(河) 공(公) 집과 머디 아니ᄒᆞ고 묘소(墓所)를 슈호(守護)ᄒᆞᄂᆞᆫ 노복(奴僕)이 〃시니, 윤(尹) 공(公)긔 묘막(墓幕)으로 가믈 쳥(請)ᄒᆞᆫᄃᆡ 공(公)이 흔연(欣然) 허지(許之)ᄒᆞ고, 갈 젹은 노비(路費)[114] 더옥 넉〃

14면

ᄒᆞ니 ᄒᆞᆫ가지로 가ᄌᆞ ᄒᆞᆫᄃᆡ,

몽슉이 ᄉᆞ사(謝辭)ᄒᆞ고 묘소(墓所)의 나아가 션영[115](先塋)의 ᄇᆡ알(拜謁)ᄒᆞᆯ 쎈 아냐 윤(尹) 시(氏)를 져의 긔믈(己物) 삼고져 ᄒᆞᄂᆞᆫ디라, 윤(尹) 공(公)이 신의(信義)를 굿이 잡아 녀ᄋᆞ(女兒)를 다려 쵹디(蜀地)가지 와시니 하가(河家)의 큰 은혜(恩惠) 되거ᄂᆞᆯ, 하개(河家ㅣ) 슈삼(數三) 일(日) 격(隔)ᄒᆞᆫ 혼인(婚姻)을 스ᄉᆞ로 믈니ᄂᆞᆫ 디경(地境)이면 공(公)의 셩되(性度ㅣ) 과[116]격(過激)ᄒᆞ니 반ᄃᆞ시 대로(大怒)ᄒᆞ여

---

113) 댱신(藏身): 장신. 몸을 감춤.
114) 노비(路費): 길을 오가는 데 드는 돈. 노자(路資).
115) 영: [교] 원문에는 '형'으로 되어 있으나 문맥을 고려해 이와 같이 수정함.
116) 과: [교] 원문에는 '고'로 되어 있으나 문맥을 고려해 박순호본(5:5)을 따름.

타쳐(他處)의 구혼(求婚)ᄒᆞᆯ디라. 그ᄣᅵ를 타 내 구혼(求婚)ᄒᆞ면 취(娶)ᄒᆞ리라. 몬져 하가(河家)를 격동(激動)ᄒᆞ여 혼인(婚姻)을 못 ᄒᆞ게 작희(作戲)ᄒᆞ리라 ᄒᆞ고,

ᄎᆞ야(此夜)의 몸을 흔드러 변(變)ᄒᆞ여 흉댱(凶壯)[117]ᄒᆞᆫ 녁ᄉᆞ(力士ㅣ) 되여 비슈(匕首)를 ᄢᅵ고 하부(河府) 초실(草室) 듕(中)의 드러가니, 하(河) 공ᄌᆡ(公子ㅣ) 쵹(燭)을 믈니고 바야흐로 눕고져 ᄒᆞᄂᆞᆫ디라. 몽슉이 칼ᄒᆞᆯ 들고 문(門)을 열치며 녀셩(厲聲)[118] 왈(曰),

"하딘

15면

역츄(逆酋)[119]의 부ᄌᆡ(父子ㅣ) 텬하(天下) 영웅(英雄) 딕공암을 아ᄂᆞᆫ다? 나의 쳔금미인(千金美人) 윤(尹) 시(氏) 현ᄋᆞᄂᆞᆫ 날노 더브러 쳔금언약(千金言約)을 두ᄆᆡ, 아직 이셩(二姓)의 친(親)[120]을 ᄆᆡᆺ지 못ᄒᆞ여시나 부〃(夫婦)의 정(情)이 오륜대의(五倫大義)를 ᄇᆞᆰ혀시니, 원광[121] 뎍ᄌᆡ(賊子ㅣ) 미인(美人)을 앗ᄂᆞᆫ 디경(地境)이면 ᄒᆞᆫ칼노 육장(肉醬)을 ᄆᆡᆫᄃᆞᆯ니라."

언필(言畢)[122]의 바로 하(河) 공ᄌᆞ(公子)를 향(向)ᄒᆞ여 지르려 ᄒᆞ니, 공ᄌᆡ(公子ㅣ) 바야흐로 눕다가 분연(憤然)[123]이 ᄢᆡ더나 원비(猿臂)[124]를 느리혀 칼ᄒᆞᆯ 막을ᄉᆡ, 몽슉이 공ᄌᆞ(公子)의 용녁(勇力)을 모

117) 흉댱(凶壯): 흉장. 흉악하고 굳셈.
118) 녀셩(厲聲): 여성. 소리를 사납게 함.
119) 역츄(逆酋): 역추. 반역의 우두머리.
120) 이셩(二姓)의 친(親): 이성의 친. 두 성의 친함이라는 뜻으로 혼인을 이름.
121) 광: [교] 원문에는 'ᄂᆡ'로 되어 있으나 문맥을 고려해 이와 같이 수정함.
122) 언필(言畢): 말을 마침.
123) 분연(憤然): 화가 난 모양.
124) 원비(猿臂): 원숭이의 팔이라는 뜻으로, 길고 힘이 있어 활쏘기에 좋은 팔을 이르는 말.

로고 하(河) 공(公)을 몬져 하슈(下手)[125] ᄒᆞ려 ᄒᆞ더니, 공ᄌᆡ(公子ㅣ) 셤슈(纖手)를 드러 댱검(長劍)을 아ᄉᆞᄃᆡ 날ᄂᆡ미 신긔(神奇)ᄒᆞ여 몽숚이 헛도이 노하바린지라. 공ᄌᆡ(公子ㅣ) 칼흘 아ᄉᆞ 뎡(正)히 지르고져 ᄒᆞ더니 몽숚이 놀나 몸을 소〃아 공듕(空中)으로 올나가니, 공ᄌᆡ(公子ㅣ) 그 손을 질

16면

넛ᄂᆞᆫ디라 피 흐르ᄃᆡ 몽숚이 요슐(妖術)이 긔이(奇異)ᄒᆞ므로 ᄌᆞ최를 금초니, 공ᄌᆡ(公子ㅣ) 분완(憤惋)[126] ᄒᆞ여 야얘(爺爺ㅣ) ᄆᆡ이 놀나신가 급(急)히 드러오니 공(公)이 본(本)ᄃᆡ 긔운이 송ᄇᆡᆨ(松柏) ᄀᆞᄐᆞᆫ디라, 흉젹(凶賊)의 패셜(悖說)[127]의 대단이 놀나디 아냐 언연(偃然)[128]이 누엇디니, 공ᄌᆡ(公子ㅣ) 드러와 긔운을 뭇ᄌᆞ오니 공(公)이 답왈(答曰),

"그ᄉᆞ이 긔운 상(傷)ᄒᆞᆯ 일이 업ᄉᆞ니 엇디 뭇ᄂᆞ뇨? 다만 흉뎍(凶賊)의 패셜(悖說)이 한심(寒心)ᄒᆞᆫ디라, 반ᄃᆞ시 윤가(尹家)를 믜워ᄒᆞᄂᆞᆫ ᄉᆡ(者ㅣ) 혼인(婚姻)을 작희(作戱)[129] ᄒᆞ미리."

공ᄌᆡ(公子ㅣ) 분완통ᄒᆡ(憤惋痛駭)[130] ᄒᆞ여 ᄒᆞᆫ칼히 죽이지 못ᄒᆞ믈 한(恨)ᄒᆞ며, 부친(父親)이 윤가(尹家)를 믜워ᄒᆞᄂᆞ니 잇셔 혼인(婚姻)을 작희(作戱)ᄒᆞᆫ다 ᄒᆞ시믈 답〃ᄒᆞ여 출하리 ᄌᆞ긔(自己) 몸을 피(避)ᄒᆞ여 윤(尹) 시(氏)를 취(娶)치 말고져 ᄒᆞ니, 원광의 신명(神明)ᄒᆞ므

---

125) 하슈(下手): 하수. 손을 써서 사람을 죽임.
126) 분완(憤惋): 몹시 분하게 여김.
127) 패셜(悖說): 패설. 사리에 어긋나게 말함. 또는 그런 말.
128) 언연(偃然): 거드름을 피우며 거만함.
129) 작희(作戱): 희지음. 방해함.
130) 분완통ᄒᆡ(憤惋痛駭): 분완통해. 몹시 분하게 여기고 놀람.

로 홀노 흉적(凶賊)의 패셜(悖說)

17면

을 ᄭᆡᄃᆞᆺ지 못ᄒᆞ니 ᄯᅩᄒᆞᆫ 금슬(琴瑟)의 희짓ᄂᆞᆫ ᄋᆡᆨ(厄)이라, 텬슈(天數)를 인력(人力)으로 ᄒᆞᆯ ᄇᆡ 아니러라.

공ᄌᆡ(公子ㅣ) 부젼(父前)의 고왈(告曰),

"윤(尹) 년슉(緣叔)[131]의 대은(大恩)인ᄌᆞᆨ 쇼ᄌᆡ(小子ㅣ) 쇄신(碎身)[132]ᄒᆞ여 갑흘 ᄇᆡ오나 도적(盜賊)의 흉언(凶言)을 드러ᄂᆞᆫ 기녜(其女ㅣ) 대음찰녜(大淫刹女ㅣ)[133] 줄 알디라. 쇼ᄌᆡ(小子ㅣ) 일ᄉᆡᆼ(一生)을 환거(鰥居)[134]ᄒᆞ오나 음녀(淫女)ᄂᆞᆫ 취(娶)치 못ᄒᆞ올디니, 대인(大人)은 윤(尹) 공(公)을 ᄃᆡ(對)ᄒᆞ샤 소유(所由)를 니르시고 ᄎᆞ혼(此婚)을 믈니쇼셔."

하(河) 공(公)이 청필(聽畢)[135]의 신ᄉᆡᆨ(神色)[136]이 ᄎᆞ악(嗟愕)ᄒᆞ여 금〃(錦衾)[137]을 두로치고 번연(飜然)이[138] 니러 안ᄌᆞ 탄왈(嘆曰),

"내 너를 평일(平日) ᄀᆞ장 ᄎᆞᆼ명특이(聰明特異)ᄒᆞᆫ 줄노 아랏더니 엇디 지식(知識)이 천단(淺短)[139]ᄒᆞ고 과격(過激)ᄒᆞ미 이ᄃᆡ도록 ᄒᆞ뇨? 흉적(凶賊)의 패언(悖言)을 취신(取信)ᄒᆞ여 명강의 쳔금농쥬(千金弄珠)[140]를 의심(疑心)ᄒᆞ미 이 ᄀᆞᆺ트믈 알니오? 여뷔(汝父ㅣ) 명되(命途

---

131) 년슉(緣叔): 연숙. 아저씨라고 부를 만한 친지.

132) 쇄신(碎身): 뼈를 가루로 만들고 몸을 부순다는 뜻으로, 정성으로 노력함을 이르는 말. 또는 그렇게 하여 뼈가 가루가 되고 몸이 부서짐. 분골쇄신(粉骨碎身).

133) 대음찰녜(大淫刹女ㅣ): 매우 음란한 여자. 찰녀는 여자 나찰로, 나찰(羅刹)은 푸른 눈과 검은 몸, 붉은 머리털을 하고서 사람을 잡아먹으며, 지옥에서 죄인을 못살게 군다고 함.

134) 환거(鰥居): 홀아비로 지냄.

135) 청필(聽畢): 청필. 다 들음.

136) 신ᄉᆡᆨ(神色): 신색. 안색.

137) 금〃(錦衾): 비단 이불.

138) 번연(飜然)이: 갑자기.

139) 천단(淺短): 천단. 지식이나 생각 따위가 얕고 짧음.

ㅣ)[141] 긔구(崎嶇)ᄒᆞ여 〃형(汝兄) 삼(三) 인(人)을 참망(慘亡)[142]

18면

ᄒᆞ고, 비록 유ᄋᆞ(乳兒) 냥(兩) ᄋᆡ(兒ㅣ) 이시나 오직 너를 밋고 바라미 듕여태악(重如泰岳)[143]이라. 나히 ᄎᆞ지 못ᄒᆞ여시나 대ᄉᆞ(大事)를 특달(特達)[144]ᄒᆞᆯ가 ᄒᆞ엿더니, 이 말로 보아ᄂᆞᆫ 소견(所見)이 돈견(豚犬)이나 다르지 아니ᄒᆞ니 엇지 한심(寒心)치 아니리오. 오ᄋᆡ(吾兒ㅣ) 져의게 슈은(受恩)[145]ᄒᆞᆫ ᄇᆡ 그 엇더ᄒᆞ며, 명강이 누쳔(累千) 니(里) 험도(險道)의 그 ᄯᆞᆯ을 다리고 화가여ᄉᆡᆼ(禍家餘生)을 ᄎᆞᄌᆞ 니르미 신의(信義)를 금셕(金石)ᄀᆞᆺ치 ᄒᆞ미라, 셕(昔)의 진평(陳平)[146] 쳬(妻ㅣ) 다ᄉᆞᆺ 번(番) 개가(改嫁)ᄒᆞᄃᆡ[147] 평(平)의 듕ᄃᆡ(重待)[148]ᄒᆞᄂᆞᆫ 부인(夫人)이 되여시니, ᄆᆞᄋᆞᆷ의 비록 측ᄒᆞᆯ지라도[149] 듕ᄃᆡ(重待)ᄒᆞ여 그 부형(父兄)의 은혜(恩惠)를 져바리지 아니미 올코 윤(尹) 시(氏) ᄯᅩᄒᆞᆫ 그럴 니(理) 업ᄉᆞ니 네 ᄆᆞᄋᆞᆷ의 음부(淫婦)로 알고 내 ᄆᆞᄋᆞᆷ의ᄂᆞᆫ 녈녀(烈女)로 아라 취(娶)ᄒᆞᆯ지니, 흉젹(凶賊)의 패셜(悖說)은 놀납지 아니코

---

140) 쳔금농쥬(千金弄珠): 천금농주. 천금처럼 귀한 구슬이라는 뜻으로 귀한 딸을 이름. 농주는 희롱하는 구슬이라는 뜻으로 한고(漢皐)의 두 신녀의 고사. 정교보(鄭交甫)가 남쪽의 초(楚)에 가 한고의 누대 아래에 이르러 두 여자를 만났는데, 두 여자가 두 개의 구슬을 차고 있었는데 크기가 계란만 했다 함. 『문선(文選)』, 장형(張衡), <남도부(南都賦)> 주(註).

141) 명되(命途ㅣ): 운명과 재수.

142) 참망(慘亡): 참혹히 죽음.

143) 듕여태악(重如泰岳): 중여태악. 태산(泰山)처럼 무거움.

144) 특달(特達): 남달리 사리에 밝고 특별히 재주가 뛰어남.

145) 슈은(受恩): 수은. 은혜를 입음.

146) 진평(陳平): 중국 한(漢)나라 유방(劉邦)을 도와 그가 천하를 통일할 수 있도록 도운 인물(?~B.C.168).

147) 셕(昔)의~개가(改嫁)ᄒᆞᄃᆡ: 석의 진평 처 다섯 번 개가하되. 옛날에 진평의 아내가 다섯 번을 개가하였으나. 진평의 아내는 같은 마을에 사는 부자 장부의 딸로서, 가난한 진평이 다섯 번 결혼한 전력을 개의치 않고 결혼함. 사마천, 『사기』, 「진승상세가」.

148) 듕ᄃᆡ(重待): 중대. 소중하게 대우함.

149) 측ᄒᆞᆯ지라도: 언짢더라도.

너의 블명용

19면

우(不明庸愚)150) ᄒᆞ믈 경악(驚愕)ᄒᆞ노라."

언파(言罷)의 긔위(氣威)151) 늠〃(凜凜)ᄒᆞ니 견시지(見視者ㅣ) 블감앙시(不敢仰視)152)라. 공지(公子ㅣ) ᄉᆞ러 부교(父敎)를 듯ᄌᆞ오미 비록 ᄌᆞ가(自家)의 소견(所見)과 다르나 인ᄌᆞ(人子)의 틱만(怠慢)치 못홀 빅라. ᄒᆞ믈며 화란지후(禍亂之後)의 부모(父母) 셩의(盛意)를 일분(一分)이나 어긜가 쥬야(晝夜) 동쵹(洞屬)153)ᄒᆞᄂᆞᆫ지라, 화긔이셩(和氣怡聲)154)으로 지빅(再拜) 샤죄(謝罪) 왈(曰),

"ᄋᆞ히(兒孩) 디식(知識)이 천단(淺短)ᄒᆞ와 흉젹(凶賊)의 패셜(悖說)을 분(憤)히 넉엿ᄉᆞᆸ더니, 엄괴(嚴敎ㅣ) 디당(至當)ᄒᆞ시니 아득ᄒᆞᆫ 흉치(胸滯)155) 샹쾌(爽快)ᄒᆞ온디라. 삼가 엄교(嚴敎)를 밧ᄌᆞ와 다시 블명과격(不明過激)156)ᄒᆞᆫ 바를 곳쳐 봉힝(奉行)157)ᄒᆞ리이다."

하(河) 공(公)이 지삼(再三) 경계(警戒)ᄒᆞ여 괴이(怪異)ᄒᆞᆫ 뜻을 두지 말나 ᄒᆞ니, 공지(公子ㅣ) 슌〃슈명(順順受命)158)ᄒᆞ여 블평(不平)ᄒᆞᆫ ᄉᆞ식(辭色)을 두지 아니나 심니(心裏)의 블승분격(不勝憤激)159)ᄒᆞ더라.

---

150) 블명용우(不明庸愚): 불명용우. 현명하지 못하고 어리석음.
151) 긔위(氣威): 기위. 기개와 위엄.
152) 블감앙시(不敢仰視): 불감앙시. 감히 눈을 들어 바라보지 못함.
153) 동쵹(洞屬): 동촉. 공경하고 삼가며 매우 조심스러움.
154) 화긔이셩(和氣怡聲): 화기이성. 온화한 기운과 부드러운 목소리.
155) 흉치(胸滯): 흉체. 막힌 가슴.
156) 블명과격(不明過激): 불명과격. 현명하지 못하고 과격함.
157) 봉힝(奉行): 봉행. 받들어 행함.
158) 슌〃슈명(順順受命): 순순수명. 순순히 명령을 들음.
159) 블승분격(不勝憤激); 불승분격. 분한 감정이 북받쳐 오르는 것을 이기지 못함.

명일(明日) 윤부(尹府)의 니르러 죵용(從容)이 담화(談話)ᄒᆞᄃᆡ,

20면

하(河) 공(公)이 작야(昨夜) 변고(變故)를 니르지 아니ᄒᆞ고 공ᄌᆡ(公子ㅣ) 화긔(和氣) 젼일(專一)[160]ᄒᆞ니, 츄밀(樞密)이 능(能)히 아지 못ᄒᆞ고 오직 원광을 ᄉᆞ랑ᄒᆞ미 친ᄌᆞ(親子)나 다르지 아니ᄒᆞ여 희뎐이 슉셩(夙成)ᄒᆞ니 슈년(數年) 후(後) 혼ᄉᆞ(婚事) 일우믈 의논(議論)ᄒᆞ니 하(河) 공(公) 왈(曰),

"혼인(婚姻)은 임의 뎡약힝빙(定約行聘)[161]ᄒᆞ여시니 됴만간(早晚間) 지ᄂᆡ려니와 쇼뎨(小弟) 녕녀(令女)로 식부(息婦)를 삼고 녕낭(令郞)을 녀셔(女壻)를 삼아 누인(陋人)[162]으로 ᄒᆞ여곰 외람(猥濫)ᄒᆞ미 만흐니 공구(恐懼)ᄒᆞᆫ 념녀(念慮) 업지 아니타."

ᄒᆞ니, 윤(尹) 공(公)이 하(河) 공(公)의 말이 너모 겸양(謙讓)ᄒᆞ여 친〃지의(親親之義) 상(傷)ᄒᆞ믈 일ᄏᆞᆺ고 셰월(歲月)이 뒤이져[163] 희뎐의 입장(入丈)[164]ᄒᆞ기를 바라더라.

슈일(數日)이 지나ᄆᆡ 길녜(吉禮)[165]를 지닐ᄉᆡ 쵹군(蜀郡) 태쉬(太守ㅣ) 향관ᄉᆞ유(鄕官士儒)[166]로 더브러 나와 위의(威儀)[167]를 도으니 하(河) 공(公)이 ᄉᆞ샤(謝辭) 왈(曰),

---

160) 젼일(專一): 전일. 한결같음.

161) 뎡약힝빙(定約行聘): 정약행빙. 약속을 정해 빙채를 전함. 빙채는 빙물(聘物)과 채단(采緞). 빙물은 결혼할 때 신랑이 신부의 친정에 주던 재물이고, 채단은 신랑 집에서 신부 집으로 미리 보내는 푸른색과 붉은색의 비단임.

162) 누인(陋人): 비루한 사람.

163) 뒤이져: 지나가.

164) 입장(入丈): 장가를 듦.

165) 길녜(吉禮): 길례. 혼례.

166) 향관ᄉᆞ유(鄕官士儒): 향관사유. 지방의 관리와 선비 들.

167) 위의(威儀): 위엄이 있고 엄숙한 태도나 차림새.

"슈졸(戍卒)[168]의 입장(入丈)이 므슨 대ᄉᆡ(大事ㅣ)라, 토[169]쥐(土主ㅣ)[170] 친(親)히 나

21면

오샤 누실(陋室)의 광ᄎᆡ(光彩)를 도으시니 블안감샤(不安感謝)ᄒᆞ여이다."

태쉬(太守ㅣ) 읍샤(揖謝)[171] 왈(曰),

"쇼관(小官)이 스ᄉᆞ로 나와 존공(尊公)긔 현알(見謁)[172]ᄒᆞᆯ 거시로ᄃᆡ, 슌〃(諄諄)[173] 과도(過度)ᄒᆞ시니, 톄면(體面)의 손상(損傷)ᄒᆞ시믈 블안(不安)ᄒᆞ여 감(敢)히 정셩(精誠)을 펴지 못ᄒᆞ더니, 금일(今日)은 녕윤공ᄌᆞ(令胤公子)의 길셕(吉席)이라 ᄒᆞᆫ번(-番) 참예(叅預)ᄒᆞ믈 폐(廢)ᄒᆞ리잇가?"

하(河) 공(公)이 ᄌᆡ삼(再三) 블감(不堪)[174]ᄒᆞ믈 ᄉᆞ샤(謝辭)ᄒᆞ고,

날이 느ᄌᆞᄆᆡ 원광 공ᄌᆡ(公子ㅣ) 길의(吉衣)를 닙을ᄉᆡ, 당〃(堂堂)ᄒᆞᆫ 녜복(禮服)을 폐(廢)치 못ᄒᆞ나 초〃(草草)ᄒᆞ며 검소(儉素)ᄒᆞ여 엇디 경사(京師) ᄌᆡ상(宰相)의 입장(入丈)ᄒᆞᄂᆞᆫ 영광(榮光)이 〃시리오. 태슈(太守)와 닌니향당(鄰里鄉黨)[175]이 그 뜻을 아라 츄연(惆然)[176]이 넉이더라.

태쉬(太守ㅣ) 길복(吉服)을 닙히기를 맛ᄎᆞᄆᆡ 원광 공ᄌᆡ(公子ㅣ) 안

---

168) 슈졸(戍卒): 수졸. 수자리 서는 병졸.
169) 토: [교] 원문에는 '공'으로 되어 있으나 문맥을 고려해 박순호본(5:9)을 따름.
170) 토쥐(土主ㅣ): 토주. 지방의 수령.
171) 읍샤(揖謝): 읍사. 읍하고 사례함. 읍은 두 손을 맞잡아 얼굴 앞으로 들어 올리고 허리를 앞으로 공손히 구부렸다가 몸을 펴면서 손을 내리는 예.
172) 현알(見謁): 지체가 높고 귀한 사람을 찾아가 뵘.
173) 슌〃(諄諄): 순순. 삼가고 정성스러움.
174) 블감(不堪): 불감. 감당하지 못함.
175) 닌니향당(鄰里鄉黨): 인리향당. 동네의 이웃 무리.
176) 츄연(惆然): 추연. 슬퍼하는 모양.

희 드러가 모부인(母夫人)긔 뵈오니, 됴 부인(夫人)이 ᄋᆞᄌᆞ(兒子)의 길일(吉日)을 당(當)ᄒᆞ여 셕ᄉᆞ(昔事)를 상감(傷感)[177]ᄒᆞ여 슬픈 심ᄉᆞ(心思)를 니긔지

22면

못ᄒᆞ더라.

하(河) 공ᄌᆡ(公子ㅣ) 위의(威儀)를 거ᄂᆞ려 윤(尹) 공(公) 하쳐(下處)의 나아와 옥상(玉床)의 홍안(鴻雁)을 젼(奠)ᄒᆞ고 닌니향당(隣里鄕黨)이 요ᄀᆡᆨ(繞客)[178]이 되여 신뷔(新婦ㅣ) 샹교(上轎)ᄒᆞᄆᆡ 하ᄉᆡᆼ(河生)이 봉교(封轎)[179]ᄒᆞ여 도라올ᄉᆡ, 윤(尹) 공(公)이 뒤히 좃ᄎᆞ ᄒᆡᆼ(行)ᄒᆞ니 위의(威儀) 뎡졔(整齊)[180]ᄒᆞ더라.

본부(本府)의 니르러 ᄂᆡ사(內舍)의 드러가 교ᄇᆡ(交拜)ᄒᆞ니, 남풍녀ᄎᆡ(男風女采)[181] 발월(發越)[182]ᄒᆞ여 일월(日月)이 공투(共鬪)[183]ᄒᆞ고 쥬옥(珠玉)이 빗출 ᄌᆞ랑ᄒᆞ여 난봉(鸞鳳)이 녀슈(麗水)[184]의 노ᄂᆞᆫ ᄃᆞᆺ ᄒᆞ니 텬뎡일ᄃᆡ(天定一對)[185]며 ᄇᆡᆨ셰가위(百世佳偶ㅣ)[186]라. 녜파(禮罷)의 하ᄉᆡᆼ(河生)은 밧그로 나아가고 벽난 등(等)이 쇼져(小姐)를 븟드러 현구고지녜(見舅姑之禮)[187]를 ᄒᆡᆼᄒᆞᆯᄉᆡ, ᄇᆡᆨᄐᆡ만광(百態萬光)[188]

---

177) 상감(傷感): 쓸쓸하고 슬퍼져서 마음이 상함.
178) 요ᄀᆡᆨ(繞客): 요객. 혼인 때에 가족 중에서 신랑이나 신부를 데리고 가는 사람.
179) 봉교(封轎): 가마를 닫음.
180) 뎡졔(整齊): 정제. 정돈하여 가지런히 함.
181) 남풍녀ᄎᆡ(男風女采): 남풍여채. 남녀의 풍채.
182) 발월(發越): 용모가 깨끗하고 훤칠함.
183) 공투(共鬪): 함께 다툼.
184) 녀슈(麗水): 여수. 금이 많이 난다고 하는 중국의 지명.
185) 텬뎡일ᄃᆡ(天定一對): 천정일대. 하늘이 정해준 한 쌍.
186) ᄇᆡᆨ셰가위(百世佳偶ㅣ): 백세가우. 평생을 같이 지내는 아름다운 배필.
187) 현구고지녜(見舅姑之禮): 현구고지례. 시부모를 뵙는 예.
188) ᄇᆡᆨᄐᆡ만광(百態萬光): 백태만광. 온갖 아름다운 자태.

이 됴요(照耀)[189] ᄒᆞ여 듕츄망월(仲秋望月)[190]이 만당(滿堂)의 ᄇᆞᆰ아시며 츈일(春日)이 옥난(玉欄)의 다ᄉᆞ[191] ᄒᆞᆫ ᄃᆞᆺ, 녹파향년(綠波香蓮)[192]이 츄슈(秋水)를 므릅쌘 ᄃᆞᆺ, 흐억[193] ᄒᆞᆫ ᄐᆡ도(態度)와 윤ᄐᆡᆨ(潤澤)ᄒᆞᆫ 긔뷔(肌膚ㅣ)[194] 미옥(美玉)을 ᄎᆡᄉᆡᆨ(彩色)

23면

ᄒᆞ며 명쥬(明珠)를 다ᄃᆞᆷ은 ᄃᆞᆺ, 팔ᄎᆡ봉미(八彩鳳眉)[195]의 텬ᄌᆡ(天姿ㅣ)[196] 슈츌(秀出)[197] ᄒᆞᆫ 긔운을 모도화 복녹(福祿)을 ᄀᆞᆷ초아시며, 쌍셩츄파(雙星秋波)[198] ᄂᆞᆫ 숙덕(淑德)이 츌어외모(出於外貌)ᄒᆞ니 월ᄋᆡᆨ화ᄉᆡ(月額花顋)[199]와 운환무빈(雲鬟霧鬢)[200]이 쳔연슈려(天然秀麗)[201] ᄒᆞ며, 뉵쳑향신(六尺香身)의 신듕(愼重)[202] ᄒᆞᆫ 톄모(體貌)와 단엄(端嚴)ᄒᆞᆫ 위의(威儀), 쇼〃ᄋᆞ녀(小小兒女)의 픔질(稟質)이 아니라 진션진미(盡善盡美)[203] ᄒᆞᆫ 거동(擧動)이 득듕(得中)[204] ᄒᆞᆫ디라.

하(河) 공(公) 부뷔(夫婦ㅣ) 대희과망(大喜過望)[205] ᄒᆞ여 폐ᄇᆡᆨ(幣

---

189) 됴요(照耀): 조요. 밝게 비쳐서 빛남.
190) 듕츄망월(仲秋望月): 중추망월. 중추절의 보름달.
191) 다ᄉᆞ: 조금 따뜻함.
192) 녹파향년(綠波香蓮): 녹파향련. 푸른 물결에 떠 있는 향기 나는 연꽃.
193) 흐억: 윤택함.
194) 긔뷔(肌膚ㅣ): 기부. 살갗.
195) 팔ᄎᆡ봉미(八彩鳳眉): 팔채봉미. 여덟 색깔의 아름다운 눈썹. 팔채는 여덟 빛깔의 눈썹이라는 뜻으로, 제왕의 얼굴을 찬미하는 말임. 중국 고대 요(堯) 임금의 눈썹에 여덟 가지 색채가 있었다는 데서 유래함. 여기에서는 윤현아 눈썹의 아름다움을 형용한 말로 쓰임.
196) 텬ᄌᆡ(天姿ㅣ): 천자. 타고난 자태.
197) 슈츌(秀出): 수출. 빼어남.
198) 쌍셩츄파(雙星秋波): 쌍성추파. 별 같고 가을 물결 같은 두 눈.
199) 월ᄋᆡᆨ화ᄉᆡ(月額花顋): 월액화시. 달 같은 이마와 꽃 같은 뺨.
200) 운환무빈(雲鬟霧鬢): 여자의 탐스러운 쪽 찐 머리와 짙은 귀밑머리.
201) 쳔연슈려(天然秀麗): 천연수려. 타고난 빼어난 아름다움.
202) 신듕(愼重): 신중. 썩 조심스러움.
203) 진션진미(盡善盡美): 진선진미. 매우 착하고 아름다움.
204) 득듕(得中): 득중. 지나치거나 모자람이 없이 알맞음.
205) 대희과망(大喜過望): 바란 것보다 넘쳐 매우 기뻐함.

帛)[206]을 밧고 녜(禮)를 맛촌 후(後), 신부(新婦)를 나오혀 옥슈(玉手)를 잡고 운환(雲鬟)을 어로만져 수랑호믈 니긔지 못호는 듕(中), 셕년(昔年)의 혹수(學士)를 입장(入丈)호여 님 쇼져(小姐)를 보던 일을 싱각고 인수(人事)의 변역(變易)[207]홈과 긔구(器具)[208]의 닉도(乃倒)[209]호믈 슬허 공(公)이 츄연(惆然) 탄왈(嘆曰),

"셕즈(昔者)의 ᄋ부(阿婦)를 삼셰유ᄋ(三歲乳兒)로 빅화헌 ᄀ온ᄃ셔 내 친(親)히 보고 혼인(婚姻)을 뇌약(牢約)[210]

24면

ᄒ니, 신부(新婦)의 폴 우희 글즈를 쓰고 돈ᄋ(豚兒)와 신부(新婦)의 즈라기를 기다리더니, 오문(吾門)이 쳔만의외(千萬意外)의 참화(慘禍)[211]를 만나 쵹디(蜀地)의 뉴찬(流竄)[212]ᄒᄃ 녕존(令尊)의 〃긔현심(義氣賢心)이 화가여싱(禍家餘生)[213]을 바리지 아니ᄒ고 동상(東床)[214]을 삼아 ᄋ뷔(阿婦ㅣ) 우리 슬하(膝下)의 님(臨)ᄒ니, 외모긔질(外貌器質)이 댱셩(長成)ᄒ미 더옥 아룸다오니 엇디 과망(過望)[215]치 아니리오. 연(然)이나 신뷔(新婦ㅣ) 부귀(富貴)에 싱댱(生長)ᄒ여 쵹디(蜀地) 슈졸(戍卒)의 며나리와 안ᄒ 되니 일싱(一生)이 무광(無光)

---

206) 폐빅(幣帛): 폐백. 신부가 처음으로 시부모를 뵐 때 큰절을 하고 올리는 물건. 또는 그런 일. 주로 대추나 포 따위를 올림.

207) 변역(變易): 바뀜.

208) 긔구(器具): 기구. 예법에 필요한 것이 골고루 갖추어져 있는 형세.

209) 닉도(乃倒): 내도. 차이가 매우 큼.

210) 뇌약(牢約): 굳게 약속함.

211) 참화(慘禍): 참혹한 재앙.

212) 뉴찬(流竄): 유찬. 오형(五刑) 가운데 죄인을 귀양 보내던 일. 그 죄의 가볍고 무거움에 따라 원근(遠近)의 등급이 있었음.

213) 화가여싱(禍家餘生): 화가여생. 재앙을 당한 집의 남은 삶.

214) 동상(東床): 사위. 중국 진(晉)나라의 태위 극감이 사윗감을 고르는데 왕도(王導)의 집 동쪽 평상 위에 엎드려 음식을 먹고 있는 왕희지(王羲之)를 골랐다는 고사에서 온 말.

215) 과망(過望): 바란 것보다 넘침.

ᄒᆞ믈 ᄎᆞ셕(嗟惜)[216]ᄒᆞ노라."

부인(夫人)이 년ᄋᆡ(戀愛)[217]ᄒᆞᄂᆞᆫ 가온ᄃᆡ 누하여우(淚下如雨)[218]ᄒᆞ니 신뷔(新婦ㅣ) 인심(人心)의 감동(感動)ᄒᆞ여 낫빗ᄎᆞᆯ 곳치더라. 하(河) 공(公) 부〃(夫婦)의 탐혹과ᄋᆡ(耽惑過愛)[219]ᄒᆞ미 영쥬 쇼져(小姐)와 일반(一般)이오, 작인(作人)의 초츌비상(超出非常)[220]ᄒᆞ미 견조아 비길 ᄃᆡ 업ᄉᆞ며 향니촌ᄆᆡᆼ(鄕里村氓)[221]의 무리 윤(尹) 쇼져(小姐) ᄀᆞᆺᄐᆞᆫ 용ᄉᆡᆨ(容色)을

25면

몽니(夢裏)의나 귀경ᄒᆞ여시리오. 바라보ᄂᆞᆫ 눈이 황홀(恍惚)ᄒᆞ여 정신(精神)을 일흐니, 됴 부인(夫人)이 참화(慘禍) 이후(以後)로 초실(草室)의 메여시니 비ᄌᆞ(婢子) 등(等)이 좌우(左右)로 믈니치나 번요(煩擾)[222]ᄒᆞ여 사ᄅᆞᆷ 보기를 원(願)치 아니ᄒᆞ고, 혼녜(婚禮)를 지ᄂᆡ나 경황(景況)이 업셔 닌니(鄰里)를 모호미 업ᄉᆞ니, ᄂᆡᄀᆡᆨ(內客)은 업ᄉᆞ나 외ᄀᆡᆨ(外客) 군공(群公)[223]을 태쉬(太守ㅣ) 거ᄂᆞ려 왓더라.

영쥬 쇼제(小姐ㅣ) 신부(新婦)로 상견(相見)ᄒᆞᆯᄉᆡ, 쇼제(小姐ㅣ) 방년(芳年)이 십일(十一) 셰(歲)라 ᄇᆡᆨᄐᆡ쳔광(百態千光)이 빙졍뇨라(氷晶嫋娜)[224]ᄒᆞ여 ᄒᆡ샹명월(海上明月)이 보광(寶光)을 토(吐)ᄒᆞ고 츄ᄐᆡᆨ옥년(秋澤玉蓮)[225]이 봉오리를 버리지 못ᄒᆞ여시니 황홀(恍惚)ᄒᆞᆫ ᄌᆞ

216) ᄎᆞ셕(嗟惜): 차석. 애달프고 안타까움.
217) 년ᄋᆡ(戀愛): 연애. 매우 사랑함.
218) 누하여우(淚下如雨): 흐르는 눈물이 비와 같음.
219) 탐혹과ᄋᆡ(耽惑過愛): 탐혹과애. 마음을 빼앗겨 지나치게 사랑함.
220) 초츌비상(超出非常): 초출비상. 매우 빼어나 범상하지 않음.
221) 향니촌ᄆᆡᆼ(鄕里村氓): 향리촌맹. 시골의 어리석은 백성.
222) 번요(煩擾): 번거롭고 요란스러움.
223) 군공(群公): 뭇 관리.
224) 빙졍뇨라(氷晶嫋娜): 빙정요라. 얼음과 수정처럼 맑고 아리따움.

틱(姿態) 오히려 신부(新婦)의 일빅승(一倍勝)[226]이오, 화(和)ᄒᆞ고 어위ᄎᆞ고[227] 너르고 유열(柔悅)[228]ᄒᆞᆫ 신뷔(新婦ㅣ) 두어 층(層) 더은 디라. 하(河) 공(公) 부뷔(夫婦ㅣ) 녀부(女婦)[229]를 슬젼(膝前)의 버리미 두굿기고 아

26면

ᄅᆞᆷ다오믈 니긔지 못ᄒᆞ나, 삼(三) ᄌᆞ(子)와 님 시(氏)의 옥골션풍(玉骨仙風)[230]을 ᄉᆡᆼ각ᄒᆞ니 흉장(胸臟)[231]의 일만(一萬) 칼이 결니ᄂᆞᆫ ᄃᆞᆺ, 츈풍(春風)의 ᄇᆞᆺ치이ᄂᆞᆫ 소장(素帳)[232]과 네 낫 목쥐(木主ㅣ) 볼 젹마다 궁텬원상(窮天寃傷)[233]을 더을 ᄲᅳᆫ이라. 부인(夫人)은 오열비읍(嗚咽悲泣)[234]ᄒᆞ고 하(河) 공(公)은 ᄉᆞ매를 드러 냥(兩) 항(行) 누(淚)를 졔어(制御)ᄒᆞ고 밧그로 나가니, 태슈(太守) 이하(以下ㅣ) 대례(大禮)를 무ᄉᆞ(無事)히 디니믈 하례(賀禮)ᄒᆞ고 윤(尹) 공(公)이 ᄀᆞᆯ오ᄃᆡ,

"블초녀(不肖女)의 용잔미질(庸孱微質)[235]이 녕윤(令胤)의 풍치(風采)를 욕(辱)ᄒᆞᆯ가 두리노라."

하(河) 공(公)이 샤왈(謝曰),

"식부(息婦)의 ᄌᆡ용(才容)[236]을 쳐음 보미 아니로ᄃᆡ[237] ᄌᆞ라미 슉

---

225) 츄튁옥년(秋澤玉蓮): 추택옥련. 가을 연못의 아름다운 연꽃.
226) 일빅승(一倍勝): 일배승. 한 배 나음.
227) 어위ᄎᆞ고: 너그럽고.
228) 유열(柔悅): 부드럽고 온화함.
229) 녀부(女婦): 여부. 딸과 며느리.
230) 옥골션풍(玉骨仙風): 옥골선풍. 살빛이 희고 고결하여 신선과 같은 풍채.
231) 흉장(胸臟): 가슴.
232) 소장(素帳): 장사 지내기 전에 궤연(几筵) 앞에 치는 하얀 포장.
233) 궁텬원상(窮天寃傷): 궁천원상. 하늘에 닿을 듯한 원통한 슬픔.
234) 오열비읍(嗚咽悲泣): 목메어 슬피 욺.
235) 용잔미질(庸孱微質): 용렬하고 미미한 바탕.
236) ᄌᆡ용(才容): 재용. 재주와 용모.
237) 로ᄃᆡ: [교] 원문에는 이 뒤에 '로ᄃᆡ'가 있으나 부연으로 보아 삭제함.

셩긔이(夙成奇異)[238] ᄒᆞ믄 ᄋᆞ시(兒時)의 더은디라. 돈ᄋᆡ(豚兒ㅣ) 므ᄉᆞᆫ 복(福)으로 이 ᄀᆞᆺ튼 현쳐(賢妻)를 취(娶)ᄒᆞᆫ고? 과망(過望)ᄒᆞ거ᄂᆞᆯ 형언(兄言)이 의외(意外)로다.

츄밀(樞密)이 블감ᄉᆞ샤(不敢謝辭)[239] ᄒᆞ고 만좌(滿座ㅣ) 하(河) 공(公)의 현부(賢婦) 어듬과 윤(尹) 공(公)의 쾌셔(快壻) 어드

27면

믈 치하(致賀)ᄒᆞ여 분〃(紛紛)[240] ᄒᆞᄃᆡ 하(河) 공(公)은 비회만단(悲懷萬端)[241]이라.

일모도원(日暮途遠)[242] ᄒᆞᄆᆡ 태슈(太守)와 졔ᄀᆡᆨ(諸客)이 도라가고 하(河)·윤(尹) 냥(兩) 공(公)이 동슉(同宿)ᄒᆞᆯᄉᆡ, 하(河) 공(公)이 ᄋᆞᄌᆞ(兒子)를 신방(新房)으로 보ᄂᆡ니 ᄉᆡᆼ(生)이 만ᄉᆞ(萬事)의 친의(親意)를 승슌(承順)[243] ᄒᆞᄂᆞᆫ 고(故)로 슈명(受命)ᄒᆞ고, 냥(兩) 공(公)의 취침(就寢)ᄒᆞ시믈 보고 안히 드러가 모친(母親)긔 뵈옵고, 쵹하(燭下)의셔 냥(兩) 뎨(弟)를 유희(遊戲)ᄒᆞ며 쇼ᄆᆡ(小妹)로 담논(談論)ᄒᆞ여 나갈 ᄯᅳᆺ이 ᄉᆞ연(捨然)[244] ᄒᆞ니 부인(夫人) 왈(曰),

"신뷔(新婦ㅣ) 샹문교와(相門嬌瓦)[245]로 초옥모실(草屋茅室)의 쳐음으로 니르러 ᄉᆞ좌(四座)의 친(親)ᄒᆞ니 업고 약질귀골(弱質貴骨)[246]이 블안(不安)ᄒᆞ리니, 편(便)히 쉬게 ᄒᆞ고 녜(禮)로 ᄃᆡ졉(待接)ᄒᆞ여

---

238) 슉셩긔이(夙成奇異): 숙성기이. 조숙하고 기특하게 생김.
239) 블감ᄉᆞ샤(不敢謝辭): 불감사사. 사례하는 말을 감당하지 못함.
240) 분〃(紛紛): 어지러움.
241) 비회만단(悲懷萬端): 슬픔으로 마음이 착잡함.
242) 일모도원(日暮途遠): 해가 지고 갈 길이 멂.
243) 승슌(承順): 승순. 윗사람의 명령을 순순히 좇음.
244) ᄉᆞ연(捨然): 사연. 어떤 생각이 전혀 없음.
245) 샹문교와(相門嬌瓦): 상문교와. 재상 집안에서 예쁨받고 자란 딸.
246) 약질귀골(弱質貴骨): 약한 바탕에 귀한 몸.

그 부형(父兄)의 대은(大恩)을 져바리지 말나."

싱(生)이 믁〃슈명(默默受命)ᄒᆞ고 신방(新房)의 니르니,

ᄎᆞ시(此時), 몽슉이 하(河) 공(公) 부ᄌᆞ(父子)를 놀ᄂᆡ여 듕(重)히 상(傷)히오고져 ᄒᆞ다가 하싱(河生)의게 손을 질니고 패쥬(敗走)ᄒᆞ여 묘

28면

막(墓幕)으로 도라와 손을 보니, 쟝심(掌心)[247]이 질니여 거의 ᄢᅦᄯᅮ러져시ᄃᆡ 대간대악(大奸大惡)이 알픈 거ᄉᆞᆯ ᄎᆞᆷ고 약(藥)을 븟쳐 됴리(調理)ᄒᆞ며 칭병블츌(稱病不出)[248]이러니, 하부(河府)의셔 혼녜(婚禮)를 지ᄂᆡ믈 듯고 통완분히(痛惋憤駭)[249]ᄒᆞ여 하가(河家)의 다시 작난(作亂)[250]코져 ᄒᆞ여,

야심(夜深) 후(後) 하부(河府)의 니르러 ᄉᆞ긔(事機)[251]를 탐간(眈觀)[252]ᄒᆞᄆᆡ, 윤(尹) 공(公)이 햐쳐(下處)의 도라가지 아니ᄒᆞ고 하(河) 공(公)과 동쳐(同處)ᄒᆞᄂᆞᆫ디라, 요란(搖亂)이 구다가 패루(敗漏)ᄒᆞ면 츄밀(樞密)이 죽일가 겁(怯)ᄒᆞ여 하(河) 공ᄌᆞ(公子)의 용녁(勇力)이 비상(非常)ᄒᆞ믈 아랏ᄂᆞᆫ 고(故)로, 금슬(琴瑟)이나 희지어 윤(尹) 시(氏)를 ᄂᆡ치도록 ᄒᆞ고져 의ᄉᆡ(意思ㅣ) 니러나,

윤(尹) 쇼져(小姐)의 신방(新房)을 ᄎᆞᄌᆞ 화(化)ᄒᆞ여 나는 ᄉᆡ 되여 방(房)의 드러가 벽(壁)의 브ᄐᆡ쳣더니,[253] 야심(夜深) 후(後) 하싱(河生)의 드러오는 양(樣)을 보고 몸을 흔드러 흉녕(凶獰)[254]ᄒᆞᆫ 남ᄌᆡ(男

---

247) 쟝심(掌心): 장심. 손바닥의 한가운데.
248) 칭병블츌(稱病不出): 칭병불출. 병을 핑계하고 밖에 나가지 않음.
249) 통완분히(痛惋憤駭): 통완분해. 몹시 한탄하고 분노함.
250) 작난(作亂): 작란. 난을 일으킴.
251) ᄉᆞ긔(事機): 사기. 일의 기미.
252) 탐관(眈觀): 엿봄.
253) 브ᄐᆡ쳣더니: 붙어 있더니.

子ㅣ) 되

29면

여 문(門)을 열치고 다라나는디라. 슈일(數日) 젼 셔당(書堂)의셔 작난(作亂)ᄒᆞ던 한ᄌᆞ(漢子)[255] ᄀᆞᆺᄐᆞᆫ디라, 분연대로(憤然大怒)[256]ᄒᆞ여 밧비 잡고져 ᄒᆞᆯ 제 믄득 공듕(空中)의 치다라 경ᄀᆡᆨ(頃刻)의 블견거쳐(不見去處)[257]러라. ᄒᆡ연망측(駭然罔測)[258]ᄒᆞ믈 니긔지 못ᄒᆞ여 도로 나가고져 ᄒᆞᄃᆡ, 엄훈(嚴訓)을 디극(至極)히 밧ᄌᆞ와시니 감(敢)히 나가지 못ᄒᆞ여 측ᄒᆞᆫ[259] 거ᄉᆞᆯ 셔리담고 분(憤)ᄒᆞᆫ 거ᄉᆞᆯ 니긔여 드러와 쇼져(小姐)를 ᄃᆡ(對)ᄒᆞ니,

윤(尹) 시(氏) 노쥬(奴主ㅣ) 무망(無妄)[260]의 흉뎍(凶賊)의 ᄢᅱ여나가믈 보니 놀나오믄 니르지 말고 하ᄉᆡᆼ(河生)의 드러오ᄂᆞᆫ ᄶᅴ의 이러ᄒᆞ미 ᄌᆞ긔(自己) 젼졍(前程)[261]을 맛ᄂᆞᆫ 쥴 혜아려 블승ᄎᆞ악(不勝嗟愕)[262]ᄒᆞ나 사ᄅᆞᆷ 되오미 하ᄒᆡ지량(河海之量)[263]이오 츈풍화긔(春風和氣)라, 스ᄉᆞ로 ᄆᆞᄋᆞᆷ이 빙옥(氷玉) ᄀᆞᆺᄐᆞ니 블슈셩ᄉᆡᆨ(不垂聲色)[264]ᄒᆞ고 하ᄉᆡᆼ(河生)을 니러 마ᄌᆞ 동셔분좌(東西分坐)[265]ᄒᆞ니,

ᄉᆡᆼ

---

254) 흉녕(凶獰): 흉악하고 사나움.
255) 한ᄌᆞ(漢子): 한자. 놈. 남자를 낮잡아 이르는 말.
256) 분연대로(憤然大怒): 벌컥 크게 화를 냄.
257) 블견거쳐(不見去處): 불견거처. 간 곳을 알지 못함.
258) ᄒᆡ연망측(駭然罔測): 해연망측. 너무 뜻밖이어서 놀랍고 어이가 없음.
259) 측ᄒᆞᆫ: 언짢은.
260) 무망(無妄): 별 생각이 없이 있는 상태.
261) 젼졍(前程): 전정. 앞길.
262) 블승ᄎᆞ악(不勝嗟愕): 불승차악. 놀라움을 이기지 못함.
263) 하ᄒᆡ지량(河海之量): 하해지량. 하수(河水)와 바다처럼 넓은 도량.
264) 블슈셩ᄉᆡᆨ(不垂聲色): 불수성색. 말소리와 얼굴빛을 드러내지 않음.
265) 동셔분좌(東西分坐): 동서분좌. 동서로 나누어 앉음.

30면

이 목젼(目前) 흉변(凶變)을 보앗ᄂᆞᆫ 고(故)로 엇디 눈이나 거ᄃᆞᆯ써보리오. 늠연뎡좌(凜然正坐)[266]ᄒᆞ여 미위(眉宇ㅣ) 셜풍(雪風)이 은〃식〃(隱隱--)[267]ᄒᆞ니, 견ᄌᆞ(見者) 한츌쳠비(汗出沾背)[268]ᄒᆞ더라. 냥구믁〃(良久默默)[269]이러니 날호여 웃옷과 ᄯᅴ를 그르며 쇼져(小姐)를 향(向)ᄒᆞ여 편(便)히 쉬라 ᄒᆞᄃᆡ 그 얼골을 ᄉᆞᆯ피미 업셔 타문(他門) 부녀(婦女)를 상견(相見)홈 ᄀᆞᄐᆞ니, 벽난 등(等)이 우러〃 긔ᄉᆡᆨ(氣色)을 ᄉᆞᆯ피고 원통(冤痛)ᄒᆞ고 이ᄃᆞᆯ오미 비길 ᄃᆡ 업더라.

ᄉᆡᆼ(生)이 분(憤)을 참고 밤을 계오 ᄉᆡ와 ᄉᆡ벽를 기다려 나가고 쇼져(小姐)ᄂᆞᆫ 죵야(終夜)토록 안ᄌᆞ ᄉᆡ와 구고(舅姑)긔 문안(問安)ᄒᆞ니, 공(公)의 부뷔(夫婦ㅣ) 두굿기믈 형상(形狀)치 못ᄒᆞ고 하ᄉᆡᆼ(河生)은 윤(尹) 공(公) 셤기믈 야〃(爺爺)와 ᄀᆞᆺ치 ᄒᆞ므 그 은덕(恩德)을 감격(感激)ᄒᆞ미오, 빙악(聘岳)[270]으로 아ᄂᆞᆫ ᄇᆡ 업더라.

하(河) 공(公)이 윤(尹) 공(公)을 쳥뉴(請留)[271]

31면

ᄒᆞ여 일(一) 슌(旬)을 머므러 날마다 녀ᄋᆞ(女兒)를 블너 보더니,

일〃(一日)은 하(河) 공(公)이 윤(尹) 공(公)으로 더브러 식부(息婦) 침소(寢所)의셔 죵용(從容)이 한담(閑談)홀ᄉᆡ, 츄밀(樞密)이 하(河) 공(公)의 ᄌᆞ부(子婦) ᄉᆞ랑이 디극(至極)ᄒᆞ믈 감샤(感謝)ᄒᆞ여 오ᄅᆡ도

---

266) 늠연뎡좌(凜然正坐): 늠연정좌. 냉랭한 모습으로 바로 앉음.
267) 은〃식〃(隱隱--): 은은식식. 은은하고 엄숙함.
268) 한츌쳠비(汗出沾背): 한출첨배. 식은땀이 나 등을 적심.
269) 냥구믁〃(良久默默): 양구묵묵. 오랫동안 묵묵히 있음.
270) 빙악(聘岳): 장인.
271) 쳥뉴(請留): 청류. 머무르기를 청함.

록 말솜ᄒᆞ고 하싱(河生)은 외당(外堂)의 잇더니, 믄득 ᄒᆞᆫ 낫 청의ᄎᆞ환(靑衣叉鬟)[272]이 초실(草室)의 드러와 안흘 기웃거려 보며 손의 일봉셔(一封書)[273]를 가졋ᄂᆞᆫ디라, 공ᄌᆡ(公子ㅣ) 문왈(問曰),

“네 엇던 ᄋᆞ희(兒孩)완ᄃᆡ 므ᄉᆞᆫ 셔간(書簡)을 뉘게 젼(傳)ᄒᆞ라 왓ᄂᆞ뇨?”

기녜(其女ㅣ) ᄇᆞ답(不答)ᄒᆞ고 머리를 긁젹여 거동(擧動)이 당황(唐慌)ᄒᆞ여 나갓다가 도로 드러오기를 셔너 번(番)이나 ᄒᆞ거ᄂᆞᆯ, 싱(生)이 괴(怪)이 넉여 우문(又問) 왈(曰),

“녜 셔간(書簡)을 눌을 주려 ᄒᆞᄂᆞ뇨? 날다려 니르라.”

기ᄋᆞ(其兒ㅣ) ᄀᆞᆯ오ᄃᆡ,

“ᄃᆡ[274] 상공(相公)이 브ᄃᆡ 윤부(尹府) 시녀(侍女)를 주고 오라 ᄒᆞ

32면

여시니 윤부(尹府) 시녀(侍女)를 블너 주쇼셔.”

ᄒᆞ니 거동(擧動)이 미거(未擧)[275]ᄒᆞ여 인ᄉᆞ(人事)를 모로ᄂᆞᆫ 거동(擧動)이니 싱(生) 왈(曰),

“네 그 셔간(書簡)을 두고 가면 내 젼(傳)ᄒᆞ여 주리라.”

기ᄋᆞ(其兒ㅣ) ᄀᆞ장 머믓거리다가 드리고 가거ᄂᆞᆯ 싱(生)이 셔간(書簡)을 보니, ‘ᄃᆡ공[276]암은 윤(尹) 쇼져(小姐) 쟝ᄃᆡ(粧臺) 하(下)의 올니노라.’ ᄒᆞ엿고, ᄉᆞ의(辭意) 음난흉패(淫亂凶悖)[277]ᄒᆞ니 이의 ᄉᆡᆼ히 고, 대개(大槪) 하진 부ᄌᆞ(父子)를 죽이고 윤(尹) 츄밀(樞密)을 모로

272) 청의ᄎᆞ환(靑衣叉鬟): 청의차환. 주인을 가까이에서 모시는 젊은 계집종.
273) 일봉셔(一封書): 일봉서. 한 통의 편지.
274) ᄃᆡ: [교] 원문에는 ‘딘’으로 되어 있으나 앞의 예를 따라 이와 같이 수정함.
275) 미거(未擧): 철이 없고 사리에 어두움.
276) ᄃᆡ공: [교] 원문에는 ‘진고’로 되어 있으나 앞의 예를 따라 이와 같이 수정함.
277) 음난흉패(淫亂凶悖): 음란흉패. 음란하고 패악함.

게 산곡(山谷)의 도망(逃亡)ᄒᆞ여 살믈 도모[278](圖謀)ᄒᆞᆫ ᄉᆞ연(事緣)이오, 신혼(新婚) 야(夜)의 하ᄌᆞ(河者)를 질너 죽이랴 ᄒᆞ다가 외실(外室)의 윤(尹) 츄밀(樞密)이 잇기로 놀나 믈러난 ᄉᆞ연(事緣)이라. 하ᄉᆡᆼ(河生)이 간필(看畢)[279]의 블을 가져 소화(消火)ᄒᆞ고 본 줄을 뉘웃쳐 ᄌᆞ칙(自責) 왈(曰),

"비례믈시(非禮勿視)와 비례믈텽(非禮勿聽)[280]이 셩교(聖敎)의 경계(警戒)어늘 음난(淫亂)ᄒᆞᆫ 글을 눈으로 ᄉᆞᆯ피미 ᄒᆡᆼ신(行身)[281]이 젼도(顚倒)[282]ᄒᆞ미라. ᄎᆞ후(此後)ᄂᆞᆫ 윤(尹) 시(氏) 음녀(淫女)를 ᄒᆞᆫ 구셕의 드리쳐[283] 아른

33면

쳬 마ᄂᆞᆫ 거시 엄교(嚴敎)를 승슌(承順)ᄒᆞ미오, 윤(尹) 공(公)의 은혜(恩惠)를 져바리지 아니미라. 음녀(淫女) 간뷔(姦夫ㅣ) 아모리 날을 죽이고져 ᄒᆞᆫ들 내 명(命)이 하날의 달녀시니 제 손의 이시리오. 출하리 간부(姦夫) 놈이 윤(尹) 시(氏)를 다리고 다라나면 측ᄒᆞᆫ ᄆᆞ음이 업ᄉᆞ리로다."

ᄒᆞ미, 윤(尹) 쇼져(小姐)긔 은졍(恩情)은 몽미(夢寐)의도 업고 더럽고 측히 넉이ᄂᆞᆫ ᄯᅳᆺ쁜이라.

믄득 하(河)·윤(尹) 냥(兩) 공(公)이 나오니 ᄉᆡᆼ(生)이 하당영지(下堂

278) 모: [교] 원문에는 이 글자가 없으나 문맥을 고려해 삽입함.
279) 간필(看畢): 다 봄.
280) 비례믈시(非禮勿視)와 비례믈텽(非禮勿聽): 비례물시와 비례물청. 예(禮)가 아닌 것은 보지 않고 예가 아닌 말은 듣지 않음. 『논어(論語)』, 「안연(顔淵)」에 나오는 표현.
281) ᄒᆡᆼ신(行身): 행신. 몸가짐.
282) 젼도(顚倒): 전도. 엎어지고 자빠진다는 뜻으로 차례, 위치, 이치, 가치관 따위가 뒤바뀌어 원래와 달리 거꾸로 되게 만든다는 말임.
283) 드리쳐: 밀어 두어

迎之)[284]ᄒᆞ여 뫼셔 말솜ᄒᆞ니, ᄉᆞ긔(辭氣)[285] 여일(如一)[286]ᄒᆞ여 윤(尹) 시(氏)를 염(厭)[287]ᄒᆞᄂᆞᆫ ᄉᆞ식(辭色)이 업ᄉᆞ니 츄밀(樞密)이 엇디 알니오. 다만 누쳔(累千) 니(里) 궁향(窮鄉)[288]의 두고 가ᄂᆞᆫ 심ᄉᆡ(心思ㅣ) 비열(悲咽)[289]ᄒᆞᄃᆡ 대톄댱뷔(大體丈夫ㅣ)[290]라 부유(腐儒)[291]의 셜〃(屑屑)[292]ᄒᆞ미 업더라.

구몽숚이 변신(變身)ᄒᆞ여 스ᄉᆞ로 인가(人家) 쳥의(青衣) 되여 음참(淫慘)[293]ᄒᆞᆫ 셔간(書簡)을 가져 하ᄉᆡᆼ(河生)을 소기고, 다시 윤(尹) 쇼져(小姐)의 셩ᄌᆞ광

34면

휘(盛姿光輝)[294]를 구경코져 ᄒᆞ여 프른 ᄉᆡ 되여 쳥ᄉᆞ(廳事)의 어른길ᄉᆡ, 믄득 윤(尹) 시(氏) 겻ᄐᆡ 일위(一位) 규슈(閨秀ㅣ) 병좌(竝坐)[295]ᄒᆞ여시니, 동풍(東風)의 웃ᄂᆞᆫ 화왕(花王)과 부상(扶桑)의 돗ᄂᆞᆫ 신월(新月) ᄀᆞᆺ트여 윤ᄐᆡᆨ슈려(潤澤秀麗)ᄒᆞ여 윤(尹) 시(氏)의 한(限)업ᄉᆞᆫ 광염(光艷)[296]은 니르도 말고, ᄋᆞ쇼져(兒小姐)ᄂᆞᆫ ᄋᆡ〃찬난(皚皚燦爛)[297]ᄒᆞ여 션원(仙苑)[298]의 금봉(金-)[299] ᄀᆞᆺᄐᆞ니, ᄌᆞ시 살피건ᄃᆡ ᄋᆡᆨ

---

284) 하당영지(下堂迎之): 마루에서 내려와 맞이함.
285) ᄉᆞ긔(辭氣): 사기. 말과 낯빛.
286) 여일(如一): 한결같음.
287) 염(厭): 싫어함.
288) 궁향(窮鄉): 멀리 떨어진 시골.
289) 비열(悲咽): 슬퍼해 오열함.
290) 대톄댱뷔(大體丈夫ㅣ): 대체장부. 중요한 의리를 아는 남자.
291) 부유(腐儒): 생각이 낡고 완고하여 쓸모없는 선비.
292) 셜〃(屑屑): 설설. 자질구레함.
293) 음참(淫慘): 음란하고 참혹함.
294) 셩ᄌᆞ광휘(盛姿光輝): 성자광휘. 훌륭하고 빛나는 자태.
295) 병좌(竝坐): 나란히 앉음.
296) 광염(光艷): 매우 아름다운 미모.
297) ᄋᆡ〃찬난(皚皚燦爛): 애애찬란. 몹시 희고 빛남.
298) 션원(仙苑): 선원. 신선의 화원.

여반월(額如半月)[300]이며 미여춘산(眉如春山)[301]이오, 목여낭셩(目如狼星)[302]이오, 협여도화(頰如桃花)[303]오, 슌여단시(脣如丹砂ㅣ)[304]라. 어엿븐 거동(擧動)이 눈 옴기〃 앗갑고 오히려 윤(尹) 시(氏)의게 나은 ᄃᆞᆺᄒᆞ니, 몽슉이 윤(尹) 쇼져(小姐)를 독보졀염(獨步絶艷)[305]으로 아랏다가 하(河) 쇼져(小姐)를 보ᄆᆡ 대경황홀(大驚恍惚)ᄒᆞ여 즉시(卽時) 묘막(墓幕)의 도라와 ᄉᆡᆼ각ᄒᆞᄃᆡ,

'브ᄃᆡ 윤(尹) 시(氏)를 취(娶)ᄒᆞ려 ᄒᆞ엿더니 발셔 하원광의게 아이미 되고 금슬(琴瑟)을 희짓고져 ᄒᆞ나 하개(河家ㅣ) 바릴

35면

ᄯᅳᆺ이 업고, 셜ᄉᆞ(設使) 윤(尹) 시(氏)를 아ᄉᆞ나 이셩(二姓)을 셤기ᄂᆞᆫ 작[306]시니 측ᄒᆞᆫ디라. 윤(尹) 시(氏) 겻ᄐᆡ 안즌 모양(模樣)이 규슈(閨秀ㅣ)오 반ᄃᆞ시 하진의 ᄯᆞᆯ이라. 젼ᄌᆞ(前者)의 드르니 하가(河家) 녜(女ㅣ) 희텬과 뎡혼(定婚)ᄒᆞ엿다 ᄒᆞ더니 분명(分明)이 그 녀ᄌᆡ(女子ㅣ)라. 각별(恪別) 묘계(妙計)로 하(河) 시(氏)를 겁칙(劫勅)[307]ᄒᆞ여 긔믈(己物)을 삼고 하원광이 윤(尹) 시(氏)를 바리ᄂᆞᆫ 일이 잇거든 ᄌᆡ취(再娶)ᄒᆞ미 올타.'

ᄒᆞ고 간계ᄇᆡᆨ츌(奸計百出)[308]ᄒᆞ더니,

---

299) 금봉(金-): 금빛 꽃봉오리.
300) ᄋᆡᆨ여반월(額如半月): 액여반월. 이마는 반달 같음.
301) 미여츈산(眉如春山): 미여춘산. 눈썹은 봄철의 산 같음. 춘산은 화장한 눈썹을 비유적으로 나타낸 말.
302) 목여낭셩(目如狼星): 목여낭성. 눈은 낭성처럼 밝음. 낭성은 큰개자리에서 가장 밝은 청백색의 별로, 하늘에서 볼 수 있는 가장 밝은 별임.
303) 협여도화(頰如桃花): 뺨은 복숭아꽃과 같음.
304) 슌여단시(脣如丹砂ㅣ): 순여단사. 입술은 단사와 같이 붉음.
305) 독보졀염(獨步絶艷): 독보절염. 세상에서 제일 빼어난 미인.
306) 작: 모양. 꼴.
307) 겁칙(劫勅): 겁박하여 탈취함.

맛초아 괴이(怪異)훈 요졍(妖精)[309]을 만나니, 추(此)는 셔쵹(西蜀) 쳥셩산 하(下)의 훈 암지(庵子ㅣ) 잇고 일(一) 개(個) 녀도시(女道士ㅣ) 이시니 삼쳔(三千) 년(年) 믁은 여이[310]라. 젼후(前後)의 사룸 잡아먹은 거시 빅(百)이 넘고, 변홰(變化ㅣ) 블측(不測)[311]ᄒᆞ여 사룸의 소원(所願)이 〃신즉 원(願)을 좃추며, 사룸의 화복길흉(禍福吉凶)과 젼졍만니(前程萬里)[312]를 거의 다 아라 크게 신통(神通)훈디라. 쵹인(蜀人)이 밧들기를 부쳐ᄀᆞ치 ᄒᆞ여

36면

법호(法號)를 금션법시(--法師ㅣ)라 ᄒᆞ고 별호(別號)를 신묘랑이라 ᄒᆞ니, 상한쳔뉴(常漢賤流)[313]의 허박(虛薄)[314]훈 무리와 호방(豪放)훈 향환(鄕宦) 녀ᄌᆞ(女子)들이 우환(憂患)을 당(當)ᄒᆞ거나 ᄌᆞ녀(子女)를 못 보아 ᄒᆞ는 무리 다 신묘랑의게 쳥(請)ᄒᆞ여 효험(效驗)을 보니,

몽슉의 션묘(先墓) 슈호(守護)ᄒᆞ는 노지(奴子ㅣ) 제 쑬이 병드러 오릭 신고(辛苦)ᄒᆞ므로 교ᄌᆞ(轎子)를 가지고 묘랑을 쳥(請)ᄒᆞ여 제 집으로 다려오니, 몽슉이 곗방(-房)의 잇다가 교ᄌᆞ(轎子)의 누를 다려오는고 므르니, 노지(奴子ㅣ) 묘랑의 긔특(奇特)훈 말을 일〃(一一)히 젼(傳)ᄒᆞ니 몽슉이 제 팔ᄌᆞ(八字)를 뭇고져 보기를 구(求)ᄒᆞ니 묘랑이 쳐음은 샤양(辭讓)ᄒᆞ더니 몽슉이 ᄎᆞ던 금장도(金粧刀)를 글너 녜단(禮單)[315]을 삼으니, 묘랑이 장도(粧刀)의 욕심(慾心)을 닉여 구

308) 간계빅츌(奸計百出): 간계백출. 간사한 꾀가 마구 쏟아짐.
309) 요졍(妖精): 요정. 요사스러운 정령.
310) 여이: 여우.
311) 블측(不測): 불측. 헤아리지 못함.
312) 젼졍만니(前程萬里): 전정만리. 먼 앞날.
313) 상한쳔뉴(常漢賤流): 상한천류. 상것들과 천한 무리.
314) 허박(虛薄): 힘이나 기운이 없고 약함.

싱(-生)을 보니 구싱(-生)이 ᄉᆞ쥬(四柱)[316]를 널너 젼졍(前程)을 무르니, 묘랑이 손가락을 곱작여[317] 졈복(占卜)[318]

37면

ᄒᆞ더니 눈셥을 찡긔여 왈(曰),

"상공(相公)이 유하(乳下)의 냥친(兩親)을 빵망(雙亡)ᄒᆞ고 일신(一身) 의탁(依託)[319]이 업셔 남의 문하(門下)의셔 ᄌᆞ라 의식(衣食)은 이시나 고혈무의(孤孑無依)[320]ᄒᆞ고, 오라지 아냐 쳥운(靑雲)의 올나 어향(御香)[321]을 ᄲᅩ이려니와 팔ᄌᆞ(八字)의 화패(禍敗)[322]를 만히 타나고 풍신ᄌᆡ화(風神才華)[323]는 하등(下等)이 아니로ᄃᆡ, 일신(一身)의 ᄆᆡ명(罵名)[324]이 무궁(無窮)ᄒᆞ여 ᄆᆡ게 ᄶᅩᆺ친 ᄭᅯᆼ ᄀᆞᆺ고 괴[325]를 본 쥐 ᄀᆞᆺᄐᆞ니 남의 덕(德)을 만히 닙ᄋᆞ리이다."

몽슉이 셤듧ᄒᆞ여 니르ᄃᆡ,

"어인 팔ᄌᆡ(八字ㅣ) 그리 호화(豪華)치 못ᄒᆞ여 내 평싱(平生) 션(善)을 힘ᄡᅳ고 악(惡)을 피(避)ᄒᆞ거ᄂᆞᆯ ᄆᆡ명(罵名)을 면(免)치 못ᄒᆞ리라 ᄒᆞᄂᆞ뇨?"

묘랑이 쇼왈(笑曰),

---

315) 녜단(禮單): 예단. 예물을 적은 단자.
316) ᄉᆞ쥬(四柱): 사주. 사람이 태어난 연월일시의 네 간지(干支). 또는 이에 근거하여 사람의 길흉화복을 알아보는 점.
317) 곱작여: 곱작거려. 가볍게 굽혀.
318) 졈복(占卜): 점복. 점치는 일.
319) 의탁(依託): 어떤 것에 몸이나 마음을 의지하여 맡김.
320) 고혈무의(孤孑無依): 가족이나 친척이 없어 외롭고 의탁(依託)할 데가 없음.
321) 어향(御香): 궁중에서 쓰는 향. 천향(天香)과 같은 말.
322) 화패(禍敗): 재화(災禍)로 인한 실패.
323) 풍신ᄌᆡ화(風神才華): 풍신재화. 풍채와 재주.
324) ᄆᆡ명(罵名): 매명. 더러운 이름.
325) 괴: 고양이.

"텬디귀신(天地鬼神)은 속이려니와 날은 속이디 못ᄒᆞ리이다. 상공(相公)이 밧그로 어지르시되 ᄆᆞ옴은 칼흘 셔리고 말솜은 빗나되 의논(議論)인즉 브뎡음일(不正淫佚)[326] ᄒᆞ시니, ᄉᆞ유(士儒)의

38면

의관(衣冠)을 츌혀 계시나 발셔 못홀 일을 만히 ᄒᆞ엿ᄂᆞ이다."

몽숙이 ᄀᆞ장 신긔(神奇)히 넉여 문(門)을 닷고 겻ᄐᆡ 나아가 ᄀᆞ마니 닐오ᄃᆡ,

"내 쇽의 먹은 바를 일우면 머리를 버힐디라도 은혜(恩惠)를 갑고 경사(京師)의 올나가 샹문귀가(相門貴家)[327]로 단녀 놉흔 ᄌᆡ조(才操)를 펴게 ᄒᆞ리라."

묘랑이 샤례(謝禮)ᄒᆞ고 나ᄌᆞᆨ이 말ᄒᆞ여 왈(曰),

"샹공(相公)이 ᄉᆡᆨ(色)을 탐(貪)ᄒᆞ여 남의 금슬(琴瑟)을 희지은 듯ᄒᆞ며, 원간(元間)[328] 투현질능(妬賢嫉能)[329]ᄒᆞ고 ᄇᆡ은망덕(背恩忘德)홀 뜻이라. 즉금(卽今)도 브뎡지ᄉᆞ(不正之事)를 만히 ᄉᆡᆼ각ᄒᆞᄂᆞᆫ 얼골이라. 빈도(貧道)의 상법(相法)[330]과 졈ᄉᆞ(占辭)의 젼졍길흉(前程吉凶)[331]을 거울 빗최듯 ᄒᆞ니 곰출 길히 업ᄂᆞ니이다."

몽숙 왈(曰),

"과연(果然) 올흐니 원간(元間) 나의게 별(別) ᄌᆡ죄(才操ㅣ) 업ᄂᆞ냐?"

묘랑이 쇼왈(笑曰),

---

326) 브뎡음일(不正淫佚): 부정음일. 바르지 못하고 음탕함.
327) 샹문귀가(相門貴家): 상문귀가. 재상 집안과 신분이 높은 집안.
328) 원간(元間): 원래.
329) 투현질능(妬賢嫉能): 어진 사람을 시기하고 능력 있는 사람을 질투함.
330) 상법(相法): 관상 보는 법.
331) 젼졍길흉(前程吉凶): 전정길흉. 앞날의 길흉.

"엇디 별(別) 지죄(才操ㅣ) 업ᄉᆞ리오? 반ᄃᆞ시 도법(道法)의 변화(變化)ᄒᆞᄂᆞᆫ 일이

39면

이시리니 이러ᄒᆞᄆᆡ ᄆᆡ명(罵名)의 말니 되엿ᄂᆞ니이다."

몽슉이 듯기를 다ᄒᆞ고 왈(曰),

"내 변화지ᄌᆡ(變化之才)를 가져시ᄃᆡ 다만 남을 닛그러 공듕(空中)의 오로ᄂᆞᆫ 술(術)이 업ᄉᆞ니 사ᄅᆞᆷ을 ᄭᅵ고 공듕(空中)의 오로ᄂᆞᆫ 슐(術)을 마ᄌᆞ ᄇᆡ호고져 ᄒᆞ노라."

묘랑이 다만 졔 ᄌᆡ죄(才操ㅣ) 텬하(天下)의 독보(獨步)ᄒᆞ고져 ᄒᆞ니 엇지 가르치리오. 웃고 왈(曰),

"빈도(貧道)ᄂᆞᆫ ᄒᆞᆫ 번(番)의 ᄉᆞᄋᆞ(四五) 인(人)식 ᄭᅵ고 공듕(空中)의 왕ᄂᆡ(往來)ᄒᆞ기와 ᄒᆞ로 쳔(千) 니(里)를 ᄒᆡᆼ(行)ᄒᆞ려니와 남은 가르치지 못ᄒᆞᆯ 일이 잇ᄂᆞ니 상공(相公)은 괴이(怪異)히 넉이지 마르쇼셔."

몽슉이 니러 졀ᄒᆞ고 왈(曰),

"내 심곡(心曲)[332]의 간졀(懇切)ᄒᆞᆫ 소회(所懷) 이시니 다른 일이 아니라, 지금(至今) 슉녀(淑女)를 만나디 못ᄒᆞ고 평ᄉᆡᆼ(平生) 졀ᄉᆡᆨ(絶色)[333]을 흠모(欽慕)ᄒᆞᄂᆞᆫ ᄇᆡ러니, 맛ᄎᆞᆷ 션셰(先世) 능침(陵寢)의 ᄇᆡ알(拜謁)ᄒᆞ라 왓다가 이곳의 뎍거(謫居)ᄒᆞᆫ 하(河) 공(公)의 녀

40면

ᄌᆞ(女子)를 보ᄆᆡ 쳔만고(千萬古)의 희한(稀罕)ᄒᆞᆫ ᄉᆡᆨ광(色光)[334]이라.

332) 심곡(心曲): 여러 가지로 생각하는 마음의 깊은 속.
333) 졀ᄉᆡᆨ(絶色): 절색. 빼어난 미모의 여자.

ᄉᆞ뷔(師傅ㅣ) 하(河) 시(氏)를 아ᄉᆞ 날을 줄진ᄃᆡ 은덕(恩德)을 슈심명골(垂心銘骨)[335] ᄒᆞ리라.”

묘랑이 드르ᄆᆡ ᄀᆞ장 깃거 졔 ᄌᆡ조(才操)로 하(河) 시(氏)를 겁칙(劫勅)ᄒᆞ여다가 주고 갑ᄉᆞᆯ 만히 구ᄉᆡᆨ(求索)[336]고져 ᄒᆞᄃᆡ 잠간(暫間) 빗ᄉᆡ와[337] ᄉᆞ양(辭讓) 왈(曰),

“빈되(貧道ㅣ) 좀ᄌᆡ죄(-才操ㅣ) 잇ᄉᆞ오나 져 하(河) 시(氏)를 엇디 가바야이 하슈(下手)ᄒᆞ리잇고?”

몽슉이 ᄉᆞ구러 빌기를 마지아니ᄒᆞ고 몰신(歿身)[338]토록 은혜(恩惠)를 갑흐마 ᄒᆞ니 묘랑이 쇼왈(笑曰),

“하 간쳥(懇請)ᄒᆞ니 못 ᄒᆞ겠다 말은 못 ᄒᆞ거니와 하(河) 쇼져(小姐)를 겁칙(劫勅)ᄒᆞ여 어나 곳으로 다려오려 ᄒᆞᄂᆞ니잇가?”

몽슉이 냥구침ᄉᆞ(良久沈思)[339]ᄒᆞ다가 니르ᄃᆡ,

“션산(先山) 뒤희 금ᄉᆞ강(金沙江)[340] 가의 션조(先祖)의 일운 졍ᄌᆡ(亭子ㅣ) 잇ᄂᆞ니 그곳이 뎡쇄(靜鎖)[341]ᄒᆞ고 유벽(幽僻)[342]ᄒᆞ여 사ᄅᆞᆷ이 왕ᄂᆡ(往來)치 아니ᄒᆞᄂᆞ니 법ᄉᆞ(法師)도 거의 드러

41면

시리이다. 금ᄉᆞ강(金沙江) 변(邊)의 구셩암 졍ᄌᆞ(亭子)를 ᄎᆞᄌᆞ면 알니라.”

---

334) ᄉᆡᆨ광(色光): 색광. 빛나는 미모.
335) 슈심명골(垂心銘骨): 수심명골. 마음에 드리우고 뼈에 새김.
336) 구ᄉᆡᆨ(求索): 구색. 애를 써서 찾아냄.
337) 빗ᄉᆡ와: 비싸게 굴어. 다른 사람의 요구에 쉽게 응하지 아니하고 도도하게 행동하는 모양.
338) 몰신(歿身): 몸이 죽음.
339) 냥구침ᄉᆞ(良久沈思): 양구침사. 오랫동안 깊이 생각함.
340) 금ᄉᆞ강(金沙江): 금사강. 양자강의 상류 중 하나. 청해성에서 시작해 사천성 남부까지 이어짐.
341) 뎡쇄(靜鎖): 정쇄. 조용하고 외짐.
342) 유벽(幽僻): 한적하고 외짐.

묘랑 왈(曰),

“셔쵹(西蜀) 졔강(諸江) 듕(中)의 금ᄉᆞ강(金沙江)이 읏듬이오, 졍ᄌᆞ(亭子) 뉴(類)의 구 노야(老爺)의 지으신 졍ᄌᆡ(亭子ㅣ) 뎨일(第一)이라, 빈도(貧道)〃 여러 번(番) 구경ᄒᆞ여시니 엇디 모로리잇가? 아지 못게라, 어나 날 ᄒᆡᆼᄉᆞ(行使)ᄒᆞᆯ고?”

몽슉이 쳔만샤례(千萬謝禮)ᄒᆞ고 명일(明日)노 허락(許諾)ᄒᆞ고,

“빈되(貧道ㅣ) 하가(河家)의 가셔 잠간(暫間) 보고 오리이다.”

ᄒᆞ고,

즉시(卽時) 변화(變化)ᄒᆞ여 공듕(空中)의 소ᄉᆞ올나 하부(河府)의 가 ᄂᆡ외(內外) 형셰(形勢)를 ᄌᆞ셰 보니, 하(河) 공(公)과 부인(夫人)이 다 졍긔(精氣) 범인(凡人)과 다르고 하(河) 공ᄌᆞ(公子)ᄂᆞᆫ 텬디(天地)의 슈츌(秀出)ᄒᆞᆫ 졍긔(精氣)와 일월(日月)의 광ᄎᆡ(光彩)를 가졋ᄂᆞᆫᄃᆡ, ᄋᆞ쇼져(兒小姐)ᄂᆞᆫ 셩녀(聖女)의 덕(德)이 가ᄌᆞᆨᄒᆞ고 미우(眉宇)의 빗최ᄂᆞᆫ 셩ᄌᆞ긔ᄆᆡᆨ(聖資氣脈)[343]이오, 윤(尹) 쇼져(小姐)의

42면

복덕(福德)이 가ᄌᆞᆨᄒᆞ고 셩덕(盛德)이 ᄌᆞ연(自然)ᄒᆞ여 ᄒᆞ나토 범인(凡人)이 아니라 심하(心下)의 놀나믈 마디아니터라.

ᄎᆞ셜(且說). 하부(河府)의셔 윤(尹) 쇼져(小姐)의 특이(特異)ᄒᆞᆫ 효ᄒᆡᆼ(孝行)과 만젼(萬全)[344]ᄒᆞᆫ 셩덕(盛德)이 초츌비상(超出非常)ᄒᆞ여 구고(舅姑)를 셤기미 봉영집옥(奉盈執玉)[345]이 진션진미(盡善盡美)

343) 셩ᄌᆞ긔ᄆᆡᆨ(聖資氣脈): 성자기맥. 성인의 자질과 기운.

344) 만젼(萬全): 만전. 모두 갖춤.

345) 봉영집옥(奉盈執玉): 물이 가득 찬 그릇을 받들고 옥을 잡는다는 뜻으로 매우 삼가 부모를 섬기는 것을 말함. 『예기(禮記)』, 「제의(祭義)」에 “효자는 옥을 잡은 듯이 하고 가득 찬 것을 받든 듯이 하여 공경하고 삼가 감당하지 못할 듯이 하며 그것을 장차 잃을 듯이 여긴다. 孝子

ᄒᆞ여 하(河) 공(公) 부뷔(夫婦ㅣ) 탐혹과ᄋᆡ(耽惑過愛)ᄒᆞ미 친ᄌᆞ녀(親子女)의 감(減)치 아니코 녀부(女婦)를 겻ᄐᆡ 두어 비회(悲懷)를 위로(慰勞)ᄒᆞ더니,

일야(一夜)ᄂᆞᆫ 원상 등(等)의 보치믈 인(因)ᄒᆞ여 부인(夫人)이 몬져 취침(就寢)ᄒᆞ고 영쥬 쇼졔(小姐ㅣ) 윤(尹) 쇼져(小姐)로 담화(談話)ᄒᆞ다가 윤(尹) 쇼졔(小姐ㅣ) ᄉᆞ실(私室)노 퇴(退)ᄒᆞ고 쇼졔(小姐ㅣ) 이에 쵹(燭)을 쟝외(帳外)로 믈니고 시ᄋᆞ(侍兒) 초벽으로 침금(寢衾)을 포셜(鋪設)[346]ᄒᆞ라 ᄒᆞ더니, 쇼졔(小姐ㅣ) 믄득 ᄀᆞᆯ오ᄃᆡ,

"금야(今夜)의 심ᄉᆡ(心思ㅣ) 엇지 놀나오뇨?"

초벽이

43면

ᄃᆡ왈(對曰),

"이 ᄯᅡ희 거(居)ᄒᆞ신 지 삼(三) ᄌᆡ(載) 거의로ᄃᆡ 별(別)노 무셔온 일 업ᄉᆞᆸᄂᆞᆫᄃᆡ 엇디 심ᄉᆡ(心思ㅣ) 놀나오실 니(理) 이시리잇고? 일죽 취침(就寢)ᄒᆞ쇼셔."

쇼졔(小姐ㅣ) 미급답(未及答)[347]의 홀연(忽然) 난ᄃᆡ업ᄂᆞᆫ 호푀(虎豹ㅣ) 당젼(當前)[348]ᄒᆞ여시니 이 곳 묘랑이라. 묘랑이 ᄉᆞᆯ(術)을 베퍼 큰 범이 되여 ᄯᅱ여드러 쇼져(小姐)를 업으려 ᄒᆞ니, 초벽이 쇼져(小姐)를 붓들고 소ᄅᆡ를 놉혀 부인(夫人)과 쟝외(帳外) 시녀(侍女)를 ᄭᆡ오며 노쥐(奴主ㅣ) 혼도(昏倒)[349]ᄒᆞ니, 묘랑이 초벽을 ᄯᅥ르치지 못ᄒᆞ

如執玉, 如奉盈, 洞洞屬屬然, 如不勝, 如將失之."라는 구절이 있음.

346) 포셜(鋪設): 포설. 펴서 베풂.

347) 미급답(未及答): 미처 대답하지 못함.

348) 당젼(當前): 당전. 바로 눈앞에 있음.

349) 혼도(昏倒): 정신을 잃고 쓰러짐.

여 흔가지로 두로쳐 업고 닉다르니,

부인(夫人)이 슈미듕(睡寐中)[350]의 초벽의 소릭의 놀나 눈을 드러 보니 대회(大虎ㅣ) 녀ᄋ(女兒)를 당젼(當前)ᄒ엿ᄂ디라. 참화지후(慘禍之後) 궁텬디통(窮天之痛)[351]의 원상(寃傷)[352]이 쥬〃야〃(晝晝夜夜)의 칼흘 삼켜 장니(腸裏)[353]를 훼(毁)

44면

ᄂ 듯, 급(急)ᄒ 소릭를 드르면 혼빅(魂魄)이 경월(驚越)[354]ᄒ던 심ᄉ(心思)로뼈 이 경식(景色)[355]을 보미 계오 ᄒ 소릭의,

"엇진 일이뇨?"

ᄒ고 엄홀(奄忽)[356]ᄒ니, 쟝외(帳外)의 슈개(數箇) 슉딕(宿直) 시녜(侍女ㅣ) 이 경식(景色)을 보고 크게 소릭ᄒ여 쇼져(小姐)와 ᄎ벽은 범이 무러가다 혼동[357]ᄒ니, 촌ᄉ(村舍)의 닉외(內外) 년졉(連接)[358]ᄒ엿ᄂ디라, 공(公)의 부ᄌ(父子)와 윤(尹) 공(公)이 ᄎ언(此言)을 듯고 경황(驚惶)[359]ᄒ여 공(公)이 옷슬 더듬지 못ᄒ여 심신(心身)이 썰니ᄂ디라, 공지(公子ㅣ) 윤(尹) 공(公)을 청(請)ᄒ여 부친(父親)을 진뎡(鎭靜)케 ᄒ고,

급〃(急急)히 닉당(內堂)의 니르니 발셔 거체(去處ㅣ) 망〃(茫茫)

---

350) 슈미듕(睡寐中): 수매중. 잠이 든 중.
351) 궁텬디통(窮天之痛): 궁천지통. 하늘에 사무치는 고통.
352) 원상(寃傷): 원통한 슬픔.
353) 장니(腸裏): 장리. 창자 속.
354) 경월(驚越): 놀라 달아남.
355) 경식(景色): 경색. 광경.
356) 엄홀(奄忽): 급작스레 기운이 막힘.
357) 혼동: 큰 소리로 꾸짖거나 소란스럽게 재촉함.
358) 년졉(連接): 연접. 서로 잇닿음.
359) 경황(驚惶): 놀라고 두려워 허둥지둥함.

ᄒᆞ고 부인(夫人)이 엄홀긔절(奄忽氣絶)ᄒᆞ여시ᄆᆡ 윤(尹) 쇼졔(小姐ㅣ) 븟드러 구호(救護)ᄒᆞᄂᆞᆫ디라. 공ᄌᆡ(公子ㅣ) 창황망극(倉黃罔極)[360]ᄒᆞ여 노복(奴僕)을 헷쳐 ᄎᆞᄌᆞ보라 ᄒᆞ고 부인(夫人)을 구호(救護)ᄒᆞ고 윤(尹) 쇼졔(小姐ㅣ)ᄂᆞᆫ 원

45면

상 등(等)을 안아 다리더니, 하(河) 공(公)이 입ᄂᆡ(入內)[361]ᄒᆞ여 ᄎᆞ경(此景)을 보고 더옥 심붕담녈(心崩膽裂)[362]ᄒᆞ여,

"범을 보냐?"

므르니, 쇼졔(小姐ㅣ) 보디 못ᄒᆞ므로ᄡᅧ 고(告)ᄒᆞ니 부인(夫人)이 〃의 정신(精神)을 출혀 범이 녀ᄋᆞ(女兒)의 압ᄒᆡ 안ᄌᆞᆺ던 줄 젼(傳)ᄒᆞ고 호곡(號哭)[363]ᄒᆞ니, 하(河) 공(公)이 화란지후(禍亂之後)로 심원(心源)[364]이 초갈(焦渴)[365]ᄒᆞ엿더니 ᄌᆞ연(自然) 셰월(歲月)이 오ᄅᆡᄆᆡ 냥(兩) ᄋᆞ(兒)를 완농(玩弄)[366]ᄒᆞ더니, 천만몽상지외(千萬夢想之外)[367]의 만금녀ᄋᆞ(萬金女兒)를 호표(虎豹)를 맛져 보ᄂᆡ고 시신(屍身)도 ᄎᆞᆺ디 못ᄒᆞ게 되ᄆᆡ 신우구한(新憂舊恨)[368]이 격발(激發)ᄒᆞ여 흉장(胸臟)이 ᄲᅱ놀고 심ᄉᆡ(心思ㅣ) 버히ᄂᆞᆫ ᄃᆞᆺ 므어ᄉᆡ 비(比)ᄒᆞ리오. 심신(心身)이 경월(驚越)ᄒᆞ여 손을 쳐 ᄀᆞᆯ오ᄃᆡ,

"텬호텬호(天乎天乎)여! ᄎᆞ하인야(此何人也)[369]오!"

---

360) 창황망극(倉黃罔極): 매우 급작스러워 어찌할 바를 모름.
361) 입ᄂᆡ(入內): 입내. 내실에 들어감.
362) 심붕담녈(心崩膽裂): 심붕담렬. 가슴이 무너지고 창자가 찢어짐.
363) 호곡(號哭): 소리를 내어 슬피 욺.
364) 심원(心源): 마음.
365) 초갈(焦渴): 속이 타고 마름.
366) 완농(玩弄): 구경하며 희롱함.
367) 천만몽상지외(千萬夢想之外): 천만몽상지외. 전혀 꿈에도 생각하지 못함.
368) 신우구한(新憂舊恨): 새로운 근심과 옛 한스러움.

언파(言罷)의 방셩대곡(放聲大哭)[370]ᄒᆞ니 공ᄌᆡ(公子ㅣ) 쳔만슈한(千萬愁恨)[371]이 엇디 부모(父母)와 다르리오마ᄂᆞᆫ 스ᄉᆞ로 심

46면

신(心身)을 뎡(定)ᄒᆞ고 ᄌᆡ삼(再三) ᄎᆞᆷ아 부모(父母)를 븟드러 쳔만관위(千萬寬慰)[372] 왈(曰),

"고금(古今) 이ᄅᆡ(以來)의 나ᄂᆞᆫ 범이 〃시믄 듯디 못ᄒᆞᆫ ᄇᆡ라. 쇼ᄆᆡ(小妹)를 믈고 공듕(空中)의 오로더라 ᄒᆞ오니, ᄎᆞ(此)ᄂᆞᆫ 결(決)ᄒᆞ여 호표(虎豹)의 무리 아니오 별믈요죵(別物妖種)[373]이라. ᄆᆡ뎨(妹姐)의 일시(一時) ᄋᆡᆨ회(厄會)[374] 비상(非常)ᄒᆞ와 요얼(妖孼)[375]이 침노(侵擄)[376]ᄒᆞ오나, 져의 상뫼(相貌ㅣ)[377] 범상(凡常)치 아니ᄒᆞ오니 슈화(水火) ᄃᆞ나 필연(必然) 요몰조ᄉᆞ(夭沒早死)[378]치 아니ᄒᆞ오리니, 복망(伏望) 야〃(爺爺)ᄂᆞᆫ 관심비회(寬心悲懷)[379]ᄒᆞ샤 타일(他日) 단췌(團聚)[380]ᄒᆞᄂᆞᆫ 경ᄉᆞ(慶事)를 보쇼셔."

공(公)의 부뷔(夫婦ㅣ) 통상(痛傷)[381]을 긋치지 아니〃, 공ᄌᆡ(公子ㅣ) 심혼(心魂)이 비월(飛越)[382]ᄒᆞ여 만ᄉᆡ(萬事ㅣ) 부운(浮雲) ᄀᆞᄐᆞ나

---

369) ᄎᆞ하인야(此何人也): 차하인야. 이는 어떤 사람인가.
370) 방셩대곡(放聲大哭): 방성대곡. 큰 소리로 몹시 슬프게 곡을 함.
371) 쳔만슈한(千萬愁恨): 천만수한. 온갖 근심과 한.
372) 쳔만관위(千萬寬慰): 천만관위. 온갖 수단을 다해 위로함.
373) 별믈요죵(別物妖種): 별물요종. 요사스러운 별종.
374) ᄋᆡᆨ회(厄會): 액회. 재앙이 닥치는 불행한 고비.
375) 요얼(妖孼): 요망스러운 사람.
376) 침노(侵擄): 성가시게 달라붙어 손해를 끼치거나 해침.
377) 상뫼(相貌ㅣ): 얼굴의 생김새.
378) 요몰조ᄉᆞ(夭沒早死): 요몰조사. 일찍 죽음.
379) 관심비회(寬心悲懷): 슬픈 마음을 너그럽게 먹음.
380) 단췌(團聚): 단취. 다 같이 모임.
381) 통상(痛傷): 몹시 슬퍼함.
382) 비월(飛越): 날아갈 듯함.

이셩낙쇡(怡聲樂色)[383]ᄒᆞ여 ᄌᆡ삼(再三) 간걸(懇乞)[384]ᄒᆞ고 윤(尹) 공(公)이 청(請)ᄒᆞ믈 인(因)ᄒᆞ여 공(公)이 밧그로 나가니,

부인(夫人)이 통곡(慟哭)ᄒᆞ여 ᄌᆞ분필ᄉᆞ(自分必死)[385]ᄒᆞ려 ᄒᆞ니, 공ᄌᆡ(公子ㅣ) 우황(憂惶)[386]ᄒᆞ여 모

47면

친(母親)의 손을 밧들고 ᄋᆡ걸(哀乞) 왈(曰),

"쇼ᄆᆡ(小妹)ᄂᆞᆫ 복녹(福祿)이 완젼지상(完全之相)이라 텬신(天神)이 ᄒᆞᆫ가지로 보호(保護)ᄒᆞ리니 복원(伏願) ᄌᆞ위(慈闈)[387]ᄂᆞᆫ 심신(心身)을 관비(寬譬)[388]ᄒᆞ샤 후일(後日)을 보시면 쇼ᄌᆞ(小子)의 말ᄉᆞᆷ이 헛되지 아니ᄆᆞᆯ 아ᄅᆞ시리이다."

부인(夫人)이 호곡(號哭) 왈(曰),

"화가여ᄉᆡᆼ(禍家餘生)이 명완투ᄉᆡᆼ(命頑偸生)[389]ᄒᆞᄆᆡ 신명(神明)이 믜이 넉이미라. ᄎᆞᆯᄒᆞ리 죽어 셜우믈 니ᄌᆞ리니 너ᄂᆞᆫ 다시 니ᄅᆞ디 말나."

ᄉᆡᆼ(生)이 〃의 다〃라ᄂᆞᆫ 혈읍비통(血泣悲痛)[390]ᄒᆞ여 읍고(泣告) 왈(曰),

"삼(三) 형(兄)과 님슈(-嫂)의 참망디시(慘亡之時)[391]의도 오히려 대의(大義)를 잡으샤 쇼ᄌᆞ(小子) 남ᄆᆡ(男妹)를 고렴(顧念)[392]ᄒᆞ며 관

---

383) 이셩낙ᄉᆡᆨ(怡聲樂色): 이성낙색. 소리를 부드럽게 하고 낯빛을 즐겁게 함.
384) 간걸(懇乞): 간절히 애걸함.
385) ᄌᆞ분필ᄉᆞ(自分必死): 자분필사. 스스로 반드시 죽으려 함.
386) 우황(憂惶): 근심하고 두려워함.
387) ᄌᆞ위(慈闈): 자위. 자기 어머니.
388) 관비(寬譬): 우울한 마음을 풂.
389) 명완투ᄉᆡᆼ(命頑偸生): 명완투생. 목숨이 모질어 구차하게 삶.
390) 혈읍비통(血泣悲痛): 마음이 몹시 아파 피눈물을 흘림.
391) 참망디시(慘亡之時): 참망지시. 참혹히 죽을 때.

비(寬譬)ᄒᆞ여 계시니, 도금(到今)[393]ᄒᆞ여 쇼ᄆᆡ(小妹)의 실니지홰(失離之禍ㅣ)[394] 비록 참졀(慘絶)[395]ᄒᆞ오나 쇼ᄌᆞ(小子)와 냥(兩) ᄋᆞ(兒)를 바리시며 대인(大人)의 쳔비만한(千悲萬恨)[396]이 ᄌᆞ위(慈闈)와 다르시미 업ᄉᆞᆸ거놀 이러ᄐᆞ시 이우(貽憂)[397]로

48면

ᄡᅧ 증(增)ᄒᆞ시니 태〃(太太) 셩덕(盛德)으로ᄡᅧ 엇디 이러ᄐᆞᆺ ᄒᆞ시ᄂᆞ니잇고? 쇼ᄌᆡ(小子ㅣ) 몬져 셰샹(世上)을 닛고져 ᄒᆞᄂᆞ이다."

부인(夫人)이 믁연(默然)ᄒᆞ여 벼개를 취(取)ᄒᆞ여 누어 ᄋᆡ곡쳐졀(哀哭凄切)[398]ᄒᆞ니 공ᄌᆡ(公子ㅣ) 만단ᄋᆡ걸(萬端哀乞)ᄒᆞ여,

츈애(春夜ㅣ) 고단(固短)[399]ᄒᆞ므로 계셩(鷄聲)이 악〃(喔喔)[400]ᄒᆞ니 모든 비복(婢僕)이 ᄌᆞ최를 엇디 못ᄒᆞ고 혓도이 도라왓ᄂᆞᆫ디라. 부인(夫人)은 쇼져(小姐)를 브르지져 망〃(茫茫)이 ᄯᅳ를 ᄃᆞᆺᄒᆞ고, 공(公)은 희허비도(噫噓悲悼)[401]ᄒᆞ여 ᄋᆞᄌᆞ(兒子)를 블너 녀ᄋᆞ(女兒)를 허쟝(虛葬)[402]ᄒᆞ라 ᄒᆞᆫᄃᆡ, ᄉᆡᆼ(生)이 피셕(避席)[403] 궤고(跪告) 왈(曰),

"셩괴(盛教ㅣ) 맛당ᄒᆞ시나 허쟝(虛葬)이 녜(禮) 아니라. 허탄[404]

392) 고렴(顧念): 고념. 남의 사정이나 일을 돌보아 줌.
393) 도금(到今): 지금에 이름.
394) 실니지홰(失離之禍ㅣ): 실리지화. 잃어버려 헤어진 재앙.
395) 참졀(慘絶): 참절. 더할 나위 없이 비참함.
396) 쳔비만한(千悲萬恨): 천비만한. 온갖 슬픔과 한.
397) 이우(貽憂): 남에게 근심과 걱정을 끼침.
398) ᄋᆡ곡쳐졀(哀哭凄切): 애곡처절. 슬피 곡하며 매우 슬퍼함.
399) 고단(固短): 진실로 짧음.
400) 악〃(喔喔): 닭이나 새가 우는 소리.
401) 희허비도(噫噓悲悼): 탄식하며 슬퍼함.
402) 허쟝(虛葬): 허장. 오랫동안 생사를 모르거나, 시체를 찾지 못하는 경우에 시체 없이 그 사람의 옷가지나 유품으로써 장례를 치름. 또는 그 장례.
403) 피셕(避席): 피석. 공경의 뜻을 나타내기 위하여 웃어른을 모시던 자리에서 일어남.
404) 탄: [교] 원문에는 '타'로 되어 있으나 문맥을 고려해 이와 같이 수정함.

(虛誕)ᄒᆞ오나 상격(相格)[405]을 의논(議論)ᄒᆞᆯ진ᄃᆡ, 쇼ᄆᆡ(小妹) 당〃(堂堂)이 귀격달상(貴格達相)[406]이오, 슈한(壽限)이 ᄯᅩᄒᆞᆫ 칠십(七十)이 너믈 ᄃᆞᆺᄒᆞ던 거시오니, 비록 진짓 범이 무러가도 요얼(妖孼)의 작ᄒᆡ(作害)ᄒᆞ미 이시나 ᄌᆞ연(自然) 보응(報應)[407]ᄒᆞ미 이시리니 유ᄋᆡᆨ(有厄)[408]ᄒᆞ여

49면

일시(一時) ᄒᆞᆯ녀 갓ᄉᆞ오나 쇼ᄆᆡ(小妹)의 태양(太陽) 졍긔(精氣) 온젼(穩全)ᄒᆞ오니 엇지 범(犯)ᄒᆞ리잇고? ᄌᆞ연(自然) ᄉᆡᆼ되(生道ㅣ) 이셔 일(一) 년(年)을 긔약(期約)ᄒᆞ리이다."

윤(尹) 공(公)이 니어 ᄀᆞᆯ오ᄃᆡ,

"ᄌᆞ의〃 말이 올흐니 쇼데(小弟) 녕녀(令女)를 유시(幼時)의 ᄌᆞ로 보아시니, 디감(知鑑)[409]이 비록 ᄉᆞ광(師曠)[410] ᄀᆞᆺ디 못ᄒᆞ나 쳥텬ᄇᆡᆨ일(靑天白日)은 역지기명(亦知其明)[411]이니 엇디 녕녀(令女)의 귀복달슈(貴福達壽)[412]ᄒᆞᆯ 격(格)을 모로리오? 가졍(家丁)을 ᄉᆞ면(四面)의[413] 헷쳐 심방(尋訪)[414]ᄒᆞ미 올토다."

---

405) 상격(相格): 관상에서, 얼굴의 생김새를 이르는 말.
406) 귀격달상(貴格達相): 귀하고 높은 인물이 될 상.
407) 보응(報應): 착한 일과 악한 일이 그 원인과 결과에 따라 대갚음을 받음.
408) 유ᄋᆡᆨ(有厄): 유액. 재앙이 있음.
409) 디감(知鑑): 지감. 사람을 잘 알아보는 능력.
410) ᄉᆞ광(師曠): 사광. 중국 춘추시대 진(晉)나라 사람으로 자는 자야(子野)로 저명한 악사(樂師)임. 눈이 보이지 않아 스스로 맹신(盲臣), 명신(瞑臣)으로 부름. 진(晉)나라에서 대부(大夫) 벼슬을 했으므로 진야(晋野)로 불리기도 함. 음악에 정통하고 거문고를 잘 탔으며 음률을 잘 분변했다 함.
411) 쳥텬ᄇᆡᆨ일(靑天白日)은 역지기명(亦知其明): 청천백일은 역지기명. 맑은 하늘에 뜬 해는 또한 그 밝음을 앎.
412) 귀복달슈(貴福達壽): 귀복달수. 귀한 복록과 긴 수명.
413) 가졍을 ᄉᆞ면의: [교] 원문에는 없으나 문맥을 고려해 박순호본(5:24)을 따름.
414) 심방(尋訪): 방문하여 찾아봄.

하(河) 공(公)이 좃ᄎᆞ 허쟝지셜(虛葬之說)을 긋치나 스ᄉᆞ로 신셰(身世)를 한(恨)ᄒᆞ여 앙텬통호(仰天痛呼)[415]ᄒᆞᄆᆡ, 누싊(淚水ㅣ) 하슈(河水) ᄀᆞᆺᄐᆞ여 댱염(長髥)[416]의 ᄆᆡ즐 ᄉᆞ이 업ᄉᆞ니 스ᄉᆞ로 탄왈(嘆曰),

"원경 등(等) 삼(三) ᄋᆞ(兒)를 참망(慘亡)ᄒᆞ고 일(一) 녀(女)를 실니(失離)ᄒᆞ니 텬하(天下) 궁민(窮民)[417]이라 원광 등(等) 삼(三) ᄋᆡ(兒ㅣ) ᄯᅩᄒᆞᆫ 두립디 아니랴?"

윤(尹) 공(公)이 츄연(惆然) 위로(慰勞) 왈(曰),

"형(兄)의 인의대덕(仁義大德)으로ᄡᅥ 영복(永福)[418]이 무흠(無欠)[419]홀 ᄇᆡ어

50면

놀 ᄌᆞ건[420] 등(等)의 참ᄉᆡ(慘死ㅣ) 텬디간(天地間)의 업ᄉᆞᆫ ᄇᆡᄋᆞ, 녕녀(令女)를 실니(失離)ᄒᆞ나 ᄌᆞ연(自然)ᄒᆞᆫ 셩덕(盛德)은 신명(神明)이 보호(保護)ᄒᆞ리니 형(兄)은 모로미 관심(寬心)ᄒᆞ여 텬도(天道)의 슌환(循環)ᄒᆞ믈 볼디어다."

하(河) 공(公)이 톄루믁〃(涕淚默默)[421]ᄒᆞ여 답언(答言)이 업ᄉᆞ니, ᄉᆡᆼ(生)이 부모(父母)를 관위(寬慰)ᄒᆞ여 이셩낙ᄉᆡᆨ(怡聲樂色)으로 위로(慰勞)ᄒᆞᄃᆡ 부인(夫人)이 회심(回心)[422]ᄒᆞ미 업셔 죽기를 원(願)ᄒᆞ니 공(公)이 ᄒᆡ유(解諭)[423]ᄒᆞ여 대의(大義)로 졀ᄎᆡᆨ(切責)[424] 왈(曰),

---

415) 앙텬통호(仰天痛呼): 앙천통호. 하늘을 우러러 슬피 부르짖음.
416) 댱염(長髥): 장염. 긴 수염.
417) 궁민(窮民): 생활이 어렵고 궁한 백성.
418) 영복(永福): 긴 복.
419) 무흠(無欠): 흠이 없음.
420) 건: [교] 원문에는 '안'으로 되어 있으나 앞의 예를 따라 이와 같이 수정함.
421) 톄루믁〃(涕淚默默): 체루묵묵. 묵묵히 눈물을 흘림.
422) 회심(回心): 마음을 돌림.
423) ᄒᆡ유(解諭): 해유. 잘 타이름.

"셕년(昔年)의 경ᄋᆞ(-兒) 등(等)을 참망(慘亡)ᄒᆞ여 내 거두어 풍진(風塵)의 장(葬)치 못ᄒᆞ고 셔쵹(西蜀) 슈졸(戍卒)이 되여 나려올 젹도 능(能)히 ᄉᆞ랏거ᄂᆞᆯ 금일(今日) 녀ᄋᆞ(女兒)의 참변(慘變)이 셕년(昔年)의 비길 ᄇᆡ 아니라. 다시 빵ᄋᆞ(雙兒)를 어덧고 윤(尹) 현부(賢婦)의 특이(特異)ᄒᆞ미 도로혀 녀ᄋᆞ(女兒)를 ᄃᆡ신(代身)ᄒᆞ여 심ᄉᆞ(心思)를 위로(慰勞)ᄒᆞ리니 이ᄃᆡ도록 과도(過度)ᄒᆞ리오? ᄒᆞ믈며 녀ᄋᆞ(女兒)의 작셩긔딜(作成器質)[425]이 요몰(夭沒)

51면

ᄒᆞ여 호표(虎豹)의 복장(腹臟)[426]을 ᄎᆡ올 ᄇᆡ 아니라. 망〃(茫茫)ᄒᆞᆫ 텬슈(天數)를 예탁(豫度)[427]기 어려오니 일이 되여 가믈 볼지니 엇디 일(一) 녀(女)를 위(爲)ᄒᆞ여 몸을 맛ᄎᆞ리오? 원광 부〃(夫婦)의 졍ᄉᆞ(情事)를 고렴(顧念)[428]ᄒᆞ며 냥(兩) ᄋᆞ(兒)의 고〃(孤孤)[429]ᄒᆞ믈 념녀(念慮)치 아냐 셰ᄉᆞ(世事)를 져바리고져 ᄒᆞ니 ᄎᆞ(此)는 블찰대의(不察大義)[430]로다. 모로미 관심(寬心)ᄒᆞ여 원광의 초황(焦黃)[431]ᄒᆞᆫ 심ᄉᆞ(心思)를 위로(慰勞)ᄒᆞ고 녀ᄋᆞ(女兒)의 ᄉᆡᆼ환(生還)ᄒᆞ믈 기다려 복(僕)으로 ᄒᆞ여곰 근심을 더으게 마르쇼셔."

부인(夫人)이 읍〃뉴체(悒悒流涕)[432]ᄒᆞ여 ᄀᆞᆯ오ᄃᆡ,

"녀ᄋᆞ(女兒)의 실니(失離)ᄒᆞ미 쳡(妾)의 팔ᄌᆡ(八字ㅣ) 흉험(凶

---

424) 졀ᄎᆡᆨ(切責): 절책. 깊이 꾸짖음.
425) 작셩긔딜(作成器質): 작성기질. 생김새와 타고난 성질.
426) 복장(腹臟): 배의 창자.
427) 예탁(豫度): 미리 헤아림.
428) 고렴(顧念): 고념. 남의 사정을 돌보아 줌.
429) 고〃(孤孤): 매우 외로움.
430) 블찰대의(不察大義): 불찰대의. 큰 의리를 살피지 않음.
431) 초황(焦黃): 애태우고 경황이 없음.
432) 읍〃뉴체(悒悒流涕): 읍읍유체. 마음이 답답하여 눈물을 흘림.

險)[433] ᄒᆞ미니 엇지 원경 등(等)의 원ᄉᆞ(寃死)[434]의 비길 ᄇᆡ리잇고마ᄂᆞᆫ ᄎᆞ후(此後) ᄯᅩ ᄆᆞᄉᆞᆫ 변고(變故)를 볼 줄 모로ᄂᆞ 이 다 쳡(妾)의 명박궁험(命薄窮險)[435] ᄒᆞ미라, 구〃(區區)히 투ᄉᆡᆼ(偸生)ᄒᆞ믈 원(願)치 아닛ᄂᆞ이다."

공(公)이 탄왈(嘆曰),

"니른바 텬의(天意)라, 인력(人力)으

52면

로 밋출 ᄇᆡ 아니〃 변(變)이 온즉 당(當)ᄒᆞ고 업ᄉᆞᆫ즉 관심(寬心)ᄒᆞ여 술니〃 엇지 구ᄐᆞ여 오지 아닌 변(變)을 니르리오? 슬프미 복(僕)으로 더브러 일톄(一體)니 ᄒᆞᆨᄉᆡᆼ(學生)이 죽기의 당(當)ᄒᆞ여도 부인(夫人)이 ᄉᆞᄉᆡᆼ(死生)을 ᄀᆞᆺ치 못ᄒᆞ리이다."

부인(夫人)이 공(公)의 말이 〃의 밋쳐ᄂᆞᆫ 죽기도 ᄯᅩᄒᆞᆫ 임의(任意)치 못ᄒᆞᆯ디라 오딕 쳬읍무언(涕泣無言)[436] ᄒᆞᆫᄃᆡ, ᄉᆡᆼ(生)이 시좌(侍坐)ᄒᆞ여 화셩유어(和聲柔語)[437]로 감(敢)히 비ᄉᆡᆨ(悲色)을 못 ᄒᆞ나 셕년(昔年) 참화(慘禍)의 간장(肝腸)을 녹이ᄂᆞᆫ 통원(痛寃)[438]이 칼흘 삼킨 듯, 출ᄒᆞ리 벽(壁)을 쳐 통곡(慟哭)ᄒᆞᆷ만 ᄀᆞᆺ지 못ᄒᆞ여 의형(儀形)이 환탈(換奪)[439]ᄒᆞ여 슈일지ᄂᆡ(數日之內)의 옥골(玉骨)이 표연(飄然)[440]ᄒᆞ고, 윤(尹) 쇼졔(小姐ㅣ) ᄒᆞᆫ 가의 뫼셔 황〃초조(遑遑焦燥)[441]ᄒᆞᄂᆞᆫ

433) 흉험(凶險): 흉악하고 음험함.
434) 원ᄉᆞ(寃死): 원사. 원통한 죽음.
435) 명박궁험(命薄窮險): 운명이 기박하고 험함.
436) 쳬읍무언(涕泣無言): 체읍무언. 눈물을 흘리며 말이 없음.
437) 화셩유어(和聲柔語): 화성유어. 온화한 목소리와 부드러운 말.
438) 통원(痛寃): 몹시 원통함.
439) 환탈(換奪): 전혀 딴사람이 됨.
440) 표연(飄然): 훌쩍 나타나거나 떠나는 모양이 거침없음.
441) 황〃초조(遑遑焦燥): 갈팡질팡 어쩔 줄 모르게 급하며 초조해 함.

거동(擧動)이 인심(人心)을 감동(感動)ᄒᆞᄂᆞᆫ디라. 공(公)이 ᄌᆞ부(子婦)의 여ᄎᆞ경ᄉᆡᆨ(如此景色)[442]을 잔인ᄒᆞ여[443] 작화(作和)[444]ᄒᆞ고 부인(夫人)이 ᄯᅩᄒᆞᆫ 고렴(顧念)ᄒᆞ여 식음(食飮)을 나오나[445] 침

53면

와(寢臥)의 위돈(萎頓)[446]ᄒᆞ여 ᄌᆞ연(自然)이 셰렴(世念)이 돈연(頓然)[447]ᄒᆞ더라.

어시(於時)의 신묘랑이 하(河) 쇼져(小姐) 비쥬(婢主)를 업고 공듕(空中)의 소ᄉᆞ오로니 쳐음은 가바야와 아〃(峨峨)[448]히 오로더니, 하(河) 쇼져(小姐)의 당〃(堂堂)ᄒᆞᆫ 졍긔(精氣) 요졍(妖精)을 탈노(脫露)[449]ᄒᆞ니 두려오미 극(極)ᄒᆞᆫ 가온ᄃᆡ 쇼졔(小姐ㅣ) 쳐음은 호표(虎豹)로 아랏더니, ᄌᆞ긔(自己)를 업고 공듕(空中)으로 오로믈 보니 괴(怪)ᄒᆞᆫ 요졍(妖精)인 줄 ᄭᆡᄃᆞ라 일분(一分) 구겁(懼怯)[450]ᄒᆞ미 업셔 묘랑의 등을 쥐여ᄯᅳ더 뉴혈(流血)이 님니(淋漓)[451]ᄒᆞ고 므거오미 태산(泰山)이 누른 ᄃᆞᆺᄒᆞ니 스ᄉᆞ로 혜오ᄃᆡ,

'하(河) 시(氏) 블과(不過) 십여(十餘) 셰(歲) 쇼ᄋᆡ(小兒ㅣ)어ᄂᆞᆯ 무어시 그ᄃᆡ도록 무거오리오마ᄂᆞᆫ 대개(大槪) 셩신(星辰)의 졍긔(精氣)로 사ᄅᆞᆷ을 일워 그 쥬셩(主星)이 텬듕(天中)의 이셔 그 몸을 보호(保

---

442) 여ᄎᆞ경ᄉᆡᆨ(如此景色): 여차경색. 이와 같은 광경.
443) 잔인ᄒᆞ여: 자닝하여. 애처롭고 불쌍하여 차마 보기 어려워.
444) 작화(作和): 억지로 온화한 표정을 지음.
445) 나: [교] 원문에는 '니'로 되어 있으나 문맥을 고려해 이와 같이 수정함.
446) 위돈(萎頓): 앓아서 정신이 없음.
447) 돈연(頓然): 끊어짐.
448) 아〃(峨峨): 높은 모양.
449) 탈노(脫露): 탈로. 드러냄.
450) 구겁(懼怯): 두려워하고 겁을 냄.
451) 님니(淋漓): 임리. 피, 땀, 물 따위의 액체가 흘러 흥건함.

護)ᄒᆞᄂᆞᆫ 고(故)로 나의 법술(法術)을 ᄒᆡᆼ(行)ᄒᆞ미 어렵도다',

거의 노하바릴 ᄃᆞᆺᄒᆞ다가 ᄆᆞᄋᆞᆷ을

54면

단〃이 ᄒᆞ고 담(膽)을 크게 ᄒᆞ여 촘기를 냥구(良久)히 ᄒᆞ다가 금ᄉᆞ강(金沙江) 졍(亭)의 니르니 몽슉이 쵹(燭)을 ᄇᆞᆰ혀 바야흐로 기다리다가 쳔만ᄒᆡᆼ심(千萬幸甚)[452]ᄒᆞ여 방듕(房中)의 마ᄌᆞ드리니, 묘랑이 방듕(房中)의 노코 몸을 화(化)ᄒᆞ여 녀승(女僧)이 되여 쇼져(小姐)의 겻ᄐᆡ 안ᄌᆞ니, 쇼져(小姐) 비쥬(妃主ㅣ) ᄎᆞ경(此景)을 당(當)ᄒᆞ여 요괴(妖怪)롭고 ᄎᆞ악경심(嗟愕驚心)[453]ᄒᆞ더니 몽슉이 묘랑을 ᄃᆡ(對)ᄒᆞ여 ᄌᆡᄇᆡ칭은(再拜稱恩)ᄒᆞ고 쇼져(小姐)의 겻ᄐᆡ 안ᄌᆞ니, 쇼졔(小姐ㅣ) 대경(大驚)ᄒᆞ여 초벽으로 압흘 가리오니 몽슉이 〃의 말을 펴 왈(曰),

"쇼ᄉᆡᆼ(小生)은 경ᄉᆞ(京師) 사ᄅᆞᆷ이라. 젼상[454](前相) 구경암의 손(孫)이오, 젼(前) 시랑(侍郞) 구 공(公)의 ᄌᆞ(子ㅣ)라. 쇼져(小姐)의 셩화(聲華)[455]를 듯고 비록 일이 뎡되(正道ㅣ) 아니나 신법ᄉᆞ(神法師)를 보ᄂᆡ여 뫼셔 왓ᄂᆞ니, 하날이 인연(因緣)을 가ᄅᆞ치고 피ᄎᆡ(彼此ㅣ) 고문벌열(高門閥閱)[456]이라, 쇼졔(小姐ㅣ) 가운(家運)이 블니(不利)ᄒᆞ

55면

여 누얼(陋蘖)[457]을 신셜(伸雪)[458]치 못ᄒᆞ여시나 쇼ᄉᆡᆼ(小生)은 이믜

452) 쳔만ᄒᆡᆼ심(千萬幸甚): 천만행심. 참으로 다행으로 여김.
453) ᄎᆞ악경심(嗟愕驚心): 차악경심. 매우 놀람.
454) 상: [교] 원문에는 '산'으로 되어 있으나 문맥을 고려해 이와 같이 수정함.
455) 셩화(聲華): 성화. 세상에 널리 알려진 명성.
456) 고문벌열(高門閥閱): 신분이 높고 벼슬 경력이 많은 집안.
457) 누얼(陋蘖): 누명.

ᄒᆞ믈 아라 혐의(嫌疑)치 아니코 다만 쇼져(小姐)를 흠복(欽服)[459] ᄒᆞᄂᆞ니, 원(願)컨ᄃᆡ 놀난 거술 딘뎡(鎭靜)ᄒᆞ여 ᄉᆡᆼ(生)의 말ᄉᆞᆷ을 드르쇼셔."

이리 니르며 일변(一邊) 눈을 드러 쇼져(小姐)를 보니, 쳔교ᄇᆡᆨ미(千嬌百美)[460] 쇄연긔려(灑然奇麗)[461] ᄒᆞ여 계궁소월(桂宮素月)[462]이 운간(雲間)의 광ᄎᆡ(光彩)를 흘니미오, 텬화일지(天花一枝)[463] 옥호(玉壺)의 ᄭᅩᆺ쳣ᄂᆞᆫ ᄃᆞᆺ, 신ᄎᆡ(身彩) 오〃(旿旿)[464] ᄒᆞ고 셔광(瑞光)[465]이 ᄋᆡ〃(靄靄)[466] ᄒᆞ여 일실(一室)의 도요(照耀)ᄒᆞ니 몽숙이 졍신(精神)이 미란(迷亂)[467] ᄒᆞ여 졈졈(漸漸) 갓가이 나오니 묘랑이 웃고 ᄀᆞᆯ오ᄃᆡ,

"쇼졔(小姐ㅣ) 만히 놀나 계시나 빈도(貧道)ᄂᆞᆫ 도승(道僧)이라 부쳐의 뎡과(正果)[468]를 어더 사ᄅᆞᆷ의 길흉(吉凶)을 아ᄂᆞ니, 쇼졔(小姐ㅣ) 구 상공(相公)과 텬연(天緣)이 듕(重)ᄒᆞ니 쇼졔(小姐ㅣ) 능(能)히 버셔나지 못ᄒᆞ리이다."

쇼졔(小姐ㅣ) ᄎᆞ언(此言)을 드르ᄆᆡ 경악통히(驚愕痛駭)[469] ᄒᆞ믈 니긔지 못ᄒᆞ니, 신묘랑은 각

---

458) 신셜(伸雪): 신설. 가슴에 맺힌 원한을 풀어 버리고 창피스러운 일을 씻어 버림.
459) 흠복(欽服): 마음속 깊이 존경하여 복종함.
460) 쳔교ᄇᆡᆨ미(千嬌百美): 천교백미. 온갖 아리따움.
461) 쇄연긔려(灑然奇麗): 쇄연기려. 시원스럽게 아름다움.
462) 계궁소월(桂宮素月): 월궁의 흰 달. 계궁은 월궁(月宮)을 이름.
463) 텬화일지(天花一枝): 천화일지. 하늘 꽃 한 가지.
464) 오〃(旿旿): '빛나는 모양'의 뜻으로 보이나 미상임.
465) 셔광(瑞光): 서광. 상서로운 빛.
466) ᄋᆡ〃(靄靄): 애애. 안개나 구름, 아지랑이 따위가 짙게 끼어 자욱함.
467) 미란(迷亂): 정신이 혼미하여 어지러움.
468) 뎡과(正果): 정과. 불교 용어. 도를 닦아 깨달은 증거를 '증과(證果)'라 하고, 수행에 성공해 불교를 배우고 얻은 결과는 불교가 아닌 외도(外道)를 수련하여 얻은 것과는 구분되므로 이를 정과(正果)라 이름.
469) 경악통히(驚愕痛駭): 경악통해. 몹시 놀람.

56면

별(恪別)ᄒᆞᆫ 요졍(妖精)이라 하(河) 쇼져(小姐)를 구싱(-生)의 쳥(請)으로 다려와시나 인연(因緣)을 밋지 못ᄒᆞᆯ 줄 ᄇᆞᆰ히 알오ᄃᆡ 짐즛 쇼져(小姐)를 공동(恐動)[470]ᄒᆞ나 몽숑이 겁박(劫迫)[471]ᄒᆞᆯ 뜻이 급(急)ᄒᆞ여 묘랑을 눈 준ᄃᆡ 묘랑이 즉시(卽時) 나가고 몽숑이 ᄯᅩᄒᆞᆫ 초벽을 나가라 ᄒᆞ니,

하(河) 쇼졔(小姐ㅣ) 이를 당(當)ᄒᆞ여 죽으미 영화(榮華)롭고 슬고져 ᄒᆞᆫ즉 목젼(目前)의 참욕(慘辱)[472]이 급(急)ᄒᆞ니, ᄎᆞ시(此時) 망극초우(罔極焦憂)[473]ᄒᆞᆫ 심장(心臟)이 경ᄀᆡᆨ(頃刻)의 ᄉᆞ라져 도라 ᄉᆡᆼ각건ᄃᆡ 삼(三) 형(兄)이 함원참망(含寃慘亡)[474]ᄒᆞ고 ᄌᆞ긔(自己) 남ᄆᆡ(男妹) 셔쵹(西蜀) ᄒᆞᆫ 가의 부모(父母)를 시봉(侍奉)ᄒᆞ여 고젹(孤寂)[475]ᄒᆞ시믈 위로(慰勞)ᄒᆞ거ᄂᆞᆯ, ᄌᆞ개(自家ㅣ) 블의(不意)예 요졍(妖精)의게 후리여 이곳의 와 유톄(遺體)[476]를 누합(陋閤)[477]의 더지미 진실(眞實)노 사ᄅᆞᆷ의 디통(至痛)이라. ᄭᅬ를 냥평(良平)[478]의게 빌고 디혜(智慧)를 졔갈(諸葛)[479]의게 비러도 ᄉᆞ라 도라갈 길히 업ᄂᆞ디라,

---

470) 공동(恐動): 위협적인 말을 하여 두려워하게 함.
471) 겁박(劫迫): 으르고 협박함.
472) 참욕(慘辱): 참혹한 모욕.
473) 망극초우(罔極焦憂): 애태우고 근심하는 것이 끝없음.
474) 함원참망(含寃慘亡): 원통함을 품고 참혹히 죽음.
475) 고젹(孤寂): 고적. 외롭고 쓸쓸함.
476) 유톄(遺體): 유체. 부모(父母)가 남겨 준 몸이라는 뜻으로, 자기의 몸을 이르는 말.
477) 누합(陋閤): 더러운 집.
478) 냥평(良平): 양평. 중국 한(漢)나라 유방(劉邦)을 도와 그가 천하를 통일할 수 있도록 도운 장량(張良, ?~B.C.168)과 진평(陳平, ?~B.C.178)을 이름. '양평지지(良平之智)'라는 말이 생길 정도로 둘 다 뛰어난 지혜를 지닌 인물로 여겨짐.
479) 졔갈(諸葛): 제갈. 중국 삼국시대 촉한 유비의 책사인 제갈량(諸葛亮, 181~234)의 성(姓). 별호는 와룡이고 자(字)는 공명(孔明). 유비를 도와 오(吳)나라와 연합하여 조조(曹操)의 위(魏)나라 군사를 대파하고 파촉(巴蜀)을 얻어 촉한을 세웠음. 유비가 죽은 후에 무향후(武鄕侯)로서 남방의 만족(蠻族)을 정벌하고, 위나라 사마의와 대전 중에 오장원(五丈原)에서 병사함.

57면

망지소위(罔知所爲)[480]ᄒᆞ여 다만 초벽을 구지 븟들고 눈을 드러 보니 후창(後窓)이 〃셔 골희[481]를 거지 아니ᄒᆞ엿ᄂᆞᆫ디라.

쇼제(小姐ㅣ) 급(急)히 니러 후창(後窓)을 열고 경홍(驚鴻)[482]ᄀᆞᆺ치 ᄂᆡ다르니 초벽이 울며 ᄯᅩ 급(急)히 ᄯᆞ로ᄂᆞᆫ디라. 쇼제(小姐ㅣ) 앏뒤흘 ᄉᆞᆯ피지 못ᄒᆞ고 ᄎᆡᆼ망(悤忙)[483]이 ᄯᅱ여나니, ᄎᆞ시(此時) 월광(月光)이 여쥬(如晝)ᄒᆞᆫᄃᆡ 쇼져(小姐) 노쥐(奴主ㅣ) 죽기를 혜지 아니ᄒᆞ고 젼지도지(顚之倒之)[484]ᄒᆞ여 ᄉᆞ오(四五) 리(里)를 다르니, 원ᄂᆡ(元來) 이 졍ᄌᆞ(亭子)ᄂᆞᆫ 금ᄉᆞ강(金沙江) 변(邊)이라, 은〃(隱隱)이 프른 믈결이 잔〃(潺潺)[485]ᄒᆞ여 흐르ᄂᆞᆫ 소ᄅᆡ 은〃(隱隱)ᄒᆞ니 쇼제(小姐ㅣ) 더옥 닷기를 급(急)히 ᄒᆞ여 임의 강변(江邊)의 다〃랏더니,

이ᄯᅢ 몽숙과 요인(妖人)이 쇼져(小姐)의 닷ᄂᆞᆫ 양(樣)을 보고 심하(心下)의 혜오ᄃᆡ,

'대강(大江)이 가려시니 어린 녀ᄌᆞ(女子ㅣ) 어ᄃᆡ로 가리오.'

ᄒᆞ고, 완〃(緩緩)이[486] 웃으며 긴〃(緊緊)히[487] ᄯᆞᆯ와가며 니르ᄃᆡ,

"쇼져(小姐)ᄂᆞᆫ 슈고로이 닷지 말나.

58면

승텬입디(昇天入地)[488]를 못ᄒᆞᆫ즉 이 구ᄉᆡᆼ(-生)의 슈단(手段)을 면(免)

---

480) 망지소위(罔知所爲): 할 바를 알지 못함.
481) 골희: 고리.
482) 경홍(驚鴻): 놀란 기러기.
483) ᄎᆡᆼ망(悤忙): 총망. 매우 급하고 바쁨.
484) 젼지도지(顚之倒之): 전지도지. 엎어지고 자빠짐.
485) 잔〃(潺潺): 흐르는 물소리가 가늘고 나지막함.
486) 완〃(緩緩)이: 천천히.
487) 긴〃(緊緊)히: 바짝.

치 못ᄒᆞ리라.”

쇼졔(小姐ㅣ) 듯는 말마다 통완(痛惋)[489] ᄒᆞ믈 니긔지 못ᄒᆞ여 보〃젼지(步步前之)[490] ᄒᆞ여 믈가의 다〃르미 일셩ᄋᆡ호(一聲哀呼)[491] 의 믈 가온ᄃᆡ 뛰여드니, 초벽이 크게 울며 ᄯᆞ라 쇼져(小姐) ᄂᆡᆨ슈(溺水)[492] ᄒᆞᆫ ᄃᆡ ᄲᆡ지니 믄득 슬픈 바ᄅᆞᆷ이 쇼〃(蕭蕭)[493] ᄒᆞ며 슈셰(水勢) 흉용(洶湧)[494] ᄒᆞ여 경ᄀᆡᆨ(頃刻)의 간 곳이 업ᄉᆞ니,

몽숙이 다〃라 ᄎᆞ경(此景)을 보ᄆᆡ 어히업셔 강심(江心)을 향(向)ᄒᆞ여 돈죡통곡(頓足慟哭)[495] ᄒᆞ기를 마지아니ᄒᆞ니, 묘랑이 역시(亦是) 훌일업셔 도로혀 몽숙을 ᄇᆡᆨ단위로(百端慰勞)[496] ᄒᆞ여 졍ᄌᆞ(亭子)의 도라오니 쇽졀업시 가슴을 두다려 밤ᄉᆡ도록 ᄋᆡ쁠 ᄲᅳᆫ이러라.

어시(於時)의 하(河) 공(公)이 외당(外堂)의 나오니 츄밀(樞密)이 역시(亦是) 앗기고 경악(驚愕)ᄒᆞ미 어든 며나리와 다르

59면

미 이시리오. 냥(兩) 공(公)이 악슈체희(握手涕噫)[497] ᄒᆞ여 죽엄을 겻ᄐᆡ 노흔 ᄃᆞᆺᄒᆞ니, 얼픗ᄒᆞᆫ ᄉᆞ이의 날이 가고 밤이 올ᄉᆞ록 샹하(上下)의 비만(悲滿)[498] ᄒᆞᆫ 슈운(愁雲)[499] 이 일광(日光)을 ᄀᆞ리오니,

---

488) 승텬입디(昇天入地): 승천입지. 하늘에 오르고 땅에 들어감.
489) 통완(痛惋): 괘씸함과 한스러움.
490) 보〃젼지(步步前之): 보보전지. 한 걸음 한 걸음 앞으로 나아감.
491) 일셩ᄋᆡ호(一聲哀呼): 일성애호. 한 소리 슬피 부르짖음.
492) ᄂᆡᆨ슈(溺水): 익수. 물에 빠짐.
493) 쇼〃(蕭蕭): 소소. 쓸쓸한 모양.
494) 흉용(洶湧): 물결이 매우 세차게 일어남.
495) 돈죡통곡(頓足慟哭): 돈족통곡. 발을 구르며 통곡함.
496) ᄇᆡᆨ단위로(百端慰勞): 백단위로. 온갖 방법으로 위로함.
497) 악슈체희(握手涕噫): 악수체희. 손을 잡고 눈물을 흘리며 한숨을 쉼.
498) 비만(悲滿): 슬픔이 가득함.
499) 슈운(愁雲): 수운. 근심 어린 구름.

부인(夫人)은 침셕(寢席)의 몸을 더져[500] 눈믈이 오월댱슈(五月長水)[501] ᄀᆞᄐᆞ여 밤을 ᄉᆡ와 낫지 니르니, 하ᄉᆡᆼ(河生)과 윤(尹) 쇼졔(小姐ㅣ) 감(敢)히 좌하(座下)를 ᄯᅥ나지 못ᄒᆞ고 ᄆᆞ음의 업ᄉᆞᆫ 한담(閑談)으로 냥(兩) 뎨(弟)를 유희(遊戲)ᄒᆞ여 쇼ᄆᆡ(小妹)의 복녹완젼지상(福祿完全之相)[502]이 요몰(夭沒)치 아닐 바를 고(告)ᄒᆞ여 위로(慰勞)ᄒᆞ더니,

임의 윤(尹) 공(公)의 환귀지쇽(還歸遲速)[503]이 다ᄃᆞ르니, 댱ᄎᆞᆺ(將次ㅅ) ᄒᆡᆼ니(行李)[504]를 타졈(打點)[505]ᄒᆞ여 ᄒᆡᆼ도(行途)를 바야ᄂᆞᆫ디라. 하(河) 공(公)이 녀ᄋᆞ(女兒)를 실산(失散)ᄒᆞ고 만ᄉᆡ(萬事ㅣ) 무렴(無念)ᄒᆞᄃᆡ 윤(尹) 공(公)으로 더브러 담화(談話)ᄒᆞ여 쳔만비회(千萬悲懷)를 위로(慰勞)ᄒᆞ더니, 금일(今日) 니별(離別)ᄒᆞᄆᆡ 참

60면

연(慘然)ᄒᆞᆫ 회푀(懷抱ㅣ) ᄌᆞ동(自動)ᄒᆞ니 능(能)히 금(禁)치 못ᄒᆞ더라.

님별(臨別)[506]의 쇼져(小姐)를 ᄉᆞ실(私室)로 블너 슬ᄒᆞ(膝下)의 무ᄋᆡ(撫愛)[507]ᄒᆞ여 니졍(離情)을 니르니, 쇼졔(小姐ㅣ) 연약(軟弱)ᄒᆞᆫ 촌장(寸腸)이 여삭(如削)[508]ᄒᆞᄃᆡ 엄구(嚴舅)와 하ᄉᆡᆼ(河生)이 ᄌᆡ좌(在座)ᄒᆞ여시니 쳔만강[509]인(千萬强忍)ᄒᆞ여 나즉이 뫼셔 비ᄉᆡᆨ(悲色)을 곰

500) 져: [교] 원문에는 이 글자가 없으나 문맥을 고려해 삽입함.
501) 오월댱슈(五月長水): 오월장수. 오월 장마로 불어난 큰물.
502) 복녹완젼지상(福祿完全之相): 복록완전지상. 복되고 영화로운 삶이 완전한 관상.
503) 환귀지쇽(還歸遲速): 환귀지속. 돌아갈 기약.
504) ᄒᆡᆼ니(行李): 행리. 여행할 때 쓰는 물건과 차림.
505) 타졈(打點): 타점. 준비함.
506) 님별(臨別): 임별. 이별에 임함.
507) 무ᄋᆡ(撫愛): 무애. 어루만지며 사랑함.
508) 여삭(如削): 깎이는 듯함.
509) 강: [교] 원문에는 '간'으로 되어 있으나 문맥을 고려해 이와 같이 수정함.

쵸니, 츄밀(樞密)이 비록 쾌대(快大)[510]ᄒᆞᆫ 당뷔(丈夫ㅣ)나 만금ᄋᆡ녀(萬金愛女)로뼈 누쳔(累千) 니(里) 타향(他鄕)의 머므르고 가ᄂᆞᆫ 심ᄉᆡ(心思ㅣ) 엇지 쳐챵(悽愴)[511]치 아니리오. 녀ᄋᆞ(女兒)의 손을 ᄌᆞᆸ고 ᄉᆡᆼ(生)을 도라보아 왈(曰),

"블민(不敏)[512]ᄒᆞᆫ 쇼녀(小女)를 누쳔(累千) 니(里)의 머므르고 도라가ᄂᆞᆫ 심ᄉᆡ(心思ㅣ) 비졀(悲絶)[513]ᄒᆞ나 녀ᄌᆞ(女子) 일ᄉᆡᆼ(一生)이 댱부(丈夫)의게 이시니 ᄌᆞ의ᄂᆞᆫ 모로미 관인후덕(寬仁厚德)[514]ᄒᆞ여 가옹(家翁)의 눈 어두옴과 귀 먹으므로뼈[515] 블민(不敏)ᄒᆞᆫ ᄋᆞ녀(阿女)의 용둔(庸鈍)[516]ᄒᆞ믈 용샤(容赦)[517]ᄒᆞ여 기리 화락(和樂)ᄒᆞ여 니친(離親)[518]ᄒᆞᄂᆞᆫ 심ᄉᆞ(心思)를 고렴(顧念)ᄒᆞ여 금일(今日) 나

61면

의 구〃(區區)ᄒᆞᆫ ᄌᆞᄋᆡ(慈愛)를 ᄉᆡᆼ각ᄒᆞ여 져바리지 말디어다."

하ᄉᆡᆼ(河生)이 화락(和樂) 두 ᄌᆞ(字)를 심니(心裏)의 우이 넉이나 공(公)의 츄연(惆然)[519]ᄒᆞᆫ 낫빗ᄎᆞᆯ 보고 심듕(心中)의 뼈 ᄒᆞᄃᆡ, 그 녀ᄋᆞ(女兒)의 음악(淫惡)[520]ᄒᆞᆫ ᄒᆡᆼᄉᆞ(行使)를 아디 못ᄒᆞ고 져러ᄐᆞᆺ 년〃(戀

---

510) 쾌대(快大): 명쾌하고 대범함.
511) 쳐챵(悽愴); 처창. 몹시 구슬프고 애달픔.
512) 블민(不敏): 불민. 어리석고 둔하여 재빠르지 못함.
513) 비졀(悲絶): 비절. 더할 수 없이 슬픔.
514) 관인후덕(寬仁厚德): 어질고 덕이 두터움.
515) 가옹(家翁)의~귀 먹으므로뼈: 가장의 눈 어두움과 귀먹음으로써. 한 집안의 가장 노릇을 하려면 이와 같이 해야 한다는 말임. 중국 당나라 곽자의(郭子儀)의 아들 곽애(郭曖)가 대종(代宗)의 딸 승평공주(升平公主, 753~810)와 혼인했는데 이들이 부부싸움을 자주 하다가, 한번은 곽애가 승평공주를 때리고 황실을 보욕하자, 승평공주가 그 아버지 대종에게 이를 이르고, 대종이 사죄하는 곽자의를 위로하며 이와 같이 말함. 정확히는 '바보와 귀머거리 짓'임. 희곡 <타금지(打金枝)>에 나오는 내용.
516) 용둔(庸鈍): 용렬하고 둔함.
517) 용샤(容赦): 용사. 용서함.
518) 니친(離親): 이친. 어버이와 헤어짐.
519) 츄연(惆然): 추연. 슬퍼하는 모양.

戀)ᄒᆞ믈 우으나 ᄉᆞ샤(謝辭) 왈(曰),

"쇼ᄉᆡᆼ(小生)이 대인(大人)의 텬디(天地) ᄀᆞᄐᆞᆫ 은혜(恩惠)를 슈심명골(垂心銘骨)[521]ᄒᆞ옵ᄂᆞ니, 녕녜(令女ㅣ) 셜ᄉᆞ(設使) 칠거지악(七去之惡)[522]이 〃신들 엇디 블평(不平)ᄒᆞ믈 두리잇가? 대인(大人)은 믈우(勿憂)[523]ᄒᆞ시고 니측(離側)[524]이 어려올진ᄃᆡ 명년(明年) ᄉᆞ이 다려가시미 무방(無妨)ᄒᆞ도소이다."

공(公)이 본(本)ᄃᆡ ᄌᆞ상(仔詳)치 못ᄒᆞᆫ디라, 하ᄉᆡᆼ(河生)의 언ᄉᆞ(言辭)를 무심(無心)히 듯고 의심(疑心)치 아냐 ᄀᆞᆯ오ᄃᆡ,

"녀ᄌᆞ유ᄒᆡᆼ(女子有行)이 원부모형뎨(遠父母兄弟)[525]오, 내 엇디 구〃(區區)ᄒᆞᆫ ᄉᆞ졍(私情)으로ᄡᅧ 대의(大義)를 폐(廢)ᄒᆞ리오? 텬되(天道ㅣ) 슌환(循環)ᄒᆞᄂᆞ니 복분(覆盆)의 원(寃)[526]을 신셜(伸雪)ᄒᆞ리니 하문(河門)이 샹

62면

경(上京)ᄒᆞᆯ 날이 〃실 거시오, 셜영(設令) 귀환(歸還)이 더ᄃᆡᆫ들 엇지 녀ᄌᆞ(女子)로 부도(婦道)를 폐(廢)ᄒᆞ리오? 스ᄉᆞ로 ᄒᆡᆼ(行)ᄒᆞ여 보리니 ᄌᆞ의ᄂᆞᆫ 군ᄌᆞ(君子) 대도(大道)를 힘ᄡᅳ고 녀ᄋᆞ(女兒)ᄂᆞᆫ 부도(婦道)를 힘ᄡᅧ 삼가 만(萬) 니(里)의 깃븐 소식(消息)을 젼(傳)케 ᄒᆞ라."

---

520) 음악(淫惡): 음란하고 악함.

521) 슈심명골(垂心銘骨): 수심명골. 은혜를 마음에 드리우고 뼈에 새김.

522) 칠거지악(七去之惡): 예전에, 아내를 내쫓을 수 있는 이유가 되었던 일곱 가지 허물. 시부모에게 불손함, 자식이 없음, 행실이 음탕함, 투기함, 몹쓸 병을 지님, 말이 지나치게 많음, 도둑질을 함 따위.

523) 믈우(勿憂): 물우. 근심하지 않음.

524) 니측(離側): 이측. 곁을 떠남.

525) 녀ᄌᆞ유ᄒᆡᆼ(女子有行)이 원부모형뎨(遠父母兄弟): 여자유행이 원부모형제. 여자가 신행을 하면 부모와 형제에게서 멀어짐. 여자가 혼인을 하면 친정 부모와 형제에게서 멀어질 수밖에 없음을 이름. 『시경』, "패풍(邶風)"의 <천수(泉水)>에 나오는 표현.

526) 복분(覆盆)의 원(寃): 동이가 뒤집혀 속을 볼 수 없는 원통함.

하(河) 공(公)이 결연(缺然)[527]ᄒᆞᆫ 회푀(懷抱ㅣ) 도로혀 화긔(和氣) ᄉᆞ라져 믁〃무언(默默無言)이러니 홀연(忽然) 탄식(歎息) 왈(曰),

"금일(今日) 명강으로 활별(闊別)[528]ᄒᆞ미 하일하시(何日何時)의 셔로 보믈 어드리오? 쇼뎨(小弟) 젹앙(積殃)[529]이 미진(未盡)ᄒᆞ여 일(一) 녀(女)의게 밋쳣ᄂᆞᆫ디라. 녕낭(令郎)으로 더브러 언약(言約)을 뎡(定)ᄒᆞ여시니 형(兄)의 명듀(明珠)와 혼세(婚書ㅣ) 협ᄉᆞ(篋笥)[530]의 이시니, 이번(-番) ᄒᆡᆼ도(行途)의 ᄎᆞᄌᆞ가려거든 가져가고 식부(息婦)ᄂᆞᆫ 누쳔(累千) 니(里) 애각(涯角)[531]의 상니(相離)ᄒᆞᄂᆞᆫ 졍(情)이 년〃(戀戀)ᄒᆞ려니와 우뎨(愚弟) ᄉᆞ랑ᄒᆞ미 엇지 친녀(親女)의 다르미 이시며 신상(身上)의 블평(不平)ᄒᆞ미 잇게 ᄒᆞ리오?"

윤(尹)

63면

공(公)이 답왈(答曰),

"블ᄒᆡᆼ(不幸)ᄒᆞ여 녕녀(令女)를 실니(失離)ᄒᆞ여시나 반드시 길신(吉神)[532]이 보호(保護)ᄒᆞ여 ᄉᆡᆼ환(生還)ᄒᆞᄂᆞᆫ 긔약(期約)이 〃실 거시오, 돈ᄋᆡ(豚兒ㅣ) 유튱(幼沖)[533]ᄒᆞ여 취실(娶室)[534]의 됴만(早晩)이 밧브지 아니코 슈삼(數三) 년(年)을 기다려 길흉간(吉凶間) 졍녕(丁寧)ᄒᆞ믈 드른 후(後) 다시 상의(相議)ᄒᆞ리니 다만 형(兄)은 쾌대(快大)ᄒᆞᆫ

---

527) 결연(缺然): 모자라서 서운하거나 불만족스러움.
528) 활별(闊別): 오랫동안 헤어져 만나지 못함.
529) 젹앙(積殃): 적앙. 기듭된 재잉.
530) 협ᄉᆞ(篋笥): 협사. 버들가지, 대나무 따위를 결어 상자처럼 만든 직사각형의 작은 손그릇.
531) 애각(涯角): 하늘의 끝이 닿은 곳과 땅의 한 귀퉁이라는 뜻으로, 서로 멀리 떨어져 있음을 이르는 말. 천애지각(天涯地角).
532) 길신(吉神): 길함과 선함을 관장하는 신.
533) 유튱(幼沖): 유충. 나이가 어림.
534) 취실(娶室): 취실. 아내를 얻음.

당부(丈夫)의 톄위(體威)[535]를 일치 말고 기리 보듕(保重)ᄒᆞ라."

하(河) 공(公)이 함비칭사(含悲稱謝)[536]ᄒᆞ고,

작별(作別)ᄒᆞ기를 인(因)ᄒᆞ여 당(堂)의 나리니 ᄉᆡᆼ(生)이 ᄇᆡ알숑지(拜謁送之)[537]ᄒᆞᆯᄉᆡ 쇼졔(小姐ㅣ) ᄒᆞᆫ가지로 좃ᄎᆞᆫ디라. ᄉᆡᆼ(生)이 ᄒᆞᆫ번(-番) 슉시(熟視)[538]ᄒᆞᄆᆡ 슉덕현ᄒᆡᆼ(淑德賢行)[539]이 현져(顯著)ᄒᆞ니 그 얼골 본 일이 업더니, 공(公)의 쳬〃(棣棣)[540]ᄒᆞᆫ ᄌᆞᄋᆡ(慈愛) 안동(顏動)[541]ᄒᆞᄆᆡ 심니(心裏)의 혜오ᄃᆡ,

'윤(尹) 공(公)은 훤대(-大)[542]ᄒᆞᆫ 댱뷔(丈夫ㅣ)어ᄂᆞᆯ 기녀(其女)의 음악(淫惡)ᄒᆞᆷ을 모로고 져러틋 ᄒᆞᄂᆞᆫ고?'

의ᄉᆞ(意思ㅣ) 이의 밋쳐ᄂᆞᆫ ᄒᆡ음업시[543] ᄇᆡᆨ안(白眼)[544]을 길게 ᄒᆞ여

64면

찰시(察視)ᄒᆞ니, 긔상(氣像)이 화홍(和弘)[545]ᄒᆞ믄 혜풍(惠風)[546]의 화(和)ᄒᆞᆫ 도량(度量)이오, 팔ᄌᆞ(八字)[547] 분명(分明)은 미우(眉宇)의 둘너 셩덕(盛德)을 일워시니 유이슈이(幽而秀而)[548]ᄒᆞ여 가(可)히 진션딘미(盡善盡美)ᄒᆞ여시니, 일쳔(一千) 가지 고은 빗치 ᄉᆡᆨ혀나ᄃᆡ 교치

---

535) 톄위(體威): 체위. 체면과 위엄.
536) 함비칭사(含悲稱謝): 함비칭사. 슬픔을 머금고 감사한 마음을 표함.
537) ᄇᆡ알숑지(拜謁送之): 배알송지. 절하고 배웅함.
538) 슉시(熟視): 숙시. 자세히 봄.
539) 슉덕현ᄒᆡᆼ(淑德賢行): 숙덕현행. 맑은 덕과 어진 행실.
540) 쳬〃(棣棣): 체체. 성대하고 지극함.
541) 안동(顏動): 얼굴이 움직임.
542) 훤대(-大): 훤칠하고 큼.
543) ᄒᆡ음없이: 하염없이.
544) ᄇᆡᆨ안(白眼): 백안. 흰자위라는 뜻으로 업신여기거나 냉대하여 흘겨보는 눈을 이름.
545) 화홍(和弘): 너그럽고 큼.
546) 혜풍(惠風): 온화하게 부는 봄바람.
547) 팔ᄌᆞ(八字): 팔자. 여자의 화장한 눈썹.
548) 유이슈이(幽而秀而): 유이수이. 그윽하고 빼어남.

(驕侈)[549]롭지 아니ᄒᆞ여 탁월(卓越)ᄒᆞ고 유한(幽閑)ᄒᆞ미 결군(結裙)[550]ᄒᆞᆫ ᄉᆞ군ᄌᆡ(士君子ㅣ)라.

'이 대음(大淫)이 〃신ᄌᆞ 외모(外貌)의 현츌(顯出)[551]ᄒᆞᆯ 빅어놀, ᄎᆞ인(此人)은 엇지ᄒᆞ여 외모(外貌)의 ᄂᆡ도(乃倒)[552]ᄒᆞ미 여ᄎᆞ(如此)ᄒᆞ뇨? 내 평ᄉᆡᆼ(平生)의 디감(知鑑)이 잇고 상법(相法)이 ᄇᆰ으믈 ᄌᆞ부(自負)ᄒᆞ더니, ᄎᆞ인(此人)이 덕긔(德氣) 완젼(完全)ᄒᆞ고 오복(五福)이 구젼(俱全)ᄒᆞ여 뵈니 이 엇진 연괴(緣故ㅣ)오. 신혼(新婚) 초일(初日)도 츰지 못ᄒᆞ여 음악(淫惡)을 지어 내 눈의 현츌(顯出)ᄒᆞ고 도금(到今)ᄒᆞ여 ᄉᆞ긔(辭氣) 완연(宛然)[553]ᄒᆞ니 대간대독(大奸大毒)[554]이라. 내 흉(凶)ᄒᆞ여 실기국망기가(失其國亡其家)[555]ᄒᆞᄂᆞᆫ 뉴(類)를 의혹(疑惑)ᄒᆞ더니 ᄎᆞ인(此人)이 엇디 그러ᄒᆞ여 내 아라보지 못ᄒᆞ

65면

민가.'

ᄒᆞ고, 다시 보고 곳쳐 ᄉᆡᆼ각ᄒᆞ여 심니(心裏)의 우환(憂患)이 되여 상셩위광(喪性爲狂)[556]ᄒᆞᆯ ᄃᆞᆺᄒᆞᄃᆡ, 부모(父母)를 위(爲)ᄒᆞ여 텬ᄉᆡᆼ효의(天生孝義) ᄉᆞ〃의견(私私意見)이 업ᄉᆞᄃᆡ,

'부뫼(父母ㅣ) 음부(淫婦)를 ᄉᆞ랑ᄒᆞ샤 비회(悲懷)를 위로(慰勞)ᄒᆞ시니 엇디 괴이(怪異)치 아니리오.'

---

549) 교치(驕侈): 교만하고 사치스러움.
550) 결군(結裙): 치마를 입음.
551) 현츌(顯出): 현출. 두드러지게 드러나거나 드러냄.
552) ᄂᆡ도(乃倒): 내도. 차이가 큼.
553) 완연(宛然): 뚜렷한 모양.
554) 대간대독(大奸大毒): 매우 간사하고 독함.
555) 실기국망기가(失其國亡其家): 그 나라를 잃게 하고 그 집을 망하게 함.
556) 상셩위광(喪性爲狂): 상성위광. 정신이 나가 미쳐 버림.

싱각이 〃의 밋쳐는 도로혀 타연무심(妥然無心)[557] 더라.

지삼(再三) 년〃(戀戀)다가 피(彼此) 분슈(分手)[558]니 거류냥정(去留兩情)[559]이 의〃(依依)[560]여 슈거셔(數車書)[561]의 긔록(記錄)기 어렵더라.

셜(且說), 하(河) 쇼져(小姐) 노쥐(奴主ㅣ) 번(-番) 쳔쳑강심(千尺江心)의 빠러지니 연〃약질(軟軟弱質)이 엇지 싱도(生道)를 바라[562]리오. 죽으미 당〃(堂堂)고 살미 망연(茫然)거늘 하날이 비록 놉고 머러 알오미 업다 나 반시 길인(吉人)을 돕는 도리(道理) 덧〃디라, 하(河) 시(氏) 노쥐(奴主ㅣ) 문득 믈의 드지 아니고 조각 널 우희 올나안

66면

니, 냥풍(涼風)이 슬〃(瑟瑟)[563]고 슈패(水波ㅣ) 고요나 닷기를 살ᄀᆞᆺ치 니 쇼제(小姐ㅣ) 앙텬(仰天) 탄왈(嘆曰),

"죽고져 되 엇디 못고 널의 〃지(依支)여 이러틋 힝(行)니 나죵이 엇디 될고? 이 쏘 신기(神祇)[564] 죄벌(罪罰)을 주시미라."

고, 초벽은 하날을 우러〃 싱도(生道)의 나아가믈 비더라.

츈애(春夜ㅣ) 심단(甚短)고 날이 븕으되 흘너 힝(行)니 로 언마를 힝(行)는 줄 모르너라. 쥬즙힝션(舟楫行船)[565]도 만나지 못

557) 타연무심(妥然無心): 마음이 편안해 다른 마음이 없음.
558) 분슈(分手): 분수. 손을 나눈다는 뜻으로 이별함을 이름.
559) 거류냥졍(去留兩情): 거류양정. 떠나고 머무는 사람 사이에 생긴 이별의 정.
560) 의〃(依依): 헤어지기 서운한 모양.
561) 슈거셔(數車書): 수거서. 여러 수레에 실을 만큼의 많은 책.
562) 라: [교] 원문에는 이 글자가 없으나 문맥을 고려해 삽입함.
563) 슬〃(瑟瑟): 바람 소리 따위가 매우 쓸쓸함.
564) 신기(神祇): 천신과 지기. 곧 하늘의 신령과 땅의 신령을 이름.
565) 쥬즙힝션(舟楫行船): 주즙행선. 지나가는 배.

ᄒᆞ고 이러ᄐᆺ 닷기를 쥬야(晝夜) 다ᄅᆞ니[566] 긔갈(飢渴)이 심(甚)ᄒᆞ고 졍신(精神)이 어즐ᄒᆞ여 여취여치(如醉如痴)[567]ᄒᆞ더니,

뎨삼일(第三日)의 홀연(忽然) ᄒᆞᆫ 낫 치션(彩船)이 비단(緋緞) 풍범(風帆)을 달고 표연(飄然)이 쇼져(小姐) 안즌 널조각을 향(向)ᄒᆞ여 오ᄂᆞᆫ디라. 비쥐(婢主ㅣ) 놀나 졍신(精神)을 뎡(定)ᄒᆞ여 보니 쥬듕(舟中)의 일위(一位) 쇼년(少年)이 흑ᄉᆞ당건(黑紗唐巾)[568]을 ᄡᅳ고

67면

쳥ᄉᆞ포(靑紗袍)[569]를 닙어 유ᄉᆡᆼ(儒生)의 거동(擧動)이로ᄃᆡ, 츄죵(騶從)[570]이 부려(富麗)[571]ᄒᆞ고 쇼년(少年)의 년긔(年紀) 이팔(二八)은 ᄒᆞ나 귀격(貴格)[572]이 당〃(堂堂)ᄒᆞ니 ᄎᆞ하인야(此何人耶)[573]오? 죵남하회(終覽下回)[574]ᄒᆞ라.

시〃(時時)의 간의ᄐᆡ우(諫議大夫) 문연각태ᄒᆞᆨᄉᆞ(文淵閣太學士) 표긔댱군(驃騎將軍) 뎡텬흥이 션묘(先墓) 태쥐(泰州) 송츄(松楸)[575]의 ᄇᆡ알(拜謁)ᄒᆞ고 도라오ᄂᆞᆫ 길히 금ᄉᆞ강(金沙江)을 지나ᄂᆞᆫ 고(故)로 슈일(數日)을 ᄒᆡᆼ션(行船)[576]ᄒᆞ여 슈심(水心)의 니르럿더니, ᄆᆞ득 보니 샹뉴(上流)로조ᄎᆞ ᄒᆞᆫ 닙 널조각이 살 ᄲᆞᄐᆺ 나려와 셔로 마조치니, 뎡

566) 다ᄅᆞ니: 달리니.
567) 여취여치(如醉如痴): 여취여치. 취한 듯하고 멍한 듯함.
568) 흑ᄉᆞ당건(黑紗唐巾): 흑사당건. 검은 비단으로 만든 당건. 당건은 예전에 중국에서 쓰던 관(冠)의 하나.
569) 쳥ᄉᆞ포(靑紗袍): 청사포. 푸른 비단으로 지은 도포(道袍). 도포는 예전에 예복으로 입던 남자의 겉옷.
570) 츄죵(騶從): 추종. 윗사람을 따라다니는 종.
571) 부려(富麗): 많고 화려함.
572) 귀격(貴格): 고귀한 골격.
573) ᄎᆞ하인야(此何人耶): 차하인야. 이 사람은 누구인가.
574) 죵남하회(終覽下回): 종람하회. 하회(下回)를 마저 보라.
575) 송츄(松楸): 송추. 산소 둘레에 심는 나무라는 뜻으로 무덤을 비유적으로 이르는 말.
576) ᄒᆡᆼ션(行船): 행선. 배를 타고 감.

(鄭) 태위(大夫ㅣ) 괴이(怪異)히 넉여 눈을 드러 살피니 널 우희 냥(兩) 개(個) 쇼녀직(小女子ㅣ) 안즈시딕 면무인싱(面無人生)[577]ᄒᆞ여시나, 일(一) 녀ᄌᆞ(女子)ᄂᆞᆫ 홍상치의(紅裳彩衣)로 나히 십여(十餘) 셰(歲)ᄂᆞᆫ ᄒᆞ고 용뫼(容貌ㅣ) 가려(佳麗)[578]ᄒᆞ여 션원(仙苑)[579]의 금봉오리 ᄎᆡ 픠지 못ᄒᆞᆫ 둧ᄒᆞ니, ᄒᆞᆫ 낫 졀염쇼ᄋᆡ(絶艶素娥ㅣ)오, 일(一) 녀ᄌᆞ(女子)ᄂᆞᆫ 인가(人家) 쳥의(青衣) 복ᄉᆡᆨ(服色)이로딕 ᄌᆡ용(才容)

68면

이 소쇄(瀟灑)[580]ᄒᆞᆫ디라. 태위(大夫ㅣ) 괴이(怪異)히 넉여 밧비 연고(緣故)를 므른딕 초벽이 울며 고왈(告曰),

“쳔쳡(賤妾)은 셔쵹(西蜀) 뎍거(謫居)[581]ᄒᆞ신 하(河) 상셔(尚書) 딕(宅) 비ᄌᆞ(婢子) 초벽이러니, 쇼져(小姐)를 뫼셔 요졍(妖精)의 후리인 ᄇᆡ 되여 강심(江心)의 ᄲᅥ러져 죽게 되엿ᄉᆞ오니 샹공(相公)은 대ᄌᆞ대비(大慈大悲)ᄒᆞ샤 ᄉᆞ디(死地)의 구(救)ᄒᆞ시믈 바라ᄂᆞ이다.”

태위(大夫ㅣ) 쳥필(聽畢)[582]의 대경ᄎᆞ악(大驚嗟愕)[583]ᄒᆞ여 밧비 구(救)홀ᄉᆡ, 션인(船人)을 분부(分付)ᄒᆞ여 ᄇᆡ를 ᄶᅩᆺ니 져어 널조각을 ᄯᆞ로딕 널닙히 닷기를 한(限)업시 ᄒᆞ니 션인(船人)이 ᄇᆡ를 그ᄌᆞᆺ치 져을 길히 업거ᄂᆞᆯ 태위(大夫ㅣ) 심ᄉᆡ(心思ㅣ) 착급(着急)[584]ᄒᆞ여 분연(奮然)[585]이 웃옷슬 버셔 후리치고 친(親)히 ᄇᆡ를 져으믹 두 팔 ᄀᆞ온

---

577) 면무인싱(面無人生): 면무인생. 얼굴에 생기가 없음.
578) 가려(佳麗): 매우 아리따움.
579) 션원(仙苑): 선원. 신선의 화원.
580) 소쇄(瀟灑): 기운이 맑고 깨끗함.
581) 뎍거(謫居): 적거. 귀양살이를 하고 있음.
582) 쳥필(聽畢): 청필. 다 들음.
583) 대경ᄎᆞ악(大驚嗟愕): 대경차악. 매우 놀람.
584) 착급(着急): 매우 급함.
585) 분연(奮然): 떨쳐 일어서는 기운이 세차고 꿋꿋함.

ᄃᆡ 만부브당지용(萬夫不當之勇)[586]이 잇고 ᄌᆡ죄(才操ㅣ) 만ᄉᆞ(萬事)의 신이(神異)ᄒᆞ니, 션인(船人)의 등의 ᄯᆞᆷ이 흐르며 소ᄅᆡ 요란(搖亂)ᄒᆞ여 진

69면

력(盡力)히 ᄇᆡ를 져으ᄆᆡ 비기리오. 경ᄀᆡᆨ(頃刻)의 살 가ᄐᆞᆺ 널닙흘 ᄡᅡ라 셔로 다흐니 뎡(鄭) 태위(大夫ㅣ) 하(河) 쇼져(小姐)를 향(向)ᄒᆞ여 졀ᄒᆞ고 ᄀᆞᆯ오ᄃᆡ,

"쇼져(小姐)의 복ᄉᆡᆨ(服色)이 ᄉᆞ문(斯文)[587] 규쉬(閨秀ㅣ)니 외간(外間) 남ᄌᆡ(男子ㅣ) 감(敢)히 ᄒᆞᆫ ᄇᆡ의 오로기를 청(請)ᄒᆞ미 녜(禮)예 블가(不可)ᄒᆞ나 왕(往)ᄋᆡ, 아ᄌᆞ미 믈의 ᄲᆡ지ᄆᆡ 아ᄌᆞ비 손으로 건지믄 셩인(聖人)의 니르신 ᄇᆡ라[588], 쇼ᄉᆡᆼ(小生)이 결단(決斷)코 쇼져(小姐)긔 유ᄒᆡ(有害)ᄒᆞᆫ 사ᄅᆞᆷ이 아니오, 화란지시(禍亂之時)의 구(救)ᄒᆞ미 혐의(嫌疑)로오미 업ᄉᆞᆯ 거시니 바라건ᄃᆡ 쇼져(小姐)ᄂᆞᆫ 이 ᄇᆡ의 오로쇼셔."

쇼제(小姐ㅣ) 뎡ᄉᆡᆼ(鄭生)의 비상(非常)ᄒᆞᆫ 표치풍광(標致風光)[589]과 어진 말ᄉᆞᆷ을 드르ᄆᆡ 의심(疑心)이 젹으ᄃᆡ, 오히려 구몽슉의게 속은 심신(心身)이라 남ᄌᆞ(男子)를 무셔이 넉여 져의 셩시(姓氏)와 근본

---

586) 만부브당지용(萬夫不當之勇): 만부부당지용. 만 명의 남자가 당해 내지 못할 힘.

587) ᄉᆞ문(斯文): 사문. 이 학문, 이 도(道)라는 뜻으로, 유학의 도의나 문화를 이르는 말.

588) 아ᄌᆞ미~ᄇᆡ라: 형수가 물에 빠지면 시동생이 손으로 건지는 것은 성인께서 이르신 것이라. 『맹자(孟子)』, 「이루(離婁) 상(上)」에 나오는 구절로 원문은 다음과 같음. "순우분이 말하기를, '남녀 사이에 직접 물건을 주고받지 않는 것이 예입니까?'라고 하니 맹자가 말했다. '그렇습니다.' 말하기를, '형수가 물에 빠지면 손으로 구해 주어야 합니까?'라고 하자 맹자가 말했다. '형수가 물에 빠졌는데 구해 주지 않는 것은 승냥이나 이리와 같습니다. 남녀가 직접 물건을 주고받지 않는 것은 예이고, 형수가 물에 빠졌을 때 손으로 구해 주는 것은 권도입니다. 淳于髡曰, '男女授受不親, 禮與?' 孟子曰, '禮也.' 曰, '嫂溺, 則援之以手乎?' 曰, '嫂溺不援, 是豺狼也. 男女授受不親, 禮也, 嫂溺, 援之以手者, 權也.'"

589) 표치풍광(標致風光): 아름다운 얼굴과 빼어난 풍채.

(根本)을 모로고 일션(一船)의 올낫다가 또 므

70면

ᄉᆞᆫ 변고(變故)를 볼 줄 알니오 ᄒᆞ여 쥬져(躊躇)ᄒᆞ고 답(答)지 아니〃, 태위(大夫ㅣ) 그 위틱(危殆)ᄒᆞ믈 착급(着急)ᄒᆞ여 왈(曰),

"쇼ᄉᆡᆼ(小生)은 태우(大夫) 뎡텬흥이라. ᄉᆡᆼ(生)의 집이 비의(非義)를 원슈(怨讐)ᄀᆞᆺ치 넉이ᄂᆞ니 텬일(天日)이 ᄌᆡ샹(在上)ᄒᆞ고 신명(神明)이 ᄌᆡ방(在傍)ᄒᆞ엿ᄂᆞ니, ᄉᆡᆼ(生)이 일분(一分)도 쇼져(小姐)긔 ᄒᆡ(害)로온 의ᄉᆡ(意思ㅣ) 업ᄂᆞ이다."

ᄒᆞ며 ᄇᆡ를 져어 널의 다히고 ᄌᆞ긔(自己) ᄇᆡ의 나아가 원비(猿臂)[590]를 느리혀 널ᄌᆡ 붓드러 션창(船窓)[591] 안흐로 가바야이 드리오고, 하리츄죵(下吏騶從)을 다 션창(船窓) 밧그로 ᄂᆡ여 보ᄂᆡ니, 하(河) 쇼져(小姐) 노쥐(奴主ㅣ) 널 우히 올나 뎡(鄭) 태위(大夫ㅣ) 〃력(威力)으로 붓드러 션듕(船中)의 드리기를 당(當)ᄒᆞ니, 믈의 ᄲᅡ지〃 아니면 피(避)ᄒᆞᆯ 길히 업술 ᄲᅳᆫ 아니라 뎡텬흥 세 ᄌᆞ(字)를 드르ᄆᆡ 이 분명(分明) 금평후(--侯)의 ᄋᆞᄃᆞᆯ인 줄 ᄭᆡᄃᆞ라 오히려 야〃(爺爺)의 동긔(同氣) ᄀᆞᆺ튼 친우(親友)

71면

의 ᄌᆞ뎨(子弟)니 타인(他人)보다가는 낫고 결약남ᄆᆡ(結約男妹)[592]ᄒᆞ기를 제 니르니 혐의(嫌疑)로오미 업술디라, 붓그러옴과 슬프믈 강

590) 원비(猿臂): 원숭이의 팔이라는 뜻으로, 길고 힘이 있어 활쏘기에 좋은 팔을 이르는 말.
591) 션창(船窓): 선창. 배의 창문.
592) 결약남ᄆᆡ(結約男妹): 결약남매. 남매가 되기로 약속함.

인(强忍)[593]ᄒᆞ여 션듕(船中) 안히 안ᄌᆞ니, 슈일(數日)을 굴믄 졍신(精神)이 어득ᄒᆞ고 냥일(兩日)을 널 우희 올나 일시(一時)도 긋칠 ᄉᆞ이 업시 슈파(水波)의 츌몰(出沒)ᄒᆞ엿다가 쳔만의외(千萬意外)의 〃긔(義氣) 군ᄌᆞ(君子)의 구활(救活)[594]ᄒᆞ믈 닙어 션창(船窓) 안희 오로니, 쳐음 투강(投江)홀 젹과 달나 어나 ᄶᅧᆨ 잠닉(潛溺)[595]ᄒᆞ여 어별(魚鼈)의 밥이 되여 부모(父母)긔 블효(不孝)를 어나 곳의 ᄇᆞᆨ흘고 비회(悲懷) 쳔만(千萬) 가지로 촌단(寸斷)[596]ᄒᆞ다가 편(便)ᄒᆞᆫ 션창(船窓)의 오로믹 쥭을가 념녀(念慮)ᄂᆞᆫ ᄉᆞ라디고 왼몸이 알프고 요〃(搖搖)[597]ᄒᆞᆫ 심ᄉᆡ(心思ㅣ) 형상(形狀)키 어려오니, 뎡(鄭) 태위(大夫ㅣ) 결약(結約)ᄒᆞ기를 니르며 쇼져(小姐)의 셩시(姓氏)와 거듀(居住)를 초벽다려 므르니 초벽이 ᄃᆡ왈(對曰),

72면

"아듀(我主)ᄂᆞᆫ 셔쵹(西蜀)의 뎍거(謫居)ᄒᆞ신 하(河) 상셔(尙書) 녀ᄌᆡ(女子ㅣ)라. 일야지ᄂᆡ(一夜之內)의 여ᄎᆞ여ᄎᆞ(如此如此)ᄒᆞᆫ 변(變)을 만나 구몽슉이라 ᄒᆞᄂᆞᆫ 원슈(怨讐) 놈을 만나 금ᄉᆞ강(金沙江)의 ᄲᅱ여 들믹 ᄀᆞ라안지 아니ᄒᆞ고 널 우희 올나 두 날과 밤을 디ᄂᆡᄃᆡ 능(能)히 사ᄅᆞᆷ을 만나디 못ᄒᆞ엿더니, 상공(相公)의 대은(大恩)을 닙ᄉᆞ와 노쥐(奴主ㅣ) 살길흘 어덧ᄂᆞ이다."

뎡(鄭) 태위(大夫ㅣ) 쳥파(聽罷)의 놀나 낫빗출 곳치고 쇼져(小姐)를 향(向)ᄒᆞ여 왈(曰),

---

593) 강인(强忍): 억지로 참음.
594) 구활(救活): 구해 살려냄.
595) 잠닉(潛溺): 물에 빠짐.
596) 촌단(寸斷): 갈기갈기 찢어짐.
597) 요〃(搖搖): 어지러움.

"녕존당(令尊堂) 년슉대인(緣叔大人)[598]은 가친(家親)과 문경지괴(刎頸之交ㅣ)[599]시니 싱(生) 등(等)의 앙셩(仰誠)[600]이 슉딜(叔姪) 곳튼디라 일가디친(一家之親)과 다르미 이시리오? 쇼져(小姐)는 싱(生)으로뼈 블인(不仁)훈 의식(意思ㅣ) 잇는가 념녀(念慮)치 마르시고 쇼싱(小生)이 쇼져(小姐)를 구(救)후미 혐의(嫌疑)예 갓가오니, 믹즈 남믹(男妹) 되면 친동긔(親同氣)와 다르미 이시리오?"

쇼졔(小姐ㅣ) 나히 어리나 뎡(鄭) 태우(大夫)의 특이(特異)훈

73면

위인(爲人)을 항복(降服)후여 즈긔(自己)를 구(救)후미 잡의식(雜意思ㅣ) 업스믈 씨다라 누슈(淚水)를 드리워 은혜(恩惠)를 샤례(謝禮)후고, 즉시(卽時) 결약남믹(結約男妹) 되믈 언약(言約)훌식 훈가지로 텬디(天地)긔 절후여 남믹(男妹) 되믈 신명(神明)긔 고(告)후고, 하(河) 쇼졔(小姐ㅣ) 뎡(鄭) 태우(大夫)긔 두 번(番) 절후여 뎨믹(弟妹) 되고 태우(大夫)는 형남(兄男)이 되믹 태위(大夫ㅣ) 기리 탄(歎)후여 왈(曰),

"하늘이 현믹(賢妹)를 인도(引導)후여 날을 만나게 후미 우연(偶然)훈 일이 아니라. 구몽슉자(---者)는 표슉(表叔)[601]이 그 고혈(孤

---

598) 년슉대인(緣叔大人): 연숙대인. 아저씨라고 부를 만한 어른.

599) 문경지괴(刎頸之交ㅣ): 친구를 위해 자기 목을 내어 줄 정도의 사귐. 중국 전국(戰國)시대 조(趙)나라 염파(廉頗)와 인상여(藺相如)의 고사. 인상여(藺相如)가 진(秦)나라에 가 화씨벽(和氏璧) 문제를 잘 처리하고 돌아와 상경(上卿)이 되자, 장군 염파(廉頗)는 자신이 인상여보다 오랫동안 큰 공을 세웠으나 인상여가 자기보다 높은 지위에 앉았다 하며 인상여를 욕하고 다님. 인상여가 이에 대해 대응하지 않자 제자들이 그 까닭을 물으니, 두 사람이 다투면 국가가 위태로워지고 진(秦)나라에만 유리하게 되므로 대응하지 않은 것이었다 하니 염파가 그 말을 전해 듣고 가시나무로 만든 매를 지고 인상여의 집에 찾아가 사과하고 문경지교를 맺음. 사마천, 『사기(史記)』, <염파인상여열전(廉頗藺相如列傳)>.

600) 앙셩(仰誠): 앙성. 우러러보는 정성.

601) 표슉(表叔): 표숙. 어머니의 남자 형제를 이르는 말. 외숙(外叔). 여기에서는 진 상서를 가리

子)[602] ᄒᆞ믈 잔잉히 넉여 거두어 교학(教學)ᄒᆞ시고 가친(家親)이 구시랑(侍郞)과 친(親)ᄒᆞ시던 고(故)로 의식(衣食)을 고휼(顧恤)[603] ᄒᆞ시기를 아등(我等)과 갓치 ᄒᆞ시ᄃᆡ ᄒᆡᆼ실(行實)이 맛ᄎᆞᆷᄂᆡ 블미(不美)ᄒᆞ고 뎡딕(正直)지 못ᄒᆞ믈 ᄋᆡ돌나 ᄒᆞ시더니 현ᄆᆡ(賢妹)를 그ᄃᆡ도록 ᄒᆡ(害)ᄒᆞᆯ 줄 알니오? 이졔 쵹(蜀)으로 나려가고져 ᄒᆞ나

74면

약질(弱質)이 험노(險路)의 득달(得達)[604]키 어렵고 인심(人心)은 블가측(不可測)[605]이라, 듕노(中路)의셔 변(變)을 만날동 엇디 알니오? 현ᄆᆡ(賢妹) 날과 취운산의 가 부모(父母)긔 뵈옵고 노ᄌᆞ(奴子)를 쵹(蜀)의 보ᄂᆡ여 녕당(令堂)[606]의 ᄉᆡᆼ존(生存)ᄒᆞᆫ 희ᄉᆞ(喜事)[607]를 고(告)ᄒᆞ미 맛당토다."

쇼졔(小姐ㅣ) 읍〃샤례(悒悒謝禮)[608] 왈(曰),

"거〃(哥哥)의 구활대은(救活大恩)으로 사ᄌᆡ(死者ㅣ) 부ᄉᆡᆼ(復生)ᄒᆞ여시니 디교(指教)[609]를 밧드지 아니리오? 다만 부뫼(父母ㅣ) 참쳑(慘慽)[610]을 남의 업시 보신디라, 쇼ᄆᆡ(小妹)를 일흐시고 과상(過傷)ᄒᆞ시리니 ᄉᆡᆼ존(生存)ᄒᆞ여시믈 급(急)히 통(通)코져 ᄒᆞᄂᆞ이다."

태위(大夫ㅣ) 왈(曰),

킴.

602) 고혈(孤子): 가족이나 친척이 없어 외로움.
603) 고휼(顧恤): 불쌍하게 생각하여 돌보거나 도와줌.
604) 득달(得達): 무사히 도달함.
605) 블가측(不可測): 불가측. 헤아리기 어려움.
606) 녕당(令堂): 영당. 남의 어머니를 높여 이르는 말.
607) 희ᄉᆞ(喜事): 희사. 기쁜 일.
608) 읍〃샤례(悒悒謝禮): 읍읍사례. 근심하며 감사해 함.
609) 디교(指教): 지교. 지도하여 가르침.
610) 참쳑(慘慽): 참척. 자손이 부모나 조부모보다 먼저 죽는 일.

“이곳이 경사(京師) ᄉᆞ오일(四五日)이 격(隔)ᄒᆞ여시니 밧비 ᄒᆡᆼ(行)ᄒᆞ여 우리 부모(父母)긔 뵈ᄋᆞᆸ고 쵹(蜀)의 사ᄅᆞᆷ을 보ᄂᆡ여 결약남ᄆᆡ(結約男妹)ᄒᆞ믈 하(河) 년슉(緣叔)긔 고(告)ᄒᆞ리라.”

쇼졔(小姐ㅣ) ᄉᆞ샤(謝辭)ᄒᆞ고 태위(大夫ㅣ) 즉시(卽時) 님산 니 흑ᄉᆞ(學士)긔 ᄎᆡ교(彩轎)를 비러 쇼져(小姐)를 ᄎᆡ교(彩轎)의

75면

올니고 ᄌᆞ긔(自己) 호ᄒᆡᆼ(護行)[611]ᄒᆞ여 경사(京師)로 밧비 올나갈ᄉᆡ,

니 흑ᄉᆡ(學士ㅣ) 뎡 태우(大夫)를 와 ᄌᆞ고 가라 ᄒᆞ여 쳥(請)ᄒᆞ미 ᄉᆞ오 슌(巡)[612]의 밋ᄎᆞ니, 태위(大夫ㅣ) ᄒᆡᆼ되(行途ㅣ) 일일(一日)이 밧브나 부형(父兄)의 친위(親友ㅣ) 여러 번(番) 쳥(請)ᄒᆞ니 인ᄉᆞ(人事)의 마디못ᄒᆞ여 벽화촌으로 나아가나, 하(河) 쇼져(小姐) ᄒᆡᆼᄎᆞ(行次)와 좃ᄎᆞᆫ 하리(下吏) 등(等)은 다 집 잡아 머므르게 ᄒᆞ고 ᄌᆞ긔(自己)ᄂᆞᆫ 노마(駑馬)[613]만 거나려 니부(-府)로 나아오니,

원ᄂᆡ(元來) 니 흑ᄉᆞ(學士)ᄂᆞᆫ 금평후(--侯)의 ᄋᆞ시(兒時) 고귀(故舊ㅣ)[614]라, 명(名)은 츈이오 ᄌᆞ(字)ᄂᆞᆫ 덕뵈니 셰ᄃᆡ명문(世代名門)이러라.

---

611) 호ᄒᆡᆼ(護行): 호행. 보호하여 길을 감.
612) 슌(巡): 순. 번. 차례.
613) 노마(駑馬): 느리고 둔한 말.
614) 고귀(故舊ㅣ): 사귄 지 오래된 친구.

명듀보월빙(明珠寶月聘) 권디십이(卷之十二)

1면

익셜(益說). 원닋(元來) 니 혹ᄉ(學士)ᄂ 금평후(--侯)의 아시(兒時) 고귀(故舊ㅣ)라. 명(名)은 츈이오, ᄌ(字)ᄂ 덕뵈니 셰딕명문(世代名門)이오, 혹ᄉ(學士ㅣ) 위인(爲人)이 청고(淸高)[1]ᄒ여 쇼년등과(少年登科)ᄒ딕 작녹(爵祿)을 구(求)치 아니ᄒ고 샤환(仕宦)[2]의 ᄯ이 낙〃(落落)[3]ᄒ여 일즉 태혹ᄉ(太學士)를 디닋고, 부모상(父母喪)을 만나 션능(先陵)[4]이 남산(南山)인 고(故)로 시묘(侍墓) 삼년(三年)을 디닋고 인(因)ᄒ여 됴정(朝廷)이 벼술을 더으딕 죽기로ᄡ 샤양(辭讓)ᄒ여 나디 아니ᄒ고 님쳔(林泉)[5]의 한가(閑暇)ᄒ 몸이 되엿더라.

부인(夫人) 단 시(氏)ᄂ 뇨됴슉녀(窈窕淑女ㅣ)[6]니 동쥬(同住) 이십(二十) 년(年)의 일ᄌ삼녀(一子三女)를 두어시딕 녀ᄌ(女子ㅣ) 다 우히라. 댱녀(長女) 슈빙과 ᄎ녀(次女) 년빙은 빵틱(雙胎)오, 년긔(年紀) 십유삼(十有三)의 셩힝(盛行)이 가즉ᄒ여 유한뎡졍(幽閑貞靜)[7]ᄒ딕,

---

1) 청고(淸高): 청고. 맑고 고결함.
2) 샤환(仕宦): 사환. 벼슬살이를 함.
3) 낙〃(落落): 낙락. 작은 일에 얽매이지 않고 대범함.
4) 션능(先陵): 선릉. 선조의 묘.
5) 님쳔(林泉): 임천. 숲과 내라는 뜻으로 자연을 이름.
6) 뇨됴슉녀(窈窕淑女ㅣ): 요조숙녀. 말과 행동이 품위가 있으며 얌전하고 정숙한 여자.
7) 유한뎡졍(幽閑貞靜): 유한정정. 그윽하며 곧고 고요하다는 뜻으로 부녀의 인품이 매우 얌전하고 점잖음을 말함.

슈

2면

빙은 용뫼(容貌ㅣ) 의논(議論)ᄒᆞᆯ ᄇᆡ 아니라, 신댱(身長)이 칠(七) 쳑(尺)을 다ᄒᆞ고 거믄 살이 와셕(瓦石)[8] ᄀᆞᆺ고 가월텬졍(佳月天庭)[9]의 일월(日月)[10]이[11] 각(角)이 셔고, 놉흔 코와 거두든 ᄐᆞᆨ[12]이오, 좌우(左右)의 드리운 혹이 귀밋ᄐᆡ 잇셔 바로 보기 어려오ᄃᆡ, 다만 일ᄡᅣᆼ봉안(一雙鳳眼)[13]의 영긔(靈氣) 당〃(堂堂)ᄒᆞ여 츄슈(秋水)의 졍긔(精氣)를 먹음엇고, 긴 눈셥은 텬창(天倉)[14]을 ᄯᅥᆯ쳐시ᄃᆡ 상활(爽闊)[15]ᄒᆞᆫ 격되(格調ㅣ) 대댱부(大丈夫)의 틀이 〃시니 ᄒᆞᆨᄉᆡ(學士ㅣ) 그 위인(爲人)을 강인(强認)[16]ᄒᆞ나 그 상모(相貌)를 우민(憂悶)[17]ᄒᆞ더니, 금년(今年) 츈(春)의 두역(痘疫)[18]을 험(險)이 ᄒᆞ여시니 부뫼(父母ㅣ) 더옥 우민(憂悶)ᄒᆞᄃᆡ, ᄎᆞ쇼져(次小姐) 녀빙의 텬향이질(天香異質)[19]이 ᄇᆡᆨᄐᆡ긔려(百態奇麗)[20]ᄒᆞ여 눈 옴기〃 앗가온 ᄐᆡ되(態度ㅣ)오, 녀ᄒᆡᆼ(女行)이 온유뎡〃(溫柔貞靜)[21]ᄒᆞ여 만ᄉᆡ(萬事ㅣ) 딘션딘미(盡善盡

---

8) 와셕(瓦石): 와석. 기왓장.
9) 가월텬졍(佳月天庭): 가월천정. 달처럼 둥근 이마. 천정은 관상에서, 두 눈썹의 사이 또는 이마의 복판을 이르는 말.
10) 일월(日月): 이마 양쪽.
11) 이: [교] 원문에는 없으나 문맥을 고려해 삽입함.
12) ᄐᆞᆨ: 턱.
13) 일ᄡᅣᆼ봉안(一雙鳳眼): 일쌍봉안. 한 쌍 봉황의 눈.
14) 텬창(天倉): 천창. 관상에서, 두 눈썹의 사이 또는 이마의 복판을 이르는 말. 천정(天庭).
15) 상활(爽闊): 시원하고 산뜻함.
16) 강인(强認): '억지로 인정함'의 뜻으로 보이나 미상임.
17) 우민(憂悶): 근심하고 번민함.
18) 두역(痘疫): '천연두'를 한방에서 이르는 말. 열이 몹시 나고 온몸에 발진(發疹)이 생겨 딱지가 저절로 떨어지기 전에 긁으면 얽음.
19) 텬향이질(天香異質): 천향이질. 뛰어나게 좋은 향기와 기이한 바탕.
20) ᄇᆡᆨᄐᆡ긔려(百態奇麗): 백태기려. 온갖 자태가 기이하고 화려함.
21) 온유뎡〃(溫柔貞靜): 온유정정. 온순하고 부드러우며 여자의 행실이 곧고 깨끗함.

美)ᄒᆞ니 부뫼(父母ㅣ) 만금(萬金)의 비기지 못ᄒᆞ나 댱녀(長女)의 험쥰(險峻)ᄒᆞᆫ 상모(相貌)ᄂᆞᆫ

3면

농부(農夫)의게 니가(移嫁)[22]ᄒᆞᆷ도 오히려 블가(不可)ᄒᆞ니 퇵셔(擇壻)[23]ᄒᆞᄂᆞᆫ 뜻이 일시(一時)도 한가(閑暇)치 못ᄒᆞ더니,

뎡(鄭) 태위(大夫ㅣ) 등과소분(登科掃墳)[24]ᄒᆞᄂᆞᆫ 힝되(行途ㅣ) ᄌᆞ긔(自己)를 ᄎᆞᄌᆞ보ᄂᆞᆫ 고(故)로 그 위인(爲人)의 관홍(寬弘)[25]ᄒᆞᆷ과 츌범비상(出凡非常)[26]ᄒᆞ믈 흠ᄋᆡ(欽愛)[27]ᄒᆞ더니, 다시 디경(地境)을 지나다 ᄒᆞ니 일즉 반기ᄂᆞᆫ[28] 뜻이 〃셔 청ᄂᆡ(請來)[29]ᄒᆞ엿더니, 아이(俄而)오[30] 니르러 녜필한훤(禮畢寒暄)[31]의 니 공(公)이 쇼왈(笑曰),

"챵빅이 〃 ᄶᅡ흘 지나며 ᄎᆞᆺ지 아니ᄒᆞ니 박졍(薄情)[32]ᄒᆞ믈 거의 알녀니와 졀긴(切緊)[33]ᄒᆞᆫ 소회(所懷) 잇셔 쳥(請)ᄒᆞ엿ᄂᆞ니 군(君)이 능(能)히 우회(愚懷)[34]를 쳥납(聽納)[35]ᄒᆞ랴?"

뎡(鄭) 태위(大夫ㅣ) 공슈(拱手)[36] ᄃᆡ왈(對曰),

---

22) 니가(移嫁): 이가. '옮겨 시집보냄'의 뜻으로 보이나 미상임.
23) 퇵셔(擇壻): 택서. 사위를 가림.
24) 등과소분(登科掃墳): 벼슬에 급제해 조상의 산소를 찾아가 돌보고 제사를 지냄.
25) 관홍(寬弘): 마음이 너그럽고 큼.
26) 츌범비상(出凡非常): 출범비상. 보통 사람보다 뛰어남.
27) 흠ᄋᆡ(欽愛): 흠애. 흠모하고 사랑함.
28) ᄂᆞᆫ: [교] 원문에는 '고'로 되어 있으나 문맥을 고려해 이와 같이 수정함.
29) 청ᄂᆡ(請來): 청래. 와 주기를 요청함.
30) 아이(俄而)오: 이윽고.
31) 녜필한훤(禮畢寒暄): 예필한훤. 춥고 더운지 등의 인사를 마침.
32) 박졍(薄情): 박정. 인정이 박함.
33) 졀긴(切緊): 절긴. 매우 필요하고 절실함.
34) 우회(愚懷): 자신의 마음을 낮추어 부르는 말.
35) 쳥납(聽納): 청납. 의견이나 권고 따위를 잘 들어서 받아들임.
36) 공슈(拱手): 공수. 절을 하거나 웃어른을 모실 때, 두 손을 앞으로 모아 포개어 잡음. 또는 그런 자세.

"쇼ᄉᆡᆼ(小生)이 비록 블민(不敏)ᄒᆞ오나 엇지 댱ᄌᆞ지명(長者之命)[37]을 블슈(不受)ᄒᆞ리잇고? 원(願)컨ᄃᆡ ᄒᆞᆫ번(-番) 니ᄅᆞ시믈 앗기지 마ᄅᆞ쇼셔."

니 공(公)이 ᄎᆞ쇼(且笑) 왈(曰),

"연(然)즉 챵ᄇᆡᆨ은 날을 위(爲)ᄒᆞ여 슬흔 것

4면

과 무셔온 거술 ᄎᆞᆷ을진ᄃᆡ 니ᄅᆞ고 그러치 아닌즉 쳐음 토셜(吐說)[38]치 아니리라."

태위(大夫ㅣ) 그 언ᄉᆞ(言辭ㅣ) 슈샹(殊常)ᄒᆞ믈 의혹(疑惑)ᄒᆞ여 ᄃᆡ왈(對曰),

"쇼ᄉᆡᆼ(小生)이 무셔온 거ᄉᆞᆫ ᄎᆞᆷ으려니와 슬흔 거ᄉᆞᆫ 가(可)히 강인(强忍)[39]치 못ᄒᆞ리이다."

공(公)이 쇼왈(笑曰),

"군언(君言)이 시애(是也)라."

ᄒᆞ고 손을 닛그러 ᄂᆡ당(內堂) 통(通)ᄒᆞᆫ 협문(夾門)을 열고 ᄀᆞᄅᆞ쳐 니ᄅᆞᄃᆡ,

"챵ᄇᆡᆨ은 져를 보라."

태위(大夫ㅣ) 눈을 드니 젹은 당샤(堂舍)의 일위(一位) 규쉬(閨秀ㅣ) ᄉᆞ창(紗窓)[40]을 디혀 손의 ᄎᆡᆨ(冊)을 드러시니, 그 용모(容貌)의 츄악(醜惡)ᄒᆞ미 본 바 쳐음이라. 톄용(體容)[41]이 뎡슉(貞淑)ᄒᆞ고 복

37) 댱ᄌᆞ지명(長者之命): 장자지명. 어른의 명령.
38) 토셜(吐說): 토설. 말을 뱉음.
39) 강인(强忍): 억지로 참음.
40) ᄉᆞ창(紗窓): 사창. 사붙이나 깁으로 바른 창.
41) 톄용(體容): 체용. 몸과 얼굴.

덕(福德)이 유명(有名)ᄒᆞ여 뵈니 태우(大夫)의 별츌(別出)ᄒᆞᆫ 안광(眼光)으로 엇디 〃긔(知機)[42]ᄒᆞ미 업ᄉᆞ리오. 즉시(卽時) 눈을 낫초고 번신퇴좌(翻身退座)[43] 왈(曰),

"대인(大人)이 므ᄉᆞᆷ 연고(緣故)로 쇼ᄉᆡᆼ(小生)을 핍(逼)ᄒᆞ여 ᄂᆡ샤(內舍)를 뵈시니 심니(心裏)의 그윽이 블안(不安)ᄒᆞ여이

5면

다."

공(公)이 쇼왈(笑曰),

"그ᄃᆡ 츄용누질(醜容陋質)[44]을 보냐?"

태위(大夫ㅣ) 뎡ᄉᆡᆨ(正色) 왈(曰),

"쇼ᄉᆡᆼ(小生)이 ᄒᆡᆼ신(行身)[45]이 독경(篤敬)[46]치 못ᄒᆞ와 규슈(閨秀)를 규견(窺見)[47]ᄒᆞ미 되니 죵신누덕(終身陋德)[48]이 되리로소이다."

공(公)이 좌우(左右)를 믈니고 태우(大夫)의 손을 잡고 탄식(歎息) 왈(曰),

"내 진실(眞實)노 절박(切迫)ᄒᆞᆫ 소회(所懷) 잇셔 금일(今日) 챵ᄇᆡᆨ의게 고(告)ᄒᆞᄂᆞ니 ᄒᆡᆼ(幸)혀 허믈치 말고 쳥납(聽納)ᄒᆞ라. 아ᄌᆞ(俄者)[49] 녀ᄌᆞ(女子)ᄂᆞᆫ 곳 나의 댱녜(長女ㅣ)라. 츄용누질(醜容陋質)이 여ᄎᆞ(如此)ᄒᆞᆫ 고(故)로 촌부농한(村夫農漢)[50]의 ᄇᆡ위(配位)도 블ᄉᆞ(不似)[51]

---

42) 〃긔(知機): 지기. 기미를 앎.
43) 번신퇴좌(翻身退座): 몸을 움직여 자리에서 물러남.
44) 츄용누질(醜容陋質): 추용누질. 못생긴 얼굴과 누추한 비탕.
45) ᄒᆡᆼ신(行身): 행신. 몸가짐.
46) 독경(篤敬): 말과 행실이 착실하며 공손함.
47) 규견(窺見): 엿봄.
48) 죵신누덕(終身陋德): 종신누덕. 죽을 때까지의 더러운 덕.
49) 아ᄌᆞ(俄者): 아자. 아까.
50) 촌부농한(村夫農漢): 시골 남자나 농사짓는 남자.

ᄒᆞ딕 다만 텬셩(天性)이 화열(和悅)ᄒᆞ고 덕힝(德行)이 고인(古人)을 흠모(欽慕)ᄒᆞ니 위부모ᄌᆡ(爲父母者ㅣ)[52] 그 셩힝(性行)을 져바려 용부속ᄌᆞ(庸夫俗子)[53]의게 도라보닉여 규리(閨裏)의 폐치(廢置)[54]ᄒᆞ미 가련(可憐)ᄒᆞᆫ지라. 대개(大槪) 대군ᄌᆞ(大君子)의 화홍(和弘)[55]ᄒᆞᆫ 도량(度量)[56]곳 아니면 블가(不可)ᄒᆞ고, ᄯᅩ 챵빅을 혜아리믹 우흐로 냥(兩) 위(位) 슉녀(淑女)를

6면

빈(配)ᄒᆞ여 실듕(室中)의 빗출 ᄀᆞ초왓고, 군(君)의 셩졍(性情)이 화홍관대(和弘寬大)ᄒᆞ니 거의 와룡(臥龍)[57]의 황발부인(黃髮夫人)[58] 후딕(厚待)[59]ᄒᆞᄂᆞᆫ 덕냥(德量)이 〃실지라. 고(故)로 금일(今日) 거조(擧措)[60]를 힝(行)ᄒᆞ엿ᄂᆞ니, ᄋᆞ녀(阿女)의 더러오믈 보디 말고 뎨삼부빈(第三副嬪)[61]의 취(娶)ᄒᆞ면 내 ᄯᅩᄒᆞᆫ 고인(古人)의 결초보은(結草報恩)[62]을 긔약(期約)ᄒᆞ리라."

---

51) 블ᄉᆞ(不似): 불사. 격에 맞지 않음.
52) 위부모ᄌᆡ(爲父母者ㅣ): 위부모자. 부모(父母) 된 자.
53) 용부속ᄌᆞ(庸夫俗子): 용부속자. 용렬한 남자나 평범한 사람.
54) 폐치(廢置): 방치한 채 내버려둠.
55) 화홍(和弘): 온화하고 도량이 큼.
56) 도량(度量): 너그러운 마음과 깊은 생각.
57) 와룡(臥龍): 누어 있는 용이라는 뜻으로, 중국 삼국시대 촉한 유비의 책사인 제갈량(諸葛亮, 181~234)의 별호. 서서(徐庶)가 유비(劉備)에게 제갈량을 소개하며 한 말임. 그의 자(字)는 공명(孔明)이고, 또 다른 별호는 복룡(伏龍). 유비를 도와 오(吳)나라와 연합하여 조조(曹操)의 위(魏)나라 군사를 대파하고 파촉(巴蜀)을 얻어 촉한을 세움. 유비가 죽은 후에 무향후(武鄕侯)로서 남방의 만족(蠻族)을 정벌하고, 위나라 사마의와 대전 중에 오장원(五丈原)에서 병사함. 『삼국지(三國志)』, 「촉지(蜀志)」, <제갈량전>.
58) 황발부인(黃髮夫人): 머리가 누런 부인. 제갈량의 아내 황부인(黃夫人)을 이름. 후한 말과 삼국시대 촉한의 여성으로 황승언의 딸이자 제갈량의 아내임. 어머니는 채모의 누이. 민간에서 이름을 월영(月英)이라 함. 추녀로 유명함.
59) 후딕(厚待): 후대. 두텁게 대우함.
60) 거조(擧措): 말이나 행동의 태도.
61) 뎨삼부빈 (第三副嬪): 제삼부빈. 세 번째 아내.
62) 결초보은(結草報恩): 풀을 묶어 은혜를 갚음. 춘추시대 진(晉)나라 때 위과(魏顆)가 아버지 위

태위(大夫ㅣ) 이의 샤례(謝禮) 왈(曰),

"쇼싱(小生)의 브지박덕(不才薄德)[63]을 믈시(勿視)[64]ᄒᆞ시고 동상(東床)[65]을 허(許)코져 ᄒᆞ시니, 디우(知遇)[66]를 감사(感謝)ᄒᆞ오나 쇼싱(小生)이 년긔(年紀) 유미(幼微)[67]ᄒᆞ거늘 범ᄉᆡ(凡事ㅣ) 과람(過濫)[68]ᄒᆞ여 두 번(番) 취(娶)홈도 외람블안(猥濫不安)[69]ᄒᆞ거늘, 대인(大人)의 쇼교(所嬌)[70]로뼈 삼위(三位)예 굴(屈)ᄒᆞ리잇가? ᄒᆞ믈며 부뫼(父母ㅣ) ᄌᆡ당(在堂)ᄒᆞ시니 쇼싱(小生)이 ᄌᆞ젼(自專)[71]홀 ᄇᆡ 아니로소이다."

공(公)이 흔연(欣然) 쇼왈(笑曰),

"내 굿ᄐᆞ여 챵빅으로 더브러 ᄀᆞ마니 혼인(婚姻)을 뎡밍(訂盟)[72]ᄒᆞ고져 ᄒᆞ미 아니라, 녕엄(令嚴)이 허(許)홀진ᄃᆡ

7면

챵빅이 샤양(辭讓)치 아니랴?"

태위(大夫ㅣ) ᄃᆡ왈(對曰),

"혼인(婚姻)은 인뉸대관(人倫大關)[73]이오, 녜의념치(禮義廉恥)는

무자의 죽기 전 유언 대신 평소에 한 말씀을 따라, 위무자가 죽은 후에 자신의 서모(庶母)를 순장시키지 않고 개가시켰는데 후에 위과가 진(秦)나라와 전투를 벌일 적에 서모의 망부(亡父)가 나타나 풀을 맺어 위과를 도왔다는 이야기에서 유래함. 『춘추좌씨전(春秋左氏傳)』에 전함.

63) 브지박덕(不才薄德): 부재박덕. 재주가 없고 덕이 부족함.
64) 믈시(勿視): 물시. 보지 않음.
65) 동상(東床): 사위. 중국 진(晉)나라의 태위 극감이 사윗감을 고르는데 왕도(王導)의 집 동쪽 평상 위에 엎드려 음식을 먹고 있는 왕희지(王羲之)를 골랐다는 고사에서 온 말.
66) 디우(知遇): 지우. 남이 자신의 인격이나 재능을 알고 잘 대우함.
67) 유미(幼微): 어리고 미미함.
68) 과람(過濫): 분수에 지나침.
69) 외람블안(猥濫不安): 외람불안. 분수에 지나쳐 불안함.
70) 쇼교(所嬌): 소교. 사랑받는 아이. 소교아(所嬌兒).
71) ᄌᆞ젼(自專): 자전. 자기 마음대로 함.
72) 뎡밍(訂盟): 정맹. 약속을 하거나 동맹을 맺음.
73) 인뉸대관(人倫大關): 인륜대관. 인륜의 크고 중요한 일.

풍화(風化)[74]의 ᄉᆞ위(四維)[75]니 엇지 몬져 의논(議論)ᄒᆞ리잇고? 냥가(兩家) 존당(尊堂)이 상의(相議)ᄒᆞ여 부뫼(父母ㅣ) 명지(命之)ᄒᆞ신즉 슌슈(循守)[76]ᄒᆞᆯ ᄯᆞ름이니, 쇼ᄉᆡᆼ(小生)의게 가부(可否)를 므ᄅᆞ시미 가(可)치 아니토소이다."

니 공(公)이 년망(連忙)이[77] 칭샤(稱謝)ᄒᆞ고 죵용(從容)이 담화(談話)ᄒᆞᆯᄉᆡ 풍화(豊華)[78]ᄒᆞᆫ 담논(談論)이 댱강대ᄒᆡ(長江大海)를 것구로 침[79] ᄀᆞᆺ트나 긔위(氣威) 침엄(沈嚴)[80]ᄒᆞ여 졔셰안민(濟世安民)[81]ᄒᆞ며 공개텬하(功盖天下)[82]ᄒᆞ여 디위(地位) 쳔승(千乘)을 긔약(期約)ᄒᆞᆯ 디라, 니 공(公)이 그 낫출 우러〃 흠열(欽悅)[83]ᄒᆞ더라.

일ᄉᆡᆨ(日色)이 느ᄌᆞᄆᆡ 하딕(下直)ᄒᆞ고 햐쳐(下處)[84]의 도라와 하(河) 쇼져(小姐)를 ᄇᆡᄒᆡᆼ(陪行)ᄒᆞ여 ᄉᆞ오일(四五日) 만의 취운산의 니르러 쇼져(小姐) ᄎᆡ교(彩轎)를 ᄡᅥ지워[85] ᄒᆡᆼ(行)케 ᄒᆞ고,

ᄆᆞᆯ을 ᄎᆡ쳐 몬져 환가(還家)ᄒᆞ여 승당ᄇᆡ현(昇堂拜見)[86]ᄒᆞ고 존당(尊堂) 부모(父母)긔 존후(尊候)를 뭇ᄌᆞ온 후(後)

---

74) 풍화(風化): 교육이나 정치의 힘으로 풍습을 잘 교화하는 일.
75) ᄉᆞ위(四維): 사유. 나라를 다스리는 데 지켜야 할 네 가지 원칙으로 예(禮)·의(義)·염(廉)·치(恥)를 이름.
76) 슌슈(循守): 순수. 명령을 좇아서 지킴.
77) 년망(連忙)이: 연망히. 급히.
78) 풍화(豊華): 풍성하고 화려함.
79) 것구로침: 거슬러 오름.
80) 침엄(沈嚴): 침중하고 엄숙함.
81) 졔셰안민(濟世安民): 제세안민. 세상을 구제하고 백성을 평안하게 함.
82) 공개텬하(功盖天下): 공개천하. 공이 천하를 덮음.
83) 흠열(欽悅): 흠모하고 기뻐함.
84) 햐쳐(下處): 하처. 임시로 머무는 곳.
85) ᄡᅥ지워: 처지게 해.
86) 승당ᄇᆡ현(昇堂拜見): 승당배현. 마루에 올라 절하고 어른을 뵘.

8면

다시 니셕궤고(離席跪告)[87]ᄒᆞ여 하(河) 쇼져(小姐) 만난 셜화(說話)와 결약남미(結約男妹)ᄒᆞ여 다려온 소유(所由)를 고(告)ᄒᆞ니, 금평휘(--侯ㅣ) 탄식(歎息) 왈(曰),

"하(河) 형(兄)의 무궁(無窮)ᄒᆞᆫ 통원(痛冤)[88]으로뼈 다시 일(一) 녀(女)를 실니(失離)ᄒᆞ니 엇지 경심(驚心)치 아니리오? 십여(十餘) 세(歲) 유ᄋᆞ(幼兒ㅣ) 만(萬) 리(里)의 득달(得達)ᄒᆞ니 ᄀᆞ장 잔잉ᄒᆞᆫ디라, 내 엇디 녀ᄋᆞ(女兒)와 다르미 이시리오?"

ᄒᆞ고 뎡(正)히 기다리더니,

이윽고 하(河) 쇼져(小姐)의 거괴(車轎ㅣ)[89] 문(門)의 님(臨)ᄒᆞ니 양낭(養娘)으로 쳥(請)ᄒᆞ여 화교(畵轎)[90]를 졍젼(庭前)의 노코 쥬렴(珠簾)을 거드미, 하(河) 쇼졔(小姐ㅣ) 동신(動身)ᄒᆞ여 나오니 일뉸소월(一輪素月)[91]이 부상(扶桑)[92]의 올나 광휘(光輝) 탈휘(奪輝)[93]ᄒᆞ니 상광(祥光)[94]이 애〃(靄靄)[95]ᄒᆞ고 셔긔(瑞氣)[96] 요일(繞日)[97]ᄒᆞ여 오운(五雲)을 멍에ᄒᆞ며 듕텬(中天)의 오로고져 ᄒᆞ니, 팔ᄌᆞ아황(八字蛾黃)[98]과 츄슈샤일(秋水沙日)[99]의 ᄌᆞ연(自然)ᄒᆞᆫ 셩덕문명(盛德文

---

87) 니셕궤고(離席跪告): 이석궤고. 자리에서 일어나 무릎 꿇고 고함.
88) 통원(痛冤): 몹시 원통함.
89) 거괴(車轎ㅣ): 가마.
90) 화교(畵轎): 채색 가마.
91) 일뉸소월(一輪素月): 일륜소월. 한 덩이 흰 달.
92) 부상(扶桑): 해가 뜨는 동쪽 바다.
93) 탈휘(奪輝): 빛을 빼앗음.
94) 상광(祥光): 상서로운 빛.
95) 애〃(靄靄): 안개나 구름, 아지랑이 따위가 짙게 끼어 자욱함.
96) 셔긔(瑞氣): 서기. 상서로운 기운.
97) 요일(繞日): 해를 두름.
98) 팔ᄌᆞ아황(八字蛾黃): 팔자아황. 아름다운 분을 바른 여인의 눈썹. '팔자'는 눈썹을, '아황'은 여자들이 발랐던 누런빛이 나는 분임.
99) 츄슈샤일(秋水沙日): 추수사일. 가을 물결과 모래를 비추는 해와 같은 눈.

明)[100]이 낫타나니, 금평후(--侯) 부〃(夫婦)의 안고태악(眼高泰岳)[101]ᄒᆞ므로도 번연경동(翻然驚動)[102]ᄒᆞ믈 ᄭᆡ

9면

ᄃᆞᆺ지 못ᄒᆞ더라. 임의 승당(昇堂)ᄒᆞᄆᆡ 태부인(太夫人)이 흔연(欣然) 왈(曰),

"하(河)·뎡(鄭) 냥(兩) 문(門)의 셰ᄃᆡ교분(世代交分)[103]으로ᄡᅧ 다시 하(河) 쇼져(小姐)를 결의(結義)ᄒᆞ여신즉 엇지 친ᄉᆡᆼ(親生)의 나리미 이시리오? 모로미 졔ᄋᆞ(諸兒)와 냥(兩) 부(婦)를 블너 셔로 보게 ᄒᆞ라."

공(公)이 〃의 졔(諸) 공ᄌᆞ(公子)와 냥(兩) 쇼져(小姐)를 명(命)ᄒᆞ여 ᄒᆞᆫ가지로 볼ᄉᆡ, 돗글 바로 ᄒᆞ고 하(河) 쇼제(小姐ㅣ) ᄉᆞᆫ 태부인(太夫人)과 뎡(鄭) 공(公) 부〃(夫婦)를 향(向)ᄒᆞ여 팔ᄇᆡ(八拜)ᄒᆞ여 부모(父母)와 조손(祖孫)의 녜(禮)를 맛ᄎᆞᄆᆡ, 믈너 제뎡(諸鄭)으로 더브러 ᄌᆞᄆᆡ(姊妹)와 형뎨(兄弟)의 녜(禮)를 일울ᄉᆡ, 닌흥 공ᄌᆞ(公子)의 년(年)이 십삼(十三)이라 형(兄)이 되고 셰흥·유흥[104]·필흥 삼(三) 공ᄌᆞ(公子)ᄂᆞᆫ 두 번 절ᄒᆞ여 뎨남(弟男)이 되고, 혜쥬 쇼져(小姐)ᄂᆞᆫ 동년(同年)이로ᄃᆡ 하(河) 쇼제(小姐ㅣ) 일삭(一朔) 아ᄅᆡ라 혜쥐 형(兄)이 되여 녜(禮)를 일우니 태위(大夫ㅣ) 미쇼(微笑) 왈(曰),

"쇼ᄆᆡ(小妹)와 하ᄆᆡ(河妹)ᄂᆞᆫ 텬의(天意) 유의(有意)ᄒᆞ신 ᄌᆞᄆᆡ(姊妹)로

100) 셩덕문명(盛德文明): 성덕문명. 큰 덕과 아름다운 광채.
101) 안고태악(眼高泰岳): 보는 눈이 태산처럼 높음.
102) 번연경동(翻然驚動): 갑자기 놀라 몸이 움직임.
103) 셰ᄃᆡ교분(世代交分): 세대교분. 대대로 서로 사귐.
104) 유흥: [교] 원문에는 이 뒤에 '윤흥'이 있으나 뒤에 '삼 공ᄌᆞ'로 나오는 점을 감안하여 삭제함.

10면

다. 내 결의남ᄆᆡ(結義男妹)ᄒᆞᄆᆡ 쇼ᄆᆡ(小妹) ᄯᅩᄒᆞᆫ 형(兄)이 되고 구가(舅家)의 제ᄉᆡ(娣姒ㅣ)[105] 되리니 엇디 각별(恪別)치 아니리오?"

냥(兩) 쇼졔(小姐ㅣ) 셩안(星眼)이 나즉ᄒᆞ여 슈ᄉᆡᆨ(羞色)[106]이 은영(隱映)[107]ᄒᆞ더라. 금휘(-侯ㅣ) 하(河) 쇼져(小姐)를 나호여 무ᄋᆡ(撫愛)[108]ᄒᆞ여 ᄀᆞᆯ오ᄃᆡ,

"금일(今日) 부녀(父女)의 의(義)를 ᄆᆡᄌᆞᄆᆡ ᄯᅩᄒᆞᆫ 텬뉸(天倫)의 대의(大義) 잇ᄂᆞ니 너ᄂᆞᆫ 모로미 셔의(齟齬)[109]히 넉이지 말나."

쇼졔(小姐ㅣ) ᄇᆡ이슈명(拜而受命)ᄒᆞᄆᆡ 온공협흡[110](溫恭浹洽)[111]ᄒᆞ미 일월명모(日月明眸)[112]의 가득ᄒᆞ나 언어(言語)의 니르미 업더라. 진 부인(夫人)의 녈일단엄(烈日端嚴)[113]ᄒᆞ므로도 하(河) 쇼져(小姐)를 ᄃᆡ(對)ᄒᆞᄆᆡ 체〃(棣棣)[114]ᄒᆞᆫ ᄉᆞ랑과 무ᄋᆡ(撫愛)ᄒᆞ믈 긔츌(己出) ᄀᆞᆺ치 ᄒᆞ더라.

이의 쟝노(長奴)를 명(命)ᄒᆞ여 쵹(蜀)으로 보ᄂᆡᆯᄉᆡ, 금평휘(--侯ㅣ) 하(河) 공(公)의게 셔간(書簡)을 보ᄂᆡ여 젼후(前後) 소유(所由)를 고(告)ᄒᆞ여 이의셔 혼인[115](婚姻)을 일우고 쵹디(蜀地)의 나려가지 말고, 복분(覆盆)의 원(寃)[116]을 신셜(伸雪)ᄒᆞ여 도라오ᄂᆞᆫ 날 부녜(父女

---

105) 제ᄉᆡ(娣姒ㅣ): 제사. 형제의 아내 가운데 손아래 동서와 손위 동서. 정혜주는 윤광천의 아내가 되고, 하영주는 윤희천의 아내가 될 것이라서 이렇게 말한 것임.

106) 슈ᄉᆡᆨ(羞色): 수색. 부끄러운 빛.

107) 은영(隱映): 은은히 드러남.

108) 무ᄋᆡ(撫愛): 무애. 어루만지며 사랑함.

109) 셔의(齟齬): 서어. 뜻이 맞지 아니하여 조금 서먹함.

110) 흡: [교] 원문에는 '읍'으로 되어 있으나 문맥을 고려해 이와 같이 수정함.

111) 온공협흡(溫恭浹洽): 온순하고 공손하며 온화함.

112) 일월명모(日月明眸): 해와 달처럼 밝은 눈동자.

113) 녈일단엄(烈日端嚴): 열일단엄. 여름 해와 같은 세찬 기세와 엄격함.

114) 체〃(棣棣): 체체. 성대하고 지극함.

115) 인: [교] 원문에는 없으나 문맥을 고려해 삽입함.

116) 복분(覆盆)의 원(寃): 동이가 뒤집혀 속을 볼 수 없는 원통함.

ㅣ) 상회(相會)ᄒᆞ믈

11면

니르고, 뎐 부인(夫人)이 됴 부인(夫人)긔 글을 븟쳐 아름다온 녀ᄋᆞ(女兒)를 빌니믈 칭사(稱謝)ᄒᆞ고 머므르믈 간쳥(懇請)ᄒᆞ엿더라. 하(河) 쇼제(小姐ㅣ) 부모(父母)와 거〃(哥哥)긔 젼후(前後) 소유(所由)를 베퍼 셔봉(書封)을 깃쳐더라. 태위(大夫ㅣ) 다시 분부(分付)ᄒᆞ여 길히셔 사ᄅᆞᆷ을 만나거든 일졀(一切) 이런 일을 누셜(漏泄)치 말나 엄(嚴)히 당부(當付)ᄒᆞ고 부젼(父前)의 궤고(跪告) 왈(曰),

"구몽슉이 셩졍(性情)이 교샤(狡詐)[117]ᄒᆞ고 ᄒᆡᆼ실(行實)이 ᄒᆞᆫ갓 음샤브뎡(淫邪不正)[118]ᄒᆞ오니, 한심(寒心)ᄒᆞ오나 닐너 곳칠 ᄌᆡ(者ㅣ) 아니〃 하ᄆᆡ(河妹)의 ᄉᆡᆼ존(生存)을 젼(傳)치 마르쇼셔."

ᄒᆞ니 공(公)이 졈두(點頭)[119]ᄒᆞᄆᆡ, 태위(大夫ㅣ) 우쥬(又奏) 왈(曰),

"윤(尹) 츄밀(樞密)이 하ᄆᆡ(河妹) 이곳의 이시믈 드ᄅᆞᆫ죽 과(過)히 깃거 젼셜(傳說)[120]ᄒᆞᆫ죽 몽슉이 ᄯᅩᄒᆞᆫ 드ᄅᆞ니 아덕 영〃(永永) 긔엿다가[121], 당[122]혼(當婚)ᄒᆞ여 상의(相議)ᄒᆞ고 혼녜(婚禮)를

12면

일우미 가(可)ᄒᆞᆯ가 ᄒᆞᄂᆞ이다."

금휘(-侯ㅣ) 의연(宜然)[123]ᄒᆞ여 하(河) 쇼져(小姐)를 슉소(宿所)의

---

117) 교샤(狡詐): 교사. 교활하고 사악함.
118) 음샤브뎡(淫邪不正): 음사부정. 음란하고 사악하며 바르지 않음.
119) 졈두(點頭): 점두. 고개를 끄덕임.
120) 젼셜(傳說): 전설. 말을 전함.
121) 긔엿다가: 속였다가.
122) 당: [교] 원문에는 '명'으로 되어 있으나 문맥을 고려해 이와 같이 수정함.

머므르나 타인(他人)이 아디 못ᄒᆞ더라.

일〃(一日)은 하(河) 쇼졔(小姐ㅣ) 션월졍의 니르니, 윤(尹) 쇼졔(小姐ㅣ) 두 아의 ᄇᆡ필(配匹)이 다 비상(非常)ᄒᆞᆷ을 깃거 니러 마ᄌᆞ 옥안셩모(玉顔星眸)[124]의 화긔(和氣) 가득ᄒᆞ여 고금녜악(古今禮樂)을 논문(論問)[125]ᄒᆞᆯ식 피ᄎᆡ(彼此ㅣ) 디심ᄋᆡᄃᆡ(知心愛待)[126]ᄒᆞ여 심곡(心曲)의 바라나니 하(河) 쇼졔(小姐ㅣ) 윤(尹)·뎡(鄭) 냥(兩) 쇼져(小姐)의 문ᄎᆡ(文彩)[127]를 칭복(稱服)ᄒᆞ여 왈(曰),

"쳡슈용우(妾雖庸愚)[128]ᄒᆞ오나 원(願)컨ᄃᆡ 냥(兩) 져〃(姐姐)는 ᄒᆞᆫ 번(-番) 가영(歌詠)을 앗기지 마르쇼셔."

윤(尹) 쇼졔(小姐ㅣ) 탄왈(嘆曰),

"쳡(妾)은 만ᄉᆡ(萬事ㅣ) 혼용(昏庸)[129]ᄒᆞ니 엇디 작시(作詩)ᄒᆞᄂᆞᆫ ᄌᆡ죄(才操ㅣ) 이시리오?"

혜쥐 쇼왈(笑曰),

"녀ᄌᆞ(女子)의 가구보댱(佳句寶章)[130]이 아ᄅᆞᆷ답지 아닌 고(故)로 다시 쳥(請)치 아닛ᄂᆞ니 윤(尹) 형[131](兄)은 너모 외ᄃᆡ(外待)[132]ᄒᆞ시믈 ᄋᆡ돌나 ᄒᆞᄂᆞ이다."

윤(尹) 쇼졔(小姐ㅣ) 미쇼(微笑) 왈(曰),

"쳡(妾)이 엇지 쇼져(小姐)를 외ᄃᆡ(外待)

---

123) 의연(宜然): 마땅하게 여김.
124) 옥안셩모(玉顔星眸): 옥안성모. 옥 같은 눈에 별 같은 눈동자.
125) 논문(論問): 논하고 물음.
126) 디심ᄋᆡᄃᆡ(知心愛待): 지심애대. 마음을 서로 알고 사랑으로 대함.
127) 문ᄎᆡ(文彩): 문채. 문장의 멋.
128) 쳡슈용우(妾雖庸愚): 첩수용우. 첩이 비록 용렬하고 어리석으나.
129) 혼용(昏庸): 어둡고 어리석음.
130) 가구보댱(佳句寶章): 가구보장. 아름답고 빼어난 글.
131) 형: [교] 원문에는 이 글자가 없으나 문맥을 고려해 삽입함.
132) 외ᄃᆡ(外待): 외대. 푸대접.

13면

ᄒᆞ리오? ᄌᆞ유(自幼)로 정혼(貞魂)[133]이 남다른 고(故)로 ᄒᆞㄱ문(學問)의 놉흔 ᄌᆡ조(才操)를 널니지 못ᄒᆞ여시니 엇디 시(詩)를 졸한(猝翰)[134] ᄒᆞ리오?"

뎡언간(停言間)[135]의 태위(大夫ㅣ) 드러오다가 문기고(問其故)[136] ᄒᆞᆫᄃᆡ 혜쥐 윤(尹) 시(氏)의 겸양(謙讓)ᄒᆞ믈 젼(傳)ᄒᆞ니 태위(大夫ㅣ) 쇼왈[137](笑曰),

"정신(精神)이 엄녈(嚴烈)[138]ᄒᆞ니 작시(作詩)ᄒᆞᆯ 문한(文翰)도 업ᄉᆞ려니와 원간(元間) ᄋᆞ시(兒時)로브터 어딘 조모(祖母)의게 넉술 만히 일허 사ᄅᆞᆷ이 되지 못ᄒᆞ여시니 현ᄆᆡ(賢妹) 등(等)으로 더브러 논문(論問)ᄒᆞ염 ᄌᆞㄱ지 아닌지라. 우형(愚兄)이 현ᄆᆡ(賢妹) 등(等)을 위(爲)ᄒᆞ여 녀댱[139]부(女丈夫)를 어더 취(娶)ᄒᆞ여 규듕ᄉᆞ우(閨中師友)[140]를 삼으리라."

혜쥐 춍명(聰明)이 여신(如神)[141]ᄒᆞᆫ디라 ᄒᆞᆫ갓 희담(戲談)의 말ᄒᆞ미 아니라, 오ᄃᆡ[142] 가 오악(五嶽)[143]이 구젼(俱全)ᄒᆞᆫ 녀ᄌᆞ(女子)를 보아시믈 디긔(知機)ᄒᆞ고 낭쇼(朗笑) 왈(曰),

"거〃(哥哥)ᄂᆞᆫ 사ᄅᆞᆷ 모호기로 승ᄉᆞ(勝事)[144]를 삼아 번ᄉᆞ(繁事)를

---

133) 졍혼(貞魂): 정혼. 굳은 뜻.
134) 졸한(猝翰): 갑자기 글을 지음.
135) 뎡언간(停言間): 정언간. 말이 잠시 멈춘 사이.
136) 문기고(問其故): 그 연고를 물음.
137) 왈: [교] 원문에는 이 글자가 없으나 문맥을 고려해 삽입함.
138) 엄녈(嚴烈): 엄렬. 엄격하고 매서움.
139) 댱: [교] 원문에는 이 뒤에 '댱'이 있으나 부연으로 보아 삭제함.
140) 규듕ᄉᆞ우(閨中師友): 규중사우. 규방에서 스승으로 삼을 만한 벗.
141) 여신(如神): 귀신 같음.
142) 오ᄃᆡ: 어디에.
143) 오악(五嶽): 얼굴의 두 눈과 두 콧구멍, 입을 말함.
144) 승ᄉᆞ(勝事): 승사. 좋은 일.

취(取)ᄒᆞ

14면

거니와 쇼ᄆᆡ(小妹) 등(等)은 윤(尹)·양 이(二) 인(人)밧 모로ᄂᆞ이다."

태위(大夫ㅣ) 쇼왈(笑曰),

"우형(愚兄)이 쳐실(妻室)이 만하든 여등(汝等)의게 므슴 유히(有害)ᄒᆞ리오? 우형(愚兄)의 사ᄅᆞᆷ 모호믈 구경ᄒᆞᆯ디어다. 어ᄃᆡ 윤(尹)·양만 못ᄒᆞᆫ 지(者ㅣ) 이시리오?"

언필(言畢)의 금평후(--侯)의 명(命)으로 태우(大夫)를 부르니, 뎡당(正堂)의 니르ᄆᆡ 공(公)이 일(一) 댱(張) 셔간(書簡)을 들고 태우(大夫)다려 ᄀᆞᆯ오ᄃᆡ,

"님산 니 혹ᄉᆞ(學士)의 셔봉(書封)이 와시ᄃᆡ ᄉᆞ의(辭意) 여ᄎᆞ여ᄎᆞ(如此如此)ᄒᆞ니 ᄎᆞ혼(此婚)을 허(許)치 말고져 ᄒᆞᄃᆡ 구교(舊交)의 안면(顔面)을 아니 보디 못ᄒᆞᆯ디라 마지못ᄒᆞ여 허(許)코져 ᄒᆞ나, 너의 경박(輕薄)ᄒᆞ미 취ᄉᆡᆨ경덕(取色輕德)[145]ᄒᆞ미 이신즉 츌ᄒᆞ리 아이의 허(許)치 아님만 ᄀᆞᆺ지 못ᄒᆞᆫ 고(故)로 너의 ᄠᅳᆺ을 알고져 ᄒᆞ미니 이 셔간(書簡)을 보라."

태위(大夫ㅣ) 임의 아는 일이라 공경(恭敬)ᄒᆞ여 밧ᄌᆞ와 보고 믈너 쥬(奏)ᄒᆞᄃᆡ,

15면

"향ᄌᆞ(向者)[146]의 니 공(公)이 미의(微意)[147]로ᄡᅧ 쇼ᄌᆞ(小子)의게

145) 취ᄉᆡᆨ경덕(取色輕德): 취색경덕. 미색을 취하고 덕을 가볍게 여김.
146) 향ᄌᆞ(向者): 향자. 접때.

뵈미 잇거늘 번亽(繁事)를 써리고 ᄌ젼(自專)[148]치 못ᄒ여 믈니쳣삽더니, 만일(萬一) 대인(大人)이 구교(舊交)의 의(義)를 고렴(顧念)ᄒ샤 허(許)코져 ᄒ실진ᄃ 쇼ᄌ(小子ㅣ) 엇디 감(敢)히 취ᄉ경덕(取色輕德)ᄒ여 대인(大人)의 구교지의(舊交之義)를 상(傷)히오리잇고?"

금휘(-侯ㅣ) 무언(無言)ᄒ니 태부인(太夫人)이 ᄀ로ᄃ,

"텬흥이 호일(豪逸)[149]ᄒ여 번亽(繁事)를 취(取)ᄒᆯ 듯ᄒ나 윤(尹)·양 등(等)이 임의 슉뇨(淑窈)[150]ᄒ거ᄂᆯ ᄯ 신취(新娶)[151]ᄒ여 므엇ᄒ리오?"

공(公)이 ᄃ쥬(對奏) 왈(曰),

"ᄌ괴(慈敎ㅣ) 맛당ᄒ시나 니ᄋ(-兒ㅣ) 무염(無鹽)[152]의 박ᄉ(薄色)으로 덕(德)을 ᄌ랑ᄒ여 구혼(求婚)이 간졀(懇切)ᄒᆫ 바로 물리친즉 취ᄉ경덕(取色輕德)ᄒᄂᆫ 비오니, 저[153]의 안면(顔面)을 구ᄋ(拘礙)ᄒ미오 번亽(繁事)를 취(取)ᄒ미 아니로소이다."

태부인(太夫人)이 쇼왈(笑曰),

"니 시(氏) 냥션(良善)[154]ᄒᆯ진ᄃ 만ᄒᆡᆼ(萬幸)이어니와 텬흥이 유미

16면

디년(幼微之年)의 번ᄉ(繁事ㅣ) 션되(善道ㅣ) 아니로다."

---

147) 미의(微意): 은미한 뜻.

148) ᄌ젼(自專): 자전. 스스로 마음대로 함.

149) 호일(豪逸): 예절이나 사소한 일에 매임이 없이 호방함.

150) 슉뇨(淑窈): 숙요. 착하고 얌전함.

151) 신취(新娶): 신취. 새로 아내를 얻음.

152) 무염(無鹽): 중국 전국시대(戰國時代) 제(齊)나라의 무염(無鹽)이라는 지방에 살았던 종리춘(鐘離春)을 이름. 종리춘은 선왕(宣王)에게 제나라의 문제점들에 대한 해결책을 제시함으로써 그 재능을 인정받아 황후가 되었음. 고대 중국의 대표적 추녀(醜女)로 불림. 유향, 『열녀전(列女傳)』.

153) 저: [교] 원문에는 'ᄌ'로 되어 있으나 문맥을 고려해 이와 같이 수정함.

154) 냥션(良善): 양선. 어질고 착함.

휘(侯ㅣ) 복슈(伏首) 왈(曰),

“쇼직(小子ㅣ) 번ᄉᆞ(繁事)를 피(避)ᄒᆞ오ᄃᆡ ᄉᆞ이지ᄎᆞ(事已至此)[155]이 마지못ᄒᆞ오미니 ᄎᆞ후(此後) ᄉᆞ취(四娶)의 니르러ᄂᆞᆫ 블허(不許)ᄒᆞ리로소이다.”

태위(大夫ㅣ) 봉안(鳳眼)이 나즉ᄒᆞ여 간예(干預)ᄒᆞ미 업ᄉᆞ나 ᄌᆞ긔(自己)의 호신(豪身)ᄒᆞᄂᆞᆫ 뜻이 슉녀미희(淑女美姬)를 모화 평ᄉᆡᆼ(平生) 호신(豪身)을 빗ᄂᆡ고져 ᄒᆞ거ᄂᆞᆯ, 야〃(爺爺)의 뜻이 ᄂᆡ도(乃倒)ᄒᆞ시믈 그윽이 민울(悶鬱)[156]ᄒᆞ더라.

금평휘(--侯ㅣ) 답셔(答書)ᄒᆞ여 쾌허(快許)ᄒᆞ니, 니 ᄒᆞᆨᄉᆡ(學士ㅣ) 대열(大悅)ᄒᆞ여 급〃(急急)히 샹경(上京)ᄒᆞ여 고ᄐᆡᆨ(古宅)의 안둔(安屯)[157]ᄒᆞ고 길일(吉日)을 보(報)ᄒᆞ니 계오 일삭(一朔)은 ᄀᆞ렷더라.

시〃(是時)의 금평후(--侯) 뎨이ᄌᆞ(第二子) 닌흥 공ᄌᆞ(公子)의 ᄌᆞ(字)ᄂᆞᆫ 후ᄇᆡᆨ이니 시년(時年)이 십삼(十三)이라. 신댱(身長)이 팔(八) 쳑(尺)이오 냥비과슬(兩臂過膝)[158]ᄒᆞ여 남젼ᄇᆡᆨ옥(藍田白玉)[159]을 다ᄃᆞ믄 ᄃᆞᆺ 츄슈봉안(秋水鳳眼)[160]이오, 가월텬창(佳月天倉)[161]의 호비쥬슌(皓鼻朱脣)[162]이라. 놉흔

---

155) ᄉᆞ이지ᄎᆞ(事已至此): 사이지차. 일이 이미 여기에 이름.
156) 민울(悶鬱): 안타깝고 답답함.
157) 안둔(安屯): 편안히 둔침.
158) 냥비과슬(兩臂過膝): 양비과슬. 두 팔이 무릎을 지남.
159) 남젼ᄇᆡᆨ옥(藍田白玉): 남전백옥. 남전의 백옥. 남전은 중국 섬서성의 옥이 많이 나는 지역.
160) 츄슈봉안(秋水鳳眼): 추수봉안. 가을 물결 같은 봉안. 봉안은 봉의 눈같이 가늘고 길며 눈초리가 위로 째지고 붉은 기운이 있는 눈. 잘생긴 남성의 눈을 이름.
161) 가월텬창(佳月天倉): 가월천창. 아름다운 달 같은 천정(天庭). 천창은 천정을 이름. 천정은 관상에서 두 눈썹의 사이나 이마의 복판을 이르는 말.
162) 호비쥬슌(皓鼻朱脣): 호비주순. 흰 코에 붉은 입술이라는 뜻으로 잘생긴 얼굴을 이름.

17면

문댱(文章)은 팔두(八斗)[163]를 기우리고 필법(筆法)은 종왕(鍾王)[164]의 죽은 넉술 놀ᄂᆡ고, 효의(孝義) 츌인(出人)[165]ᄒᆞ여 증샹(曾祥)[166]의 후(後)를 니으니 존당(尊堂) 부뫼(父母ㅣ) 긔ᄋᆡ(奇愛)[167]ᄒᆞ더라.

공ᄌᆞ(公子)의 텬픔(天稟)이 온듕단믁(穩重端默)[168]ᄒᆞ고 침믁언희(沈默言稀)[169]ᄒᆞ여 흉듕(胸中)의 졔셰안민디ᄎᆡᆨ(濟世安民之策)[170]과 안방뎡국지슐(安邦靖國之術)[171]을 ᄀᆞᆷ초아시니, 츄월(秋月)이 의의(依依)[172]ᄒᆞ고 광풍(光風)[173]이 휘이(輝異)[174]ᄒᆞᆫ ᄃᆞᆺ, 놉흔 긔상(氣像)은 츄텬(秋天)의 가 업ᄉᆞᆷ ᄀᆞᆺᄐᆞ니 공ᄆᆡᆼ(孔孟)의 도(道)를 니을 옥인군ᄌᆡ

---

163) 팔두(八斗): 여덟 말이라는 뜻으로 문장이 뛰어남을 이름. 중국 남조(南朝)의 사령운(謝靈運)이 삼국시대 위(魏)의 조식(曹植)을 두고 한 말. 즉, "천하의 재주가 한 섬이 있다면 조자건이 여덟 말을 점유하고 있고, 내가 한 말을 얻었으며, 천하가 나머지 한 말을 나누어 가졌다. 天下才有一石, 曹子建獨占八斗, 我得一斗, 天下共分一斗."라고 함. 『남사(南史)』, <사령운열전(謝靈運列傳)>.

164) 종왕(鍾王): 종요(鍾繇)와 왕희지(王羲之)를 아울러 부르는 말. 종요는 중국 삼국시대 위(魏)나라의 대신·서예가(151~230). 자는 원상(元常). 조조를 도운 공으로 위나라 건국 후 태위(太尉)가 됨. 해서(楷書)에 뛰어나 후세에 종법(鍾法)으로 일컬어짐. 왕희지는 중국 동진(東晉)의 서예가(307~365)로 자는 일소(逸少)이고 우군 장군(右軍將軍)을 지냈으며 해서·행서·초서의 3체를 예술적 완성의 영역까지 끌어올려 서성(書聖)이라고 불림.

165) 츌인(出人): 출인. 남보다 빼어남.

166) 증상(曾祥): 증삼(曾參)과 왕상(往相)을 아울러 이르는 말로, 모두 효성이 깊은 인물들임. 증삼(曾參. B.C.505~B.C.436?)은 중국 춘추시대 노(魯)나라의 유학자로 자는 자여(子輿). 공자의 덕행과 사상을 조술(祖述)하여 공자의 손자인 자사(子思)에게 전함. 효성이 깊은 인물로 유명함. 왕상은 중국 동한(東漢), 위(魏), 서진(西晉)의 삼대에 걸쳐 살았던 인물(184~268)로 자는 휴징(休徵). 위나라에서의 벼슬은 사공(司空), 태위(太尉)까지 올랐고, 진나라에서는 태보(太保) 벼슬까지 이름. 계모에 대한 효성이 깊은 인물로 유명함. 계모 주 씨를 섬긴 여러 일화 가운데, 주씨가 겨울에 생선을 먹고 싶다고 하자 옷을 벗고 얼음 위에 누웠는데 이는 체온으로 얼음을 녹이려 한 것임. 이에 갑자기 얼음이 갈라지며 잉어 두 마리가 나와 주 씨에게 바친 일이 민간에 전해짐. 다만 『진서(晋書)』에는 얼음 위에 누웠다는 말 대신 '옷을 벗고 얼음을 갈랐다. 解衣剖冰'라고 되어 있음.

167) 긔ᄋᆡ(奇愛): 기애. 기이하게 여겨 사랑함.

168) 온듕단믁(穩重端默): 온중단묵. 조용하고 침착하며 단정하고 묵묵함.

169) 침믁언희(沈默言稀): 침묵언희. 묵묵하여 말이 적음.

170) 졔셰안민디ᄎᆡᆨ(濟世安民之策): 제세안민지책. 세상을 구제하고 백성을 편안하게 할 계책.

171) 안방뎡국지슐(安邦靖國之術): 안방정국지술. 나라를 평안하게 할 방법.

172) 의의(依依): 빛이 아련한 모양.

173) 광풍(光風): 화창한 봄날에 부는 바람.

174) 휘이(輝異): 빛나고 기이함.

(玉人君子ㅣ)라. 공(公)이 그 위인(爲人)을 취듕(取重)[175]ᄒᆞ여 너비 현부(賢婦)를 ᄀᆞᆯ힐ᄉᆡ, 명공녈후(名公列侯)[176]의 녀ᄌᆞ(女子) 둔 ᄌᆡ(者ㅣ) 닷토아 구혼(求婚)ᄒᆞᄃᆡ 금평휘(--侯ㅣ) 가바야이 허(許)치 아니ᄒᆞ엿더니,

니 ᄒᆞᆨᄉᆡ(學士ㅣ) 댱녀(長女)의 친ᄉᆞ(親事)를 위(爲)ᄒᆞ엿더니 뎡부(鄭府)의 니르러 담화(談話)ᄒᆞᆯᄉᆡ, 니 ᄒᆞᆨᄉᆡ(學士ㅣ) 우연(偶然) 쇼왈(笑曰),

"형(兄)이 여러 옥윤(玉胤)[177]을 두어시ᄃᆡ ᄂᆡ외(內外)ᄒᆞ미 심(甚)ᄒᆞ니 엇디 ᄋᆡ돏지 아

18면

니리오?"

금평휘(--侯ㅣ) 미쇼(微笑)ᄒᆞ고 닌흥 등(等) 졔ᄋᆞ(諸兒)를 명소(命召)[178]ᄒᆞ니, 슈유(須臾)[179]의 응명(應命)ᄒᆞ거ᄂᆞᆯ 공(公)이 니 공(公)을 ᄀᆞᄅᆞ쳐 녜(禮)ᄒᆞ라 ᄒᆞ니 졔(諸) 공ᄌᆡ(公子ㅣ) 슈명(受命)ᄒᆞ고 니 공(公)을 향(向)ᄒᆞ여 ᄌᆡᄇᆡ(再拜) 시립(侍立)ᄒᆞ니, 필공ᄌᆞ(畢公子)ᄂᆞᆫ 오(五) 셰(歲)라, 유미(幼微)ᄒᆞᄃᆡ 오히려 녜(禮)를 일치 아니ᄒᆞ고, 닌흥의 언건(偃蹇)[180]ᄒᆞᆫ 톄형(體形)과 빈〃(彬彬)[181]ᄒᆞᆫ 도덕(道德)이 교슈[182](郊藪)의 긔린(騏驎)[183]이오 기산(岐山)의 명봉(鳴鳳)[184]이어ᄂᆞᆯ,

---

175) 취듕(取重): 취중. 소중히 대함.
176) 명공녈후(名公列侯): 명공열후. 이름난 재상과 제후.
177) 옥윤(玉胤): 상대의 아들을 높여 이르는 말.
178) 명소(命召): 명령해 부름.
179) 슈유(須臾): 수유. 짧은 시간.
180) 언건(偃蹇): 건장함.
181) 빈〃(彬彬): 빛나는 모양.
182) 슈: [교] 원문에는 '야'로 되어 있으나 문맥을 고려해 이와 같이 수정함.
183) 교슈(郊藪)의 긔린(騏驎): 교수의 기린. 교야의 덤불에 있는 기린. 교수는 교야(郊野)에 못이

졔(諸) 공ᄌᆞ(公子)의 ᄲᅢ혀난 골격(骨格)이 츌뉴비상(出類非常)[185]ᄒᆞ니 니 공(公)이 ᄎᆞ례(次例)로 년치(年齒)를 뭇고 후(侯)를 향(向)ᄒᆞ여 치하(致賀) 왈(曰),

"녕윤(令胤) 등(等)의 슈츌(秀出)[186]ᄒᆞᆫ ᄌᆞ질(資質)을 보니 ᄆᆡᆼ시(孟氏)의 방닌(芳鄰)[187]과 샤가(謝家)의 옥슈(玉樹)[188]를 죡(足)히 긔특(奇特)다 못ᄒᆞᆯ디라. 아지 못게라, 이랑(二郎)의 년긔(年紀) 언마나 ᄒᆞ뇨?"

금휘(-侯ㅣ) 미쇼(微笑) 왈(曰),

"형(兄)이 엇디 미돈(迷豚)[189]으로ᄡᅧ 과찬(過讚)ᄒᆞ시ᄂᆞ뇨? 우뎨(愚弟) 돈견(豚犬)[190] 등(等)을 두ᄆᆡ 오문(吾門)을 텸욕(添辱)[191]

있는 땅을 이름. 한(漢) 환관(桓寬)의 『염철론(鹽鐵論)』, 「화친(和親)」에 "봉황은 뭇 숲에 있고, 기린은 교야의 덤불에 있으니 모든 생물이 은택을 입지 않은 것이 없다. 鳳皇在列樹, 騏驎在郊藪, 羣生庶物, 莫不被澤."라 되어 있음.

184) 기산(岐山)의 명봉(鳴鳳): 기산에서 우는 봉황. 중국 주(周)나라 문왕(文王) 시절 덕이 성대할 때 기산에 봉황이 출현해 울었다고 전해짐. 『국어(國語)』, 「주어(周語)」.

185) 츌뉴비상(出類非常): 출류비상. 보통 사람보다 뛰어남.

186) 슈츌(秀出): 수출. 매우 빼어남.

187) ᄆᆡᆼ시(孟氏)의 방닌(芳鄰): 맹시의 방린. 맹씨의 좋은 이웃. 맹자 어머니가 맹자의 교육을 위해 세 번 사는 곳을 고른 것을 이름. 맹자가 어렸을 때 묘지 옆에 살았는데 장사지내고 곡을 하는 흉내를 내자, 맹자 어머니가 시장으로 이사를 가고, 맹자가 이에 물건을 팔고 사는 것을 배우자, 최후에 서당 부근으로 이사를 하니 맹자가 비로소 예를 익히고 책을 읽게 되었다는 고사. 원래 유향의 『열녀전(列女傳)』, 「모의전(母儀傳)」에 '맹모삼천(孟母三遷)'으로 기재되었는데, 후에 당나라 왕발(王勃)이 <등왕각서(滕王閣序)>에서 "맹씨의 좋은 이웃을 접하다. 接孟氏之芳鄰"라는 표현을 사용함.

188) 샤가(謝家)의 옥슈(玉樹): 사가의 옥수. 사씨 집안의 뛰어난 자식과 조카들. 옥수는 재주가 뛰어난 자식과 조카를 가리킴. 사가(謝家)는 동진(東晉)의 사안(謝安), 사현(謝玄), 남제(南齊)의 사조(謝朓), 남송(南宋)의 사령운(謝靈運), 사혜련(謝惠連) 등 매우 뛰어난 인물이 배출된 사씨(謝氏) 일가(一家)를 말함. 사가의 옥수라는 말은 『예문유취(藝文類聚)』에서 진(晋) 배계(裴啓)의 『어림(語林)』을 인용한 대목에서 나옴. 곧 :"사태부(謝安)가 자질들에게 물었다. '자제들이 나와 무슨 관계가 있다고 그들을 아름답게 키우려 하는가?' 사람들 중에 말하는 이가 없었는데 아들 거기장군 사현(謝玄)이 대답했다. '비유하자면 지란(芝蘭)과 옥수(玉樹)가 자기 정원에게 자라게 하고 싶은 것과 같습니다.' 謝太傅問諸子侄曰: '子弟何預人事而政欲使其佳?' 諸人莫有言者, 車騎答曰: '譬如芝蘭玉樹, 欲使生於階庭耳."

189) 미돈(迷豚): 어리석은 돼지라는 뜻으로 자기의 아들을 낮추어 부르는 말.

190) 돈견(豚犬): 돼지와 개라는 뜻으로 자기 아들을 낮추어 부르는 말.

191) 텸욕(添辱): 첨욕. 욕을 더함.

19면

쥬야(晝夜) 긍〃업〃(兢兢業業)[192]ᄒᆞᄂᆞ니, 형(兄)은 용우(庸愚)[193]ᄒᆞᆫ 돈ᄋᆞ(豚兒) 등(等)을 과찬(過讚)ᄒᆞ여 구교(舊交)의 정(情)을 ᄉᆡᆼ각지 아닛ᄂᆞ뇨?"

니 공(公)이 잠쇼(暫笑) 우문(又問) 왈(曰),

"녕윤(令胤)이 져러ᄐᆞᆺ 슉셩(夙成)[194]ᄒᆞ니 작소(鵲巢)[195]의 가긔(佳期)를 졈복(占卜)[196]ᄒᆞ미 잇ᄂᆞ냐?"

휘(侯ㅣ) 왈(曰),

"미돈(迷豚)이 무용(無用)ᄒᆞᆫ 신댱(身長)이 ᄌᆞ라시ᄃᆡ 고인(古人)의 유취지년(有娶之年)[197]이 아닌 고(故)로 뎡혼(定婚)ᄒᆞ미 업노라."

니 공(公)이 쥬져반향(躊躇半晑)[198]의 ᄀᆞᆯ오ᄃᆡ,

"쇼뎨(小弟) 츄용누질(醜容陋質)[199]노뼈 형(兄)의 슬하(膝下)의 욕(辱)되게 ᄒᆞ고 다시 청(請)ᄒᆞ미 당돌(唐突)ᄒᆞ나 녕윤(令胤)의 아ᄅᆞᆷ다오믈 탐(貪)ᄒᆞ여 감(敢)히 발언(發言)ᄒᆞᄂᆞ니 형(兄)은 슬피라. 댱녀(長女), ᄎᆞ녜(次女ㅣ) 동틱쌍ᄋᆡ(同胎雙兒ㅣ)라, 댱ᄋᆞ(長兒)의 박용누질(薄容陋質)[200]은 곳 챵빅의게 쇽(屬)ᄒᆞᆫ ᄇᆡ오, ᄎᆞ녀(次女)ᄂᆞᆫ 족(足)히 아ᄅᆞᆷ답다 니르지 못ᄒᆞ나 거의 군ᄌᆞ(君子)의 건즐(巾櫛)[201]을 욕

---

192) 긍〃업〃(兢兢業業): 항상 조심하여 삼감.

193) 용우(庸愚): 용렬하고 어리석음.

194) 슉셩(夙成): 숙성. 나이에 비하여 지각이나 발육이 빠름.

195) 작소(鵲巢): 까치 집이라는 뜻으로 여자가 시집가는 것을 이름. '작소'는 『시경(詩經)』, 「소남(召南)」 중의 편명임. <작소>에 "새아씨가 시집옴에 백량으로 맞이하도다. 之子于歸, 百兩御之."라는 구절이 있는바, 제후의 딸이 다른 제후에게 시집가는 것을 묘사하였음.

196) 졈복(占卜): 점복. 점쳐 정함.

197) 유취지년(有娶之年): 유취지년. 장가들 나이.

198) 쥬져반향(躊躇半晑): 주저반향. 한참을 머뭇거림. 반향은 반나절.

199) 츄용누질(醜容陋質): 추용누질. 추한 용모와 비루한 바탕.

200) 박용누질(薄容陋質): 박색의 용모와 비루한 바탕.

201) 건즐(巾櫛): 수건과 빗이라는 뜻으로 여자가 남편을 섬기는 것을 이름.

(辱)되게 아닐 고(故)로 구〃(區區)훈 〈정(私情)을 베프ᄂ니 형(兄)은 엇더타

20면

ᄒᄂ뇨?"

휘(侯ㅣ) 쇼이답왈(笑而答曰),

"미돈(迷豚)의 용둔(庸鈍)[202]ᄒ믈 혐의(嫌疑)치 아니ᄒ고 동상(東床)[203]을 허(許)코져 ᄒ시니 엇지 감사(感謝)치 아니리오? ᄎ이(此兒ㅣ) 유미(幼微)ᄒ니 편위(偏闈)[204]에 고(告)ᄒ고 혼ᄉ(婚事)를 일우미 늦디 아니토다."

니 공(公)이 ᄀᆯ오ᄃᆡ,

"ᄉ귀신쇽(伺駒ㅣ迅速)[205]이니 녕존ᄌ당(令尊慈堂)의 고(告)ᄒ여 허락(許諾)ᄒ실딘ᄃᆡ 냥(兩) ᄋ(兒ㅣ) 동년ᄉᆡᆼ(同年生)이니 ᄒᆞᆫ가지로 취가(娶嫁)ᄒ리라."

금휘(-侯ㅣ) 응낙(應諾)고 ᄂᆡ당(內堂)의 드러가 니 공(公)의 구혼(求婚)ᄒ믈 고(告)ᄒ여 허(許)ᄒ시믈 청(請)ᄒᆞᆫᄃᆡ 태부인(太夫人)이 허혼(許婚)ᄒ거ᄂᆯ,

공(公)이 깃거 외당(外堂)의 나와 뎡혼(定婚)ᄒ믈 젼(傳)ᄒ니, 니 공(公)이 대희(大喜)ᄒ여 돗 우희셔 ᄐᆡᆨ일(擇日)ᄒ니 공교(工巧)히 태우(大夫)의 길일(吉日)과 ᄒᆞᆫ날이라, 쥬ᄀᆡᆨ(主客)이 환열(歡悅)ᄒ여,

니 공(公)이 도라간 후(後), 금휘(-侯ㅣ) ᄎᄌ(次子)의 혼긔(婚期)

---

202) 용둔(庸鈍): 용렬하고 아둔함.
203) 동상(東床): 사위. 중국 진(晉)나라의 태위 극감이 사윗감을 고르는데 왕도(王導)의 집 동쪽 평상 위에 엎드려 음식을 먹고 있는 왕희지(王羲之)를 골랐다는 고사에서 온 말.
204) 편위(偏闈): 홀어머니.
205) ᄉ귀신쇽(伺駒ㅣ迅速): 사구신속. 망아지가 달리는 것을 문틈으로 엿보듯이 빨리 지나감.

ᄀᆞᆺ가오믈 두ᄀᆞᆺ기고 태부인(太夫人)과 딘 부인(夫人)이 신부(新婦)의 현브(賢否)[206]를 죄오니 금휘(-侯ㅣ) ᄯᅩᄒᆞᆫ 냥(兩)

21면

부(婦)의 아ᄅᆞᆷ답기를 기다리더니,

이러구러 길일(吉日)이 다〃ᄅᆞᄆᆡ, 금휘(-侯ㅣ) 대연(大宴)을 개장(開張)[207]ᄒᆞ고 ᄂᆡ외(內外) 빈ᄀᆡᆨ(賓客)을 모화 신낭(新郎)을 보ᄂᆡ며 신부(新婦)를 마ᄌᆞᆯᄉᆡ, 졔ᄀᆡᆨ(諸客)이 태우(大夫)를 ᄃᆡ(對)ᄒᆞ여 삼취(三娶)의 경ᄉᆞ(慶事)를 하례(賀禮)ᄒᆞ니 태위(大夫ㅣ) 미쇼(微笑) 답왈(答曰),

"삼취(三娶)ᄂᆞᆫ 실(實)노 원(願)ᄒᆞᄂᆞᆫ ᄇᆡ 아니〃 하언(賀言)[208]을 엇지 감당(勘當)ᄒᆞ리잇고?"

휘(侯) 냥(兩) ᄌᆞ(子)를 명(命)ᄒᆞ여 길복(吉服)을 닙힐ᄉᆡ 태부인(太夫人)이 슌 참졍(叅政) 부인(夫人)이 유복(有福)다 ᄒᆞ여 닌흥의 길복(吉服)을 닙히라 ᄒᆞ니, 슌 부인(夫人)이 공ᄌᆞ(公子)를 몬져 댱쇽(裝束)[209]ᄒᆞ여 습녜(習禮)[210]ᄒᆞ기를 맛ᄎᆞᄆᆡ 양 시(氏) ᄯᅩᄒᆞᆫ 태우(大夫)의 길복(吉服)을 셤기ᄆᆡ 안ᄉᆡᆨ(顏色)이 온화(溫和)ᄒᆞ고 동지(動止)[211] 유법(有法)ᄒᆞ더라.

태위(大夫ㅣ) 공ᄌᆞ(公子)로 더브러 위의(威儀)[212]를 휘동(麾動)[213]ᄒᆞ여 니부(-府)의 나아가 옥상(玉牀)의 홍안(鴻鴈)[214]을

---

206) 현브(賢否): 현부. 어질고 어질지 않음.
207) 개장(開張): 넓게 벌여 놓음.
208) 하언(賀言): 축하하는 말.
209) 댱쇽(裝束): 장속. 입고 매고 하여 몸차림을 든든히 갖추어 꾸밈.
210) 습녜(習禮): 습례. 예법을 미리 익힘.
211) 동지(動止): 행동거지.
212) 위의(威儀): 엄숙한 행렬.
213) 휘동(麾動): 지휘하여 움직이게 함.
214) 홍안(鴻鴈): 혼례 때, 신랑이 신붓집에 가지고 가서 상 위에 놓고 절할 때 쓰는 기러기. 산 기

22면

젼(奠)ᄒᆞ고 신부(新婦)의 샹교(上轎)를 기다릴ᄉᆡ, 니 혹ᄉᆡ(學士ㅣ) 만면(滿面) 화긔(和氣)로 만좌(滿座)의 ᄌᆞ랑 왈(曰),

"나의 냥(兩) 셔랑(壻郞)의 아ᄅᆞᆷ다오미 엇더ᄒᆞ뇨?"

빈ᄀᆡᆨ(賓客)이 졔셩(齊聲)[215]ᄒᆞ여 쾌셔(快壻) 어드믈 하례(賀禮)ᄒᆞ고 태우(大夫)의 친붕명ᄉᆞ(親朋名士)는 다 웃고 ᄀᆞᆯ오ᄃᆡ,

"ᄎᆞ셔(次壻)는 일ᄃᆡ(一代) 옥인군ᄌᆡ(玉人君子ㅣ)로ᄃᆡ 댱셔(長壻)는 ᄐᆡᆨ셔(擇壻)ᄒᆞ시믈 그릇ᄒᆞ신가 ᄒᆞᄂᆞ이다."

니 공(公)이 쇼왈(笑曰),

"ᄋᆞ녀(阿女)로뼈 챵빅의 ᄇᆡ필(配匹)ᄒᆞ미 외람(猥濫)ᄒᆞ거ᄂᆞᆯ 녈위(列位)는 아디 못ᄒᆞ미라."

제인(諸人)이 니 공(公)의 언ᄉᆞ(言辭)ᄅᆞᆯ 괴이(怪異)히 넉이나 묻디 아니터라.

날이 느ᄌᆞᄆᆡ 냥인(兩人)이 봉교(封轎)[216]ᄒᆞ여 본부(本府)의 도라올ᄉᆡ, 위의(威儀) 〃 댱녀(壯麗)[217]ᄒᆞᆷ과 냥(兩) 신낭(新郞)의 특이(特異)ᄒᆞ믈 칭찬(稱讚)ᄒᆞ더라.

부듕(府中)의 도라와 합환교ᄇᆡ(合歡交拜)[218]를 파(罷)ᄒᆞᄆᆡ ᄌᆞ하상(紫霞觴)[219]을 난호고 공작션(孔雀扇)[220]을 기우리ᄆᆡ 신부(新婦)의

러기를 쓰기도 하나, 대개 나무로 만든 것을 씀.

215) 졔셩(齊聲): 제성. 일제히 소리를 냄.

216) 봉교(封轎): 가마를 봉함.

217) 댱녀(壯麗): 장려. 웅장하고 화려함.

218) 합환교ᄇᆡ(合歡交拜): 합환교배. 혼례 때, 신랑과 신부가 술을 나눠 마시고 맞절을 함.

219) ᄌᆞ하상(紫霞觴): 자하상. 전설에서, 신선들이 술을 마실 때 쓰는 잔. '자하'는 신선이 사는 곳에 서리는 노을이라는 뜻으로, 신선이 사는 궁전을 이르는 말.

220) 공작션(孔雀扇): 공작선. 의식에 쓰던 부채. 붉은빛으로 공작을 화려하게 그림.

23면

박용(薄容)이 듕목(衆目)이 놀나온지라, 좌위(左右ㅣ) 대경(大驚)ᄒᆞᄃᆡ 태우(大夫)ᄂᆞᆫ 조곰도 념ᄉᆡᆨ(厭色)[221]ᄒᆞᄂᆞᆫ 일이 업고 흔연(欣然)이 외당(外堂)으로 나가니, 샹ᄒᆡ(上下ㅣ) 도로혀 괴이(怪異)히 넉이더라.

ᄎᆞ공ᄌᆡ(次公子ㅣ) ᄯᅩᄒᆞᆫ 교ᄇᆡ(交拜)를 맛ᄎᆞᄆᆡ 만좌(滿座) 듕목(衆目)이 밧비 눈을 드러 보니 신부(新婦)의 화용월ᄐᆡ(花容月態)[222] 찬연쇄락(燦然灑落)[223]ᄒᆞ여 창졸(倉卒)[224]의 형용(形容)ᄒᆞ여 니르지 못ᄒᆞᆯ디라.

녜파(禮罷)의 냥(兩) 신뷔(新婦ㅣ) ᄒᆞᆫ가지로 조률(棗栗)[225]을 밧드러 존당(尊堂) 구고(舅姑)긔 헌(獻)ᄒᆞᆯᄉᆡ, 댱쇼져(長小姐)의 박용누질(薄容陋質)이 놀나오ᄃᆡ ᄒᆡᆼ되(行道ㅣ) 유법(有法)ᄒᆞ고 셩ᄒᆡᆼ(性行)이 ᄌᆞ연(自然)ᄒᆞ거ᄂᆞᆯ, ᄎᆞ쇼져(次小姐)의 텬향아ᄐᆡ(天香雅態)[226]로 ᄇᆡᆨ셜(白雪) ᄀᆞᆺᄐᆞᆫ 긔부(肌膚)와 팔ᄌᆞ츈산(八字春山)[227]의 샹셔(祥瑞)의 긔운과 덕긔(德氣) 완젼(完全)ᄒᆞ니, 존당(尊堂) 구괴(舅姑ㅣ) 대열(大悅)ᄒᆞ여 녜(禮)를 맛ᄎᆞᄆᆡ 태부인(太夫人)이 냥(兩) 신부(新婦)를 집슈년ᄋᆡ(執手戀愛)[228]ᄒᆞ며 금후(-侯) 부〃(夫婦)를 도라보아 왈(曰),

"이

221) 념ᄉᆡᆨ(厭色): 염색. 박색을 싫어함.
222) 화용월ᄐᆡ(花容月態): 화용월태. 꽃 같은 얼굴과 달 같은 자태.
223) 찬연쇄락(燦然灑落): 찬란하게 빛나며 시원스러움.
224) 창졸(倉卒): 창졸. 미처 어찌할 사이 없이 매우 급작스러움.
225) 조률(棗栗): 조율. 대추와 밤을 이르는 말로, 모두 폐백에 쓰이는 과일임.
226) 텬향아ᄐᆡ(天香雅態): 천향아태. 기이한 향과 전아한 자태.
227) 팔ᄌᆞ츈산(八字春山): 팔자춘산. 화장한 눈썹을 비유적으로 나타낸 말. 팔자는 눈썹의 모양을 나타낸 말임.
228) 집슈년ᄋᆡ(執手戀愛): 집수연애. 손을 잡고 사랑함.

24면

곳튼 현부(賢婦)를 어드미 조종(祖宗)의 도으시미로다."

휘(侯ㅣ) 빈샤(拜謝) 왈(曰),

"쇼ᄌᆞ(小子)의 박덕(薄德)으로뼈 슬하지경(膝下之慶)이 〃시믄 다 ᄌᆞ졍(慈庭)의 심인후덕(深仁厚德)[229]과 조종여경지화(祖宗餘慶之化)[230]를 힘닙ᄉᆞ오미니 ᄌᆞ괴(慈敎ㅣ) 맛당ᄒᆞ도소이다."

딘 부인(夫人)이 빈사(拜謝)ᄒᆞ고 셩덕(盛德)을 일캇더라.

금휘(-侯ㅣ) 니 쇼져(小姐)를 명(命)ᄒᆞ여 윤(尹)·양 이(二) 인(人)을 녜(禮)로뼈 보라 ᄒᆞ니, 니 시(氏) 슈명빈샤(受命拜謝)ᄒᆞ고 윤(尹) 쇼져(小姐)를 향(向)ᄒᆞ여 ᄌᆡ빈(再拜)ᄒᆞ니 냥(兩) 쇼졔(小姐ㅣ) 답빈(答拜)ᄒᆞ고 ᄎᆞ례(次例)로 엇게를 ᄀᆞᆯ와 좌(座)를 일우니, 윤(尹) 쇼져(小姐)의 만[231]월지광(滿月之光)[232]과 션연지틱(嬋姸之態)[233]는 만좌홍분(滿座紅粉)[234]이 빗출 아이니, 니 시(氏)의 츄용누질(醜容陋質)노 항녈(行列)을 일우니 션원요디(仙苑瑤池)[235]의 청괴야치(靑怪夜叉ㅣ)[236] 님(臨)ᄒᆞᆫ 둣 더옥 놀나오니 존당(尊堂) 부뫼(父母ㅣ) 텬디됴화(天地造化)의 고로지 못ᄒᆞ믈 탄(歎)ᄒᆞ나 힝지(行止)의 유법(有法)ᄒᆞ믈 깃거 ᄉᆞ랑이 ᄒᆞᆫ갈ᄀᆞᆺ더라.

---

229) 심인후덕(深仁厚德): 깊은 인자함과 두터운 덕.
230) 조종여경지화(祖宗餘慶之化): 선조의 덕으로 후손에게 돌아가는 경사.
231) 만: [교] 원문에는 '안'으로 되어 있으나 문맥을 고려해 이와 같이 수정함.
232) 만월지광(滿月之光): 보름달 같은 광채.
233) 션연지틱(嬋姸之態): 선연지태. 날씬하고 아름다운 자태.
234) 만좌홍분(滿座紅粉): 자리에 가득한, 분 바른 여자들.
235) 션원요디(仙苑瑤池): 선원요지. 신선이 사는 곳. 요지는 중국 곤륜산(崑崙山)에 있다는 연못으로 서왕모(西王母)가 사는 곳으로 전해짐.
236) 청괴야치(靑怪夜叉ㅣ): 청괴야차. 푸른색의 야차. 야차는 사람을 괴롭히거나 해친다는 사나운 마귀.

25면

죵일(終日) 진환(盡歡)ᄒᆞ고 일모(日暮)의 졔ᄀᆡᆨ(諸客)이 각산귀가(各散歸家)[237]ᄒᆞᄆᆡ, 신부(新婦) 슉소(宿所)를 뎡(定)ᄒᆞ여 보ᄂᆡ고 쵹(燭)을 니어 혼명지녜(昏定之禮)[238]를 파(罷)ᄒᆞᄆᆡ 태우(大夫)와 공ᄌᆞ(公子)를 명(命)ᄒᆞ여 믈너가라 ᄒᆞ니, 냥인(兩人)이 슈명(受命)ᄒᆞ고 각〃(各各) 신방(新房)으로 도라와,

태위(大夫ㅣ) 니 쇼져(小姐)를 ᄃᆡ(對)ᄒᆞᄆᆡ 츄용박질(醜容薄質)을 의논(議論)ᄒᆯ ᄇᆡ 업ᄉᆞᄃᆡ 그 덕(德)된 긔상(氣像)을 심니(心裏)의 흔열(欣悅)ᄒᆞ여 두어 조(條) 말ᄉᆞᆷ을 펴니, 니 시(氏) 븟그림도 업고 흔연(欣然)ᄒᆞᆷ도 업셔 슉연뎡좌(肅然正坐)[239]의 믁연브답(默然不答)ᄒᆞ니, 태위(大夫ㅣ) 그 상모(相貌)와 톄용(體容)을 우이 넉이나 위인(爲人)의 비쇽(非俗)ᄒᆞ믈 공경(恭敬)ᄒᆞ여 ᄒᆞᆫ가지로 나위(羅幃)예 나아가ᄆᆡ 은졍(恩情)이 여산(如山)ᄒᆞ더라.

ᄎᆞ공ᄌᆡ(次公子ㅣ) 신방(新房)의 니르러 쇼져(小姐)를 ᄃᆡ(對)ᄒᆞᄆᆡ 니 시(氏)의 난ᄌᆞ혜질(蘭姿蕙質)[240]과 션연아ᄐᆡ(嬋姸雅態) 댱부(丈夫)의 츄듕(取重)ᄒᆯ ᄇᆡ로ᄃᆡ, 텬셩(天性)이 뎡대호ᄒᆞᆨ(正大好學)ᄒᆞ고 피ᄎᆡ(彼此ㅣ) 년유(年幼)ᄒᆞ믈

26면

아쳐ᄒᆞ여[241] 이셩지합(二姓之合)[242]을 날회나[243] 녜(禮)로 권(勸)ᄒᆞ

---

237) 각산귀가(各散歸家): 각각 흩어져 집으로 돌아감.
238) 혼명지녜(昏定之禮): 혼정지례. 잠자리에 들 때에 부모의 침소에 가서 잠자리를 살피고 밤 동안 안녕하기를 여쭈는 예.
239) 슉연뎡좌(肅然正坐): 숙연정좌. 엄숙한 모습으로 바로 앉음.
240) 난ᄌᆞ혜질(蘭姿蕙質): 난자혜질. 난초 같은 자태와 바탕.
241) 아쳐ᄒᆞ여: 꺼려 하여.

여 나위(羅幃)예 나아가믹 은졍(恩情)이 하히(河海) ᄀᆞᆺ더라.

이(二) 인(人)이 인(因)ᄒᆞ여 머므러 효봉구고(孝奉舅姑)[244]ᄒᆞ고 승슌군ᄌᆞ(承順君子)[245]의 화우돈목(和友敦睦)[246]ᄒᆞ니 존당(尊堂) 부뫼(父母ㅣ) 깃거 태우(大夫)의 금슬(琴瑟)이 화평(和平)ᄒᆞ믈 두굿기고 ᄎᆞ공ᄌᆞ(次公子)의 미몰ᄒᆞ믈 보믹 혹ᄌᆞ(或者) 소원(疎遠)ᄒᆞᆫ가 의려(疑慮)[247]ᄒᆞ더라.

어시(於時)의 윤(尹) 츄밀(樞密)이 일노(一路)의 무ᄉᆞ(無事)히 득달(得達)ᄒᆞ여 환가(還家)ᄒᆞ니, 광텬 형뎨(兄弟) 문외(門外)에 마ᄌᆞ 빈현(拜見)ᄒᆞ믹 공(公)이 집슈무의(執手撫愛)ᄒᆞ여 존당(尊堂) 셩후(盛候)를 므러 밧비 닉당(內堂)의 니르러 태부인(太夫人)긔 빈알(拜謁)ᄒᆞ고 구파(寇婆)를 됴상(弔喪)ᄒᆞᆫ 후(後) 슈슉(嫂叔)과 부뷔(夫婦ㅣ) 녜(禮)를 맛ᄎᆞ믹, 모젼(母前)의 시좌(侍坐)ᄒᆞ여 말솜ᄒᆞᆯ식 드〃여 하(河) 공(公)의 녀ᄋᆡ(女兒ㅣ) 호표(虎豹)의게 믈녀가믈 고(告)ᄒᆞ고 ᄎᆞ셕(嗟惜)ᄒᆞ믈 마지아니ᄒᆞ니, 태부인(太夫人)이 거즛 놀나는 쳬ᄒᆞ고 뉴 시(氏), 녀ᄋᆞ(女兒)의 셔간(書簡)을 보니 다

27면

만 니친(離親)ᄒᆞ는 셜화(說話) ᄯᆞ름이오, 각별(恪別)ᄒᆞᆫ 말솜이 업ᄉᆞ니 오히려 그 고초(苦楚)ᄒᆞ믈 아디 못ᄒᆞ나 하(河) 공(公)의 실녀(失女)ᄒᆞ믈 심니(心裏)의 깃거ᄒᆞ더라.

---

242) 이셩지합(二姓之合): 이성지합. 성씨가 다른 두 남녀가 성관계를 가짐.
243) 날회나: 늦추나.
244) 효봉구고(孝奉舅姑): 효도로 시부모를 받듦.
245) 승슌군ᄌᆞ(承順君子): 승순군자. 남편의 명령을 순순히 좇음.
246) 화우돈목(和友敦睦): 우애 있게 지내며 정이 두텁고 화목함.
247) 의려(疑慮): 의심하고 염려함.

ᄎᆞ시(此時), 구몽슉이 경샤(京師)의 니르러 윤부(尹府)의 나아가 죵용(從容)이 뉴 부인(夫人)긔 뵈고 신묘랑의 긔이(奇異)ᄒᆞ믈 젼(傳)ᄒᆞ여 경샤(京師)로 오라 ᄒᆞ여시믈 고(告)ᄒᆞ니, 부인(夫人)이 대열(大悅)ᄒᆞ여 조(曹) 부인(夫人) 삼(三) 모ᄌᆞ(母子)와 구파(寇婆) 업시 ᄒᆞ미 묘(妙)타 ᄒᆞ여 묘랑의 오기를 괴로이 기다리더니,

몽슉의 도라온 십여(十餘) 일(日)의 묘랑이 니르니, 몽슉이 다리고 윤부(尹府)의 니르러 계교(計巧)를 ᄒᆡᆼ(行)ᄒᆞ니 나죵이 엇지 된고.

ᄎᆞ셜(且說). 뉴 시(氏) 묘랑을 ᄒᆡ츈누의셔 마ᄌᆞ ᄃᆡ졉(待接)ᄒᆞ기를 션ᄉᆡᆼ(先生) 녜(禮)로 ᄒᆞ며 말솜ᄒᆞᆯᄉᆡ, ᄌᆞ긔(自己) 부〃(夫婦)와 위 태부인(太夫人) ᄉᆡᆼ년월일시(生年月日時)를 닐너 팔ᄌᆞ(八字)를 므른ᄃᆡ 묘랑이 침ᄉᆞ냥구(沈思良久)[248]의 ᄀᆞᆯ오ᄃᆡ,

"부인(夫人)과 위

28면

태부인(太夫人)이 칠(七) 년(年) 후(後)면 ᄆᆡ명(罵名)[249]이 〃시리라."

뉴 시(氏) 이 말을 듯고 경ᄒᆡ(驚駭)ᄒᆞ여 ᄀᆞᆯ오ᄃᆡ,

"사ᄅᆞᆷ이 ᄒᆞᆫ번(-番) ᄆᆡ명(罵名)을 드른즉 살기 어려올디라 팔ᄌᆡ(八字ㅣ) 엇더ᄒᆞ여 그러ᄒᆞ뇨?"

묘랑 왈(曰),

"부인(夫人)과 태부인(太夫人)이 악ᄉᆞ(惡事)를 슝상(崇尙)ᄒᆞ시고 인의(仁義)를 피(避)ᄒᆞ시ᄂᆞᆫ 고(故)로 뉵칠(六七) 년(年) 후(後)면 발각(發覺)ᄒᆞ리이다."

248) 침ᄉᆞ냥구(沈思良久): 침사양구. 한참을 생각함.
249) ᄆᆡ명(罵名): 매명. 더러운 이름.

뉴 시(氏) 왈(曰),

"내 원간(元間) 악ᄉᆞ(惡事)를 슈챵(酬唱)[250]홈도 업지 아니ᄒᆞ거니와 ᄋᆡᆨ회(厄會)[251] 그러ᄒᆞ면 금은(金銀)을 드려 소ᄋᆡᆨ(消厄)[252]홀 도리(道理) 잇ᄂᆞ냐?"

묘랑이 분명(分明) 소ᄋᆡᆨ(消厄)홀 도리(道理) 업ᄉᆞᄃᆡ 금은(金銀)의 욕홰(慾火ㅣ) ᄉᆡᆼ츌(生出)ᄒᆞ니 웃고 ᄀᆞᆯ오ᄃᆡ,

"도ᄋᆡᆨ(度厄)[253]ᄒᆞᄂᆞᆫ 도리(道理) 엇지 업ᄉᆞ리오?"

부인(夫人)이 〃의 냥(兩) 녀(女)의 ᄉᆞ쥬(四柱)를 닐너 졈복(占卜)ᄒᆞ니 묘랑이 ᄀᆞᆯ오ᄃᆡ,

" 댱쇼져(長小姐)ᄂᆞᆫ 셩혼(成婚) 십삼(十三) 년(年)을 단장지시(斷腸之詩)[254]를 읇허 쳥뉘(淸淚ㅣ) ᄌᆞ라금(紫羅衾)[255]을 젹시ᄃᆡ ᄌᆞ연(自然) 화락(和樂)ᄒᆞ여 ᄌᆞ녀(子女)를 ᄉᆡᆼ산(生産)ᄒᆞ고 부귀(富貴)를 누릴

29면

거시오, ᄎᆞ쇼져(次小姐)ᄂᆞᆫ 오(五) 년(年)을 단장박명(斷腸薄命)[256] 고최(苦楚ㅣ) 비상(非常)ᄒᆞ다가 셩혼(成婚) 오(五) 년(年)의 명부(命婦)의 존귀(尊貴)를 가져 금슬(琴瑟)이 화락(和樂)ᄒᆞ고 ᄌᆞ녜(子女ㅣ) 슈다(數多)ᄒᆞ여 대귀(大貴)홀 팔ᄌᆡ(八字ㅣ)로소이다."

뉴 시(氏) 명ᄋᆞ의 시신(屍身)을 어나 곳의 바린 줄 몰나 쥬야(晝夜) 념녀(念慮)ᄒᆞᄂᆞᆫ 고(故)로 ᄉᆡᆼ년월일시(生年月日時)를 닐러 ᄉᆞᄉᆡᆼ길흉

---

250) 슈챵(酬唱): 수창. 주고받음.
251) ᄋᆡᆨ회(厄會): 액회. 재앙이 닥치는 불행한 고비.
252) 소ᄋᆡᆨ(消厄): 소액. 액운을 없앰.
253) 도ᄋᆡᆨ(度厄): 소액. 가정이나 개인에게 닥칠 액을 미리 막음.
254) 단장지시(斷腸之詩): 창자가 끊어지는 내용을 읊은 시.
255) ᄌᆞ라금(紫羅衾): 자라금. 자줏빛 비단 이불.
256) 단장박명(斷腸薄命): 창자가 끊어지는 듯, 운명이 기박함.

(死生吉凶)을 므르니, 묘랑이 오릭 졈복(占卜)ᄒᆞ고 니르듸,

"초년(初年)이 험난(險難)ᄒᆞ여 ᄉᆞ오(四五) 세(歲)의 션별엄친(先別嚴親)[257]ᄒᆞ고 혼ᄉᆞ(婚事)의 마얼(魔孼)[258]이 〃셔 반ᄃᆞ시 집을 삼(三) 삭(朔)을 ᄯᅥ날 거시오, 셩혼(成婚) 후(後) 금년(今年) 츈(春)의 반ᄃᆞ시 대익(大厄)이 〃셔 ᄉᆞ화(死禍)를 지닐 거시오, 초년(初年) ᄌᆡ앙(災殃)을 다 지ᄂᆡ면 몸이 일국(一國)의 모림(冒臨)[259]ᄒᆞ여 휘젹(翬翟)[260]의 존귀(尊貴)를 누릴 거시오, 가부(家夫)의 듕ᄃᆡ(重待)ᄂᆞᆫ 여산(如山)ᄒᆞ고 현명(賢名)은 만셩(滿城)의 ᄌᆞ〃(藉藉)ᄒᆞᆯ 거시오, ᄌᆞ손(子孫)이 션〃(詵詵)[261]ᄒᆞ여 만복(萬福)이 구젼(俱全)ᄒᆞ리로소이다."

뉴 시(氏) ᄎᆞ언(此言)

30면

을 듯고 놀난 가숨이 벌덕여 우문(又問) 왈(曰),

"금츈(今春)의 므ᄉᆞᆫ 익(厄)을 만나 뉘 능(能)히 구(救)ᄒᆞ며 즉금(卽今) 어나 곳의 잇ᄂᆞ뇨?"

묘랑 왈(曰),

"금츈(今春) 화익(禍厄)이 살기 어려온 거ᄉᆞᆯ ᄇᆡᆨ년군ᄌᆡ(百年君子ㅣ)[262] 구(救)ᄒᆞ여 ᄂᆡ고, 즉금(卽今) 고루화각(高樓華閣)[263]의 안연(晏然)[264]이 반셕(盤石) ᄀᆞᆺᄐᆞ여 구고(舅姑) ᄌᆞᄋᆡ(慈愛)와 가부(家夫)

257) 션별엄친(先別嚴親): 선별엄친. 먼저 아버지를 여읨.
258) 마얼(魔孼): 귀신의 장난이라는 뜻으로, 일의 진행에 나타나는 뜻밖의 방해나 헤살을 이르는 말. 마장(魔障).
259) 모림(冒臨): 세력이나 넝예 따위가 어떤 집단에서 제일가는 위치에 오름.
260) 휘젹(翬翟): 휘적. 후비(后妃)의 예복.
261) 션〃(詵詵): 선선. 많은 모양.
262) ᄇᆡᆨ년군ᄌᆡ(百年君子ㅣ): 백년군자. 백년을 함께할 군자라는 뜻으로 남편을 말함.
263) 고루화각(高樓華閣): 크고 화려한 집.
264) 안연(晏然): 평안한 모양.

의 듕듸(重待)를 밧거니와 익회(厄會) 미진(未盡)ᄒᆞ여시니 ᄯᅩ다시 화란(禍亂)을 지닋려니와 그런 존귀(尊貴)ᄒᆞᆫ 팔ᄌᆞ(八字)ᄂᆞᆫ 슈화듕(水火中)의 드러도 념녀(念慮)롭지 아니리이다."

뉴 시(氏) 경악(驚愕)ᄒᆞ여 간장(肝腸)이 ᄲᅱ노라 다시 ᄀᆞᆯ오ᄃᆡ,

"그런 팔ᄌᆞ(八字)ᄂᆞᆫ 쳔금만보(千金萬寶)를 드려 박명(薄命)케 ᄒᆞᆯ 도리(道理) 잇나냐?"

묘랑이 ᄀᆞᆯ오ᄃᆡ,

"범연(凡然)ᄒᆞᆫ 팔ᄌᆞ(八字)ᄂᆞᆫ 금은(金銀)을 드려 임의(任意)로 ᄒᆞ거니와 이런 팔ᄌᆞ(八字)ᄂᆞᆫ 즉긱(卽刻) 유확(油鑊)[265]과 도궤(刀几)[266]의 나아가도 ᄌᆞ연(自然) 버셔나 복(福)을 죵(終)ᄒᆞ리이다."

뉴 시(氏) 낙담블힝(落膽不幸)ᄒᆞ여 츌하리 뭇지 아님과 ᄀᆞᆺ지

31면

못ᄒᆞ여 다시 광텬 형뎨(兄弟)의 팔ᄌᆞ(八字)를 므르니 칭찬(稱讚)ᄒᆞ기를 마지아냐 ᄀᆞᆯ오ᄃᆡ,

"팔ᄌᆞ(八字)의 흠(欠)이 부안(父顔)을 모를 거시오, 초년(初年)이 험악(險惡)ᄒᆞ나 귀복(貴福)이 당〃(堂堂)ᄒᆞ여 쳔승(千乘)[267]을 긔필(期必)[268]ᄒᆞᆯ 거시오, 둘ᄌᆡᄂᆞᆫ 만인지상(萬人之上)이오 위진히닋(威震海內)[269]ᄒᆞ고 덕망(德望)이 산두(山斗)의 늉셩(隆盛)ᄒᆞ며 ᄌᆞ손(子孫)이 만당(滿堂)ᄒᆞ고 오복(五福)이 구젼(俱全)ᄒᆞ리라."

ᄒᆞ니, 뉴 시(氏) 악연(愕然)[270]ᄒᆞ여 ᄀᆞ마니 ᄌᆞ긔(自己) 심ᄉᆞ(心思)

---

265) 유확(油鑊): 기름이 끓는 가마솥
266) 도궤(刀几): 고기를 써는 칼과 책상이라는 뜻으로 목 베어 없애는 것을 이름.
267) 쳔승(千乘): 천승. 천 대의 수레를 징발할 수 있는 자라는 뜻으로 제후를 이름.
268) 긔필(期必): 기필. 꼭 이루어지기를 기약함.
269) 위진히닋(威震海內): 위진해내. 위엄이 나라 안에 진동함.

를 닐너 조(曹) 부인(夫人) 삼(三) 모ᄌᆞ(母子)와 명ᄋᆞ를 업시 ᄒᆞᆯ 계교(計巧)를 므르며 셕(石) ᄒᆞᆨᄉᆞ(學士)의 ᄌᆡ실(再室) 오 시(氏)를 업시 ᄒᆞ고 ᄌᆞ긔(自己) 녀ᄋᆞ(女兒)를 듕ᄃᆡ(重待)를 밧게 ᄒᆞ면 금보(金寶)를 앗기지 아니ᄒᆞ며 은혜(恩惠)를 ᄇᆡᆨ골(白骨)의 삭이마 ᄒᆞ니, 묘랑이 냥구침ᄉᆞ(良久沈思)ᄒᆞ다가 ᄀᆞᆯ오ᄃᆡ,

"이런 대ᄉᆞ(大事)를 급〃(急急)히 도모(圖謀)ᄒᆞᆯ ᄇᆡ 아니라 일월(日月)을 년타(延拖)[271]ᄒᆞ여 소원(所願)을 일우게 ᄒᆞ리이다."

뉴 시(氏) 왈(曰),

"ᄂᆡ 팔ᄌᆡ(八字ㅣ) 긔험(崎險)[272]

32면

ᄒᆞ여 맛ᄎᆞᆷᄂᆡ ᄒᆞᆫ 낫 남ᄋᆞ(男兒)를 엇지 못ᄒᆞ여시나 오히려 ᄉᆡᆼ산(生産)의 길흘 바라ᄂᆞᆫ ᄇᆡ어ᄂᆞᆯ 가군(家君)이 계후(繼後)를 뎡(定)ᄒᆞ여시니 이ᄂᆞᆫ 나의 비소원(非所願)이라. 이제ᄂᆞᆫ 남ᄌᆞ(男子)를 엇지 못ᄒᆞ니 엇지 한(恨)홉지 아니리오?"

묘랑 왈(曰),

"부인(夫人) 팔ᄌᆡ(八字ㅣ) 계후(繼後)ᄒᆞ실 쉬(數ㅣ)니 텬명(天命)을 엇지 도망(逃亡)ᄒᆞ리잇고?"

뎡언간(停言間)[273]의 비영이 츈월의 ᄉᆡᆼ년월일시(生年月日時)를 닐너 졈복(占卜)ᄒᆞ라 ᄒᆞ니 묘랑이 냥구침ᄉᆞ(良久沈思)의 ᄀᆞᆯ오ᄃᆡ,

"몸 우희 듕형(重刑)을 밧고 옥니고초(獄裏苦楚)[274]를 바다 쥬〃

---

270) 악연(愕然): 놀라는 모양.
271) 년타(延拖): 연타. 일을 끌어서 미루어 나감.
272) 긔험(崎險): 기험. 기구하고 험함.
273) 뎡언간(停言間): 정언간. 말이 잠시 멈춘 사이.
274) 옥니고초(獄裏苦楚): 옥리고초. 옥중에서의 고초.

야〃(晝晝夜夜)의 어미를 블너 우르지져[275] 텬일(天日)을 볼 날이 머러시니 ᄀᆞ장 궁극(窮極)ᄒᆞᆫ 팔ᄌᆞ(八字ㅣ)로다.”

뉴 시(氏) 대경(大驚)ᄒᆞ고 비영이 누하여우(淚下如雨)[276]ᄒᆞ여 ᄀᆞᆯ오ᄃᆡ,

“월이 만일(萬一) ᄋᆡᆨ경(厄境)[277]을 당(當)ᄒᆞ여실진ᄃᆡ 쇼비(小婢) ᄎᆞ마 엇디 견ᄃᆡ리잇고? 이런 일이 〃시ᄆᆡ 지금(至今) 긔쳑이 업ᄉᆞ니이다.”

뉴

33면

시(氏) 탄왈(嘆曰),

“계교(計巧)를 비밀긔묘(秘密奇妙)히 베프ᄃᆡ 하날이 돕지 아니샤 일마다 그릇되엿거니와 이제 긔특(奇特)이 신법ᄉᆞ(神法師)를 만나시니 현마 나죵이 업ᄉᆞ리오? 너는 모로미 슬허 말나.”

비영이 쳬읍(涕泣)ᄒᆞᆫᄃᆡ 셰월이 미쇼(微笑) 탄왈(嘆曰),

“그ᄃᆡ 엇지 쇼〃지ᄉᆞ(小小之事)를 져ᄃᆡ도록 ᄒᆞᄂᆞ뇨? 내 오히려 ᄎᆞᆷᄂᆞ니 그ᄃᆡᄂᆞᆫ 심ᄉᆞ(心思)를 ᄉᆞᆯ오지 말고 일이 되여 가믈 보라.”

비영이 슬프믈 강인(强忍)ᄒᆞ여 악ᄉᆞ증참(惡事曾叅)[278]ᄒᆞ기를 ᄶᅬᄒᆞ더라.

뉴 시(氏), 신묘랑 어드므로부터 이슈가ᄋᆡᆨ(以手加額)[279]ᄒᆞ여 조(曹) 부인(夫人) 모ᄌᆞ(母子) 업시키를 여반장(如反掌)으로 아라 묘랑

275) 우르지져: 울부짖어.
276) 누하여우(淚下如雨): 눈물을 비처럼 흘림.
277) ᄋᆡᆨ경(厄境): 액경. 모질고 사나운 운수에 시달리는 고비.
278) 악ᄉᆞ증참(惡事曾叅): 악사증참. 악한 일에 더욱 참여함.
279) 이슈가ᄋᆡᆨ(以手加額): 이수가액. 손을 이마에 얹는다는 뜻으로 좋아하고 공경하는 마음을 표시함을 이름.

의 구(求)ᄒᆞᄂᆞᆫ 바ᄂᆞᆫ 쳔금만보(千金萬寶)라도 앗기지 아니ᄒᆞᄂᆞᆫ디라.

묘랑이 그윽ᄒᆞᆫ 곳의 초암(草庵)을 일우고 뎨ᄌᆞ(弟子)를 모호며 부쳐를 공양(供養)ᄒᆞ여 법호(法號)를 곳쳐 경사(京師) 명공거경(名公巨卿) 부인ᄂᆡ(夫人-)를 다

34면

ᄉᆞ괴여 금은(金銀)을 모호고져 ᄒᆞ여 뉴 시(氏)를 ᄃᆡ(對)ᄒᆞ여 ᄀᆞᆯ오ᄃᆡ,

"부인(夫人) 팔ᄌᆞ(八字)를 보니 ᄂᆡ셰(來世)의 블공(佛供)을 크게 ᄒᆞ마 ᄒᆞ고 발원(發願)ᄒᆞ여 나 계시니 쇼〃(小小)ᄒᆞᆫ 거ᄉᆞ로ᄂᆞᆫ 하슈(下手)치 못ᄒᆞᆯ 거시니, 황금(黃金) 오ᄇᆡᆨ(五百) 냥(兩)과 쵹깁(蜀-) 슈ᄇᆡᆨ(數百) 필(匹)을 어더야 의지(依支)나 ᄒᆞ리로소이다."

뉴 시(氏) 욕심(慾心)이 무궁(無窮)ᄒᆞ여 니셕츄호(利惜秋毫)[280] ᄒᆞᄃᆡ 묘랑시언(之言)인즉 언청계용(言聽計用)[281] ᄒᆞᄂᆞᆫ 고(故)로 협ᄉᆞ(篋笥)를 기우려 다 ᄂᆡ여 주니, 묘랑이 다시 경ᄋᆞ다려 은ᄌᆞ(銀子) 삼ᄇᆡᆨ(三百) 냥(兩)과 능나(綾羅) ᄉᆞ오(四五) ᄇᆡᆨ(百) 필(匹)을 ᄂᆡ라 ᄒᆞ고 태부인(太夫人)긔 은ᄌᆞ(銀子)를 보ᄐᆡ쇼셔 ᄒᆞ니, 경ᄋᆞ 조손(祖孫)이 앗기지 아냐 일〃(一一)히 모화 ᄂᆡ니 묘랑이 샤례(謝禮)ᄒᆞ여 왈(曰),

"빈되(貧道ㅣ) 일즉이 암ᄌᆞ(庵子)를 일우고 부쳐를 모화 안치면 ᄌᆞ연(自然) 슈년(數年)이 되리니, 암ᄌᆞ(庵子)를 필역(畢役)ᄒᆞᆫ 후(後) 귀부(貴府)의 모다 부인(夫人) 소원(所願)

280) 니셕츄호(利惜秋毫): 이석추호. 이익이 되는 것은 터럭만 한 것이라도 아낌.
281) 언청계용(言聽計用): 언청계용. 말을 듣고 계교를 씀.

35면

을 일우리이다."

뉴 시(氏) 암ᄌᆞ(庵子) 짓ᄂᆞᆫ 곳을 므르니 셔화문 밧 청계산 아ᄅᆡ 보슈암(報酬庵)을 짓노라 ᄒᆞ니 뉴 시(氏) 왈(曰),

"보슈암(報酬庵)이란 ᄯᅳᆺ이 무ᄉᆞᆫ 일고?"

묘랑이 답왈(答曰),

"부인(夫人)이 금ᄇᆡᆨ(金帛)을 만히 ᄂᆡ신 고(故)로 보슈암(報酬庵)[282]이라 ᄒᆞᄂᆞ이다."

뉴 시(氏) ᄀᆞ장 깃거 부〃(夫婦)와 냥(兩) 녀(女)를 튝원(祝願)ᄒᆞ며 조(曹) 부인(夫人) 삼(三) 모ᄌᆞ(母子)를 슈히 죽여 달나 ᄒᆞ니, 묘랑 왈(曰),

"빈되(貧道ㅣ) 정셩(精誠)을 다ᄒᆞ리니 믈녀(勿慮)ᄒᆞ쇼셔."

뉴 시(氏) ᄌᆡ삼(再三) 당부(當付)ᄒᆞ니, 묘랑이 슌〃응낙(順順應諾)ᄒᆞ고 조(曹) 부인(夫人) 삼(三) 모ᄌᆞ(母子)를 ᄒᆡ(害)치 못ᄒᆞᆯ 줄 알오ᄃᆡ 은금(銀金)의 탐(貪)ᄒᆞ여 허락(許諾)ᄒᆞ고, 셰월·비영 등(等)을 암ᄌᆞ(庵子) 일우ᄂᆞᆫ 곳을 ᄀᆞᄅᆞ치고 ᄎᆞ후(此後) 빈〃(頻頻)이 간계(奸計)를 모의(謀議)ᄒᆞᄃᆡ 묘랑이 암ᄌᆞ(庵子) 일우기의 골몰(汨沒)ᄒᆞ여 악ᄒᆡᆼ(惡行)을 밋쳐 발(發)치 못ᄒᆞ더라.

ᄌᆡ셜(再說). 셔쵹(西蜀) 하부(河府)의셔 녀ᄋᆞ(女兒)를

36면

일코 셰월(歲月)이 갈ᄉᆞ록 영향(影響)을 ᄎᆞᆺ지 못ᄒᆞ여 공(公)의 부〃(夫婦)의 참졀(慘絶)[283]ᄒᆞ미 칼흘 삼킨 듯, 오히려 회푀(懷抱ㅣ) 관

282) 보슈암(報酬庵): 보수암. 보수는 '고맙게 해 준 데 대하여 보답을 함'의 의미임.
283) 참졀(慘絶): 참절. 매우 슬픔.

(棺)을 비겨 우ᄂᆞ니만 ᄀᆞᆺ지 못ᄒᆞᄃᆡ 오히려 ᄉᆡᆼ존(生存)을 바라미 잇고, 원광 부〃(夫婦)와 ᄡᅡᆼᄉᆡᆼᄋᆞ(雙生兒)를 유희(遊戲)ᄒᆞ여 위로(慰勞)ᄒᆞ는 ᄇᆡ 만흐나 부인(夫人)은 간장(肝腸)이 화(化)ᄒᆞ여 ᄌᆡ 되믈 면(免)치 못ᄒᆞ여 상셕(牀席)의 위돈[284](萎頓)[285]ᄒᆞ여 쥬야(晝夜) 호읍(號泣)ᄒᆞᄂᆞᆫ 가온ᄃᆡ, ᄌᆞ규(子規)[286]의 슬픈 소ᄅᆡ ᄋᆡ를 ᄉᆞᆯ오고 모쳠(茅簷)[287]의 연작(燕雀)[288]이 필츄댱낙(匹雛將落)[289]ᄒᆞ믈 당(當)ᄒᆞ니 눈믈이 피를 화(化)ᄒᆞᄂᆞᆫ디라. ᄉᆡᆼ(生)이 학낭쇼어(謔浪笑語)[290]로 쇼ᄆᆡ(小妹)를 니ᄌᆞᆫ ᄃᆞᆺᄒᆞ나 할반(割半)의 디통(至痛)[291]과 쳑영(隻影)[292]의 슬픈 한(恨)이 구이화(久而化)[293]ᄒᆞ여 혈뉘(血淚ㅣ) 되기의 ᄆᆡᆺ쳐 고요ᄒᆞᆫ 밤과 그윽ᄒᆞᆫ 침실(寢室)의 들ᄆᆡ 봉안(鳳眼)의 츄쉬(秋水ㅣ) 어ᄅᆡ여 호텬호원(呼天呼冤)[294]ᄒᆞᄂᆞᆫ 바ᄂᆞᆫ '우리 부모(父母)

37면

의 셩덕(盛德)으로 가홰(家禍ㅣ) 엇지 여긔 ᄆᆡᆺ쳐시며 쇼ᄆᆡ(小妹)의 ᄉᆞᄉᆡᆼ존몰(死生存沒)이 엇디 된고, 다른 형뎨(兄弟) 업셔 부모(父母)를 효봉(孝奉)치 못ᄒᆞᄂᆞᆫ 고(故)로 원근(遠近)의 ᄌᆞᆼ젹(蹤迹)을 심방(尋

284) 돈: [교] 원문에는 '둔'으로 되어 있으나 문맥을 고려해 이와 같이 수정함.
285) 위돈(萎頓): 앓아서 정신이 없음.
286) ᄌᆞ규(子規): 자규. 두견. 고향을 그리워하거나 애통함을 상징하는 새. 춘추시대 촉왕(蜀王) 두우(杜宇: 望帝)가 치수공신(治水功臣) 별령(鱉灵)에게 왕위를 물려준 후에 별령이 나라를 어지럽게 다스리자 비분강개한 채 세상을 떠나 그 혼백이 변해 자규, 즉 두견새가 되어 밤낮으로 슬피 울었다는 전설이 있음. 사마천, 『사기(史記)』, 「촉왕본기(蜀王本紀)」.
287) 모쳠(茅簷): 모첨. 초가지붕의 처마.
288) 연작(燕雀): 제비와 참새.
289) 필츄댱낙(匹雛將落): 필추장락. 새끼 한 마리가 장차 땅에 떨어짐.
290) 학낭쇼어(謔浪笑語): 학랑소어. 실없는 말로 익살을 부리며 우스운 이야기를 함.
291) 할반(割半)의 디통(至痛): 할반의 지통. 몸의 반쪽을 베어 내는 지극한 고통이라는 뜻으로, 형제자매가 죽었을 때의 슬픔을 비유적으로 이르는 말.
292) 쳑영(隻影): 척영. 홀로 있는 외로움.
293) 구이화(久而化): 오래 되자 변화함.
294) 호텬호원(呼天呼冤): 호천호원. 하늘을 향해 부르짖으며 원통함을 하소연함.

訪)[295]치 못ᄒᆞ니 동긔지졍(同氣之情)이 구졀(俱絶)[296]ᄒᆞ도다.' ᄒᆞ여 쥬야(晝夜) 블식블ᄆᆡ(不食不寐)ᄒᆞ니 금슬(琴瑟)의 화락(和樂)을 의논(議論)치 못ᄒᆞᆯ ᄇᆡ라.

쇼졔(小姐ㅣ) 슉ᄌᆞ효ᄒᆡᆼ(淑資孝行)[297]으로ᄡᅧ 구고(舅姑)를 시봉(侍奉)[298]ᄒᆞᄆᆡ 그 온슌비약(溫順卑弱)[299]ᄒᆞᆷ과 동동쵹〃(洞洞屬屬)[300]ᄒᆞᆫ 셩회(誠孝ㅣ) 신긔(神祇)를 감동(感動)ᄒᆞᆯ ᄇᆡ오, 니친지회(離親之懷)[301]를 모로ᄂᆞᆫ ᄃᆞᆺ 화긔(和氣)ᄂᆞᆫ 츈풍(春風)을 ᄌᆞ아 만믈(萬物)을 부휵(扶慉)[302]ᄒᆞᄂᆞᆫ ᄃᆞᆺ 아ᄅᆞᆷ답고 긔이(奇異)ᄒᆞ미 일무소흠(一無所欠)[303]ᄒᆞ니, 공(公)의 부뷔(夫婦ㅣ) ᄌᆞᄋᆡ지졍(慈愛之情)이 근〃쳬〃(勤勤棣棣)[304]ᄒᆞ여 그 부귀(富貴) 듕(中) ᄉᆡᆼ댱(生長)ᄒᆞ여 고초(苦楚)를 경녁(經歷)[305]ᄒᆞ믈 가련(可憐)ᄒᆞ여 더옥 구〃(區區)히 무ᄋᆡ(撫愛)ᄒᆞ고 극진(極盡)히 긔렴(記念)ᄒᆞ여 친녀(親女)의 더으미 이시ᄃᆡ,

ᄉᆡᆼ(生)

38면

의 구든 ᄆᆞᄋᆞᆷ은 감동(感動)ᄒᆞ미 업셔 그 효슌(孝順)ᄒᆞᆫ 셩ᄒᆡᆼ녜졀(盛行禮節)을 모로미 아니로ᄃᆡ 상히 눈을 낫초아 상ᄃᆡ(相對)ᄒᆞ미 업ᄉᆞ며 ᄉᆡᆼ(生)의 사ᄅᆞᆷ되오미 깁고 머러 규량(規量)[306]을 뵈디 아니ᄒᆞᄂᆞᆫ디라.

295) 심방(尋訪): 방문하여 찾아봄.
296) 구졀(俱絶): 구절. 다 끊어짐.
297) 슉ᄌᆞ효ᄒᆡᆼ(淑資孝行): 숙자효행. 착한 바탕과 효성스러운 행실.
298) 시봉(侍奉): 곁에서 봉양함.
299) 온슌비약(溫順卑弱): 온순비약. 온순하고 자신을 낮춤.
300) 동동쵹〃(洞洞屬屬): 동동촉촉. 공경하고 삼가며 매우 조심스러움.
301) 니친지회(離親之懷): 이친지회. 어버이와 헤어진 회포.
302) 부휵(扶慉): 도와 자라도록 함.
303) 일무소흠(一無所欠): 하나도 흠잡을 것이 없음.
304) 근〃쳬〃(勤勤棣棣): 근근체체. 정성스럽고 지극함.
305) 경녁(經歷): 경력. 두루 겪음.

공(公)의 부〃(夫婦)ᄂᆞᆫ 우환(憂患)의 침골(沈汨)[307]ᄒᆞᆫ 듕(中) 쇼년(少年) 부뷔(夫婦ㅣ) 일실(一室)의 모ᄃᆞ미 희소(稀少)ᄒᆞ믈 우려(憂慮)ᄒᆞ여 공(公)이 ᄌᆞ로 ᄂᆡ샤(內舍)의 슉침(宿寢)ᄒᆞ고 ᄋᆞᄌᆞ(兒子)를 ᄂᆡ실(內室)의 가 헐슉(歇宿)[308]ᄒᆞ라 ᄒᆞᆫᄌᆞᆨ, ᄉᆡᆼ(生)이 슈명(受命)ᄒᆞ고 ᄂᆡ침(內寢)ᄒᆞ나 심ᄂᆡ(心內)의 ᄂᆡ도(乃倒)ᄒᆞ여 ᄌᆞ연(自然) 미우(眉宇)의 은〃(隱隱)ᄒᆞᆫ 노긔(怒氣) 어ᄅᆡ여 셜월(雪月)이 동텬(冬天)의 븍풍(北風)이 늠녈(凜烈)[309]ᄒᆞᆫ ᄃᆞᆺᄒᆞ니,

쇼제(小姐ㅣ) 비록 쳔균대량(千鈞大量)[310]이나 엇디 황괴(惶愧)[311]ᄒᆞ여 블안(不安)치 아니ᄒᆞ리오. 드러오기를 원(願)치 아니ᄒᆞᄃᆡ 능(能)히 엇지 못ᄒᆞ니 쇼〃ᄋᆞ녀(小小兒女ㅣ) 쵹도검각(蜀道劍閣)[312]의 뉴락(流落)[313]ᄒᆞ여 신혼모졍(晨昏慕情)[314]의 부모(父母)를 ᄉᆞ렴(思念)

39면

ᄒᆞ여 원근(遠近)을 ᄉᆞᆯ피ᄆᆡ 운산(雲山)이 쳡〃(疊疊)ᄒᆞ고 잔되(棧道ㅣ)[315] ᄎᆞ아(嵯峨)[316]ᄒᆞ니 됴운모우(朝雲暮雨)의 ᄉᆞ친(思親)ᄒᆞᄂᆞᆫ 회푀(懷抱ㅣ) 만단(萬端)이어ᄂᆞᆯ, ᄉᆡᆼ계(生計) 고초(苦楚)ᄒᆞ여 초옥누실

---

306) 규량(規量): 규모와 도량.
307) 침골(沈汨): 빠져 있음.
308) 헐슉(歇宿): 헐숙. 어떤 곳에 대어 쉬고 묵음.
309) 늠녈(凜烈): 늠렬. 추위가 살을 엘 듯이 심함.
310) 쳔균대량(千鈞大量): 천균대량. 천균의 큰 도량. 천균은 매우 무거운 무게 또는 그런 물건을 비유적으로 이르는 말. '균'은 예전에 쓰던 무게의 단위로, 1균은 30근임.
311) 황괴(惶愧): 두려워하고 부끄러워함.
312) 쵹도검각(蜀道劍閣): 촉도검각. 촉(蜀)으로 가는 길에 있는 검각. 검각은 사천성(四川省) 검각현(劍閣縣)에 있는 관문(關門)의 이름. 이 관문은 장안(長安)에서 촉(蜀)으로 들어가는 길목에 위치해 있는데, 검각현의 북쪽으로 대검(大劍)과 소검(小劍)의 두 산 사이에 잔교(棧橋)가 있는 요해처(要害處)로 유명함.
313) 뉴락(流落): 유락. 자기 고향이 아닌 고장에서 삶.
314) 신혼모졍(晨昏慕情): 신혼모정. 아침저녁으로 그리워하는 마음.
315) 잔되(棧道ㅣ): 험한 벼랑 같은 곳에 나무 따위를 선반처럼 달아서 낸 길.
316) ᄎᆞ아(嵯峨): 차아. 높고 험함.

(草屋陋室)의 능(能)히 몸이 평안(平安)치 못ᄒᆞ고 조강ᄎᆡ빈(糟糠采蘋)[317]과 ᄎᆡ상방젹(採桑紡績)[318]이 침션(針線)의 영〃무가(營營無暇)[319]ᄒᆞ거늘, 가부(家夫)의 박정(薄情)이 날노 더으니 금슬화락(琴瑟和樂)은 바라ᄂᆞᆫ ᄇᆡ 아니로ᄃᆡ 반비(班妃)[320]의 댱신(長信)[321]과 댱강(莊姜)[322]의 ᄇᆡᆨ쥬시(柏舟詩)[323]를 그윽이 블워ᄒᆞᄂᆞᆫ 바ᄂᆞᆫ 그 죄명(罪名)이 ᄇᆞᆰ으미라. 심니(心裏)의 한(恨)이 ᄆᆡᆺ치이ᄂᆞᆫ 바ᄂᆞᆫ ᄌᆞ긔(自己) 빙뎡(冰淨)[324]ᄒᆞᆫ 픔질(稟質)노ᄡᅧ 엄부(嚴父)의 명교(明敎)를 밧ᄌᆞ와 슈ᄒᆡᆼ(修行)ᄒᆞ믈 옥(玉)ᄀᆞᆺ치 ᄒᆞ고 ᄯᅳᆺ 잡기를 빙셜(氷雪)ᄀᆞᆺ치 ᄒᆞᆫ 바로, 누명(陋名)이 여긔 미쳐ᄂᆞᆫ 소댱(蘇張)[325]의 부리[326]와 반마(班馬)[327]

317) 조강ᄎᆡ빈(糟糠采蘋): 조강채빈. 가난할 때 아내가 덕행을 지키며 살림하는 것을 이름. 조강은 지게미와 쌀겨를 뜻하는 말로, 몹시 가난하고 천할 때 고생을 함께 한 아내를 가리킴. 채빈은 마름풀을 모으는 것을 뜻하는 말로, 아내로서의 덕행을 찬미하는 말임. 채빈은 『시경(詩經)』, 「소남(召南)」의 편명으로, 같은 책 <채평(采苹)> 서(序)에 "<채빈>은 대부 아내가 법도를 따르는 것이다. 采蘋, 大夫妻能循法度也."라 했고, 『좌전(左傳)』, 은공(隱公) 3년에 "시경 풍(風)에 있는 <채번(采蘩)>과 <채빈(采蘋)>, 아(雅)에 있는 <행위(行葦)>, <형작(泂酌)>은 충과 신을 밝힌 것이다. 風有采蘩采蘋, 雅有行葦泂酌, 昭忠信也."라 한바, 이를 바탕으로 후에 '채빈'은 덕행을 찬미하는 말로 쓰임.

318) ᄎᆡ상방젹(採桑紡績): 채상방적. 뽕잎을 따고 길쌈을 함.

319) 영〃무가(營營無暇): 일이 몹시 바빠 겨를이 없음.

320) 반비(班妃): 중국 한(漢)나라 성제(成帝)의 궁녀인 반첩여(班婕妤). 시가(詩歌)에 능한 미녀로 성제의 총애를 받다가 궁녀 조비연(趙飛燕)의 참소를 받고 물러나 장신궁(長信宮)에서 지내며 <원가행(怨歌行)>, <자도부(自悼賦)> 등을 지어 자신의 처지를 하소연함.

321) 댱신(長信): 중국 한(漢)나라 때 장락궁 안에 있던 궁전으로, 반첩여가 머물던 곳.

322) 댱강(莊姜): 장강. 중국 춘추시대 위(衛)나라 장공(莊公)의 비. 제(齊)나라 태생으로 장공에게 시집갔으나 자식을 두지 못하니 장공이 이에 진(陳)나라 여자를 맞이하여 후에 환공(桓公)이 되는 이를 낳았는데 진나라 여자가 죽자 장강이 환공을 자기 아들로 삼아 기름.

323) ᄇᆡᆨ쥬시(柏舟詩): 백주시. 『시경』, 「패풍(邶風)」에 나오는 시로, 남편에게 사랑받지 못하는 여인의 심정을 노래한 시. 유향의 『열녀전』에서는 이 시를 장강(莊姜)이 지은 것으로 추정함.

324) 빙뎡(冰淨): 빙정. 얼음처럼 깨끗함.

325) 소댱(蘇張): 소장. 중국 전국시대의 변론가인 소진(蘇秦, ?-?)과 장의(張儀, ?-B.C.309). 소진은 합종(合從)을, 장의는 연횡(連橫)을 주장했음. 합종은 서쪽의 강국 진(秦)나라에 대항하기 위하여 남북으로 위치한 한·위·조·연·제·초의 여섯 나라가 동맹하자는 것이고, 연횡은 진나라가 이들 여섯 나라와 횡(橫)으로 각각 동맹을 맺어 화친하자는 것임.

326) 부리: 사람의 입을 낮잡아 이르는 말.

327) 반마(班馬): 중국 전한 시대의 역사가인 사마천(司馬遷, B.C.145?-B.C.86?)과 후한 초기의 역사가 반고(班固, 32-92)를 아울러 이르는 말. 사마천의 자는 자장(子長)으로, 기원전 104년에 공손경(公孫卿)과 함께 태초력(太初曆)을 제정하여 후세 역법의 기초를 세웠으며, 역사책 『사기』를 완성하였음. 반고의 자는 맹견(孟堅)으로 아버지 표(彪)의 유지를 받아 기전체 역사서인 『한서』를 편집하였음.

의 부시라도 용납(容納)지 못ᄒᆞ여 십여(十餘) 년(年) 슈ᄒᆡᆼ(修行)이 그린 ᄯᅥᆨ이 되여시니 엇지 비분(悲憤)ᄒᆞᆫ

40면

원(冤)이 업ᄉᆞ리오마ᄂᆞᆫ, 사ᄅᆞᆷ되오미 태산(泰山)의 무거옴과 하ᄒᆡ(河海)의 깁기와 텬디(天地)의 그음업시 너른 도량(度量)이 잇ᄂᆞᆫ 고(故)로 일월셩모(日月星眸)의 츈풍화긔(春風和氣) 이연(怡然)[328]ᄒᆞ여 니친(離親)ᄒᆞᄂᆞᆫ 회포(懷抱)와 신누(身累)[329]의 ᄎᆞ악(嗟愕)ᄒᆞ믈 모로ᄂᆞᆫ ᄃᆞᆺᄒᆞ니, ᄉᆡᆼ(生)은 이럴ᄉᆞ록 념치(廉恥)의 상진(喪盡)[330]ᄒᆞ믈 통ᄒᆡ(痛駭)ᄒᆞᄃᆡ 홀일업더니,

일〃(一日)은 경사(京師)로좃ᄎᆞ 뎡부(鄭府) 창뒤(蒼頭ㅣ) 니르러 셔간(書簡)을 올니〃, ᄉᆡᆼ(生)이 밧비 탁열(坼閱)[331]ᄒᆞᆫ즉 얼프시 쇼ᄆᆡ(小妹)의 필젹(筆跡)이 뵈ᄂᆞ디라. 놀나고 반겨 밧비 ᄉᆞ어(辭語)를 본즉 젼후(前後) 셜화(說話ㅣ) 명〃(明明)ᄒᆞᆫ디라. 신긔(神奇)코 다ᄒᆡᆼ(多幸)ᄒᆞ미 견조아 비(比)홀 곳이 업ᄉᆞ니,

셔당[332](書狀)을 들고 ᄒᆡᆼ뵈(行步ㅣ) 총망(悤忙)[333]ᄒᆞ여 ᄂᆡ당(內堂)의 니르러 ᄆᆡᄌᆞ(妹子)의 ᄉᆡᆼ존(生存)ᄒᆞ여시믈 고(告)ᄒᆞ고 소유(所由)를 셜파(說破)ᄒᆞ니, 하(河) 공(公) 부뷔(夫婦ㅣ) 쉼이며 상시(常時)믈 분변(分辨)치

328) 이연(怡然): 평안한 모양.
329) 신누(身累): 신루. 몸에 쓰인 더러운 이름.
330) 상진(喪盡): 다 없어짐.
331) 탁열(坼閱): 열어서 봄.
332) 당: [교] 원문에는 '당'으로 되어 있으나 문맥을 고려해 이와 같이 수정함.
333) 총망(悤忙): 총망. 매우 급함.

41면

못ᄒᆞ여 능(能)히 말을 ᄃᆡ(對)치 못ᄒᆞ고 셔봉(書封)을 피열(披閱)[334] ᄒᆞ며, 부인(夫人)은 녀ᄋᆞ(女兒)의 슈찰(手札)을 손의 쥐고 도로혀 누쉬(淚水ㅣ) 죵횡(縱橫)ᄒᆞ여, 젼후(前後) ᄉᆞ화(事禍)와 이제 평안(平安)ᄒᆞ믈 다 안 후(後) 비로소 심신(心身)을 뎡(定)ᄒᆞ여 금평후(--侯) 부ᄌᆞ(父子)의 텬디대은(天地大恩)을 닐너 깃브고 즐거오미 모양(模樣)치 못ᄒᆞ니, 도로혀 먼니 ᄯᅥ나는 회포(懷抱)를 니ᄌᆞ미 되여시나 구몽슉의 흉ᄉᆞ(凶事)를 드르ᄆᆡ 모골(毛骨)이 구숑(瞿悚)[335] ᄒᆞ고, ᄉᆡᆼ(生)은 윤(尹) 쇼져(小姐)의 이죵(姨從)이라 ᄒᆞ니 쇼져(小姐) 통히(痛駭)ᄒᆞ미 일층(一層)이 더으더라.

슈일(數日) 후(後) 회간(回簡)[336]을 닷가 뎡부(鄭府) 노ᄌᆞ(奴子)를 도라보ᄂᆡᆯᄉᆡ 치샤칭은(致謝稱恩)ᄒᆞ는 ᄉᆞ의(辭意) 측냥(測量)치 못ᄒᆞᆯ너라.

부인(夫人)이 비로소 상요(床-)를 ᄯᅥ나 심ᄉᆞ(心思)를 진뎡(鎭靜)ᄒᆞ여 ᄯᅩ 슈틔(受胎)ᄒᆞᄆᆡ ᄉᆞ몽비몽간(似夢非夢間)의 딕ᄉᆞ(直士) 원상이 픔의 들며 ᄀᆞᆯ오ᄃᆡ,

"냥(兩) 형(兄)

42면

이 임의 모친(母親) 복듕(腹中)을 의탁(依託)ᄒᆞ여 ᄉᆡᆼ셰(生世)ᄒᆞ엿ᄉᆞᆸᄂᆞ니, 쇼ᄌᆡ(小子ㅣ) ᄯᅩᄒᆞᆫ 슬하(膝下)의 뫼시려 ᄒᆞᄂᆞ니 ᄌᆞ위(慈闈)는 쇼ᄌᆞ(小子) 등(等)의 원ᄉᆞ(寃死)[337] ᄒᆞ믈 슬허 마르쇼셔."

334) 피열(披閱): 열어서 봄.
335) 구숑(瞿悚): 구송. 매우 두려워함.
336) 회간(回簡): 답신.
337) 원ᄉᆞ(寃死): 원사. 원통하게 죽음.

부인(夫人)이 꿈을 씨여 참통이절(慘痛哀切)[338]ᄒᆞ나 삼(三) ᄌᆞ(子ㅣ) 다 환셰(還世)ᄒᆞ믈 깃거ᄒᆞ고, 원상 등(等)이 날노 슈발특이(秀拔特異)[339]ᄒᆞ여 션풍옥골(仙風玉骨)[340]이 의연(依然)[341]이 ᄒᆞᆨᄉᆞ(學士) 형뎨(兄弟)로 완연(宛然)[342]ᄒᆞᄃᆡ, 당원(長遠)ᄒᆞᆫ 픔딜(稟質)[343]은 나으미 이시니 부뫼(父母ㅣ) 일시(一時)도 슬하(膝下)의 나리오지 아냐 긴 날의 참졀(慘絶)ᄒᆞᆫ 회포(懷抱)를 위로(慰勞)ᄒᆞ며,

윤(尹) 쇼져(小姐)의 동촉(洞屬)[344]ᄒᆞᆫ 셩효(誠孝)와 극진(極盡)ᄒᆞᆫ 녜졀(禮節)이 날노 더으니 공(公)의 부〃(夫婦)의 탐혹과듕(耽惑過重)[345]ᄒᆞ미 안젼긔화(眼前奇貨)[346]를 삼아시니, ᄉᆡᆼ(生)이 승안양디(承顔養志)[347]ᄒᆞᄂᆞᆫ 셩회(誠孝ㅣ) 츌텬(出天)ᄒᆞ여 황향(黃香)의 션팀(扇寢)[348]과 ᄌᆞ로(子路)의 부미(負米)[349]를 본(本)바다 일마다 부모(父母)의 ᄯᅳᆺ을 바다 어긔오미 업

---

338) 참통이졀(慘痛哀切): 참통애절. 몹시 슬퍼함.

339) 슈발특이(秀拔特異): 수발특이. 특출남.

340) 션풍옥골(仙風玉骨): 선풍옥골. 신선 같은 풍모와 귀한 골격.

341) 의연(依然): 예전 그대로의 모양.

342) 완연(宛然): 뚜렷한 모양.

343) 픔딜(稟質): 품질. 타고난 바탕.

344) 동촉(洞屬): 동촉. 공경하고 삼가며 매우 조심스러움.

345) 탐혹과듕(耽惑過重): 탐혹과중. 푹 빠져 매우 소중하게 여김.

346) 안젼긔화(眼前奇貨): 안전기화. 눈앞의 진기한 보배.

347) 승안양디(承顔養志): 승안양지. 어버이의 얼굴색을 살피고 뜻을 받듦.

348) 황향(黃香)의 션팀(扇寢): 황향의 선침. 황향의 부채와 이부자리라는 뜻으로 효도함을 이름. 황향(18~106)은 중국 동한(東漢) 시대의 인물로 자는 문강(文强)이고 고대 24명의 효자 중의 한 명임. 황향은 어려서부터 부모를 효도로 섬겨 매양 여름에 뜨거운 때를 맞으면 부모의 휘장을 부채로 부쳐 모기 등이 오지 못하게 하고 잠자리를 시원하게 해 부모가 편안히 잠들기를 기다렸고, 겨울에 매우 추운 때에는 먼저 자기 몸으로 부모의 이부자리를 따뜻하게 데워 부모가 따뜻하게 눕기를 기다렸다 함. 황향이 아홉 살 때 이러한 도리를 알아 경사에 그 이름이 전파되었으며 당시 사람들이 "천하에 무쌍한 강하의 황향. 天下無雙, 江夏黃香."이라 했다 함.

349) ᄌᆞ로(子路)의 부미(負米): 자로의 부미. 자로가 쌀을 졌다는 뜻으로 부모를 위해 고생을 마지않음을 이름. 자로(B.C.543~B.C.480)는 중국 춘추시대 공자의 제자로, 이름은 중유(仲由)이고 자로는 그의 자임. 자로가 어려서 집안이 가난하여 늘 채소로 배를 채웠으나 다만 백 리까지 가 쌀을 구해 지고 와 부모를 봉양함. 날씨와 상관없이 늘 그렇게 힘을 다해 부모의 음식을 책임짐. 유향의 『설원(說苑)』, 「건본(建本)」에 처음으로 이야기가 실림.

43면

ᄉᆞ니 공(公)이 ᄆᆡ양 식부(息婦)를 칭찬(稱讚)ᄒᆞ여 경계(警戒)ᄒᆞᄃᆡ,

"ᄒᆞᆫ갓 쳐실(妻室)노 아지 마라 뼈 은인(恩人)으로 ᄃᆡ졉(待接)ᄒᆞ라."

ᄒᆞᆫ즉, ᄉᆡᆼ(生)이 ᄇᆡ샤슈명(拜謝受命)ᄒᆞ여 화긔만면(和氣滿面)ᄒᆞ니 그 뜻을 뉘 알니오. 박브득이(迫不得已)[350] 것ᄎᆞ로 부모(父母)의 명(命)을 슌슈(循守)[351]ᄒᆞ여 ᄒᆡᆼ(幸)혀도 윤(尹) 시(氏) 박ᄃᆡ(薄待)ᄒᆞ믈 뵈지 아냐 가작(假作)[352]으로 부모(父母)를 긔망(欺罔)ᄒᆞ미 본심(本心)이 아니로ᄃᆡ 긴 셰월(歲月)의 속이믈 황연무지(恍然無知)[353]ᄒᆞ니, 증분(憎憤)[354]이 쇼져(小姐)긔 도라가 '출하리 무인심야(無人深夜)의 간부(姦夫)를 좃ᄎᆞ 은젹(隱迹)[355]ᄒᆞ면 엇디 ᄒᆡᆼ(幸)이 아니리오.' ᄒᆞ여 죄오니, ᄎᆞ회(嗟乎ㅣ)라 쇼져(小姐)의 청심혜덕(清心慧德)[356]으로뼈 ᄇᆰ은 군ᄌᆞ(君子)를 ᄇᆡ(配)ᄒᆞ여시ᄃᆡ 의심(疑心)이 여긔 밋ᄎᆞ니 엇디 가셕(可惜)디 아니리오. 시ᄋᆞ(侍兒) 등(等)이 듀모(主母)의 신셰(身世)를 늣겨 셔로 ᄃᆡ(對)ᄒᆞ여 쳬읍(涕泣)ᄒᆞᆫ즉, 쇼졔(小姐ㅣ) 뎡ᄉᆡᆨ엄졀(正色嚴切)[357]ᄒᆞ니 벽난 등(等)이 다시

44면

감(敢)히 니르디 못ᄒᆞ더라.

츈해(春夏ㅣ) 딘(盡)ᄒᆞ고 듕츄(仲秋)를 당(當)ᄒᆞ니, ᄒᆞᆨᄉᆞ(學士) 등

350) 박브득이(迫不得已): 박부득이. 일이 매우 급하게 닥쳐와서 어찌할 수 없이.
351) 슌슈(循守): 순수. 좇아 지킴.
352) 가작(假作): 거짓으로 꾸밈.
353) 황연무지(恍然無知): 아득히 알지 못함.
354) 증분(憎憤): 미움과 분노.
355) 은젹(隱迹): 은적. 자취를 감춤.
356) 청심혜덕(清心慧德): 청심혜덕. 맑은 마음과 슬기로운 덕.
357) 뎡ᄉᆡᆨ엄졀(正色嚴切): 정색엄절. 낯빛을 바꾸어 엄격하게 대함.

(等) 삼긔(三忌)[358]를 맛추미 인간(人間)의 참익(慘哀)[359]훈 거동(擧動)이 〃의 더으는 빈 업더라.

이히 납신(臘晨)[360]의 부인(夫人)이 분산(分産)흐여 일(一) 척(尺) 빅옥(白玉)을 싱(生)흐니 의형미목(儀形眉目)[361]이 딕스(直司)로 다르미 업수니, 공(公)의 부뷔(夫婦ㅣ) 비회교집(悲懷交集)[362]흐여 위회(慰懷)[363]홀 빈 만흔디라. 산후(産後) 질양(疾恙)이 업셔 소셩(蘇醒)[364]흐니 싱(生)의 부〃(夫婦)의 만심환열(滿心歡悅)흐미 비(比)홀 곳이 업셔 승안지졀(承顔之節)[365]이 동촉(洞屬)흐니 공(公)의 부뷔(夫婦ㅣ) 즈부(子婦)를 년익(戀愛)흐여 셰월(歲月)을 보닉더라.

어시(於時)의 구몽슉이 경사(京師)의 도라온 월여(月餘)의 쳥운(靑雲)의 고등(高等)[366]흐여 한원(翰苑)의 죵스(從事)흐니, 뉴 금오(金吾) 딘 샹셰(尙書ㅣ) 널니 구혼(求婚)흐여 시듕(侍中) 양홍의 녀(女)를 취(娶)흐니, 양 시(氏) 용(容)이 졀셰(絶世)흐고 스덕(四德)[367]이 슉뇨(淑窈)[368]흐니 몽슉이

45면

식(色)을 호(好)흐어 금슬(琴瑟) 은정(恩情)이 여산(如山)흐니라. 음

---

358) 삼긔(三忌): 삼기. 죽은 지 삼 년째에 지내는 제사.

359) 참익(慘哀): 참애. 비참하고 슬픔.

360) 납신(臘晨): 납일(臘日) 새벽. 납일은 예전에 제사 지내던 날로, 12월 초파일을 말함.

361) 의형미목(儀形眉目): 몸과 얼굴.

362) 비회교집(悲懷交集): 슬픔과 회포가 섞임.

363) 위회(慰懷): 슬픈 마음을 위로함.

364) 소셩(蘇醒): 소성. 몸이 회복됨.

365) 승안지졀(承顔之節): 승안지절. 웃어른을 받드는 예절.

366) 고등(高等): 과거에 우수한 성적으로 급제함.

367) 스덕(四德): 사덕. 여자로서 갖추어야 할 네 가지 덕으로, 마음씨[婦德], 말씨[婦言], 맵시[婦容], 솜씨[婦功]를 이름.

368) 슉뇨(淑窈): 숙요. 착하고 점잖음.

황디심(淫荒之心)[369]을 져기 진뎡(鎭靜)ᄒᆞ여 뎡 태우(大夫) 부인(夫人) 겁칙(劫敕)[370]홀 악심(惡心)을 두디 아니나 요악궁흉(妖惡窮凶)[371]ᄒᆞ여 투현질능(妬賢嫉能)[372]ᄒᆞᄂᆞᆫ 고(故)로 붕당(朋黨)을 모호고 권(權)[373]을 츄(追)ᄒᆞ여 간악쇼인(奸惡小人)을 모호니, 뎡(鄭)·딘 냥(兩) 문(門)의 홰(禍ㅣ) 장ᄎᆞᆺ(將次ㅅ) 어ᄂᆞ 디경(地境)의 갈 줄 모를너라.

ᄎᆞ시(此時)의 진 상셰(尙書ㅣ) 뉵(六) ᄌᆞ(子)를 두어 삼(三) ᄌᆡ(子ㅣ) 등과닙신(登科立身)ᄒᆞ미 문댱긔졀(文章奇節)[374]이 일셰(一世)를 광거(廣居)[375]ᄒᆞ니 몽슉이 아쳐ᄒᆞ여 뎡(鄭)·진 이(二) 문(門)을 ᄒᆡ(害)코져 ᄒᆞ니, 진 공(公)이 ᄉᆞ긔(事機)[376]를 ᄉᆞᆺ치고 쳐음의 교혹(教學)ᄒᆞ며 ᄉᆞ랑ᄒᆞ던 쥴 츄회(追悔)ᄒᆞ여 금평휘(--侯ㅣ) 하(河) 쇼져(小姐) ᄉᆞ단(事端)이 〃신 후(後)ᄂᆞᆫ 죡가ᄒᆞ미[377] 블가(不可)ᄒᆞᆫ 고(故)로 다시 경계(警戒)ᄒᆞ미 업ᄉᆞᄃᆡ 뎡 ᄐᆡ위(大夫ㅣ) 통히(痛駭)ᄒᆞ믈 니긔지 못ᄒᆞ고, 몽슉이 경악(經幄)의 근시(近侍)ᄒᆞ미 텬안(天顔)의 아유쳠녕(阿諛諂佞)[378]

46면

ᄒᆞᄂᆞᆫ 졍ᄐᆡ(情態)를 블인뎡시(不忍正視)[379]ᄒᆞ여 ᄎᆡᆨ(責)ᄒᆞᆫ즉 것ᄎᆞ로 샤

---

369) 음황디심(淫荒之心): 음란한 마음.
370) 겁칙(劫敕): 겁박하여 탈취함.
371) 요악궁흉(妖惡窮凶): 요망하고 흉악한 마음이 끝이 없음.
372) 투현질능(妬賢嫉能): 어진 사람을 시기하고 능력 있는 사람을 질투함.
373) 권(權): 권력 있는 사람.
374) 문댱긔졀(文章奇節): 문장기절. 문장과 기이한 절개.
375) 광거(廣居): '첫째 자리에 위치함'의 뜻으로 보이나 미상임.
376) ᄉᆞ긔(事機): 사기. 일의 기미.
377) 죡가ᄒᆞ미: 다그치는 것이.
378) 아유쳠녕(阿諛諂佞): 아유첨녕. 낯빛을 꾸며 남의 비위를 맞추거나 아첨함.
379) 블인뎡시(不忍正視): 불인정시. 차마 바로 보지 못함.

죄(謝罪)ᄒᆞ고 붕우칙선(朋友責善)[380]을 감샤(感謝)ᄒᆞᆷ믈 일ᄏᆞᆺ더라.

명년(明年) 츈(春)의 뎡(鄭) 공(公)의 ᄎᆞᄌᆞ(次子) 닌흥이 과갑(科甲)[381]의 고등(高等)ᄒᆞᆫᄆᆡ 쇄락(灑落)ᄒᆞᆫ 풍광(風光)은 츄텬졔월(秋天霽月)[382]이오, 농미봉안(龍眉鳳眼)[383]의 ᄉᆡᆨ혀난 긔골(氣骨)과 거여온[384] 격죄(格調ㅣ) 만인(萬人)의 소ᄉᆞ나거ᄂᆞᆯ, 겸(兼)ᄒᆞ여 팔두(八斗)[385]의 가음연[386] 문댱(文章)과 죵왕(鍾王)[387]의 놉흔 필법(筆法)이 일셰(一世)를 기우려 ᄃᆡ두(對頭)[388]ᄒᆞ리 업ᄉᆞᆯ지라. 텬안(天顔)이 대열(大悅)ᄒᆞ샤 금평후(--侯)의 긔ᄌᆞ(奇子) 두믈 칭찬(稱讚)ᄒᆞ시고 댱원(壯元)을 계(階)의 올녀 어화청삼(御花靑衫)[389]을 주시고 쟉딕(爵職)을 주샤 금문딕ᄉᆞ(金文直士)를 ᄒᆞ이시고 어온(御醞)[390]을 반샤(頒賜)[391]ᄒᆞ시니, 댱원(壯元)이 텬은(天恩)을 감튝(感祝)ᄒᆞ여 년쇼브ᄌᆡ(年少不才)의 쟉딕(爵職)이 외람(猥濫)ᄒᆞ믈 고샤(固辭)ᄒᆞᄃᆡ 샹(上)이

---

380) 붕우칙선(朋友責善): 붕우책선. 벗 사이에 착한 길로 가도록 꾸짖음.

381) 과갑(科甲): 과거(科擧).

382) 츄텬졔월(秋天霽月): 추천제월. 가을 하늘에 맑게 갠 뒤 떠오른 밝은 달. 마음이 넓고 쾌활하여 아무 거리낌이 없는 인품을 비유적으로 이르는 말.

383) 농미봉안(龍眉鳳眼): 용미봉안. 양쪽 끝이 길게 치올라 가는 모양의 눈썹과 봉황의 눈같이 가늘고 길며 눈초리가 위로 째지고 붉은 기운이 있는 눈.

384) 거여온: 큼직하고 너그럽고 끗끗한. 거엽스러운.

385) 팔두(八斗): 여덟 말이라는 뜻으로 문장이 뛰어남을 이름. 중국 남조(南朝)의 사령운(謝靈運)이 삼국시대 위(魏)의 조식(曹植)을 두고 한 말. 즉, "천하의 재주가 한 섬이 있다면 조자건이 여덟 말을 점유하고 있고, 내가 한 말을 얻었으며, 천하가 나머지 한 말을 나누어 가졌다. 天下才有一石, 曹子建獨占八斗, 我得一斗, 天下共分一斗."라고 함. 『남사(南史)』, <사령운열전(謝靈運列傳)>.

386) 가음연: 넉넉한.

387) 죵왕(鍾王): 종왕. 종요(鍾繇)와 왕희지(王羲之)를 아울러 부르는 말. 종요는 중국 삼국시대 위(魏)나라의 대신·서예가(151~230). 자는 원상(元常). 조조를 도운 공으로 위나라 건국 후 태위(太尉)가 됨. 해서(楷書)에 뛰어나 후세에 종법(鍾法)으로 일컬어짐. 왕희지는 중국 동진(東晉)의 서예가(307~365)로 자는 일소(逸少)이고 우군 장군(右軍將軍)을 지냈으며 해서·행서·초서의 3체를 예술적 완성의 영역까지 끌어올려 서성(書聖)이라고 불림.

388) ᄃᆡ두(對頭): 대두. 맞서 겨룸.

389) 어화청삼(御花靑衫): 어화청삼. 임금이 하사하신 꽃과 조복(朝服) 안에 받쳐 입던 옷. 청삼은 남색 바탕에 검은 빛깔로 가를 꾸미고 큰 소매를 달았음.

390) 어온(御醞): 임금이 마시는 술.

391) 반샤(頒賜): 반사. 임금이 녹봉이나 물건을 내려 나누어 줌.

블윤(不允)ᄒᆞ시니, 마지못ᄒᆞ여 샤은퇴됴(謝恩退朝)

47면

ᄒᆞ여 부듕(府中)의 도라오ᄆᆡ 합샤(闔舍)[392]의 환셩(歡聲)이 믈 ᄭᅳᆯ틋ᄒᆞ여 깃브믈 니로 긔록(記錄)지 못ᄒᆞᆯ너라.

삼일유가[393](三日遊街)를 맛친 후(後) ᄉᆞ군찰임(事君察任)[394]ᄒᆞᄆᆡ 언논(言論)이 당〃(堂堂)ᄒᆞ여 면졀졍ᄌᆡᆼ(面折廷爭)[395]이 급장유(汲長孺)[396]를 병구(竝驅)[397]ᄒᆞ여 쇼심익〃(小心益益)[398]ᄒᆞ고 긍〃업〃(兢兢業業)[399]ᄒᆞ니 시인(時人)이 공경츄앙(恭敬推仰)ᄒᆞ여 쇼년명ᄉᆞ(少年名士)로 보디 못ᄒᆞ더라.

어시(於時)의 태위(大夫ㅣ) 윤(尹)·양·니 삼(三) 부인(夫人)으로 화락(和樂)ᄒᆞ여 은졍(恩情)이 여산(如山)ᄒᆞᆫ ᄀᆞ온ᄃᆡ나 윤(尹) 쇼져(小姐)를 공경듕ᄃᆡ(恭敬重待)[400]ᄒᆞ미 이(二) 인(人)의 우히니, 사ᄅᆞᆷ되오미 위의(威儀) 침엄뎡슉(沈嚴貞淑)[401]ᄒᆞ여 쳐ᄉᆡ(處事ㅣ) 광풍졔월(光風霽月)[402] ᄀᆞᆺᄐᆞ여 규리(閨裏)의 구〃(區區)ᄒᆞ미 업ᄉᆞ니, 존당(尊堂) 부뫼(父母ㅣ) 취듕긔ᄋᆡ(取重奇愛)[403]ᄒᆞ나 그 ᄉᆡᆼ산(生産)의 경ᄉᆡ(慶事

---

392) 합샤(闔舍): 합사. 온 집.
393) 가: [교] 원문에는 '과'로 되어 있으나 문맥을 고려해 이와 같이 수정함.
394) ᄉᆞ군찰임(事君察任): 사군찰임. 임금을 섬기고 맡은 일을 살핌.
395) 면졀졍ᄌᆡᆼ(面折廷爭): 면절정쟁. 면전에서 허물을 간함.
396) 급장유(汲長孺): 중국 전한(前漢) 무제 때의 간신(諫臣)인 급암(汲黯, ?~B.C.112)을 이름. 장유는 그의 자. 성정이 엄격하고 직간을 잘하여 무제로부터 '사직(社稷)의 신하'라는 말을 들음.
397) 병구(竝驅): 말을 나란히 몬다는 뜻으로 이름을 나란히 함을 의미함.
398) 쇼심익〃(小心益益): 소심익익. 마음을 더욱 조심함.
399) 긍〃업〃(兢兢業業): 항상 조심하여 삼감.
400) 공경듕ᄃᆡ(恭敬重待): 공경중대. 공경하여 소중히 대우함.
401) 침엄뎡슉(沈嚴貞淑): 침엄정숙. 말이 없고 엄숙하며 곧고 착함.
402) 광풍졔월(光風霽月): 광풍제월. 비가 갠 뒤의 맑게 부는 바람과 밝은 달. 마음이 넓고 쾌활하여 아무 거리낌이 없는 인품을 비유적으로 이르는 말.
403) 취듕긔ᄋᆡ(取重奇愛): 취중기애. 소중하게 여기고 매우 사랑함.

ㅣ) 더딕믈 굼거이[404] 넉이니 공(公)이 쇼왈(笑曰),

"뎐흥이 아직 이십(二十)이 ᄎᆞ지 못ᄒᆞ오니 농장(弄璋)[405]이 그리 밧브리잇가?"

태부인(太夫人)이 역쇼(亦笑)ᄒᆞ더라.

이젹의 윤(尹) 쇼졔(小姐ㅣ) 임의 잉틱(孕胎)

48면

팔구(八九) 삭(朔)이러라.

이쒸, 뎡(鄭) 태우(大夫)의 청현아망(淸賢雅望)[406]이 일셰(一世)를 기우리니, 금평휘(--侯ㅣ) 지족(知足)[407]의 형셰(形勢)와 믈셩이쇠(物盛而衰)[408]를 두려 ᄌᆞ긔(自己) 틱혹ᄉᆞ(太學士) 인슈(印綬)를 드려 혈심(血心)으로 치사(致仕)ᄒᆞ니, 샹(上)이 위유블윤(慰諭不允)[409]ᄒᆞ시되 휘(侯ㅣ) 쥭기ᄅᆞ뼈 사양(辭讓)ᄒᆞᆫ되 샹(上)이 마디못ᄒᆞ샤 대ᄉᆞ도(大司徒)와 태혹ᄉᆞ(太學士) 인(印)을 허졔(許除)[410]ᄒᆞ시나 국가(國家) 대ᄉᆞ(大事)의 참됴(參朝)[411]ᄒᆞ라 ᄒᆞ시니, 공(公)이 셩은(聖恩)을 슉샤(肅謝)ᄒᆞ고 샤은퇴됴(謝恩退朝)ᄒᆞ여 도라오믹, ᄎᆞ후(此後) 한가(閑暇)히 집의 이시니 셩은(聖恩)을 더옥 황감(惶感)[412]ᄒᆞ더라.

ᄎᆞ시(此時) ᄉᆞ히(四海) 승평(昇平)[413]ᄒᆞ고 국개(國家ㅣ) 안낙(安樂)

---

404) 굼거이: 궁금하게.
405) 농장(弄璋): 구슬을 가지고 논다는 뜻으로 아들을 낳은 즐거움을 이름. 예전에, 중국에서 아들을 낳으면 규옥(圭玉)으로 된 구슬의 덕을 본받으라는 뜻으로 구슬을 장난감으로 주었다는 데서 유래함.
406) 청현아망(淸賢雅望): 청현아망. 청렴하고 어질며 훌륭한 인망.
407) 지족(知足): 지족. 만족한 줄을 앎.
408) 믈셩이쇠(物盛而衰): 물성이쇠. 사물이 융성하면 쇠퇴해짐.
409) 위유블윤(慰諭不允): 위유불윤. 위로하고 타이르며 허락하지 않음.
410) 허졔(許除): 허제. 벼슬 거두는 것을 허락함.
411) 참됴(參朝): 참조. 조회에 참여함.
412) 황감(惶感): 황송하고 감격스러움.

ᄒᆞ여 병혁(兵革)을 니르혀미[414] 업ᄉᆞᆷᄋᆡ, 간과(干戈)를 ᄡᅳ지 아니므로 부고(府庫)의 창검(槍劍)은 갑(甲)을 오ᄅᆡ 벗디 아녓고 어마고(御馬廐)[415]의 살진 ᄆᆞᆯ은 젼진(戰陣)의 슈고를 아지 못ᄒᆞ

49면

엿더니, 운남왕(雲南王) 목딘평이 반(叛)ᄒᆞ여 웅병ᄆᆡᆼ댱(雄兵猛將)[416]이 브지슈(不知數)ᄒᆞᄆᆡ 듕원(中原)을 범 보ᄃᆞᆺ ᄒᆞ여 쥬현(州縣)을 노략(擄掠)ᄒᆞᄆᆡ 쇼과(所過)의 무뎍(無敵)[417]이라.

졀도ᄉᆞ(節度使) 오쓘이 거병방뎍(擧兵防敵)[418]ᄒᆞ나 뎍병(敵兵)의 봉예(鋒銳)[419]를 져당(抵當)[420]치 못ᄒᆞ여 변보(變報)[421]를 샹달(上達)[422]ᄒᆞᄆᆡ, 샹(上)이 대경(大驚)ᄒᆞ샤 문무제신(文武諸臣)을 모화 퇴병지ᄎᆡᆨ(退兵之策)[423]을 의논(議論)ᄒᆞ실ᄉᆡ, 모든 대신(大臣)과 무신(武臣)의 〃논(議論)이 분〃(紛紛)ᄒᆞ여 쥬ᄎᆡᆨ(籌策)[424]을 뎡(定)치 못ᄒᆞ더니, 셔반(西班) 문무(文武) 반녈(班列) 듕(中)의셔 일위(一位) 명ᄉᆡ(名士ㅣ) 츌반쥬왈(出班奏曰)[425],

"운남(雲南) 셔졀구투(鼠竊狗偸)[426]의 무리 감(敢)히 텬슈(天數)를

---

413) 승평(昇平): 나라가 태평함.
414) 니르혀미: 일으킴이.
415) 어마고(御馬廐): 어마구. 임금이 쓰는 말의 마구간.
416) 웅병ᄆᆡᆼ댱(雄兵猛將): 웅병맹장. 용맹한 병사와 장수.
417) 무뎍(無敵): 무적. 적수가 없음.
418) 거병방뎍(擧兵防敵): 거병방적. 군대를 일으켜 적을 막음.
419) 봉예(鋒銳): 성질이 날카롭고 민첩함.
420) 져당(抵當): 저당. 맞서서 겨룸.
421) 변보(變報); 변이 일어난 것을 알리는 보고.
422) 샹달(上達): 상달. 윗사람에게 말이나 글로 여쭈어 알려 드림.
423) 퇴병지ᄎᆡᆨ(退兵之策): 퇴병지책. 군병을 무찌를 계책.
424) 쥬ᄎᆡᆨ(籌策): 주책. 이익과 손해를 헤아려 생각한 꾀.
425) 츌반쥬왈(出班奏曰): 출반주왈. 반열에서 나아와 아룀.
426) 셔졀구투(鼠竊狗偸): 서절구투. 쥐나 개처럼 몰래 물건을 훔친다는 뜻으로, '좀도둑'을 이르는 말.

아디 못ᄒᆞ고 대국(大國)을 침범(侵犯)ᄒᆞ오나 이 족(足)히 셩녀(聖慮)의 거리ᄭᅵ실 ᄇᆡ 아니오니, 복망(伏望) 폐ᄒᆞ(陛下)ᄂᆞᆫ 믈우셩녀(勿憂聖慮)[427]ᄒᆞ시고 일디병(一枝兵)[428]을 빌니실진ᄃᆡ, 신(臣)이 비록 브ᄌᆡ박덕(不才薄德)[429]이오나 흉뎍(凶賊)을 탕멸(蕩滅)[430]ᄒᆞ와 옥좌(玉座)의

50면

근심을 덜고 셩은(聖恩)을 만분지일(萬分之一)이나 갑습고져 ᄒᆞᄂᆞ이다."

언쥬파(言奏罷)[431]의 발월(發越)[432]ᄒᆞᆫ 풍ᄎᆡ(風采)와 학녀청음(鶴唳淸音)[433]이 고상격녈(高爽激烈)[434]ᄒᆞ니, 샹(上)이 밧비 뇽안(龍顔)을 드러 보신즉 병부상셔(兵部尙書) 뎡현흥이라. 텬안(天顔)이 흡연(洽然)[435]이 깃븐 빗출 여르샤 ᄀᆞᆯ오샤ᄃᆡ,

"국난(國難)의 ᄉᆞ량상(思良相)[436]이라 ᄒᆞ니, 딤(朕)이 운남(雲南)의 반(叛)ᄒᆞ믈 드르므로브터 팀좌(寢坐)[437]의 근심을 노치 못ᄒᆞ여 녁ᄃᆡ(歷代) 명댱(名將)과 현신(賢臣)이 딤(朕)의게ᄂᆞᆫ 업ᄉᆞ믈 ᄋᆡ들나 ᄒᆞ더니, 이제 경(卿)이 쇼년(少年)으로 뎡벌(征伐)을 ᄌᆞ원(自願)ᄒᆞ니 위국튱셩(爲國忠誠)[438]이 고인(古人)을 압두(壓頭)ᄒᆞᆯ디라 엇디 긔특(奇

---

427) 믈우셩녀(勿憂聖慮): 물우성려. 성려를 하지 않음. 성려는 임금의 염려.
428) 일디병(一枝兵): 일지병. 한 무리의 병사.
429) 브ᄌᆡ박덕(不才薄德): 부재박덕. 재주가 없고 덕이 부족함.
430) 탕멸(蕩滅): 쓸어 없애 버림.
431) 언쥬파(言奏罷): 언주파. 아뢰는 말이 끝남.
432) 발월(發越): 용모가 깨끗하고 훤칠함.
433) 학녀청음(鶴唳淸音): 학려청음. 학이 우는 듯한 맑은 목소리.
434) 고상격녈(高爽激烈): 고상격렬. 고상하고 시원하며 격렬함.
435) 흡연(洽然): 매우 흡족함.
436) ᄉᆞ량상(思良相): 사양상. 어진 재상을 생각함.
437) 팀좌(寢坐): 침좌. 자거나 일어남.
438) 위국튱셩(爲國忠誠): 위국충성. 나라를 위한 충성.

特)지 아니ᄒᆞ리오? 딤(朕)이 일노좃ᄎᆞ 남녁(南-)흘 도라보는 근심이 업ᄉᆞ리로다."

ᄒᆞ시니 승상(丞相) 이히(以下ㅣ) 일시(一時)의 만세(萬歲)를 브르더라.

샹(上)이 뎡텬흥 ᄀᆞᆺ튼 동냥긔지(棟梁奇才)[439]로ᄡᅧ 운남(雲南)을 ᄃᆡ

51면

젹(對敵)ᄒᆞᆯ 원융샹댱(元戎上將)[440]을 삼으시ᄆᆡ 크게 깃그시는 고(故)로 별은젼(別恩典)으로 하교(下敎)ᄒᆞ샤ᄃᆡ,

"뎡텬흥이 〃제 십칠(十七) 쇼년(少年)으로ᄡᅧ 국지대ᄉᆞ(國之大事)를 ᄌᆞ원(自願)ᄒᆞ여 만(萬) 니(里)의 나아가ᄆᆡ ᄒᆞᆫ갓 다른 신뇨(臣僚)와 ᄀᆞᆺ치 발힝(發行)치 못ᄒᆞ리니, 운남(雲南)을 삭평(削平)[441]ᄒᆞ여 샤딕(社稷)을 안보(安保)ᄒᆞ는 튝문(祝文)으로ᄡᅧ 부월(斧鉞)을 맛디며 대원슈(大元帥) 인(印)을 주어 텬흥의 튱의(忠義)를 빗ᄂᆡ여 후셰인(後世人)을 경계(警戒)ᄒᆞ리라."

ᄒᆞ시니 승샹(丞相) 이히(以下ㅣ) 맛당ᄒᆞ시믈 듀(奏)ᄒᆞ니, 샹(上)이 고텬튝문(告天祝文)[442]ᄒᆞᆯ 긔구(器具)를 출히라 ᄒᆞ실ᄉᆡ 뎡(鄭) 병뷔(兵部) ᄌᆡᄇᆡ고두(再拜叩頭) 왈(曰),

"신(臣)이 브ᄌᆡ박덕(不才薄德)으로ᄡᅧ 흉젹(凶賊)을 탕멸(蕩滅)코져 ᄒᆞ오미 인신(人臣)의 덧〃ᄒᆞᆫ 되(道ㅣ)여놀 셩샹(聖上)이 엇디 이러ᄐᆞᆺ 별은젼(別恩典)을 나리오샤 신(臣)의 몸 둘 바를 아디 못ᄒᆞ게 ᄒᆞ시ᄂᆞ

---

439) 동냥긔지(棟梁奇才): 동량기재. 마룻대와 들보로 쓸 만한 기이한 재주. 동량은 집안이나 나라를 떠받치는 중대한 일을 맡을 만한 인재를 이름.
440) 원융샹댱(元戎上將): 원융상장. 으뜸 가는 장군.
441) 삭평(削平): 반란이나 소요를 누르고 평온하게 진정함.
442) 고텬튝문(告天祝文): 고천축문. 하늘에 축문을 고함.

니잇고?"

듀파(奏罷)

52면

의 빅비고두(百拜叩頭)ᄒᆞ온ᄃᆡ 샹(上)이 더옥 아름다이 넉이샤 ᄀᆞᆯ오샤ᄃᆡ,

"딤(朕)이 경(卿)의 튱셩(忠誠)을 빗ᄂᆡ고져 ᄒᆞᄂᆞ니 경(卿)은 샤양(辭讓)치 말나."

ᄒᆞ시니, 승상(丞相) 이하(以下ㅣ) 맛당ᄒᆞ시믈 듀(奏)ᄒᆞ니, 즉시(卽時) 텬의(天意)를 좃ᄎᆞ 구층단(九層壇)을 무으니 뎨일층샹단(第一層上壇)은 고졔튝문(告祭祝文)[443]ᄒᆞᄂᆞᆫ 단(壇)이니 황금(黃金)으로 ᄭᅮᆷ인 상탁(床卓)을 버리고 옥긔(玉器)에 향(香)을 픠워 분향(焚香)ᄒᆞ게 ᄒᆞ고, 뎨이층단(第二層壇)은 일월황뇽기(日月黃龍旗)를 ᄭᅩᆺ고 병부상셔(兵部尙書) 태ᄒᆞᆨᄉᆞ(太學士) 원융대댱군(元戎大將軍) 뎡텬흥이 올나 분향직빅(焚香再拜)ᄒᆞ게 ᄒᆞ고, 뎨삼층단(第三層壇)의ᄂᆞᆫ 금ᄌᆞ쳥뇽긔(金字靑龍旗)[444]를 ᄭᅩ즈시며, 뎨ᄉᆞ층단(第四層壇)의ᄂᆞᆫ 금ᄌᆞ홍신긔(金字紅神旗)[445]를 ᄭᅩ즈시며, 뎨오층단(第五層壇)의ᄂᆞᆫ 쥬작[446]긔(朱雀旗)[447]를 ᄭᅩᆺ고 금병(金甁)의 양뉴슈(楊柳垂)를 담아 노코, 뎨뉵층단

443) 고졔튝문(告祭祝文): 고제축문. 제사를 지내며 축문을 읊음.

444) 금ᄌᆞ쳥뇽긔(金字靑龍旗): 금자청룡기. 한복판에 '金' 자가 쓰인 청룡기. 청룡기는 군기인 대오방기의 하나로, 푸른 바탕에 청룡과 청·적·황·백 4색채의 운기가 그려져 있고 화염각이 달린 사각기를 말함. 진영의 왼편 문에 세워서 좌군(左軍), 좌영(左營) 또는 좌위(左衛)를 지휘하는 데 사용함.

445) 금ᄌᆞ홍신긔(金字紅神旗): 금자홍신기. 한복판에 '金' 자가 쓰인 홍신기. 홍신기는 남방기로서, 바탕은 적색이며 언저리는 청색인데 관원수(關元帥)를 그렸음.

446) 작: [교] 원문에는 '촌'으로 되어 있으나 문맥을 고려해 이와 같이 수정함.

447) 쥬작긔(朱雀旗): 주작기. 군기의 일종으로 대오방기(大五方旗)의 하나. 진영의 문전에 세워 전군(前軍), 전영(前營) 또는 전위(前衛)를 지킴. 붉은 바탕에 삼두(三頭)의 주작과 청·적·황·백 4색채의 운기가 그려져 있고 화염각과 기각이 있음.

(第六層壇)의는 븕은 긔(旗)를 쏫고, 뎨칠층

53면

단(第七層壇)의는 표미긔(豹尾旗)[448]를 쏫고, 뎨팔층단(第八層壇)의는 산호병(珊瑚甁)의 양뉴슈(楊柳垂)를 담아 노코, 뎨구층단(第九層壇)의는 거믄 긔(旗)를 쏫고 호박병(琥珀甁)의 양뉴(楊柳)를 담아 노코, 뎨삼층단(第三層壇)의는 샹(上)이 친(親)히 오로샤 대원슈(大元帥) 뎡텬흥으로뼈 뎨이층단(第二層壇)의 올나 고졔튝문(告祭祝文)ᄒᆞ게 ᄒᆞ엿더라. 일월셩신(日月星辰)으로뼈 ᄉᆞ방후토디신(四方后土之神)[449]으로 다 응(應)ᄒᆞ미니, 임의 튝단ᄇᆡ댱(築壇拜將)[450]ᄒᆞᆯ 긔구(器具) 출혀시믈 듀(奏)ᄒᆞ니, 샹(上)이 깃그샤 단(壇)의 오로랴 ᄒᆞ실ᄉᆡ 대원슈(大元帥)를 이층단(二層壇)의 오르라 ᄒᆞ시니, 병뷔(兵部ㅣ) 블감(不敢)ᄒᆞ믈 ᄉᆞ샤(辭謝)[451]ᄒᆞ여 ᄇᆡᆨᄇᆡ고ᄉᆞ(百拜固辭)ᄒᆞ오니 샹(上)이 듯지 아니시고 오로믈 ᄌᆡ촉ᄒᆞ시니, 뎡(鄭) 병뷔(兵部ㅣ) ᄌᆡ삼(再三) 샤양(辭讓)ᄒᆞ다가 마디못ᄒᆞ여 이층단(二層壇)의 오로니, 태ᄒᆞᆨᄉᆞ(太學士) 진영쉬 튝문(祝文)을 닑으니 기문(其文)의 왈(曰),

"대송(大宋) 딘종황뎨(眞宗皇帝) 신(臣) 모(某)는

54면

함평(咸平)[452] 십ᄉᆞ(十四) 년(年)[453] 츈졍월(春正月)의 고뎐튝졔(告

---

448) 표미긔(豹尾旗): 표미기. 표범의 꼬리가 두 구비로 꺾어진 것을 그린 의장기.

449) ᄉᆞ방후토디신(四方后土之神): 사방후토지신. 사방의 토지를 맡아 다스리는 신.

450) 튝단ᄇᆡ댱(築壇拜將): 축단배장. 단을 쌓아 장수를 임명함. 임금이 현명하고 능력 있는 장수를 중시함을 상징함. 『한서(漢書)』, 「고제기(高帝紀) 상(上)」에 한왕 유방이 한신을 대장군으로 임명하고 단을 쌓아 두터운 의식을 거행했다는 일이 전함.

451) ᄉᆞ샤(辭謝): 사사. 사절하여 물리침.

天祝祭)[454] ᄒᆞᄂᆞ니, 과인(寡人)이 덕(德)이 박(薄)ᄒᆞ여 종ᄉᆡ(宗社ㅣ) 블안(不安)ᄒᆞᆫ ᄯᆡ를 만나 남뎍(南賊) 목딘평이 텬됴(天朝)의 귀슌(歸順)치 아니코 벌의 독(毒)을 브려[455] ᄉᆡᆼ민(生民)을 잔학(殘虐)[456]게 ᄒᆞ고 병혁(兵革)을 다ᄉᆞ려 황셩(皇城)을 엿보ᄂᆞᆫ디라. 고(故)로 대원슈(大元帥) 뎡텬흥으로 ᄒᆞ여곰 웅병ᄆᆡᆼ댱(雄兵猛將)을 거ᄂᆞ려 밋친 도뎍(盜賊)을 쳐 ᄉᆡᆼ민(生民)을 구(救)ᄒᆞ고 종샤(宗社)를 안보(安保)코져 ᄒᆞ옵ᄂᆞ니, 복원(伏願) 텬디셩신(天地星辰)은 ᄒᆞᆫ가지로 숑됴(宋朝)를 도아 남방(南方)의 비린 ᄯᅳᆺ글을 ᄡᅳ러바리고 ᄒᆞᆫ 븍의 개가(凱歌)[457]를 울녀 도라오게 ᄒᆞ쇼셔."

닑기를 맛ᄎᆞᄆᆡ 녜관(禮官)이 인(因)ᄒᆞ여 원슈(元帥)를 읍양(揖讓)ᄒᆞ여 샹층단(上層壇)의 올니〃 원싊(元帥ㅣ) 세 번(番) 샤양(辭讓)ᄒᆞ다가 올나 븍향(北向)ᄒᆞ여 셔ᄆᆡ 몬져 승상(丞相) 구쥰(寇準)[458]이 부월(斧鉞)을 밧드러 ᄭᅮ러 ᄀᆞᆯ오ᄃᆡ,

"황상(皇上)이 부월(斧鉞)노ᄡᅧ

55면

댱군(將軍)을 주시니 쳥(請)컨ᄃᆡ 힘ᄊᆞᆯ디어다."

---

452) 함평(咸平): 중국 송(宋) 진종(眞宗)의 연호(年號, 998-1003).

453) 십ᄉᆞ(十四) 년(年): 십사 년. 진종은 함평(咸平, 998-1003)을 비롯하여 경덕(景德, 1004-1007), 대중상부(大中祥符, 1008-1016), 천희(天禧, 1017-1021), 건흥(乾興, 1022) 등 재위 기간(997-1022) 동안 5개의 연호를 사용함. 따라서 함평 14년은 사실에 부합하지 않고, 만일 연호로 따진다면 14년은 대중상부에 해당함.

454) 고텬튝졔(告天祝祭): 고천축제. 하늘에 고하고 제를 지내 축원함.

455) 브려: 뿌려.

456) 잔학(殘虐): 잔인하고 포학함.

457) 개가(凱歌): 싸움에서 이기고 돌아올 때에 부르는 노래.

458) 구쥰(寇準): 구준. 중국 북송(北宋) 때의 정치가(961-1023). 자는 평중(平仲). 요나라 군이 쳐들어오자 진종(眞宗)에게 친정(親征)을 청하고, 단주(檀州)로 가서 맹약을 맺고 돌아옴. 재상까지 했지만 모함을 받고 뇌주사호참군(雷州司戶參軍)으로 좌천되었다가 죽음. 내국공(萊國公)에 봉작됨.

원쉬(元帥ㅣ) ᄉᆞ러 밧ᄌᆞ오ᄆᆡ 비로소 샹(上)이 황금인(黃金印)을 가져 ᄎᆡ오시고 ᄀᆞᆯ오샤ᄃᆡ,

"딤(朕)의 쇼탁(所託)과 경(卿)의 쇼임(所任)은 국가(國家)의 대ᄉᆡ(大事ㅣ)라. 원(願)컨ᄃᆡ 경(卿)은 힘ᄡᅳ고 힘ᄡᅧ ᄒᆞᆫ번(-番) ᄡᅡ홈의 국가(國家) 안위(安危)와 만방(萬邦) 살ᄉᆡᆼ(殺生)이 ᄆᆡ여시믈 등한(等閑)이 ᄉᆡᆼ각지 말나."

원쉬(元帥ㅣ) 이날 ᄌᆞ포오ᄉᆞ(紫袍烏紗)[459]로ᄡᅧ 융복(戎服)을 밧고니 몸의 홍금쇄ᄌᆞ갑(紅錦鎖子甲)[460]을 ᄡᅧ닙고 머리의 봉시투고(鳳翅--)[461]를 ᄡᅳ며 허리 아ᄅᆡ 금인(金印)을 빗겨 옥ᄃᆡ(玉帶)를 둘너시니, 풍광(風光)이 늠〃표탕(凜凜漂蕩)[462]ᄒᆞ여 고은 얼골이 ᄇᆡᆨ홰(百花ㅣ) 웃ᄂᆞᆫ ᄃᆞᆺ, 텬졍(天庭)[463]이 두렷ᄒᆞ여 옥(玉)을 무으고 ᄇᆡᆨ년(白蓮) ᄀᆞᆺᄐᆞᆫ 귀밋ᄐᆡ 지상(宰相)의 관ᄌᆞ(貫子)[464]를 븟쳐시니, 슈려(秀麗)ᄒᆞᆫ 용광(容光)이 양뉴(楊柳)를 나모라며 뉵손(陸遜)[465]을 우읍더라. 신댱(身長)이 댱대(壯大)ᄒᆞ고 톄위(體威) 엄슉(嚴肅)ᄒᆞ

56면

여 위풍(威風)이 상연늠〃(爽然凜凜)[466]ᄒᆞ여 광풍졔월(光風霽月) ᄀᆞᆺ

---

459) ᄌᆞ포오ᄉᆞ(紫袍烏紗): 자포오사. 자줏빛 도포와 오사모. 오사모는 벼슬아치들이 관복을 입을 때에 쓰던 모자로 검은 사(紗)로 만듦.

460) 홍금쇄ᄌᆞ갑(紅錦鎖子甲): 홍금쇄자갑. 갑옷의 일종. 붉은 비단에 사방 두 치 정도 되는 돼지가죽으로 된 미늘을 작은 고리로 꿰어 만들었음.

461) 봉시투고(鳳翅--): 봉시투구. 봉의 깃 모양으로 꾸민 투구.

462) 늠〃표탕(凜凜漂蕩): 늠름표탕. 늠름하고 호탕함.

463) 텬졍(天庭): 천정. 관상에서, 두 눈썹의 사이 또는 이마의 복판을 이르는 말.

464) 관ᄌᆞ(貫子): 관자. 망건에 달아 당줄을 꿰는 작은 단추 모양의 고리. 신분에 따라 금(金), 옥(玉), 호박(琥珀), 마노, 대모(玳瑁), 뿔, 뼈 따위의 재료를 사용하였음.

465) 뉵손(陸遜): 육손. 중국 삼국시대 오(吳)나라 정치가(183-245). 손권(孫權)의 도독(都督)으로서 형주를 쳐 빼앗는 데 결정적 역할을 하였고, 그 후로도 유비(劉備)를 이릉(夷陵)에서 패퇴시키고, 조휴(曹休)의 군대를 무찌르는 등 많은 전공을 세웠음. 『삼국지(三國志)』, <육손전(陸遜傳)>.

ᄐᆞ니 호령(號令)이 농호(龍虎)의 긔습(氣習)[467]과 한신(韓信)[468], 듀아부(周亞夫)[469]의 너믄디라. 쇼년댱군(少年將軍)의 영풍쥰골(英風俊骨)[470]이 당셰(當世)의 무ᄡᅣᆼ(無雙)ᄒᆞᆫ 영쥰(英俊)이라. 단샹단하(壇上壇下)의 가득ᄒᆞᆫ 사ᄅᆞᆷ이 다 눈을 기우려 ᄎᆡᆨ〃칭복(嘖嘖稱服)[471]ᄒᆞ며 혀를 둘너 탄복갈ᄎᆡ(歎服喝采)[472]ᄒᆞ지 아니리 업더라.

농안(龍顏)이 희열(喜悅)ᄒᆞ샤 농미팔ᄎᆡ(龍眉八彩)[473]의 희긔(喜氣) ᄀᆞ득ᄒᆞ샤 환궁(還宮)ᄒᆞ시니 원쉬(元帥ㅣ) 몸을 ᄲᆡ혀 부듕(府中)의 니르ᄆᆡ,

이ᄯᆡ 태부인(太夫人)이 태우(大夫)의 ᄌᆞ원츌뎡(自願出征)ᄒᆞ믈 듯고 우려(憂慮)ᄒᆞ믈 마디아니ᄒᆞ더니, 원쉬(元帥ㅣ) ᄂᆡ당(內堂)의 니르러 존당(尊堂)과 ᄌᆞ뎐(慈殿)의 ᄇᆡ알(拜謁)ᄒᆞ고 슈일(數日) 존후(尊候)를 뭇ᄌᆞ오니 일월셩모(日月星眸)의 츈양화긔(春陽和氣) ᄆᆞ르녹으니, 태부인(太夫人)이 밧비 손을 잡고 ᄀᆞᆯ오ᄃᆡ,

"네 쇼년미ᄌᆡ(少年微才)[474]로 국가(國家)의 근심을 덜

---

466) 상연늠〃(爽然凜凜): 상연늠름. 시원스럽고 늠름함.

467) 긔습(氣習): 기습. 기운과 습관.

468) 한신(韓信): 중국 전한의 무장(武將, ?~B.C.196). 회음(淮陰)의 평민 집안에서 태어나 진(秦)나라 말에, 초나라를 세운 항우(項羽) 밑에 들어갔으나 항우가 자신을 미관말직으로 두자, 유방의 휘하에 들어감. 한신은 자신의 재능을 눈여겨본 유방의 부하 소하(蕭何)에게 발탁되어 유방을 도와 조(趙)·위(魏)·연(燕)·제(齊) 나라를 차례로 멸망시키고 항우를 공격하여 큰 공을 세움. 한신은 통일이 된 후 초왕(楚王)에 봉해졌으나 한 고조는 그를 경계하여 회음후(淮陰侯)로 강등시키고, 한신은 결국 후에 여태후에게 살해됨.

469) 듀아부(周亞夫): 주아부. 중국 전한(前漢) 전기의 무장, 정치가(?~B.C.143). 한(漢)나라 문제(文帝) 때 흉노가 침입하자 세류영(細柳營)에서 주둔했다가 흉노를 크게 물리쳐 승상이 됨. 만년에 경제(景帝)의 의심을 받아 구속되어 피를 토하고 죽음.

470) 영풍쥰골(英風俊骨): 영풍준골. 헌걸찬 풍채와 뛰어난 골격.

471) ᄎᆡᆨ〃칭복(嘖嘖稱服): 책책칭복. 떠들썩하게 칭찬하며 탄복함.

472) 탄복갈ᄎᆡ(歎服喝采): 탄복갈채. 탄복하고 외치면서 찬양함.

473) 농미팔ᄎᆡ(龍眉八彩): 용미팔채. 황제의 여덟 빛깔 눈썹. 팔채(八彩)는 중국 요(堯)임금의 눈썹이 여덟 가지 색이었다는 데서 유래한 말로 덕이 있음을 가리킴.

474) 쇼년미ᄌᆡ(少年微才): 소년미재. 어린 나이에 재주가 미미함.

57면

진딕 엇디 깃브디 아니리오마는 병긔(兵器)는 흉디(凶地)라, 혹ᄌ(或者) 쇼루(疏漏)[475]ᄒ미 이실딘딕 나의 〃려(倚閭)[476]의 바라는 심ᄉ(心思ㅣ) 엇더ᄒ리오?"

평휘(-侯ㅣ) 위로(慰勞) 쥬왈(奏曰),

"텬흥이 년유브ᄌ(年幼不才)로 국가(國家) 듕임(重任)을 밧ᄌ와 젼진(戰塵)의 봉ᄉ(奉使)ᄒ미 이 곳 신ᄌ(臣子)의 딕분(職分)이라 ᄉ졍(私情)을 도라볼 빅 아니오, 텬흥이 대군ᄌ(大君子)의 밋디 못ᄒ오나 군무ᄉ(軍務事)는 소여(疏糲)[477]치 아니ᄒ오리니 원(願) ᄌ위(慈闈)는 믈우(勿憂)ᄒ쇼셔."

원쉬(元帥ㅣ) 니어 위로(慰勞)ᄒ나 태부인(太夫人)이 오히려 깃거 아니ᄒ더라.

ᄎ야(此夜)의 원쉬(元帥ㅣ) 부공(父公)을 뫼셔 밤을 디닉려 ᄒ니 금평휘(--侯ㅣ) ᄀ로딕,

"네 만(萬) 니(里)의 츌뎡(出征)ᄒ니 녀ᄌ(女子ㅣ) 가부(家夫) 위(爲)ᄒᆫ 졍(情)은 블경(不輕)ᄒ믄 니르도 말고, 윤(尹) 현부(賢婦)는 졍ᄉ(情事ㅣ) 가긍(可矜)[478]ᄒ거놀, 만(萬) 니(里) 원별(遠別)을 당(當)ᄒ여 ᄒᆫ번(-番) 니별(離別)ᄒ미 가(可)ᄒ거놀, 쏘ᄒᆫ[479] 경ᄉ(慶事)를 보디 못ᄒ고 니

---

475) 쇼루(疏漏): 소루. 생각이나 행동 따위가 꼼꼼하지 않고 거칢.
476) 〃려(倚閭): 마을의 문에 기댄다는 뜻으로 자녀나 배우자가 돌아오기를 초조하게 기다린다는 말.
477) 소여(疏糲): 소려. 거칠고 투박함.
478) 가긍(可矜): 불쌍함.
479) ᄒᆫ: [교] 원문에는 'ᄒ는'으로 되어 있으나 문맥을 고려해 이와 같이 수정함.

58면

별(離別)을 당(當)ᄒᆞ여 일야(一夜)를 위로(慰勞)ᄒᆞ미 가(可)ᄒᆞ도다."

원슈(元帥ㅣ) 피셕(避席) ᄃᆡ왈(對曰),

"쇼ᄌᆡ(小子ㅣ) 비록 미셰(微細)ᄒᆞ오나 국가(國家) 듕임(重任)을 밧ᄌᆞ와시니 규리(閨裏)의 년〃(戀戀)ᄒᆞ믈 셔로 닐너 니별(離別)ᄒᆞ미 가(可)치 아닌가 ᄒᆞᄂᆞ이다."

공(公)이 뎡ᄉᆡᆨ(正色) 왈(曰),

"네 위험지〃(危險之地)의 나아가고 윤(尹) 현뷔(賢婦ㅣ) 만삭(滿朔) 듕(中)이니 셔로 보듕(保重)ᄒᆞ믈 닐너 일야(一夜)를 위로(慰勞)ᄒᆞ미 예ᄉᆡ(例事ㅣ)여ᄂᆞᆯ 스ᄉᆞ로 댱부(丈夫) 위풍(威風)을 ᄌᆞ랑ᄒᆞ여 인졍(人情)을 끗출 ᄇᆡ 아니오, 내 비록 용녈(庸劣)ᄒᆞ나 네 아비라 나의 니르ᄂᆞᆫ ᄃᆡ로 홀단ᄃᆡ ᄒᆡᆼ신(行身)의 유ᄒᆡ(有害)ᄒᆞ미 업ᄉᆞ리라."

원쉬(元帥ㅣ) 황공샤죄(惶恐謝罪)ᄒᆞ고 야심(夜深)ᄒᆞ미 믈너 션월졍의 니르니,

윤(尹) 쇼제(小姐ㅣ) 슈ᄐᆡ(受胎) 십(十) 삭(朔)이로ᄃᆡ ᄒᆡ만(解娩)[480]ᄒᆞ미 업셔 약딜(弱質)이 신혼셩졍(晨昏省定)[481]의 ᄡᅥ지미 업고, 죵일(終日) 태부인(太夫人)을 시좌(侍坐)ᄒᆞ여 일분(一分) 일

59면

언(一言)을 다 삼가고 조심(操心)ᄒᆞ여 동디(動止) 안상여일(安詳如一)[482]ᄒᆞ니 존당(尊堂) 구고(舅姑)의 긔ᄋᆡ(奇愛)ᄒᆞ미 친녀(親女)의 디

---

480) ᄒᆡ만(解娩): 해만. 아이를 낳음. 해산.

481) 신혼셩졍(晨昏省定): 신혼성정. 밤에는 부모의 잠자리를 보아 드리고 이른 아침에는 부모의 밤새 안부를 묻는다는 뜻으로, 부모를 잘 섬기고 효성을 다함을 이르는 말. 혼정신성(昏定晨省).

482) 안상여일(安詳如一): 성질이 찬찬하고 자세한 것이 한결같음.

나미 잇더라.

이날 야심(夜深) 후(後) ᄉᆞ실(私室)의 믈너오미 ᄌᆞ연(自然)이 혼곤(昏困)ᄒᆞ여 봉침(鳳枕)을 비겨 슈압(睡壓)[483]이 몽농(朦朧)ᄒᆞ여 원슈(元帥)의 입실(入室)ᄒᆞ믈 모로ᄂᆞᆫ디라. 쵹영지하(燭影之下)의 찬연쇄락(燦然灑落)[484]ᄒᆞᆫ 광염(光艶)이 일실(一室)의 됴요(照耀)ᄒᆞ니, 원싊(元帥ㅣ) 비록 쉭〃준엄(--峻嚴)ᄒᆞ나 금당원니(今當遠離)[485]의 ᄉᆡᆼ산(生産)ᄒᆞ믈 보디 못ᄒᆞ고 만니젼진(萬里戰塵)[486]의 가ᄂᆞᆫ 심ᄉᆡ(心思ㅣ) 년〃(戀戀)ᄒᆞᆫ디라. 흔연(欣然) 함쇼(含笑)ᄒᆞ고 집슈협좌(執手狹坐)[487]ᄒᆞ니 쇼졔(小姐ㅣ) 놀나 니러 안ᄌᆞ려 ᄒᆞ니, 원싊(元帥ㅣ) 미쇼(微笑) 왈(曰),

"녀ᄌᆡ(女子ㅣ) 가부(家夫)를 만(萬) 니(里)의 니별(離別)ᄒᆞ여 ᄉᆞᄉᆡᆼ(死生)이 미가분(未可分)[488]이로ᄃᆡ 근심ᄒᆞ고 념녀(念慮)ᄒᆞ시미 엇더니잇고? 침상(寢牀)의 안헐(安歇)[489]ᄒᆞ여 ᄉᆡᆼ(生)을 몽니(夢裏)의나 ᄉᆡᆼ각ᄒᆞ시더니잇가?"

쇼졔(小姐ㅣ) 믁연무언(默然無言)ᄒᆞ니 죵용(從容)

60면

이 취슈(翠袖)를 슈렴(收斂)ᄒᆞ여 져슈단좌(低首端坐)[490]ᄒᆞ니, 원싊(元帥ㅣ) 시ᄋᆞ(侍兒) 등(等)으로 침금(寢衾)을 포셜(鋪設)ᄒᆞ라 ᄒᆞ고

483) 슈압(睡壓): 수압. 졸음.
484) 찬연쇄락(燦然灑落): 찬란하고 시원스러움.
485) 금당원니(今當遠離): 금당원리. 이제 멀리 이별하게 되어.
486) 만니젼진(萬里戰塵): 만리전진. 머나먼 전쟁터.
487) 집슈협좌(執手狹坐): 집수협좌. 손을 잡고 가까이 앉음.
488) 미가분(未可分): 결정되지 않음.
489) 안헐(安歇): 편히 쉼.
490) 져슈단좌(低首端坐): 저수단좌. 머리를 숙이고 단정히 앉음.

쵹(燭)을 믈니고 침금(寢衾)의 나아가 ᄀᆞᆯ오ᄃᆡ,

"금번(今番) ᄒᆡᆼ도(行途)의 승쳡(勝捷)491)ᄒᆞ여 오리니 부인(夫人)이 능(能)히 태ᄉᆞ(太姒)492)의 셩덕(盛德)을 효측(效則)493)ᄒᆞ리잇가? 그ᄉᆞ이 옥동(玉童)을 ᄉᆡᆼ(生)ᄒᆞ여 ᄉᆡᆼ(生)의 도라오믈 기ᄃᆞ리쇼셔."

쇼졔(小姐ㅣ) 믁연(默然)이러니 이윽고 계셩(鷄聲)이 악〃(喔喔)494)ᄒᆞ니 냥인(兩人)이 니러 관소(盥梳)495)ᄒᆞ고 좌(座)를 나와 집슈(執手) 왈(曰),

"부인(夫人)은 양·니 등(等)과 형셰(形勢) 다르니 존당(尊堂)을 뫼셔 셩효(誠孝)를 힘ᄡᅳ고 녕존당(令尊堂) 태부인(太夫人)이 ᄉᆡᆼ셰(生世)ᄒᆞ여실 졔는 귀령(歸寧)치 못ᄒᆞ리니, 츄밀공(樞密公)이 오라 ᄒᆞ여도 움ᄌᆞᆨ이디 말고 기리 무양(無恙)ᄒᆞ쇼셔."

쇼졔(小姐ㅣ) 나즉이 ᄀᆞᆯ오ᄃᆡ,

"군ᄌᆡ(君子ㅣ) 원융(元戎)이 되샤 규리(閨裏)의 니별(離別)을 니르실 ᄇᆡ 아니〃, 원(願)컨ᄃᆡ 군ᄌᆞ(君子)는 광구(狂寇)496)를 소탕(掃蕩)ᄒᆞ시고 개가(凱歌)

61면

로 도라오샤 군샹(君上)의 셩우(聖憂)497)를 더르실진ᄃᆡ 쳡(妾) 등(等)이 ᄯᅩᄒᆞᆫ 깃브믈 먹음어 하례(賀禮)ᄒᆞ리로소이다."

---

491) 승쳡(勝捷): 승첩. 싸움에서 승리함.

492) 태ᄉᆞ(太姒): 태사. 중국 주(周)나라 문왕의 후비이자 무왕의 어머니. 시어머니 태임(太妊)과 함께 현모양처의 대명사로 불림.

493) 효측(效則): 효칙. 본받음.

494) 악〃(喔喔): 닭이 욺.

495) 관소(盥梳): 얼굴을 씻고 빗질함.

496) 광구(狂寇): 미친 도적.

497) 셩우(聖憂): 성우. 임금의 근심.

원쉬(元帥ㅣ) 또ᄒᆞᆫ 년〃(戀戀)ᄒᆞ미 업더라.

슈일(數日)이 훌〃ᄒᆞ여 원슈(元帥)의 ᄒᆡᆼ군발ᄒᆡᆼ(行軍發行)ᄒᆞᄂᆞᆫ 날이라. ᄎᆞ일(此日) 존당(尊堂)의 모다 하딕(下直)을 고(告)ᄒᆞᄆᆡ, 태부인(太夫人)이 니졍(離情)이 ᄎᆞ아(嗟訝)[498]ᄒᆞ여 집슈년년(執手戀戀)ᄒᆞ여 노치 못ᄒᆞ니, 원쉬(元帥ㅣ) ᄌᆡ삼(再三) 위로(慰勞)ᄒᆞ여 ᄡᅥ ᄂᆞᄌᆞ믈 고(告)ᄒᆞ여 ᄌᆡᄇᆡ(再拜) 하직(下直)ᄒᆞ고 셩톄(盛體) 안강(安康)ᄒᆞ시믈 툭슈(祝手)ᄒᆞ고 도라 모젼(母前)의 고별(告別)ᄒᆞ여 다시 뎨ᄆᆡ(弟妹)로 작별(作別)ᄒᆞᆯᄉᆡ 하(河) 쇼져(小姐)다려 무ᄉᆞ(無事)ᄒᆞ믈 ᄌᆡ삼(再三) 당부(當付)ᄒᆞ고,

딕ᄉᆞ(直士)의 손을 닛그러 나와 댱ᄉᆞ(壯士) 삼군(三軍)을 거ᄂᆞ려 교외(郊外)로 나가니, 어기(御駕ㅣ) 임의 ᄒᆡᆼ〃(行行)ᄒᆞ샤 원슈(元帥)를 젼숑(餞送)ᄒᆞ실ᄉᆡ 만됴문무(滿朝文武)의 거ᄆᆡ(車馬ㅣ) 십(十) 니(里)의 니엇고 금평휘(--侯ㅣ) 또ᄒᆞᆫ 셩가(聖駕)를 호위(護衛)ᄒᆞ여시니,

62면

샹운(祥雲)은 애〃(靄靄)[499]ᄒᆞ여 어막(御幕)을 둘넛고 농봉일월긔(龍鳳日月旗)ᄂᆞᆫ 남풍(南風)의 화(和)ᄒᆞ니, 경운(慶雲)[500]이 ᄉᆞ집(四集)ᄒᆞ고 셔긔(瑞氣) 은〃(隱隱)ᄒᆞ여 균텬광악(鈞天廣樂)[501]이 텬디(天地)의 드레니 영광(榮光)이 만됴(滿朝)의 웃듬이라. 원쉬(元帥ㅣ) 브복고두(俯伏叩頭)[502]ᄒᆞ여 셩은(聖恩)을 슉사(肅謝)ᄒᆞ니, 샹(上)이 흔연(欣然)이 집슈(執手)ᄒᆞ여 ᄀᆞᆯ오샤ᄃᆡ,

---

498) ᄎᆞ아(嗟訝): 차아. 슬프고 놀람.
499) 애〃(靄靄): 자욱함.
500) 경운(慶雲): 상서로운 구름.
501) 균텬광악(鈞天廣樂): 균천광악. 하늘 가운데 울리는 아악(雅樂).
502) 브복고두(俯伏叩頭): 부복고두. 엎드려 머리를 두드림.

"경(卿)이 쇼년영ᄌᆡ(少年英才)로 ᄌᆞ원츌뎡(自願出征)ᄒᆞ니 쳔고(千古)의 아름다온 일이라. 경(卿)은 남뎍(南賊)을 슈히 평뎡(平定)ᄒᆞ고 도라와 딤(朕)의 기ᄃᆞ리ᄂᆞᆫ 심ᄉᆞ(心思)를 위로(慰勞)ᄒᆞ라."

ᄒᆞ시니 원슈ㅣ(元帥ㅣ) 돈슈ᄇᆡᆨᄇᆡ(頓首百拜)[503] 쥬왈(奏曰),

"신슈브ᄌᆡ(臣雖不才)오나 폐하(陛下)의 홍복(弘福)을 의디(依支)ᄒᆞ와 남노(南虜)[504] 쥐무리를 족(足)히 근심치 아니ᄒᆞ오리니 복원(伏願) 셩샹(聖上)은 농톄(龍體)를 번거로이 마르쇼셔."

샹(上)이 흔연(欣然)이 ᄀᆞᆯ오샤ᄃᆡ,

"경(卿)의 웅ᄌᆡ대략(雄才大略)[505]으로ᄡᅧ 남뎍(南賊)을 엇디 근심ᄒᆞ리오?"

ᄒᆞ시고, 어쥬(御酒) 삼ᄇᆡ(三盃)

63면

를 반샤(頒賜)[506]ᄒᆞ신ᄃᆡ 원슈ㅣ(元帥ㅣ) 브복(俯伏)ᄒᆞ여 밧ᄌᆞ와 돈슈(頓首)ᄒᆞ여 셩은(聖恩)을 슉샤(肅謝)ᄒᆞ고,

몸을 ᄲᅢ혀 부ᄌᆞ(父子) 형뎨(兄弟) 작별분슈(作別分手)[507]ᄒᆞᆯ식 금휘(-侯ㅣ) 집슈경계(執手警戒) 왈(曰),

"네 연유(年幼) 박덕브ᄌᆡ(薄德不才)로 외람(猥濫)이 듕임(重任)을 밧ᄌᆞ와시니 모로미 살벌(殺伐)[508]을 젹게 ᄒᆞ고 ᄉᆞ졸(士卒)을 무휼(撫恤)[509]ᄒᆞ여 노부(老父)의 〃문지망(依門之望)[510]을 위로(慰勞)ᄒᆞ라."

---

503) 돈슈ᄇᆡᆨᄇᆡ(頓首百拜): 돈수백배. 고개를 조아리고 백 번 절함.
504) 남노(南虜): 남로. 남녘 오랑캐.
505) 웅ᄌᆡ대략(雄才大略): 웅재대략. 웅대한 재주와 지략.
506) 반샤(頒賜): 반사. 임금이 녹봉이나 물건을 내려 나누어 줌.
507) 작별분슈(作別分手): 작별분수. 작별함. 분수는 손을 나눈다는 뜻으로 이별함을 이름.
508) 살벌(殺伐): 병력으로 죽이고 들이침.
509) 무휼(撫恤); 불쌍히 여겨 위로함.

원쉬(元帥ㅣ) 빅샤(拜謝) 왈(曰),

“ᄋᆞ히(兒孩) 슈블초무상(雖不肖無狀)[511]ᄒᆞ오나 삼가 엄훈(嚴訓)을 간폐(肝肺)의 삭여 져바리지 아니ᄒᆞ오리니, 복망(伏望) 대인(大人)은 믈우셩녀(勿憂盛慮)[512]ᄒᆞ샤 셩톄안강(盛體安康)[513]ᄒᆞ쇼셔.”

휘(侯ㅣ) 평싱(平生) 쳐음으로 손을 잡아 다시곰 경계(警戒)ᄒᆞᄉᆞ, 원쉬(元帥ㅣ) 두 번 절ᄒᆞ여 유〃(儒儒)[514]히 부안(父顔)을 우러〃 거름을 두로혀지 못ᄒᆞ니 딕ᄉᆡ(直士ㅣ) ᄯᅩᄒᆞᆫ ᄉᆞ매를 니어 훌연ᄒᆞᆷ믈 니긔지 못ᄒᆞ고, 인친졔위(姻親諸友ㅣ) 면〃(面面)이 위별(爲別)ᄒᆞ여 손

64면

을 노치 못ᄒᆞ나 듕군(中軍)의 븍이 ᄌᆞ로 동(動)ᄒᆞ니 마디못ᄒᆞ여 셔로 분슈(分手)ᄒᆞᄆᆡ, 호통(號筒)[515] 삼(三) ᄎᆞ(次)의 원쉬(元帥ㅣ) 대〃인마(隊隊人馬)를 거ᄂᆞ려 남(南)으로 향(向)ᄒᆞᄉᆞ,

긔치검극(旗幟劍戟)[516]이 삼나(森羅)[517]ᄒᆞ여 일ᄉᆡᆨ(日色)을 ᄀᆞ리오고 원쉬(元帥ㅣ) 몸의는 홍금젼포(紅錦戰袍)의 황금쇄ᄌᆞ갑(黃錦鎖子甲)[518]을 써닙고, 두샹(頭上)의는 봉시투고(鳳翅--)[519]를 뎡제(整齊)ᄒᆞ고, 허리의는 양디빅옥듸(羊脂白玉帶)[520]를 두로고, 좌슈(左手)의

---

510) 〃문지망(依門之望): 문에 기대어 있으며 자식이나 배우자가 돌아오기를 바람.

511) 슈블초무상(雖不肖無狀): 수불초무상. 비록 어리석고 사리에 어두우나.

512) 믈우셩녀(勿憂盛慮): 물우성려. 염려하지 않음.

513) 셩톄안강(盛體安康): 성체안강. 몸을 평안하고 건강하게 유지함.

514) 유〃(儒儒); 결정을 내리지 못하고 머뭇거림.

515) 호통(號筒): 군중(軍中)에서 불어 호령을 전달하는 데 쓰는 악기.

516) 긔치검극(旗幟劍戟): 기치검극. 깃발과 창, 검.

517) 삼나(森羅): 삼라. 수풀처럼 벌여 있음.

518) 황금쇄ᄌᆞ갑(黃錦鎖子甲): 황금쇄자갑. 갑옷의 일종. 황색 비단옷에 사방 두 치 정도 되는 돼지 가죽으로 된 미늘들을 작은 고리로 꿰어 만듦.

519) 봉시투고(鳳翅--): 봉시투구. 봉의 깃 모양으로 꾸민 투구.

520) 양디빅옥듸(羊脂白玉帶): 양지백옥대. 옥의 일종인 양지백옥으로 장식한 허리띠.

상방보검(尙房寶劍)[521]을 잡아시니, 텬일(天日) ᄀᆞᄐᆞᆫ 의표(儀表)[522]와 농봉(龍鳳) ᄀᆞᄐᆞᆫ 긔딜(器質)이 동탕쇄락(動蕩灑落)[523]ᄒᆞ여 하일(夏日)의 두리온 긔상(氣像)이라. 대〃인ᄆᆞ(隊隊人馬)를 휘동(麾動)[524]ᄒᆞ미 쥬아부(周亞夫)[525]의 셰류영(細柳營)[526]과 회음후(淮陰侯)[527]의 진세(陣勢)라도 이에 더으디 못ᄒᆞᆯ디라. ᄒᆡᆼ(行)ᄒᆞᄂᆞᆫ 바의 위령(威令)이 숙연(肅然)ᄒᆞ고 항외(行伍ㅣ) 유ᄎᆞ(有次)[528]ᄒᆞ여 개셰영웅(蓋世英雄)[529]이오 만고무뎍(萬古無敵)[530]이라, 호령(號令)이 일노(一路)의 숙연(肅然)ᄒᆞ더라.

황

65면

얘(皇爺ㅣ) 먼니 가도록 바라보샤 훌연ᄒᆞ시되 뫼히 등지고 믈이 구뷔져 ᄯᅳᆺ글이 하날을 ᄀᆞ리오니, 샹(ㅏ)이 〃에 평후(-侯)를 인견(引見)

521) 상방보검(尙方寶劍): 상방서(尙方署)에서 특별히 제작한, 황제가 쓰는 보검. 중국 고대에 천자가 대신을 파견하여 중대한 안건을 처리하도록 할 때 늘 상방검을 하사함으로써 전권을 주었다는 표시를 하였고, 군법을 어긴 자가 있을 때 상방검으로 먼저 목을 베고 후에 임금에게 아뢰도록 하였음.

522) 의표(儀表): 몸을 가지는 태도. 또는 차린 모습.

523) 동탕쇄락(動蕩灑落): 얼굴이 잘생기고 풍채가 시원스러움.

524) 휘동(麾動): 지휘해 움직임.

525) 쥬아부(周亞夫): 주아부. 중국 전한(前漢) 전기의 무장, 정치가(?~B.C.143). 한(漢)나라 문제(文帝) 때 흉노가 침입하자 세류영(細柳營)에서 주둔했다가 흉노를 크게 물리쳐 승상이 됨. 만년에 경제(景帝)의 의심을 받아 구속되어 피를 토하고 죽음.

526) 셰류영(細柳營): 세류영. 주아부가 주둔했다가 흉노를 크게 물리친 곳.

527) 회음후(淮陰侯): 중국 한(漢)나라 개국공신 한신(韓信)의 작위(爵位). 한신은 중국 전한의 무장(武將, ?~B.C.196). 회음(淮陰)의 평민 집안에서 태어나 진(秦)나라 말에, 초나라를 세운 항우(項羽) 밑에 들어갔으나 항우가 자신을 미관말직으로 두자, 유방의 휘하에 들어감. 한신은 자신의 재능을 눈여겨본 유방의 부하 소하(蕭何)에게 발탁되어 유방을 도와 조(趙)·위(魏)·연(燕)·제(齊) 나라를 차례로 멸망시키고 항우를 공격하여 큰 공을 세움. 한신은 통일이 된 후 초왕(楚王)에 봉해졌으나 한 고조는 그를 경계하여 회음후(淮陰侯)로 강등시키고, 한신은 결국 후에 여태후에게 살해됨.

528) 유ᄎᆞ(有次): 유차. 질서가 있음.

529) 개셰영웅(蓋世英雄): 개세영웅. 기운이 세상을 뒤덮을 만한 영웅.

530) 만고무뎍(萬古無敵): 만고무적. 세상에 대적할 사람이 없음.

ᄒᆞ샤 친(親)히 어온(御醞)을 잡아 위로(慰勞) 치하(致賀)ᄒᆞ샤 왈(曰),

"군신(君臣)은 부ᄌᆞ(父子) 일체(一切)라. 딤(朕)이 금일(今日) 텬흥을 먼니 젼진(戰塵)의 보ᄂᆡᄆᆡ 홀연ᄒᆞᆫ 졍(情)을 니긔지 못ᄒᆞᄂᆞ니, ᄒᆞ믈며 부ᄌᆞ(父子)의 유〃(幽幽)[531]ᄒᆞᆫ 졍니(情理)를 니르리오마는 ᄒᆡᆼ군긔률(行軍紀律)[532]을 보ᄆᆡ 숙연(肅然)ᄒᆞᆫ 위의(威儀) 고셩왕(古聖王)의 댱샹(將相)의셔 붓그럽지 아니〃, 딤(朕)이 문왕(文王)[533]의 녀상(呂尙)[534]과 소렬(昭烈)[535]의 와룡(臥龍)[536]으로 병구(竝驅)[537]ᄒᆞ믈 보ᄆᆡ, 뎡가(鄭家)를 흥긔(興起)홀 쎤 아냐 샤딕(社稷)의 동냥(棟樑)[538]을 어더시니 딤심(朕心)이 엇지 깃브지 아니리오? 금일(今日) 경(卿)의 ᄉᆡᆼᄌᆞ(生子)의 비상(非常)ᄒᆞ믈 하례(賀禮)ᄒᆞ노라."

금휘(-侯ㅣ) 년망(連忙)이[539] 브복(俯伏)ᄒᆞ여 옥ᄇᆡ(玉杯)를 거후

---

531) 유〃(幽幽): 깊음.

532) ᄒᆡᆼ군긔률(行軍紀律): 행군기율. 군대를 움직이는 기강과 법.

533) 문왕(文王): 중국 주(周)나라 무왕(武王)의 아버지. 이름은 창(昌). 기원전 12세기경에 활동한 사람으로 은나라 말기에 태공망 등 어진 선비들을 모아 국정을 바로잡고 융적(戎狄)을 토벌하여 아들 무왕이 주나라를 세울 수 있도록 기반을 닦아 줌. 고대의 이상적인 성인 군주의 전형으로 꼽힘.

534) 녀상(呂尙): 여상. 주(周) 왕조의 제후국인 제(齊) 나라의 시조 강태공(姜太公)을 이름. 여(呂)는 그에게 봉해진 영지(領地)이며, 성은 강(姜)이고 이름은 상(尙)임. 위수(渭水)에서 낚시를 하던 중, 훗날 주(周)나라 문왕(文王)이 되는 희창의 방문을 받아 등용되었음. 무왕(武王)을 도와 은(殷)나라 주왕(紂王)을 멸망시켜 천하를 평정하였으며, 그 공으로 제(齊)나라에 봉함을 받아 그 시조가 됨.

535) 소렬(昭烈): 소열. 중국 삼국시대 촉한의 초대 황제 유비(劉備, 161~223)의 시호. 자는 현덕(玄德). 후한의 영제(靈帝) 때에, 황건적을 쳐서 공을 세우고, 후에 제갈량의 도움을 받아 오나라의 손권과 함께 조조의 대군을 적벽(赤壁)에서 격파함. 후한이 망하자 스스로 제위에 오르고 성도(成都)를 도읍으로 삼음. 재위 기간은 221~223년.

536) 와룡(臥龍): 중국 삼국시대 촉한 유비의 책사 제갈량(諸葛亮, 181~234)의 별호(別號). 자(字)는 공명(孔明). 유비를 도와 오(吳)나라와 연합하여 조조(曹操)의 위(魏)나라 군사를 대파하고 파촉(巴蜀)을 얻어 촉한을 세웠음. 유비가 죽은 후에 무향후(武鄕侯)로서 남방의 만족(蠻族)을 정벌하고, 위나라 사마의와 대전 중에 오장원(五丈原)에서 병사함.

537) 병구(竝驅): 말 따위를 나란히 몲.

538) 동냥(棟樑): 동량. 마룻대와 들보를 아울러 이르는 말로, 한집안이나 한 나라를 떠받치는 중대한 일을 맡을 만한 인재를 이르는 말.

539) 년망(連忙)이: 급히.

66면

로고 돈슈샤은(頓首謝恩) 왈(曰),

"텬흥이 년쇼브지(年少不才)로 외람(猥濫)이 셩은(聖恩)을 닙ᄉᆞ와 작위(爵位) 경상(卿相)의 니르오니 신(臣)의 부직(父子ㅣ) 쥬야(晝夜) 우구(憂懼)ᄒᆞ와 갑ᄉᆞ올 바를 아지 못ᄒᆞ옵더니, 남뎍(南賊)의 변난(變亂)을 당(當)ᄒᆞ와 텬흥이 원융(元戎) 듕임(重任)을 ᄌᆞ원(自願)ᄒᆞ와 츌뎡(出征)ᄒᆞ오니 젹은 ᄉᆞ졍(私情)으로 니를 ᄇᆡ 아니오라 국가(國家) 대ᄉᆞ(大事)를 그른 곳의 ᄉᆡᆨ지올가 우구숑황(憂懼悚惶)[540] ᄒᆞ옵더니, 어온(御醞)을 나리오시고 셩괴(聖教ㅣ) 디ᄎᆞ(至此)ᄒᆞ오시니 더옥 숑뉼(悚慄)[541] ᄒᆞ와 쥬(奏)ᄒᆞᆯ 바를 아디 못ᄒᆞ리로소이다."

샹(上)이 우(又) 쇼왈(笑曰),

"디신(知臣)은 막여군(莫如君)이오 디ᄌᆞ(知子)ᄂᆞᆫ 막여뷔(莫如父ㅣ)[542]라 경(卿)이 엇디 너모 과겸(過謙)[543] ᄒᆞᄂᆞ뇨?"

인(因)ᄒᆞ여 환궁(還宮)ᄒᆞ실ᄉᆡ, 만됴문뮈(滿朝文武ㅣ) 셩가(聖駕)를 뫼셔 환궁(還宮)ᄒᆞ신 후(後) 각각(各各) 부듕(府中)으로 도라가니,

금휘(-侯ㅣ) 딕ᄉᆞ(直士)로 더브러 부듕(府中)의 도라

67면

오미, 태부인(太夫人)긔 반일(半日) 존후(尊候)를 뭇ᄌᆞᆸ고 인(因)ᄒᆞ여 원슈(元帥)의 ᄒᆡᆼ군지ᄉᆞ(行軍之事)를 고(告)ᄒᆞ여 소려(消慮)[544] ᄒᆞ시믈

---

540) 우구숑황(憂懼悚惶): 우구송황. 근심하고 두려워함.

541) 숑뉼(悚慄): 송률. 누려워 떪.

542) 디신(知臣)은~막여뷔(莫如父ㅣ): 지신은 막여군이요, 지자는 막여부. 신하를 아는 사람은 임금만 한 사람이 없고, 아들을 아는 사람은 아버지만 한 사람이 없음.

543) 과겸(過謙): 지나치게 겸양함.

544) 소려(消慮): 염려를 없앰.

쳥(請)ᄒᆞ나 슌 태부인(太夫人)이 시〃(時時)로 ᄉᆡᆼ각ᄒᆞ여 일흔 거시 잇ᄂᆞᆫ ᄃᆞᆺ 상연타루(傷然墮淚)[545]ᄒᆞ믈 마지아니〃, 금휘(-侯ㅣ) 됴흔 말ᄉᆞᆷ으로 위로(慰勞)ᄒᆞ나 딕ᄉᆞ(直士)ᄂᆞᆫ 사ᄅᆞᆷ되오미 돈후단믁(敦厚端默)[546]ᄒᆞ여 희쇼(喜笑)를 블현어ᄉᆡᆨ(不顯於色)[547]ᄒᆞ니 원슈(元帥)의 ᄒᆞ르ᄂᆞᆫ 언변(言辯)과 셰샹(世上) 졀도지ᄉᆞ(絶倒之事)[548]를 젼(傳)ᄒᆞ여 능(能)히 시름ᄒᆞᄂᆞᆫ ᄌᆞ(者)를 즐겁게 ᄒᆞᄂᆞᆫ 픔도(品度)[549]의 밋ᄎᆞ리오.

평휘(-侯ㅣ) 역시(亦是) 심니(心裏)의 흘연ᄒᆞ미 비길 곳이 업고 샹히[550] 현〃(顯顯)이 ᄌᆞᄋᆡ(慈愛)ᄒᆞᄂᆞᆫ 빗출 낫토지 아니ᄒᆞ여 일양(一樣)[551] 엄슉(嚴肅)기를 쥬(主)ᄒᆞ나, 그 위인(爲人)이 능대능쇼(能大能小)[552]ᄒᆞ여 호방낙환(豪放樂歡)[553]ᄒᆞ미 남다른 고(故)로 엄(嚴)히 잡죄고져[554] ᄒᆞᄃᆡ[555], 면젼(面前)의 범ᄉᆞ슈응(凡事酬應)[556]이 ᄎᆞᆼ민ᄌᆞ인(聰敏自認)[557]ᄒᆞ여 ᄌᆞ긔(自己) 니르지 아니코 보지 아니나 ᄯᅳᆺ을 아라

68면

신임(身臨)[558]ᄒᆞ미 긔특(奇特)ᄒᆞᆫ디라, 금휘(-侯ㅣ) 비록 쳘셕(鐵石)ᄀᆞᆺᄐᆞ나 두굿기미 제ᄋᆞ(諸兒)의 더으거ᄂᆞᆯ, 만니ᄉᆡ외(萬里塞外)[559]의 젼

545) 상연타루(傷然墮淚): 슬피 눈물을 흘림.
546) 돈후단믁(敦厚端默): 돈후단묵. 인정이 두텁고 후하며 단엄하며 묵묵함.
547) 블현어ᄉᆡᆨ(不顯於色): 불현어색. 낯빛에 드러내지 않음.
548) 졀도지ᄉᆞ(絶倒之事): 절도지사. 웃겨서 넘어질 정도의 일.
549) 픔도(品度): 품도. 품격.
550) 샹히: 항상.
551) 일양(一樣): 한결같이.
552) 능대능쇼(能大能小): 능대능소. 크게도 하고 작게도 할 수 있음.
553) 호방낙환(豪放樂歡): 호방하여 즐김.
554) 잡죄고져: 잡도리하려. 잘못되지 않도록 아주 엄하게 다잡아.
555) ᄒᆞᄃᆡ: [교] 원문에는 이 글자가 없으나 문맥을 고려해 삽입함.
556) 범ᄉᆞ슈응(凡事酬應): 범사수응. 매사에 요구에 응함.
557) ᄎᆞᆼ민ᄌᆞ인(聰敏自認): 총민자인. 영리해 스스로 잘 앎.
558) 신임(身臨): 몸소 맡음.
559) 만니ᄉᆡ외(萬里塞外): 만리새외. 매우 먼 변방.

진구치(戰塵驅馳)[560]를 ᄉᆞ상(思相)ᄒᆞ미 결연(缺然)[561]ᄒᆞᆫ 정(情)이 날로 간졀(懇切)ᄒᆞ여 비록 제ᄋᆞ(諸兒) 등(等)이 〃시나 부ᄌᆞ(父子) 텬뉸(天倫) 밧 ᄌᆞ별(自別)[562]ᄒᆞ미 이 ᄀᆞᆺ더라.

시〃(是時)의 뎡(鄭) 쇼져(小姐) 혜쥐 상문교와(相門嬌瓦)[563]로 규리(閨裏)의 양셩(養成)ᄒᆞ여 아ᄅᆞᆷ다이 댱셩(長成)ᄒᆞ니 ᄭᅩᆺ다온 방년(芳年)이 십삼(十三) 셰(歲)의 밋ᄎᆞ니 텬ᄉᆡᆼ녀질(天生麗質)[564]은 고시(古詩)의 니른바, 회두일쇼ᄇᆡᆨ미ᄉᆡᆼ(回頭一笑百美生)ᄒᆞ니 뉵궁분ᄃᆡ무안ᄉᆡᆨ(六宮粉黛無顔色)[565]이오 단일셩장(端壹誠莊)[566]ᄒᆞ믄 위후(衛后) 댱강(莊姜)[567]으로 방블(彷佛)[568]ᄒᆞ고 졍뎡결개(貞靜潔介)[569]ᄒᆞ믄 ᄇᆡᆨ희(伯姬)[570]의 고집(固執)과 경강(敬姜)[571]의 고절(高節)[572]이 〃시니, 엇디 녹〃(錄錄)히 침어낙안지용(沈魚落雁之容)[573]과 폐월슈화지ᄐᆡ(閉月羞花之態)[574]를 비겨 의논(議論)ᄒᆞ리오. 임의 도지요〃(桃

---

560) 젼진구치(戰塵驅馳): 전진구치. 전쟁터에서 말을 달림.
561) 결연(缺然): 모자라서 서운하거나 불만족스러움.
562) ᄌᆞ별(自別): 자별. 남보다 특별함.
563) 상문교와(相門嬌瓦): 재상 집안의 예쁨받는 아이.
564) 텬ᄉᆡᆼ녀질(天生麗質): 천생여질. 타고난 아름다운 바탕.
565) 회두일쇼ᄇᆡᆨ미ᄉᆡᆼ(回頭一笑百美生)ᄒᆞ니 뉵궁분ᄃᆡ무안ᄉᆡᆨ(六宮粉黛無顔色): 회두일소백미생하니 육궁분대무안색. 고개 돌려 한번 미소하니 온갖 아름다움이 피어나 육궁의 분바른 여자들이 빛을 잃었네. 중국 당나라 시인 백거이(白居易, 772~846)의 <장한가(長恨歌)>에 나오는 구절임.
566) 단일셩장(端壹誠莊): 단일성장. 단정하고 한결같으며 정성되고 장중함. 유향, 『열녀전(列女傳)』, < 주실삼모(周室三母)>에서 태임(太妊)의 덕을 묘사하며 쓴 구절임.
567) 댱강(莊姜): 장강. 중국 춘추시대 위(衛)나라 장공(莊公)의 비. 제(齊)나라 태생으로 장공에게 시집갔으나 자식을 두지 못하니 장공이 이에 진(陳)나라 여자를 맞이하여 후에 환공(桓公)이 되는 이를 낳았는데 진나라 여자가 죽자 장강이 환공을 자기 아들로 삼아 기름.
568) 방블(彷佛): 방불. 비슷함.
569) 졍뎡결개(貞靜潔介): 정정결개. 여자의 행실이 곧고 조용하며 깨끗함.
570) ᄇᆡᆨ희(伯姬): 백희. 중국 춘추시대 노(魯)나라 선공(宣公)의 딸로 송(宋)나라 공공(共公)의 부인이 되어 공희(共姬) 또는 공백희(恭伯姬)라고도 불림. 공공이 죽은 후 수절하다가 경공(景公) 때에 궁전에 불이 났을 때 좌우에서 피하라고 권하였으나 백희는, 부인은 보모와 함께가 아니면 밤에 당 아래로 내려가지 않는다 하며 불에 타 죽음. 유향(劉向), 『열녀전(列女傳)』, <송공백희(宋恭伯姬)>.
571) 경강(敬姜): 중국 춘추시대 노나라 계손씨의 아내. 일찍 남편을 사별하였으나 수절(守節)하며 아들을 잘 교육함. 유향, 『열녀전(列女傳)』, <노계강경(魯季敬姜)>.
572) 고절(高節): 고절. 높은 절개.
573) 침어낙안지용(沈魚落雁之容): 물고기가 물에 숨고 기러기가 하늘에서 떨어질 정도의 용모.

之夭夭)ᄒᆞ고 작〃기홰(灼灼其華ㅣ)[575] 바야히니 그 부모(父母)의 만금교ᄋᆡ(萬金嬌愛)[576]는 니르지 말

69면

고 조모(祖母) 슌 태부인(太夫人)의 쳔만귀듕(千萬貴重)ᄒᆞ미 비길 ᄃᆡ 업셔 장샹지쥬(掌上之珠)[577]와 슬샹교잉(膝上嬌鸚)[578] ᄀᆞᆺ거늘, ᄉᆞᆺ다이 ᄌᆞ라믈 보니 밧비 동상(東床)[579]의 봉황셔(鳳凰壻)를 빗ᄂᆡ고져 ᄒᆞ나 윤부(尹府) 가란(家亂)이 범상(凡常)치 아니〃 쳔금교ᄋᆞ(千金嬌兒)의 평ᄉᆡᆼ(平生)이 엇더홀고 우려(憂慮)ᄒᆞᄂᆞᆫ ᄀᆞ온ᄃᆡ,

광음(光陰)이 믈 흐르ᄃᆞᆺ ᄒᆞ여 녀ᄋᆞ(女兒)의 졈〃(漸漸) 댱셩(長成)ᄒᆞ믈 보니 존당(尊堂) 부뫼(父母ㅣ) 더옥 우려(憂慮)ᄒᆞᄂᆞᆫ디라. 뎡(鄭) 쇼져(小姐) 혜쥐 사ᄅᆞᆷ 니론 지 용광ᄉᆡᆨᄐᆡ(容光色態)[580]ᄂᆞᆫ 니르도 말고 텬셩(天性)이 고요단믁(--端黙)ᄒᆞ고 유한ᄉᆡᆨ〃(幽閒--)ᄒᆞ여 존당(尊堂) 부모(父母)를 뫼신즉 이슌경근(怡順敬謹)[581]ᄒᆞᄂᆞᆫ 덕(德)이 ᄀᆞ즉ᄒᆞ여 츈풍화긔(春風和氣) 의〃(猗猗)[582]ᄒᆞ나, 고요히 쳐(處)ᄒᆞᆫ즉 쌍미제〃(雙眉齊齊)[583]ᄒᆞ고 보협[584](輔頰)[585]이 젹뇨(寂寥)[586]ᄒᆞ여 사ᄅᆞᆷ이 더

---

574) 폐월슈화지ᄐᆡ(閉月羞花之態): 폐월수화지태. 달이 모습을 감추고 꽃이 부끄러워할 정도의 자태.
575) 도지요〃(桃之夭夭)ᄒᆞ고 작〃기홰(灼灼其華ㅣ): 복숭아꽃 어여뻐 화사하게 활짝 폈네. 『시경(詩經)』, 「주남(周南)」, <도요(桃夭)>의 구절.
576) 만금교ᄋᆡ(萬金嬌愛): 만금교애. 만금처럼 사랑함.
577) 장샹지쥬(掌上之珠): 장상지주, 손바닥 위의 구슬이라는 뜻으로 매우 사랑함을 이름.
578) 슬샹교잉(膝上嬌鸚): 슬상교앵. 무릎 위의 아리따운 앵무새라는 뜻으로 매우 사랑함을 이름.
579) 동상(東床): 사위. 중국 진(晉)나라의 태위 극감이 사윗감을 고르는데 왕도(王導)의 집 동쪽 평상 위에 엎드려 음식을 먹고 있는 왕희지(王羲之)를 골랐다는 고사에서 온 말.
580) 용광ᄉᆡᆨᄐᆡ(容光色態): 용광색태. 빛나는 용모와 아름다운 자태.
581) 이슌경근(怡順敬謹): 이순경근. 온화한 빛으로 순종하고 공경하며 삼감.
582) 의〃(猗猗): 아름답고 성함.
583) 쌍미제〃(雙眉齊齊): 쌍미제제. 두 눈썹이 가지런함.
584) 협: [교] 원문에는 '혐'으로 되어 있으나 문맥을 고려해 이와 같이 수정함.
585) 보협(輔頰): 볼,
586) 젹뇨(寂寥): 적요. 적적하고 고요함.

브러 말 붓치기 어렵다가 잠간(暫間) 거두찰시(擧頭察視)[587] ᄒᆞ미 기인(其人)의 현블초(賢不肖)와 심ᄂᆡ(心內)를 ᄉᆞ못ᄎᆞ 길흉(吉凶)을 짐작(斟酌)ᄒᆞ고 소

70면

릐를 드러 혜아리ᄂᆞᆫ지라. 상협(顙頰)[588]의 미(微)ᄒᆞᆫ 우음을 ᄯᅴ여 ᄇᆡᆨ옥(白玉)을 현영(現影)[589]ᄒᆞ여 말솜ᄒᆞ미 ᄀᆡ〃(箇箇) 정금미옥(精金美玉)[590]이오 곤산박옥(崑山璞玉)[591]이라. 화안(和顔)[592] 경운(慶雲)[593]의 므로녹아 남풍(南風)의 ᄉᆡ로오니, 혜풍화운(蕙風和雲)[594]이 장니보옥(掌裏寶玉)으로 ᄆᆡᆫ든 ᄃᆞᆺᄒᆞ니, 슌 태부인(太夫人)이 쟝샹보옥(掌上寶玉)으로 만금(萬金)의 지나고 부모(父母)의 귀듕(貴重)이 모양(模様)ᄒᆞᆯ 거시 업셔 하(河) 쇼져(小姐) 영쥬로 더브러 댱단톄디(長短體肢)[595] 일톄(一體) ᄀᆞᆺᄐᆞ니, 부뫼(父母ㅣ) 본 젹마다 두굿기고 ᄉᆞ랑ᄒᆞ나 윤부(尹府) 위 시(氏) 고식(姑息)의 보ᄎᆡ이ᄂᆞᆫ 죵(種)이 될 바를 크게 ᄋᆡ돌나 ᄯᅴ를 기다려 셩인(成姻)[596]코져 ᄒᆞ더니,

광텬 등(等)의 댱슉(長夙)ᄒᆞ믈 닐너 혼인(婚姻)을 ᄌᆡ쵹ᄒᆞ니, 뎡(鄭)공(公)이 ᄯᅩᄒᆞᆫ 쳔연셰월(遷延歲月)[597]이 무익(無益)한 고(故)로 ᄯᅳᆺ을

587) 거두찰시(擧頭察視): 머리를 들어 살핌.
588) 상협(顙頰): 볼.
589) 현영(現影): 형체를 드러냄.
590) 정금미옥(精金美玉): 정금미옥. 정교하게 다듬은 금과 아름다운 옥이라는 뜻으로, 인품이나 시문이 맑고 아름다움을 이르는 말.
591) 곤산박옥(崑山璞玉): 중국 곤륜산(崑崙山)에서 나는 박옥. 박옥은 쪼거나 갈지 아니한, 천연 그대로의 옥 덩어리를 이름.
592) 화안(和顔): 온화한 얼굴.
593) 경운(慶雲): 상서로운 기운.
594) 혜풍화운(蕙風和雲): 향기로운 바람과 부드러운 구름.
595) 댱단톄디(長短體肢): 장단체지. 몸의 길고 짧은 팔다리.
596) 셩인(成姻): 성인. 혼인을 시킴.
597) 쳔연셰월(遷延歲月): 천연세월. 세월을 보냄.

결(結)ᄒᆞ여 윤(尹) 공(公)을 보아 슈히 셩혼(成婚)ᄒᆞᆷ믈 죄이더라.

윤(尹) 쇼제(小姐ㅣ) 잉ᄐᆡ(孕胎)

71면

ᄒᆞᆫ 지 십이(十二) 삭(朔) 츈이월(春二月)의 일(一) 개(個) 옥동(玉童)을 ᄉᆡᆼ(生)ᄒᆞ니, 산실(產室)의 향운(香雲)이 어ᄅᆡ고 셔광(瑞光)이 찬난(燦爛)ᄒᆞ여 ᄉᆡᆼ이(生兒ㅣ) 비상(非常)ᄒᆞ더라. 태부인(太夫人)이 쾌락(快樂)ᄒᆞ고 평휘(-侯ㅣ) 대열(大悅)ᄒᆞ여 윤(尹) 쇼져(小姐)를 극진(極盡) 구호(救護)ᄒᆞ여,

삼일(三日) 후(後) 태부인(太夫人)이 ᄌᆞ부(子婦)로 더브러 션월졍의 니르러 윤(尹) 시(氏)와 신ᄋᆞ(新兒)를 보니, 이 블과(不過) 슈촌지믈(數寸之物)을 일ᄏᆞ라 니를 거시 업ᄉᆞᄃᆡ 신ᄋᆞ(新兒)의 영형슈발(英炯秀拔)[598]ᄒᆞ미 텬디(天地)의 됴화(造化)와 산쳔(山川)의 긔이(奇異)ᄒᆞᆷ믈 오로지 거두어시니, 일월면모(日月面貌)와 츄슈명목(秋水明目)[599]이 ᄀᆞᆺ초 ᄲᆡ혀나고 아ᄅᆞᆷ다오니 진짓 샤가(謝家)의 옥싂(玉樹ㅣ)[600]오 ᄆᆡᆼ시(孟氏)의 아ᄅᆞᆷ다온 ᄭᅩᆺ가지[601]라. 금휘(-侯ㅣ) 만면(滿

---

598) 영형슈발(英炯秀拔): 영형수발. 빛나고 빼어남.

599) 츄슈명목(秋水明目): 추수명목. 가을 물결 같은 밝은 눈.

600) 샤가(謝家)의 옥싂(玉樹ㅣ): 사가의 옥수. 사씨 집안의 뛰어난 자식과 조카들. 옥수는 재주가 뛰어난 자식과 조카를 가리킴. 사가(謝家)는 동진(東晉)의 사안(謝安), 사현(謝玄), 남제(南齊)의 사조(謝眺), 남송(南宋)의 사령운(謝靈運), 사혜련(謝惠連) 등 매우 뛰어난 인물이 배출된 사씨(謝氏) 일가(一家)를 말함. 사가의 옥수라는 말은 『예문유취(藝文類聚)』에서 진(晋) 배계(裴启)의 『어림(語林)』을 인용한 대목에서 나옴. 곧 :"사태부(謝安)가 자질들에게 물었다. '자제들이 나와 무슨 관계가 있다고 그들을 아름답게 키우려 하는가?' 사람들 중에 말하는 이가 없었는데 아들 거기장군 사현(謝玄)이 대답했다. '비유하자면 지란(芝蘭)과 옥수(玉樹)가 자기 정원에게 자라게 하고 싶은 것과 같습니다.' 謝太傅問諸子侄曰: '子弟何預人事而政欲使其佳?' 諸人莫有言者, 車騎答曰: '譬如芝蘭玉樹, 欲使生於階庭耳."

601) ᄆᆡᆼ시(孟氏)의 아ᄅᆞᆷ다온 ᄭᅩᆺ가지: 맹씨의 아름다운 꽃가지. 맹씨방린(孟氏芳鄰)을 말하는 듯함. 맹씨의 좋은 이웃이라는 뜻으로, 맹자 어머니가 맹자의 교육을 위해 세 번 사는 곳을 고른 것을 이름. 맹자가 어렸을 때 묘지 옆에 살았는데 장사지내고 곡을 하는 흉내를 내자, 맹자 어머니가 시장으로 이사를 가고, 맹자가 이에 물건을 팔고 사는 것을 배우자, 최후에 서당 부

面)의 경운(慶雲)이 온ᄌᆞ(溫慈)[602]ᄒᆞ여 손으로 신ᄋᆞ(新兒)를 어로만져 ᄌᆞ젼(慈殿)의 고왈(告曰),

"ᄌᆞ식(子息)이 십(十) 삭(朔) ᄐᆡ교(胎教)의 힘닙ᄉᆞᆸᄂᆞ니 이 ᄋᆞ히(兒孩) 윤(尹) 시(氏)의 ᄉᆡᆼ츌(生出)이라,

72면

엇디 범ᄋᆞ(凡兒)와 ᄀᆞᄐᆞ리잇고? ᄎᆞᄋᆡ(此兒ㅣ) 뎐흥의게 세 번(番) 나으미 잇ᄉᆞ오니 오문(吾門)의 경ᄉᆡ(慶事ㅣ) 아니리잇고?"

부인(夫人)이 희블ᄌᆞ승(喜不自勝)[603] 왈(曰),

"노뫼(老母ㅣ) 윤(尹) 시(氏)의 ᄉᆡᆼ산(生産) 더ᄃᆡ믈 념녀(念慮)ᄒᆞ더니 이제 닌ᄋᆞ(驎兒)[604]를 어드니 하날이 뎡문(鄭門)을 보우(保佑)ᄒᆞ샤 ᄃᆡ〃(代代)로 영ᄌᆞ긔손(英子奇孫) 나ᄂᆞᆫ디라. 뎐ᄋᆡ(-兒ㅣ) 세ᄃᆡ(世代)의 무ᄡᅡᆼ(無雙)이어ᄂᆞᆯ 신ᄉᆡᆼᄋᆡ(新生兒ㅣ) ᄇᆡ승(倍勝)ᄒᆞ니 오문(吾門)이 흥긔(興起)ᄒᆞ믈 가(可)히 알니로다."

평휘(-侯ㅣ) 쇼이ᄃᆡ왈(笑而對曰),

"쇼ᄌᆡ(小子ㅣ) 뎐흥을 귀듕(貴重)ᄒᆞ믈 닛지 못ᄒᆞ올너니 ᄎᆞᄋᆞ(此兒)를 어든 후(後) 다른 념녀(念慮) 업ᄉᆞ오니 이 ᄯᅩᄒᆞᆫ 셩ᄐᆡᆨ(盛澤)이로소이다."

태부인(太夫人)이 웃고 쇼져(小姐)를 도라보아 ᄀᆡᆼ반(羹飯)[605]을 권

근으로 이사를 하니 맹자가 비로소 예를 익히고 책을 읽게 되었다는 고사. 원래 유향의 『열녀전(列女傳)』, 「모의전(母儀傳)」에 '맹모삼천(孟母三遷)'으로 기재되었는데, 후에 당나라 왕발(王勃)이 <등왕각서(滕王閣序)>에서 "맹씨의 좋은 이웃을 접하다. 接孟氏之芳鄰"라는 표현을 사용힘.

602) 온ᄌᆞ(溫慈): 온자. 온화하고 인자함.

603) 희블ᄌᆞ승(喜不自勝): 희불자승. 기쁨을 절로 이기지 못함.

604) 닌ᄋᆞ(驎兒): 인아. 기린아. 뛰어나게 잘난 자손을 칭찬하여 이르는 말.

605) ᄀᆡᆼ반(羹飯): 갱반. 국과 밥.

(勸)ᄒᆞ여 ᄌᆞ신보조(自身保調)[606]를 당부(當付)ᄒᆞ고, 금휘(-侯ㅣ) 친(親)히 진ᄆᆡᆨ(診脈)ᄒᆞ여 의약(醫藥)을 다ᄉᆞ리고 범ᄉᆞ(凡事)를 극진(極盡)히 ᄒᆞ니 친부형(親父兄)도 이에 더으디 못ᄒᆞᆯ디라.

쇼졔(小姐ㅣ) 일칠(一七) 후(後) 소셩(蘇醒)[607]ᄒᆞ니

73면

공(公)이 명(命)ᄒᆞ여 삼ᄉᆞ(三四) 삭(朔) 셩졍(省定)[608]의 블참(不參)ᄒᆞ라 ᄒᆞ고, 날마다 션월졍의 드러와 식부(息婦)와 신손(新孫)을 ᄉᆞ랑ᄒᆞ며 무ᄋᆡ(撫愛)ᄒᆞ미 조곰도 엄구(嚴舅)의 위의(威儀) 업ᄉᆞ니, 쇼졔(小姐ㅣ) 각골감은(刻骨感恩)[609]ᄒᆞ여 하고 일개(一家ㅣ) ᄌᆞ부(子婦) ᄉᆞ랑이 병(病) 되믈 일ᄏᆞ르니 공(公)이 웃고 스스로 ᄌᆞᄋᆡ지졍(慈愛之情)을 금(禁)치 못ᄒᆞ더라.

화셜(話說). 윤(尹) 공ᄌᆞ(公子) 광텬의 ᄌᆞ(字)ᄂᆞᆫ ᄉᆞ원이니 시년(時年)이 바야흐로 십삼츈광(十三春光)이러라.

606) ᄌᆞ신보조(自身保調): 자신보조. 스스로의 몸을 보호하고 조리함.
607) 소셩(蘇醒): 소성. 몸이 회복됨.
608) 셩졍(省定): 성정. 아침과 저녁 문안.
609) 각골감은(刻骨感恩): 은혜에 감동해 뼈에 새길 정도임.

··

주요 인물

계충: 상서 윤현의 유제(乳弟).

구몽숙: 이부시랑 구순의 아들. 유 부인의 조카. 상서 진광에게 수학함. 정연이 먹여 기름. 정천흥의 친구. 유 부인의 사주로 윤명아를 음란한 여자로 모함하나 남편 정천흥이 믿지 않음.구파: 윤현과 윤수의 서모. 승상 구준의 서매(庶妹).

김중광: 김후의 아들. 여장하고 윤현아를 보려 했으나 실패하고 윤희천에게 두드려 맞음.

김탁: 임금의 장인. 김 귀비의 아버지. 초왕과 결탁해 하진 부자를 모함함.

김후: 김탁의 첫째아들. 이부천관.

단 씨: 이춘의 아내. 이수빙의 어머니.

박관: 정천흥이 과거장에서 대신 글을 써 준 인물. 박건과 형제지간.

박건: 정천흥이 과거장에서 대신 글을 써 준 인물. 박관과 형제지간.

석준: 개국공신 석수신의 손자. 추밀사 석화의 셋째아들. 윤경아의 남편.

순 태부인: 정연의 어머니.

신묘랑: 삼천 년 묵은 여우. 법호는 금선법사. 구몽숙과 유 부인 등을 도와 상대를 납치하거나 죽이려는 일을 도와줌.

양난염: 양필광의 딸. 정천흥의 둘째아내.

양필광: 동평장사. 참정 양문광의 아우. 양난염의 아버지. 정천흥의 장인.

양문광: 참정. 양필광의 형.

양 씨: 구몽숙의 아내.

양홍: 구몽숙의 장인. 시중.

여숙: 정천흥이 과거장에서 대신 글을 써 준 인물.

오 씨: 처사 오윤의 딸. 석준의 둘째아내.

위방: 위 부인의 서질(庶姪). 위 부인의 사주로 윤명아를 탈취하려 하나 실패함.

위 부인: 윤수의 친어머니. 유 씨의 시어머니.

유 공: 집금오. 유 부인의 오빠.

유 부인: 이부상서 유환의 딸. 윤수의 아내. 시어머니 위 부인, 딸 윤경아와 함께 윤명아, 윤광천, 윤희천 형제를 죽이려 함.

윤경아: 윤수와 유 씨의 첫째딸. 석준의 아내.

윤광천: 윤현의 쌍둥이 아들 중 첫째. 어머니는 조 부인. 자는 사원.

윤수: 윤 노공의 후실 위 부인 소생. 자는 명강. 윤현의 이복동생. 아들이 없어 윤현의 아들 윤희천을 양자로 들임. 아내는 유 부인. 딸은 윤경아, 윤현아. 태중태우. 추밀사.

윤현: 윤 노공의 전실 황 부인 소생. 명천 선생. 자는 문강. 아내는 조 부인. 윤광천과 윤희천의 아버지. 윤수의 형. 금국에 사신으로 갔다가 자결함. 홍문관 태학사 이부상서 금자광록태우. 죽은 후에 충무공으로 추증됨.

윤현아: 윤수와 유 씨의 둘째딸.

윤희천: 윤현의 쌍둥이 아들 중 둘째. 어머니는 조 부인. 윤수의

계후로 들어가 양조모 위 부인과 양모 유 부인의 박대를 받음. 자는 사빈.

이수빙: 이춘과 단 씨의 첫째딸. 윤광천의 셋째아내. 못생김.

이연빙: 이춘과 단 씨의 둘째딸. 이수빙의 쌍둥이 동생. 정인흥의 아내.

이춘: 학사. 정연의 친구. 자는 덕보. 이수빙의 아버지. 윤광천의 장인.

정세흥: 정연과 진 부인의 셋째아들.

정아주: 정연과 진 부인의 막내딸.

정연: 윤현과 하진의 친구. 자는 윤보. 대사도. 금평후.

정인흥: 정연과 진 부인의 둘째아들. 자는 후백. 이연빙의 남편. 금문직사.

정천흥: 정연과 진 부인의 첫째아들. 자는 창백. 윤명아의 남편. 문무에 장원급제해 한림학사 호위장군이 됨. 간의태우 문연각 태학사 표기장군. 별호는 죽청 선생.

조 부인: 개국공신 조빈의 딸. 윤현의 아내. 윤광천과 윤희천의 어머니.

조 씨: 하진의 아내.

진 상서: 정천흥의 외숙부. 구몽숙을 가르침.

진 씨: 정연의 아내.

초왕: 임금의 종제(從弟). 김탁과 결탁해 하진 부자를 모함함.

하원경: 하진과 조 씨 사이의 큰아들. 자는 자건. 아내는 이부시랑 임경의 딸. 조왕, 김탁의 모함을 받아 반역죄로 옥에 갇혀 있다가 독살당함.

하원광: 하진과 조 씨 사이의 넷째아들. 윤현아의 남편. 자는 자의.

하원보: 하진과 조 씨 사이의 둘째아들. 자는 자상. 초왕, 김탁의 모함을 받아 반역죄로 옥에 갇혀 있다가 독살당함.

하원상: 하진과 조 씨 사이의 셋째아들. 자는 자종. 초왕, 김탁의 모함을 받아 반역죄로 매를 맞다가 죽음.

하원상: 하진과 조 씨 사이의 다섯째아들. 자는 재환. 첫째아들 하원경의 환생.

하원창: 하진과 조 씨 사이의 여섯째아들. 자는 재순. 둘째아들 하원보의 환생.

하진: 윤현과 정연의 친구. 자는 퇴지. 어사태우. 병부상서 문연각 태학사.

혜원: 여승. 사족 출신. 양주 선비 강운의 딸. 벽화산 취월암에 있으면서 길을 헤매던 윤명아를 구해 취월암에서 살게 함.

혜준: 윤부의 서동.

화 씨: 양필광의 아내. 양난염의 어머니. 정천흥의 장모.

화정: 정천흥이 과거장에서 대신 글을 써 준 인물.

화천: 윤현의 벗. 도사. 항주 사람. 어릴 때 윤현과 항주에서 이웃해 살며 친구가 됨. 천태산 아래 진청 도사에게서 배움. 자는 연지.

역자 해제

1. 머리말

<명주보월빙>은 18~19세기에 창작되었을 것으로 추정되는 고전 대하소설이다. 작가는 알려져 있지 않으나 다른 대하소설과 마찬가지로 사대부가 여성의 창작으로 추정된다. 후편인 <윤하정삼문취록>과 연작 관계에 있는 소설로,[1] 100권 100책(권78 결)의 장편 거질이다. <윤하정삼문취록>의 105권 105책(권15, 권33, 권39 결)과 합하면 205권 205책에 달한다. 고전소설 중 가장 긴 작품이 한국학중앙연구원에 소장된 180권 180책의 <완월회맹연>인데, 연작까지 아울러서 보면 <명주보월빙> 연작이 가장 길다고 하겠다.

이 작품은 중국 송나라를 배경으로 윤씨, 하씨, 정씨 세 집안 인물들의 이야기를 중심으로 서사가 전개된다. 이 가운데 특히 윤씨 집안이 주축이 되는바, 입양한 종통(宗統)과 그를 제거해 종통의 자리를 빼앗으려는 세력의 갈등이 중심축을 이루고 있다. 여기에 남편의 다른 아내를 죽여 자신의 지위를 확고히 하려는 여성인물이 다수 등장한다. 또한 주인공을 시기하는 남성인물의 행위가 더해져 서사가

1) 이들 작품과 한국학중앙연구원에 30권 30책의 완질로 소장된 <엄씨효문청행록>의 관계에 대해서는 연구자에 따라 이견이 있으나, 필자는 <엄씨효문청행록>은 <윤하정삼문취록>의 파생작으로 보는 입장이다. 연작은 전편의 인물, 배경 등이 후편에도 이어질 때 부르는 이름이라 할 수 있는데, <엄씨효문청행록>은 그와 달리 <윤하정삼문취록>에 단편적으로 등장하는 엄씨 집안을 따로 떼어 본격적인 서사물로 구성한 작품이기 때문이다.

다채롭게 전개된다. 결국 유교 이념의 승리로 귀결되지만 그에 이르기까지 전개되는 서사는 독자들에게 긴장감과 흥미를 부여하기에 충분하다.

2. 제명(題名)

'명주보월빙(明珠寶月聘)'이라는 제목은 '명주와 보월패(寶月佩)의 빙물(聘物)'이라는 뜻이다. 명주는 야명주(夜明珠)로서 어두운 데서도 빛이 나는 구슬이고, 보월패는 허리나 가슴에 차던 달 모양의 패옥(佩玉)이다. 모두 여성들이 쓰던 물건들로, 이것들을 남성 가문에서 빙물, 즉 혼인을 약속한 여성 가문에게 주는 예물로 삼았다는 말이다.

명주와 보월패는 원래 윤씨, 하씨, 정씨 집안의 1대 인물들인 윤현, 하진, 정연이 남강에 뱃놀이를 갔다가 적룡에게서 받은 물건들로, 윤현은 명주 네 낱을, 하진과 정연은 '빙물'이라고 써진 보월패를 받는다. 이전에 윤현은 꿈에 선관이 나타나 나중에 명주를 얻게 될 것이니 그것들을 빙물로 삼으라고 들은 바가 있으므로 꿈과 현실이 부합한 것을 기이하게 여긴다. 이 보물들을 받은 세 사람은 이것이 상서로운 물건들이므로 나중에 아들들의 빙물로 삼겠다 한다. 실제로 이 보물들은 후에 세 집안 아들들의 빙물로 사용된다.

<명주보월빙>의 제목에는 이처럼 세 집안 사람들의 혼인 관계를 드러내며 작품의 내용을 포괄하는 소재가 들어가 있다. 대하소설 중에는 <이씨세대록>이나 <유씨삼대록>[2]처럼 역사기록인지 혼동될 정도로 단순한 제명이 있는가 하면 완월루에서 만나 잔치하며 맹세

2) 각기 '이씨 집안 여러 세대의 기록', '유씨 집안 세 세대의 기록'이라는 뜻이다.

를 한다는 뜻의 <완월회맹연>, 두 팔찌를 가진 사람이 기이하게 만난다는 뜻의 <쌍천기봉>, 옥원앙을 지닌 사람들이 기이하게 두 번 만난다는 뜻의 <옥원재합기연> 등 주로 혼인 관계를 암시하며 작품의 내용을 짐작하게 하는 제명도 있는데 <명주보월빙>은 이중 후자에 속한다.

3. 이본

<명주보월빙>의 이본은 현재 4종이 전한다. 이 저서에서 저본으로 이용한 장서각본 100권 100책을 비롯하여 박순호본 36권 36책, 정병설본 1권 1책 낙질본, 장서각본2[3] 2권 1책 낙질본[4]이 그것이다.

본격적인 이본 연구는 뒤로 미루고 이 자리에서는 각 이본에 대해 간략히 소개하려 한다. 장서각본은 유려한 궁체로 필사되어 있는데 다만 그 필사자와 필사연대는 알 수 없다. 권78이 빠진 이본인바, 해당 권은 박순호본의 권28에 해당되어 누락된 내용을 보충할 수 있다.[5]

박순호 교수 소장본은 1912년부터 1914년부터 필사된 것으로 이중 권1부터 권14까지는 68세의 조창룡이라는 인물이 군산에서 필사했다. 현전하는 이본 가운데 유일한 완본이라는 점에서 의미가 있다. 장서각본과 비교했을 때 박순호본에는 누락된 부분이 상당하지만, 역으로 장서각본에도 누락된 부분이 적지 않고 어휘 단위에서 박순호본에 정확한 부분이 꽤 있어 둘 중 어느 본이 선본(善本)이라고 단정짓기는 어렵다.

---

3) 해제자가 임의로 명명한 것이다.
4) 이 이본은 기존 연구에서는 소개되지 않았고, 본 해제에서 처음으로 소개하는 이본이다.
5) 특별한 언급이 없는 한, 이본과 관련된 내용은 다음의 글을 참조했다. 유인선, 「<명주보월빙> 연작 연구-운명관과 초월계의 성격을 중심으로-」, 서울대학교 박사학위논문, 2021.

정병설 교수 소장본은 유인선 교수가 처음 소개하였는데 권43만 있는 낙질본이다.

장서각본2는 이 자리에서 처음 소개하는 이본이므로 상대적으로 자세하게 소개하려 한다. 2권 1책으로서, 표제는 "明珠寶月錄"이고 권수제는 "명쥬보월빙"이며 전체 213면이다. 권1은 108면까지 있고 권2는 105면이다. 표지에 "辛亥至月下澣"이라 써져 있어 신해년 11월 하순에 필사 내지 장정을 했음을 알 수 있다. 이때 신해년은 1911년 또는 1851년으로 추정된다. 말미에는 후기가 있다.[6] 이를 보면 필사자가 저본으로 사용한 이본도 낙질본임을 추측할 수 있고, 이러한 형식의 〈명주보월빙〉 낙질본들이 적지 않게 있었을 가능성을 유추할 수 있다.

어휘나 문장을 보면 장서각본이나 박순호본과는 다른 저본을 사용했음을 알 수 있다. 장서각본에는 없는 부분이 꽤 있고,[7] 장서각본에 비해 표현이 풍부하다. 독특한 면은 필사자가 낙장(落張)이나 낙줄(落-) 사실을 표기했다는 점이다.[8] 장서각본2의 필사자가 참고한 저본에 원래 빠져 있었는지, 아니면 필사자가 의도적으로 누락시

---

6) "明珠宝月錄 終 ᄎᆡᆨ 셜화 보옵 ᄌᆞᆨᄒᆞ긔로 등셔ᄒᆞ여시나 흉괴망질노 낙점 낙ᄌᆞ 만ᄒᆞ니 보시ᄂᆞ니 눌너 겨지ᄒᆞ쇼셔 여러 권 ᄎᆡᆨ이라 ᄉᆞᆺ시 업ᄉᆞ니 만 번 ᄋᆡ답고 이 ᄉᆞᆺ슐 어ᄃᆡ셔 어더볼고 소이로다"

7) 두 가지 예를 들면 다음과 같다.
"즉시 나오니 차일 졀도ᄉᆞ의"(장 2:36); "즉시 나오니 이향이 코흘 거ᄉᆞ리고 경운이 희월누ᄅᆞᆯ 둘너 산○의 빗치 애〃ᄒᆞ니 ᄌᆞ연 아라보이ᄂᆞᆫ디라 신ᄋᆡ 그이ᄒᆞᆫ 쥴 아ᄅᆞ 더옥 깃거ᄒᆞ더라 ᄎᆞ일 졀도ᄉᆞ의"(장2 2:6)
"혈누를 나리올 ᄲᆞᆫ이러니 슈일 후의 상귀"(장 2:42); "누어 혈뉘 거츤 ᄌᆞ리을 적실 ᄲᆞᆫ이니 구파ᄂᆞᆫ 셔루 ᄆᆞᆯ 모ᄅᆞᄂᆞᆫ ᄉᆞ람갓치 부인을 위로ᄒᆞ며 쌍ᄋᆞᄅᆞᆯ 어라만져 세ᄉᆞᆼ의 일졈 골육이 업시 쳔년 조과ᄒᆞ나니도 잇시니 부인은 십육 년 동쥬의 ᄋᆞ소져ᄅᆞᆯ 두시고 이런 옥동이 쌍으로 나니 윤문을 홍훌디라 무어술 져ᄃᆡ도록 과샹ᄒᆞ시ᄂᆞ뇨 부인니 쌍ᄋᆞᄅᆞᆯ 볼ᄉᆞ록 그 부친의 아지 못ᄒᆞᄆᆞᆯ 각골ᄋᆡ상ᄒᆞ더라 수일 후 샹셔의 상구"(장2 2:13)

8) "제신니 간ᄒᆞ야 낙ᄌᆞᆼ 차셕칭츤ᄒᆞ여"(장2 2:20) 이 부분은 장서각본 기준으로 3면 정도가 빠져 있다.
"부졀없다 ᄒᆞ고 낙쥴 부인니 슈틱ᄒᆞ야 경ᄋᆞ"(장2 2:30) 장서각본 기준으로 3면 정도가 빠져 있어 낙줄이 아니라 낙장이라 해도 무방하다.

켰는지는 분명하지 없다. 장서각본에는 없으나 장서각본2와 박순호본에는 있는 부분도 있다. 김후 등이 임금에게 하진 등을 참소하는 부분이 장서각본(권3)에는 없으나 박순호본(1:95-96)과 장서각본2(2:69-71)에는 있는 것이다.[9)]

참고로 장서각본과 장서각본2, 박순호본의 분권 양상을 보면 다음과 같다.

장서각본	장서각본2	박순호본
권1, 69면 끝	권1, 81면	권1, 41면
권2, 32면	권1, 108면 끝	권1, 60면
권2, 74면 끝	권2, 38면	권1, 80면
권3, 46면	권2, 73면	권1, 103면 끝
권3, 70면 끝	권2, 102면	권2, 15-16면[10)]
권4, 4면	권2, 106면 끝	권2, 18면

각 이본의 분권 부분이 모두 동일하지 않다. 또 각권의 분량 면에서 박순호본이 가장 많고, 장서각본2, 장서각본 순으로 적어짐을 알 수 있다.

이상으로 네 종의 이본을 간략히 살펴보았다. 이본의 본격적인 비교는 여기에서 구체적으로 제시하지 않은 정병설본까지 포함해 어휘나 문장, 단락, 단위담 단위 등을 기준으로 할 필요가 있다.

9) 각 이본의 비교는 향후에 본격적으로 할 필요가 있다.

10) "ᄒᆞ회을 분셕ᄒᆞ라"는 어구가 있어 분권의 표지는 장서각본과 다르지만, 내용적으로는 분권 부분이 동일함을 알 수 있다.

4. 서사 구성과 모티프

<명주보월빙>은 윤하정 세 집안의 이야기가 번갈아가며 서술되어 있는데, 각 집안별로 2대[11] 혹은 3대까지의 인물들의 이야기가 서사의 축을 이루고 있다. 즉 윤씨 집안은 1대인 윤현, 윤수와 2대인 윤희천, 윤광천, 윤명아의 이야기가, 정씨 집안은 1대인 순 부인과 2대인 정연, 3대인 정천흥, 정혜주의 이야기[12]가, 하씨 집안은 1대인 하진과 2대인 하원광의 이야기가 주축이 되어 있다.

세 집안 중에서도 윤씨 집안이 가장 비중[13]이 크고 그 다음으로 정씨 집안이며, 가장 비중이 낮은 집안은 하씨 집안이다. 각 집안에서 가장 비중이 큰 인물은 윤씨 집안에서는 윤희천이고 정씨 집안에서는 정천흥이며 하씨 집안에서는 하원광이다. 모두 실질적으로 2대에 해당하는 인물들이다. 이중에서도 <명주보월빙>의 양대 주인공은 윤희천과 정천흥이며, 두 사람 중에서도 윤희천이 더 큰 비중을 지니고 있다. 윤희천의 효성이 작품에 핍진하고 지속적으로 등장해 그 양조모 위 부인과 양모 유 부인을 감화하고 있는데, 이것이 작품을 관통하고 있는 가장 중요한 축이기 때문이다.

<명주보월빙>은 윤씨 집안의 이야기를 중심으로 사이사이에 하씨와 정씨 집안의 이야기가 서술되는 구조로 되어 있다. 즉 윤씨 집안-정씨 집안-윤씨 집안-하씨 집안의 방식이다. 물론 정씨 집안에서도 반동인물인 문양 공주를 중심으로 갈등이 적지 않게 일어나고 있어

---

11) 여기에서 1대라 칭하는 인물들은 서사에 본격적으로 등장하는 인물을 의미한다. 따라서 이름만 존재하는 윤씨 집안의 윤 공은 1대라 하기 어렵다. 다만 비중은 미미하지만 집안의 어른 역할을 하는 정씨 집안의 순 부인은 형식적으로 1대에서 제외하기 어려운 면이 있다.

12) 이 해제에서 1대를 순 부인으로 설정하기는 하였으나 2대인 정연이 윤씨나 하씨 집안의 1대인 윤현, 윤수, 하진과 벗으로 등장한다는 점에서 실질적인 1대는 정연이라 해도 무방하다고 본다.

13) 비중은 분량의 측면과 서사에서 차지하는 중요도를 모두 감안한 것이다.

정씨 집안을 축으로 다른 집안이 교차 서술되는 부분이 있기는 하다.[14] 그러나 대부분의 서사는 윤씨 집안을 중심으로 교차 서술되고 있다.

이러한 서사 구성은 작가가 애초에 세 집안의 비중에 차이가 나도록 설정했다는 점에서 예상할 수 있는 방식이다. 만일 세 집안의 비중이 대등하게 설정되어 있다면 세 집안의 서사가 어느 한쪽에 치우침이 없이 번갈아 서술되었을 것이다. 비중에 차이가 난 것은 또한 윤씨 집안의 갈등을 핵심적으로 설정했다는 점에서도 기인한다. <명주보월빙>은 종통과 비종통의 대결이 핵심인바 그것이 윤씨 집안에서 벌어지고 있다.

이러한 서사 구성 방식은 다른 대하소설과 변별되는 지점이다. 예를 들어, <쌍천기봉>에서는 이씨 집안의 이야기가 중심이 되어 있고 역사적 사건이 서사의 축으로 설정되어 있다. 역사적 배경을 후면에 두고 이씨 집안 인물들의 부부 갈등, 부자 갈등 등 다양한 이야기가 구성되어 있는 방식이다. 그 후편인 <이씨세대록>은 <쌍천기봉>과 달리 부부 갈등이 중심이 되어 인물별로 병렬적으로 구성되어 있다. 다만 이 경우에도 이씨 집안의 이야기가 중심이 되어 있는 점은 전편과 같다.

앞의 두 편은 연작 관계로 되어 있지만 서사 구성 방식은 다른데, <명주보월빙>은 또 이 두 편과 다르다. 이는 <쌍천기봉> 연작과 달리 <명주보월빙>은 여러 가문이 중심적인 가문으로 설정되어 있다는 점이, 서로 차이가 나게 하는 가장 큰 요인으로 보인다. 또한 갈등의 종류가 <명주보월빙>은 종통 갈등을 축으로 하여 서사가 전개

14) 예를 들어 권53부터 권56까지는 정씨 집안-하씨 집안-정씨 집안-윤씨 집안의 순으로 교차되어 있다.

되는 점도 차이가 나게 하는 요인이다. 역사적 배경을 배경에 두고 남녀 간의 애정과 그들의 갈등을 중시한 <쌍천기봉>이나 집안 내에서의 부부 갈등을 중심으로 한 <이씨세대록>과는 차이가 있는 것이다. 이처럼 같은 대하소설이라 해도 서사 구성 방식은 작품별로 차이가 있다.

<명주보월빙>의 모티프는 작품의 분량에 걸맞게 매우 다양하게 등장한다. 이중 가장 먼저 나오며 중요하게 설정된 것은 신물(信物) 모티프다. 대하소설에서 신물 모티프는 남녀가 각각 결혼의 징표로 간직한 물건을 두고 벌어지는 이야기이다. 이 작품의 제명에 보이는 '명주(明珠)'와 '보월(寶月)'이 바로 신물에 해당한다. 윤현, 윤수 형제와 그 벗들인 정연, 하진이 남강에 뱃놀이를 갔다가 용에게서 명주네 낱과 보월을 얻어 각기 자식이 생기면 신물로 삼자고 하는데, 자식들이 장성한 후에 그 신물은 믿음의 징표로서의 기능을 한다. 온갖 고초를 겪으면서도 신물을 끝내 지켜 결혼 상대에게 주는 것이다.

요약 모티프도 서사에서 중요한 기능을 한다. 원하는 얼굴로 바뀌게 하는 개용단, 정신을 흐리게 하는 미혼단이나 도봉잠 등은 반동인물들이 주로 사용하는 요약으로서, 상대를 모함하거나 자신의 뜻을 성취하려 할 때 사용한다. 예를 들어 유 부인이 양자인 윤희천을 모함하려 할 때, 자기 남편인 윤수에게 미혼단을 먹여 윤수의 정신을 흐리게 해 윤희천에 대한 윤수의 사랑이 없어지게 한다.

앵혈(鶯血) 모티프 역시 다른 대하소설에서와 마찬가지로 <명주보월빙>에서도 중요하게 등장한다. 앵혈은 도마뱀에게 주사(朱砂)를 먹인 후 말려 빻아 물에 탄 것인데, 여자의 팔에 찍으면 남자와 성관계를 맺은 후에야 없어진다. 윤현 형제와 친구들이 모여서 윤현의 딸 명아는 정연의 아들 천흥과, 윤수의 딸 현아는 하진의 넷째아들

원광과 정혼시키기로 하고, 명아의 팔에는 시아버지가 될 정연이, 현아의 팔에는 또한 그 시아버지가 될 하진이 앵혈에 붓을 찍어 쓰는 장면이 등장한다.(권1) 이외에 위 부인이 명아의 앵혈이 없어진 걸 보고 기뻐하지 않으나 겉으로는 기쁜 척하는 장면도 있다.(권10) 앵혈은 순결과 동일시되는데, 앵혈 모티프는 여성에게 순결을 강요하던 봉건 시대의 이데올로기가 서사화한 것이다.

이외에 미인도 모티프[15] 등 다양한 모티프가 있는데 그중에서 초월 모티프도 서사에서 중요한 기능을 한다. 주인공들이 어려움에 처할 때 등장하는 화 도사는 초월적 인물이고, 그에 맞서 반동인물을 돕는 신묘랑도 초월적 인물이다. 유 부인 죄를 뉘우치게 되는 결정적 요인은 천경(天鏡)을 통해 자신의 악행과 광천 형제의 효행을 보면서부터이다. 이때의 천경은 초월적 물건이다.

5. 갈등

<명주보월빙>에서 갈등은 세 집안에서 서로 다르게 설정되어 있다. 즉 윤씨 집안에서는 종통(宗統)과 비종통(非宗統) 의 갈등이, 정씨 집안에서는 처처 갈등이, 하씨 집안에서는 부부 갈등과 외적 갈등이 대표적으로 드러나 있다. 비중은 위에서 언급했듯이 윤씨, 정씨, 하씨 순이다.

윤씨 집안에서 종통 계열에 있는 사람은 윤현을 비롯하여 그 아내 조 부인, 윤현과 조 부인의 자식인 윤광천, 윤희천, 윤명아와 그 배

---

15) 미인도 모티프는 호방형 남성주동인물이 미인도를 보고 미인도에 그려진 여인을 사모하는데 그 여인은 실제로 존재하는 여인으로서 후에 그 남성인물의 배우자가 된다는 모티프이다. 예를 들어 윤광천이 미인도를 보고 그림 속의 여인을 흠모하자, 그의 벗 정천흥이 주선해 미인도 속 주인공인 진성염을 윤광천과 혼인하게 하는 것을 들 수 있다.(권16)

우자들이다. 이 가운데 윤희천이 비종통 계열인 윤수의 양자로 입양된다. 비종통 계열에 있는 사람은 윤현의 동생인 윤수를 비롯하여 그 어머니인 위 부인과 아내인 유 부인, 딸인 윤경아, 윤현아다. 이 중에서 반동인물로서 종통 계열의 인물들을 죽이려는 사람은 위 부인, 유 부인과 윤경아다.

위·유 부인이 종통 계열을 해치려는 장면들은 처절하다시피 하다. 윤광천과 윤희천에게 하인들이나 하는 천역(賤役)을 시키고, 그들을 때리는 일은 다반사다. 조 부인과 그 자식들에게 밥을 제대로 주지 않는 일이 허다하고 그들을 독약으로 죽이려 하기도 한다. 윤광천의 아내인 정혜주와 윤희천의 아내인 하영주 역시 위·유 부인의 표적이 되어 죽을 고비를 여러 번 넘는다.

이러한 갈등은 주도적 반동인물인 유 부인이 천경(天鏡)을 통해 윤광천 형제의 효성을 보고 뉘우칠 때까지 작품의 주요 갈등으로 전면화해 있다.(권73) 거울은 대개 자신의 모습을 비추는 도구이지만, 여기에서는 다른 이들의 행위를 보여주는 용도로 쓰이고 있다. 자신의 잘못을 반추하는 기능을 하고 있는 것이다. 유 부인이 윤광천 형제의 효성에 의해 잘못을 뉘우친다는 설정은 유교 이념 중의 하나인 효의 이데올로기적 기능을 드러낸다. 효는 자신을 죽이려는 악인도 감화시킬 정도의 힘을 지니고 있음을 보여 준다. 이를 통해 대하소설의 주된 독자로 추정되는 사대부가 여성은 자신이 어려서부터 교육받은 유교 윤리의 힘을 확인하게 된다.

종통 갈등은 조선 후기에 내면화하려 한 종법제(宗法制)의 일면을 보여 주는 것이다. 원래 중국 주나라에서 쓰이던 종법제는 임병 양란을 전후해 조선에서 강화되었다. 집안의 종통을 중시하는 이 제도는 혈연보다는 명분을 강조한다. 집안에 아들이 없어 친척의 자식을 양자로 들인 후에 친자가 생기더라도 종통은 이미 들인 양자에게 돌아간다. 조선 후기에는 이러한 일로 소송이 벌어지기까지 했는데, <명주보월빙>에서 종통 갈등은 이러한 사회적 모습을 일정하게 반영하고 있다. 다만 <명주보월빙>은 양자를 들인 후에 친자가 생겨 갈등을 빚는 <완월회맹연>과는 달리 비종통 계열이 양자를 비롯해 종통 계열의 씨를 말리려 한다는 점에서 특이하다.

정씨 집안에서는 호방형 인물인 정천흥이 주인공인데 그 아내들 중 한 명인 문양 공주가 다른 아내들을 죽이려 하는 처처[16] 갈등이 드러나 있다. 문양 공주는 정천흥을 우연히 보고 반해 사혼(賜婚)으로 정천흥과 혼인하는 인물이다. 정천흥은 문양 공주의 그러한 행위가 음란한 것으로 보고 겉으로는 친한 척하나 속으로는 경멸한다. 이에 문양 공주는 정천흥에게서 애정을 독점하기 위해 정천흥의 다른 아내들인 윤명아 등을 다양한 방법으로 죽이려 한다. 문양 공주가 정씨 집안에 사혼으로 들어온 권17부터 윤명아 등 네 농렬과 그 자식들의 정성에 회과하는 권89까지 문양 공주의 서사는 지속된다.

문양 공주의 반동 행위는 기실 정천흥의 박대로부터 기인한 바 크다. 그리고 정천흥이 문양 공주를 박대하게 된 근저에는 당대 여성에게만 강요되던 정절 이데올로기가 깔려 있다. 여성이 남성에게 반하지 않을 이유가 없지만 정천흥과 소설 속 인물들은 문양 공주의 그러한 '반함'을 발칙한 것으로 상정하고 있다. 문양 공주는 이러한 이유 때문에 시가에 들어갈 때부터 남편인 정천흥에게서 박대를 받고 이 때문에 소외감을 가지게 된 것이다.

16) 조선 시대에 다처는 태종 13년(1413)에 중혼 금지령이 내려지면서 공식적으로 금지되고 대신 첩을 두는 것은 허용되었으나 소설에서는 다처의 모습이 공공연하게 보인다. <구운몽>이 그 대표적 예다.

문양 공주의 반동 행위는 또한 당대 가부장제의 질곡을 상징적으로 보여 주는 표지이다. 정천흥에게는 문양 공주 외에 네 명의 처가 더 있다. 원천적으로 애정을 독점할 수 없는 구조다. 이 때문에 문양 공주는 다른 네 명의 처를 다 죽이면 자신이 정천흥을 독점할 수 있다고 '착각'한다. 게다가 정천흥은 문양 공주 외의 아내들에게는 잘해 준다. 여러 아내[17]를 둘 수 있는 가부장제에서 가장의 애정이 고르지 않을 때 일어나는 현실이 문양 공주의 반동 행위를 통해 잘 드러나 있다.

윤명아의 격고등문으로 위·유 부인과 문양 공주의 반동 행위가 낱낱이 밝혀지기는 하지만(권60), 근본적으로 문양 공주의 회과에는 윤명아 등 동렬의 우애가 큰 영향을 끼쳤음을 서술자는 제시하고 있다. 윤명아의 격고등문이 법적인 해결이라면 윤명아 등의 우애를 통한 회과는 이념적 해결이다. 윤광천 형제가 유교 이념인 효도를 통해 유 부인을 감화했다면, 윤명아 등 동렬은 우애를 통해 상대를 감화함으로써 유교 이념의 우위를 보여 주고 있다.

하씨 집안은 외적 갈등도 있지만 하원광과 윤현아의 부부 갈등을 대표적인 갈등으로 꼽을 수 있다. 먼저 외적 갈등을 보면, 김탁과 초왕이, 직언을 서슴지 않아 임금 앞에서 자신들을 비난한 하진과 그 아들들을 모함해 하진 부자가 역적으로 몰려 아들 삼 형제가 죽고 화진은 귀양을 가게 되는 내용이다. 작품 초반부에 나오는 갈등으로, 이후 죽은 삼 형제는 하진 집안에 환생하여 세 아들의 역할을 대신한다.

하원광과 윤현아의 부부 갈등은 하원광이 구몽숙의 계교에 속아

---

17) 여러 아내는 첩을 포함한다. 고전소설에서는 현실의 첩을 처로 치환하여 처처 갈등의 구조로 보여 주는 예가 흔하다.

아내 윤현아를 간부(奸婦)로 오해하는 데서 비롯한다. 후에 하원광이 비로소 윤현아의 현숙함을 알게 되어 오해가 풀린다(권10-권48). 하원광은 하씨 집안 사 형제 중에 죽지 않고 살아남은 유일한 자식이다. 하씨 집안에서 주인공의 역할을 하는바, 다만 정천흥이 아내 윤명아의 부정(不貞)을 의심하지 않는 것과는 달리 하원광은 윤현아를 의심함으로써 갈등이 야기된다. 윤씨나 정씨 집안의 갈등에 비해 상대적으로 비중이 작게 설정되어 있다.

<명주보월빙>에서는 위에서 살핀 바와 같이 집안별로 대표적인 갈등을 각각 다르게 설정해 놓음으로써 당대 상층 사대부 가문에서 벌어질 수 있는 다양한 양상을 알 수 있도록 하였다. 종통과 비종통 사이, 아내들 사이, 부부 사이의 갈등은 충분히 극화할 수 있는 소재다. <명주보월빙>에서는 그것을 유교 이념의 승리라는 교조적인 주제의식을 보여 주면서 흥미롭게 서술하고 있다.

6. 맺음말

<명주보월빙>이 산생된 것으로 추정되는 18~19세기는 한편으로는 기존의 성리학적 유교 이념을 완강히 지키면서 그 우위를 칭송하는 반면에, 다른 한편에서는 실학 등이 등장하여 봉건 사회를 지양하고 새로운 시대로 나아가려 한 과도기적 시기였다. 박지원의 소설들이 후자의 모습을 반영하고 있다면, <명주보월빙>은 전자의 모습을 보여 주고 있다.

<명주보월빙>이 성리학적 이념의 우위를 표면적으로 보여 주고 있지만, 그 이면을 보면 상황은 그리 녹록지 않다. 종통과 비종통의 다툼을 통해 종법제가 정착되는 시기의 단면을 드러내면서도 그 제

도가 당대인들에게 가한 고통스러운 모습이 잘 드러나 있다. 또한 아내에게는 여러 남편이 허락되지 않는 반면에, 남편에게만 여러 아내가 허락된 제도하에서 남편에게 소외받았을 때 느끼는 아내의 심정이 여실히 드러나 있다. 아내에게 순결이 강요되던 시기에 남편이 아내의 순결을 의심하는 순간 아내가 맞이하는 운명 역시 고스란히 이 작품에 반영되어 있다. 서술자는 의도하지 않았겠지만, 가부장제의 질곡이 이처럼 이 작품에 잘 드러나 있다.

서술자는 각 집안의 이야기를 윤씨 집안 위주로 서술하면서도 다른 집안의 상황을 적절히 배치함으로써 서사의 짜임새를 잘 구축하고 있다. 서술자는 갈등 위주의 서사를 전개함으로써 내용적으로 독자에게 흥미를 부여하고 있다면, 각 이야기를 이처럼 촘촘하고 짜임새 있게 배치함으로써 독자들에게 또 다른 재미를 부여하고 있다.

장시광

서울대 강사, 아주대 강의교수 등을 거쳐 현재 경상국립대학교 국어국문학과 교수로 재직 중이다. 논문으로 「대하소설의 여성반동인물 연구」(박사학위논문), 「여성영웅소설에 나타난 여화위남의 의미」, 「대하소설 갈등담의 구조 시론」, 「운명과 초월의 서사」 등이 있고, 저서로 『한국 고전소설과 여성인물』이 있으며, 번역서로 『조선시대 동성혼 이야기 방한림전』, 『여성영웅소설 홍계월전』, 『심청전: 눈먼 아비 홀로 두고 어딜 간단 말이냐』, 『팔찌의 인연: 쌍천기봉 1-9』, 『이씨 집안 이야기: 이씨세대록 1-13』 등이 있다.

명주와 보원의 인연

명주보월빙 4

초판인쇄 2025년 12월 26일
초판발행 2025년 12월 26일

지 은 이 장시광
펴 낸 이 채종준
펴 낸 곳 한국학술정보㈜
주　　소 경기도 파주시 회동길 230(문발동)
전　　화 031) 908-3181(대표)
팩　　스 031) 908-3189
투고문의 ksibook1@kstudy.com
등　　록 제일산-115호(2000. 6. 19)

ISBN 979-11-7457-349-0 04810
979-11-7457-233-2 04810 (set)

이담북스는 한국학술정보㈜의 학술/학습도서 출판 브랜드입니다.
이 시대 꼭 필요한 것만 담아 독자와 함께 공유한다는 의미를 나타냈습니다.
다양한 분야 전문가의 지식과 경험을 고스란히 전해 배움의 즐거움을 선물하는 책을 만들고자 합니다.